KB033363

혁명 극장

1

A Place of Greater Safety
Copyright ⓒ Hilary Mantel 1992
All rights reserved.

Korean translation copyright ⓒ 2015 by Gyoyangin
Korean translation rights arranged with A. M. Heath,
through EYA(Eric Yang Agency)

이 책의 한국어 판 저작권은 EYA(Eric Yang Agency)를 통해
A. M. Heath와 독점 계약한 '교양인'에 있습니다.
저작권법에 따라 한국 내에서 보호를 받는 저작물이므로
무단 전재와 복제를 금합니다.

A Place of Greater Safety

로베스피에르와 친구들

혁명극장

1

교양인
GYOYANGIN

차 례

2권 차례

혁명기의 파리(지도)

| 일러두기 |

1. 이 책 본문 하단에 있는 주석과 각 부 앞에 들어간 간략한 혁명 연표는 독자들의 이
   해를 돕기 위해 한국어판에 새로 추가한 것이다. 본문 뒤에는 1권에 해당하는 프랑스
   혁명의 전체 흐름을 간략히 정리한 '프랑스 혁명 연표'를 넣었다.

이 소설은 프랑스 혁명을 다룬다. 여기에 나오는 등장인물은 거의 다 실존했던 인물이며 소설의 내용도 합의된 역사적 사실과 긴밀히 연관되어 있다. 그러나 합의된 범위가 사실 그리 넓지는 않다. 이책은 프랑스 혁명의 개요도 아니고 그렇다고 완벽한 설명도 아니다. 파리를 중심으로 이야기가 펼쳐지며, 지방에서 벌어지는 일은 군사적 사건 외에 거의 다루지 않는다.

이 소설의 주요 인물들은 프랑스 혁명이 일어나면서 비로소 유명해진 사람들이어서 혁명 이전의 삶은 그리 알려져 있지 않다. 나는 알려진 사실들을 이용했고 알려지지 않은 나머지 부분들은 합리적으로 추론했다.

이 소설은 치우침 없이 공정한 서술도 아니다. 나는 등장인물들이 본 대로 세상을 보려고 노력했고, 그들에겐 각자 나름의 편견과 생각이 있었다. 가능한 경우에 나는 기록된 연설이나 보존된 원고 속에서 그들이 정말로 쓴 단어들을 찾아서 내가 쓴 대화에 엮어넣었다. 나는 기록에 남은 말은 미처 기록에 남지 않았다 뿐이지 그사람이 그 전에 다른 자리에서 했던 발언과 겹칠 때가 많으리라는 믿음에 충실했다.

독자들이 보기에 좀처럼 이해할 수 없는 인물이 한 명 있을 것이다. 이 소설에서 맡은 역할이 너무 미흡하고 특이하기 때문이다. 장 폴 마라가 목욕을 하던 중에 자신을 찾아온 젊은 여성의 칼에 찔려 죽었다는 사실을 모르는 사람은 없다. 죽은 정황만 빼고 마라의 삶은 거의 모든 면에서 다양하게 해석될 여지가 있다. 마라 박사는 이 소설의 주요 인물들보다 거의 스무 살 연상이고 혁명이 일어나기 오래전부터 흥미로운 경력을 쌓았다. 내가 약방의 감초처럼 마라를 몇 번만 등장시켜 특별 출연자로 만든 이유는 책의 균형을 무너뜨리지 않으면서 이 사람을 제대로 다룰 엄두가 나지 않아서였다. 마라 박사에 대해선 언젠가 써보고 싶다. 그런 소설이 내가 여기서 제시하는 역사관을 무너뜨릴지도 모르지만 말이다. 이 소설을 쓰는 동안 나는 역사란 정말 무엇일까를 놓고 나 자신과 줄곧 논쟁을 벌였다. 하지만 내가 생각하기엔 어떤 주장을 진술한 뒤에야 비로소 그 주장에 반론할 수 있다.

이 책에서 다루는 사건들은 복잡하므로 극적으로 보이게 과장하고 싶은 욕구와 설명하려는 욕구가 서로 견제하게끔 해야 한다. 이런 유형의 소설을 쓰는 사람은 세세한 데 지나치게 얽매인다는 지적에서 자유롭기 어렵다. 거짓말을 하지 않으면서도 인생을 너무 고달프게 만들지 않으려고 내가 어떻게 애썼는지 두 가지만 예를 들어 보여주겠다.

혁명 전의 파리를 묘사하면서 나는 '경찰'에 대해 말한다. 이때 '경찰'은 단순화한 명칭이다. 치안을 책임진 조직은 여럿 있었다. 하지만 봉기를 다룰 때마다 하던 이야기를 접고 어떤 조직이 현장에 있었는지 독자에게 낱낱이 고한다면 얼마나 지루하겠는가.

또 하나는 좀 더 사소한 부분이다. 이 소설에 나오는 사람들이 저녁식사와 야식을 즐기는 시각은 가변적이다. 파리의 멋쟁이들은 오후 3시에서 5시 사이에 저녁을 들었고 밤 10시나 11시에 야식을 먹었다. 하지만 야식이 웬만큼 격식을 갖춘 경우에 나는 '저녁'이라고 불렀다. 이 책에 나오는 사람들은 대체로 밤잠이 없다. 이 사람들이 3시에 뭘 한다고 하면 그건 대체로 오전 3시다.

소설이란 작가와 독자가 함께 하는 동업, 협력이라는 의식이 나에게는 아주 강하다. 나는 내가 해석한 사건을 전달한다. 하지만 사실들은 여러분이 보기에 따라 아주 달라진다. 물론 이 소설의 인물들은 나와 여러분처럼 사건이 완료된 뒤에 판단할 수 있는 축복을 누리지는 못한다. 그들은 그날그날 최선을 다해 살았을 뿐이다. 나는 사건들을 특정한 방식으로 보도록 독자를 설득하거나 사건들로부터 특정한 교훈을 끌어내려는 마음이 없다. 나는 독자들에게 생각을 바꿀 여지, 한쪽으로 기울어진 마음이 바뀔 여지를 주는 소설을 쓰려고 노력해 왔다. 우리가 그 안에서 생각하고 살 수 있는 책 말이다. 사실과 허구를 어떻게 구별하느냐고 독자가 묻는다면 내 거친 대답은 이렇다. 정말로 있을 법하지 않아 보이는 것일수록 십중팔구는 참이게 마련이다.

상젤리제 거리

포부르 생토노레

포부르 생토노레

로베스피에르의 거처

방돔광 (피크)

승마 연습장

루이 15세 광장 (혁명 광장)

생토노레

센 강

툴르리 정원

루이 16세 다리 (건설 중)

루아알 다리

샹드마르스

앵발리드 병원

포부르 생제르맹

세브르 거리

혁명기의 파리

포부르 생미셸

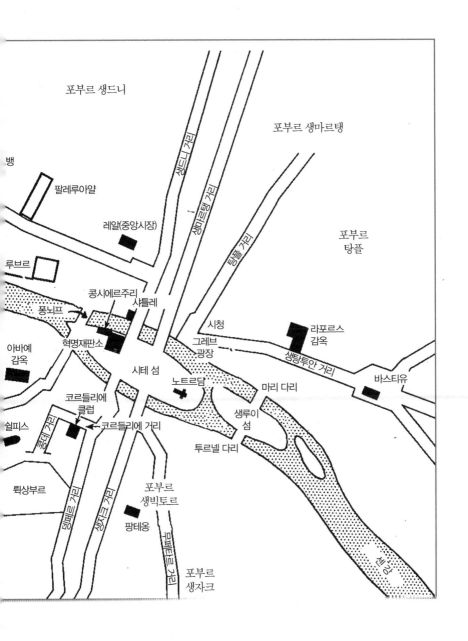

포부르 생드니

포부르 생마르탱

뱅

팔레루아얄

레알(중앙시장)

포부르
탕플

루브르

콩시에르주리
풍뇌프
샤틀레

시청

라포르스
감옥

혁명재판소

그레브
광장

생탕투안 거리

아바예
감옥

시테 섬

노트르담

마리 다리

바스티유

코르들리에
클럽

생루이
섬

쉴피스

코르들리에 거리

투르넬 다리

뤽상부르

포부르
생빅토르

팡테옹

포부르
생자크

1부

백성들은 루이 15세를 '친애왕 루이'라고 불렀다. 십 년이 지났다. 이제 백성
은 친애왕이 사람의 피로 목욕을 한다고 믿는다. …… 왕은 파리를 피해 베
르사유에 틀어박히지만, 알고 보니 거기도 사람이 너무 많고 햇빛이 너무 많
다. 왕은 호젓한 그늘로 물러나고 싶어 한다. …… 기근이 들던 해 (그때는
그런 일이 드물지 않았는데) 왕은 평소처럼 세나르 숲에서 사냥을 하고 있
었다. 상여를 메고 가던 농부에게 왕이 물었다. "어디로 운반하는가?" "그저
그런 데입니다." "남자인가 여자인가?" "남자입니다." "사인은 무엇인가?"
"굶어죽었습니다요."

__ 쥘 미슐레

| 주요 등장 인물 |

기즈
장니콜라 데물랭(변호사, 카미유 데물랭의 아버지)
마들렌(장니콜라의 아내, 결혼 전 성은 '고다르')
카미유(아들, 1760년 출생)
엘리자베트(딸)
앙리에트(딸, 아홉 살 때 사망)
아르망(아들)
안클로틸드(딸)
클레망(막내아들)

아드리앵 드 비프빌(카미유의 외가 쪽 친척)
장루이 드 비프빌

콩데 공(귀족, 장니콜라 데물랭의 고객)

아르시쉬르오브
마리 마들렌 당통(조르주자크 당통의 어머니, 결혼 전 성은 '카뮈')
장 르코르댕(발명가, 조르주자크의 새아버지)
조르주자크(아들, 1759년 출생)
안 마들렌(딸)

피에레트(딸)
마리세실(딸, 수녀원에 들어감)

아라스
프랑수아 드 로베스피에르(변호사, 막시밀리앙 드 로베스피에르의 아버지)
자클린(프랑수아의 아내, 결혼 전 성은 '카로'였고 다섯째 아이를 출산하다 사망)
막시밀리앙(아들, 1758년 출생)
샤를로트(딸)
앙리에트(딸, 열아홉 살 때 사망)
오귀스탱(아들)
카로(양조업자, 막시밀리앙의 외할아버지)
윌랄리 고모, 앙리에트 고모(프랑수아의 여자 형제)

파리의 루이르그랑 콜레주
푸아냐르 당티앙루아 신부(교장, 자유주의적 사상의 소유자)
프로야르 신부(교감, 보수적 인물)
에리보 신부(고전 교사)
루이 쉴로(동료 학생)
스타니슬라스 프레롱(동료 학생, '토끼'라는 별명으로 불림)

트루아
파브르 데글랑틴(떠돌이 천재)

1장
어린 날들
(1763~1774)

우리는 이제 상황을 슬슬 살필 수 있게 됐다. 먼지가 내려앉았고, 새 집 지붕 위에 마지막 붉은 벽돌을 놓았고, 결혼 서약을 한 지가 사 년으로 접어들었으니 말이다. 도시에서는 여름의 냄새가 난다. 썩 쾌적하지는 않지만 작년과 다를 바 없고, 내년에도 마찬가지일 것이다. 새 집에서는 송진과 왁스 냄새가 난다. 부글부글 끓어오르는 집안싸움으로 지독한 유황 냄새가 난다.

데물랭 변호사의 서재는 안뜰 건너편, 그러니까 길거리에 면한 옛 집에 있다. 아르메(병기) 광장의 좁은 흰색 통로에서 올려다보면 이층의 셔터 뒤에서 지켜보는 그의 모습이 종종 보인다. 거리를 내려다보는 것처럼 보이지만, 장니콜라의 눈은 아득히 먼 곳을 바라본다고 사람들은 말한다. 맞는 말이다. 데물랭이 그리워하는 곳은 언제나 그곳이다. 그의 마음은 파리로 돌아가 있다.

지금 데물랭은 몸을 움직여서 계단을 올라가고 있다. 세 살 난 아들이 그의 뒤를 졸졸 따라 올라간다. 이 아이를 앞으로 이십 년 동안은 발밑에 두어야 할 상황이니 불평해봐야 아무런 소용도 없다. 오후의 더위가 거리에 깔렸다. 앙리에트와 엘리자베트 두 아이는 아기 침대에서 잠들었다. 마들렌은 임신한 몸으로, 교양 없는 여자처럼 쉴 새 없이 독설을 퍼부으며 세탁부를 혼내고 있다. 데물랭은 그쪽 문을 닫는다.

책상에 앉자마자 불쑥 떠오른 파리 생각이 데물랭의 마음속으로 스며든다. 자주 일어나는 일이다. 그는 이 생각을 잠시 즐기기로 한다. 그는 어렵게 끌어낸 무죄 판결문을 안고 샤틀레 재판소 계단 위에서 동료들의 축하를 받는 장면을 떠올린다. 그는 동료들의 얼굴과 이름을 하나씩 떠올려본다. "오늘 오후에는 페랭이 안 보이네? 비노는?" 이제 데물랭은 일 년에 두 번 파리에 올라가는 사람이 됐다. 그런데 학창 시절에 자기의 인생 설계를 그에게 털어놓곤 했던 비노는 언젠가 도팽(왕세자) 광장에서 전혀 몰라보고 그를 지나쳐 걸어갔다.

그것이 작년 일이었고 지금은 서기 1763년 8월이다. 이곳은 피카르디 지방의 기즈다. 장니콜라 데물랭은 서른세 살이며 남편이요 아버지요 변호사요 시의원이요 사법관구의 관리요, 새로 지붕을 올렸기에 지불해야 할 빚이 많은 남자다.

장부를 꺼낸다. 처가에서 결혼 지참금의 마지막 분할금을 가져다준 것이 겨우 두 달 전이다. 처가 식구들은, 자네처럼 지위가 있고 일이 꾸준히 들어오는 사람이라면 마지막 몇백은 있어도 그만 없어도 그만일 것이라고, 마치 사위의 능력을 믿었기에 저지른 실수인 것처럼 굴었지만, 어차피 데물랭이 꼬치꼬치 따지지 못할 것임을 잘 알고서 그랬다.

드 비프빌 집안은 늘 그런 식이었지만 어쩔 도리가 없었다. 그들은 집안 기둥에다가 장니콜라를 쾅쾅 박았고, 장니콜라는 어쩔 줄 모르면서 떨리는 손으로 그들에게 못을 내밀었다. 데물랭이 드 비프빌 집안의 청으로 파리에서 고향 기즈로 돌아온 것은 마들렌과 살림을 차리기 위해서였다. 아내의 나이가 서른은 넘어가야 처가에서 그의 처지를 절반이나마 만족스럽게 여기면서 사위로 맞아들일 줄은 그때는 꿈에도 몰랐다.

드 비프빌 집안은 사업을 했다. 작은 도시들을 터전 삼아 법률 사무소를 크게 꾸렸다. 라옹 군과 피카르디 지방 어디를 가도 드 비프빌 집안 사촌들이 있다. 쉴 새 없이 떠들어대는 비열한 사기꾼 무리다. 기즈 시장도 드 비프빌 사람이고, 파리 고등법원이라는 지엄한 사법기구에도 드 비프빌 사람이 있다. 드 비프빌 집안은 보통 고다르 집안과 사돈을 맺는다. 마들렌도 아버지 쪽은 고다르 집안이다. 고다르라는 이름에는 귀족을 나타내는 선망의 관사 '드(de)'가 붙지 않는다. 그래도 고다르 사람들은 잘 나가는 편이라서 기즈 근방에서 열리는 저녁 음악회나 장례식이나 변호사회 만찬 같은 데 가면 고다르라는 성을 가진 사람이 어김없이 있었고, 그 사람에게는 깍듯이 인사를 해야 했다.

고다르 집안 여자들은 아이를 연례 행사처럼 낳아야 한다고 믿는데 마들렌도 출발은 늦었지만 이제 조금도 밀리지 않는다. 새 집은 그래서 지었다.

맏이로 태어난 이 아이는 이제 방을 가로질러 창턱으로 기어오른다. 갓난아기를 보았을 때 데물랭의 첫 반응은 이건 내 아이가 아니라는 것이었다. 세례식 날 히히덕거리면서 외삼촌들과 마귀 할멈 같은 이모들이 던진 말을 듣고서야 납득이 갔다. "그러니까 요 녀석이 꼬마 고다르라 이거지? 손가락 끝이 영락없이 고다르 씻줄 아니야?" 데물랭은 심술궂게 세 가지 소망을 생각했다. "군수가 되고 사촌과 결혼해서 돼지처럼 잘 먹고 잘 살아라."

대부와 대모가 의견을 통일하지 못해서 아이는 이름이 여럿이었다. 데물랭도 마음에 드는 이름을 내놓았다. 그러자 가족들은 의기투합해 말했다. "자네는 얼마든지 뤼시앵이라고 부르게. 우리는 카미유라고 부를 테니." 첫아이가 태어나면서 데물랭은 빠져나올 가망이 조금도 없는 늪 속으로 빨려 들어가서 허우적거리는 사람이 된 듯한 느낌에 빠졌다. 책임을 맡기를 꺼린 것은 아니었다. 그저 당혹스러운 삶에 짓눌렸고, 어떤 처지에서든 도무지 건설적인 일을 할 수가 없는 뻔한 현실에 질려버렸을 따름이었다. 특히 첫아이는 손쓰기 어려운 두통거리였다. 법률적인 추론으로는 도저히 접근할 수가 없는 녀석 같았다. 데물랭이 녀석을 보고 웃으면 녀석은 그를 따라 웃는 법을 배웠다. 보통 아기들한테서 볼 수 있는 해맑은 방긋 웃음이 아니라 가지고 논다는 느낌이 얼핏 들게 만드는 그런 웃음이었다. 게다가, 아기의 눈은 초점을 제대로 맞추지 못하는 것으로만 알았는데 이 아이는, 하기야 이 모두가 다 아빠의 머릿속 상상일 테지만, 약간 싸늘하게 아빠를 바라보는 듯했다. 이 눈빛이 그는 불편했다. 그는 이 아이가 어느 날 자신과 같이 있다가 벌떡 일어나 앉아서 소리를 지를까 봐, 아빠에게 눈을 맞추고 이리저리 살피다가 "야, 이 멍청아." 하고 말할까 봐 속으로 겁이 났다.

어느새 아들은 창턱에 올라서서 광장 쪽으로 몸을 내밀고 누가 오고 누가 가는지를 아빠에게 보고했다. "신부님이 와. 솔스 아저씨가 와. 쥐가 한 마리 와. 솔스 아저씨네 개가 와. 우아, 불쌍한 쥐."

"카미유, 거기서 내려와라. 길바닥으로 떨어져서 머리를 다치면 군수도 못 돼. 하기야 그런다고 군수가 못 된단 법은 없겠지. 머리가 나빠도 얼마든지 할 수 있는 일이니까." 그가 말한다.

업자들이 보낸 청구서를 정산하는 동안 아들은 창밖으로 몸을 쑥 내밀고 개 먹잇감이 또 없는지 찾는다. 신부가 다시 광장을 가로지르고 개는 햇살을 받으며 잠이 들었다. 사내아이가 목줄과 사슬을 들고 와 개를 묶어서는 집으로 끌고 간다. 마침내 장니콜라가 고개를 들었다.

"지붕 값을 다 치르고 나면 우린 망할 거다. 알겠니? 네 외삼촌들이 자투리들 말고는 일감을 계속해서 하나도 안 주면 너를 공부시키는 데 써야 할 네 엄마 결혼 지참금을 까먹지 않고는 한 달 한 달을 버틸 수가 없어. 계집애들이야 괜찮지, 바느질이라도 하면 되니까. 얼굴이 고우니까 장가오려는 놈들도 있을 테고. 그런데 너도 과연 그럴 수 있을지 걱정이구나."

"이제 개가 다시 와." 아들이 말한다.

"말을 들어야지. 창문에서 내려와라. 아이처럼 굴지 말고."

"왜 안 돼?" 카미유가 말한다. "나 아이 맞는데?"

아이 아빠는 방을 가로질러서 아이가 찰싹 달라붙어 있던 창틀에서 아이의 손가락을 잡아떼어서 아이를 번쩍 든다. 압도적인 힘으로 들어 올리는 서슬에 아이의 눈이 동그래진다. 모든 것이 아이를 놀라게 한다. 아빠의 거친 말씨, 달걀 껍질의 반점들, 여자들 모자, 연못 위의 오리들.

데물랭은 아이를 안고 방을 가로지른다. '네가 서른이 되면 너는 이 책상에 앉을 것이고, 장부를 들여다보고 있다가 의뢰를 맡은 시시껄렁한 지방 사무를 처리하면서 변호사로 나선 지 한 열 번째쯤 맡은 일로 위에주에 있는 저택의 저당 증서를 작성할 것이고, 그런 일을 하다 보면 네 얼굴에서 놀란 빛도 가실 게다.' 아빠는 속으로 생각한다. '네 나이가 마흔이 되어 머리가 희끗해져서 맏아들 때문에 근심이 많아지면, 나는 일흔이 된다. 나는 햇볕을 쬐면서 밖에 앉아서 담벼락의 배들이 영글어 가는 모습을 볼 것이고 솔스 씨와 신부는 지나가다가 모자를 까딱하면서 인사를 할 것이다.'

우리는 아버지를 어떻게 생각하는가? 아버지는 중요한가 안 중요한가? 루소는 다음과 같은 말을 한 적이 있다.

모든 사회 중에서 가장 오래되었고 유일하게 자연스러운 사회는 가정이라는 사회지만, 아이는 자기가 존속하는 데에 아버지가 필요하다고 생각하는 동안만 본능적으로 아버지에게 결속감을 느낀다. …… 가정은 어쩌면 가장 먼저 등장한 정치적 사회의 전형인지도 모른다. 국가 수반에게는 아버지의 모습이 있고 백성에게는 아이의 모습이 있다.

다른 가족들의 이야기도 좀 들어보자.

당통 씨는 딸이 넷이었다. 딸들 밑으로는 아들이 하나 있었다. 아들이라 다행이라는 느낌이야 들었을지 몰라도 아버지는 이 아이한테 특별한 느낌이 없었다. 마흔이 됐을 때 당통 씨는 죽었다. 혼자가 된 부인은 그때 임신 중이었는데 배 속 아기를 잃었다.

훗날 아들 조르주자크는 아버지를 기억한다고 생각했다. 그의 집 안에서는 죽은 아버지 이야기를 많이 했다. 그는 이런 대화 내용을 빨아들여서 기억으로 둔갑시켰다. 그 기억은 나중에 제 몫을 톡톡히

했다. 죽은 아버지는 돌아와서 트집을 잡거나 사실을 바로잡는 법이 없다.

당통 씨는 지방 법원의 서기였다. 돈이 조금 있었고 집이 몇 채 있었고 땅도 좀 있었다. 부인은 자신이 짐작했던 것보다 역경을 잘 헤쳐 나갔다. 몸집은 작았지만 가슴을 펴고 당당하게 살아가는 여장부였다. 아이들의 이모부들이 일요일마다 와서 조언을 해주었다.

시간이 흐르면서 아이들은 거칠어졌다. 남의 집 울타리를 망가뜨리고 양떼를 쫓아다니고 이런저런 장난을 쳐서 시골 사람들을 골탕 먹였다. 꼬박꼬박 말대답을 했다. 남의 집 아이들을 강물에 처박기 일쑤였다.

"여자애들이 저래서야!" 아이들 외삼촌 카뮈 씨가 말했다.

"여자애들이 아니라 조르주자크 짓이야. 그렇지만 쟤들도 살아남아야 하지 않겠어."

"이건 뭐 밀림의 왕국도 아니고." 카뮈 씨가 말했다. "여긴 파타고니아가 아니라 아르시쉬르오브라고."

아르시는 푸르다. 일대의 땅은 평평하고 노랗다. 삶은 느리게 흘러간다. 카뮈 씨는 그 아이를 유심히 바라보았다. 아이는 창밖에서 헛간에다 돌을 던져댔다.

"저 녀석은 우악스럽고 쓸데없이 덩치만 커. 그런데 머리에는 왜 붕대를 감았지?"

"그건 알아서 뭐 하려고? 보나마나 헐뜯기나 할 거면서."

이틀 전 누나 하나가 땅거미가 막 지던 포근한 저녁나절에 동생을 집으로 끌고 들어왔다. 수소를 놓아기르는 들판에서 초기 기독교 순교자 흉내를 내면서 놀던 중이었다고 누나는 말했다. 아마도 안 마들렌이 그럴 듯하게 둘러댄 말이리라. 물론 교회의 순교자들이 전부 뿔에 받히기로 합의한 것은 아니고 조르주자크 같은 순교자는 뾰족한 막대기로 무장했을지도 모른다. 조르주자크의 얼굴 절반이 수소의 뿔에 찢겨 나갔다. 엄마는 기겁을 해서는 아들의 머리를 두 손으로 보듬고 살을 모아서 살이 들러붙기를 빌고 또 빌었다. 붕대로 꼭 동여매고는 이마에 난 혹과 상처를 가리느라 머리를 한 번 더 붕대로 휘감았다. 이틀 동안 아이는 철모라도 쓴 듯 험상궂은 분위기를 풍기면서 집 안에서 침울하게 지냈다. 그러면서 머리가 아프다고 불평했다. 외삼촌 눈에 띈 날이 사흘째 되던 날이었다.

카뮈 씨가 떠나고 나서 스물네 시간이 지난 다음에 당통 부인은 똑같은 창문 앞에 서서, 마치 끔찍한 꿈을 되풀이해서 꾸는 듯한 얼떨떨한 심정으로 들판을 가로질러서 아들의 유해가 실려 오는 것을 지켜보았다. 농장 인부 하나가 육중한 주검을 두 팔로 안았는데 무릎이 구부러진 것으로 보아 얼마나 무거운지를 알 수 있었다. 개 두 마리가 꼬리를 다리 사이로 말고서 뒤에서 쫓아왔고, 그 뒤로는 안 마들렌이 분노와 절망으로 악을 쓰며 따르고 있었다.

가서 보니까 인부의 눈에는 눈물이 맺혀 있었다. "저 망할 놈의 소는 잡아야 합니다." 그가 말했다. 그들은 부엌으로 들어갔다. 사방이 피범벅이었다. 사내의 상의도, 개들의 털도, 안 마들렌의 앞치마와 심지어 머리카락도 온통 피칠갑이었다. 바닥에도 피가 흥건했다. 그녀는 하나뿐인 아들의 주검을 눕혀놓을 담요나 깨끗한 수건 같은 것을 황급히 찾았다. 탈진한 인부가 벽에 기대자 회벽에 적갈색으로 긴 줄이 묻어났다.

"바닥에 내리세요." 그녀가 말했다.

바닥의 차가운 타일에 볼이 닿자 아이가 끄응 신음을 토했고, 그제서야 엄마는 아이가 죽지 않았음을 깨달았다. 안 마들렌은 단조로운 목소리로 죽은 이를 위해 구약 시편의 기도를 읊조렸다. "파수꾼이 아침을 기다리기보다 내 영혼이 주님을 더 기다리네. 이스라엘아, 주님을 고대하여라." 엄마는 따귀를 갈겨서 딸의 입을 막았다. 그때 닭 한 마리가 문으로 날아 들어와서 딸의 발 위로 올라섰다.

"때리지 마세요." 인부가 말했다. "소 발굽 밑에서 동생을 끌어냈다고요."

조르주자크는 눈을 뜨더니 토했다. 그들은 아이를 가만히 눕혀놓고 부러진 데가 없는지 팔다리를 살폈다. 코가 부러져 있었다. 숨을 쉬는 아이의 입에서 피 거품이 나왔다. "코는 풀지 마라." 사내가 말했다. "그러다 뇌가 떨어져 나올라."

"가만 누워 있어, 조르주자크." 안 마들렌이 말했다. "네가 소한테 따끔한 맛을 보여줬어. 다음에 너를 보면 달아나서 숨을 거야."

엄마가 말했다. "아이 아빠가 있었으면."

사고가 있기 전까지는 아무도 그의 코를 유심히 보지 않았으므로 코가 제대로 아물었는지는 아무도 알 수가 없었다. 하지만 소뿔에 찢긴 얼굴 부위에는 흉터가 심하게 남았다. 뺨 한쪽을 따라서 줄이 죽 그어졌고, 자주색 흉터가 윗입술로 밀고 들어갔다.

이듬해에는 홍역에 걸렸다. 누나들도 걸렸지만 다행히 아무도 죽지 않았다. 엄마는 흉터가 아들의 감점 요인이라고 생각하지 않았다. 못생길 바에야 애를 써서라도 제대로 못생긴 편이 낫다. 조르주는 사람들의 시선을 끌었다.

아들이 열 살 때 엄마는 재혼을 했다. 장 르코르댕이라고 시내에서 장사를 하는 사람이었는데 홀아비였고 (얌전한) 아들이 하나 있었다. 괴벽스러운 데가 좀 있는 남자였지만 엄마는 그와 아주 잘 지낼 수 있을 것으로 보았다. 조르주의 등교는 동네 사람들의 관심을 끌었다. 조르주는 공부를 전혀 안 해도 어느 과목에서나 발군의 성적을 올린다는 사실을 곧 깨달았다. 그래서 학교가 자기 생활을 침해하는 것을 용납하지 않았다. 어느 날 길을 가다가 돼지 떼와 부딪쳤다. 몸이 긁히고 멍이 들고 철사처럼 굵은 머리카락에 가려졌지만 얼굴에 흉터가 한두 군데 더 생겼다.

"이제부터는 짐승한테 짓밟히는 일은 두 번 다시 없을 거야." 조르주는 말했다. "네발짐승한테든 두발짐승한테든."

"제발 그리 되게 해주십시오, 하느님." 새아버지는 경건하게 말했다.

일 년이 지났다. 어느 날 갑자기 아이가 쓰러졌다. 열이 펄펄 끓고 추워서 덜덜 떨었다. 기침을 하면 피 묻은 가래가 나오고 방 안에 있는 사람 귀에 다 들릴 정도로 가슴에서 무언가를 긁어대는 것처럼 가르릉 소리가 났다. "폐가 아주 안 좋은 것 같습니다." 의사가 말했다. "갈비뼈가 자꾸만 폐를 조여댑니다. 죄송합니다. 신부님을 부르시지요."

신부가 왔다. 신부는 조르주에게 마지막 의식을 베풀었다. 하지만 소년은 그날 밤 죽지 않았다. 사흘 뒤에도 여전히 혼수 상태에서 반쪽 목숨을 이어갔다. 누나 마리세실이 돌아가면서 기도를 하는 순서를 정했고 자신이 제일 힘든 새벽 2시부터 동틀 녘까지 당번을 맡았다. 친척들은 거실을 가득 채우고 앉아서 좋은 말을 하려고 애썼다. 하품과 함께 이어지던 침묵은 동시에 말을 하려는 모든 사람의 절박한 목소리로 간간이 끊겼다. 아이가 한 번 숨을 쉴 때마다 그 소식이 이 방에서 저 방으로 전해졌다.

나흘째 되던 날 아이는 자리에서 일어나 앉아서 가족을 알아보았다. 닷새째 되던 날에는 농담도 던졌고 푸짐한 음식을 요구했다.

고비는 넘겼다는 전갈이 내려왔다.

원래 가족들은 아버지 무덤을 열고 옆에다 아이를 묻을 작정이었다. 곁채에 들여놓았던 관도 돌려보내야 했다. 다행히 계약금만 걸었다.

조르주자크의 몸이 낫자, 새아버지는 트루아로 일을 보러 갔다. 그는 귀가하더니 작은 신학교에 아들이 들어갈 자리를 잡아 두었다고 선언했다.

"내가 못살아." 그의 아내 르코르댕 부인이 말했다. "실토해요, 저 아이를 집 밖으로 내몰려는 거잖아."

"나도 발명할 시간이 있어야 하지 않겠소?" 르코르댕이 차분히 되물었다. "난 전쟁터에서 살고 있어. 돼지들한테 짓밟히지 않으면 폐가 가르릉거리고. 11월에 강물로 뛰어드는 애가 누가 또 있소? 누가 또 있냐고? 아르시 사람들은 헤엄치는 거 몰라도 돼. 저 녀석은 시건방이 하늘을 찔러."

"하긴, 신부가 되는 것도 가능하겠네." 아내가 조금 누그러졌다.

"맞아." 외삼촌 카뮈 씨가 말했다. "신도들에게 강론하는 모습이 눈에 선한데, 신도들이 십자군 성전의 선봉에 서라고 등을 떠밀지도 모르지."

"저 녀석 좋은 머리는 어디서 얻었는지 모를 일이야." 르코르댕 부인이 말했다. "우리 집안에는 머리 좋은 사람이 없는데."

"고맙네." 외삼촌이 말했다.

"물론, 신학교에 간다고 해서 꼭 사제가 되란 법은 없지. 법도 있잖아. 법은 우리 집안에노 있고."

"이 판결이 그애 마음에 안 들면? 내 간이 다 오그라드네."

"아무튼 한두 해는 더 내가 데리고 있을게요. 하나밖에 없는 내 아들이니까. 저 아이가 나한텐 위안이에요." 아내가 말했다.

"좋을 대로 하구려." 장 르코르댕이 말했다. 그는 아내가 하라는 대로 하면서 아내를 즐겁게 해주는, 온순하고 까다롭지 않은 남자였다. 요즘은 외딴 농가에서 면사를 잣는 기계를 발명한다면서 주로 시간을 보냈다. 그가 요란스럽고 애어른 같은 양아들을 대성당이 있는 고색창연한 도시 트루아로 보냈을 때 양아들의 나이는 열네 살이었다. 트루아는 질서가 잡힌 도시였다. 가축들은 이 세상에서 제 자리가 낮음을 아는 분수가 있었고 신부들은 헤엄치는 것을 허용하지 않았다. 그가 살아남을 수 있는 실낱같은 가능성이 보였다.

훗날 어린 시절을 돌이키면서 조르주자크 당통은 언제나 이때가 제일 행복했노라고 말했다.

좀 더 연하고 좀 더 잿빛을 띤 북방의 햇빛 속에서 혼례가 치러진다. 때는 1월 2일, 드문드문 앉은 차가운 하객들은 계절에 맞는 안부 인사를 서로 나눌 줄 안다.

자클린 카로의 불장난은 1757년의 봄과 여름을 지배했고 9월 29일 성 미카엘의 날이 되자 그녀는 아기가 생겼음을 알았다. 자클린은 한 번도 실수를 한 적이 없었다. 아니면, 큰 실수만 한다고 스스로 생각했다.

남자가 이제는 냉랭하게 굴었기에, 아버지의 성격이 보통이 아니었기에, 자클린은 드레스 상체의 끈을 느슨하게 묶고 아주 조용하게 지냈다. 아버지하고 식탁에 같이 앉았는데 도저히 먹을 수가 없을 때는 음식을 밀어서 발치에 앉아 있던 테리어에게 떨어뜨렸다. 크리스마스를 한 달 앞두고 진실이 밝혀졌다.

애인은 말했다. "진작에 나한테 말했더라면, 우리는 양조장 딸이 드 로베스피에르 집안으로 시집오는 걸 두고만 서로 옥신각신했을 테지. 그렇지만 이제는 당신 배가 불러오니까 스캔들의 주인공이 되었잖아."

"사생아가 아니라 사랑의 씨앗이지요." 자클린이 말했다. 그녀는 천성이 낭만적이지는 않았지만 자신이 어떤 태도로 대처해야 하는지를 느꼈다. 자클린은 단상에 서서 턱을 꼿꼿이 들고 하루 종일 식구들을 똑바로 쳐다보았다. 물론 이들은 친정 식구들이었다. 드 로베스피에르 가족은 그냥 집에 있었다.

프랑수아는 스물여섯 살이었다. 지역 변호사회의 떠오르는 별이었고 그 지방 사람들이 몹시 탐내던 총각이었다. 드 로베스피에르 집안은 아라스에서 삼백 년째 살았다. 돈은 없었지만 자부심은 컸다. 자클린은 시댁 식구들을 보고 놀랐다. 양조장을 하는 친정에서는 아버지가 하루 종일 고함을 지르고 직원들에게 호통을 치고 뼈가 붙은 큼지막한 고깃덩어리를 그냥 식탁에 올렸다. 드 로베스피에르 사람들은 서로에게 점잖게 굴었고 묽은 수프를 먹었다.

친정 식구들은 자클린이 자기들처럼 억세고 평범한 처녀인 줄 알고 큼지막한 그릇에다 수프를 듬뿍 퍼서 딸 쪽으로 내밀었다. 아버지는 마시던 맥주를 딸에게 권하기까지 했다. 하지만 자클린은 억세지 않았다. 그녀는 병약했다. 점잖은 집안으로 시집가서 잘된 일이라고 사람들은 아니꼬운 투로 말했다. 자클린에게는 일을 시킬 수가 없었다. 자클린은 작은 도자기 같은 장식품이었다. 자클린의 가녀린 몸매는 배 속에서 커 가는 아이 때문에 구겨졌다.

프랑수아는 사제 앞에 선 것으로 자기 의무를 다했다. 그런데 일단 잠자리에서 자클린의 몸을 만나자 처음에 느꼈던 폐부를 찌르는 욕정이 다시 느껴졌다. 그는 자클린 쪽에서 고동치는 새 심장에 끌렸고 아내 갈빗대의 원초적 굴곡에도 끌렸다. 아내의 반투명한 피부에, 푸르스름한 대리석 같은 핏줄이 비치는 손목 안쪽의 피부에 경이를 느꼈다. 근시인 푸른 눈에, 고양이 눈처럼 부드러워졌다가 날카로워졌다가 할 수 있는 크게 뜬 눈에 끌렸다. 아내가 말을 할 때 그 말은 작은 발톱처럼 마음에 콕 와서 박혔다.

"이 집안사람들은 뼛속까지 깍듯함이 배어 있어." 자클린이 말했다. "살을 베면 예의범절이라는 이름의 피를 흘릴 거야 아마. 내일이면, 하느님 감사합니다, 우리끼리만 살게 되는구나."

다사다난했던 겨울이었다. 프랑수아의 두 누이는 주변에서 맴돌았고 연락을 전했고 너무 말을 많이 하는 것을 꺼렸다. 자클린은 5월 6일 새벽 2시에 사내아이를 낳았다. 그날 늦게 가족은 세례 받는 자리에서 만났다. 프랑수아의 아버지가 대부가 되어주었고 할아버지의 이름을 따서 막시밀리앙이라고 이름을 지었다. 시아버지는 집안에서 오래 내려오는 훌륭한 이름이라고 자클린의 친정 엄마에게 말했다. 그녀의 딸은 유서 깊은 훌륭한 집안 식구가 되었다.

이 결혼에서 그 뒤로 오 년 동안 세 아이가 더 생겼다. 병고에 뒤이어 두려움이 왔고, 이어서 통증이 자연스러운 상태로 여겨지는 시기가 자클린에게 찾아들었다. 자클린은 통증 없는 삶을 기억하지 못했다.

그날은 윌랄리 고모가 이야기를 읽어주었다. '여우와 고양이' 이야기였다. 고모는 페이지를 휙휙 넘기면서 아주 빨리 읽었다. '이런 걸 건성이라고 하는데.' 아이는 속으로 생각했다. '아이들이 저런 식으로 읽다간 따귀를 맞는데.' 게다가 이 책은 아이가 가장 좋아하는 책이었다.

모랫빛 눈썹을 가운데로 모으고 무언가를 들으려는 듯 턱을 괸 고모의 모습은 영락없는 여우였다. 무시당한 아이는 슬며시 바닥으로 미끄러져 내려와서 고모 소매의 레이스를 살며시 만지작거리며 놀았다. 엄마는 레이스를 만들 줄 알았다.

아이는 몹시 불길한 예감이 들었다. (좋은 옷을 입고서) 바닥에 주저앉았는데도 평소와는 달리 나무라지 않는 고모를 보면서 아이는 불안했다.

고모가 문장을 중간에서 끊고 귀를 기울였다. 이층에서 올케 자클린이 죽어 가고 있었다. 아이들은 아직 몰랐다.

산파는 아무 도움이 안 되어서 일찌감치 끝어냈다. 지금은 부엌에서 치즈 껍질을 맛있게 살살 파먹으면서 하녀에게 아기 낳다 죽은 여자들 이야기를 해서 잔뜩 겁을 주고 있었다. 그 대신 의사를 불러 왔는데 계단 꼭대기에서 프랑수아는 의사와 언쟁을 벌였다. 윌랄리 고모가 얼른 일어나 문을 닫았지만 그래도 말소리는 계속 들렸다. 고모는 목소리가 묘하게 달라졌지만 계속 책을 읽어 나가면서 가늘고 새하얀 여성스러운 손을 뻗어서 오귀스탱의 아기 침대를 이리저리 흔들었다.

"절개하지 않고는 산모를 구할 길이 없습니다." 의사가 말했다. 의사도 절개라는 말을 싫어하는 게 뻔히 느껴졌다. 하지만 그 단어 말고는 없었다. "아이는 살릴 수 있을지 모릅니다."

"산모를 살리세요." 프랑수아가 말했다.

"그냥 두면 둘 다 죽습니다."

"아기는 죽여도 되니까 산모를 살리세요."

윌랄리가 아기 침대 위에 두었던 주먹을 움켜쥐었고, 침대가 덜컥 멎으니 오귀스탱이 자지러졌다. 진작에 태어난 오귀스탱은 행운아였다.

프랑수아와 의사는 계속 입씨름을 벌였다. 의사는 이해가 느린 문외한에게 짜증이 났다. "그럼 차라리 백정을 불러오는 게 낫잖아." 프랑수아가 소리를 질렀다.

윌랄리 고모가 벌떡 일어서자 고모의 손가락에서 책이 빠져나와 드레스를 따라 스르르 미끄러지면서 바닥으로 떨어져 책장이 휘리릭 펼쳐졌다. 고모는 계단을 뛰어올라갔다. "제발, 말소리들 좀. 아이들이……."

책장들이 부채처럼 마구 넘어갔다. 여우와 고양이, 거북이와 토끼, 눈빛이 형형한 슬기로운 까마귀, 나무 밑의 곰……. 막시밀리앙은 책을 집어 접힌 책장 귀퉁이들을 폈다. 그리고 누이동생의 통통한 두 손을 아기 침대에 놓고는 "이렇게 해." 하면서 아기 침대를 흔들었다.

입이 아기처럼 헤벌어진 누이동생이 얼굴을 들었다. "왜?"

윌랄리 고모는 아이를 보지 않고 지나쳤다. 고모의 윗입술에 땀이 송골송골 맺혔다. 아이의 발이 계단을 후다닥 올랐다. 아빠는 의자 속에 구겨져서 한 팔로 눈을 가린 채 울고 있었다. 의사는 가방을 뒤지며 말했다. "내 수술집게가. 시도라도 해봐야지. 어쩌다가 이 방법이 먹힐 때도 있으니까."

아이는 문을 조금 밀어서 살짝 들어갈 수 있게 틈새를 만들었다. 초여름이었고 정원과 들판에서는 향기가 진동했는데도, 창문들은 모두 닫혀 있었다. 불도 피웠고 통 안에 장작도 마련해 두었다. 후끈한 열기는 가까웠고 눈에도 보였다. 흰색 천을 덮은 엄마는 쿠션을 등에 받치고 침대에 기대어 있었는데, 머리는 이마 뒤로 넘겨서 끈으로 묶고 있었다. 고개는 그냥 두고서 엄마는 눈만 아들 쪽으로 돌렸다. 희미한 웃음의 흔적이 묻어났다. 입 주변의 살결은 잿빛이었다.

'얼마 뒤면 나는 너와 헤어진단다.' 입은 그렇게 말하는 듯했다.

그것을 보고 아이는 돌아섰다. 문가에서 한 손을 엄마한테 들어 보여 연대감을 나타내는 어른의 동작을 어렴풋이 흉내 냈다. 문밖에서는 의사가 외투를 벗어서 팔에 걸치고는 누군가 와서 외투를 받아서 걸어주기를 기다리고 있었다. "몇 시간만 더 일찍 불렀어도……." 의사는 딱히 누군가를 지목하지 않고 말했다. 프랑수아가 앉아 있던 자리는 비어 있었다. 집을 나간 듯했다.

사제가 도착했다. "머리만 나와도 세례를 하겠습니다." 사제가 말했다.

"머리만 나와도 우리 고생은 끝이지요." 의사가 말했다.

아기가 죽기 전에 세례를 받아야 천국에 갈 수 있으므로 사제는 희망을 담아서 말했다. "아니면 팔이나 다리만 나와도 교회는 받아들여줍니다."

윌랄리는 사람들을 지나쳐서 다시 방으로 들어갔다. 문을 열자 열기가 훅 몰려나왔다. "이게 산모한테 좋은 건가요? 공기가 하나도 안 통해요."

"냉기는 굉장히 안 좋습니다." 의사가 말했다. "하기야 어차피……."

"병자성사를 하죠." 사제가 제안했다. "마땅한 책상이 있으면 좋겠는데."

그는 가방에서 하얀색 제단보를 꺼내더니 다시 안으로 손을 집어

넣어 양초를 찾았다. 당신의 집 안으로 직접 가져온 휴대용 하느님 은총…….

의사의 눈이 계단 꼭대기 언저리를 맴돌았다. "아이를 데리고 가세요." 그가 말했다.

윌랄리는 아이를, 사랑의 씨앗을 품에 안았다. 아래로 내려가는데 고모의 드레스가 아이의 볼을 스치면서 스슥 하는 소리를 냈다.

윌랄리는 아이들을 현관 앞에 나란히 세웠다. "장갑들. 모자들도."

아이가 말했다. "따뜻해요. 장갑은 진짜 없어도 돼요."

"그래도 안 돼." 고모는 물러서지 않았다. 고모의 얼굴이 떨리는 듯했다.

유모가 아기 오귀스탱을 자루처럼 한 손으로 어깨에 둘러메고서 그들을 밀치며 지나갔다. "육 년 동안 다섯을 낳았으니 뭘 기대하겠어요? 운이 다한 거죠." 유모는 고모에게 말했다.

아이들은 외할아버지 댁으로 갔다. 그날 늦게 윌랄리 고모가 와서 아기 남동생을 위해 기도해야 한다고 말했다. "세례는 받았나요?" 외할머니가 입을 열었다. 윌랄리 고모는 고개를 저었다. 아이들 쪽으로 눈을 떨구는 것이, 말하기가 곤란하다는 표정이었다. 고모는 외할머니에게 입을 열었다. "태어나면서 죽었어요."

아이가 부르르 떨었다. 윌랄리 고모가 허리를 숙여 입을 맞춰주었다. 아이가 물었다. "집에는 언제 갈 수 있어?"

고모가 말했다. "엄마 기분이 좋아질 때까지 외할머니 댁에서 며칠 동안 지내면 좋을 거야."

하지만 아이는 엄마 입가의 잿빛 피부를 기억했다. 엄마의 입이 자기한테 한 말을 아이는 알아들었다. 엄마는 곧 관에 들어갈 거고 곧 땅에 묻힐 거다.

아이는 왜 어른들이 이런 식으로 거짓말을 하는지 이상했다.

아이는 날짜를 헤아렸다. 윌랄리 고모와 앙리에트 고모가 왔다 갔다 했다. "오늘은 엄마가 어떠냐고 물어보지 않을 거야?" 고모들이 물었다. 앙리에트 고모가 외할머니에게 말했다. "막시밀리앙은 엄마 안부를 안 물어보네요."

외할머니가 대답했다. "좀 차가운 녀석이라우."

아이는 어른들이 진실을 말할 때까지 날짜를 헤아렸다. 아흐레가 지났다. 아침 식사 때였다. 빵과 우유를 먹는데 외할머니가 들어왔다.

"마음 단단히 먹어야 한다." 외할머니가 말했다. "엄마가 예수님 곁으로 떠나셨어."

아이는 아기 예수를 생각했다. "알아요."

이 일이 일어났을 때 아이는 여섯 살이었다. 열린 창으로 들어온 산들바람에 하얀 커튼이 펄럭거렸고 참새들이 문턱에서 수선을 피웠다. 하느님 아버지가 벽에 달린 그림 속에서 영광의 구름을 흩날리면서 내려다보고 있었다.

그리고 하루 아니면 이틀이 지나서 누이동생 샤를로트는 관을 가리켰다. 더 어린 누이동생 앙리에트는 관심을 못 받고 삐쳐서 한구석에서 칭얼거렸다.

"내가 읽어줄게." 막시밀리앙은 샤를로트에게 말했다. "동물 책은 아니야. 나한테 그 책은 너무 유치하거든."

나중에 고모인 어른 앙리에트가 아이를 들어 올려서 관을 닫기 전에 안을 볼 수 있었다. "아이한테 보여주기 싫었는데 외할아버지께서 보여줘야 한다고 하시잖아요." 고모는 몸을 떨면서 아이의 머리 너머로 말했다. 아이는 손이 백지장처럼 하얗고 코가 앙상한 주검이 엄마임을 너무나 잘 알았다.

윌랄리 고모가 거리로 달려 나갔다. "프랑수아, 이러지 마." 막시밀리앙은 고모의 드레스를 붙잡고 고모 뒤를 좇았다. 프랑수아는 한 번도 뒤를 돌아보지 않았다. 프랑수아는 뚜벅뚜벅 거리를 걷다가 시내로 사라졌다. 윌랄리 고모는 아이를 잡아끌고 집으로 돌아왔다. "프랑수아가 사망 확인서에 서명을 안 하잖아." 고모가 말했다. "자기 이름을 거기 올릴 수 없다는 거야. 어쩌면 좋아?"

프랑수아는 다음 날 돌아왔다. 브랜디 냄새가 났는데 외할아버지는 사위가 보나마나 여자와 같이 있었다고 말했다.

다음 몇 달 동안 프랑수아는 폭음을 하기 시작했다. 프랑수아한테 홀대받은 의뢰인들은 다른 데로 옮겨 갔다. 프랑수아는 며칠씩 사라지기 일쑤였다. 어느 날 가방을 싸더니 영원히 떠난다고 했다.

외할아버지와 외할머니는 프랑수아를 한 번도 좋아한 적이 없다고 말했다. 드 로베스피에르 집안이야 워낙 점잖은 사람들이니 부딪칠 일이 없었지만 아버지는 점잖은 사람이 아니었다고 두 분은 말했다. 처음에 그들은 사위가 다른 도시에서 시간이 오래 걸리는 막중한 사건을 맡았다는 허구에 매달렸다. 사위는 어쩌다가 불쑥불쑥 나타났는데 대개는 돈을 빌리기 위해서였다. 친할아버지 드 로베스피에르는 '우리가 살아 있는 동안은' 아이들에게 보금자리를 마련해 줄 수 없다고 나왔다. 외할아버지는 막시밀리앙과 오귀스탱 두 사내아이를 맡았다. 둘 다 미혼이었던 윌랄리 고모와 앙리에트 고모가 계집아이들을 맡겠다고 나섰다.

어린 시절에 어느 때인가 막시밀리앙은 자신이 사생아임을 스스로 알아차렸거나 다른 사람의 입을 통해서 들었다. 그가 평생토록 부모에 대해서 한마디도 언급하지 않은 것으로 보아 아마도 가족 관계에 대해서는 최악의 그림을 마음속에 그려 넣지 않았나 싶다.

프랑수아 드 로베스피에르는 이 년 동안 안 보이다가 1768년 아라스에 나타났다. 외국에 있었다고만 할 뿐 어디서 어떻게 살았는지는 말하지 않았다. 그는 장인의 집에 가서 아들을 찾았다. 건물 사이의 좁은 통로에 서서 막시밀리앙은 닫힌 문 안쪽에서 아버지와 외할아버지가 지르는 고함 소리를 들었다.

"도저히 견딜 수가 없다고?" 외할아버지가 말했다. "자네 아들은 어떻게 견디고 있는지 한 번이라도 생각해본 적이 있나? 그 녀석은 엄마를 빼다 박았어. 강하지를 못해요. 아이 엄마도 강하지 못했고. 자네는 그걸 알면서도 매번 애를 낳은 지 얼마 안 된 여자한테 들이댄 거고. 아이들이 등가죽에 옷이라도 걸치고, 기독교인으로 자라는 건 순전히 내 덕인 줄 알아."

아버지가 장인의 집에서 나와서 막시밀리앙을 발견하고는, "말랐구나, 나이에 비해 작네." 하고 말했다. 아버지는 몇 분 동안 어색하고 어정쩡하게 아들에게 말을 걸었다. 떠나면서는 몸을 숙여 아들의 이마에다 뽀뽀를 해주었다. 아버지의 숨은 시큼했다. 아이는 어른이 불쾌할 때 그러는 것처럼 고개를 뒤로 빼면서 진저리를 쳤다. 아버지는 실망하는 듯했다. 아들을 껴안고 입을 맞추고 빙빙 돌리면서 그네라도 태워주고 싶었던 것일까?

그 강한 감정을 눌러 두는 데 워낙 익숙해져 있었던 터라 아이는 아버지에게 미안함을 느껴야 하는 건지 궁금했다. 그래서 할아버지에게 물었다. "아버지가 저를 보러 온 거예요?"

노인은 자리에서 일어서면서 툴툴거렸다. "이번에도 돈을 빌리러 왔지. 어서 크거라."

막시밀리앙은 조금도 할아버지 할머니의 속을 썩이지 않았다. 집에 있어도 있는지 없는지도 잘 모르는 아이라고 두 노인은 말했다. 막시밀리앙은 책 읽고 정원 우리에 비둘기 키우는 데 홍미가 있었다. 누이동생들은 일요일마다 고모를 따라 외할머지 집에 왔고 아이들은 같이 놀았다. 막시밀리앙은 오들오들 떠는 비둘기들의 등을 누이들이 한 손가락으로만 아주 부드럽게 쓰다듬는 것을 허락했다.

누이동생들은 집에 가져가서 직접 키우게 비둘기를 딱 한 마리만 달라고 사정했다. "오빠 너흴 잘 알아. 하루 이틀만 지나면 지겨워질걸. 비둘기는 너희가 아는 인형이 아니야. 보살펴야 하는 거야." 막시밀리앙은 타일렀다. 여동생들은 포기하지 않았다. 일요일마다 집에 와서 보채고 징징거렸다. 결국 막시밀리앙은 넘어갔다. 윌랄리 고모가 예쁜 금빛 새장을 사왔다.

몇 주도 못 가서 비둘기가 죽었다. 새장을 밖에다 두었는데 비바람이 몰아쳤다. 막시밀리앙은 위에서는 천둥이 치는데 겁에 질려 새장 창살에 몸을 던져 날개가 부러진 작은 새를 상상했다. 샤를로트는 오빠한테 말을 하면서 후회스러운 마음에 딸꾹질을 하며 훌쩍거렸지만 막시밀리앙은 오 분만 지나면 여동생은 비둘기를 까맣게 잊고 햇살 속으로 달려나가리라는 것을 알았다. "새더러 자유를 느끼라고 새장을 밖에다 놨어." 여동생이 훌쩍거렸다.

"걔는 자유로운 새가 아니야. 보살핌이 필요한 새야. 거 봐. 내 말이 맞았잖아."

그렇지만 자기 말이 맞았어도 기분은 하나도 좋지 않았다. 입맛이 썼다.

외할아버지는 막시말리앙이 웬만큼 크면 가업에 끌어들일 생각이라고 말했다. 외할아버지는 아이를 양조장 여기저기로 데리고 다니면서 이런저런 공정을 살폈고 일꾼들과 이야기도 나누었다. 아이는 예의상으로만 관심을 보였다. 외할아버지는 막시밀리앙이 실질적인 일보다는 책을 좋아하니까 사제가 되어도 괜찮을 거라고 생각했다. "가업은 오귀스탱이 물려받으면 되니까. 아니면 팔아 치워도 되고. 난 감상적인 사람이 아니야. 술 빚는 일 말고도 직업은 얼마든지 있지."

막시밀리앙이 열 살 때 생바스트 수도원장이 이 집안에 관심을 보였다. 그는 막시밀리앙을 몸소 면담했는데 썩 좋은 인상은 받지 못했다. 자기를 내세우는 유형은 아니었지만 마치 마음은 더 높은 곳에 가 있고 여기가 아니라 다른 데 할 일이 많기라도 한 것처럼 수도원장의 생각을 기본적으로 경멸하는 것처럼 보였다. 그렇지만 똑똑한 머리가 썩고 있는 것은 분명해 보였다. 수도원장은 아이의 불행은 아이 탓이 아니라고 생각하는 데까지 이르렀다. 아이를 위해서 무언가 해주어야 마땅했다. 아라스에 있는 학교에 이제 삼 년을 다녔다는데, 교사들은 아이의 성취와 근면을 입에 침이 마르도록 칭찬했다.

수도원장은 장학금을 주선했다. 수도원장이 "너를 위해 뭔가 해보마." 하고 말했을 때 그것은 빈말이 아니었다. 이 나라 최고의 명문으로 귀족 자제들을 가르치는 루이르그랑 정도는 되어야 했다. 이 학교는 재능 있는 아이도 찾았으므로 가난한 아이도 다닐 수 있었다. 그래서 수도원장은 말했다. "특별히 나는 무시무시하게 성실한 학습 태도와 자신을 바닥까지 낮추는 순종과 끝없는 감사의 마음을 당부한다."

막시밀리앙은 앙리에트 고모에게 말했다. "내가 가면 나한테 편지 꼭 써야 해."

"당연하지."

"샤를로트하고 앙리에트도 편지 꼭 쓰라고 해줘."

"걱정하지 마."

"파리에서 새 친구도 많이 생길 거야."

"그렇겠지."

"그리고 내가 어른이 되면 동생들은 내가 보살필 수 있을 거야. 남한테 안 기대도 돼."

"늙은 고모들은 어떻게 되고?"

"고모들도. 큰집에서 같이 사는 거야. 우린 싸움 같은 거 안 할 거야."

꿈도 야무져라, 앙리에트는 생각했다. 애를 보내야 하는 건가, 그녀는 불안했다. 열한 살이었지만 아직도 몸집이 작았고 말도 다소 곳하게 조용조용 했다. 외할아버지 집을 일단 벗어나면 아예 무시당하는 일이 벌어질까 봐 걱정이었다.

하지만 루이르그랑을 포기한다는 건 안 될 말이었다. 쉽게 오는 기회가 아니었다. 사람은 큰물에서 놀아야 한다. 여자들 앞치마에 매달려봐야 좋을 게 없다. 막시말리앙을 보면 가끔은 아이 엄마가 생각났다. 막시밀리앙의 눈은 빛을 사로잡아 안에 담아 둔 듯한 바다 빛이었다. '난 올케를 한 번도 싫어한 적이 없었어.' 그녀는 생각했다. 자클린은 다감한 사람이었다.

1769년 여름 동안 막시밀리앙은 공부를 해서 라틴어와 그리스어 실력을 끌어올렸다. 자기보다 나이가 약간 많은 이웃집 소녀에게 비둘기를 맡아서 길러 달라고 부탁해놓았다. 10월에 소년은 집을 떠났다.

기즈에서는, 드 비프빌 집안이 보기에 데물랭 변호사는 잘 나가고 있었다. 그는 사법행정관이 되었다. 저녁을 먹고 나면 마들렌과 마주 앉았다. 돈은 늘 모자랐다.

아르망이 이제는 걸어 다니고 안클로틸드가 아직은 어린 아기였던 1767년 장니콜라 데물랭이 아내에게 말했다.

"카미유를 학교에 보내야 하지 않겠소."

카미유는 이제 일곱 살이었다. 아직도 집안에서 아버지를 졸졸 쫓아다니면서 드 비프빌 풍으로 쉴 새 없이 떠들고 자기 생각을 주절거렸다.

"카토캉브레지로 보내는 게 좋겠어." 장니콜라가 말했다. "사촌 동생들하고 같이 다니면 되니까. 멀지도 않고."

마들렌은 할 일이 아주 많았다. 맏딸은 늘 아팠고 하인들은 꾀를 부렸다. 생활비가 빤하기에 시간을 들여 머리를 쥐어짜야 했다. 이 모든 일을 장니콜라는 아내에게 떠넘겼다. 남편은 한술 더 떠서 자기 기분을 헤아려주기까지 바랐다.

"당신이 못 이룬 야심을 짊어지기에는 카미유 나이가 좀 어리지 않아요?" 아내는 따졌다.

장니콜라가 얼마 전부터 안달이 나기 시작한 것이다. 그는 공상이나 하던 버릇도 뜯어고쳤다. 이제 몇 년 있으면 기즈 변호사회의 앞날이 창창한 젊은이들이 "변호사님처럼 유능한 분이 왜 이런 갑갑한 무대에서 만족하시나요?"라고 물을 것이다. 그러면 장니콜라는 난 고향에서 일하는 것만으로도 감지덕지며 너희도 감지덕지해야 할 것이라며 신경질적으로 말을 자를 것이다.

그들은 카미유를 10월에 카토캉브레지로 보냈다. 그리고 카미유가 보인 놀라운 발전에 대해 입에 침이 마르도록 칭찬하는 편지를 크리스마스 직전에 교장으로부터 받았다. 장니콜라는 아내 앞에서 편지를 흔들었다. "내가 뭐랬소? 거 봐, 내 판단이 옳았지."

하지만 마들렌은 편지에 흔들리지 않았다. "그 사람들 말하는 투가 꼭 '아드님은 다리가 하나밖에 없는데도 참 똘똘하고 신통하네요.' 하는 것 같아요."

장니콜라는 이 말을 농담으로 받아들였다. 바로 전날만 하더라도 당신은 상상력도 없고, 유머 감각도 없다는 소리를 아내한테서 듣지 않았던가.

얼마 뒤 아이가 집에 왔다. 아이는 극심한 언어 장애를 겪고 있었고 도무지 말을 하려 들지 않았다. 마들렌은 문을 잠그고 자기 방에 틀어박혔고 식사도 방으로 들여오게 했다. 카미유는 신부님들은 아주 친절하게 대해주신다면서 언어 장애는 자기 잘못이라고 했다. 아버지는 아들의 기를 살려주려고 그건 결함이 아니라 불편함일 뿐이라고 했다. 카미유는 그래도 눈에 보이지 않는 곳에 자기 잘못이 있다고 우겼고 언제 학교로 돌아갈 수 있는 거냐고 차갑게 물었다. 학교에서는 아무도 이 문제로 걱정하지 않고 만날 그 얘기만 하지도 않으니까 빨리 학교로 돌아가고 싶다는 것이었다. 장니콜라는 카토캉브레지로 연락을 해서 내 아들이 어쩌다 말더듬이가 되었느냐고 거칠게 따졌다. 사제들은 처음부터 그랬다고 했지만 장니콜라는 집을 떠날 때는 분명히 말을 더듬지 않았다고 했다. 그리고 결국 카미유의 유창한 말솜씨는 손가방이나 장갑을 분실하듯이 마차를 타고 가던 길에 어디에선가 잃어버렸다는 결론에 이르렀다. 누구의 탓도 아니었다. 그런 일은 일어나기 마련이었다.

카미유가 열 살 되던 해인 1770년에 사제들은 아이의 재능에 합당한 관심을 자기들은 더는 쏟아부을 역량이 없다면서 아이를 데려가라고 아버지에게 권유했다. "가정교사라도 대면 어떨까 싶어요. 일류 교사로요." 마들렌이 말했다.

"정신 나갔소?" 남편은 소리를 질렀다. "내가 공작이라도 되오? 면직업으로 떼돈을 번 잉글랜드 재벌이라도 되오? 내가 탄광이라도 가졌소? 나한테 농노라도 있소?"

"없어요." 아내가 말했다. "나야 당신을 잘 알죠. 이젠 아무 환상도 없어요."

해법을 제시한 것은 드 비프빌 집안 남자였다. 그는 무례하게 말했다. "솔직히 그깟 돈 좀 없다고 해서 그 똑똑한 아이를 그냥 내버려두는 건 아니라고 봐. 어차피 자네 혼자 힘으로 세상을 태울 수는 없거든." 그는 곰곰이 생각했다. "이 아이는 매력적인 녀석이야. 나이를 먹으면 말도 더듬지 않겠지. 장학금을 한번 알아보자고. 루이르그랑에 집어넣기만 하면 집에서 드는 돈도 얼마 안 되거든."

"받아들여줄까 모르겠군요."

"보통 영리한 게 아니라고 들었는데. 변호사 자격증만 따면 집안의 자랑거리가 될 거야. 가만, 다음번에 아이 외삼촌이 파리에 갈 때 아버지 대신 아이를 데리고 가라고 하면 되겠네. 이제 됐지?"

프랑스인의 평균 수명은 이제 거의 29세로 늘어났다.

파리에 있는 루이르그랑 콜레주는 오래된 학교였다. 한때는 예수회가 운영했지만 예수회가 프랑스에서 추방되면서 좀 더 계몽 의식이 강한 오라보리오회가 떠맡았다. 학교는 다양한 분야에서 쟁쟁한 인재를 배출했다. 지금은 영예롭게 망명 생활을 하는 볼테르도 이곳에서 공부했고, 얼마 전에 여자들에게 최음제를 먹이고 고약한 짓을 한 혐의로 유죄 판결을 받은 사드 후작도 이 학교 출신이었다. 그가 자기 성에 틀어박혀 있는 동안 아내는 남편의 형량을 줄이려고 애쓰고 있었다.

루이르그랑은 생자크 거리에 있었는데 높고 견고한 담장과 철문으로 도시와 격리되어 있었다. 이곳에서는 예배당 성수대의 성수에 살얼음이 끼기 전까지는 불을 때지 않는 전통이 있었다. 그래서 겨울이면 일찍 밖으로 나가서 고드름을 좀 따다가 교장의 눈에 띄기를 바라면서 성수대 안에다 슬쩍 떨구곤 했다. 살을 파고드는 외풍과 한 번씩 터지는 죽은 언어들의 재잘거림이 교실을 휩쓸었다.

막시밀리앙 드 로베스피에르는 이곳에 온 지 일 년이 되었다.

처음 도착했을 때 그는 이런 좋은 기회를 주신 수도원장님을 생각해서라도 열심히 공부하는 게 좋을 거라는 충고를 들었다. 집이 그리워지더라도 그런 마음은 금세 없어진다는 소리도 들었다. 루이르그랑에 도착하자 그는 자리에 앉아서 오면서 본 것을 모두 적어 내려갔다. 그렇게 풍경 하나하나에 진 빚을 갚지 않으면 항상 머릿속이 가득 차 있어서였다. 동사 활용형은 파리에서도 아라스하고 똑같이 변했다. 동사에만 집중하면 주위의 모든 것은 제자리를 잡는다. 로베스피에르는 모든 수업을 열심히 들었다. 교사들은 그에게 친절했다. 그는 친구가 없었다.

어느 날 상급생 하나가 다가와서 작은 아이를 앞으로 들이밀었다. "야, 여기 있다." 상급생이 말했다. (그들은 로베스피에르의 이름을 이렇게 짐짓 까먹은 것처럼 굴었다.)

로베스피에르는 그 자리에 멈춰 섰다. 즉각 돌아보지도 않았다. "나 불렀어요?" 상냥하면서도 공격적인 말투를 그는 구사할 줄 알

왔다.

"난데없이 아기를 보내왔는데 잘 좀 챙겨라. 너하고 같은 지방에서 왔거든. 기즈라고 하던데."

막시밀리앙은 생각했다. 이 무식한 파리내기들은 파리가 아니면 전부 다 같은 줄로 안다니까. 그는 조용히 말했다. "기즈는 피카르디죠. 난 아라스에서 왔고요. 아라스는 아르투아에 있어요."

"아무럼 어때. 니가 공부를 썩 잘한다던데 시간 좀 내서 애가 자리를 잡도록 도와주라."

"알았어요." 막시밀리앙이 말했다. 그리고 돌아서서 그 '아기'를 쳐다보았다. 까무잡잡하고 예쁜 아이였다.

"어디로 가는 길이니?" 로베스피에르가 물었다.

바로 그때 에리보 신부가 덜덜 떨면서 복도로 걸어왔다. 신부는 걸음을 멈추었다. "아, 왔구나, 카미유 데물랭."

에리보 신부는 이름난 고전학자였다. 모든 것을 알아야 직성이 풀리는 사람이었다. 그러나 학문은 가을의 냉기를 막아내지 못했다. 앞으로가 더 큰일이었다.

"아직 열 살밖에 안 됐다고?" 신부가 물었다.

아이는 신부를 올려다보더니 고개를 끄덕였다.

"그럼 나이에 비해 아주 빠른 거네?"

"네. 맞아요." 아이가 대답했다.

에리보 신부는 입술을 깨물었다. 그리고 총총히 사라졌다. 막시밀리앙은 어쩔 수 없이 써야 했던 안경을 벗고 눈가를 비볐다.

"'네, 신부님'이라고 해. 그분들은 그걸 기대해. 고개를 끄덕이지노 말고, 언짢아늘 하시거든. 그리고 똑똑하냐고 너한테 물어보셨을 때 좀 더 겸손했으면 좋았겠지. '최선을 다하겠습니다, 신부님'

이런 식으로 말이지."

"굽실거리네." 꼬마가 말했다.

"그냥 그렇다는 거야. 혹시 도움이 될까 싶어서 내 경험을 말한 것뿐이야." 막시밀리앙은 안경을 도로 썼다. 아이의 크고 까만 눈이 그의 눈 속으로 헤엄쳐 들어왔다. 잠시 그는 우리에 갇힌 비둘기를 떠올렸다. 말랑말랑하지만 죽은 새의 깃털이 손끝에 만져지는 느낌이었다. 박동을 멈춘 작은 몸뚱이. 그는 외투를 손으로 쓸어내렸다.

아이는 말을 더듬었다. 그래서 막시밀리앙은 마음이 불편했다. 사실은 그의 마음을 불편하게 만드는 무언가가 그가 던져진 상황 전체에 감돌았다. 그는 자신이 이루어낸 생활 방식이 위협받는다고 느꼈다. 인생이 더 복잡해질 것이라고, 자기의 일이 안 좋은 쪽으로 꺾였다고 느꼈다.

여름방학에 아라스의 집으로 돌아갔을 때 샤를로트가 말했다. "오빠, 별로 안 컸구나?" 해가 바뀌어도 누이동생은 늘 그 소리였다.

선생님들은 그를 알아주었다. '눈치가 없다'는 소리를 선생님들한테 듣긴 했지만 막시밀리앙은 언제나 진실만 말했다.

급우들이 자기를 어떻게 생각하는지 막시밀리앙은 확실히 알 수가 없었다. 자신을 어떤 사람이라고 생각하느냐고 본인한테 물어보면 아마 그는 실력 있고 예민하고 참을성이 있고 매력이 부족하다고 말하리라. 이런 평가가 주변 사람들의 평가와 어떻게 다를까 하고 물어본다면, 글쎄, 내 머리에 든 생각을 다른 누군가가 한 번이라도 생각한 적이 있다고 어떻게 자신할 수 있겠는가, 아마 그런 대답이 나오리라.

막시밀리앙은 집에서 오는 편지가 많지 않았다. 샤를로트는 어린

애답게 유치하게 잔격정을 적어서 꽤 자주 보내왔다. 그는 누이동생의 편지를 하루나 이틀쯤 지니고 있다가 한 번 더 읽고는 어떻게 처리할지를 몰라서 그냥 버렸다.

카미유 데물랭은 일 주일에 편지를 두 번 받았다. 어마어마한 분량의 편지였다. 카미유가 받는 편지는 모두에게 즐거움을 주었다. 카미유는 자기는 일곱 살 때부터 기숙 학교에서 살았으므로 가족을 실제 생활에서보다는 편지를 통해서 더 잘 안다고 말했다. 편지에 나오는 일화들은 꼭 소설을 이루는 하나하나의 장 같았고 카미유가 그것을 재미 삼아 큰 소리로 읽어 나가면 친구들 머리에서는 카미유의 가족이 '등장인물들'처럼 여겨지기 시작했다. '네 엄마는 네가 고해를 했기를 바란다.' 같은 대목에서는 모두가 까닭 없이 신이 나서 어쩔 줄을 몰랐고 며칠 동안 이 구절을 서로에게 되풀이하면서 배꼽을 잡으며 눈물을 흘렸다. 카미유의 설명으로는 그의 아버지는《법률백과》를 쓰는 중이었다. 카미유 생각으로는 아버지가 이 일을 하는 유일한 목적은 저녁마다 엄마와 대화를 나누지 않아도 되는 핑계 거리가 되어서였다. 카미유는 아버지가《법률백과》를 쓴다고 틀어박혀서 교감인 프로야르 신부가 '몹쓸 책'이라고 말하는 책을 읽는지도 모른다는 의혹마저 제기했다.

카미유는 이런 편지들을 받으면 아무렇게나 갈겨서 몇 장이고 답장을 썼다. 그리고 훗날 출판을 할 수 있도록 편지를 모아 두었다.

"이것은 진실이니 마음에 담아 두거라, 막시밀리앙." 에리보 신부가 말했다. "사람은 대부분 게으르다. 너 자신이 지닌 가치 기준으로 너를 받아들인단다. 아무쪼록 너의 가치 기준을 높게 두도록 하거라.

카미유에게는 이것은 전혀 문젯거리가 아니었다. 그는 더 나이가 많고 연줄이 좋은 학생들과 사귀는 재주가 있었고 어떤 식으로든 인기를 끄는 재주가 있었다. 카미유는 자신보다 나이가 다섯 살 많은 스타니슬라스 프레롱에게 받아들여졌다. 스타니슬라스라는 이름은 폴란드 왕인 대부의 이름에서 가져온 것이었다. 프레롱의 집안은 부유하고 학식이 있었다. 프레롱의 삼촌은 볼테르의 이름난 적수였다. 여섯 살 때 프레롱은 베르사유로 끌려가서 선왕의 딸들인 아델라이드, 소피, 빅투아르 부인을 위해서 시를 낭송했다. 여자들은 호들갑을 떨면서 그에게 사탕을 주었다. 프레롱은 카미유에게 말했다. "네가 좀 더 크면 내가 사교계로 데리고 가서 키워줄게."

카미유는 고마워했을까? 천만의 말씀이었다. 그는 프레롱의 생각에 경멸을 퍼부었다. 카미유는 프레롱을 '토끼'라고 부르기 시작했다. 프레롱은 감수성을 키우고 있었다. 거울 앞에 서서 자기 얼굴을 뜯어보면서 앞니가 튀어나오지는 않았는지, 소심해 보이지는 않는지를 살폈다.

그리고 루이 쉴로라는 묘한 친구도 있었다. 그는 평민 출신이었지만 어린 귀족들이 체제를 부당하게 공격하면 미소를 지었다. 자기들 발밑에다 지뢰를 파묻는 이들을 지켜보면서 많은 걸 배운다고 그는 말했다. 우리가 살아 있는 동안 전쟁이 일어날 것이고 너와 나는 다른 편에 서게 될 것이라고 쉴로는 카미유에게 말했다. 그러니 지금만이라도 사이좋게 지내자고 했다.

카미유는 에리보 신부에게 말했다. "전 이제 고해를 하지 않을 겁니다. 억지로 하라고 하시면 전 다른 사람인 척할 겁니다. 누군가의 죄를 지어내서 그걸 고백할 겁니다."

"분별심을 잃지 말거라." 에리보 신부는 말했다. "열여섯 살이 되면 그때 신앙을 버릴 수 있다. 그런 행동을 하기에 적당한 나이는 그때란다."

그러나 열여섯 살이 될 무렵 카미유에게는 새로운 책임 방기가 생겼다. 막시밀리앙은 의구심에서 생기는 일상의 자잘한 걱정을 견뎌냈다. "어떻게 밖으로 나가는데?" 그가 물었다.

"여긴 바스티유가 아니거든. 말을 하고 나갈 때도 있고. 아니면 그냥 담을 넘기도 하고. 어디인지 보여줄까? 아니다, 모르는 게 낫겠다."

담장 안에는 이치를 따지는 지성의 공동체가 있었다. 밖에서는 짐승들이 철문 앞으로 우르르 몰려다녔다. 마치 사람은 우리 안에 갇혔고 들짐승들이 밖에서 돌아다니면서 인간의 일을 수행하는 듯했다. 도시는 재물과 부패의 악취를 풍겼다. 거지들은 오물로 덮인 길가에 앉아 있고 사형 집행인은 공개적으로 고문을 했다. 구타와 절도가 백주에 횡행했다. 카미유는 담장 밖에서 흥미와 전율을 느꼈다. 그것은 신에게 잊힌 무지몽매한 도시, 구약의 미래가 펼쳐질 음험한 영적 타락의 자리라고 그는 말했다. 프레롱이 소개해주겠다고 말한 사교계는 절뚝거리면서 스스로 죽음의 길로 나아가는 독성을 띤 거대한 생명체였다. 나라를 다스릴 만한 적임자는 너 같은 사람들뿐이라고 카미유는 막시밀리앙에게 말했다.

카미유는 이런 말도 했다. "프로야르 신부님이 교장에 임명될 때까지 기다려봐. 그땐 우리 모두 바닥에 짓뭉개질 거야." 카미유의 눈은 기대감으로 불탔다.

막시밀리앙은 카미유의 생각이 별나다고 생각했다. 카미유는 일이 더 안 좋아질수록 일이 더 좋아진다고 믿는다. 이런 식으로 생각하는 사람은 카미유 말고는 아무도 없어 보였다.

하지만 밀려난 건 프로야르 신부였다. 새 교장은 느긋하고 진보적이고 실력 있는 푸아냐르 당티앙루아 신부였다. 그는 자기가 맡은 학생들 사이에서 감도는 기운에 놀랐다.

"프로야르 신부님 말로는 너희들 안에 '패거리'가 있다는데." 신부가 막시밀리앙에게 말했다. "너희들은 죄다 무정부주의자 아니면 청교도라던데."

"프로야르 신부님께서는 저를 안 좋아하십니다." 막시밀리앙이 말했다. "신부님이 과장한 것이라고 생각합니다."

"물론 과장이지. 더 걷고 싶은가? 30분 뒤에 난 성무일도가 있는데."

"저희가 청교도라고요? 프로야르 신부님께서 뿌듯하시겠는데요."

"너희가 내내 여자 얘기만 하면 신부님도 처방을 알 텐데 신부님 말씀으로는 너흰 오로지 정치 얘기만 한다는 거야."

"맞습니다." 막시밀리앙이 말했다. 그는 나이 든 사람들이 생각하는 문제에 대해 합리적으로 고려할 용의가 있었다. "프로야르 신부님은 높은 담장이 미국의 이념을 막아내지 못할까 봐 두려워하십니다. 물론 일리가 있는 걱정이시지요."

"세대마다 고유한 정열이 있다. 교장이라면 그걸 볼 줄 알아야지. 가끔은 우리 제도가 영 잘못된 훈수를 받고 있다는 생각이 들거든. 우린 너희한테서 어린 시절을 빼앗고 이 온실 공기를 억지로 들이마시게 강요하고 나서는 폭정의 엄동설한으로 팽개치니 말이야." 이렇게 내뱉고 나서 사제는 한숨을 푹 쉬었다. 자신이 구사한 비유에 마음이 울적해졌다.

막시밀리앙은 양조장 운영도 잠시 생각해보았다. 양조장을 운영하는 데에는 고전 교육이 거의 필요하지 않으리라. "사람들의 희망을 끌어올리는 게 좋지 않다고 생각하시나요?"

"참 딱한 것이, 기껏 너희 재능을 키워놓고 나서는, 너희한테……" 사제는 손바닥을 펴서 위로 올렸다. "여기까지만 되고 그 이상은 안 된다고 말한다는 거야, 우리가. 우린 너희 같은 학생에게 혈통과 재산의 특권을 줄 수 없거든."

학생은 미소를 지었다. 가볍지만 엄연히 미소는 미소였다. "아, 뭐, 그 점은 늘 명심하고 있습니다."

교장은 프로야르 신부가 이 학생에게 품은 편견을 이해할 수가 없었다. 막시밀리앙 드 로베스피에르는 공격적이지 않았고 사람을 휘어잡으려 드는 것 같지도 않았다. "그래, 앞으로 뭘 할 텐가, 막시밀리앙? 포부가 어떻게 되냐고." 사제는 장학금 수여 조건에 따라 막시밀리앙이 의학이나 신학 아니면 법학 학위를 받아야 함을 알았다. "성직으로 나갈지도 모른다는 소리가 있던데."

"다른 분들이 그런 생각을 했습니다." 막시밀리앙은 말투가 아주 공손하다고 교장은 생각했다. 막시밀리앙은 다른 사람들의 의견을 적절히 존중하고 나서는 그것을 머리에서 그냥 털어냈다. "아버지가 한때 법조인으로 종사하셨습니다. 그걸 이어 가고 싶습니다. 저는 고향으로 돌아가야 합니다. 맏이거든요."

사제는 물론 그 사실을 알았다. 장학금으로 대지 못하는 비용을 친척이 마지못해 쥐꼬리만큼 적선한다는 사실, 그래서 이 아이는 늘 자신의 사회적 위치를 뼈저리게 의식해야 한다는 사실을 알았다. 작년에는 학교 서무실에서 돈을 마련해서 외투를 새로 사 입혔다. "고향에서 경력을 쌓는다, 자네한테 그것으로 충분할까?" 사제가 말했다.

"아, 전 제 신분 안에서 움직일 겁니다." 냉소일까? 그럴지도 모른다. "그런데 신부님, 이곳의 도덕적 분위기를 걱정하셨잖아요. 카미유하고 이런 이야기를 한번 나눠보실 생각은 없으신가요? 도덕적 분위기라는 주제라면 카미유하고 말씀하시는 게 훨씬 재미있을 겁니다."

"자꾸 성은 안 붙이고 이름만 부르는 풍토가 개탄스럽구먼." 사제가 말했다. "유명인이라도 되는 것처럼. 성 없이 이름만으로 인생을 살아가겠다는 건가? 난 자네 친구를 좋게 보지 않아. 자네가 친구의 파수꾼 노릇을 안 한다고는 말 못 하겠지."

"하긴 그런 셈이네요." 막시밀리앙은 생각에 잠겼다. "그래도 신부님, 카미유를 좋게 보시는 거 맞죠?"

사제는 웃었다. "프로야르 신부님 말씀으로는 너희는 그저 청교도에 무정부주의자이기만 한 것이 아니라 왕자병에도 걸렸다더군. 당돌하고 자의식 강하고……. 그 친구도 '쉴로 소년' 부류에 속하더군. 자넨 그렇지는 않지."

"지금 이대로가 좋다는 말씀이신가요?"

"뭐가 어때서?"

"좀 더 노력이 필요하지 않나 싶을 때가 많아서요." 나중에 사제는 성무일도서를 내려놓고 소년과 나눈 이야기를 곰곰이 생각해보았다. 아이가 불행할 것만 같았다. 고향으로 돌아가서 아무런 존재감 없이 살아갈 아이였다.

때는 1774년. 왕자병이 있건 없건 쑥쑥 자랄 시기였다. 공적 행위와 공적 태도로 이루어진 세계, 공적 영역으로 들어가야 할 시기였다. 이제 벌어지는 모든 일은 역사의 빛 속에서 벌어질 것이다. 그

빛은 한낮의 발광체가 아니라 지성에 따라붙는 공동묘지의 도깨비 불이다. 기껏해야 그 빛은 오류를 키우고 눈을 침침하게 만드는 메마른 달빛이요 간접 조명이다.

카미유 데물랭, 1793년: "자유를 얻는 것은 성장하는 것과 같다고 한다. 성장통을 겪어야 한다."

막시밀리앙 로베스피에르, 1793년: "역사는 허구다."

2장

로베스피에르와 루이 16세

(1774~1780)

부활절 직후 국왕 루이 15세는 천연두에 걸렸다. 요람에서부터 그의 삶은 시종들로 북적거렸다. 왕의 아침 기상은 복잡하고 엄격한 예법의 지배를 받는 의식이었고 왕이 공식 만찬장에서 저녁을 먹을 때에는 수백 명이 도열하여 왕이 뜨는 한술 한술을 말똥말똥 쳐다보았다. 위장의 운동 하나하나, 성행위 하나하나, 호흡 하나하나가 공적 논평의 대상이었다. 죽음도 마찬가지였다.

왕은 사냥을 중단할 수밖에 없었고 고열에 시달리면서 기운 없이 궁으로 실려 왔다. 사람들은 처음부터 예순네 살인 왕이 죽을 거라고 생각했다. 두드러기가 돋았을 때 왕은 드러누워서 그저 두려움에 덜덜 떨었다. 죽으면 지옥에 간다고 믿었다.

왕세자와 왕세자비도 병에 전염될까 봐 자기들 방에서 나오지 않았다. 물집이 곪아 들어가자 창문과 문을 활짝 열었는데도 악취를 견디기가 어려웠다. 썩어 들어가는 몸은 마지막 순간에 의사들과 사제들에게 넘겨졌다. 왕의 마지막 애인이었던 뒤바리 부인의 마차가 베르사유 밖으로 영원히 굴러 나가자 그제야, 부인이 떠나고 왕이 아주 혼자임을 느꼈을 때에야 비로소 사제들은 종부성사를 올렸다. 왕은 애인을 찾았지만 베르사유를 벌써 떠났다는 소리를 듣자, "벌써" 하고 말했다.

신하들은 '황소의 눈'이라고 불리는 거대한 대기실에 모여서 상태를 기다렸다. 5월 10일 오후 3시 15분 병실 창문에 켜져 있던 가느다란 촛불이 꺼졌다.

그리고 마른 하늘에 벼락이 내리치듯 갑자기 시끄러워졌다. 수백 개의 발이 내달리고 동동거리고 쿵쾅거렸다. 황망한 마음으로 하나가 된 신하들은 황소의 눈에서 쏟아져 나와 거울 방을 지나 새 왕을 찾으러 갔다.

새 국왕은 열아홉 살이다. 배우자인 오스트리아 공주 마리 앙투아네트는 국왕보다 한 살이 어리다. 왕은 거구에 독실하고 착실한 젊은이지만 덤덤한 성격이면서도 사냥과 식탁의 즐거움에 푹 빠졌다. 음경의 포피가 고통스러울 만큼 빡빡해서 육체의 쾌락을 누리지는 못한다는 소문이 있다. 왕비는 이기적인 아가씨이고 고집이 세며 배움이 부족하다. 금발에 상큼한 살결이 어여쁘지만 나이 열여덟 먹은 처녀는 거의 다 어여쁘다. 하지만 합스부르크 가문 사람답게 커다란 턱에서 풍기는 오만함은 비단과 다이아몬드와 무지 덕에 누리는 이점과 벌써 다투기 시작한다.

새로운 통치의 여망이 드높다. 위대한 앙리 4세의 기념상에다 이름 모를 낙천주의자의 손이 '부활하시도다'라고 라틴어로 쓴다.

오늘도 그렇고 내년도 그렇고 언제나 그렇겠지만 경찰서장이 출근하면 가장 먼저 요청하는 정보는 파리의 빵 가게에서 파는 빵 한 덩어리의 가격이다. 파리의 중앙 시장인 레알에 밀가루가 잘 들어가면 파리와 인근 빵 가게들은 손님을 만족시킬 것이고 수천 명의 행상들도 마레, 생폴, 팔레루아알, 또 레알의 시장으로 빵을 들여올 것이다.

호시절에는 갈색 빵 한 덩어리에 8수나 9수쯤 나간다. 날품팔이로 살아가는 잡부는 하루에 20수쯤 벌 수 있고 석수는 40수쯤 되고 실력 있는 열쇠공이나 소목장이는 50수는 벌 수 있다. 돈이 들어가는 항목은 집세, 양초, 요리용 굳기름, 야채, 포도주다. 고기는 특별한 날에 먹는다. 주된 걱정거리는 빵이다.

공급선은 빡빡하고 빠듯하고 통제된다. 빵 가게들은 그날 영업이 끝나면 남은 빵을 싸게 팔아 치워야 한다. 없는 사람들은 시장에 어둠이 깔리기 전까지는 먹지를 않는다.

모두 잘 굴러간다. 그렇지만 가령 1770년이라든가 1772년, 1774년처럼 흉년이 들면 빵 값이 사정없이 오르기 시작한다. 1774년 가을 파리에서는 2킬로그램이 채 안 되는 빵이 11수나 했고 이듬해 봄에는 값이 14수로 뛰었다. 임금은 오르지 않는다. 공사판 인부는 언제나 기복이 심하다. 직조공도 그렇고 제본공도 그렇고 (딱하게도) 모자장이도 그렇다. 그러나 임금을 올려 달라는 파업은 드물고 대개는 임금을 깎으려는 데 맞서는 파업이다. 도시에 사는 노동자에게 가장 익숙한 마지막 항거 수단은 파업이 아니라 빵 폭동이다. 그래서 멀리 떨어진 옥수수 밭의 기온과 강우량은 파리 경찰서장의 두통 수준과 직결된다.

곡식이 모자랄 때마다 사람들은 '기근 협약!'을 외친다. 그리고 투기꾼과 사재기꾼을 비난한다. 제분업자들이 열쇠공, 모자장이, 제본공과 그 가족을 굶겨 죽이려고 작당을 했다고 말한다. 1770년대에 들어오면 경제 개혁을 부르짖는 사람들이 곡물의 자유 거래를 시행할 터이므로 프랑스에서 가장 낙후된 지역에서 살아가는 사람들도 개방된 시장에서 경쟁을 벌여야 할 것이다. 그러나 한두 번 봉기가 일어나면 다시 통제에 들어간다. 1770년에 재무총감인 테레 수도원장은 곡물 이동에 제한을 가하고 벌금을 물리고 가격 통제를 재실시하면서 발 빠르게 대응했다. 그는 아무런 의견을 구하지 않고 그저 왕령으로만 움직였다. '압제!'라고 그날 빵을 먹은 사람들은 외쳤다.

빵을 잘 이해해야 한다. 빵은 투기가 이루어지는 주식이고 앞으로 무슨 일이 생길지를 가늠하는 모든 이론의 양식이다. 앞으로 십오 년 뒤 바스티유가 무너지는 날 파리의 빵 값은 1760년 이래 최고 수준이 될 것이다. 앞으로 이십 년 뒤 (모든 것이 끝났을 때) 파리의 한 여인은 말할 것이다. "로베스피에르 치하에서 피는 흘렸지만 그래도 빵이 있었다. 빵을 얻으려면 아무래도 피를 좀 흘려야 하나 보디."

왕은 튀르고라는 사람을 불러들여서 재무총감으로 앉혔다. 마흔여덟 살의 튀르고는 알려지지 않은 사람이었는데 합리주의자였고 자유방임주의를 신봉했다. 정력과 아이디어가 넘쳤던 튀르고는 프랑스가 살아나려면 총체적 개혁을 단행해야 한다고 말했다. 그는 시대의 인물을 자처했다. 튀르고가 처음 단행한 조치는 베르사유의 지출을 줄여 달라고 요청한 것이었다. 왕궁이 발칵 뒤집혔다. 왕을 보좌하는 말제르브는 튀르고에게 적을 너무 많이 만들고 있으니 좀 더 신중하게 처신하라고 조언했다. "국민의 요구는 어마어마하고,

우리 집안에서는 쉰 살이면 죽습니다." 튀르고는 퉁명스럽게 대꾸
했다.

1775년 봄, 상설 시장이 있는 읍을 중심으로 해서 특히 피카르디
에서 폭동이 번지기 시작했다. 베르사유에서는 백성 팔천 명이 왕궁
앞에 모여서 기대에 찬 눈빛으로 왕궁 창문들을 올려다보았다. 여느
때처럼 그들은 왕이 친히 관여하면 문제가 다 풀리리라 믿었다. 베
르사유 궁감은 시중의 밀 가격을 묶어놓겠다고 약속했다. 새 왕이
불려 나와 발코니에서 백성들에게 한마디 했다. 그러자 사람들은 폭
력을 휘두르지 않고 흩어졌다.

파리에서는 폭도들이 센 강 좌안의 빵 가게들을 털었다. 경찰은
사람들을 잡아들였지만 충돌은 피하면서 상황을 가라앉혔다. 162명
이 기소당했다. 두 명이 약탈죄로 그레브(모래) 광장에서 교수형에
처해졌다. 5월 11일 오후 3시. 본보기였다.

1775년 7월에 젊은 국왕과 아리따운 왕비가 루이르그랑 콜레주
를 방문하기로 일정이 잡혔다. 대관식을 한 다음에는 이 학교를 찾
는 것이 관례였다. 하지만 국왕 부부는 오래 머무르지는 않을 것이
다. 그들에겐 더 재미난 놀 거리가 있었다. 국왕 부부가 수행원을 앞
세우고 학교 정문으로 와서 마차에서 내리면 학교에서 가장 성실하
고 성적이 우수한 학생이 국왕 부부에게 환영 인사를 하기로 되어
있었다. 그날이 왔는데 날씨가 좋지 않았다.

손님들이 나타날 것으로 예상되는 시각을 당겨 잡은 것도 모자
라서 그 시각보다 한 시간 반 전에 학생들과 교직원들이 생자크 거
리로 난 문 앞으로 모였다. 한 무리의 관리들이 말을 타고 나타나서
학생과 교직원을 거칠게 밀어붙이면서 공간을 만들어냈다. 간간이

흩뿌리던 비가 부슬비로 바뀌었다. 이윽고 수행원, 경호원, 시종이 나타났다. 왕의 사람들이 자리를 잡았을 무렵이면 모든 학생과 교직원은 홀딱 젖어서 떨었고 이제는 자리를 차지하려고 서로 몸싸움을 벌이지도 않았다. 마지막 대관식을 기억하는 사람이 아무도 없었기에 대관식이 이렇게 시간이 오래 걸릴 줄은 아무도 몰랐다. 학생들은 어깨를 웅크리고 처량하게들 모여서 발을 동동거리면서 기다렸다. 누군가가 줄 밖으로 발을 내디뎠다간 당장 관리들이 무기를 휘두르면서 달려와 밀쳐냈다.

마침내 왕이 탄 마차가 왔다. 사람들은 이제 발끝으로 서서 목을 학처럼 길게 뺐고 어린 학생들은 이렇게 오래 기다렸는데 하나도 안 보이니 너무하다고 툴툴거렸다. 교장 푸아냐르 신부가 가서 허리를 숙였다. 신부는 왕이 탄 마차 쪽을 향해서 미리 준비한 몇 마디 말을 꺼냈다.

장학생은 입이 바짝 말랐다. 손도 약간 떨렸다. 하지만 라틴어로 말하는 것이니 소년의 시골 말씨는 아무도 알아차리지 못하리라.

왕비는 이쁜 비디를 밖으로 불끈 내밀어 숨었다가 다시 살짝 안으로 집어넣었다. 왕이 손을 흔들고는 정복을 입은 남자에게 뭐라고 중얼거리자 정복을 입은 남자는 눈짓으로 줄지어 선 관리들에게 뜻을 전했고 관리들은 다시 기다리던 세상에다 무언의 몸짓으로 그것을 전했다. 모든 것이 분명해졌다. 국왕 부부는 마차에서 내리지 않을 참이었다. 아늑하게 마차 안에 앉아 계신 지엄하신 분들께 환영사를 올려야 한다.

푸아냐르 신부는 머리가 어지러웠다. 양탄자를 준비했어야 하는데, 차양을 마련했어야 하는데, 왕실 휘장을 드러낸다든가 꽃을 이리저리 엮어서 국왕 부부의 이름을 나타낸다든가 한창 유행하는 전

원풍을 따라 녹색 가지로 꾸민다든가 해서 가설 전각이라도 세웠어야 하는데…… 신부의 표정이 점점 일그러졌고 후회와 막막함이 얼굴에 그대로 드러났다. 다행히 에리보 신부가 잊지 않고 장학생에게 고개로 신호를 보냈다.

소년이 입을 열었다. 처음 몇 구절은 긴장했지만 이내 목소리에 기운이 실렸다. 에리보 신부는 안도했다. 원고를 써준 것도 연습을 시킨 것도 그였다. 연설은 만족스럽게 들렸다.

왕비가 떠는 것이 보였다. "아!" 세상이 놀랐다. "왕비가 떨었다!" 왕비는 곧이어 하품을 삼켰다. 왕은 고개를 돌려 살폈다. 그런데 이게 웬일이람? 마부가 고삐를 당기고 있었다! 육중한 수행단 전체가 꿈틀하더니 앞으로 삐그덕 나섰다. 환영사를 채 절반도 읽지 않았는데 들은 체 만 체 하고 그들은 떠나려고 했다.

장학생은 무슨 일이 벌어지는지 알아차리지 못하는 듯했다. 그저 낭독을 이어 갔다. 소년은 딱딱하고 파리한 얼굴로 그저 앞만 보았다. 그들이 마차를 타고 떠나간다는 사실을 이제는 소년도 분명히 알아차렸으리라!

무언의 감정으로 분위기가 시끄러웠다. 학기 내내 준비한 행사인데…… 인파는 하릴없이 그 자리에서 움직였다. 비는 이제 더 세차게 쏟아졌다. 혼자서만 비를 피하겠다고 줄에서 뛰쳐나온다면 무례한 일처럼 보이겠지만 거리 한복판에서 말하는 미물을 그냥 두고 저렇게 가버리는 왕과 왕비보다 더 무례할 수는 없었다.

푸아냐르 신부가 말했다. "사사로운 감정으로 받아들이진 말자. 우리가 잘못해서 그런 건 아니잖아? 왕비께서 피곤하셨다."

"차라리 일본어로 할걸 그랬나 봐요." 신부 바로 옆에 있던 학생이 말했다.

"이번에는 네 말이 옳구나, 카미유." 푸아냐르 신부가 말했다.

장학생은 이제 연설을 마무리짓고 있었다. 더는 보이지 않는 국왕 부부에게 그는 웃지도 않고 다정하고 충직한 하직 인사를 보내면서 앞으로 저희 학교가 이런 영광을 또 한 번 누리는 날이 왔으면 좋겠노라고 말했다…….

위로의 손이 그의 어깨 위에 떨어졌다. "신경 쓰지 마라, 드 로베스피에르. 누구한테나 이런 일은 일어날 수 있는 법이란다."

그제서야 마침내 장학생은 빙긋 웃었다.

이것이 1775년 7월의 파리였다. 트루아에서 조르주자크 당통은 인생의 절반 남짓을 살고 있었다. 물론 가족들은 이를 알 리가 없었다. 학교에서 안정을 찾았다고 말하기는 어려웠지만 당통은 학교 공부는 잘했다. 당통의 앞날은 온 가족의 관심사였다.

어느 날 트루아에서 한 사내가 성당 부근에서 초상화를 그리고 있었다. 지나가는 행인을 스케치하려는 모양이었다. 하늘을 힐끔힐끔 바라보기도 하면서 혼자서 콧노래도 불러 가면서 그렸다. 서민적이고 따라 부르기 쉬운 가락이었다.

아무도 사내에게 스케치당하고 싶어 하지 않았다. 그래서 무시하고 지나치든가 바쁘게 걸어갔다. 사내는 언짢아하는 것 같지 않았다. 화창하고 상쾌한 오후에 그 일은 그의 본업처럼 보였다. 그는 파리의 분위기가 풍기는 조금은 한량 같은 외지인이었다. 조르주자크 당통은 사내 앞에 서 있었다. 사실은 사내의 눈에 띄도록 서성거리고 있었다. 사내의 일을 구경하고 싶었고 대화를 나누고 싶었다. 조르주자크는 누구한테나 말을 걸었고 특히 외지인한테 말을 잘 걸었다. 그는 사람들의 삶을 모조리 알고 싶어 했다.

"시간 있으면 초상화나 그려줄까?" 사내는 고개를 들지 않았다. 그저 새 종이를 화판에다 놓았다.

소년은 망설였다.

화가가 말했다. "넌 학생이라 돈이 없는 거 안다. 그렇지만 너한 텐 그 얼굴이 있잖냐. 세상에, 좀 바쁘게 살았나 보군. 살다 살다 그 런 흉터는 처음 본다. 가만있어, 내가 목탄으로 두어 번 쓱싹 하면 너도 초상화 한 장 얻어 간다."

당통은 가만히 서서 그려졌다. 눈가로 사내를 지켜보았다. "말하 지 마." 화가가 말했다. "그저 인상만 써. 그래, 그렇게. 말은 내가 할 테니까. 내 이름은 파브르다. 파브르 데글랑틴. 그래 웃긴 이름 이라는 거구나. 왜 데글랑틴이냐고 묻는구나. 그건, 물어보니까 하 는 말인데, 1771년 문예전에서 내가 툴루즈 학술원이 주는 들장미 화환을 받았거든. 선망의 대상이 되고 오래오래 잊히지 않는 중요한 상이라는 생각이 들지 않니? 그래, 맞아, 작은 금 덩어리라도 받았 으면 오죽 좋았겠니, 하지만 어쩌겠어? 상을 받은 기념으로 친구들 이 소박한 내 이름에다가 들장미를 뜻하는 '데글랑틴'을 덧붙이라고 성화를 부리더라고. 고개를 약간 돌려봐라. 아니, 반대쪽으로. 그런 데 그렇게 글재주로 이름을 날렸다면서 길거리에서 스케치나 하고 지금 뭐 하는 거냐고 묻고 싶겠지."

"재주가 많은 분이라고 생각해요." 당통이 말했다.

"지역 유지 몇몇이 내 작품을 낭독해 달라면서 초대했어." 파브르 가 말했다. "잘 될 턱이 없었겠지? 후원자들하고 다퉜다. 너도 당연 히 들어봤을 테지만 예술가 기질이란 게 있지 않냐."

당통은 고개를 돌리지 않으려고 최대한 애쓰면서 사내를 관찰했다. 파브르는 이십 대 중반으로 키는 크지 않았고 분을 바르지 않은 검은 머리를 짧게 쳤다. 외투는 솔질이 잘 되었지만 소맷부리는 반질반질했다. 셔츠는 너절했다. 그가 말한 것은 하나같이 진지하면서도 진지하지 않았다. 다채로운 실험적 표정들이 꼬리를 물고 그의 얼굴에 나타났다.

파브르는 또 다른 연필을 들었다. "조금 왼쪽으로." 그가 말했다. "재주가 많은 것 같다니까 하는 말인데, 사실 난 극작가, 연출가, 보다시피 초상화가에다 풍경화가, 작곡가, 음악가, 시인, 안무가란다. 또 공적인 주제로 어떤 글이든지 쓸 수 있는 문장가이면서 여러 나라 말도 하지. 원예학에도 한번 손을 대보고 싶지만 아무도 안 써줄 거야. 이 말은 하고 싶은데, 세상은 나를 받아들일 준비가 안 된 거 같아. 지난주까지만 해도 난 유랑 극단 배우였는데 그만 일이 꼬여 버렸어."

사내는 말을 마쳤다. 연필을 던지고 자기가 그린 그림들을 실눈을 뜨고 들여다보고는 두 장의 그림을 다 들어 보였다. "자 봐라." 사내는 결정을 내렸다. "이게 더 낫구나. 이걸 가져라."

당통의 사랑스럽지 않은 얼굴이 당통을 쳐다보았다. 긴 흉터, 주저앉은 코, 이마에서 삐쳐 나온 굵은 머리털.

"아저씨가 유명해지는 날, 이거 돈 좀 되겠네요." 당통은 얼굴을 들었다. "다른 배우들은 어떻게 됐어요? 아저씨도 연극에 나오기로 되어 있었나요?" 당통이 물었다.

당통은 연극을 보러 갔을 것이다. 인생은 조용하고 따분했다.

파브르는 벌떡 의자에서 일어나더니 바르쉬르센 쪽으로 삿대질을 했다. "우리 극단에서 가장 인기 높은 배우 둘이 술 먹고 난동을 부렸다는 죄목으로 마을 토굴에서 썩고 있어. 주연 여배우께서는 여러 달 전 몹쓸 시골 놈한테 걸려서 아이를 갖는 바람에 지금은 저급한 희극 역 중에서도 아주 저속한 역할밖에 못 해. 우린 해산했다. 당분간." 사내는 다시 앉았다. "너 말이다." 사내의 눈이 반짝거렸다. "혹시 가출해서 배우가 되고픈 생각은 없겠지?"

"그럴 생각은 없어요. 가족들은 저더러 사제가 되래요."

"아니, 그쪽은 피하는 것이 좋단다." 파브르가 말했다. "주교를 어떻게 뽑는 줄 아냐? 집안이 좋아야 해. 넌 집안이 좋냐? 보라고. 넌 시골 사람이야. 정상에도 못 오를 직업을 뭐 하러 택하니?"

"유랑 배우가 되면 정상에 오를 수 있어요?"

무엇이든 고려할 용의가 있다는 듯이 당통이 예의 바르게 물었다.

파브르는 웃었다. "악당 역을 맡을 수 있거든. 반응이 좋을 거야. 넌 목소리도 좋잖냐. 소질이 있어." 그러면서 자기 가슴을 탕탕 쳤다. "여기서 소리가 나와야 하는 거야." 주먹으로 횡격막 아래를 쳤다. "여기서부터 숨을 쉬어. 숨이 강물이라고 생각해. 그저 콸콸 흘러가게 두는 거야. 호흡이 전부다. 긴장을 풀고 이렇게 어깨를 뒤로 빼는 거야. 여기서부터 숨을 쉬어." 그는 자기 몸을 찔렀다. "몇 시간이 가도 괜찮아."

"굳이 그럴 이유가 있는지 모르겠어요." 당통이 말했다.

"아하, 네가 무슨 생각을 하는지 알겠다. 배우는 밑바닥 인생이라는 거냐? 배우는 거지같이 떠돈다고 생각하는 거로구나. 개신교도처럼, 유대인처럼. 그러는 넌 얼마나 대단한 지위를 누리는지 한번 들어보자. 우린 다 버러지란다, 우린 다 개똥이라고. 왕이 직접 읽어보지도 않고 자기 이름을 종이쪽지에다가 턱 박아놓으면 넌 내일이라도 감옥에 갇혀서 평생을 썩을 수도 있다는 거 너 아냐?"

"왕이 왜 그런 일을 하는지 모르겠네요." 당통이 말했다. "왕한테 잘못한 일이 없는데 말이죠. 전 학교 다니는 거 말고는 하는 게 없어요."

"그래, 바로 그거라니까. 앞으로 사십 년 동안 남의 이목을 절대로 끌지 말고 한번 살아가보렴. 왕은 네가 누군지 몰라도 돼. 그게 핵심이라니까 그러네. 아이고, 요즘 학교에서는 뭘 가르치는 건지. 너를 좋아하지 않고 네가 사라져주기를 바라는 사람이 누구든지, 누구든지, 정말 누구든지 왕한테 서류를 들고 가서 '여기다 서명해, 바보야' 하면 너는 생탕투안 거리에서 땅 속으로 15미터 이상 내려간 바스티유 감옥에서 뼈다귀들을 벗 삼아 쇠사슬에 묶여서 지내야 하는 거야. 거긴 너만 쓰는 독방도 없고 해골도 안 치우고 그냥 둔단다. 죄수들을 산 채로 먹어 치우는 특별한 종류의 쥐도 당연히 있지." 파브르가 말했다.

"예? 야금야금이요?"

"그렇다니까. 처음에는 새끼손가락. 다음에는 새끼발가락."

당통의 눈과 마주친 순간 파브르는 폭소를 터뜨리면서 망친 그림을 돌돌 구겨서 어깨 너머로 던졌다. "내가 죽일 놈이지." 파브르가 말했다. "촌놈을 가르친다는 게 이만저만 힘든 게 아니구나. 파리로 가서 한몫 잡을 생각은 안 하고 내가 여기서 뭐 하는 건지 모르겠네."

당통이 말했다. "나도 조만간 파리로 가고 싶어요." 좋은 목소리가 목 안에서 잠겼다. 가서 뭘 하고 싶다고 말하고 싶었지만 아무리 생각해도 떠오르지가 않았다. "어쩌면 거기서 또 만날지도 모르겠네요."

"이런 건 '어쩌면'이 아니지." 파브르가 말했다. 그는 약간 결함이 있지만 자기가 그린 스케치를 번쩍 들어올렸다. "네 얼굴은 파일에 담겼어. 내가 널 찾을 거다."

소년이 큼직한 손을 내밀었다. "전 조르주자크 당통이라고 해요."

파브르가 고개를 들었다. 변화무쌍한 얼굴이 차분해졌다. "안녕." 그가 말했다. "조르주자크, 법을 공부해라. 법이 무기다."

그 주 내내 파브르는 파리를 생각했다. 수상자는 생각을 곱씹었다. 어쩌면 나는 별 볼 일 없는 뜨내기인지도 모르지만, 그래도 어딘가를 다녀본 일이 있고 또 다른 어딘가로 다닐 수 있는 사람이다. 여기서부터 숨을 쉬자, 그는 계속 스스로에게 말했다. 숨을 쉬어보았다. 그래, 틀린 말 없어. 그는 며칠이라도 말을 계속 할 수 있을 것 같았다.

드 비프빌 데제사르 씨는 파리에 가면 루이르그랑에 다니는 조카가 어떻게 지내는지 보러 찾아가곤 했다. 이제 그는 아이의 앞날에 대해서 우려를, 그것도 심각한 우려를 품게 되었다. 언어 장애는 조금도 좋아지지 않았고 어쩌면 더 나빠졌다. 아이에게 말을 하니까 아이의 입술에 불안한 웃음이 감돌았다. 아이가 문장을 끝내지 못하고 쩔쩔매는 모습을 보면 당혹스러웠고 때로는 비참해졌다. 마음 같아서는 첨벙 뛰어들어서 구해주고 하려던 말을 대신 해주고 싶었다. 문제는 카미유가 도대체 종잡을 수 없는 아이라는 점이었다. 평범하게 시작된 문장이 카미유의 입에서는 어디로 가서 마무리될지 알 길이 없었다.

카미유는 식구들이 그를 위해 계획한 삶을 제대로 감당하지 못할 것처럼 보였다. 어찌나 마음을 졸이는지 심장 뛰는 소리를 거의 들을 수 있을 정도였다. 까만 머리는 숱이 많았지만 뼈대가 가늘었고 몸이 말랐고 얼굴이 창백했고 긴 속눈썹 밑으로 외삼촌을 바라보면서 오직 방에서 빠져나가고 싶은 마음밖에 없는 것처럼 방 안을 맴돌았다. 외삼촌의 반응은 가여운 녀석이라는 것이었다.

하지만 거리로 나오면 이런 동정심은 증발했다. 녀석에게 말로 당했구나, 하는 느낌이 들었다. 꽤씸한 일이었다. 절름발이한테 떠밀려 시궁창에 빠진 기분이었다. 한마디 하고 싶어도 상황이 상황인 만큼 그럴 수가 없었다.

드 비프빌 데제사르가 수도를 찾는 첫 번째 목적은 파리 고등법원에 나가기 위해서였다. 왕국의 고등법원들은 선출되는 기구가 아니다. 드 비프빌 집안은 회원권을 돈으로 샀고 그것을 후손에게 대대로 물려줄 것이다. 행실만 바르게 한다면 아마 카미유가 물려받을 것이다. 고등법원들은 사건을 심리하고 왕의 법령을 재가했다. 다시 말해서 왕령이 법임을 추인했다.

고등법원들은 종종 삐딱해졌다. 국정 방향을 놓고 저항하기도 했는데 자기들의 이익이 위협받는다고 느낄 때, 아니면 자기들의 이익을 키울 수 있다고 볼 때에만 그렇게 했다. 드 비프빌 씨는 중간계급이었지만 귀족을 타도하고 싶어 하지는 않고 귀족과 합치기를 원하는 진영에 몸담고 있었다. 관직, 직위, 독점권에는 모두 가격이 매겨져 있고 많은 경우 작위가 따라붙는다.

국왕이 그동안 한 번도 내놓지 않았던 법령을 내놓고 국정 운영에 관해서 참신한 아이디어를 내놓기 시작하면 법관들은 걱정이 커졌다. 그들은 종종 군주와 다른 편에 섰다. 권위에 맞서는 모든 행위는 위험하고도 신선했기에 법관들은 극단적인 보수면서도 인민의 영웅으로 자리 잡는 어려운 과업을 달성했다.

1776년 1월 튀르고 재무총감이 길과 다리를 놓는 데 노동력을 강제로 동원하는 부역이라고 불리는 봉건적 권리를 폐지하는 방안을 내놓았다. 튀르고는 길을 내려면 밭에서 농부를 억지로 끌어내기보다는 민간업자에게 맡기는 편이 낫다고 생각했다. 하지만 그러자면 비용이 들기 마련 아니겠는가? 그럼 재산세를 매기면 어떨까? 평민뿐 아니라 귀족까지도 재산이 있는 사람은 모두 세금을 내게 하면 어떨까?

고등법원은 이런 제안을 일언지하에 거부했다. 또 한 번의 치열한 공방 끝에 왕은 부역 폐지를 법으로 등재하도록 고등법원을 밀어붙였다. 튀르고는 사방에 적을 만들고 있었다. 왕비와 그 측근들은 튀르고 제거 작전에 박차를 가했다. 왕은 자기 주장을 강하게 내세우기를 꺼렸고 순간의 압력에 약했다. 5월에 왕은 튀르고를 해임했고 강제 노역은 되살아났다.

이런 식으로 재무총감을 한 명 끌어내렸고 같은 수법이 되풀이되었다. 아르투아 백작은 물러나는 경제 관료의 등에다 대고 말했다. "이제야 우리도 쓸 돈이 좀 생겼네."

왕은 사냥을 하지 않을 때에는 작업실에 틀어박혀서 쇠붙이를 만들고 자물쇠를 뚝딱거렸다. 결정을 미루어 실수를 피하기만을 바랐다. 자기가 간섭하지 않으면 일은 지금까지와 다를 바 없이 굴러가리라고 생각했다.

튀르고가 잘리고 나서 말제르브도 궁내상을 그만두겠다고 했다. "자네는 좋겠군." 루이가 서글프게 말했다. "나도 그만두고 싶다네."

1776년, 파리 고등법원의 선언:
정의의 으뜸가는 규칙은 각 개인이 소유한 것을 지켜주는 것이다.

이것이 자연법과 인권과 정부의 기본 규칙이다. 이 규칙은 재산권을 지켜주어야 함은 물론이요 태생과 사회적 신분의 특권에서 유래하는 개개인의 권리도 지켜주어야 한다.

드 비프빌 씨는 고향으로 돌아오면 소도시의 비좁은 골목들을 헤치고, 시골 사람들의 편협한 마음들을 헤치고 아르메 광장에 있는 장니콜라 데물랭의 크고 희고 책으로 꽉 찬 집을 찾아가곤 했다. 요즘 데물랭 변호사는 강박관념에 사로잡혀 있어서 드 비프빌은 그를 만나기가 두려웠다. 좌절한 눈빛을 마주하고서, 자기가 구 년 전에 카토캉브레지로 보낸 그 착하고 예쁜 아이한테 무슨 일이 생겼는가 하는, 아무도 대답하지 못할 질문을 또 다시 받기가 두려웠다.

카미유가 열여섯 살 되던 생일날 아버지는 쿵쿵거리며 집 안을 휘젓고 다녔다. "어떨 땐 무슨 생각이 드느냐 하면, 아무런 감정도 없고 분별도 없는 타락한 작은 악마가 내 손에 있는 거 같아." 그는 파리에 있는 사제들에게 편지를 써서 아들에게 뭘 가르치느냐고 물었다. 아들이 왜 저렇게 지저분해 보이냐고, 지난번에 집에 와 있는 동안 '자신이 업무차 매일 만나는' 시의원의 딸을 아들이 왜 꾀었느냐고 물었다.

장니콜라는 물어보긴 했지만 대답은 별로 기대하지 않았다. 그가 아들에게 품은 반감의 뿌리는 사실은 다른 데 있었다. 왜 저 녀석은 저리도 감정적일까? 그는 정말로 알고 싶었다. 감정으로 다른 사람을 물들이고 들쑤시고 심란하게 만드는 이 재주를 어디서 얻은 것일까? 평범한 대화도 카미유가 끼면 이상한 방향으로 흐르거나 말싸움으로 시뻘겋게 달아올랐다. 안전한 사교적 언사도 위험한 분위기를 띠었다. 저 녀석은 누구하고 있든 혼자 둘 수가 없다고 아버지는 생각했다.

그의 아들을 꼬마 고다르라고 일컫는 사람은 이제 없었다. 드 비프빌 사람들도 기를 쓰고 카미유에 대한 소유권을 주장하고 나서지 않았다. 카미유의 남동생들은 씩씩하게 자랐고 여동생들은 활짝 피어났지만 안채 현관문 틈새로 슬쩍 들어오는 카미유는 고아원에서 심부름 온 아이 같았다.

아무래도 이 녀석은 크면 제발 집에는 얼씬도 하지 말아 달라며 돈을 주어야 하는 그런 녀석이 되고 말 가능성이 있었다.

프랑스의 귀족들 중에는 법률가와 친해야 한다는 사실을 깨달은 사람들이 좀 있었다. 땅에서 벌어들이는 수입이 점점 줄어들고 물가가 오르면서 가난뱅이는 더 가난해지고 부자도 역시 가난해진다. 그동안 방치한 특권을 주장할 필요성이 점점 커졌다. 받아야 할 돈을 한 세대가 지나도록 못 받을 때가 자주 있었다. 그런 해이하고 너그러운 상전 노릇은 끝낼 때가 되었다. 조상들은 영지의 일부를 이른바 '공유지'로 쓰도록 허용했는데 공유지라는 것은 대체로 법적 근거가 없는 표현이었다.

장니콜라 데물랭은 그때가 황금기였다. 가장으로서는 걱정이 있었지만 직업인으로서는 잘 나갔다. 데물랭 변호사는 아첨꾼은 아니었다. 자신에 대해 긍지가 높은 사람이었고 더욱이 생각이 진보적인 사람이라서 대부분의 국민 생활 영역에서 개혁을 옹호했다. 그는 저녁을 먹고 나서는 디드로의 책을 읽었고 《백과전서》의 제네바 판을 구독하여 꼬박꼬박 받아 보았다. 그러면서도 권리를 등기하고 소유권을 추적하는 일을 주로 처리하면서 바쁘게 보냈다. 낡은 금고 두어 개가 집으로 운반되어서 그의 서재로 옮겨졌다. 금고를 열자 좀 퀴퀴한 냄새가 났다. 카미유가 말했다. "폭정의 냄새가 이런 거구나." 아버지는 하던 일을 옆으로 밀쳐놓고 금고 안을 살폈다. 누런 헌 종이를 밝은 빛 아래 아주 조심스럽게 들어올렸다. 막내 클레망은 아버지가 파묻힌 보물이라도 찾는 줄 알았다.

이 고장에서 지체가 높은 귀족인 콩데 공작이 아르메 광장에 있는 높고 희고 책으로 꽉 찬, 몹시 누추한 집으로 데물랭 변호사를 보러 몸소 납시었다. 평소 같으면 마름을 보냈을 테지만 자기 일을 썩 잘 처리해주는 친구가 누군지 알고 싶다는 호기심이 발동했다. 또한 친히 왕림해주신 나리한테 설마 청구서를 보내는 무엄한 짓은 저지르지 않으리라는 계산도 있었다.

가을이었고 늦은 오후였다. 진한 적포도주가 담긴 잔을 손에 들고 훈훈해지고 거나해져서 공작은 자기가 베푸는 시혜를 의식하면서 촛불 빛을 받으며 어슬렁거렸다. 저녁이 스멀스멀 기어들어와서 방 구석구석에 그늘을 발라놓았다.

"그대들이 원하는 게 뭔가?" 공작이 물었다.

"글쎄요……." 데물랭 변호사에게 이것은 큰 질문이었다. "저처럼 전문직인 사람은 발언권을 좀 더 지니기를 바란다고나 할까요, 아니면 봉사할 기회를 누리고 싶어 한다고 말씀드릴 수도 있겠네요." 적절하게 짚었다고 그는 생각했다. 선왕 때만 하더라도 대신직에 오른 귀족은 한 명도 없었지만 점점 귀족이 대신직을 독차지한다. "공직의 평등도 있고, 재정의 평등도 있겠죠."

콩데가 눈살을 찌푸렸다. "귀족더러 자네들 세금을 내 달라는 건가?"

"그건 아닙니다. 자신들의 세금을 내어주십사 하는 거지요."

"난 세금을 내." 콩데가 말했다. "나도 인두세를 내잖아. 재산세니 뭐니 하는 건 다 말도 안 돼. 그리고 또, 뭐가 있나?"

장니콜라는 자연스럽고 설득력 있어 보이기를 바라며 손짓을 했다. "동등한 기회입니다. 그게 전부죠. 군대와 교회에서 승진할 때 동등한 기회를 달라는 겁니다." 이만하면 최대한 쉽게 설명해드리는 겁니다, 그는 생각했다.

"동등한 기회? 자연에 역행하는 것처럼 보이는데."

"다른 나라들은 다르게 처리합니다. 잉글랜드를 보십시오. 억압당하는 게 인간의 특성이라고 말할 수는 없는 겁니다."

"억압당해? 그렇게 생각한다는 건가?"

"억압을 느낍니다. 제가 느낄 정도면 없는 사람들은 억압당한다고 얼마나 더 많이 느낄까요."

"없는 사람은 아무것도 못 느껴." 공작이 말했다. "감상은 금물이야. 없는 사람은 통치술에는 관심이 없소. 그저 밥통만 바라볼 뿐이지."

"밥통만 바라본다 하더라도……"

"그리고 자네들은 없는 사람한테는 관심이 없어. 논쟁을 하면서 없는 사람을 이용해먹을 뿐이지. 자네 같은 법률가들은 오직 자신들을 위해서 양보를 얻어내려는 거야." 콩데가 말했다.

"이건 양보의 문제가 아니죠. 인간이 지닌 자연권의 문제입니다."

"말들은 좋지. 아주 거침없이 나오는구만."

"생각할 자유, 말할 자유를 달라는 게 과한 요구인가요?"

"과하다 뿐이겠는가, 자네도 알겠지만." 콩데가 침울하게 말했다. "한심한 게 뭐냐 하면, 내 동료들한테서도 그런 소리를 듣는다는 거야. 사회 질서의 재편이라는 고상한 관념. '이성의 공동체'를 위한 달콤한 계획. 거기다 루이는 약질이야. 조금만 물러서면 크롬웰 같은 놈이 나타난다고. 혁명으로 끝날 거야. 혁명이 즐거운 나들이던 가?"

"아닐 건 또 뭡니까?" 장니콜라가 말했다. 그때 그늘에서 무언가가 언뜻 움직였다. "기가 막혀서, 여기서 뭐 하는 거냐?"

"엿듣고 있죠." 카미유가 말했다. "조금만 둘러보셨어도 제가 여기 있다는 걸 아셨을 텐데요."

데물랭 변호사는 얼굴이 벌게졌다. "제 아들입니다." 공작이 고개를 까딱했다. 카미유가 불빛 쪽으로 나왔다. 공작이 말했다. "그래, 좀 배운 게 있느냐?" 말투에서 공작이 카미유를 실제 나이보다 어리게 본다는 것을 느낄 수 있었다. "어떻게 그렇게 오래 숨죽이고 있을 수 있지?"

"귀하께서 제 피를 얼어붙게 했나 보죠." 카미유가 말했다. 그는 마치 사형 집행인이 사형수의 몸집을 눈대중으로 재보듯이 공작을 위아래로 훑어보았다. "혁명은 당연히 일어날 겁니다. 귀하들은 크롬웰들의 나라를 만들고 있어요. 하지만 우리는 크롬웰을 넘어설 수 있으리라 믿습니다. 십오 년 안에 당신네 같은 폭군과 기생충은 사라질 겁니다. 우리는 가장 순수한 로마 모델을 바탕으로 삼아 공화국을 세우고야 말 겁니다."

"파리에서 학교를 다닙니다." 장니콜라가 비참하게 말했다. "이런 생각이 박혔어요."

"나이 어린 걸 믿고서 후회할 짓을 함부로 하는 모양이로군." 콩데가 말했다. 그는 아이를 질타했다. "도대체 왜 이러느냐?"

"귀하의 이번 방문에서 클라이맥스입니다. 공부깨나 한 농노들이 어떻게 사는지 둘러보고 농노들하고 뻔한 얘기나 주고받으며 뿌듯함을 맛보려고 행차하신 거잖아요." 카미유는 눈에 보이게 기분 나

쓰도록 치를 떨기 시작했다. "나리가 혐오스럽습니다."

"욕을 먹으면서 있을 수야 없지." 콩데가 중얼거렸다. "데물랭, 자네의 그 아들을 내 앞에서 좀 치워주게." 그는 안경을 놓을 곳을 찾다가 결국 주인장의 손에 넘기고야 말았다. 데물랭 변호사는 공작을 따라 계단으로 갔다.

"공작님……"

"기어오르게 한 내가 잘못이지. 마름을 보냈어야 하는 건데."

"죄송합니다."

"그런 소리 안 해도 돼. 이만한 일로 기분 상할 리가 없지. 난 그런 사람이 아닐세."

"계속 일을 할 수 있을까요?"

"계속 일을 하게."

"정말 기분 상하지 않으셨습니까?"

"말 같지도 않은 소리를 들었다고 기분 상한다면 내가 한심한 거지."

현관에 이르자 얼마 안 되는 수행원들이 부리나케 모였다. 공작은 장니콜라를 돌아보았다. "내 앞에서 좀 치워 달란 말은 내 눈에 절대 안 띄게 하란 말이네."

공작이 마차를 타고 떠나자 장니콜라는 계단을 올라가서 사무실로 다시 들어갔다. "자, 카미유?" 고약한 평온함이 그의 목소리에 담겨 있었다. 그는 심호흡을 했다. 침묵은 저절로 길어졌다. 마지막 빛도 이제는 희미해졌고 초승달이 광장 위에 은은하게 걸려 있었다. 카미유는 마치 거기가 더 안전하다고 느끼기라도 하는지 다시 구석으로 들어가 있었다.

"참 어리석고 한심한 대화를 나누시더군요." 드디어 카미유가 입을 열었다. "누구나 아는 빤한 얘기를. 저 사람이 정신박약은 아니잖아요. 귀족이라고 다 모자란 것도 아니고 다 얼간이도 아닌데."

"나 들으라고 하는 말이냐? 많이 알아서 넌 좋겠구나."

"'자네의 그 아들'이라는 구절이 마음에 들던데요. 저를 자식으로 두었다는 사실 자체가 별종이라는 소리처럼 들려서요."

"그런지도 모르지." 장니콜라가 말했다. "내가 고대의 시민이었다면 너를 한번 내려다보고 나서는 산자락에라도 데려다 놓고 알아서 잘살게 했을 거다."

"지나가던 암늑대가 저를 거두어주었을지도 모르죠."

"공작하고 말할 때 보니까 너 웬일인지 말을 안 더듬더라."

"음. 걱정 마세요. 다시 더듬으니까요."

"그분이 너를 패는 줄 알았다."

"저도 그러는 줄 알았어요."

장니콜라가 말했다. "팼더라면 좋았을걸. 네가 계속 이렇게 굴면 애비는 심장이 멎을 게다." 그는 손가락을 뚝 꺾었다. "이렇게."

"어휴, 안 되죠." 카미유는 웃었다. "아버진 사실 아주 강하시잖아요. 의사도 아프신 데라곤 신장 결석밖에 없다고 했잖아요."

장니콜라는 문득 두 팔로 자식을 붙들고 싶은 충동을 느꼈다. 그것은 알 수 없는 충동이었지만 이내 꿀꺽 삼켰다.

"넌 상처를 주었다. 넌 우리의 앞날을 어지럽혔어. 사람을 위아래로 훑어보는 건 정말 심했다. 말도 안 하고 빤히."

카미유는 딴 데 정신이 가 있는 사람처럼 말했다. "그래요, 전 소리 없이 오만불손하게 구는 거 잘해요. 연습도 해요. 이유야 뻔하죠." 카미유는 이제는 아버지 의자에 자리를 잡고 앉아서 눈을 덮었던 머리를 천천히 쓸어내면서 대화를 더 이어갈 기세였다.

장니콜라는 자신을 차가운 위엄과 거의 범접하기 어려운 깐깐함과 반듯함을 갖춘 남자로 의식했다. 그는 소리를 지르고 유리창을 깨부수고 싶었다. 창밖으로 뛰어내려서 그냥 길바닥에서 죽고 싶었다.

콩데는 베르사유로 서둘러 돌아가면서 이 모든 일을 곧 잊어버릴 것이다.

지금 사람들은 은행이 물주가 되는 파로라는 카드 노름에 미쳤다. 손해가 막심해서 왕은 파로를 금지했다. 그러나 왕은 자기 나름의 취미 활동에 바쁜 사람이라 일찍 물러나고, 왕이 떠나면 왕비의 식탁에는 판돈이 올라갔다.

"불쌍한 사람." 왕비는 왕을 그렇게 불렀다.

왕비는 유행의 선구자다. 해마다 150벌쯤 사들이는 드레스는 생토노레 거리에 자리한, 로즈 베르탱이 운영하는 고급 의상실에서 맞추었다. 드레스의 뼈대, 거대한 테(hoop), 바닥에 끌리는 옷자락, 뻣뻣한 무늬천, 갑옷 같은 장식이 있는 궁정 드레스는 일종의 움직이는 감옥이었다. 머리 모양과 모자는 묘하게 하나로 녹아들고 순간의 변덕에 넘어가는 바람에 머리 기름을 발라 반질반질한 탑처럼 우뚝 솟은 가발 안에서는 조지 워싱턴의 군대가 전투 대형으로 흔들거리고, 헝클어진 머리 타래 속에다는 잉글랜드 스타일의 간소한 정원을 들어앉힌다. 사실, 왕비는 이 모든 것으로부터 떨어져 나와서 곱디고운 망사와 보드랍기 이를 데 없는 모슬린과 수수한 리본과 하늘거리는 슈미즈로 자유의 시대를 세우고 싶어 했다. 섬세한 취향이 그려내는 수수함을 구현하려면 우단이나 공단만큼 돈이 많이 든다는 사실이 그저 놀라울 뿐이다. 왕비는 드레스도 예절도 하나같이 자연스러운 것을 예찬한다고 자기 입으로 말했다. 왕비가 더 예찬하는 것은 다이아몬드였다. 왕비와 파리의 보석상 뵈머와 바상주의 거래는 치명적인 스캔들을 일으켰다. 왕비는 쓰던 가구를 내던지고 커튼을 찢고 새것을 주문하고 나서는 다른 곳으로 이사를 간다. "지겨운 건 정말 질색이야." 왕비는 말했다.

왕비는 아직 자식이 없었다. 파리 전역에 뿌려진 소식지들은 왕비가 궁정 남자들과 난잡하게 놀아나고 총애하는 여자들과 동성애를 즐긴다고 욕했다. 1776년 왕비가 오페라 극장의 지정석에 나타났을 때 왕비는 적대적 침묵과 맞닥뜨렸다. 그녀는 영문을 알 수가 없었다. 왕비가 침실 문을 닫고 운다는 소리도 들렸다. "내가 그 사람들한테 무슨 짓을 했는데? 내가 뭘 했는데?" 정말로 글러먹은 일이 얼마나 많은데 한 여자의 사소한 즐거움을 두고 이토록 줄기차게 떠들어대는 것이 가당키나 한 일이냐고 그녀는 자문했다.

황제인 오라버니가 빈에서 편지를 보내왔다. "결국, 지금 이대로는 안 된다. …… 그것은 잔인한 혁명이 될 것이고 네가 만들어내는 것인지도 모른다."

1778년 볼테르가 여든넷의 나이로 산송장이 되어 피를 토하며 파리로 돌아왔다. 그는 황금 별로 덮인 파란 마차를 타고 파리를 누볐다. "볼테르 만세!"를 미친 듯이 외치는 군중이 거리마다 늘어섰다. 노인은 말했다. "내가 처형당하는 꼴을 보고 싶어 하는 사람도 똑같이 많을 테지." 알고 보니 학술원은 볼테르를 환영했다. 벤저민 프랭클린이 오고 디드로가 왔다. 볼테르의 비극 〈이렌〉이 상연되는 동안 배우들은 볼테르의 기념상에 꽃다발을 얹었고 객석을 빼곡히 채운 관객은 기립하여 환희와 숭배의 함성을 외쳤다.

5월에 볼테르는 죽었다. 파리는 그의 장례식을 기독교식으로 치르는 것을 거부했고, 적들이 고인의 시신을 훼손할지도 모른다는 말이 나돌았다. 그래서 밤중에 시신을 도시 밖으로 빼냈는데 마차 안에 똑바로 받쳐놓아서 보름달 아래에서 마치 살아 있는 듯이 보였다.

신교도인 스위스의 백만장자 은행가 네케르라는 사람이 재무총감으로, 기적의 해결사로 발탁되었다. 네케르만이 국가의 침몰을 막을 수 있었다. 비결은 돈을 꾸는 것이라고 네케르는 말했다. 세금을 올리고 지출을 줄이는 것은 나라에 망조가 들었음을 유럽에 알리는 것이었다. 하지만 돈을 빌리면 그것은 진취적이고 수완이 좋고 역동적임을 알리는 것이었다. 신뢰를 과시하면서 신뢰를 창출하는 길이었다. 더 많이 빌릴수록 효과가 더 크게 나타났다. 네케르 씨는 낙천주의자였다.

그 조치는 심지어 먹혀드는 것처럼 보이기까지 했다. 1781년 5월 흔해빠진 수구 성향의 반신교도 일파가 재무총감을 끌어내리자 프랑스는 잃어버린 번영의 시절을 그리워했다. 그러나 왕은 안도했고 축하의 뜻으로 앙투아네트에게 다이아몬드를 사주었다.

조르주자크 당통은 진작에 파리로 가기로 마음먹었다.

처음에는 빠져나가기가 힘들었다. 미국 아니면 달나라에라도 가는 것 같다고 안 마들렌은 말했다. 가족 회의가 잇따라 열렸고 남자 친척들이 모두 얼굴을 비추고 의견을 밝혔다. 사제의 길은 접는 것으로 결론이 났다. 당통은 한두 해 동안 삼촌들과 그 친구들이 하는 작은 법률 사무소들에서 견문을 넓혔다. 그것은 집안의 소탈한 전통이었다. 그렇지만 당통이 그쪽으로 나가기로 마음먹은 것은 스스로 원해서였다.

어머니는 아들을 그리워할 것이다. 그러나 모자는 그동안 사이가 조금씩 벌어져 왔다. 어머니는 배움이 없었지만 스스로 노력해서 겉으로 드러나는 배움의 격차를 줄였다. 아르시쉬르오브에 있는 산업체라고는 잠자리에서 쓰는 모자를 만드는 공장뿐이라는 현실 앞에서 자신은 모욕감을 느낀다고 어떻게 아들이 엄마한테 설명할 수 있었겠는가?

파리에서 당통은 변호사 사무실에서 일하면서 많지 않은 월급을 받고 공부도 할 것이다. 나중에 개업을 해서 자리를 잡으려면 돈이 필요할 것이다. 새아버지의 발명품은 집안의 돈을 갉아먹었다. 그가 만든 새 직조기가 특히 재앙이었다. 덜그럭거리고 삐걱거리면서 춤추는 직조기의 북에 넋이 빠진 아이들은 헛간에 서서 아버지의 작은 기계를 쳐다보면서 실이 다시 끊어지기를 기다렸다. 죽은 지 십팔 년이 된 당통 씨한테서 나온 돈도 조금 있었다. 장성할 아들 몫으로 떼어 둔 돈이었다. "발명을 하려면 이 돈이 필요할 텐데요." 조르주 자크는 말했다. "새롭게 출발한다고 생각하는 게 정말이지 저는 행복하게 느껴져요."

그해 여름 당통은 집안 어른들에게 인사를 다녔다. 파리로 떠난 자신만만하고 패기 넘치는 소년은 두 번 다시 고향에는 돌아오지 않을 것이다. 출세해서 거리감이 느껴지는 남자가 되어서 돌아오는 것을 빼놓고는 말이다. 그러니 아무리 먼 사촌이라도, 할머니뻘 되는 먼 친척이라도, 이렇게 찾아다니는 것이 경우 바른 일이었다. 친척들의 서늘하고 비슷비슷한 농가에서 두 다리를 쭉 뻗고 당통은 자기가 인생에서 바라는 것이 무엇인지를 설명해야 했고 자기의 계획을 그들이 알아듣도록 이해시켜야 했다. 그는 과부들과 시집 안

간 이모와 고모들의 응접실에서 긴 오후를 보냈다. 늙은 여인들은 한풀 꺾인 햇빛을 받으며 꾸벅꾸벅 졸았고 먼지는 그들의 수그러진 머리 위에서 자줏빛 후광처럼 맴돌았다. 할 말이 없어서 어색했던 적은 한 번도 없었다. 당통은 그런 사람이 아니었다. 하지만 인사를 다니면 다닐수록 자기가 점점 더 멀리 여행을 간다는 느낌이 들었다.

이제 찾아갈 곳은 한 곳만 남았다. 수녀원에 있는 누나 마리세실이었다. 당통은 수녀원장의 곧은 등을 따라서 죽은 듯이 조용한 복도를 걸어갔다. 자기만 무지막지하게 커 보이고 너무 남자 같아서 사과를 해야 할 것만 같은 그런 느낌이 들었다. 검은 제복 차림의 수녀들이 쓱 옷 스치는 소리를 내면서 지나갔다. 수녀들의 눈은 땅에 박혔고 손은 소매 안에 감춰져 있었다. 그는 누나가 이곳에 들어오기를 바라지 않았다. 당통은 여자가 되느니 차라리 죽어버리겠다고 생각했다.

수녀원장이 멈추더니 안으로 들어가라고 손짓했다. "접견실이 건물 안에서 워낙 멀리 떨어져 있어서 불편해. 돈이 모이면 정문 옆에다 하나 만들어야지."

"여긴 돈이 많은 줄 알았어요, 수녀님."

"그럼 잘못 안 거야." 수녀가 콧방귀를 뀌었다. "수녀복 값에도 모자란 지참금을 갖고 오는 지원자도 있다니까."

마리세실은 창살 너머에 앉아 있었다. 당통은 누나를 만질 수도 없었고 입을 맞출 수도 없었다. 누나는 창백해 보였다. 창백한 얼굴도, 수련 수녀가 두르는 그 꺼칠한 흰 망사도 누나에게는 어울리지 않았다. 누나의 파란 눈은 당통의 눈처럼 작고 꿋꿋했다.

말을 나누다 보니 수줍음과 어색함이 느껴졌다. 당통은 누나에게 가족의 안부를 전하고 자신의 계획도 알렸다.

"종신 서원을 하고 정식으로 수녀복을 입는 날 돌아올 거니?"

"그래야지." 당통은 거짓말을 했다. "그럴 수 있으면."

"파리는 아주 큰 데야. 외롭지 않겠어?"

"외롭다니."

누나는 동생을 간절한 눈빛으로 바라보았다. "넌 인생에서 바라는 게 뭐야?"

"잘 헤쳐 나가는 거지."

"그게 무슨 말인데?"

"자리에도 오르고 돈도 벌고 사람들한테 존경도 받는 거라고 생각해. 미안해, 그럴듯하게 말하는 건 영 내 체질이 아니라서. 그냥 중요한 사람이 되고 싶을 뿐이야."

"누구나 중요한 사람이지. 하느님이 보시기에는."

"여기서 살다 보니까 누나가 경건해졌구나."

그들은 웃었다. "너 계획을 짜면서 영혼의 구원 같은 것도 생각해봤니?"

"무지하게 게으른 누나가 할 일 없이 하루 종일 나를 위해서 기도하는데 내가 내 영혼에 대해서 생각할 일이 뭐가 있겠어?" 그는 고개를 들었다. "누난 어때? 마음이 좀 잡혔나."

마리세실은 한숨을 쉬었다. "경제라는 걸 생각해보렴. 결혼하자면 돈이 들지. 우리 집안에는 딸이 너무 많아. 내 발로 여기 들어오긴 했지만 등을 떠밀린 셈이기도 하지. 하지만 이젠 여기 있으니까, 그래, 행복해. 너까지 안 알아줘도 괜찮지만 정말로 여기 있으니까 위안이 돼. 소드수사그, 넌 조용하게 살아갈 운명은 아니라는 생각이 든다."

당통은 누나가 수녀원에 들고 온 초라한 지참금에라도 누나를 데리고 갈 농부, 몸도 튼튼하고 성격도 밝은 아내를 모셔 갈 농부가 이 고장에 있다는 걸 알았다. 열심히 일하고 누나를 아껴주면서 누나에게 자식을 안겨줄 남자를 찾기가 불가능하지는 않았을 것이다. 그는 모름지기 여자는 아이가 있어야 한다고 생각했다.

"아직도 나가고 싶어?" 당통이 물었다. "내가 돈을 벌면 누나를 보살펴주고 남편감도 찾아줄 거야, 아니면 남편 없이 혼자 살아도 되고, 내가 돌봐줄 테니까."

마리세실이 손사래를 쳤다. "말했잖아, 난 행복하다고. 난 만족해."

당통이 조용히 말했다. "마음이 좀 울적해. 누나 볼에서 핏기가 사라진 걸 보니까."

누나는 고개를 돌렸다. "가는 게 좋겠다, 이러다 나까지 울적해지겠다. 들판에서 같이 놀던 그 모든 날들이 자주 떠오르는 거 있지. 그래, 지금은 다 끝났지. 하느님이 널 지켜주실 거야."

"그리고 누나도 지켜주시겠지."

'누나는 신에게 기대는구나.' 당통은 생각했다. '난 아니야.'

3장

파리 입성

(1780)

영국 대사 프랜시스 버데트 경이 본 파리:

그곳은 사람의 머리로 상상할 수 있는 가장 엉성하게 계획되고 가장 엉성하게 건설되고 가장 악취를 풍기는 도시다. 주민으로 말할 것 같으면 에딘버러 주민보다 열 배는 더 지저분하다.

당통이 마차에서 내린 곳은 짐마차들이 많이 다니는 화물 취급소였다. 여행은 뜻밖에도 신이 났다. 프랑수아즈쥘리라는 소녀가 마차에 함께 탔다. 프랑수아즈쥘리 뒤오투아는 트루아 출신이었다. 그들은 전에 한 번도 만난 적이 없었다. 만난 적이 있었다면 기억이 떠올랐으리라. 하지만 당통은 소녀가 어떤지는 조금 알았다. 그녀는 당통의 누나들이 눈살을 찌푸릴 그런 아가씨였다. 당연했다. 그녀는 예뻤고 발랄했고 돈이 있었고 부모가 없었고 일 년에 육 개월은 파리에서 지냈다. 파리로 가면서 그녀는 자기 이모들을 흉내 내며 당통을 즐겁게 해주었다. "'젊음은 한때란다, 좋은 평판은 은행에 맡겨 둔 돈이란다. 쭈그러지기 전에 친척들이 모두 있는 트루아에 자리를 잡고 신랑감을 찾을 때도 되지 않았니?' 남자가 하루 아침에 동나기라도 할 것처럼 그러는 거 있지." 프랑수아즈쥘리가 말했다.

그런 아가씨가 있을 줄은 당통은 꿈에도 몰랐다. 프랑수아즈쥘리는 아무런 거리낌 없이 당통과 노닥거렸고 그의 흉터에는 조금도 신경을 쓰지 않는 듯했다. 몇 달 동안 입에 재갈이 물린 채로 감옥에 갇혀 있다가 나온 사람 같았다. 말들을 와르르 쏟아내면서 그녀는 파리를 설명하려고 했고 자기 인생에 대해서 말하려고 했고 자기 친구들에 대해서 말하려고 했다. 마차가 멎었을 때 프랑수아즈쥘리는 남자의 부축을 받고 내리려 들지 않고 그냥 뛰어내렸다.

소음이 당통을 후려쳤다. 말들 쪽으로 온 사내 둘이 다투기 시작했다. 거센 도회지 말씨로 내뱉는 고약한 욕지거리를 당통은 그때 처음으로 들었다.

프랑수아즈쥘리는 가방들을 발치에 두고 서서 당통의 팔에 달라붙었다. 다시 돌아온 것이 그저 좋아서 그녀는 깔깔거렸다. 프랑수아즈쥘리가 말했다. "내 마음에 드는 건 여기가 늘 달라진다는 거야. 언제나 뭔가를 허물고 다른 뭔가를 짓거든." 그녀는 종이에다 자기 집 주소를 휘갈겨서 당통의 주머니에 넣어주었다. "도와줄까?" 당통이 말했다. "아파트까지 가는 거 볼게."

"이봐요, 당신 앞가림이나 하세요." 프랑수아즈쥘리가 말했다. "난 '여기' 살거든, 괜찮아." 그녀는 뒤로 돌아서서 자기 짐에 대해 몇 가지 지시 사항을 알려주고 삯으로 동전을 지불했다. "자, 가는 길은 알지? 일 주일 안에 봐요. 그쪽이 나타나지 않으면 내가 잡으러 갈 거니까." 프랑수아즈쥘리는 제일 작은 가방을 들더니 갑자기 당통한테 달려들어서 그의 빰에 입을 맞추었다. 그러고는 빙글 돌아서서 인파 속으로 들어갔다.

당통은 책이 들어서 무거운 짐 가방 하나만 가지고 왔다. 가방을 한번 번쩍 들었다 놓고는 새아버지가 손으로 적어준 종이 쪽지를 찾아 주머니를 더듬었다.

'검은 말'
조프루아 라스니르 거리
생제르베 교구

사방에서 일제히 교회 종들이 울리기 시작했다. 욕이 나왔다. 이 도시에 종이 얼마나 많은데 도대체 생제르베 교구와 생제르베의 종을 무슨 수로 가려낼 수 있단 말인가? 당통은 종이를 구겨서 버렸다.

지나가는 행인 절반은 길을 잃은 사람들이었다. 좁은 골목과 건물들 뒤편에서 영원히 떠돌 수도 있을 터였다. 이름 없는 거리가 있었고 잡석이 나뒹구는 공사판이 있었고 길거리에 내놓은 화덕이 있었다. 노인들은 기침을 하며 침을 뱉었고 여자들은 치맛자락을 추켜올린 채 누런 진흙탕 길을 걸었고 아이들은 시골 아이들처럼 발가벗고 진흙탕에서 뛰어다녔다. 트루아하고 비슷하면서도 아주 달랐다. 호주머니에는 센 강의 생루이 섬에 사무실이 있는 비노라는 변호사에게 가져갈 소개장이 들어 있었다. 오늘 밤 묵을 곳을 어딘가에서 찾아야 한다. 내일은 비노 변호사 사무실로 찾아갈 셈이었다.

치통에 잘 듣는 특효약을 파는 장사치 주변으로 사람들이 몰려들었는데 말대꾸를 하는 사람이 있었다. "거짓말이야!" 한 여자가 소리를 질렀다. "이빨을 빼라고, 그 수밖에 없어." 자리를 뜨기 전에 당통은 도시 여자의 사납고 악에 받친 눈을 보았다.

비노 변호사는 호전적인 기질을 지닌, 손이 포동포동하고 땅딸막한 남자였다. 그는 고학년 남학생이 그러듯이 괜히 거친 척했다.

"음, 한번 기회를 줄 수야 있겠지. 한번…… 줄…… 수야…… 있겠지." 비노가 말했다.

'내가 한번 해볼 수는 있겠지.' 당통은 생각했다.

"한 가지 분명한 건 자네 글씨가 형편없다는 거야. 요즘은 도대체 뭘 가르치나? 라틴어는 괜찮았으면 좋겠구먼."

"비노 변호사님, 이 년 동안 사무실에서 일한 사람이 편지나 베껴 쓰려고 여기 온 줄 아시나요?" 당통이 말했다.

비노 변호사는 그를 빤히 쳐다보았다.

"저 라틴어 잘합니다." 당통이 말했다. "그리스어도 잘하고요. 영어도 능숙하게 말하고 이탈리아어도 그럭저럭 합니다. 참고로 말씀드리자면요."

"어디서 배웠나?"

"독학했습니다."

"학구열이 보통이 아니군. 그런데 말이지, 외국인하고 문제가 생기면 우린 통역을 쓴다네." 그는 당통을 물끄러미 바라보았다. "여행 다니는 거 좋아하나?"

"네, 좋아합니다, 가면야 좋죠. 잉글랜드에 가고 싶습니다."

"자네, 잉글랜드 사람을 우러러보는 거야? 잉글랜드 제도를 우러러보는 건가?"

"우리한테 필요한 건 의회가 아닐까요? 잉글랜드 의회처럼 부패에 찌든 의회가 아니라 민의를 제대로 대변하는 의회요. 아, 그리고 입법부와 행정부를 분리해야겠죠. 거기는 그게 안 되죠."

"내가 하는 말 잘 듣게나." 비노 변호사가 말했다. "다 좋은데 딱 한마디만 하겠네. 그리고 되풀이해야 할 일이 없으면 좋겠어. 난 자네 의견에 간섭하지 않겠네. 자넨 자네 생각이 독보적이라고 생각하는 모양인데, 천만에," 그의 말이 약간 빨라졌다. "그건 아주 진부하기 이를 데 없는 생각이야. 우리 집 마부도 그런 생각은 해. 나는 직원들을 쫓아다니면서 기강을 바로잡을 생각도 없고 교회 미사로 우르르 몰고 갈 생각도 없지만, 여긴 절대로 안전한 도시가 아니야. 검인이 찍히지 않은 별의별 종류의 책이 나돌고 괜찮은 커피하우스에서는 거의 반역에 가까운 유언비어가 떠다니지. 난 자네한테 불가능한 일을 요구하는 게 아니야. 입을 아예 닫고 지내라고 요구하는 게 아니라, 조심해서 어울리라는 거야. 내 사업장 안에서는 선동은 금물일세. 말을 할 때 우리끼리만 하는 얘기라고, 믿고 말한다고 생각하지 말게. 왜냐하면 자네는 다 아는 것 같아도 누군가 자네를 찍어 두었다가 당국에 밀고할지 모르거든. 아 물론," 그는 당통이 만만치 않은 상대임을 본인도 잘 안다는 것을 나타내려는 듯 고개를 끄덕이면서 말했다. "물론, 이 동네에서 일하다 보면 하나 둘 배우게 되지. 젊은이는 혀를 함부로 놀리지 않는 법을 배워야 해."

"잘 알겠습니다, 비노 변호사님." 당통은 온순하게 말했다.

그때 남자 하나가 문으로 머리를 살짝 들이밀고 말했다.

"페랭 변호사가 묻던데 장니콜라 아들을 자네가 맡은 건가?"

"아이고, 장니콜라 아들을 본 적이 있는가? 그 친구하고 대화를 나누는 기쁨을 누려본 적이 있느냔 말이야." 비노는 죽는 소리를 했다. 그러자 남자가 말했다. "없어. 옛날 친구의 아들 정도로 생각했지. 아주 똑똑하다고들 말하던데."

"그렇게들 말해? 그 말이 다가 아닐 텐데. 아니, 난 여기 내 앞에 계신 멋쟁이 손님을, 트루아에서 온 젊은이를 맡았네. 입담이 만만치 않은 것이 벌써부터 선동가 기질이 다분해. 그래도 젊은 데물렝하고 하루 종일 일하는 것만큼 위험하기야 할라고."

"걱정 말아. 그 친구는 어차피 페랭이 원하니까."

"어련하시려고. 장니콜라는 소문을 모르나? 하기야, 그 친구는 언제나 둔감했지. 내가 신경 쓸 일이 아니고 페랭이 알아서 하겠지만. 내가 항상 하는 말이지만 누구나 각자 자기 삶을 사는 거니까." 비노 변호사가 당통에게 말했다. "페랭 변호사는 내 오래된 친구인데 세법에 아주 밝지. 남색도 밝힌다고들 하지만 그야 내 알 바 아니고."

"안 좋은 버릇이지만 사생활이죠." 당통이 말했다.

"바로 그거야." 그는 당통을 올려다보았다. "내 말 잘 알아들었나?"

"잘 알아들었습니다, 비노 변호사님, 하신 말씀이 제 머릿속에 박혔다고 말씀드릴게요."

"좋았어. 그런데 말이지, 자네 글씨를 아무도 알아보지 못하면 자네를 사무실에 둘 이유가 없으니 아예 정반대 쪽에서 일을 시작하는 게 어떨까 싶은데, '법정 취재'라고 흔히들 말하는 거야. 사무실에서 관심을 둔 사건을 하나하나 매일 확인하는 일인데 파리 고등법원, 샤틀레 재판소를 한 바퀴 빙 도는 거야. 종교 쪽에도 관심이 있나? 우린 그쪽은 안 다루지만 그 일을 하는 사람에게 자네를 맡길 수는 있어. 충고 한마디 하자면," 그는 잠시 말을 끊었다. "너무 서두르지 말게. 천천히 쌓아 나가라고. 꾸준히 하는 사람은 소박한 대로 성공할 수 있거든. 꾸준함이 전부야. 물론 인맥도 중요하지. 그 문제는 우리 사무실에서 도와줄 수 있어. 한번 자네 손으로 인생을 설계해봐. 자네 고향은 일이 아주 많아. 지금부터 오 년만 있으면 자넨 쭉 쭉 뻗어나갈 거야."

"저는 파리에서 경력을 쌓고 싶습니다."

비노 변호사는 웃었다. "젊은이들은 다 그렇게 말하지. 참, 내일부터 나오게, 한번 해보자고."

그들은 잉글랜드인처럼 다소 딱딱하게 악수를 나누었다. 조르주 자크는 계단을 후다닥 내려가서 거리로 나섰다. 프랑수아즈쥘리를 줄곧 생각했다. 이삼 분이 멀다 하고 그 여자는 그의 머리를 스쳤다. 어디에 처박힌 곳인지는 몰라도 틱상드리 거리라는 곳이 그녀의 주소지였다. 사층인데 웅장하지는 않아도 내 집이라고 그녀는 말했다. 그녀가 자기하고 한 침대에 들어가려고 할지 궁금했다. 그럴 가능성이 꽤 높아 보였다. 트루아에서는 불가능했던 일이 여기서는 모르긴 몰라도 얼마든지 가능할 듯싶었다.

하루 종일 밤늦게까지 좁고 불편한 도로는 통행량이 많아 시끌벅적했다. 당통은 마차들 때문에 벽 쪽으로 바짝 붙어 걸어야 했다. 마차 주인들의 공적과 가문을 나타내는 방패휘장이 조악한 색조로 반짝거렸고 우단 같은 코를 지닌 말들은 도시의 진창으로 사뿐사뿐 발을 내디뎠다. 안에서 주인들은 무심한 눈빛으로 등을 기댄 채로 있었다. 다리와 네거리에서는 마차와 달구지와 야채를 실은 손수레가 몸싸움을 하면서 바퀴를 멈추었다. 마차 뒤에 매달린 제복 차림의 급사들은 석탄 배달부, 변두리에서 온 빵 장수와 상소리를 주고받았다. 사고로 생긴 문제는 경찰의 무표정한 눈길 아래 팔과 다리와 사망에 대한 정해진 요금에 따라서 현금으로 재빨리 해결되었다.

퐁뇌프 다리에는 편지 대필업자들이 자리를 잡았고 상인들은 땅바닥과 쓰러져 가는 좌판에다 상품을 늘어놓았다. 당통은 중고 책이 든 바구니를 뒤적거렸다. 감상적인 연애 소설, 이탈리아 시인 아리오스토의 무훈시, 에딘버러에서 나왔는데 아직 읽히지 않아서 빳빳한 장폴 마라의 《노예제의 속박》. 그는 각각 2수씩 주고 여섯 권을 샀다. 개들은 짝을 지어 장바닥을 휘젓고 다녔다.

거리에서 만나는 사람 둘 중 하나는 벽토 먼지를 수북이 뒤집어쓴 공사판의 인부 같았다. 도시는 뿌리부터 스스로를 찢어발기고 있었다. 어떤 지역에서는 거리를 몽땅 허물고 처음부터 다시 시작했다. 볼 만한 난공사가 벌어지는 곳에서는 사람들이 삼삼오오 모여서서 구경을 했다. 인부들은 철 따라 품을 파는 일꾼이라 가난했다. 예정보다 일을 빨리 끝내면 웃돈을 얹어주었으므로 인부들은 위험스럽도록 빠르게 일했다. 공기는 인부들이 내지르는 욕지거리로 무거웠고 인부들의 앙상한 등짝에서는 땀이 흘러내렸다. 비노 변호사 같으면 뭐라고 했을까? "천천히 지으라고."

한때는 쩌렁쩌렁 울렸겠지만 지금은 좀 불안한 바리톤 음색을 들려주는 유랑 가수가 있었다. 끔찍하게 망가진 얼굴이었다. 푸르죽죽한 흉터의 살집이 웃자라 움푹 팬 눈구멍을 덮었다. 사내 옆에는 '아메리카 독립의 영웅'이라는 현수막이 있었다. 그는 왕실에 관한 노래들을 불렀는데 그 노래들은 아르시쉬르오브에서는 아무도 몰랐던 왕비의 악덕을 그려냈다. 뤽상부르 공원에서는 아리따운 금발 여인이 당통을 위아래로 훑어보고는 시간 낭비했다는 듯한 표정을 지었다.

당통은 생탕투안으로 갔다. 바스티유 밑에 서서 여덟 개의 탑을 올려다보았다. 당통은 바다에 접한 절벽 같은 담을 기대했다. 그런데 가장 높은 탑이…… 뭐야? 23미터, 24미터?

"벽 두께는 2미터가 넘지요." 지나가던 사람이 그에게 말했다.

"더 클 줄 알았어요."

"저만 하면 큰 거지." 사내가 뚱해서 말했다. "설마 저기 들어가고 싶다는 건 아니겠지. 저기는 한번 들어가면 다시는 못 나와요."

"이 동네에 살아요?"

"그래요." 사내가 말했다. "우린 훤하게 알지. 지하에 감방이 있는데 물이 흐르고 쥐들하고 살지."

"쥐 얘기는 들었어요."

"그리고 지붕 아래 감방들, 거기도 장난이 아니지. 여름에는 절절 끓고 겨울에는 꽁꽁 얼어붙고. 그래도 박복한 놈들이나 그렇게 살지, 어떤 놈들은 대접받고 살아. 내가 누구냐에 따라 달라지는 게지. 제대로 된 커튼까지 달린 침대에다가 쥐들이 얼씬도 못 하도록 고양이도 키울 수 있고."

"먹는 건 어때요?"

"천차만별이지. 이것도 내가 누구냐에 따라 달라지는 게지. 쇠고기 요상한 부위가 들어가는 것도 봤거든. 몇 년 전에는 옆집 사람이 당구대를 들여가는 걸 틀림없이 자기 눈으로 봤다는군. 바깥 세상하고 다를 게 있겠나." 사내는 말했다. "이기는 놈이 있고 지는 놈이 있고, 뭐 그런 거지."

당통은 위를 보았지만 시야가 막혔다. 난공불락의 요새라는 건 의심의 여지가 없다. 이곳 사람들은 겉모습으로 보건대 술을 빚거나 가죽 다루는 일을 하면서 살아가는 것 같다. 그들은 바스티유 담 밑에서 살면서 매일 감옥을 본다. 그리고 마침내 감옥을 더는 보지 않는다. 감옥은 거기 있지만 거기 없다. 정말로 중요한 것은 감시탑의 높이가 아니라 사람의 머리 안에 있는 그림이다. 외로워서 돌아버린 희생자들, 피로 미끄러운 돌바닥, 짚 더미에서 태어나는 아이들. 길

거리에서 만난 사람 하나 때문에 내면 세계를 몽땅 뒤바꿀 수는 없다. 성스러운 것은 정녕 없단 말인가? 염색 작업으로 물이 들어 강은 누렇게 흘렀고 파랗게 흘렀다.

저녁이 오자 공무원들은 서둘러 귀가했고 도팽 광장의 보석상들은 밤사이에 다이아몬드를 단단히 잠가 두는 열쇠를 찰그랑거리면서 왔다. 집으로 돌아가는 소떼도 들판에 지는 땅거미도 감상적으로 가라앉는 마음을 뿌리치지 못한다. 생자크 거리에서는 제화공 협회 사람들이 자리를 잡고 밤의 폭음을 준비했다. 틱상드리 거리의 한 아파트 사층에서는 한 어린 아가씨가 새 연인을 맞아들이고 옷을 벗었다. 생루이 섬의 텅 빈 사무실에서는 데물랭 변호사의 아들이 자기를 새로 고용한 사람의 묵직한 매력을 마주하고 입술이 바짝 말랐다. 침침한 조명 아래 열다섯 시간을 일한 모자공들은 붉게 충혈된 눈을 비비면서 시골에 있는 가족을 위해 기도를 했다. 빗장이 걸리고 등불이 켜졌다. 배우들은 공연을 위해 얼굴에 분장을 했다.

2부

A Place of Greater safety

"우리는 우울해질 때에만,
현실 세계가 불만족스러워서 우리 손으로 견딜 만한 세계를
부득이 다시 만들 수밖에 없는 그런 때에만,
위대한 진보를 이루어낸다"

__ 에로 드 세셀, 《야심론》

| 혁명 연표 |

1788년 8월 루이 16세, 심각한 국가 재정 위기를 타개하기 위해 '삼부회' 소집 포고.
1789년 5월 5일 베르사유 궁전에서 삼부회 개회.
6월 17일 제3신분 대표들이 '국민의회' 성립을 선언.
6월 20일 '테니스코트 선서'. 제3신분 대표들이 헌법이 제정될 때까지 해산하지
않을 것임을 서약.
7월 9일 국민의회가 스스로 '제헌국민의회'임을 선언.
7월 14일 군중이 바스티유 요새를 공격하여 점령. 프랑스 혁명의 시작.

| 주요 등장 인물 |

파리
비노 변호사(조르주자크 당통을 수습으로 받아준 변호사)
페랭 변호사(카미유 데물랭을 수습으로 받아준 변호사)
장마리 에로 드 세셸(젊은 귀족, 고위 법관)

프랑수아제롬 샤르팡티에(카페 주인, 징세관)
앙젤리크(샤르팡티에의 아내, 이탈리아 출신)
가브리엘(딸)

프랑수아쥘리 뒤오투아(조르주자크 당통의 애인)

콩데 거리
클로드 뒤플레시(고위 공무원)
아네트(클로드의 아내)
아델(딸)
뤼실(딸)
로드레빌 신부(아네트의 고해 신부)

기즈
로즈플뢰르 고다르(카미유 데물랭의 약혼녀)

아라스

조제프 푸셰(교사, 샤를로트 드 로베스피에르의 애인)

라자르 카르노(육군 공병 대위, 로베스피에르가 문학 모임에서 만난 친구)

아나이스 데쇼르티(숙부 로베르를 통해 로베스피에르를 소개받은 아가씨)

루이즈 드 케랄리오(작가, 로베스피에르가 아라스 학술원에서 만난 친구)

에르망(변호사)

오를레앙파

필리프(오를레앙 공작, 루이 16세의 사촌)

펠리시테 드 장리스(작가, 필리프의 전 애인이자 필리프의 자녀들을 맡고 있음)

샤를알렉시 브륄라르 드 실레리(장리스 백작, 펠리시테의 남편, 해군 장교 출신이며 유명한 도박꾼)

피에르 쇼데를로 드 라클로(소설가, 오를레앙 공작의 비서)

아네스 드 뷔퐁(공작의 애인)

그레이스 엘리엇(공작의 전 애인, 영국 외무성을 위해 활동하는 첩자)

악셀 폰 페르센(스웨덴의 백작, 프랑스 왕비 마리 앙투아네트의 연인)

당통의 변호사 사무실

쥘 파레(직원)

프랑수아 데포르그(직원)

비요바렌(괴팍한 성격을 지닌 비상근 직원)

당통 부부의 아파트

젤리 부인(당통 부부가 사는 집 바로 위층에 사는 사람)

앙투안(젤리 부인의 남편)

루이즈(딸)

'카트린'과 '마리'(당통 집에서 일하는 사람들)

르장드르(정육업자, 당통의 이웃)

프랑수아 로베르(법학 교수. 루이스 드 케랄리오와 결혼한 뒤 식품 판매점을 운영함. 훗날 애국파 언론인이 된다.)

자크 르네 에베르(극장 매표소 직원)

안 테루아뉴(가수)

국민의회
앙투안 바르나브(처음엔 애국파였으나 나중에 왕당파가 되는 인물)
제롬 페티옹(애국파 대의원, 훗날 '브리소파'가 됨)
기요탱 박사(공중 보건 전문가, 과학적 처형 기계의 설계자)
장실뱅 바이(천문학자, 훗날 파리 시장이 됨)
오노레 가브리엘 리케티(미라보 백작. 제3신분 대표로 선출된, 귀족 계급의 배신자)
퇴치(미라보 백작의 충실한 시종)
클라비에르, 뒤몽, 뒤로브레(미라보의 '노예들'. 망명 중인 제네바 정치인들)

장피에르 브리소(언론인)

모모로(인쇄업자)

레베용(벽지 공장 소유주)
앙리오(초석 공장 소유주)
드 로네(바스티유 요새 사령관)

1장

야심가

(1784~1787)

카페 파르나스는 손님들에게는 카페 레콜로 통했다. 그 이름을
지닌 부두가 내려다보여서였다. 카페 창문으로 센 강과 퐁뇌프 다
리, 그리고 더 멀리 법원들의 탑들도 눈에 들어왔다. 카페 주인은 징
세관 샤르팡티에 씨였다. 카페는 그의 취미요 부업이다. 당일 재판
이 연기되어 장사가 잘되는 날에는 냅킨을 팔뚝에 얹고서 식탁에서
직접 손님 시중을 들었고 손님이 뜸할 때에는 포도주를 한 잔 따라
붓고 단골들과 함께 앉아서 법조계에서 떠도는 소문을 주고받았다.
카페 레콜에서 오가는 한담의 상당수는 무미건조한 법률 이야기였
지만 그곳 분위기가 전적으로 남성적이지만은 않았다. 그곳에서는
숙녀도 한 명 볼 수 있었다. 애교가 섞인 그녀의 사려 깊은 재치는
대리석을 깐 식탁을 스치듯 날아갔다.

안주인 앙젤리크는 결혼 전에는 안젤리카 솔디니였다. 차가운 파
리 사모님의 겉모습 뒤에서 그 이탈리아 신부가 여전히 비밀스러운
삶을 누리고 있다고 말할 수 있다면 오죽 좋으랴. 그래도 앙젤리크

는 여전히 빠르고 정열적인 말투를 그대로 간직했고, 검은 드레스는 꼬집어 말하긴 어려워도 이국적이었으며, 철 따라 경건함과 육감적인 매력이 터져 나왔다. 사람에게 편견을 품게 만드는 이런 특성들의 거죽 밑에서 그녀의 참모습이 날개를 폈으니 그것은 바로 화강암처럼 오래 가고 진중하며 알뜰한 여인의 모습이었다. 앙젤리크는 매일같이 카페를 지켰다. 파르스름한 눈에 풍만한 몸매를 가진 완벽한 기혼녀였다. 종종 누군가가 연시를 써서 공손히 허리를 숙이면서 그녀에게 바치곤 했다. "나중에 읽겠어요." 그렇게 말하고는 종이를 잘 접을 때 앙젤리크의 눈은 반짝였다.

딸 앙투아네트 가브리엘이 처음 카페에 나타난 것은 열일곱 살 때였다. 자기 어머니보다 키가 컸고 이마가 반듯했고 갈색 눈은 퍽 진지했다. 가브리엘의 웃음은 갑작스러운 결심처럼 터졌다. 하얀 이를 반짝 드러내고는 마치 자신의 명랑함에 비밀스러운 목표가 있다는 듯이 고개를 돌리거나 온몸을 비틀었다. 빗질을 오래 해서 반질거리는 그녀의 갈색 머리카락은 털 망토처럼 등 뒤로 치렁치렁 내려왔다. 이국적이고 절반은 살아 있는 듯한 그 머리 타래는 추운 날에는 아늑한 온기를 품었다.

가브리엘은 자기 어머니만큼 깔끔하지는 않았다. 핀을 꽂아서 머리를 위로 올리면 머리칼 무게에 핀이 밖으로 밀려나갔다. 방 안에서도 거리를 다니는 사람처럼 걸었다. 숨을 크게 들이쉬었고 얼굴이 쉽게 붉어졌다. 대화에는 알맹이가 없었고 얼기설기 알았고 가톨릭 위주였고 그림처럼 아름다운 것만 알았다. 세탁부처럼 우악스러운 기운이 배어 나왔지만 살결은 모든 사람이 입을 모아 말하듯이 비단결 같았다.

샤르팡티에 부인은 딸에게 청혼을 할 만한 남자들에게 선을 보이려고 가브리엘을 카페로 데리고 왔다. 두 아들 중에서 앙투안은 법학도였고 빅토르는 결혼을 해서 공증인으로 일하면서 잘살았다. 이제 딸만 자리를 잡으면 된다. 가브리엘은 당연히 법관과 결혼할 것처럼 보였다. 재산을 지키고 유언을 확인하고 융자를 갚으면서 한동안 신경을 써야겠지만 그녀는 운명에 기꺼이 순종할 것이다. 남편은 나이가 자신보다 몇 살 더 많을 것이다. 그녀는 남편이 준수하고 안정된 지위도 누리고 너그럽고 세심하기를 소망했다. 한마디로 출중한 남자이기를 바랐다. 그래서 지방에서 올라온 근본을 알 수 없는 또 한 사람의 법률가 당통 변호사가 어느 날 문을 열고 나타났을 때 가브리엘은 미래의 남편을 전혀 알아보지 못했다.

당통이 수도로 온 직후 프랑스는 식품에 매기는 세금을 십 퍼센트 올려서 이름을 날린 졸리 드 플뢰리 씨를 신임 재무총감으로 맞아들였다. 당통의 형편도 넉넉하지는 않았지만 경제적 어려움마저 없었다면 그는 실망했을 것이다. 보란 듯이 살아갈 날을 자꾸만 그려보는 것 말고는 아무 할 일이 없었을 것이다.

비노 변호사는 일을 호되게 시켰지만 약속은 지켰다. "이제 이름을 쓸 때는 그냥 당통(Danton)이 아니라 귀족이라는 느낌이 들도록 당통(d'Anton)이라고 쓰게." 그는 충고했다. "그럼 한결 깊은 인상을 주거든." "누구한테요?" "글쎄, 진짜 귀족한테는 아니겠지만, 민사 소송의 태반이 사회적으로 신분이 불안한 평민층한테서 나오지." "가짜라는 게 들통 나면 어쩌죠?" "간절한 욕망이 드러나는 거지. 야심을 크게 품으라고, 이 사람아. 우리도 좀 편해지자고."

학위를 딸 시기가 되자 비노 변호사는 랭스 대학을 추천했다. 이레를 그곳에서 지내야 했고 목록에 오른 책들을 쓱 훑어야 했다. 시험관들은 까다롭지 않은 것으로 알려졌다. 비노 변호사는 랭스 대학이 퇴짜를 놓은 사람의 사례를 기억에서 뒤졌지만 한 사람도 떠올리지 못했다. "물론, 자네 실력이면 여기 파리에서도 시험을 볼 수 있겠지만……." 그는 말끝을 흐리면서 관두자는 듯이 한 손을 내저었다. 지적으로 뭔가 있어 보이는 듯한 그 과장된 몸짓은 페랭 변호사 사무실이 원조였다. 당통은 랭스로 가서 자격증을 얻고 파리 고등법원에서 변호사로 받아들여졌다. 그는 가장 낮은 수습변호사 직급에 합류했다. 보통 거기에서 시작한다. 여기서부터 위로 올라가는 것은 능력의 문제가 아니라 돈의 문제다.

그 뒤로 당통은 생루이 섬을 떠나 다양한 수준의 숙소와 사무실을 옮겨 다니면서 질적으로나 양적으로나 다양한 사건들을 맡았다. 그는 군소 귀족, 작위 증명, 부동산 권리와 관련한 사건을 일부러 골라서 맡았다. 신분 상승을 꿈꾸는 야심가는 원하던 증서를 손에 넣으면 친구들에게 당통을 소개하곤 했다. 엄청난 양의 세부 사항이 까다롭기는 했어도 버겁지는 않았기에 당통의 신경을 몽땅 빨아들이지는 않았다. 이기는 요령을 터득하고 나서는 뇌의 태반을 묵혀도 좋았다. 다른 문제들을 생각할 시간을 버느라고 이런 사건들을 떠맡은 것일까? 이때만 하더라도 당통은 사색적이지 않았다. 그는 주변 사람들이 자기보다 훨씬 덜 똑똑함을 알아차리고 처음에는 약간 놀랐다가 다음에는 짜증이 났다. 비노처럼 어리버리한 사람들이 높은 자리에 올라서 떵떵거렸다. 그들은 말했다. "잘 가게. 그만하면 괜찮은 한 주였어. 화요일에 또 보세." 당통은 그들이 파리 사람들 사이에서는 시골로 통하는 곳에서 주말을 보내려고 떠나는 모습을 지켜보았다. 언젠가는 나도 장만하리라. 아담한 독채에다가 한 2천 평 정도의 땅만 있으면 된다. 그런 데서 지내면 불안한 마음도 가시리라.

당통은 무엇이 필요한지를 알았다. 돈이 필요했고 장가를 잘 가야 했고 자리를 잡아야 했다. 수입을 더 잘 하려면 자본이 필요했다. 그는 스물여덟 살이었고 덩치는 성공한 석탄 운반업자처럼 육중했다. 흉터가 없는 당통의 모습은 상상하기 어려웠지만 설령 흉터가 없었다 하더라도 당통은 거칠면서 준수한 외모를 자랑했으리라. 당통의 이탈리아어는 이제 능란했다. 그는 법원이 개정하는 날마다 카페에 들러서 앙젤리크를 상대로 해서 이탈리아어를 익혔다. 얼굴은 망가졌지만 신은 그에게 힘차고 교양 있고 우렁찬 목소리를 주었다. 당통의 목소리를 들으면 여자들은 목덜미가 파르르 떨렸다. 당통은 상을 받은 사람을 기억했고 그의 조언을 떠올려서 목소리를 갈빗대 아래 어딘가에서부터 굴려 올렸다. 아직 완벽하지는 않아서 바이브레이션이 좀 더 필요했고 성조에 좀 더 색깔을 넣어야 했다. 하지만 이만하면 전문가 뺨치는 자산이었다.

가브리엘은 외모가 다는 아니라고 생각했다. 돈이 전부는 아니라는 생각도 했다. 이런 식의 생각을 꽤 많이 해야 했다. 하지만 카페를 찾는 다른 남자들은 전부 당통에 비하면 작고 유순하고 나약해 보였다. 1786년 겨울에 가브리엘은 남몰래 오래도록 당통을 바라보았고 봄에는 다문 입술에다가 스치듯 정숙한 입맞춤을 했다. 그리고 샤르팡티에 씨는 당통은 미래가 밝다고 생각했다.

문제는 애송이 법률가가 위로 올라가려면 사람 진이 다 빠지도록 굴종을 감수해야 한다는 것이었다. 스트레스의 조짐이 때로 당통의 거칠고 혈색 좋은 얼굴에 나타났다.

변호사 카미유 데물랭은 수입을 한 지 이제 여섯 달로 접어들었다. 데물랭의 법정 출입은 드물었고 모름지기 드문 일이 대체로 그러하듯 호사가들의 관심을 끌었는데 그들은 한 주 두 주 시간이 흐를수록 더욱 매정해졌고 해도 해도 너무한다는 쪽으로 기울었다. 시끌벅적한 한 무리의 학생들이 데물랭이 위대한 법률가라도 되는 것처럼 떼 지어 그의 뒤를 졸졸 따라다녔다. 학생들은 데물랭의 말더듬증이 어떻게 펼쳐지는지, 그가 어떻게 울분을 터뜨려서 말더듬증을 떨쳐내려고 애쓰는지 지켜보았다. 그들은 또 데물랭이 맡은 사건의 사실 관계를 거침없이 밝혀내는 모습과 아주 흔해빠진 사법적 진술을 포위당한 폭군의 발언으로 비틀면서 오로지 자기만이 그 폭군의 요새를 공략할 수 있는 것처럼 꾸며대는 재주를 지켜보았다. 그것은 세상을 보는 그만의 특별한 방식이었고 애벌레가 방향을 바꿀 때 필요한 관점이었다.

오늘 재판의 쟁점은 방목권이었는데 거기에는 법의 역사를 바꾸어놓는 것과는 거리가 먼 사소하고 난해한 선례들밖에 없었다. 데물랭 변호사는 서류를 휙 쓸어 담으면서 판사에게 환히 미소를 짓고는 긴 머리를 나풀거리면서 감옥에서 풀려난 죄수처럼 신이 나서 법정을 나섰다.

"거기!" 당통이 소리를 질렀다. 데물랭은 걸음을 멈추고, 돌아섰다. 당통이 따라잡았다. "보아하니 이기는 데 익숙하지 않은 모양이군. 상대한테 동정의 빛이라도 보여야 하네."

"왜 동정을 해? 그쪽도 엄연히 수임료를 받는데. 이러지 말고 좀 걷지, 여기서 얼쩡거리는 게 싫어."

당통은 논점을 흘려버리고 싶지 않았다. "위선으로 체통을 지키자는 거지. 그게 법도야."

카미유 데물랭은 걸어가면서 고개를 돌리더니 미심쩍은 눈빛으로 상대를 바라보았다. "그대 말은, 내가 쾌재라도 불렀다는 건가?"

"이를테면."

"그럼 난 이렇게 말할 수 있지. '그건 바로 비노 변호사 사무실에서 배우는 거'라고."

"좋을 대로 생각해. 내가 처음 맡은 사건도 이거하고 비슷했거든. 난 영주를 상대로 해서 목축업자를 변호했지." 당통이 말했다.

"지금은 장족의 발전을 한 거군."

"도덕적으로는 아니라고 자넨 생각할 테지. 돈을 돌려준 건가? 역시 그랬군. 그래서 난 자네가 싫어."

데물랭이 우뚝 멈춰 섰다. "진담인가, 당통 변호사?"

"허허, 왜 이러시나. 난 그저 자네가 거친 감정을 즐긴다는 생각이 들었던 거야. 법정에서 그런 감정이 난무하더라고. 내가 보기에 자넨 판사를 아주 쉽게 보고 고약한 인신 공격 직전까지 가더라고."

"그랬지. 하지만 내가 항상 그러는 건 아니야. 자네 말대로 난 이기는 연습을 많이 못 했어. 난 아주 한심한 변호사인가 아니면 워낙 가망 없는 사건들을 맡는 건가. 당통 자네 같으면 어떻게 생각하겠나?"

"나 같으면 어떻게 생각하겠냐니?"

"공평무사한 관찰자의 입장에서 말해 달란 소리야."

"내가 어떻게 그럴 수가 있나?" 모두 당신이란 사람을 너무나 잘 아는데, 당통은 속으로 생각했다. "내 생각에는, 좀 더 연구를 많이 하고 얼굴을 비추어야 할 때는 꼭 비추고 다른 변호사들처럼 일한 대가로 수임료를 받는 버릇을 들이면 좋아질 거야."

"고마워서 어쩌나." 데물랭이 말했다. "깔끔하고 흠잡을 데 없는 강의였네. 비노 변호사 저리 가란데. 그러다가 조금 있으면 불룩 나오기 시작하는 배를 두드리면서 나한테 인생 설계를 잘 하라고 충고하겠다. 우린 자네 사무실이 어떻게 돌아가는지 안 그래도 잘 알고 있어. 우리도 첩자가 있거든."

"그렇지만 내 말이 옳잖아."

"변호사가 필요하지만 돈을 지불할 형편이 안 되는 사람이 얼마나 많은데."

"그거야 사회 문제지. 나라 사정은 자네 책임이 아니야."

"사람들을 도와야 해."

"도와야 한다고?"

"그래. 물론 반대쪽 논증도 가능하겠지, 가령 사람들이 썩어 문드러지도록 내버려 두어야 한다는 철학적 입장도 있을 수야 있겠지만, 막상 내 눈 앞에서 당하는 사람들을 보면 가만히 있을 수가 없다는 거지."

"자기 돈을 써 가면서?"

"나 말고 남한테 그런 일을 부탁할 수야 없는 노릇 아닌가?"

당통은 친구를 가만히 살폈다. 아무도 이렇게 되고 싶어 하지는 않는다고 그는 생각했다. "생계를 위해 돈을 버는 나 같은 사람은 자네한테 욕을 먹어도 싼 사람이겠군."

"생계라고? 이건 생계가 아니라 약탈이고 강탈이야, 자네도 알겠지만. 사실은, 당통 변호사, 이렇게 타산적으로 처신하면 자네만 우스워지는 거야. 혁명이 일어난다는 걸 알아야 하네. 그리고 어느 편에 설 건지 마음을 정해야 할 거야."

"혁명을 해서 생활이 되겠나?"

"그러길 바라야지. 가만, 이제 가봐야겠어, 의뢰인을 찾아가는 길이야. 내일 교수형을 당하거든."

"보통 그런가?"

"내 의뢰인들은 언제나 교수형이야. 심지어 부동산 소송도, 혼인 소송도 그래."

"내 말은, 찾아가는 거 말이야. 의뢰인이 자넬 보면 좋아할까? 자네 때문에 신세 망쳤다고 생각할 것 같은데."

"그럴지도 모르지. 하지만 감옥에 갇힌 사람을 찾아가는 건 몸으로 자비를 베푸는 거지. 자네도 그건 잘 알 텐데? 교회 안에서 자랐으니까. 면죄부 같은 걸 모으는 거야, 난 언제 죽을지 모른다고 생각하거든."

"의뢰인은 어디 있나?"

"샤틀레에 있어."

"방향이 정반대인 거 알지?"

데물랭 변호사는 황당한 소리라도 들은 사람처럼 친구를 바라보았다. "난 꼭 정해진 길로만 거기 가려던 게 아니었네." 데물랭은 머뭇거렸다. "당통, 자넨 왜 이런 쓸데없는 대화에 시간을 허비하는 건가? 왜 나가서 휘젓고 다니면서 이름을 날리지 않는 건가?"

"정해진 틀에서 벗어나 좀 쉬어야겠다는 생각도 들긴 들어." 당통이 말했다. 까맣고 반짝거리는 동료의 눈에는 타고난 희생자의 소심함이, 쉽게 먹잇감이 되는 존재의 탈진할 운명이 서려 있었다. 당통은 앞으로 몸을 내밀었다. "카미유, 어쩌다 이 지경이 되었나?"

카미유 데물랭의 두 눈은 평소보다 더 간격이 벌어져 있었고, 그걸로 성격이 드러났다고 당통은 생각했지만 사실 그것은 해부학의 장난이었다. 그러나 당통은 세월이 흐른 뒤에야 그 사실을 알아차렸다.

그리고 종종 대화가 계속되었다. 오래도록 말이 끊겨 가면서 밤늦도록 두 사람이 주고받은 대화 하나.

"이게 뭐 하자는 거냐고." 당통이 말했다. 어둠이 내리고 취기가 오르면 당통은 자주 푸념을 한다. "비노 같은 덜떨어진 작자의 변덕에 맞춰 알랑거리면서 인생을 허비하다니."

"자네의 인생 계획은 그 이상이었단 소린가?"

"그 이상이어야지. 무슨 일을 하든 정상에 올라야지."

"나도 야심은 좀 있지." 데물랭이 말했다. "내가 다닌 학교는 손발이 얼어붙도록 항상 추웠고 음식도 엉터리였어. 그게 내 일부처럼 되어서 난 추우면 그냥 추위를 받아들여. 추운 게 자연스러워졌어. 난 매일 먹는 것도 별로 생각하지 않아. 그래도 물론 한 번이라도 온기를 느끼고 누군가 잘 먹여주면 무척 고마운 생각이 들면서, 글쎄, 이런 생각이 들더군. 이런 걸 규모를 확 키워서 모닥불을 여기저기 크게 피워놓고 밤마다 만찬을 벌이면 얼마나 좋을까 하는 그런 생각. 물론 마음이 약해졌을 때만 그런 생각이 들지. 또 내가 좋아하는 사람 옆에서 매일 아침 눈을 뜨면 얼마나 좋을까 하는 생각도 들고. 어젯밤 무슨 일이 있었길래 세상에 내가 이 꼴이 된 거지, 울면서 허구한 날 머리를 쥐어뜯는 게 아니라."

"바라는 게 별로 없어 보이는데." 당통이 말했다.

"그러다가 드디어 뭔가를 이뤘다 싶으면 그게 혐오스러워지기 시작해. 말이 그렇다는 거지, 난 아무것도 이룬 게 없으니까 할 말도 없지만."

"스스로 풀어내야 하지 않을까."

"아버지는 내가 자격증을 따는 대로 고향으로 돌아오기를 바랐어. 아버지 일을 거들기를 바라거든. 그러다가는 또 아버지 마음이 달라지고……. 결혼은 사촌이랑 하기로 여러 해 전부터 이야기가 다 돼 있어. 우린 다 사촌하고 결혼해. 근친교배로 집안 돈이 돌고 도는 거지."

"그게 마음에 안 든다는 건가?"

"난 상관없어. 누구하고 결혼하느냐는 정말이지 중요하지 않아."

"중요하지 않다?" 친구의 생각은 정말 딴판이었다.

"그렇지만 로즈플뢰르가 파리로 와야지, 난 거기로는 돌아갈 수 없어."

"어떤데?"

"사실은 모르겠어, 마주칠 때가 워낙 드물어서 말이야. 아하, 외모를 말하는 거로군? 굉장히 예뻐."

"누구하고 결혼하느냐가 중요하지 않다는 건 누군가를 사랑할 마음이 안 생길 거란 소린가?"

"그야 물론이지. 그래도 누군가와 결혼을 한다면 우연에 많이 좌우될 거야."

"부모님은 어떤데? 어떤 분들이셔?"

"요즘은 서로 말을 전혀 안 하는 거 같아. 견디기 힘든 사람하고 결혼하는 집안 전통 같은 게 있어. 앙투안이라고 푸키에탱빌 집안 쪽 내 사촌은 첫 아내를 살해했지 아마."

"세상에, 실제로 그 일로 처벌을 당했나?"

"재판정에서 나도는 뜬소문이 처벌이라면 처벌이었지. 재판을 걸기에는 증거가 빈약했어. 앙투안도 법률가니까 증거가 빈약할 수밖에. 증거 조작에 능한 사람이 아닌가 싶어. 그 일로 집안이 발칵 뒤집혔고, 그래서 그 뒤로 난 늘 그 사촌을, 있지 왜," 그는 아쉬운 듯이 말을 잠시 끊었다. "일종의 영웅으로 여겼어. 드 비프빌 집안에 심각한 타격을 줄 수 있는 사람은 나한테는 영웅이거든. 또 한 예가 있는데 앙투안 생쥐스트라고 있어. 나하고 친척인 건 알지만 정확히 어떤 관계인지는 몰라. 그 집안은 누아용에 산다는데. 생쥐스트는 얼마 전에 집에 있던 은을 훔쳐서 달아났고 과부인 어머니가 체포장을 발부받아서 아들을 잡아 가두었대. 조만간 풀어주어야 할 텐데 그 사촌이 밖으로 나오면 독이 바짝 올라서 집안사람들을 용서하지 않을 거야. 생쥐스트는 몸집이 크고 단단하고 자기밖에 모르는 교만한 인간이라서 아마 지금 이 순간에도 복수할 궁리를 하면서 씩씩거리고 있을걸. 열아홉 살밖에 안 먹었으니까 아마 범죄 쪽으로 나가지 않을까 싶은데 앞으로 그것 때문에 골치깨나 썩을 것 같아."

"편지라도 써서 좀 타일러보지 그러나."

"그래, 그래야겠지. 나도 이런 식으로 지내서는 안 된다고 생각해. 짤막한 시를 한 편 발표했는데, 뭐 아무것도 아니고 그저 살짝 발을 내디딘 정도지. 난 쓰는 게 체질에 맞아. 나한테는 장애가 있잖아, 그래서 말을 안 해도 되면 마음이 놓여. 난 기왕이면 어딘가 따뜻한 지방에서 아주 조용히 지내면서 뭔가 가치 있는 것을 쓸 수 있을 때까지 혼자 지내고 싶어."

당통은 벌써 그 말을 믿지 않았다. 그는 이것을 데물랭이 자신이 못 말리는 악동이라는 사실을 가려볼 셈으로 때때로 내놓을 오리발로 알아보았다. "존경받을 만한 사람은 좋아하지 않는 건가?"

"아니. 내 친구 드 로베스피에르는 좋아하지만 아라스에 살아서 통 볼 수가 없어. 페랭 변호사도 친절하고."

당통은 빤히 데물랭을 쳐다보았다. '페랭 변호사도 친절하고'라고 말하면서 어떻게 그 자리에 앉아 있는지 납득이 안 갔다.

"괜찮은 거야?" 당통이 다그쳤다.

"사람들이 말하는 거? 글쎄," 데물랭은 부드럽게 말했다. "사람들 입방아에 오르지 않는 편이 좋기야 하겠지만 그게 좋다고 해서 내 행동까지 바꿀 마음은 없어."

"난 그저 알고 싶을 뿐이야." 당통이 말했다. "다른 사람들 관점이 아니라 내 관점에서. 거기 일말의 진실이 들어 있는지 아닌지."

"그 소린, 앞으로 한 시간이면 해가 뜰 거니까 내가 재판소로 달려가서 간밤에 당통하고 같이 지냈다고 동네방네 떠들 거라는 건가?"

"어떤 사람이 나한테 그러더라고……. 하기야 다른 이야기들도 들었지만……. 유부녀하고 얽혔다던데."

"그렇다고 볼 수도 있고."

"자네에겐 정말 다양한 문제가 흥미롭게 얽혀 있군."

시계가 4시를 칠 무렵이면 당통은 벌써 데물랭에 대해서 너무나 많은 것을 안다고, 감당하기 어려울 만큼 많이 안다고 느꼈다. 당통은 취기와 피로의 안개를 헤치며 친구를 바라보았다. 그것은 당통이 앞으로 맞이할 세월의 분위기였다.

"아네트 뒤플레시 이야기도 들려주고 싶지만 인생이 너무 짧아." 데물랭이 말했다.

"그래?" 당통은 한 번도 그런 생각을 해본 적이 없었다. 자신의 미래로 꾸물꾸물 기어가다 보면 미래가 어지간히 길게만 보일 때가 있다.

1786년 7월 왕과 왕비에게 딸이 태어났다. 앙젤리크 샤르팡티에가 말했다. "다 좋은데, 몸매가 흐트러진 걸 위로하려면 다이아몬드가 좀 더 있어야 할 것 같네요."

남편이 말했다. "몸매가 흐트러졌는지 안 흐트러졌는지 우리가 어찌 알겠소? 얼굴을 통 못 보는데. 도무지 오지를 않아. 파리에 유감이 있나 봐." 남편에게는 그게 유감스러운 일이었다. "왕비는 우리를 불신하오, 내가 보기에. 하기야 프랑스 사람이 아니니까. 타향살이니까."

그러자 앙젤리크가 야멸차게 말했다. "나도 타향살이를 하지만 그렇다고 해서 나라를 빚더미에 앉히지는 않아요."

빚, 적자. 카페 손님들이 수치를 밝히려고 머리를 쥐어짜면서 입에 올리는 말들이 바로 그것이었다. 그들은 이 정도 규모의 돈을 상상할 수 있는 능력을 지닌 사람은 극소수라고 믿었고 1783년 이후로 재무총감을 맡고 있는 칼론 씨는 그런 능력이 있다고 생각했다. 레이스 달린 소매와 라벤더 향수를 즐기고 머리에 황금이 박힌 지팡이를 짚고 금싸라기보다 비싼 페리고르에서 나는 송로버섯을 밝히는 것으로 잘 알려진 칼론 씨는 완벽한 궁정인이었다. 네케르 씨처럼 그도 돈을 빌렸다. 카페 손님들은 네케르 씨 규모의 융자가 검토되고 있다고 보았지만 칼론 씨의 융자는 상상력의 실패와 체면을 지키려는 욕구에서 비롯됐다고 생각했다.

1786년 8월 재무총감이 왕에게 종합 개혁안을 올렸다. 행동에 나서야 할 엄중하고 급박한 이유가 있었다. 내년 세입의 절반을 이미 써버린 것이다. 프랑스는 부국이라고 칼론 씨는 프랑스 군주에게 아뢰었다. 프랑스는 지금보다 몇 배는 더 많은 세입을 올릴 수 있었다. 군주제의 명예와 위신을 드높이지 못할 가능성이 있겠는가? 루이는 반신반의하는 듯했다. 명예와 위신은 다 좋고 너무나 수긍이 가는 내용이지만 왕은 옳은 일만 해야 한다는 강박관념이 있었기에 이런 세입을 거두려면 대대적인 변화가 필요한 것 아니냐고 물었다.

그렇다면서 재무총감은 이제부터는 귀족, 성직자, 평민 모두가 토지세를 물어야 한다고 왕에게 말했다. 면세라는 고약한 제도는 없어져야 한다, 자유무역을 도입하여 국내에서 무는 내부 관세도 철폐해야 한다, 진보적인 의견에도 한발 양보하고 강제 노역도 완전히 없애야 한다. 왕은 눈살을 찌푸렸다. 하나같이 왕이 벌써 겪은 내용처럼 보였다. 내용을 보니 네케르가 떠오른다고 왕이 말했다. 왕이 더 생각을 했더라면 튀르고를 떠올렸겠지만 왕은 이제는 머리가 뒤죽박죽이 되어 갔다.

개인적으로야 자신은 그런 조치를 선호할 수도 있지만 고등법원들이 절대로 동조하지 않을 것이라고 왕이 재무총감에게 말했다.

정말로 설득력이 있는 말씀이라고 칼론 씨는 말했다. "여느 때처럼 칼 같은 정확성으로 문제를 정확히 짚어주셨습니다. 하오나 전하께서 이런 조치들이 필요하다고 생각하신다면 고등법원들이 전하께 어깃장을 놓도록 방치하셔야 되겠습니까? 왜 주도권을 쥐지 않으십니까?"

"음." 왕은 좌불안석 어쩔 줄 모르다가 창밖을 내다보며 날씨를 살폈다.

칼론은 명사회*를 소집하라고 말했다. "뭐라고?" 왕이 말했다. 칼론은 밀어붙였다. "명사들은 나라가 처한 경제적 곤경을 금세 인식하고 전하께서 필요하다고 보는 조치들을 무조건 지지할 것입니다." 고등법원들보다 우위에 있으므로 고등법원들이 따를 수밖에 없는 기구를 만들어내는 것은 대담한 수가 될 것이라고 칼론은 왕

명사회(名士會, Assemblée des notables) 프랑스 구체제 시기에 국왕의 자문 역할을 했던 신분제 의회. 중요한 국정 사안이 있을 때 소집되었는데, 주로 왕족, 귀족, 성직자, 판사로 구성되었고 지방 관료가 포함될 때도 있었다.

을 설득했다. 앙리 4세도 아마 그런 개혁을 했을 것이라고 말했다.

왕은 생각에 잠겼다. 앙리 4세는 가장 지혜롭고 신망이 두터운 군주였고 루이가 가장 본받고 싶은 왕이기도 했다.

왕은 두 손으로 머리를 감쌌다. 칼론이 내놓은 방안은 좋은 생각처럼 들리기는 했지만 대신들이 하나같이 말은 잘해도 일은 그들이 생각하는 것처럼 절대로 그렇게 간단하지 않았다. 거기다가 왕비와 그 세력……. 왕은 고개를 들었다. 왕비는 다음에 고등법원들이 또 혜살을 부리면 아예 고등법원을 해산해야 한다고 믿는다고 왕은 말했다. 파리 고등법원과 지방의 모든 고등법원들을 싹둑싹둑 날리는 거라고 왕은 말을 이었다. 끝장을 보자는 것이었다.

칼론 씨는 이 말을 듣고 전율했다. "험악한 거래의 전망 말고, 논쟁과 보복과 폭동의 시기 말고 무엇을 가져오겠습니까? 우리는 이 악순환을 깨야 합니다, 전하." 그는 말했다. "믿어주십시오, 부디 저를 믿어주십시오. 지금까지 한 번도 겪어보지 못한 심각한 상황입니다."

당통은 샤르팡티에 씨한테 와서 속내를 털어놓았다. "저한테 사생아가 있습니다. 네 살 난 아들입니다. 진작 말씀드렸어야 했는데."

샤르팡티에는 마음을 가라앉히고 말했다. "무슨 소리, 뜻밖의 기쁨은 아껴 둬야지."

"제가 위선자처럼 느껴집니다." 당통이 말했다. "방금 전까지 꼬마 카미유한테 훈계를 했습니다."

"계속하게. 내 마음은 이미 자네한테 사로잡혔다네."

마차를 타고 파리로 처음 오던 길에 그 여자를 만났다고 당통은 말했다. 여자는 당통에게 주소를 알려주었고 며칠 뒤 당통은 여자를 찾아갔다. "거기서부터 일이 시작된 거로군." 샤르팡티에는 충분히 상상이 갔다. "아니, 이제는 만나지 않습니다, 끝난 사이입니다. 아이는 시골에서 유모가 키웁니다."

"물론 여자한테 청혼은 했겠지?"

당통은 고개를 끄덕였다.

"그런데 왜 결혼을 안 하겠다던가?"

"제 얼굴이 마음에 들지 않았나 봅니다."

프랑수아즈쥘리가 자기도 다른 여자들과 똑같은 굴레에 묶이는데 질색을 하면서 '나는 결혼을 하면 대접받고 싶다, 나는 월급쟁이, 별 볼 일 없는 사람은 싫다, 한 달도 채 안 지나서 욕정과 허영에 눈이 멀어 다른 여자들 꽁무니를 쫓아다닐 당신 같은 사람은 싫다'고 하면서 침실에서 분노를 터뜨리는 모습이 당통의 마음의 눈에 선하게 잡혔다. 아기가 여자의 몸 안에서 발차기를 할 때에도 그런 일은 당통에게는 일어날 수도 있고 일어나지 않을 수도 있는 먼 돌발 상황처럼 보였다. 아기들은 사산되거나 태어나서 며칠 뒤에 죽곤 했다. 당통이 그런 일이 벌어지기를 희망한 것은 아니었지만 그런 일이 벌어질 수도 있다고 보았다.

그러나 아기는 자라서 태어났다. 여자는 '부친 미상'이라고 출생증명서에다 올렸다. 이제 프랑수아즈쥘리는 결혼하고 싶은 남자를 찾아냈다. 왕의 자문기관인 국왕참사회 위원이었던 위에 드 페시 변호사였다. 위에 드 페시 변호사는 자기 자리를 팔 작정이었다. 딴 일을 하기 위해서였는데 당통은 그 일이 무엇인지는 묻지 않았다. 위에 드 페시는 당통에게 자리를 팔겠노라고 제안했다.

"얼마를 부르던가?"

당통은 말해주었다. 오후에 두 번째로 큰 충격을 받고 나서 샤르팡티에는 말했다. "말이 되는 소리를 해야지."

"그렇죠, 엄청 부풀려졌다는 건 저도 알지만 그 돈으로 아이 문제까지 해결되는 거지요. 위에 변호사가 자신이 아버지임을 밝힐 것이고 모든 것이 정확한 법적 형식에 따라서 처리되니까 문제는 깨끗이 매듭지어질 겁니다."

"여자 집안에서 여자를 자네한테 시집 보냈어야지. 뭐 그런 사람들이 다 있나?" 그는 말을 끊었다. "문제가 매듭지어진다고 볼 수도 있겠지만, 자네 빚은 어쩌고? 그런 거액을 도대체 어떻게 마련하겠다는 건지." 그는 종이 한 장을 당통 쪽으로 꺼냈다. "자네한테 내가 해줄 수 있는 건 이거네. 일단은 융자라고 부르세. 하지만 결혼서약에 서명을 하면 빚은 탕감하겠네." 당통은 고개를 숙였다. "나에겐 가브리엘이 자리를 잘 잡도록 해줘야 할 의무가 있어, 하나밖에 없는 딸이니까. 할 도리는 해야지. 자네 집안에서 좀 융통할 수 있으면…… 뭐라고? 알았어, 진짜 코딱지만 하군." 샤르팡티에는 액수를 적어 내려갔다. "모자라는 건 어떻게 채우지?"

"빌려야죠. 칼론도 입버릇처럼 그렇게 말하잖아요."

"다른 방안이 없네."

"실은 이 거래에 또 다른 측면이 있습니다. 마음에 드시지 않겠지만요. 사실은 프랑수아즈쥘리가 저한테 직접 돈을 빌려주겠다고 제안했습니다. 그 여자도 갑부거든요. 자세한 얘기까진 안 했지만 이자가 저한테 유리하지는 않겠죠."

"이런, 정말 고약한 여자로군. 허 참! 그런 여자는 목을 대롱대롱 매달아야 하는 것 아닌가?"

당통은 빙긋 웃었다. "그렇죠."

"자넨 아이가 자네 자식이라고 확신하는 모양이군."

"저한테 거짓말할 여자는 아닙니다. 감히 그러지는 못하죠."

"사내들은 그렇게 생각하고 싶어 하지." 샤르팡티에는 당통의 얼굴을 바라보았다. 그래, 왈가왈부한다고 해결될 문제가 아니지. 그렇다고 치자, 그 아이는 이 친구 자식이다. "정말이지 적은 돈이 아니야." 그가 말했다. "오 년 전에 일어난 하룻밤 불장난 치고는 얼토당토않아 보여. 오래도록 자네 발목을 잡을 텐데."

"그 여자는 저한테 있는 대로 짜내려고 합니다. 그럴 만도 하잖아요." 결국 그녀는 아픔을 겪었고 망신을 당했다고 당통은 생각했다. "앞으로 두어 달 안에 매듭을 지었으면 좋겠습니다. 가브리엘하고 백지 상태에서 출발하고 싶습니다."

"나 같으면 그런 걸 백지 상태라고 부르지는 못할 것 같은데." 샤르팡티에가 점잖게 말했다. "그거야말로 백지 상태가 아니지. 자네의 미래를 몽땅 저당 잡히는 거잖아. 한번……"

"아니오. 부딪쳐볼 생각은 없습니다. 한때 제가 사랑했던 여자니까요. 그리고 아이도 생각이 되고요. 한번 되물어보십시오. 제가 다른 식으로 군다면 저 같은 사람을 사윗감으로 맞아들이시겠습니까?"

"그래 알아, 오해하지 말게나. 나이 들고 하도 험한 꼴을 보고 살다 보니 자네가 걱정이 돼서 그래. 이 여자는 언제까지 완납을 바라는 건가?"

"1791년 3월 25일이라고 했습니다. 가브리엘한테 이 얘기를 해야 할까요?"

"그거야 자네가 결정할 일이지. 지금부터 결혼식 때까지는 조심해줄 수 있겠나?"

"사 년 안에 갚으면 되거든요. 할 수 있을 겁니다."

"아무렴, 국왕참사회 위원이면 돈은 벌 수 있을 거야. 그건 맞는 소리야." 샤르팡티에 씨는 이 친구는 젊고 팔팔하고 할 일이 수두룩하지만 말투와는 달리 속은 그렇게 확신에 차 있지는 않으리라 생각했다. "비노 변호사 말로는 앞으로 시련의 시기가 올 거고 시련이 닥쳤을 때는 소송도 급증하리라던데." 샤르팡티에는 서류를 둘둘 말아서 떠날 채비를 했다. "이런 말 하면 좀 그렇지만 지금부터 1791년까지 그 사이에 뭔가가 일어나서 자네의 운이 나아질 걸세."

1787년 3월 2일. 그날은 데물랭이 스물일곱 번째로 맞는 생일이었지만 일 주일 동안 아무도 그를 보지 못했다. 데물랭은 주소를 다시 바꾼 듯했다.

명사회는 난관에 부딪쳤다. 카페는 만원이었고 각자 자기 주장만 내세우는 사람들 때문에 소란스러웠다.

"라파예트 후작이 뭐라고 했나?"

"삼부회*를 소집해야 한다고 했습니다."

"삼부회는 골동품이잖아. 마지막으로 소집된 것이……"

"1614년이죠."

"고맙네, 당통." 페랭 변호사가 말했다. "그걸로 어떻게 우리 요구에 답할 수 있다는 거지? 성직자는 성직자끼리 한 방에 모여서 토론하고 귀족은 또 다른 방에 모여서 토론하고 평민은 제3의 방에서 토론하고, 평민이 제안하는 것은 다른 두 집단에 의해서 이 대 일로

삼부회(三部會, États généraux) 프랑스 구체제 시기에 성직자, 귀족, 평민의 세 신분 대표들로 구성되었던 신분제 의회. 정확한 명칭은 '전국 삼부회'이다. 국왕의 자문 기구였고, 입법권은 없었으나 때로 과세권을 행사하였다.

무조건 부결될 텐데. 그래 가지고 무슨 진전이 ……"

"그런데," 당통이 끼어들었다. "아무리 낡은 제도라도 새 단장은 할 수 있지요. 꼭 지난번 것을 답습할 필요는 없단 말입니다."

좌중은 숙연해져서 당통을 바라보았다. "라파예트는 청년이야." 페랭 변호사가 말했다.

"자네 또래지, 조르주."

그렇지, 당통은 생각했다. 내가 비노 사무실에서 두꺼운 책을 파고 있을 때 라파예트는 군대를 이끌었다. 지금 나는 가난한 변호사지만 그는 프랑스와 미국의 영웅이다. 라파예트는 나라의 지도자가 되려는 꿈을 품을 수 있지만 나는 고작 먹고사는 것이 꿈이다. 그리고 깡마르고 연한 모래빛 머리카락에 별 볼 일 없는 외모를 지닌 이 청년이 얼마 전부터 사람들의 주목을 끌었고 이제 방안까지 내놓았다. 당통은 이 친구에 대해 까닭 모를 적개심을 느끼면서도 여기서는 그를 옹호하기 위해 나설 수밖에 없었다.

"삼부회가 우리의 희망입니다. 삼부회는 우리 같은 평민을, 제3신분을 공평하게 대변해야 할 겁니다. 귀족은 왕의 안위는 보나마나 아랑곳하지 않으므로 왕이 귀족의 이익을 계속 대변하는 것은 어리석습니다. 왕은 삼부회를 소집해서 제3신분에게 실권을 주어야 합니다. 그저 말이 아니라 그저 자문이 아니라 뭔가 할 수 있도록 실권을 주어야 합니다."

"설마 그런 일이 생길라고." 샤르팡티에가 말했다.

"어림없는 소리." 페랭이 말했다. "난 세금 사기를 조사하자는 라파예트의 제안이 더 솔깃하던데."

"음흉하고 구린 투기도 건드려야지요." 당통이 말했다. "시장 전반의 더러운 생리 말입니다."

"항상 이렇게 열을 올린다니까." 페랭이 말했다. "손에 쥔 채권이 없으니까 손에 쥐고 싶어서 몸이 단 사람들끼리 말이야."

무언가가 샤르팡티에 씨의 눈길을 끌었다. 그는 당통의 어깨 너머를 보면서 웃었다. "우리를 위해서 사태를 깨끗하게 정리해주실 분이 오셨네." 그는 앞으로 나가서 손을 내밀었다. "뒤플레시 선생, 이러다 남 되겠네, 왜 이리 격조하셨나. 내 사윗감 처음 볼 거야. 뒤플레시 선생은 내 죽마고우라네, 재무성에 있지."

"지은 죄가 많아서." 뒤플레시 씨는 음침하게 웃으면서 말했다. 그는 어쩌면 이름을 들어보기라도 한 것처럼 고개를 까딱하면서 당통에게 아는 척을 했다. 젊은 시절의 준수함이 남아 있는, 세심하면서도 단정하게 차려입은 장신의 오십대 신사였다. 그의 눈길은, 대리석으로 간 식탁과 금박 의자, 내로라하는 변호사들의 검은 정장에 구애받지 않겠다는 듯, 그 눈길이 겨누는 대상보다 약간 못 미치는 곳 아니면 약간 넘어선 곳에 머무는 듯했다.

"가브리엘이 결혼을 하는군. 경삿날은 언제로 잡았나?"

"아직 날은 안 잡았어. 5월이나 6월이겠지."

"세월이 유수로다."

그는 상투어를 서투르게 내뱉었다. 그러고는 다시 웃음을 지어 보였는데 짐짓 일부러 짓는 웃음이라는 게 느껴졌다.

샤르팡티에 씨는 그에게 커피를 한 잔 건넸다. "사위 소식은 참 안됐네."

"그래, 일이 안 되려니까 그런 기막힌 불행을 당하네. 결혼을 해서 과부가 됐어, 아직 어린데." 그는 샤르팡티에한테 말을 하면서 주인장의 왼쪽 어깨 너머를 응시했다. "뤼실은 집에 좀 더 두려고. 열다섯, 열여섯이지만. 이젠 제법 숙녀지. 딸자식은 근심거리야. 아들도 그렇겠지. 없어서 잘은 모르겠지만. 사위도 근심거리더라고. 죽으니까. 당통 변호사는 안 그렇겠지만. 들으라고 한 말은 아니오. 당통 변호사는 근심거리가 아닐 거라고 확신하오. 아주 건강해 보이는구려. 지나쳐 보일 만큼."

이야기를 아무렇게나 툭툭 던지듯이 하면서도 어떻게 저렇게 품위가 있을까, 당통은 놀라웠다. 언제나 저런 식일까 아니면 상황이 저 사람을 저렇게 만들었을까, 넋이 나갔던 것은 적자 때문일까 아니면 가정사 때문일까?

"부인은?" 샤르팡티에 씨가 물었다. "어떻게 지내시나?"

뒤플레시 씨는 이 질문을 곰곰이 곱씹었다. 아내의 얼굴이 영 떠오르지 않는다는 듯한 그런 표정이었다. 마침내 그가 입을 열었다. "그냥 그렇지."

"언제 저녁에 와서 식사나 한번 하지. 오고 싶어 하면 아이들도 데려오고."

"그러고는 싶은데……. 일에 치여서 말이야……. 지금은 주중에는 보통 베르사유에서 보내. 오늘은 참석해야 할 일이 있어서 온 거고……. 주말에도 일할 때가 있다니까." 그는 당통 쪽으로 고개를 돌렸다. "나는 평생을 재무성에서 보냈소. 보람이 있었지만 나날이 힘들어지는구려. 테레 신부만 있었어도……."

샤르팡티에는 하품을 참았다. 테레 신부 이야기라면 전에도 들은 적이 있었다. 모두가 들은 적이 있었다. 테레 신부는 뒤플레시에게는 역대 최고의 재무총감이었고 국가 재정의 영웅이었다. "테레가 있었으면 우리를 살려냈겠지. 최근 몇 년 동안 나온 모든 대책, 모든 해법을 테레는 오래 전에 다 마련해놓았어." 그때만 하더라도 뒤플레시는 젊었고 딸들은 아기였고 그는 어제와 다른 도전 의식과 성취감으로 매일 다음 날을 손꼽아 기다렸다. 그러나 고등법원들은 신부에게 반기를 들면서 신부가 곡물 투기를 한다고 비난했고 어리석은 대중은 그 말에 넘어가 신부의 인형을 만들어 불태웠다. "그때만하더라도 상황이 이렇게까지 나쁘지 않았는데. 그때만 해도 그럭저럭 꾸려 나갔거든. 그 뒤로는 내놓는다는 제안들이 거기서 거기더라니까." 뒤플레시 씨는 절망의 몸짓을 했다. 그는 왕실 재정 상태를 몹시 우려했다. 테레 신부가 물러난 뒤로 그는 공직자로서 하루하루 가슴 졸이는 나날을 보냈다.

샤르팡티에 씨는 잔을 채우려고 몸을 앞으로 숙였다. "됐어, 가봐야 돼." 뒤플레시가 말했다. "집에서 검토할 서류가 있거든. 초대는 고맙네. 고비만 넘기면 한번 찾아옴세."

뒤플레시 씨는 모자를 집어 들었고 인사를 하고 목례를 하면서 문으로 갔다. "언제쯤 위기가 끝날까?" 샤르팡티에 씨가 물었다. "도대체 감이 안 잡혀."

앙젤리크가 바람처럼 나타났다. "난 봤어요." 그녀가 말했다. "부인은 어떻게 지내느냐고 물어보면서 당신 분명히 씩 웃었어요. 그리고 자네도." 그녀는 당통의 어깨를 가볍게 쳤다. "웃지 않으려고 얼굴이 파래지면서. 나만 따돌리기예요?"

"뜬소문일 뿐이야, 여보."

"뜬소문일 뿐이라고요? 인생에 그거 말고 뭐가 더 있는데요?"

"조르주의 떠돌이 친구와 관련 있어."

"뭐? 카미유 데물랭? 누굴 바보로 알아요? 내가 얼마나 맹한지 떠보려고 그런 말 하는 거잖아요." 앙젤리크는 능글거리는 손님들을 둘러보았다. "아네트 뒤플레시?" 그녀가 물었다. "아네트 뒤플레시?"

"그럼 잘 듣구려." 그녀의 남편이 말했다. "일이 복잡하고 정황이 그렇다는 것이고 어떻게 끝날지에 대해서는 뭐라고도 얘기할 수 없어. 오페라 극장 시즌 티켓을 사는 사람도 있고 헨리 필딩의 소설을 즐기는 사람도 있지만 나로 말할 것 같으면 가정에서 생겨나는 구경거리를 즐기는 편이지. 요즘은 콩데 거리에서 펼쳐지는 인생보다 더 볼 만한 구경거리가 없어요. 인간의 어리석음을 알아보는 사람에게는……."

"웬일이래요! 계속해요." 앙젤리크가 말했다.

2장

아네트와 데물랭

(1787)

아네트 뒤플레시는 기지가 있는 여자였다. 지금 자신을 괴롭히는 문제에 그녀는 사 년 동안 품위 있게 대처했다. 오늘 오후 그녀는 그 문제를 해결할 참이었다. 정오부터 찬 바람이 일더니 집 안으로 외풍이 밀려 들어와서 열쇠 구멍과 문 밑 틈새를 찾아내면서 다가올 위기의 몽롱한 깃발을 나부꼈다. 아네트는 몸매를 생각하면서 사과 식초를 한 잔 마셨다.

클로드 뒤플레시와 오래 전에 결혼했을 때 그는 아네트보다 나이가 한참 많았고 이제는 아버지라고 해도 좋을 만큼 나이가 들었다. 왜 나는 남편하고 결혼했을까? 그녀는 자주 그렇게 자문했다. 소녀 시절에는 진지한 마음을 품었지만 세월이 흐르면서 조금씩 경박해졌다는 것 말고는 스스로 내릴 수 있는 결론이 딱히 없었다.

그들이 만났을 때 클로드는 공무원 사회의 정상을 향해 가슴을 졸이며 일하고 있었다. 잡일을 하는 공무원에서 주어진 역할이 있는 공무원까지, 중간 자리의 공무원에서 높은 자리의 공무원까지, 제일 높은 공무원, 보안을 지켜야 하는 공무원, 어마어마한 공무원, 모든 공무원을 끝장내는 공무원까지 클로드는 이런저런 강도와 농도와 변종이 있는 공무원 사회를 헤쳐 왔다. 아네트의 눈에 들어온 주된 특성은 클로드의 지능이었고 나랏일에 대한 그의 줄기찬 헌신이었다. 클로드의 부친은 대장장이었다. 부친은 잘나갔고 아들이 태어날 무렵이면 가마 옆에는 얼씬도 하지 않았지만 클로드의 출세는 찬탄을 불러일으켰다.

초반의 고생이 끝났을 때 클로드는 결혼할 준비가 되어 있었지만 실망스럽게도 그의 주변에는 온통 경박한 사람들 천지였다. 아네트는 유복하고 인기가 많은 아가씨였는데 왜 그랬는지는 몰라도 클로드는 그녀에게 호감을 품었고 결국 애정을 느꼈다. 두 사람의 큰 차이야말로 그 속에서 어떤 심오한 작업이 벌어지고 있음을 말하는 것처럼 보였다. 친구들은 범상치 않은 결혼이 펼쳐지리라고 내다보았다.

클로드는 청혼을 하면서도 별로 말을 하지 않았다. 그를 움직이는 것은 숫자였다. 어쨌든 말로 나타내기 어려운 깊은 감정이 있다고 아네트도 믿었다. 클로드는 얼굴에서도 소망에서도 자기 절제라는 팽팽한 긴장의 쇠줄을 늦추지 않았다. 아네트는 불안이 남편의 머릿속에서 주판알처럼 달그락거리는 모습을 상상했다.

여섯 달 뒤 아네트의 선의는 질식 속에서 사라졌다. 어느 날 그녀는 속옷 바람으로 정원으로 달려나가서 사과나무와 별에 대고 울부짖었다. "클로드, 당신은 따분해." 아네트는 그 밤에 발밑에서 느낀 축축한 풀을 기억했고 집의 불빛을 돌아보면서 자기가 얼마나 치를 떨었는지를 기억했다. 부모의 속박에서 벗어나려고 한 결혼이었지만 이제 그녀는 클로드에게 자신의 출옥권을 넘겼다. 다시는 감옥을 박차고 나오지 않겠다고 아네트는 스스로 다짐했다. 끝이 안 좋았다. 진흙탕의 시체들같이. 아네트는 다시 안으로 슬그머니 돌아와서 발을 씻고 일말의 희망이라도 살리려고 따뜻한 차를 마셨다.

나중에 클로드는 몇 달 동안 거리감과 의심을 품고 아네트를 대했다. 지금도 아내가 기분이 좋지 않거나 까다롭게 굴면 클로드는 이제는 당신의 불안한 성격과 사는 법을 익혔지만 젊었을 때는 상당히 당혹스러웠다며 슬쩍 그 일을 거론하곤 했다.

딸아이들이 태어난 다음에 작은 불륜이 있었다. 남자는 남편의 친구였고 변호사였고 건장한 금발이었다. 얼굴이 붉고 수종을 앓는 아내와 수녀원 학교에 다니는 다섯 딸을 부양하던 그 남자에 대해서는 툴루즈에 있다는 소식을 들은 것이 마지막이었다. 아네트는 같은 실험을 되풀이하지 않았다. 클로드는 불륜을 알아차리지 못했다. 알아차렸다면 아마도 모종의 변화가 일어났어야 했을 테지만 그는 굳세게, 고집스럽게, 사내답게 알아차리지 못했으므로 다시 불륜을 저지를 이유가 없었다.

그래서 세월을 앞당기려고, 또 '불륜'이라는 범주에 들어가는 것으로 여겨지지 않을 무언가를 도모하려고, 카미유 데물랭이 그녀의 인생 속으로 들어왔다. 그때 데물랭은 스물두 살이었다. 집안끼리 잘 아는 스타니슬라스 프레롱이 그를 집으로 데려왔다. 데물랭은 한 열일곱 살처럼 보였다. 변호사로서 개업을 하려면 사 년은 더 지나야 했다. 변호사 데물랭은 쉽게 상상이 안 가는 일이었다. 데물랭의 대화는 작은 한숨과 머뭇거림, 이탈, 항변의 연속이었다. 때로는 손도 떨었다. 데물랭은 사람 얼굴을 똑바로 쳐다보는 데 애를 먹었다.

스타니슬라스 프레롱은 데물랭이 똑똑하다고 말했다. "그 친구는 유명해질 겁니다." 아네트의 존재, 그녀의 살림살이에 데물랭은 겁을 먹은 것 같았다. 하지만 그는 용기를 냈다.

바로 처음부터 클로드는 데물랭을 저녁 식사 자리에 초대했다. 그것은 잘 선정된 손님 명단이었고 남편이 다음 오 년 동안의 경제 전망이 암울하다는 점을 상술하고 테레 신부에 관한 이야기를 할 수 있는 좋은 기회였다. 데물랭은 입을 꾹 다물다시피 한 채 어색하게 앉아 있다가 뒤플레시 선생님에게 좀 더 자세히 알려 달라고, 어떻게 그런 수치가 나왔는지를 풀이하고 보여 달라고 부드러운 목소리로 이따금 요청했다. 클로드는 펜과 종이와 잉크를 가져오라고 했다. 클로드는 그릇 몇 개를 옆으로 밀치고 고개를 밑으로 숙였다. 그가 앉은 쪽 식탁 끄트머리에서는 식사가 중단되었다. 다른 손님들은 어쩔 줄 모르면서 두 사람을 내려다보았고 자기들끼리 정중한 대화를 주고받았다. 클로드가 중얼거리면서 휘갈기는 동안 데물랭은 어깨 너머로 넘겨보면서 클로드의 단순한 셈법을 반박하면서 더 길고 설득력 있는 질문을 던졌다. 클로드는 잠시 눈을 감았다. 눈밭에 흩어진 찌르레기들처럼 숫자들이 그의 펜 끝에서 밑으로 내리 꽂히면서 흩어졌다.

아네트는 식탁 쪽으로 몸을 끌어당겼다. "클로드, 미안하지만……"

"1분만."

"그렇게 복잡한 이야기는……"

"자 여기, 그리고 여기……"

"…… 나중에 하면 안 돼요?"

클로드는 대차대조표를 허공에다 흔들었다. "막연하지." 그가 말했다. "막연한 수준 이상은 못 되지. 그래도 재무총감들은 막연하거든. 자네더러 감만 잡으라는 거야."

데물랭은 대차대조표를 클로드한테 건네받아서 한번 쓱 훑어보았다. 그러고는 고개를 들었고 아네트와 눈이 마주쳤다. 그녀는 깜짝 놀랐고 자신의 '감정'에 충격을 받았다. 그렇게밖에는 부를 길이 없었다. 아네트는 눈길을 다른 손님들에게 돌려서 마음이 편해지기를 간청했다. 바보 같은 소리일지 몰라도 기본적으로 이해가 안 가는 것이 한 부서와 다른 부서의 관계고 다들 어떻게 자금을 조달하는가 하는 것이라고 데물랭은 말했다. 클로드는 전혀 바보 같은 소리가 아니라고 말하면서 한번 증명해보겠다고 했다.

이제 클로드는 의자를 뒤로 밀어내고 식탁 머리의 자리에서 벌떡 일어섰다. 아네트의 손님들은 클로드를 올려다보았다. "우리도 모두 많이 배울 수 있겠네요." 고위 관료 한 사람이 말은 그렇게 했지만 방을 가로지르는 클로드의 모습을 보는 그의 눈길은 미심쩍어하는 듯 보였다. 대단히 미심쩍어하는 듯 보였다. 클로드가 앞으로 지나갈 때 아네트는 어린아이를 말리듯 한 손을 내밀었다. "과일을 담은 그릇 하나만 있으면 좋겠는데." 클로드는 그 정도는 무리한 요구가 아니라는 듯이 말했다.

과일 그릇을 손에 넣은 클로드는 자리로 돌아가서 식탁 한가운데에다가 놓았다. 오렌지 하나가 바닥에 쿵 하고 떨어지더니 마치 지각이 있어서 뜨거운 열대를 향하는 듯 천천히 빙 돌았다. 손님들은 모두 그 장면을 지켜보았다. 데물랭은 눈길을 클로드의 얼굴에다 두고 한 손으로 오렌지를 세웠다. 그리고 살며시 밀어서 식탁 너머로 아네트에게 스르르 굴러가게 했고 그녀는 넋을 잃고 그리로 손을 뻗었다. 손님들은 모두 아네트를 지켜보았고 그녀는 열다섯 살이라도 된 것처럼 약간 얼굴을 붉혔다. 남편은 보조 식탁에서 수프 그릇을 가져왔다. 그러고는 야채 접시를 치우려던 급사한테서 접시를 낚아챘다. "과일 그릇이 세입이라고 치세."

클로드는 이제 시선을 한몸에 받았다. 잡담이 그쳤다. "그런데…… 하지만요." 데뮬랭이 말했다. "그리고 수프 그릇이 대법관을 나타낸다고 치세. 대법관은 본래 국새를 관리하는 직위지."

"클로드." 아네트가 불렀다.

클로드는 아내에게 쉿 하고 조용히 하라는 신호를 보냈다. 무언가에 홀린 사람처럼 손님들은 식탁 위에서 움직이는 음식을 속절없이 따라갔다. 클로드는 한 고위 관료의 손가락 끝에서 포도주 잔을 능숙하게 없앴다. 한 팔을 뻗은 그 관료는 이제 몸짓으로 하프 연주자 흉내를 내는 사람처럼 보였다. 그는 표정이 어두웠지만 클로드는 못 보고 넘어갔다.

"이 소금통을 부대신이라고 하세."

"훨씬 작네요." 데뮬랭은 놀랐다. "그 자리가 그렇게 낮은 줄은 몰랐어요."

"그리고 이 스푼들은 재무성의 지급 증서고. 이제……."

"예, 하지만 아까 말씀하신 데로 되돌아가서 명쾌하게 설명해주시면 안 될까요?" 데뮬랭이 말했다. "해줄 수 있고말고. 자, 한번 속으로 따져보라고." 클로드는 받아들였다. 그는 물병으로 손을 뻗어서 비율을 수정했다. 그의 얼굴이 환해졌다.

"인형극은 저리 가라네." 누군가가 소근거렸다.

"갈라지는 목소리로 당장이라도 수프 그릇이 말을 하지 않을까?"

제발 몰아세우지 말았으면, 아네트는 기도했다, 제발 자꾸 질문을 퍼붓지 말았으면. 그녀는 데물랭이 남편을 여기서 흔들고 저기서 흔들면서 가지고 노는 것을 보았다. 손님들은 잔이 비거나 잔을 빼앗긴 채로 나이프와 포크도 강탈당하고 디저트도 온데간데없어져서 벌린 입을 다물지 못하고 웃음을 누르면서 서로 눈길만 주고받았다. 이제 이 부서에서 저 부서로, 재판소들까지 소문이 좍 퍼져서 사람들은 내 저녁 파티 이야기를 안주로 삼아서 저녁을 먹을 것이다. 제발 좀 말렸으면, 무슨 일이라도 생겨서 제발 저 사람을 막아주었으면. 아네트는 생각했다. 그런데 무엇으로 막지? 작게 불이라도 나야 할 판이었다.

아네트가 이리저리 둘러보면서 발을 동동 구르는 동안에도, 포도주를 잔째로 꿀꺽꿀꺽 삼키고 손수건으로 입을 훔치는 동안에도 데물랭의 이글거리는 눈은 조화 너머로 그녀를 달구었다. 마침내 아네트는 미안하다고 고개를 숙이고 용서를 구하는 웃음을 지으며, 훔쳐보는 사람들의 눈길을 끌면서 식탁에서 도망쳐 나와 만찬장을 떠났다.

아네트는 이런저런 생각에 마음이 심란해서 화장대 앞에 십 분 동안 앉아 있었다. 얼굴을 매만질 생각이었지만 그저 자기 눈에서 넋이 나간 멍한 표정을 바라볼 뿐이었다. 클로드와 함께 잠을 잔 것도 벌써 몇 해 전인지 모른다. 그게 무슨 상관인가? 나는 왜 그것을 더 헤아리지 않는 것일까? 나도 종이와 잉크를 달라고 해서 내 인생의 적자를 합산해야 하는 걸까? 클로드는 1789년까지 이대로 가면 나라는 망하고 우리도 망한다고 말한다. 아네트는 거울 속의 자신을 보았다. 크고 파란 눈이 이유를 알 수 없는 눈물 속에서 헤엄치고 있었다. 그녀는 앞서 입술에서 적포도주를 닦아낸 것처럼 눈물을 닦아냈다. 술이 너무 과했나 싶기도 하고 우리 모두가 술이 너무 과했나 싶기도 했다. 그 살무사 같은 아이만 빼놓고는. 세월이 흘러서만이 아니라 내가 그 녀석을 용서해서 어떤 이득을 본다 하더라도 내 파티를 망쳐놓고 클로드를 바보로 만든 그 녀석을 나는 절대로 용서하지 않으리라. 내가 왜 오렌지를 움켜쥐고 있지? 아네트는 영문을 알 수 없었다. 그녀는 죄를 지은 여인, 맥베스 부인처럼 자기 손을 내려다보았다. 우리 집에서 어떻게 이런 일이…….

향기로운 피를 손톱 밑에 묻히고 손님들에게 돌아가 보니 공연은 끝나 있었다. 손님들은 작은 과자를 만지작거렸다. 클로드는 어디에 있었느냐고 눈빛으로 물었다. 기분이 좋아 보였다. 데물랭은 대화에 기여하기를 그쳤다. 그는 앉아서 눈을 내리깔고 식탁을 응시했다. 아네트의 딸들 중 하나는 그의 표정을 수줍음이라고 불렀으리라. 다른 얼굴들은 모두 착잡함과 긴장을 드러냈다. 커피가 나왔다. 잃어버린 기회처럼 커피는 쓰고 검었다.

다음 날 클로드는 이 사건 이야기를 했다. 얼마나 자극적이었는지 모른다고, 보통 저녁 먹는 시시껄렁한 모임보다 훨씬 좋았다고 말했다. 모든 사교 활동이 그렇다면 자기는 걱정이 없겠다면서 지금은 이름을 잊었지만 그 젊은이를 다시 부를 수 있느냐고 물었다. "그 청년은 매력적이고 흥미로운 사람인데 말을 더듬는 걸 부끄러워하는 것 같았어. 그런데 이해하는 것도 좀 느린 편 아니었소?" 그러면서 국가 재정 업무가 돌아가는 생리에 대해서 자기가 잘못된 인상을 심어주지 않았기를 바란다고 덧붙였다.

바보처럼 농락당했음을 아는 바보들의 처지는 참으로 괴롭다고 아네트는 생각했다. 반면에 그걸 모르는 클로드는 얼마나 즐거운가.

다음번에 데뮬랭이 찾아왔을 때 그가 아네트를 바라보는 눈은 좀 더 조심스러웠다. 선부른 일은 절대로 벌여서는 안 된다고 마치 두 사람이 합의라도 한 듯했다. 흥미로워, 그녀는 생각했다. 흥미로워.

데뮬랭은 법률가로 일하고 싶지 않지만 다른 길이 없다고 아네트에게 말했다. 장학금 조건에 손발이 묶여 있었다. 볼테르처럼 직업이 없는 문필가가 되고 싶다고 말했다. 아네트가 말했다. "오, 볼테르, 그 이름이라면 신물이 나요. 앞으로 닥칠 몇 년의 세월을 생각하면 문필가는 사치라고 말하고 싶네요. 우린 모두 클로드를 본받아야 해요." 데뮬랭은 머리를 살짝 뒤로 넘겼다. 아네트는 그 몸짓이 마음에 들었다. 판에 박혔고 부질없었지만 그래도 마음을 당기는 힘이 있었다. "빈말이라는 거 알아요. 마음속으로는 그런 말 믿지 않잖아요. 앞으로도 지금처럼 살아가게 되리란 걸 마음속으로는 알잖아요."

"내 마음은 내가 제일 잘 알면 좀 안 될까요?" 아네트가 말했다.

오후가 그렇게 지나가면서 아네트는 두 사람의 우정이 전반적으로 부적절하다는 확신이 들었다. 단순히 나이의 문제가 아니라 데뮬랭의 전반적인 지향이 문제였다. 그의 친구들은 실직한 배우들 아니면 뒷골목의 인쇄소 작업실에서 빠져 나와 사람들 눈을 피해 다니는 이들이었다. 데뮬랭의 친구들은 사생아가 있었고 불온한 견해를 품었고 경찰이 꼬리를 밟으면 외국으로 떠났다. 응접실에서 펼쳐지는 삶이 있는가 하면 이런 또 다른 삶이 있었다. 아네트는 거기에 관해서는 묻지 않는 것이 상책이라고 생각했다.

데뮬랭은 저녁 만찬에 계속 왔다. 더는 사고가 없었다. 클로드가 부르라렌에서 여는 주말 파티에 오라고 데뮬랭을 부를 때도 있었다.

그곳에 땅이 조금 있었고 쾌적한 농가도 있었다. 딸아이들이 그를 정말로 좋아한다고 아네트는 생각했다.

거의 이 년 전부터 두 사람은 만나는 횟수가 부쩍 늘었다. 남녀 문제를 잘 안다고 소문난 친구 하나가 아네트에게 데물랭이 동성애자라고 귀띔했다. 그녀는 이 말을 믿지 않았지만 남편이 추궁할 경우에 대비하여 방어용으로 기억해 두었다. 하지만 남편이 왜 추궁을 하겠는가? 데물랭은 그냥 집에 놀러 오는 젊은이일 뿐인데. 그들 사이에는 아무 일도 없었다.

어느 날 아네트가 데물랭에게 물었다. "들꽃에 대해서 좀 알아요?"

"별로요."

"뤼실이 부르라렌에서 꽃을 하나 따서는 뭐냐고 물어보는데 통 모르겠어요. 그래서 당신은 모르는 게 없다고 내가 자신 있게 그 아이한테 말하고 나서 꽃을 눌러 두었어요. (그러곤 그녀는 팔을 뻗었다.) 내 책 속에다. 그리고 당신한테 물어보겠다고 했어요."

아네트는 편지와 쇼핑 목록, 안전하게 보관할 필요가 있는 것은 모두 넣어 두는 큰 사전을 들고 와서 데물랭 옆에 앉았다. 그리고 조심스럽게 책을 펼쳤다. 안 그랬으면 내용물이 폭포처럼 쏟아졌을 것이다. 그는 꽃을 살폈다. 손톱으로 종이 같은 잎새의 아래께를 들추었다. 그러고는 얼굴을 찡그렸다. "독성이 지독히 강한 잡초인 것 같은데요."

데물랭이 한 팔을 아네트에게 두르고 입을 맞추려고 했다. 의도 했다기보다는 놀라움이 더 커서 그녀는 얼른 몸을 뺐다. 그 바람에 사전을 떨어뜨렸고 모든 것이 와르르 쏟아졌다. 데물랭의 얼굴을 찰싹 갈기는 것이 합당했을 테지만 그녀는 그런 행동이 얼마나 상투적인가 생각했고 그게 아니더라도 몸의 균형을 잃었다. 누군가에게 그런 행동을 하고 싶다는 생각을 늘 했지만 좀 더 건장한 사람을 선호했을 것이다. 그래서 이렇게 우물쭈물하다가 기회를 놓치고 말았다. 그녀는 소파를 붙들고 겨우 일어섰다.

"죄송합니다." 데물랭이 말했다. "어설펐어요."

그는 약간 떨고 있었다.

"어떻게 당신이?"

데물랭은 어색하게 한 손을 위로 들어올렸다. "그건, 아네트, 당신을 원해서예요."

"말도 안 돼." 그녀가 말했다. 그녀는 흐트러진 종이들 속에서 두 발을 빼냈다. 데물랭이 전에 쓴 시 몇 편이 클로드한테 숨기는 게 좋겠다고 아네트가 판단한 모자 대금 청구서와 함께 접혀서 양탄자 위에 떨어져 있었다. 데물랭은 천 년이 지나도 여자 모자 가격이 얼마나 나가는지 물어보지 않을 것이다. 그것은 그를 넘어서는 일이었다. 넘어서는 일, 밑도는 일이었다. (이렇게 암울하고 을씨년스러운 겨울날이었는데도) 그녀는 창밖을 바라보면서 입술이 바르르 떨리지 않도록 입술을 깨물 필요가 있다고 판단했다.

그런 상태가 일 년째 이어졌다.

아네트와 데물랭은 극장 이야기, 책 이야기, 아는 사람들 이야기를 했다. 하지만 정말로 늘 이야기한 주제는 오직 한 가지, 둘이 함께 잘 것이냐 여부였다. 아네트는 의례적인 이야기를 했다. 데물랭은 그녀의 논리는 케케묵었고 사람들이 언제나 그런 고루한 이야기

를 하는 까닭은 자기 자신을 두려워해서고 신에게 야단을 맞을까
봐 행복해지기를 두려워하기 때문이며 청교도주의와 죄의식으로 숨
이 막혀서라고 했다.

아네트는 데물랭이 자신이 지금까지 만난 어떤 사람보다도 스스
로를 두려워하는 사람이고 거기에는 그럴 만한 이유가 있다고 (속으
로) 생각했다.

아네트는 자신의 생각을 바꿀 마음이 없으며 이런 논쟁은 해도
해도 끝이 안 난다고 말했다. 해도 해도 끝이 안 나는 것이 아니라
엄격히 말해서 둘 다 나이가 들어서 더는 흥미를 느끼지 않을 때 비
로소 끝이 날 것이라고 데물랭은 말했다. 그는 잉글랜드 사람은 의
회에서 그 짓을 한다고 말했다. 그녀는 충격을 받은 표정으로 얼굴
을 들었다. "아니, 지금 분명히 속으로 생각하시는 그거 말고, 누군
가가 마음에 안 드는 안건을 발의하면 그저 자리에서 일어나서 모
두가 집으로 가거나 회기가 끝나서 남은 시간이 없어질 때까지 장
단점에 대해서 주구장창 떠들기 시작한다는 거죠." 말로 안건을 부
결한다는 게 바로 그것이었다. 몇 년을 그렇게 질질 끌기도 한다.
"이렇게 놓고 보면," 데물랭이 말했다. "저는 부인과 이야기하는 것
을 좋아하니까 제 인생을 유쾌하게 쓰는 것인지도 모르죠. 하지만
사실 저는 지금 부인을 원합니다."

첫 번째 그 일이 있고 나서 아네트는 늘 차가웠고 그런 대로 능
숙하게 데물랭을 막아냈다. 그가 또다시 그녀를 건드렸다는 소리는
아니다. 데물랭은 그녀가 자신을 건드리는 것을 여간해서는 허용하
지 않았다. 어쩌다가 잘못해서 몸이 아네트에게 닿으면 그는 사과
했다. 이렇게 하는 편이 낫다고 그는 말했다. 인간의 본능이라는 게

있었고 오후는 참으로 길었다. 여자아이들은 친구한테 놀러 갔고 거리는 적막했고 방 안에는 똑딱똑딱 시계 소리와 심장 뛰는 소리 말고는 아무것도 들리지 않았다.

이 관계 아닌 관계를 느긋하게 끝낼 생각이었지만 관계 아닌 관계라고는 해도 아슬아슬한 순간이 있었다. 하지만 데물랭이 누군가에게 말하기 시작했거나 아니면 남편의 친구 중에 그들을 줄곧 유심히 지켜본 이가 있었던 게 분명했다. 이제 모두가 둘의 관계를 알았다. 클로드에게 관심을 품은 지인이 아주 많이 생겼다. 그 문제는 법관 탈의실에서 논란을 빚었고 (샤틀레 재판소에서 도마에 올랐고 민사 법정에서 중간계급 스캔들 분야에서 그해의 스캔들로 거론되었다.) 소문은 좀 더 까다롭게 엄선된 카페에서 유포되었고 재무성에서 숙고되었다. 입방아를 찧어대는 사람들의 마음속에서는 언쟁도 유혹과 저지된 유혹 사이의 미묘한 균형도 윤리적 고뇌도 망설임도 보이지 않았다. 아네트는 매력적이고 무료했고 더는 처녀가 아니었다. 데물랭은 젊고 집요했다. 분명히 뭔가 있었겠지. 당연한 소리 아니야? 언제부터였느냐가 문제지. 그리고 뒤플레시가 언제 알기로 마음 먹느냐가 문제지.

지금은 클로드가 귀머거리이거나 장님이거나 벙어리일지 모르지만 그는 성자가 아니고 순교자가 아니다. 간통은 추한 단어다. 끝낼 때가 되었다고 아네트는 생각했다. 결코 시작된 적이 없는 일을 끝낼 때가 되었다.

클로드하고 방을 따로 쓰기 전 다시 아이를 가졌는지도 모르겠다고 두어 번 생각했던 적이 있었는데 왠지 그때 기억이 떠올랐다. 아이를 가졌을지도 모른다고 생각했고 그 묘한 느낌이 들다가 얼마 뒤 생리를 하고 임신이 아님을 알았다. 그녀의 인생에서 한 주일 두 주일이 흘러갔고 어떤 생명에 관한 생각이 있었고 사랑의 특정한 흐름이 마음에서 몸으로, 그리고 다가올 세상과 시간으로 꾸준하게 흘러들었다. 그러고는 끝이 났다. 아니 처음부터 아니었다. 사랑은 유산되었다. 아이가 마음속에 계속 떠올랐다. 아이는 눈이 파랬을까? 성격은 어땠을까?

그리고 이제 그날이 왔다. 아네트는 화장대 앞에 앉았다. 하녀가 머리를 비틀었다가 당겼다가 하면서 수선을 피웠다. "그렇게 말고." 아네트가 말했다. "그건 마음에 안 들어. 나이 들어 보이잖아."

"아니에요!" 하녀가 펄쩍 뛰었다. "서른여덟에서 단 하루도 넘기지 않았어요."

"서른여덟이라니." 아네트가 말했다. "난 어림수가 좋아. 서른다섯이라고 해."

"어림수로는 마흔인데요."

아네트는 사과식초를 한 입 마셨다. 그리고 얼굴을 찡그렸다. "손님이 오셨습니다." 하녀가 말했다.

비바람이 창문을 두들겼다.

또 다른 방에서는 아네트의 딸 뤼실이 새 일기장을 펼쳤다. 이제 새 출발이다. 붉은 표지. 공단의 윤기와 백지. 자리를 표시해 둘 리본 책갈피.

'안 뤼실 필리파 뒤플레시.' 그녀는 이름을 적었다. 필체를 다시 바꾸는 중이었다. '뤼실 뒤플레시의 일기. 출생 1770년. 사망 ? 제3권. 1786년.'

뤼실은 조용히 쓰기 시작했다. "내 인생의 이 시기에 나는 여왕이 된다는 게 어떤 것일지에 관해 많이 생각한다. 우리 왕비 말고 좀 더 비극적인 여왕. 나는 프랑스에 있던 잉글랜드의 마지막 땅 칼레를 잃은 메리 튜더를 생각한다. '나를 죽은 다음에 열어보면 내 심장에는 칼레라고 적혀 있을 것이다.' 나 뤼실을 죽은 다음에 열어보면 '권태'라고 적혀 있을 것이다."

"사실 난 마리아 스튜어트를 더 좋아한다. 단연코 내가 좋아하는 여왕이다. 미개한 스코틀랜드인들 가운데 있던 그 여자의 눈부신 아름다움을 생각한다. 무덤의 사면처럼 옥죄어 들던 포더링게이 감옥의 성벽을 생각한다. 그녀가 젊은 나이로 죽지 않았다는 게 정말로 애석하다. 신경통에 걸리거나 뚱뚱해진 모습을 생각하지 않아도 되니까 사람은 언제나 젊은 나이로 찬란히 빛날 때 죽는 편이 좋다."

뤼실은 한 줄을 비웠다. 숨을 한번 들이쉬고 나서 다시 적기 시작했다.

"그녀는 편지를 쓰면서 마지막 밤을 보냈다. 가깝게 지냈던 잉글랜드 주재 에스파냐 대사 멘도사에게 다이아몬드를 보냈고 에스파냐 왕에게 편지를 보냈다. 모든 것이 마무리되었을 때 그녀는 시녀들이 기도를 하는 동안 눈을 뜨고 앉아 있었다."

"8시에 기무감이 마리아를 데리러 왔다. 기도 의자에서 그녀는 죽어 가는 사람을 위한 기도를 차분한 목소리로 읽어 나갔다. 집안 식구들은 무릎을 꿇었고 그녀는 검은 옷차림에 상앗빛 손으로 상앗빛 십자가를 들고 대전으로 당당히 나아갔다."

"삼백 명이 그녀의 죽음을 지켜보러 모여들었다. 그녀가 작은 쪽문을 통해 들어오는 바람에 사람들은 놀랐다. 마리아의 얼굴은 평온했다. 처형대에는 검은 천이 둘러쳐져 있었다. 그녀가 무릎을 올려놓을 수 있도록 검은 쿠션이 놓여 있었다. 시종들이 앞으로 나서서 어깨에서 검은 망토를 벗겨내니 그녀가 입은 옷은 온통 주홍빛임이 드러났다. 그녀는 핏빛 옷을 입고 있었다."

여기서 뤼실은 펜을 놓았다. 그녀는 유의어를 떠올리기 시작했다. 선홍. 불꽃. 진홍. 심홍. 어구들도 떠올랐다. 피칠갑. 피눈물. 붉은 장미.

뤼실은 다시 펜을 들었다.

"형틀 위에 머리를 얹으면서 마리아는 무슨 생각을 했을까? 기다리는 동안, 집행인이 자세를 잡는 동안 그녀는 무슨 생각을 했을까? 몇 초가 흘러갔다. 몇 초가 꼭 몇 년처럼 지나갔다.

도끼의 첫 가격은 여왕의 뒷머리에 깊은 상처를 냈다. 두 번째 가격은 목을 자르지 못했고 양탄자는 여왕의 피로 흥건해졌다. 세 번째 가격으로 여왕의 목은 단두대에서 굴러 떨어졌다. 집행인은 그것을 회수하여 구경꾼들에게 들어 보였다. 입술이 움직이는 것이 보였다. 입술은 십오 분 동안 계속해서 움직였다.

그렇게 피에 젖은 머리통 위에서 누가 시간을 재고 있었는지는 정말 모를 일이다."

언니 아델이 들어왔다. "일기 쓰는 거니? 나도 읽어도 돼?"

"읽을 순 있지만 읽으면 안 돼."

"애 좀 봐." 언니는 깔깔 웃었다.

아델은 의자에 제 몸을 던졌다. 뤼실은 어렵사리 마음을 눈앞의 현실로 끌고 와서 두 눈의 초점을 언니의 얼굴에다 맞추었다. 언니는 퇴보하는구나, 뤼실은 생각했다. 내가 결혼한 여자라면 아무리 잠깐 동안이라도 친정에 와서 오후를 보내지는 않을 텐데.

"외로워." 아델이 말했다. "심심해. 시간이 너무 일러서 어디 갈

데도 없고 이 지긋지긋한 상복을 입고 다녀야 하거든."

"여기도 심심해."

"여긴 평소대로구나. 그렇지?"

"클로드가 전보다 집에 있는 시간이 줄었다는 것만 빼고는. 그래
서 아네트는 친구하고 있을 기회가 많아졌지." 자매는 자기들끼리
있을 때 부모님 이름을 부르는 고약한 버릇이 있었다.

"친구는 어떻게 지내?" 아델이 물었다. "아직도 너한테 라틴어 해
주니?"

"난 이제 라틴어 안 해도 돼."

"어머. 그럼 머리를 맞대고 앉을 구실이 사라졌네."

"정말 싫다, 언니."

"당연히 싫겠지." 언니는 악의 없이 말했다. "난 어른이니까. 또
난 가엾은 남편이 남기고 간 돈이 많아. 난 네가 모르는 걸 다 알지.
상복만 벗으면 난 실컷 즐길 수 있어. 남자가 천지에 널렸으니까!
하지만 아서라. 넌 한 사람만 생각해야 해."

"난 그 사람을 생각하지 않아."

"클로드는 그 사람하고 아네트 사이에, 그 사람하고 너 사이에 여
기서 무슨 싹이 트는지 눈치를 채긴 한 거니?"

"싹 같은 소리 하고 있네. 보면 몰라? 아무 일도 안 생겼다니까
그러네."

"그야, 아주 엄격한 의미에서는 아닐지도 모르지." 아델이 말했
다. "그렇지만 아네트는 오래 버티지 못할 거야, 지쳐서라도 못 버
텨. 그리고 넌, 넌 그 사람을 처음 보았을 때 열두 살이었어. 내가 다
기억하는데, 돼지 같은 네 눈에 불이 번쩍 들어오더라."

"난 돼지 같은 눈 없어. 눈에 불이 번쩍 들어온 적도 없고."

"하지만 그 사람은 딱 네가 바라는 사람이잖니." 아델이 말했다. "하기야 마리아 스튜어트의 인생에서 그런 사람은 별 거 아니지. 그래도 평민들 입맛에 맞춰 살자면 그런 사람도 없어."

"어차피 그 사람은 날 쳐다보지도 않아." 뤼실이 말했다. "날 어린애라고 생각해. 내가 거기 있는 줄도 몰라."

"알아. 뚫고 들어가보라니깐 그러네." 아델은 문들이 닫혀 있는 응접실 쪽을 가리켰다. "나한테 보고서를 가져와. 해보는 거야."

"걸어 들어갈 수가 없다니까."

"왜 못해? 그냥 앉아서 이야기만 나누는 거라면 뭐라고 그럴 리가 없지 않니? 그냥 이야기만 나누는 게 아니라면, 그래, 그게 바로 우리가 알고 싶은 거잖아."

"그럼 언니는 왜 안 가는 건데?"

아델은 이런 맹꽁이가 어디 있나 하는 듯한 표정으로 동생을 쳐다보았다. "네가 가면 의심을 덜 사니까 그렇지."

뤼실은 그 말에도 일리가 있다고 생각했다. 안 그래도 유혹을 떨치기 힘들었다. 아델은 동생의 공단 슬리퍼가 양탄자 위로 소리 없이 움직이는 것을 보았다. 데물랭의 묘하게 작은 얼굴이 아델의 마음에 떠올랐다. 이 사람이 우리 집안을 콩가루로 만들어놓을 거라는 내 예상이 빗나가면 입 꼭 다물고 나는 앞으로 뜨개질이나 하련다.

데물랭은 정확했다. 아네트는 그에게 2시에 오라고 말했다. 그녀는 오후를 더 잘 보낼 수 있는 방법이 그렇게도 없느냐고 공격적으로 물었다. 그는 여기에 답할 가치가 없다고 생각했지만 심상치 않은 기류를 느꼈다.

아네트는 친구들이 매력적이라고 부르던 자신의 모습을 부각하기로 마음먹었다. 눈썹을 살짝 치켜 올리고 웃으면서 방을 휘젓고 다니면 된다.

"그래요, 규칙이라는 게 있는데 당신은 그걸 지킬 마음이 없군요. 그동안 우리 이야기를 누군가한테 말했죠." 그녀가 말했다.

"오, 말할 거리가 있으면 좋겠네요." 데물랭이 머리카락을 만지작거리면서 말했다.

"클로드가 알게 될 거예요."

"알게 될 뭐라도 있으면 좋겠네요." 데물랭은 천장을 우두커니 바라보았다. "클로드는 어때요?" 한참 만에 그가 물었다.

"열 받았죠." 아네트는 심란해했다. "무척 열 받았죠. 페리에르 형제의 수도 가설 사업에 거액을 쏟아부었는데 미라보 백작이 거기에 반대하는 글을 써서 주식이 폭락했거든요."

"하지만 그분은 정말로 공익을 중시하는 사람일 겁니다. 전 미라보 백작을 존경해요."

"그렇겠죠. 파산자도 괜찮고 도덕적으로 아무리 문제가 많아도 당신에겐 괜찮겠죠. 아, 자꾸 딴 데로 새게 하네, 그러지 말아요."

"다른 이야기 하고 싶어 하시는 줄 알았거든요." 데물랭은 침울하게 말했다.

아네트는 둘 사이의 거리를 조심스럽게 유지했고 작은 탁자의 힘을 빌려 그 결심을 더욱 굳혔다. "끝내야 해요." 그녀가 말했다. "이제 여기 그만 와요. 사람들이 떠들고 이야기를 만들어내요. 정말이지 이젠 질렸어. 도대체 무엇 때문에 당신은 내가 행복한 결혼 생활의 안전함을 버리고 당신과 몰래 불장난을 벌일 거라고 생각한 거죠?"

"그냥 그럴 거 같았다는 말씀밖에는 못 드리겠네요."

"내가 자기하고 사랑에 빠졌다고 생각하는구나? 자만심이 정말이지 하늘을 —"

"아네트, 달아납시다. 네? 오늘 밤."

그녀는 하마터면 "좋아요, 그럼 그래요."라고 말할 뻔했다.

데물랭은 당장 짐을 싸자고 말하기라도 할 것처럼 벌떡 일어섰다. 아네트는 서성이기를 멈추고 남자 앞에 섰다. 눈을 남자의 얼굴에 두고 한 손으로 속절없이 드레스를 매만졌다. 그리고 다른 손을 들어 남자의 어깨를 만졌다.

데물랭은 아네트 쪽으로 움직여서 손을 그녀의 양쪽 허리춤에 두었다. 두 사람의 몸이 고스란히 닿았다. 그의 가슴은 심하게 뛰고 있었다. 이러다간 심장이 성하지 못하겠다, 그녀는 생각했다. 그녀는 그의 눈을 들여다보면서 순간을 보냈다. 머뭇머뭇 둘의 입술이 만났다. 몇 초가 흘렀다. 아네트는 연인의 목덜미를 따라 손가락을 움직이다가 연인의 머리카락 속으로 파묻어 연인의 머리를 자기 쪽으로 끌어당겼다.

그때 두 사람 뒤편에서 짧고 날카로운 비명 소리가 났다. "그랬어, 결국 사실이었어. 언니 말대로 '아주 엄격한 의미에서.'" 숨가쁜 목소리가 말했다.

아네트가 남자한테서 떨어져 나오면서 뒤로 돌아섰다. 얼굴에서 핏기가 가셨다. 데물랭은 그녀의 딸을 놀라움보다는 흥미로움이 담긴 눈길로 응시했지만 얼굴은 아주 희미하게나마 벌게졌다. 뤼실은 틀림없이 충격을 받았다. 목소리가 두려움에 질려 높이 올라간 것도 그래서였고 온몸이 굳어버린 것도 그래서였다.

"조금도 막돼먹은 짓이 아니었는데." 데물랭이 말했다. "그렇게 생각하니, 뤼실? 서글프네."

뤼실은 돌아서서 뛰쳐나갔다. 아네트는 참았던 숨을 내뱉었다. 또 다시 몇 분이 흘렀다고 아네트는 생각했다. 모르겠다. 나처럼 터무니없고 황당하고 멍청한 여자가 또 있을까. "자, 카미유 이제 내 집에서 나가요. 앞으로 내 앞에 또다시 얼씬거렸다간 당신을 체포하도록 만들 거예요." 아네트가 말했다.

데뮬랭은 조금 위압감을 느끼는 듯싶었다. 왕을 알현하고 물러나는 사람처럼 느리게 뒷걸음질을 쳤다. "지금 뭐 하자는 거예요?" 아네트는 남자에게 소리를 지르고 싶었다. 하지만 그녀도 데뮬랭처럼 재앙의 예감에 짓눌렸다.

"자네의 미친 짓은 그게 끝인가?" 당통이 데뮬랭에게 물었다. "아니면 더 있나?"

이유는 알 수 없었지만 어쩌다보니 그는 데뮬랭의 고민 상담자가 되어버렸다. 지금 당통이 듣는 이야기는 비현실적이고 위험하고, 그가 아끼는 말이지만, 어쩌면 조금은 퇴폐적이었다.

"자네도 가브리엘하고 잘 사귀고 싶었을 때 여자 어머니한테 공을 들였다고 했잖아. 실제로 자네가 그러는 걸, 이탈리아어로 으스대고 눈알을 굴리면서 남쪽 사람 흉내를 내는 걸 다들 봤다고 하던데." 데뮬랭이 말했다.

"그래, 맞아. 하지만 그러는 게 정상이야. 그건 해롭지 않고 필요하고 사회적으로 받아들여진 관행이야. 자네가 말하는 것하고는 하늘과 땅만큼 거리가 멀거든. 내가 이해하기로는 자네는 어머니한테 다가서는 방편으로 딸하고 일을 벌인 거잖아."

"일을 벌인 건지는 잘 모르겠고 그 딸과 결혼을 하면 좋을 거라는 생각은 해. 그래야 좀 더 영속적이겠지. 나도 가족의 일원이 되는 거니까. 내가 사위가 되면 아네트도 나를 잡아들이지는 못하겠지." 데물랭이 말했다.

"자네 같은 사람은 잡아들여야지." 당통이 얌전히 말했다. "자네 같은 사람은 가둬놓아야 해." 그는 고개를 흔들었다.

다음 날 뤼실은 편지를 받았다. 영문을 알 수 없었다. 편지는 부엌에서 가져다주었다. 하인이 받은 모양이었다. 보통 때 같으면 편지는 안주인에게 바로 갔을 테지만 새로 들어온 어린 하녀는 뭘 몰랐다.

편지를 읽고 나서 뤼실은 그것을 손안에서 뒤집어서 한 장 한 장 펼쳤다. 그리고 차근차근 다시 살폈다. 그리고 도로 접어서 가벼운 목가시집 안에 끼워 넣었지만 좀 소홀히 대접했는지도 모르겠다는 생각이 퍼뜩 들어서 다시 꺼내서는 몽테스키외의 《페르시아인의 편지》 안에다 끼워 두었다. 페르시아에서 온 것이 아닌가 싶을 만큼 요상한 편지였다.

그런데 책을 서가에 꽂자마자 다시 편지를 손에 쥐고 싶어졌다. 종이의 감촉을 느끼고 동그랗게 말린 검은 필기체를 보고 표현들을 눈으로 훑고 싶었다. 데물랭은 글을 아름답게 쓴다고 생각했다. 아름답게. 숨이 멎는 어구들이 있었다. 편지에서 날아오를 것만 같은 문장들. 문단 전체는 빛을 품었다가 흩뿌렸고 실에 꿰인 단어 하나하나가 다이아몬드였다.

세상에. 뤼실은 자기의 일기를 떠올리면서 수치심을 느꼈다. 그래 놓고 산문을 연습한다고 생각했으니…….

뤼실은 편지 내용은 생각하지 않으려고 애썼다. 논리적으로 그럴 가능성이 없지는 않다 하더라도 편지 내용이 자기한테 해당될 수 있다고는 정말로 믿지 않았다.

아니, 그 산문을 유발한 것은 뤼실이었다. 그녀의 영혼, 그녀의 얼굴, 그녀의 몸이었다. 웬 난리법석인지를 영혼만 살펴보고는 알 수가 없는 법이었다. 몸과 얼굴조차도 쉽지는 않았다. 집에 있는 거울들은 하나같이 너무 높았다. 아마 거울을 다는 위치를 아버지가 정한 모양이었다. 그녀는 자기의 얼굴밖에는 볼 수가 없었고 그러다 보니 얼굴과 몸이 따로 노는 묘한 느낌이었다. 자기의 목을 조금이라도 보려면 발끝으로 서야 했다. 물론 뤼실은 어렸을 때 예쁜 소녀였다. 그건 그녀도 알았다. 뤼실과 아델은 아버지들이 애지중지하는 그런 예쁜 딸들이었다. 여기에 변화가 생긴 게 작년이었다.

많은 여자에게 아름다움은 노력의 문제요 인내와 창의력을 얼마나 잘 발휘하느냐의 문제라는 것을 뤼실은 알았다. 그러자면 약삭빨라야 했고 열성이 필요했다. 묘한 솔직함이 필요했고 허영은 버려야 했다. 그것은 덕까지는 아니더라도 자질이라고 부를 만은 했다.

뤼실은 이런 자질이 있다고 주장할 수가 없었다.

어떤 사람이 자신의 게으름을 짜증스러워하고 자신이 손톱을 물어뜯는다는 사실을 짜증스러워하듯이 뤼실은 새로운 아름다움의 처방이 가끔은 짜증스러웠다. 외모를 가꾸는 것은 좋아했지만 솔직히 그럴 필요가 없다는 생각이 들었다. 다른 사람들로부터 점점 멀어지면서 자기로서도 어쩔 도리가 없는 것으로 판단을 받는 영역으로 점점 떠밀린다는 느낌을 받았다. 엄마 친구 하나가 이런 말을 했다(뤼실은 우연히 엿들었다). "저 나이 때 저렇게 생긴 여자애는 스물다섯이 되면 끝이야." 솔직히 뤼실은 스물다섯을 상상할 수 없었다. 그녀는 지금 열여섯이다. 아름다움은 몽골 반점만큼 영원히 간다고 믿는 나이이다.

상아로 된 탑 속에 사는 여자처럼 뤼실은 살결이 은은하고 창백했으므로 아네트는 딸에게 검은 머리에다 분을 바르고 리본과 꽃으로 머리를 묶어서 완벽한 얼굴 골격을 드러내라고 설득했다. 그녀의 검은 눈을 빼내서 다시 청잣빛으로 파랗게 박아 넣을 수 없는 것이 다행스러운 노릇이었다. 아니, 아네트라면 그렇게 했을지도 모른다. 아네트는 자기를 빼다 박은 인형과 마주보기를 원했다. 뤼실은 엄마가 어렸을 때 남겨 두고 온 청잣빛 인형이 바로 자기라고 상상한 적이 한두 번이 아니었다. 비단에 싸서 높은 선반에 올려놓은 그 인형은 요즘의 거칠고 막된 아이들한테 주기에는 너무나 가냘프고 값진 인형이었다.

인생은 대체로 따분했다. 뤼실은 자신의 가장 큰 기쁨이 소풍이었고 시골로 가는 짧은 여행이었고 더운 오후에 강에서 하는 뱃놀이였던 시절을 기억할 수 있었다. 공부를 하지 않는 날은 일과가 무너져서 무슨 요일인지를 잊어버릴 수 있었다. 그녀는 두려움과 비슷한 설렘으로 이런 날들을 손꼽아 기다렸고 일찍 일어나서 하늘을 살피고 날씨를 헤아리곤 했다. "산다는 건 정말 이런 거야." 하고 느끼던 몇 시간이 있었고 그때 이것이 행복임을 짐작했고 실제로도 그랬다. 그 시절에는 의식을 하면서 그런 생각을 했다. 그리고 저녁이 되어 피로에 젖어 돌아오면 세상은 예전처럼 굴러갔다. 그럼 이렇게 말했다. "지난주 시골에 갔을 때 난 행복했어."

이제 뤼실은 일요일 소풍을 넘어설 만큼 자랐다. 강은 언제나 그 모습 그대로였지만 비가 오고 집 안에 있게 되더라도 큰 재앙은 아니었다. 어린 시절 이후로 ('내 어린 시절은 끝났다'고 스스로에게 말한 이후로) 그녀의 상상 속에서 벌어진 사건들은 뒤플레시 집안에서 일어난 어떤 일보다도 흥미로웠다. 상상 놀이가 시들해지면 뤼실은 심드렁해지고 우울해져서 방 안을 돌아다녔고 머릿속에서는 파괴적인 생각들이 굴러다녔다. 잘 시간이 되면 기뻤고 아침에는 일어나기가 싫었다. 산다는 건 그랬다. 뤼실은 일기장을 밀쳐 두고 자신의 짜임새 없는 나날들과 앞에 펼쳐진 시간의 낭비를 생각하면서 두려움에 떨었다.

　아니면 펜을 들어라. 안 뤼실 필리파, 안 뤼실. 이런 글을 쓰는 내 모습을 보기가 참 괴롭고, 너만큼 배우고 교양 있는 아가씨가 음악 공부도 안 하고 수예도 안 하고 오후에는 몸을 생각하며 걷지도 않고 그저 죽고 싶다는 생각이나 하고 병적인 공상이나 거창한 공상이나 하고 피를 소망하고 겁나게도 밧줄과 칼날의 이미지에 집착하고 멍이 든 것처럼 보이는 관능적 입술을 가진 데다가 산송장 같은 분위기를 풍기는 엄마의 애인에게 집착한다는 사실이 참 괴롭다. 안 뤼실. 안 뤼실 뒤플레시. 이름만 바꾸고 편지는 바꾸지 마라. 더욱 나쁜 쪽으로 바꾸어라, 더 좋은 쪽보다는 그 편이 훨씬 덜 따분할 테니까. 뤼실은 자기 눈을 들여다보았다. 웃었다. 그리고 뤼실을 연모하는 사람들의 가슴을 찢어놓을 것이라고 엄마가 판단한 길고 흰 목이 잘 드러나도록 고개를 뒤로 젖혔다.

　어제 그 별난 대화를 시작한 것은 아델이었다. 그리고 나서 뤼실은 응접실로 걸어 들어갔고 엄마가 키스를 하며 손으로 애인의 머리를 감아쥐고 얼굴이 벌게져서는 바르르 떨면서 애인의 마르고 우아한 손안으로 무너지는 모습을 보았다. 뤼실은, 종이를 건드리고 자기의 글씨를 건드리던 그 남자의 손을, 검지손가락을 기억했다. "우리 예쁜 아가씨, 이건 탈격을 써야겠지, 미안하지만 네가 번역한 그런 내용을 율리우스 카이사르가 상상했을 리는 만무하겠지."

　오늘, 엄마의 애인이 뤼실에게 청혼을 했다. 뭔가 신나는 일이 일어나 단조로움으로부터 우리를 깨울 때는 하나씩 일어나야지 이렇게 한꺼번에 일어나서야 되겠느냐면서, 뤼실은 비명을 질렀다.

클로드: "그 문제는 당연히 딱 부러지게 말했소. 지각이 있다면 받아들이겠지. 도대체 무슨 바람이 불었길래 불쑥 청혼을 한 건지 알 수가 없구려. 당신은 알겠소? 전 같으면 얘기가 달랐겠지. 처음 만났을 때는 그 친구가 솔직히 마음에 들었다오. 아주 똑똑하더군. 그렇지만 똑똑하면 뭘 하나, 심성이 틀려먹었는데. 바탕이 비뚤어졌어. 평판이 그렇게 안 좋을 수가 없거든. 안 돼, 안 돼. 괜히 들었다간 귀만 버려."

"맞아요, 안 되죠." 아네트가 말했다.

"솔직히, 그런 배짱이 있다는 사실에 놀랐소."

"나도 놀랐어요."

클로드는 뤼실을 멀리 보내서 친척 집에서 지내게 할까 하는 생각도 해보았다. 하지만 그랬다간 사람들이 말도 안 되는 해석을 해대면서 마치 뤼실이 해서는 안 될 짓을 저지르기라도 한 것처럼 믿을 가능성이 높았다.

"만약에……."

"만약에?" 아네트는 조바심을 냈다.

"만약에 뤼실을 괜찮은 청년 한두 명한테 소개하면 어떨까?"

"열여섯은 결혼하기에는 너무 어려요. 그렇지 않아도 바람이 든 아이인데. 아무튼 당신 좋을 대로 하세요. 가장은 당신이잖아요. 아버지이기도 하고."

아네트는 큰 브랜디 잔으로 무장을 하고서 딸을 불러들였다.

"편지 가져오렴." 아네트는 자신의 손가락을 똑 튕기면서 요구했다.

"나 그런 거 갖고 다니는 사람 아니에요."

"그럼 어디 있니?"

"《페르시아인의 편지》 안에."

아네트는 철없는 장난기에 휩싸였다. "나한테 《위험한 관계》가 있는데 거기에다 넣고 싶겠구나."

"엄마한테 그 책이 있는 줄 몰랐는데. 읽어도 돼요?"

"안 되지. 책 서문에 나오는 조언대로 결혼 첫날밤에 너한테 주지 않을까 싶네. 세월이 흘러서 아버지하고 내가 네 신랑감을 찾아냈을 때."

뤼실은 잠자코 있었다. 브랜디 몇 모금의 도움을 빌려서 자존심에 먹칠을 하는 굴욕적인 사건을 잘도 숨기는구나 싶었다. 엄마를 축하하고 싶은 생각마저 들었다.

"그 사람이 아버지를 만나러 왔더구나." 아네트가 말했다. "너한테 편지를 보냈다던데. 다시는 그 사람 만나지 마. 혹시라도 편지가 더 오거든 바로 나한테 가져오고."

"그 사람이 이 상황을 받아들이던가요?"

"그건 별로 중요한 게 아니야."

"아버지라면 딸의 생각도 한번 들어봐야 하지 않나요?"

"왜 네 생각을 들어보아야 하지? 넌 아직 어려."

"아무래도 아버지하고 얘기를 좀 해야겠어요. 내가 본 장면에 대해서 말이죠."

아네트는 힘없이 웃었다. "너 참 잔인하구나."

"그래야 공정한 거래 같은데요." 뤼실은 목이 조이는 것 같았다.

이 새로운 거래 관계의 벼랑에서 뤼실은 무서워서 말이 잘 안 나올 지경이었다. "생각할 시간을 좀 주세요. 제 부탁은 그게 전부예요."

"그 대신 너는 입을 다물어주겠다는 거니, 유치하게? 네가 안다 고 생각하는 게 뭔데?"

"글쎄요, 아무튼 전 아버지하고 두 분이 그런 식으로 키스하는 건 한 번도 본 적이 없으니까요. 누구든 그런 식으로 키스하는 건 한 번도 본 적이 없어요. 엄마야 덕분에 일 주일이 좀 밝아졌겠지만요."

"너야말로 덕분에 한 주일이 밝아진 거 같구나." 아네트는 의자에 서 일어나서 온실에서 키운 꽃들이 꽂힌 화병 쪽으로 갔다. 그리고 꽃들을 뽑아서 하나씩 자리를 바꾸기 시작했다. "넌 수녀원에 갔어 야 했는데. 지금이라도 늦은 건 아니지만."

"결국은 저를 빼낼 수밖에 없을걸요."

"그래도 성가를 부르느라 바쁜 동안은 사람들을 염탐하고 협박 하는 재주를 익히지는 않을 거 아니니." 아네트가 이번에는 장난기 없이 웃었다. "응접실에 들어오기 전까지 넌 내가 참 세상 물정에도 밝고 세련된 사람이라고 생각했겠지? 한 번도 발을 잘못 내딛지 않 는 사람이라고 생각했겠지?"

"아니에요. 여태까진, 인생을 참 따분하게도 사시는구나 생각했 어요."

"요 며칠 새 있었던 일은 잊어버려 달라고 하고 싶지만," 아네트 는 장미 한 송이를 손에 들고 잠시 가만히 있었다. "넌 그럴 마음이 없겠지. 넌 고집이 세고 허영이 강해서 자기한테 유리하다고 생각하 는 건 악착같이 물고 늘어지는 아이니까."

"난 염탐하지 않았어." 뤼실은 이것만큼은 정말이지 바로잡고 싶 었다. "언니가 나한테 들어가보라고 한 거라고요. 내가 좋다고 하면, 그 사람하고 결혼하고 싶다고 하면 무슨 일이 일어날까요?"

"생각할 수도 없는 일이야." 아네트가 말했다. 얼음처럼 새하얀 꽃 한 송이가 양탄자에 떨어졌다.

"과연 그럴까. 사람이 생각 못 할 일이 있을까."

뤼실은 줄기가 긴 하얀 장미를 집어서 엄마에게 돌려주었다. 그리고 손가락에서 피 한 방울을 빨았다. 할지도 모르고, 안 할지도 모른다. 뤼실은 생각했다. 아무튼, 편지는 더 오리라. 다음에는 몽테스키외를 쓰지 않고 1768년에 마블리가 펴낸 《사회의 자연적 질서에 대한 의심》 안에다 끼워 넣으리라. 뤼실이 느끼는 의심도 불현듯 커졌다.

3장

아라스의 변호사

(1787)

〈메르퀴르 드 프랑스〉 1783년 7월호: "훌륭한 자질을 지닌 변호사 드 로베스피에르 씨가 예술과 과학의 창달이라는 문제를 놓고 본인의 재능을 유감없이 드러내는 달변과 지혜를 펼쳤다."

그대가 내게 준 이 꽃다발 속
장미에서 난 가시를 봅니다……
– 막시밀리앙 드 로베스피에르, 《시편》

잘라낸 신문지는 이제 누렇게 바랬고 하도 만져서 너덜너덜했다. 깨끗하게 간수한다고 나름대로 궁리를 했는데도 종이 전체의 가장자리가 뒤틀려 있었다. 이제는 안 보고도 줄줄 외운다고 자신하지만 혼자서 암송만 하면 꼭 본인이 지어낸 것처럼 보일 수도 있었다. 신문을 손에 들고 읽어 나가면 이건 다른 사람의 의견이라고, 파리의 한 언론인이 썼고 인쇄공들이 찍어낸 글이라고 자신 있게 말할 수 있었다. 엄연히 벌어졌던 일이라고 말할 수 있었다.

사건은 아주 오래 전부터 보도되었다. 물론 그 사건은 공익이 걸린 문제였다. 생토메르에 사는 드 비세리 씨가 피뢰침을 고안해서 자기 집에다 설치하자 머저리들이 모여들어서 뚱한 얼굴로 지켜본 것이 사건의 발단이었다. 설치 작업이 끝나자 머저리들은 관청으로 우르르 몰려가서 피뢰침이 사실은 벼락을 불러들인다면서 허물어야 한다고 주장했다. "드 비세리 씨가 왜 벼락을 불러들이겠냐고요?" "그야, 마귀하고 한통속이니까 그러지요."

그래서 피뢰침을 들여놓을 수 있는 주권자의 권리를 법이 해결해야 했다. 불만을 품은 집주인 드 비세리 씨는 아라스 변호사회의 실력자이자 과학 방면에 관심이 많았던 드 뷔사르 변호사에게 사건을 의뢰했다. 로베스피에르는 당시 드 뷔사르와 잘 지냈다. 로베스피에르의 동료는 아주 들떴다. "원칙이 걸린 문제란 말씀이야. 진보를 가로막고 과학의 수혜가 확산되는 걸 저지하려는 사람들이 있단 말이지. 계몽된 사람이라면 팔짱만 끼고 있을 수만은 없지 않겠나. 그러니 와서 이 문제로 나 대신 편지를 좀 써주겠나? 벤저민 프랭클린한테 편지를 써야 할까?"

건의, 조언, 과학적 논평이 쏟아졌다. 온 집안이 서류로 덮였다. "마라 이 사람, 애는 참 많이 써줬지만 이 사람의 가설을 너무 강하게 밀고 나가서는 안 돼. 학술원 과학자들하고 껄끄러운 사이라고 들었거든." 드 뷔사르가 말했다. 사건이 마침내 아라스 시청으로 넘어오자 드 뷔사르는 뒤로 물러서면서 드 로베스피에르에게 연설을 맡겼다. 드 뷔사르는 자신의 기억력과 조직력에 이 사건이 얼마나 큰 부담을 줄 것인지 사건이 처음 시작되었을 때는 미처 깨닫지 못했다. 그의 동료는 그런 부담을 느끼지 않는 듯했다. 드 뷔사르는 젊은이에게 일을 넘겼다.

　나중에 승자들은 잔치를 벌였다. 축하 편지가 '쏟아졌다'고 말한다면 과장일 테고 그냥 날아들었지만, 사건이 관심을 끌었음은 두말할 나위가 없었다. 신문들은 아직 다 로베스피에르 수중에 있었다. 마라 박사가 제시한 방대한 증거도 있었고 막판에 여백에다 표현을 고쳐놓은 로베스피에르의 마무리 연설도 그대로 있었다. 그 뒤로 몇 달 동안 사람들만 찾아오면 고모들은 신문을 들고 와서 말했다. "피뢰침 이야기 알아요? 막시밀리앙이 그렇게 잘했다던데."

　로베스피에르는 조용하고 차분하고 같이 살기 편한 사람이었다. 균형 잡힌 몸집에 파랑색과 녹색으로 빛깔이 수시로 바뀌는 넓고 훤한 눈을 가졌다. 그의 입은 유머를 모르지 않았으며 안색은 창백한 편이었다. 옷을 신경 써서 입었는데 그렇게 입은 옷은 썩 잘 어울렸다. 갈색 머리는 늘 잘 손질했고 분도 뿌렸다. 예전에는 꾸미고 다닐 만한 여유가 없었다. 지금은 이렇게 꾸미는 것이 그가 부리는 유일한 사치였다.

　그의 하루 일과는 질서가 잘 잡혀 있었다. 6시에 일어나서 8시까지 서류 작업을 한다. 8시에 이발사가 온다. 그리고 신선한 빵과 우유 한 잔으로 가볍게 아침을 먹는다. 10시까지는 대개 법원에 가 있다. 재판이 끝나면 동료들을 피해서 될수록 빨리 집으로 돌아가려고 한다. 오전의 충돌로 속이 아직 불편하기에 과일을 조금 먹고 커피 한 잔을 마시고 아주 묽은 적포도주를 조금 마신다. 오전에는 서로 고함을 지르다가 법정에서 나올 때는 언제 그랬느냐는 듯 같이 떠들고 서로 등을 두드려주고, 어떻게 사람들이 그럴 수 있단 말인가? 그러고는 집으로 놀아가서 먹고 마시면서 붉은 고깃점에 몰두할 수 있단 말인가? 그는 그런 요령을 아예 익히지 못했다.

저녁 식사를 마치면 날이 맑든 궂든 산책을 한다. 기르는 개 브룬이 날씨는 아랑곳하지 않고 집에만 가둬 두면 말썽을 일으켜서다. 브룬을 앞세우고 나가면 브룬한테 질질 끌려서 거리를, 숲을, 들판을 지난다. 집에 돌아오면 그들은 집을 나설 때와 달리 조금도 말쑥하지 않다. 여동생 샤를로트는 이렇게 말했다. "진흙투성이니까 개는 집 안으로 들이지 마." 그러면 브룬은 주인의 방문 앞에 눌러앉는다. 로베스피에르는 문을 닫고 7시나 8시까지 일한다. 다음 날 큰 사건이 있으면 물론 더 길어진다. 마침내 서류 검토가 끝나면 그는 펜을 깨물면서 다음번 문학회 모임에서 발표할 운문을 구상할지도 모른다. 그것이 시가 아니라는 것은 자신도 인정한다. 쓸모를 따져도 심각하지 않은 글이다. 어느 정도로 심각하지 않느냐 하면 가령 '잼 과자를 위한 송시' 같은 글도 쓴다.

그는 많이 읽는다. 일 주일에 한 번은 아라스 학술원 모임이 있다. 역사, 문학, 과학에 얽힌 주제, 시사를 논하는 것이 학술원의 표면적 목적이고 물론 이것들을 다 하지만 유언비어도 전하고 결혼도 중매하고 소도시 안의 반목을 키우기도 한다.

학술원 모임이 없는 날 저녁에는 편지를 쓴다. 샤를로트는 가계부를 같이 살펴보자고 고집할 때가 많다. 고모들도 일 주일에 한 번씩 찾아뵙지 않으면 서운해하신다. 고모들은 이제 따로따로 사니까 이틀 저녁이 날아간다.

파리에서 법학 학위를 따고 신중하게 조정한 희망을 품은 채 그는 1781년 겨울 아라스로 돌아왔다. 아라스에선 달라진 것이 한두 가지가 아니었다. 미국 독립전쟁이 일어난 1776년에 윌랄리 고모가 결혼을 하겠다고 선언하자 다들 놀랐다. 우리도 이제 희망을 품자고 교구의 노처녀들은 이구동성으로 말했다. 앙리에트 고모는 언니가 정신이 나갔다고 말했다. 로베르 데쇼르티는 자식이 일곱 달린 홀아비였고 그중에서도 딸 아나이스는 혼기가 바로 코앞이었다. 하지만 여섯 달도 못 가서 앙리에트 고모의 질투 어린 헐뜯기는 은근히 달아오른 얼굴과 어울리지 않는 찡긋거림과 슬쩍슬쩍 던지는 암시로 바뀌었다. 이듬해 앙리에트 고모는 쉰세 살 난 가브리엘 뒤 뤼라는 시끄러운 남자와 결혼했다. 그때 로베스피에르는 파리에 있어서 결혼식에 갈 수 없는 것이 다행스러웠다.

앙리에트 고모의 대녀는 결혼도 안 했고 축하할 일도 없었다. 고모와 이름이 같은 로베스피에르의 여동생 앙리에트는 늘 병약했다. 숨을 제대로 쉬지 못했고 제대로 먹지 않았다. 그러면서도 늘 책에다 코를 파묻고 살아서 핀잔을 듣는 구제 불능의 소녀였다. 어느 날 아침 가족들은 침대에서 숨이 멎은 앙리에트를 발견했다. 로베스피에르는 일이 벌어지고 일 주일 뒤에 편지로 소식을 들었다. 소녀의 베개에는 피가 배어 있었다. 아래층에서 고모들이 샤를로트와 카드놀이를 하는 동안 소녀는 피를 토했다. 가족들이 가벼운 저녁을 먹는 동안 소녀는 심장이 멎었다. 소녀는 열아홉 살이었다. 로베스피에르는 동생을 사랑했다. 동생과 친구처럼 지냈으면 좋겠다고 생각한 시절도 있었다.

굉장한 결혼식들을 치르고 나서 이 년 뒤 카로 할아버지가 돌아가셨다. 할아버지는 양조장을 오귀스탱 카로 외삼촌에게 넘겼고 세명의 외손주 막시밀리앙, 샤를로트, 오귀스탱에게도 유산을 조금씩 물려주었다.

신부님의 호의로 어린 오귀스탱은 형의 뒤를 이어 루이르그랑에서 장학금을 받았다. 동생은 비교적 성실했지만 특출하게 똑똑하지는 않아서, 괜찮지만 그저 그런 사람이 되어 있었다. 로베스피에르는 동생이 파리로 떠날 때 과연 공부를 배겨낼까 걱정했다. 자기네 같은 환경에서 자란 사람은 본인이 똑똑해야지 안 그러면 뒤를 밀어줄 사람이 없다는 생각을 늘 했다. 그리고 오귀스탱도 똑같은 깨달음을 얻으리라고 믿었다.

처음 아라스에 돌아왔을 때 로베스피에르는 앙리에트 고모와 시끄러운 남편의 집에서 하숙을 했는데 시끄러운 남편은 일 주일도 안 지나서 갚아야 할 돈이 있다고 말했다. 정확히 말해서 그것은 아버지 프랑수아가 앙리에트 고모와 윌랄리 고모와 카로 할아버지의 재산을 축내면서 진 빚이었다. 로베스피에르는 더 자세히 묻지 않았다. 할아버지한테서 받은 유산은 아버지의 빚을 갚는 데 들어갔다. 왜 저들이 나에게 이렇게 나오는 것일까? 그런 처사는 경우에 어긋날 뿐 아니라 탐욕스러웠다. 돈을 좀 벌 때까지 한 일 년은 말미를 줄 수도 있었건만. 그는 군소리 없이 빚을 갚아버렸다. 그러고는 앙리에트 고모의 처지가 곤란해질까 봐 집에서 나왔다.

나라면 일 년 뒤가 아니라 영영 돈을 요구하지 않았으리라. 이제 그들은 프랑수아 이야기만 했다. 네 아버지는 이랬다, 네 아버지는 그랬다, 네 아버지는 네 나이 때 이런저런 일을 했다. 제발 좀, 난 아버지가 아니거든요. 로베스피에르는 생각했다. 오귀스탱도 놀랄 만큼 갑자기 어른스러운 모습으로 루이르그랑에서 돌아왔다. 동생은 입이 무겁지 않았고 시간을 낭비했고 여자 꽁무니를 열심히 좇았지만 실속은 별로 없었다. 고모들은 '그 아버지에 그 아들'이라며 은근히 놀랐다.

샤를로트도 수녀원 학교에서 집으로 돌아왔다. 그들은 데라포르퇴르 거리에 집을 구했다. 돈은 로베스피에르가 벌었고 오귀스탱은 빈둥거렸다. 샤를로트는 살림을 했고 두 사람에게 상처를 주는 말을 궁리했다.

루이르그랑 시절부터 방학이 되면 로베스피에르는 잊지 않고 꼬박꼬박 인사를 다녔다. 주교도 찾아가고 신부도 찾아가고 모교 선생님들도 찾아가서 근황을 알렸다. 그들과 같이 있는 것이 꼭 마음에 들어서가 아니라 나중에 그들의 호의가 필요하리라는 것을 잘 알아서였다. 귀향하니 과연 그동안 챙긴 것이 헛되지 않았다. 가족들에게는 인기가 없었을지 몰라도 고향 사람들의 반응은 뜨거웠다. 아라스 변호사회의 부름을 받았고 큰 환대를 받았다. 로베스피에르는 당연히 아버지가 아니었고 세상은 앞으로 굴러가기 마련이었다. 그는 절도가 있었고 단정했고 정확했다. 아라스 시의 자랑거리였고 신부님의 자랑거리였고 그를 키워준 잘나가는 일가친척의 자랑거리였다.

고약한 뒤 뤼의 회고담을 듣는 일은 고역이었다. 마음을 뜻대로 부릴 수 있어서 어떤 대화, 어떤 암시, 심지어 어떤 생각조차도 역겨움을 느끼지 않을 수만 있다면 얼마나 좋을까 싶었다. 무슨 죄라도 지었나 싶었다. 누가 뭐래도 그는 죄인이 아니라 법관이건만.

1782년 변호사로 일하기 시작한 첫해에 로베스피에르는 열다섯 개의 사건을 수임했는데 그 정도는 평균 이상으로 여겨졌다. 대개 서류는 일 주일 전에는 미리 준비를 마쳤지만 첫 심리를 앞둔 날 밤에는 자정까지 일했고 필요하다면 새벽까지도 일에 매달렸다. 전날이 되면 그때까지 준비한 것을 싹 잊고 서류를 밀쳐놓았다. 사실 관계를 다시 살폈고 차근차근 밑바닥부터 사건을 다시 한 번 공들여 다져 나갔다. 그의 머리는 수전노의 금고 같았다. 한번 그 안으로 들어간 사실은 절대로 밖으로 나오지 않았다. 동료들이 자기한테 겁을 먹는다는 사실을 알았지만 그건 로베스피에르도 어쩔 수 없는 일이었다. 그가 아주 유능한 변호사가 되지 않기를 동료들이 속으로 꿈꾸기라도 한단 말인가?

그는 의뢰인들에게 될 수 있으면 법정 밖에서 해결하라고 조언하기 시작했다. 이것은 그에게도 그의 적수에게도 별로 실속이 없었지만 의뢰인들에게는 시간과 돈을 많이 절약해주었다. "다른 사람들은 그렇게 양심적이지 않은데." 오귀스탱은 말했다.

개업한 지 석 달 만에 로베스피에르는 아라스 주교재판소에서 판사직을 겸임하도록 요청받았다. 그렇게 일찍 판사로 임용되는 것은 명예였지만 그는 곧바로 양날의 칼이 아닌가 하는 의심이 들었다. 처음 몇 주 동안 그는 옳지 못한 일을 보았고 그것을 당연히 그대로 말했다. 로베스피에르가 변호사회로 들어올 수 있도록 밀어주었던 리보렐 씨는 그가 잇따라 실언을 했다고 여기는 듯했다. (모두 똑같은 말을 했는데) 리보렐의 지론은 이랬다. "물론 어느 정도 개혁이 필요하다는 데에는 우리도 동의하지만 아르투아에서는 너무 조급하게 굴어서는 곤란하다." 이렇게 해서 오해가 싹텄다. 다른 사람들의 심기를 건드리려고 마음먹은 것은 아니었지만 어쩐 일인지 그렇게 되고야 만 듯했다. 그래서 그 사람들이 그를 판사로 앉힌 것이 실력을 인정해서인지 아니면 뇌물이요 향응인지 그의 판단력을 무디게 만드는 도구인지 아니면 상이고 특혜인지 심지어는 앞으로 입을 상처에 대한 보상인지 잘 알 수가 없었다.

그날이 왔다. 로베스피에르가 판결을 내리도록 지명된 날이었다. 그는 덧문을 열어 둔 채 밤하늘이 깊어 가는 것을 지켜보면서 밤을 샜다. 누군가가 사건 서류들 사이에다 간단한 저녁 식사를 담은 쟁

반을 가져다 두었다. 그는 일어나서 문을 잠갔다. 음식에는 손을 대지 않았다. 눈앞에서 음식이 썩을 것만 같았다. 마치 부패한 것을 보듯 접시 위에 놓인 사과의 푸르고 얇은 껍질을 바라보았다.

로베스피에르가 죽는다면 아마도 그 죽음은 그의 어머니의 죽음과 마찬가지로 결코 입에 오르내리지 않으리라. 하지만 베개에 기대앉아서 들것에 실려 나가기를 기다리던 어머니의 얼굴이 기억났고 나중에 하인 하나가 이불을 태워야겠다고 말하던 것도 기억났다. 앙리에트처럼 죽을지도 모른다. 혼자서. 하얀 시트로 피가 콸콸 뿜어져 나오는데 소리도 못 지르고 움직이지도 못하고 죽도록 겁에 질려 온몸이 마비된 채. 아래층에서는 사람들이 잡담을 나누면서 카드를 돌리고 있는 동안. 카로 할아버지처럼 죽을지도 모른다. 반신불수로 노쇠해서 정나미가 떨어지게. 기억력은 사라지고 유언장으로 안달하고 술통에 쓸 나무의 수령에 대해서 양조장 직원에게 구시렁거리고, 가끔은 다른 데로 빠져서 삼십 년 전에 저지른 잘못을 두고 가족을 혼내고 못나게도 아이를 낳다가 죽은 어여쁜 딸을 원망하고. 그것은 할아버지의 잘못이 아니었다. 늙은 탓이었다. 하지만 로베스피에르는 늙는다는 걸 상상할 수 없었다. 늙어 간다는 걸 도저히 상상할 수가 없었다.

그리고 만약 교수형을 당한다면? 거기에 대해서는 생각하고 싶지 않았다. 보통은 죄인이 사형으로 죽는 데 반 시간이 걸린다.

로베스피에르는 기도를 해보았다. 마음을 잡으려고 묵주도 헤아려보았다. 그러나 손가락 사이로 빠져나가는 묵주를 보면서 밧줄이 떠오르는 바람에 묵주를 살며시 바닥으로 떨어뜨렸다. 그리고 계속 헤아렸다. "하늘에 계신 아버지, 아베 마리아, 아베 마리아." 그는 거룩하게 덧붙였다. "영광이 성부와 성자와 성령께, 아멘." 축복

받은 음절들이 함께 흘렀다. 그것들은 말이 안 되는 단어들이 되었고 스스로를 뒤집었고 상식을 안팎으로 찔러댔다. 그런데 상식이 대체 뭔가? 신은 이리저리 하라고 말해주지 않으리라. 신은 그를 돕지 않으리라. 그는 그런 종류의 신을 믿지 않는다. 난 무신론자가 아니다. 그는 스스로에게 말한다. 단지 어른일 뿐이다.

새벽. 로베스피에르는 창문 아래로 덜컹거리며 지나는 바퀴 소리를 듣는다. 저녁 시간까지만 해도 살아 있었던 사람들을 위해 야채를 실어 나르는 달구지를 끄는 말의 콧김 뿜는 소리와 히힝 우는 소리와 마구의 삐걱거리는 소리를 듣는다. 사제들은 새벽 미사를 위해 그릇을 닦고 있었고, 아래 가정집에서는 일어나서 씻고 물을 끓이고 불을 피우고 있었다. 루이르그랑에서라면 아마 지금쯤 첫 수업을 들었으리라. 알고 지내던 아이들은 모두 어디 있나? 루이 쉴로는 어디 있나? 풍자의 길을 걷고 있었다. 프레롱은 어디 있나? 사교계를 휘젓고 있었다. 그리고 카미유 데물랭은 이날 아침 도시의 어두운 심장에 안겨 여전히 자고 있을 것이다. 근육과 뼈에 감싸인 어쩌면 저주받은 자신의 영혼을 모르는 채로 자고 있을 것이다.

브룬이 문 쪽에서 구슬피 울었다. 샤를로트가 와서 저리 가라고 녀석에게 한마디 했다. 브룬은 내키지 않는 걸음으로 계단을 뭉그적뭉그적 내려갔다.

로베스피에르는 이발사에게 문을 따주었다. 이발사는 평상시에는 상냥하던 고객의 얼굴을 들여다보았다. 이발사는 바보가 아니었기에 오늘 아침은 떠들지 않는 것이 좋겠다고 판단했다. 시계는 거침없이 10시를 향해 째깍거렸다.

꼭 가야만 하는 건 아니라는 생각이 마지막 순간에 들었다. 그냥여기 앉아서, 오늘은 법정에 안 갈 거라고 말하면 된다. 그들은 십

분 동안 기다렸다가 직원을 보내 거리를 살핀 다음 연락을 취하리라. 그럼 오늘은 법정에 안 나갈 거라고 대답하면 된다.

억지로 끌고 갈 수야, 실어갈 수야 없지 않겠는가. 판결을 내리라고 그의 목을 쥐어짤 수야 없지 않겠는가.

하지만 이것은 법이다. 로베스피에르는 힘없이 생각했다. 그리고 이 일을 해내지 못한다면 진작 그만두었어야 했다. 어제 그만두었어야 했다.

오후 3시. 후유증. 토할 것만 같다. 여기, 길가에서. 허리가 접힌다. 등에서 식은땀이 흐른다. 주저앉아 무릎을 꿇고 헛구역질을 한다. 눈앞이 몽롱하고 목이 아리다. 하지만 위 안에는 아무것도 없다. 스물네 시간 동안 아무것도 먹지 않았다.

손을 땅에 짚고 허리를 들어 몸을 지탱한다. 오한이 안 들도록 누가 와서 도와주었으면 좋겠다. 하지만 아플 때는 아무도 도와주지 않는다.

누군가 아까부터 로베스피에르를 지켜보았다면 그가 이리 비틀저리 비틀하면서 몸을 잘 가누지 못함을 알았을 것이다. 의식적으로 똑바로 서려 하고 걸음을 잘 내디디려 하지만 다리가 멀리서 따로 노는 듯한 느낌이다. 비루한 몸이 몸 전체로 그에게 다시 가르침을 준다. 너 자신에게 솔직해지라고.

이 사람이 변호사 막시밀리앙 드 로베스피에르다. 미혼이고 호감을 주고 앞길이 창창한 젊은이다. 오늘 그는 가장 깊숙이 품은 신념을 버리고 법의 길을 따라가서 범죄자에게 사형을 언도했다. 그리고 이제 그 값을 치를 것이다.

사람은 살아남는다. 결국 통과해 나간다. 여기 아라스에서도 친구까지는 아니어도 동지를 찾아내는 것은 가능하다. 조제프 푸셰는 오라토리오 콜레주에서 가르쳤다. 한때는 사제가 되려는 생각도 했다가 나이가 들면서 그 생각을 접었다. 그는 물리학을 가르쳤고 새로운 것이라면 무엇이든 흥미가 있었다. 푸셰는 샤를로트의 초대로 꽤 자주 저녁을 먹으러 왔다. 샤를로트에게 청혼을 한 모양이었다. 그게 아니더라도 둘 사이에는 모종의 교감이 있었다. 로베스피에르는 팔다리가 젓가락같이 가냘픈 푸셰 같은 남자한테 끌리는 아가씨가 있다는 데에 놀랐다. 하지만 사람을 어찌 알겠는가? 사실을 말하면 그는 푸셰를 전혀 좋아하지 않았지만 샤를로트의 인생은 샤를로트가 사는 것.

그리고 수비대에서 엔지니어로 일하는 라자르 카르노 대위도 있었다. 그는 나이가 로베스피에르보다 많았고 내성적이었으며 평민이라 전하의 군대에 기회가 열려 있지 않음을 야속하게 여겼다. 카르노는 말동무를 찾으려고 문학회 모임에 나왔다. 사람들이 소네트 형식을 놓고 토론을 벌일 때 그의 머릿속에서는 수학 공식들이 맴돌았다. 간혹 군대의 한심한 실태에 대해서 회원들이 들으라고 열변을 토하기도 했다. 회원들은 자기들끼리 눈짓을 주고받으며 즐거워했다.

로베스피에르만 경청했다. 그는 군사 문제에는 아주 무지했으므로 약간 압도당했다.

드 케랄리오 양이 여성으로서는 처음으로 투표를 거쳐 아라스 학술원에 들어왔을 때 로베스피에르는 여성의 천재성과 문학과 예술에서 여성이 맡은 역할을 주제로 삼아 환영사를 했다. 환영사가 끝난 뒤 그녀는 "루이즈라고 불러주세요."라고 말했다. 루이즈는 소설을 썼다. 일 주일에 수천 단어를 썼다. 로베스피에르는 그녀의 능력이 부러웠다. "이거 좀 들어봐요." 루이즈는 말하곤 했다. "그리고 당신 생각을 좀 말해줘요."

로베스피에르는 자기 생각을 말하지 않으려고 조심했다. 작가들은 민감하다. 루이즈는 예뻤고 작은 손가락에 묻은 잉크를 한 번도 지우고 나타난 적이 없었다. "난 파리로 가요." 루이즈가 말했다. "죄송한 말씀이지만 이 촌구석에서 이대로 썩을 수는 없거든요." 루이즈는 돌돌 만 원고 뭉치로 의자 등을 톡톡 두드렸다. "오, 엄숙하고 불가사의한 막시밀리앙 드 로베스피에르. 당신도 파리로 가는 게 어때요? 싫어요? 그럼 오후에 소풍이라도 가요. 그래서 염문이라도 뿌리자고요."

루이즈는 집안이 정말로 귀족이었다. "이뤄질 수가 없는 사이지." 고모들은 말했다. "막시밀리앙이 불쌍해."

"귀족이고 아니고를 떠나서, 걔는 걸레야. 오빠를 낚아채서 파리로 가려고 했잖아, 상상을 해봐." 샤를로트가 말했다. 그래, 상상이라도 해볼까. 루이즈는 가방을 싸서 미래로 돌진했다. 로베스피에르는 잃어버린 기회를 어렴풋이 의식했다. 완전히 길을 잃었을 때 떠오를 그 갈림길의 하나를 의식했다.

그렇지만 욀랄리 고모의 의붓딸 아나이스가 아직 있었다. 두 고모는 다른 신붓감들보다 아나이스를 좋아했다. 예의범절을 안다고 했다.

얼마 안 지나서 어느 날 가난한 밧줄공의 어머니가 문 앞에 나타나서 자기 아들이 앙생의 베네딕트 수도원에 의해 절도죄로 몰려 감옥에 들어가 있다는 이야기를 했다. 여자는 이것은 악의적이고 잘못

된 고소이며 수도원에서 재정을 맡은 브로냐르 수도사는 손버릇이 나쁘기로 악명이 높고 밧줄공의 누이를 침대로 끌어들이려고까지 했다면서 분명히 처음 건드린 처녀가 아닐 거라고 했다.

"그랬군요, 진정하세요. 앉으시죠. 처음부터 시작합시다." 로베스피에르가 말했다.

그는 이런 유형의 의뢰인을 받기 시작했다. 기득권층과 문제가 생긴 평범한 사람. 여자일 때가 많았다. 자연히 수임료는 기대하기 어려웠다.

밧줄공의 이야기는 진짜라고 믿기에는 너무도 고약했다. 그렇지만 들춰내보자고 그는 말했다. 한 달 뒤 브로냐르 수도사는 조사를 받았고 밧줄공은 수도원에 손해배상 소송을 걸었다. 베네딕트 수도원이 변호사를 쓰려면 누구를 쓰겠는가? 한때 로베스피에르의 후원자였던 리보렐 변호사였다. 로베스피에르는 중요한 것은 진실이며 여기서 은혜가 내 발목을 잡지는 않는다고 말했다.

가볍고 공허한 단어들이 지역 사회에 메아리쳤다. 모두가 편을 드는데 대부분의 법률 기득권 세력은 리보렐의 편을 들었다. 싸움은 더러워졌다. 그리고 기득권자들은 그들이 하리라고 로베스피에르가 내다보았던 짓을 당연히 했다. 밧줄공에게 몇 년치 벌이에 해당하는 돈을 주어 법정 밖에서 문제를 해결하고 입 다물고 사라지게 만드는 것이다.

분명한 것은 앞으로는 지금까지와 다를 것이라는 사실이다. 그는 잊지 않을 것이다. 기득권자들이 어떻게 뭉쳐서 자신을 넘어뜨리려 작당을 하고 어떻게 자신을 지역 신문에 성직자를 못살게 구는 말썽꾼으로 그렸는지를 잊지 않을 것이다. 그 친구? 신부가 밀어주는 친구? 주교가 총애하는 친구? 그래 좋다. 지금까지는 동료들이 편하게 지낼 수 있도록 협조를 아끼지 않았고 깍듯하게 굴었지만 그들이 그를 그런 식으로 보고 싶어 하는 것이라면 앞으로는 그렇게 사서 고생을 하지 않으리라. 사람들한테서 좋은 소리를 듣고 싶어서 안달하는 것은 잘못이다.

아라스 학술원은 로베스피에르를 회장으로 뽑았지만 그는 사생아의 권리에 대해 일장연설을 해서 학술원 사람들에게 지루함을 선사했다. "이 우주 안에서 그것 말고는 아무런 문젯거리가 없다는 생각이 들 정도랍니다." 한 회원은 그렇게 투덜거렸다.

"네 부모가 처신을 바르게 했다면 넌 아마 태어나지 않았을 거다." 카로 할아버지는 전에 그런 말을 했다.

샤를로트가 가계부를 꺼내 와서 오빠의 양심이 치러야 하는 비용이 다달이 늘어난다고 상기시켰다. "당연히 커지겠지." 로베스피에르가 말했다. "그런 줄 몰랐어?"

이삼 주가 멀다 하고 여동생은 그에게 달려들어서 이 뼈아픈 공격을 가하면서 그가 자기 집에서조차 이해받지 못함을 증명하려고 했다.

"난 이 집을 가정이라고 부를 수도 없어. 우린 지금까지 가정이란 게 없었어. 오빠는 일에 파묻혀서 며칠씩 통 말도 안 해. 차라리 내가 여기서 사라지는 게 좋을지도 모르겠어. 난 살림을 괜찮게 하는데 오빠는 내가 하는 살림에 관심이 있기나 해? 난 요리를 잘하지만 오빠는 음식에 통 관심이 없어. 손님을 초대해서 같이 카드를 하거나 대화라도 나누려고 하면 오빠는 저쪽으로 물러나서 책에다 끄적거리기나 하잖아." 여동생은 말했다.

로베스피에르는 샤를로트의 화가 가라앉기를 기다렸다. 그럴 만도 했다. 요즘 샤를로트는 평소에도 잔뜩 화가 나 있었다. 푸셰가 전에 청혼이나 뭐 그런 걸 해놓고 나서는 훌쩍 떠나버리는 바람에 샤를로트만 졸지에 바보가 되었다. 그는 자신이 무언가 해야 하지 않을까 막연히 생각을 해보았지만 길게 보면 그 남자가 없는 편이 동생에게 더 잘된 일이라고 확신했다.

"미안하다. 좀 더 붙임성 있게 굴게. 일이 워낙 많아서 그래."

"그렇겠지. 그런데 돈은 받고 하는 일이야?"

샤를로트는 아라스에서 오빠가 돈에 무심하고 인정 많은 사람이라는 평판을 스스로 얻었다고 말했다. 로베스피에르는 자기가 원칙을 지키는 사람이고 조금도 빈틈이 없는 사람이라고 생각했으므로 동생이 하는 말에 놀랐다. 샤를로트는 오빠를 위로 올려줄 수 있는 사람들을 섭섭하게 만든다고 나무라기 일쑤였고, 그러면 로베스피에르는 왜 그들의 도움을 뿌리쳐야 했는지, 자신의 소임이 무엇인지, 그가 느끼는 사명이 무엇인지를 동생에게 다시 설명하기 시작했다. 동생의 생각이 지나치다고 생각했다. 이러니저러니 해도 생활은 꾸려 나갈 수 있었다. 끼니를 거른 적은 없었다.

샤를로트는 그래도 자꾸 말을 빙빙 돌렸다. 시간이 더 지나자 그녀는 눈물 작전으로 나왔다. "오빠는 아나이스랑 결혼할 거잖아. 오빠는 아나이스랑 결혼하고 나만 혼자 내버려 둘 거잖아."

법정에서 로베스피에르는 이제 사람들이 '정치 연설'이라고 부르는 것을 했다. 도리가 없었다. 모든 것이 정치였다. 체제가 썩었다. 정의가 돈에 팔려 나간다.

1787년 6월 30일

정의의 권위와 법을 공격하고 재판관을 모독하는 언어가 담긴 '변호사 드 로베스피에르' 명의의 간행물에 발행 금지 명령을 내린다. 이 포고령은 아라스 시에 게시한다.

베튄 지방판사 일동

사방이 아무리 어두워도 바늘구멍만 한 빛이 때때로 나타나는 법이다. 어느 날 법원에서 나오는데 에르망이라는 변호사가 따라붙으면서 말을 붙였다. "저기, 드 로베스피에르 씨. 당신이 맞다는 생각이 조금씩 드는군요."

"뭐가 말입니까?"

젊은이는 놀란 듯했다. "아, 전부 다요."

로베스피에르는 메스 학술원을 위해 글을 한 편 썼다.

공화국을 움직이는 힘의 구심점은 '덕(vertu)'이다. 법과 나라를 사랑하는 마음이다. 사정이 이러하기에 모든 사익과 모든 개인 관계는 보편의 선에게 양보해야 한다는 결론이 나온다. …… 모든 시민은 주권을 공유한다. …… 따라서 아무리 소중한 친구일지라도 국가의 안전이 친구의 처벌을 요구한다면 친구를 풀어주어서는 안 된다.

로베스피에르는 글을 쓰고 나서 펜을 놓고 그 문단을 뚫어지게 바라보았다. 나무랄 데 없이 썩 잘 썼지만 나한테는 소중한 친구가 없으니까 이렇게 쉽게 말할 수 있는 거겠지. 그러고는 다시 생각했다. 나도 물론 있어. 카미유가 있잖아.

로베스피에르는 친구가 마지막으로 보낸 편지를 찾아냈다. 유부녀하고 얽혔던 일을 그리스어로 좀 삐뚤삐뚤하게 적어 내려간 글이었다. 죽은 언어에다 정성을 쏟아부으면서 데물랭은 자신의 빈궁과 혼란과 고통을 숨기고 있었다. 수취인에게 억지로 번역을 시키면서 그는 이렇게 말하고 있었다. 내 인생은 나에게는 엘리트주의적 유희임을, 글로 적히고 우편으로 보내질 때에만 존재하는 어떤 것임을 믿어 달라. 로베스피에르는 손바닥을 편지 위에 놓았다. 네 인생이 바로잡히면 얼마나 좋을까 카미유. 네 머리가 좀 더 냉정해지고 내 살가죽이 좀 더 두꺼워지고 내가 너를 다시 볼 수 있다면 얼마나 좋을까. 모든 일이 영원히 잘 돌아가면 얼마나 좋을까.

체제의 무도함과 이곳 아라스에서 자행되는 자잘한 횡포를 조목조목 밝히는 것이 이제 하루 일과가 되었다. 정말이지 사람들을 다 독거리려고 그들에게 맞춰주려고 어지간히 애썼다. 절도를 지켰고 순응했고 동료들의 연륜을 헤아려주었다. 거칠게 말을 했다면 그것은 사람들이 창피를 느끼고 선한 행동을 하도록 만들려는 마음에서였지 다른 의도는 없었다. 하지만 로베스피에르는 불가능한 것을 요구하고 있다. 그들이 평생을 바쳐 쌓아 올린 체제가 잘못이고 부실하고 악독한 것임을 인정하라고 그들에게 요구하고 있었다.

허위를 일삼는 적수나 거들먹거리는 지방판사를 가끔 만나면 로베스피에르는 얼굴에 주먹을 날리고 싶은 충동과 싸웠다. 그 충동을 누르기가 어찌나 힘든지 목과 어깨가 다 욱신거렸다. 아침에 눈을 뜨면 그는 말한다. "하느님, 오늘도 견디도록 도와주소서." 그러고 나서는 이 정중하고 질질 끄는 끝없는 맞고소들로부터 자신이 빠져나올 수 있도록, 자신의 젊음과 재능과 용기를 더 탕진하지 않도록 무슨 일이든 아무 일이든 일어나게 해 달라고 기도했다. 오빠, 우리 형편에 그 남자한테 돈을 돌려주면 안 돼. 그 사람은 가난하다, 돌려줘야 돼. 오빠, 저녁 때 뭐 먹고 싶어? 아무 생각 없는데. 오빠 결혼 날짜는 잡았어? 그는 거울 같은 바다로 아주 깊이 빠져 죽기를 꿈꾼다.

로베스피에르는 남의 감정을 건드리지 않으려고 노력한다. 자신을 천성이 합리적이고 원만한 사람이라고 생각하고 싶어 한다. 그는 외면할 수 있고 발뺌할 수 있고 문제를 회피할 수 있다. 알쏭달쏭한 미소를 지을 수 있고 어느 한쪽 편에 서기를 거부할 수 있다. 둘러댈 수 있고 말장난으로 우길 수 있다. 이것이 인생이지, 생각한다. 하지만 그렇지 않다. 냉엄한 질문을 외면할 수가 없고 둘 중 하나를 선택해야 한다. 당신은 혁명을 원합니까, 드 로베스피에르 씨? 빌어먹을, 그럼요, 내가 원하는 게 그거고, 우리한테 필요한 게 그거요. 우리가 하게 될 게 바로 그거라고.

4장

오를레앙 공

(1787~1788)

뤼실은 아직 결혼을 수락한다고 말하지 않았다. 거절한다고 말하지도 않았다. 다만 생각해보겠다고 했다.

아네트

처음 아네트가 보인 반응은 경악이었고 그 다음은 분노였다. 당장의 고비를 넘기고 데물랭을 한 달째 못 보고 지내면서 아네트는 사교 활동을 줄이고 저녁을 혼자서 보내면서 안절부절못했다.

유혹을 당한 것도 기가 막혔지만 버림을 받은 것은 더 기가 막혔다. 그것도 사춘기도 채 지나지 않은 딸로 인해서 버림을 받지 않았는가. 체면이 말이 아니었다.

왕이 칼론 재무총감을 해임한 뒤로 클로드는 매일 저녁 사무실에서 서류 작업에 매달렸다.

첫날 밤 아네트는 잠을 못 잤다. 이리 뒤척이고 저리 뒤척이고 새벽까지 식은땀을 흘리면서 복수를 궁리했다. 어떤 식으로든 데물랭이 파리를 떠나도록 만들자는 생각을 했다. 4시가 되자 더는 침대에 붙어 있을 수가 없었다. 아네트는 일어나서 어깨에 숄을 두르고 어둠 속에서 집 안을 걸어 다녔다. 조금이라도 소리를 내서 하녀를 깨우기 싫었고, 보나마나 감정의 폭군이나 누릴 법한 정숙하고 평화로운 잠을 자고 있을 딸을 깨우기는 죽기보다 싫었으므로, 회개하는 사람처럼 맨발로 걸어 다녔다. 동이 텄을 때 아네트는 열린 창 옆에서 오들오들 떨고 있었다. 자신의 각오는 환상이나 악몽처럼 보였고 자기가 아니라 다른 사람이 꾸는 흉측하고 기괴한 공상처럼 보였다. "자, 봐봐. 해프닝이었어. 그게 전부라고." 아네트는 스스로에게 말했다. 지금처럼 그때도 아네트는 노여움과 상실감 속에서 홀로 남았다.

뤼실은 요즘 들어 아네트의 머리에서 무슨 일이 벌어지는지 몰라서 그러는지 조심스럽게 아네트를 쳐다보았다. 모녀는 서로 거의 이야기를 주고받지 않았다. 문제가 된 그 일에 대해선 특히 그랬다. 다른 사람들이 같이 있는 자리에서는 하나마나 한 말을 주고받았지만 둘만 있을 때는 서로 쑥스러워했다.

뤼실

뤼실은 모든 시간을 가급적 혼자 보냈다. 《신엘로이즈》를 다시 읽었다. 일 년 전 그 책을 처음 집었을 때 데물랭은 '로'로 시작되는 좀 묘한 이름을 가진 친구가 이 책을 시대의 걸작이라고 생각하더라고 말했다. 그 친구는 지독한 감상주의자라서 두 사람은 어쩌다 만나면 마음이 잘 맞는 모양이었다. 그런데 막상 데물랭 자신은 그 책이 별로라고 생각하는 모양이어서 뤼실의 판단을 좀 흔들어놓고 싶어 하는 듯한 느낌을 뤼실은 받았다. 뤼실은 데물랭이 어머니에게 루소의 《고백록》을 이야기해주던 것을 기억했다. 그 책은 아버지가 읽는 것을 허락하지 않았던 또 한 권의 책이었다. 데물랭은 저자가 섬세한 감각하고는 담을 쌓았으며 세상에는 종이에다 옮기지 않는 편이 좋은 것이 있다고 말했다. 그때 이후로 뤼실은 빨간색 일기장에다 적는 내용에 신경을 썼다. "섬세한 감각만 있다면 무엇이든 하고 싶은 대로 해도 좋다는 소리네요." 하면서 어머니가 웃던 모습도 떠올랐다. 잘 알아듣지는 못했지만 데물랭은 죄의 미학에 대해서 뭐라고 말했고 어머니는 다시 깔깔 웃으면서 데물랭 쪽으로 몸을 기울이면서 그의 머리카락을 만졌다. 그때 알아차렸어야 했다.

요즘 뤼실은 그런 일화들을 떠올리면서 곱씹어보고 되짚어보았다. 어머니가 도대체 무슨 말을 하는 건지 이해할 수 없었지만 어머니는 데물랭하고 잠자리에 든 적이 있음을 부인하는 듯했다. 뤼실은 어머니의 말이 거짓말일 가능성이 높다고 생각한다.

이런 상황을 고려하면 어머니는 내게 아주 부드럽게 구는 셈이라고 뤼실은 생각했다. 딱히 행동을 하지 않아도 대부분의 상황은 시간이 해결해준다고 언젠가 어머니가 말한 적이 있다. 그것은 줏대 없이 인생을 사는 길처럼 보였다. 누군가는 상처를 받겠지만 나는 어느 길로 가도 이긴다고, 뤼실은 생각했다. 이제 나는 중요한 사람이다. 내가 행동을 하면 결과가 뒤따른다.

뤼실은 운명의 장면을 복기했다. 폭풍우가 몰아치고 나서 늦은 오후의 힘겨운 햇살에 아네트의 목덜미로 살짝 삐져나온, 분이 안 묻은 머리카락 한 올에 윤기가 흘렀다. 데물랭의 손은 어머니의 쏙 들어간 허리춤에 편안하게 놓여 있었다. 아네트가 빙그르르 돌아섰을 때 누구한테 한 방 아주 세게 얻어맞기라도 한 것처럼 얼굴 전체가 무너져 내리는 듯했다. 데물랭은 웃는 듯 마는 듯했다. 참 묘한 장면이라고 뤼실은 생각했다. 아주 잠깐이었지만 데물랭은 아네트를 하루 더 붙들어 두려는 듯 아네트의 손목을 부여잡았다.

그러고는 충격, 심장이 멎는 무지막지한 충격이었다. 그런데 왜 충격을 받아야 했을까? 세부는 조금 달랐을지 몰라도 그것은 아델과 뤼실이 보고 싶어 했던 바로 그 모습이 아니었던가.

어머니는 드문드문 외출했고 늘 마차를 탔다. 데물랭하고 우연하게라도 맞닥뜨릴까 봐 두려운 모양이었다. 얼굴은 굳어 있었다. 갑자기 늙은 것만 같았다.

5월이 왔다. 밝은 저녁은 길었고 밤은 짧았다. 클로드는 신임 재무총감이 내놓을 제안들에 조금이라도 새로운 내용이 들어간 것처럼 꾸미느라고 날밤을 새우기 일쑤였다. 고등법원을 얼렁뚱땅 속이기는 쉽지가 않았다. 꾸미기도 쉽지 않았지만 세금 문제가 있었다. 파리 고등법원이 완강하게 나올 때 왕실이 보통 내놓는 처방은 고등법원을 지방으로 추방하는 것이었다. 올해에 왕은 고등법원을 트루아로 보냈다. 구성원 한 사람 한 사람에게 일일이 봉인장을 보내 추방령을 내렸다. 트루아가 떠들썩하겠군, 당통은 생각했다.

7월 14일, 당통은 생제르맹 록세루아 교회에서 가브리엘 샤르팡티에와 결혼했다. 가브리엘은 스물네 살이었고 아버지와 신랑감이 담판을 짓기를 그동안 초조하게 기다렸다. 그녀는 오후 시간에는 부엌에서 실험을 하면서 시간을 보냈고 자기가 창조한 것들을 먹었다. 가브리엘은 초콜릿과 크림에 끌렸고 아버지의 아주 진한 커피에다가 무심결에 설탕을 넣기도 했다. 어머니가 웨딩드레스 안으로 딸의 **몸**을 욱여넣는 동안 가브리엘은 신랑이 언제쯤 이 옷을 벗겨줄까를 생각하면서 킥킥거렸다. 그녀는 인생의 무대 위에서 움직이고 있었다. 관례보다 더 바짝 당통의 팔에 매달려서 햇빛으로 나오면서 이제 나는 더없이 안전하다고, 내 앞에는 내 인생이 있고 나는 그 인생이 어떻게 펼쳐질지를 안다고, 누가 여왕을 시켜준다 하더라도 나는 내 인생을 바꾸지 않으리라 생각했다. 이렇게 푸근한 감상에 젖어 있다 보니 약간 발그레해졌다. 젤리를 먹어서 그런지 뇌가 말랑말랑해졌구나, 꼭 끼는 드레스 안에서 몸의 온기를 느끼면서 태양 아래 결혼식 하객들 앞에서 환하게 웃으면서 생각했다. 왕비가 되고픈 마음은 특히나 없었다. 길거리에서 왕비가 행차하는 모습을 본 적이 있는데 왕비의 얼굴에는 어리석음과 못 말리는 경멸감이 박혀 있었고 뾰족한 다이아몬드들이 칼날처럼 여기저기서 반짝거리고 있었다.

신혼부부가 얻은 집은 알고 보니 중앙 시장인 레알에서 너무 가까웠다. "그래도 마음에 들어요. 딱 하나 신경 쓰이는 건 거리를 왔다 갔다 쏘다니는 험상궂은 돼지들이에요." 가브리엘은 남편을 보고 빙긋 웃었다. "당신에겐 아무 일도 아니겠지만요."

"아주 작은 돼지들이야. 별 거 아니오. 하지만 당신 말이 맞아, 찬찬히 살폈어야 하는데."

"그래도 마음에 들어요. 행복해. 돼지들이랑 진창이랑 시장 여자들이 쓰는 말만 빼면. 돈을 벌면 언제든지 이사 갈 수 있고 국왕참사회 위원으로 새로 들어갔으니까 그럴 날도 멀지 않았잖아요."

빚에 대해서 가브리엘은 당연히 몰랐다. 당통은 일단 자리가 잡힌 다음에 말을 하기로 마음먹었다. 그러나 자리는 잡히지 않았다. 아내가 임신을 한 것이다. 아무래도 결혼한 날 밤에 아이가 생긴 모양이었다. 자리가 잡히지 않았던 또 하나의 이유는 그녀가 맹하고 생각이 짧고 카페와 자기 집을 부지런히 오가면서 온갖 계획과 가능성에 부풀어 구름 위를 날아다니는 데 있었다. 이제 당통은 아내를 더 잘 알게 되었다. 아내가 자신이 생각하고 바라던 바로 그런 여자임을 알았다. 아내는 순진하고 인습적이었고 경건한 구석도 있었다. 아내의 행복에 조금이라도 먹구름이 끼도록 방치하는 것은 끔찍한 범죄로 보일 법했다. 그가 아내에게 말할 수도 있었을 시간이 왔고 지났고 멀어졌다. 임신은 아내에게 어울렸다. 머리카락이 굵어졌고 살결이 빛났다. 아내는 무르익었고 풍성했고 거의 이국적으로 보였으며 자주 숨이 찼다. 낙관의 큰 바다는 두 사람을 두둥실 띄워서 한여름으로 데리고 갔다.

"당통 변호사, 잠깐 시간 좀 내주겠어요?" 그들은 재판소 바로 바깥에 있었다. 당통은 돌아섰다. 나이는 엇비슷하지만 굉장한 귀족 가문 출신이고 대단한 갑부이자 고등 법관인 에로 드 세셸이었다. 허, 우리도 꽤 출세했구나, 당통은 생각했다.

"국왕참사회에 들어온 것을 축하드리고 싶었습니다. 연설도 아주 훌륭했습니다." 당통은 머리를 숙였다. "오늘 아침에 재판이 있었던 게로군요."

당통이 서류 가방을 내밀었다. "셀라 후작 건이죠. 그 작위를 지닐 권리가 있음을 증명하는 겁니다."

"자네 마음속에서는 이미 증명이 끝난 문제 같은데." 데물랭이 중얼거렸다.

"아, 안녕하시오." 에로가 말했다. "거기 계신 줄 몰랐소, 데물랭 변호사."

"보신 줄 압니다. 안 보고 싶으셨겠죠."

"그거 참." 에로가 말하면서 웃었다. 그의 하얀 치아는 나무랄 데

없이 가지런했다. 원하는 게 뭐요? 당통은 생각했다. 하지만 에로는 아주 차분했고 공손했으며 요즘 화제가 되는 이야기만 하고 싶어 했다. "고등법원이 추방되었으니 이제 무슨 일이 벌어질까요?" 에로가 물었다.

'그걸 왜 나한테 묻지?' 당통은 잠시 답변을 생각하고서 말했다. "왕은 돈이 있어야 합니다. 이제 고등법원은 삼부회만이 왕에게 특별세를 승인할 수 있다고 말했고 일단 그 말을 한 이상 고등법원은 그 입장을 고수할 거라고 전 봅니다. 그래서 가을에 고등법원을 왕이 다시 불러들여도 그들은 똑같은 말을 할 것이고, 그렇게 되면 결국 왕은 막다른 길에 몰려서 삼부회를 소집하겠지요."

"고등법원의 승리를 성원하십니까?"

"그런 건 전혀 아닙니다." 당통이 날카롭게 받아쳤다. "그저 의견입니다. 개인적으로 저는 삼부회를 소집하는 게 왕의 당연한 도리라고 생각하지만 삼부회를 소집해야 한다고 주장하는 일부 귀족들은 삼부회를 통해 왕의 권력을 축소하고 자기들의 권력을 키우려는 게 아닌가 하는 걱정도 듭니다."

"지당한 말씀입니다." 에로가 말했다.

"아시잖습니까."

"내가 어찌 알겠소?"

"왕비 모임의 고정 멤버라고 들었습니다."

에로는 다시 웃었다. "내 앞에서 무례한 민주주의자인 척 굴지 않아도 됩니다. 우린 당신이 생각하는 것보다 교집합이 더 클걸요. 왕비께서 카드 테이블에서 왕비의 돈을 놓을 수 있는 특권을 나한테 주신 건 맞습니다. 하지만 사실은 궁정에도 선의를 품은 사람이 수두룩합니다. 고등법원보다도 궁정에서 그런 사람을 더 많이 찾을 수 있을 겁니다."

눈 깜짝할 새에 연설문을 지어내는군. 당통은 생각했다. 그거 누군 못 하나? 하지만 매력의 수준이 달랐다. 부드러움의 수준이 달랐다.

"자기 식구들한테 품은 선의는 있겠죠." 데물랭이 끼어들었다. "식구들한테 넉넉한 연금을 안겨주고 싶겠지. 폴리냐크 집안이 일 년에 칠십만 리브르를 받죠? 당신도 폴리냐크 아닌가요? 왜 법관 자리 하나로 만족하는지 궁금하군요. 아예 사법 체계를 몽땅 사들 여서 빨리 끝장내지 그래요?"

에로 드 세셸은 감정가였고 수집가였다. 조각, 시계, 초판본을 찾 아서 유럽 전역을 돌아다녔다. 에로는 일부러 멀리서 찾아왔는데 와 서 보니까 엉터리 싸구려 물건이었구나 하는 표정으로 데물랭을 빤 히 쳐다보았다. 그리고 다시 당통 쪽으로 돌아섰다. "정말로 희한한 게 고등법원이 왕하고 맞서니까 고등법원이 어쨌든 인민의 이익을 대변한다고 하는 생각이 몽매한 사람들 사이에 퍼졌다는 겁니다. 사 실은 균등한 과세 체계를 끌어들이려고 애쓰는 건 왕인데도—"

"그런 건 아무래도 상관없습니다." 데물랭이 말했다. "사람들끼리 지지고 볶다가 나가떨어지면 좋겠군요. 그런 사람들이 많아지면 모 든 게 더 빨리 무너지고 공화국도 더 빨리 들어설 테니까. 그동안 어 느 편을 든다면 그건 오로지 갈등을 부추기기 위해서일 테고요."

"발상 한번 별나군요." 에로가 말했다. "위험한 건 말할 것도 없 고." 한동안 그는 얼이 빠지고 넋이 나간 사람처럼 보였고 지쳐 보 였다. "여하튼, 이대로는 잘 안 될 거요." 에로가 말했다. "그리고 나 도 사실은 기쁠 거요."

"실리셨습니까?" 당통이 물었다. 아주 단도직입적인 질문이었다. 이렇게 생각이 머리에 떠오르자마자 입 밖으로 튀어나온 건 그답지 않았다.

"그런지도 모르겠습니다." 에로가 서운한 빛으로 말했다. "사실은 좀 더 당당하고 싶은데 말이죠. 그저 따분해서가 아니라 프랑스의 국익을 위해 변화가 있어야 한다고 생각하고 싶습니다."

정말로 묘하게도, 겨우 몇 분 만에 대화의 전체 기조가 바뀌었다. 에로는 속마음을 드러냈고 목소리를 낮추었고 웅변 어투를 벗어 던졌다. 그는 마치 잘 알고 지내는 사이인 것처럼 그들에게 말했다. 데물랭조차 동정하는 눈빛으로 그를 바라보았다.

"아, 재산과 작위의 부담이 크시군요." 데물랭이 말했다. "당통 변호사와 저는 가여워서 눈물이 나오네요."

"저는 두 분이 분별 있는 사람임을 알고 있었습니다." 에로는 냉정을 되찾았다. "베르사유로 가야 합니다, 저녁 약속이 있어서요. 오늘은 여기서 작별해야겠소. 결혼을 하셨지요? 부인에게도 안부 전해주십시오."

당통은 가만히 서서 그의 뒷모습을 보았다. 호기심이 그의 얼굴을 스치고 지나갔다.

그들은 팔레루아얄의 카페 푸아에서 시간을 보내기 시작했다. 샤르팡티에 씨의 카페만큼 품위가 있지는 않았고 분위기도 달랐다. 드나드는 사람들이 달랐다. 이런 데에서는 클로드 뒤플레시 같은 사람과 부딪칠 일이 없다는 점도 달랐다.

그들이 도착했을 때 한 남자가 과장된 몸짓으로 시를 낭송하고 있었다. 그는 종이를 이리저리 흔들다가는 가슴을 쥐어뜯으면서 배우답게 심각한 고뇌를 표현했다. 당통은 심드렁하게 그를 쳐다보다가 시선을 돌렸다.

"그 사람들은 자네를 재보는 거야." 데물랭이 속삭였다. "궁정. 자네가 쓸모가 있겠는지를 알아보는 거지. 자네한테 작은 자리 제의가 들어올 거야, 조르주자크. 공무원으로 만들려는 거지. 그자들의 돈을 받아들이면 클로드 꼴 나는 거지."

"클로드는 무난히 해냈어." 당통이 말했다. "자네가 그 사람 인생에 들어오기 전까지는."

"무난한 것으로 충분하단 소리야?"

"그럼 아니야? 나도 모르겠다." 당통은 데물랭의 눈을 피하려고 배우를 쳐다보았다. "아, 저 사람 끝났다. 재미있네, 난 정말⋯⋯."

사내는 의자에서 내려올 생각을 하지 않고 그들을 빤히 쳐다보았다. "세상에." 사내가 말했다. 그는 껑충 뛰어내려서 방을 요리조리 가로질러서 주머니에서 카드 몇 장을 꺼내더니 당통에게 쑥 내밀었다. "공짜 표 몇 장 가져." 사내가 말했다. "잘 있었나, 조르주자크?" 하면서 싱글벙글 웃었다. "어디서 봤는지 모르겠지? 와, 몰라보게 컸구먼!"

"상 받으신 분?" 당통이 물었다.

"당연하지. 파브르 데글랑틴 문안 드리옵니다. 이게 누구야, 이게 누구야!" 그는 무대 효과를 위해 혹을 단 주먹으로 당통의 어깨를 툭툭 내리쳤다. "내 충고를 받아들인 건가? 법률가라 이거지. 일을 썩 잘하는 거냐 아니면 분수에 넘치게 사는 거냐 아니면 힘없는 사람을 뜯어먹는 거냐. 가만 보니 결혼도 한 모양이고."

당통은 즐거웠다. "또요?"

파브르는 당통의 배를 찔렀다. "슬슬 살도 붙네."

"그동안 뭐 하셨어요?"

"뭐 이것저것. 지금 내가 있는 새 극단은 작년 시즌에 아주 잘나갔거든."

"여긴 아니잖아요, 그렇죠? 극장에서 허구한 날 사는 제가 당신을 못 알아봤을 리가 없죠."

"응. 여긴 아니야. 님이야. 그래 좋다. 꽤 잘나갔다고 해 두자. 조경 일은 때려치웠어. 주로 희곡을 쓰고 순회 공연을 다니면서 지냈지. 곡도 쓰고." 파브르는 말을 끊고 휘파람을 불기 시작했다. 사람들이 고개를 돌리고 쳐다보았다. "이 노래는 모르는 사람이 없어. 내가 곡을 썼지. 그래 미안해, 난 가끔은 창피할 때도 있어. 자네 머릿속에 들어 있는 노래 중에서 상당수를 내가 만들었고 그 덕을 좀 봤지. 그래도 파리에 왔어. 여기가 마음에 들거든, 이 카페 말이야, 작품 초안을 한번 실연할 수 있어요. 사람들이 예의 바르게 귀를 기울여주고 솔직한 의견도 주고. 의견을 물은 건 아니지만. 어쨌거나 그건 그렇다 치고. 〈아우구스타〉 표야. 이탈리아 사람들 이야기야. 이래저래 비극이라고 볼 수 있는데. 이번 주가 지나고 막이 오르지 않을까 싶어. 비평가들은 날 물어뜯으려고 혈안이 되어 있지."

"〈문인들〉 봤어요." 데물랭이 말했다. "그거, 파브르, 당신이 쓴 거 맞죠?"

파브르는 돌아보았다. 그리고 극장에서 관객이 쓰는 관람용 안경을 꺼내 데물랭을 뜯어보았다. "〈문인들〉 이야기는 안 할수록 좋겠는데. 그 무자비한 침묵. 그 다음에 쏟아지던 야유……."

"비평가들을 다룬 희곡을 썼으면 그 정도는 예상했어야죠. 하지만 볼테르의 희곡도 야유를 받을 때가 많았어요. 그분의 작품이 초연에 오른 날 밤은 폭동 비슷하게 끝났다니까요."

"그랬지." 파브르가 말했다. "그렇지만 볼테르는 늘 다음 끼니거리 걱정만 하면서 살지는 않았지."

"전 당신 작품을 압니다." 데물랭은 물러나지 않았다. "당신은 풍자가입니다. 잘나가고 싶으면, 뭐랄까, 궁정에도 좀 더 잘 보이고 그러세요."

파브르는 안경을 내렸다. "전 당신 작품을 압니다." 바로 그 말 한마디에 그는 엄청나게, 눈에 띄게, 마음이 가벼워졌고 우쭐해졌다. 파브르는 머리카락을 쓸어 넘겼다. "매진? 그런 건 아니고. 솔직히 나도 편하게 살고 싶어. 돈을 좀 쉽게 빨리 벌려고 노력은 하는데 말이야, 한계가 있네."

당통이 식탁 하나를 찾아냈다. "얼마나 됐지?" 파브르가 자리에 앉으면서 말했다. "십 년? 더 됐나? 다시 또 만나자고 말은 그렇게 해도 진짜로 그러자는 건 아니었는데."

"제대로 된 사람들은 같이 흘러 다니게 마련이죠." 데물랭이 말했다. "이마에다 줄을 죽죽 긋기라도 한 것처럼 그런 사람들은 가려낼 수가 있어요. 가령 난 지난주에 브리소를 봤거든요." 당통은 브리소가 누구냐고 묻지 않았다. 데물랭은 이상한 사람들을 굉장히 많이 알았다. "그리고 조금 전에도 하고많은 사람 중에 에로를 봤죠. 에로는 항상 증오하던 사람이었는데 지금은 느낌이 묘합니다, 전하고는 느낌이 달라졌어요. 사람이 그러면 안 되는데 어쩔 수가 없네요."

"에로는 고등법원에 있습니다." 당통이 파브르에게 말했다. "어마어마하게 재산이 많고 유서 깊은 집안 출신입니다. 나이는 서른을 안 넘었는데 외모도 나무랄 데가 없고 다녀본 데도 많지요. 궁정에선 귀부인들이 꽁무니를 졸졸 쫓아다니고―"

"밥맛없네." 파브르가 뇌까렸다.

"겨우 십 분을 그 사람하고 이야기했는데도 생각이 복잡해지더군요. 듣자 하니," 당통이 빙긋이 웃었다. "그 친구는 자신을 대웅변가라고 생각하면서 몇 시간씩 거울 앞에 혼자 서서 혼잣말을 한다고 하더군요. 그런데 혼자인지 아닌지 다른 사람이 어떻게 안다는 건지."

"하인들하고 있는 건 혼자 있는 걸로 치는 거지." 데물랭이 말했다. "귀족은 하인들을 진짜 사람으로 여기지 않기 때문에 하인들 앞에서 자기 치부를 거리낌 없이 다 드러낸다고."

"연습을 왜 하는 걸까?" 파브르가 물었다. "삼부회 소집에 대비해서?"

"아마 그렇겠지요." 당통이 말했다. "그 사람은 자신을 개혁의 선봉으로 여기지 않나 싶습니다. 진보적인 사상을 품고 있기도 하고. 스스로 그런 식으로 말하는 것 같더라고요."

"그렇지만 '신이 노여워하는 날 그들의 은과 금은 능히 그들을 건져주지 못하리라.' 구약 '에스겔'에 다 나오잖아요. 히브리어로 보면 아주 분명합니다. 아득히 먼 옛날부터 내려온 법이 사제들과 장로들한테서 어떻게 사라졌는지도 나옵니다. '임금은 통곡하고 제후는 비애를 옷처럼 입으며……' 난 그렇게 될 거라고, 그것도 아주 빨리 그렇게 될 거라고 굳게 믿습니다, 그자들이 지금처럼 군다면요." 데물랭이 말했다.

옆 식탁에 있던 누군가가 말했다. "소리를 좀 낮춰야겠소. 당신 설교를 듣는 경찰이 있을 테니까."

파브르는 식탁을 손으로 쾅 내려치면서 벌떡 일어섰다. 마른 얼굴이 벽돌처럼 시뻘게졌다. "아무리 개 같은 맥락에서일지언정, 성서를 인용하는 건 위법이 아니올시다." 누군가가 킥킥거렸다. "당신이 어떤 사람인지는 몰라도 나하고 잘 통할 거 같은데." 파브르가 데물랭에게 격정적으로 말했다.

"큰일나지." 당통이 뇌까렸다. "이 친구는 띄워주면 안 돼요." 자기 몸집을 생각하면 나갈 때 눈에 띄지 않을 도리가 없었기에 당통은 일행이 아닌 것처럼 굴려고 애썼다. 띄워주는 것만은 죽어도 하면 안 된다고 그는 생각했다. 사람이 말썽을 피우는 것은 달리 할일이 없기 때문이고 밖을 자꾸 무너뜨리고 싶어 하는 것은 자기 안이 무너져 내렸기 때문이다. 고개를 돌려 문 쪽을 바라보았다. 문 너머로 도시가 펼쳐져 있었다. 내가 전혀 모르는 생각을 품고 백만 명이 저기서 살아간다. 성급하고 조급한 사람, 천방지축인 사람이 있는가 하면 칼 같고 계산적이고 깍듯한 사람도 있다. 히브리어를 해석하는 사람도 있고 셈 하나 못 하는 사람도 있다. 포근한 자궁 안에서 물고기처럼 뒤척이는 아기도 있고 화장이 굳었다가 한밤이 되면 흘러내려서 처음에는 죽어 가는 주름진 피부를 드러내다가 그다음에는 누렇고 어슴푸레한 뼈를 드러내면서 세월을 거부하는 늙은 여인도 있다. 정갈한 옷차림의 수녀. 클로드를 견뎌내는 아네트. 자유를 부르짖는 바스티유의 수감자들. 몸이 불구인 사람들, 몸이 그저 고장이 난 사람들, 구호품으로 나온 얼마 안 되는 우유를 빠는 버려진 아이들, 거두어 달라고 우는 아이들. 궁정인들도 있다. 저무는 해인 앙투아네트를 다루는 에로 드 세셸도 있다. 창녀들도 있다. 가발 만드는 사람과 서기도 있고 광장에서 덜덜 떠는 풀려난 노예들도 있고 파리의 성벽 징세소에서 통행세를 받는 사람들도 있다. 어릴 때부터 나이가 들어서까지 평생을 무덤만 파 온 사람도 있다. 그 사람들의 생각은 낯선 조류처럼 흘렀다. 그들에 관해서는 아무것도 알려지지 않았고 알려질 수가 없었다. 당통은 파브르를 물끄러미 바라보았다. "나의 가장 위대한 작품은 아직 나오지 않았다."

파브르가 말했다. 파브르는 그 위대함의 크기를 허공에서 그려 보였다. 이렇게 사람을 홀리는구나. 당통은 생각했다. 파브르는 태엽을 감은 장난감처럼 준비된 말이 그대로 나오는 사람이었고 데물랭은 뜻밖의 선물을 건네받은 아이처럼 파브르를 지켜보았다. 낡은 세계의 무게는 숨 막히지만 삶에서 그것을 퍼내고 치우는 일은 생각만 해도 피곤하다. 의견을 끊임없이 주고받는 것은 피곤한 일이고, 책상을 사이에 두고 서류를 주고받는 것도 논리를 썰어대고 태도를 가다듬는 것도 피곤한 일이다. 좀 더 단순하고 좀 더 폭력적인 세상이 어딘가에는 있으리라.

뤼실

무반응은 그것 자체로 미묘한 효력을 낳을 때가 있지만 이제 뤼실은 좀 더 밀어붙일 때가 되었다고 생각한다. 가슴이 나무토막 같은 도자기 인형으로 살던 어린 시절은 이제 옛날이야기다. 그 사람들, 데물랭 변호사와 어머니는 도자기 인형의 머리를 빠개듯이 그녀를 다룬 것이나 다를 바 없었다. 그날 이후로 자기 몸은 몰라도 데물랭과 어머니의 몸은 현실이 되었다. 그들은 물론 단단하고 튼실했다. 뤼실은 아플 정도로 그들의 우위를 느꼈다. 아픔이 오는 것으로 보아 뤼실도 몸으로 느껴지는 것이 있는 모양이었다.

한여름

브리엔 재무총감은 파리 시에서 천이백만 리브르를 빌렸다. '새 발의 피'라고 샤르팡티에 씨는 말했다. 그는 카페를 팔려고 내놓았다. 앙젤리크와 함께 시골로 옮길 생각이다. 아네트는 화창한 날씨를 외면할 수가 없어 뤽상부르 공원으로 몇 번인가 진출했다. 아이들과 데물랭과 함께 자주 가던 곳이었다. 올 봄에는 마치 한번 피었다가 진 것처럼 꽃 내음이 약간 시큼했다.

뤼실은 많은 시간을 일기를 쓰면서 보냈다. 그리고 작전을 궁리했다. "여느 날과 다르지 않게 시작된 그 금요일에 나의 운명은 부엌에서 끌려 나와 내 서명이 새겨졌고, 무지한 내 손에 들어왔다. 금요일에서 토요일로 넘어가는 그날 밤 나는 숨겨 두었던 곳에서 편지를 꺼내 내 서늘한 모시 잠옷의 가슴이 두근거리는 주름진 곳에 댔다. 종이는 바스락거렸고 촛불은 깜박거렸고, 아, 내 가엾은 감정도 흔들거렸다. 9월이면 내 인생이 완전히 달라지리란 걸 알았다."

"결심했어." 뤼실은 말했다. "어쨌든 데물랭 변호사하고 결혼할 거야." 뤼실은 어머니가 얼마나 추해졌는지 관찰했다. 깨끗한 피부에 노여움과 두려움으로 붉은 멍울이 생긴 것을 임상의처럼 관찰했다.

앞으로 닥칠 갈등에 대비하여 연습해야 했다. 아버지와 첫 번째로 충돌했을 때 뤼실은 울면서 방으로 올라갔다. 몇 주일이 지나자 뤼실의 감성은 더욱 거칠어진다. 거리에서 벌어지는 사건들만큼이나.

시위는 재판소 바깥에서 시작되었다. 서류를 챙긴 변호사들은 군중 속으로 빠져나가려고 시도하는 것이 좋을지 아니면 그냥 버티는 것이 좋을지를 논의했다. 그렇지만 사망자가 있었다. 한 사람, 어쩌면 두 사람. 그들은 일대가 완전히 정리될 때까지 버티는 쪽이 더 안전하다고 생각했다. 당통은 동료들에게 욕을 하고는 싸움터를 가로질러 제 갈 길을 가려고 밖으로 나갔다.

다친 사람이 엄청나게 많은 듯했다. 친위대와 백병전을 벌인 몇 사람을 빼놓고는 대부분이 타박상을 입었다. 잘 차려입은 남자 하나가 걸어가면서 사람들에게 총알이 외투를 뚫고 나가면서 생긴 구명을 보여주었다. 한 여자는 자갈 길에 앉아서 "누가 쐈어, 누가 명령했어, 누가 그런 지시를 내렸어?" 하면서 악에 받친 목소리로 해명을 요구했다. 어쩌다가 그랬는지는 몰라도 칼에 찔린 사람도 여럿 있었다.

데물랭은 담벼락 옆에 무릎을 꿇고 앉아서 진술 같은 것을 받아 적고 있었다. 데물랭에게 말을 하던 남자는 어깨만 벽에 대고 누워 있었다. 남자의 옷은 누더기가 되었고 얼굴은 검었다. 당통은 남자가 어디를 다쳤는지 몰랐지만 검은 빛 아래로 얼굴은 마비된 듯했고 눈은 아픔과 놀라움으로 번질거렸다.

당통이 말했다. "카미유."

데물랭은 비스듬히 그의 구두를 보았고 시선은 점점 위로 올라갔다. 데물랭의 얼굴은 백묵처럼 하얬다. 그는 종이를 내려놓고 남자의 넋두리를 따라가려는 노력을 그만두었다. 몇 미터 떨어진 곳에서 짧은 다리를 벌리고 시선을 아래로 두고 팔짱을 끼고 있던 사내를 가리켰다. 억양도 없고 힘도 실리지 않은 목소리로 데물랭은 말했다. "저기 보이지? 저 사람이 마라야."

당통은 고개를 들지 않았다. 누군가가 데물랭을 가리키면서 말했다. "프랑스 근위병들이 저 사람을 바닥에 내던지고 옆구리를 걷어 찼어요."

데물랭은 처량하게 웃었다. "걸리적거렸나보죠."

당통은 데물랭을 일으켜 세우려고 했다. 데물랭이 말했다. "안 돼, 못 해, 그냥 내버려 둬."

당통은 데물랭을 자기 집으로 데려갔다. 그는 당통 부부의 침대에서 잠이 들었다. 지독하게 아파 보였다.

"한 가지는 알겠어요." 그날 밤늦게 가브리엘이 말했다. "그 사람들이 당신 옆구리를 걷어찼으면 그 사람들 군화만 튕겨 나왔을 거예요."

"말했잖소." 당통이 말했다. "난 안에, 사무실에 있었어. 카미유는 밖에, 폭동 현장에 있었고. 난 이 어리석은 놀이에는 끼어들지 않아."

"그래도 걱정이 돼요."

"그저 작은 충돌이 일어난 거야. 일부 군인들이 공황 상태에 빠진 거고. 도대체 왜 그랬는지 아무도 몰라."

가브리엘을 달래기는 힘들었다. 그녀는 가정과 자기 자식과 남편이 앞으로 누릴 커다란 성공을 위해서 계획을 세웠고 실천했다. 사회나 가정이 어떤 식으로든 엉망이 될까 봐 두려워했고 혼란이 거리에서 대문으로, 자기 가슴으로 몰래 들어올까 봐 두려워했다.

친구들을 불러서 저녁을 먹을 때 남편은 정부에서 일하는 사람들에 대해서 마치 그들을 아는 것처럼 거리낌 없이 말했다. 앞날에 대해서 말할 때는 '지금 이 구도가 계속된다면'이라는 말을 덧붙이곤 했다.

"저기, 당신한테 말한 거 같은데 요즘 내가 바랑탱 보조세법원장 일을 많이 해. 그러다 보니까 자연히 관공서에 업무 차 자주 가지. 나라를 움직이는 사람들을 만나면(그는 고개를 흔들었다.) 아무래도 그 사람들 역량을 평가하게 되지. 평가를 안 할 도리가 없어." 당통이 말했다.

"하지만 그 사람들은 개인이잖아요." (가브리엘은 잘 모르면서 끼어들어서 미안하다는 말을 하고 싶었다.) "소식 자체를 불신할 필요가 있을까요? 꼭 그래야 하나요?"

"문제는 결국 하나야. 버틸 수 있느냐. 답은 없어. 앞으로 열두 달 뒤에는 우리 생활이 굉장히 달라 보일 거요."

그러고 나서는 입을 꾹 다물었다. 여자들은 관심 없는 주제를 꺼냈다는 깨달음이 들어서였다. 아내를 지루하게 만들고 싶지도 않았고 당혹스럽게 만들고 싶지도 않았다.

오를레앙 공 필리프는 머리가 훤하게 벗겨졌다. 오를레앙 공의 친구들, 또는 친구가 되고 싶은 사람들은 공의 탈모가 유행 아니면 색다른 취향처럼 보이도록 자기들 머리를 박박 미는 충정을 보였다. 그러나 아부는 훤히 드러난 사실을 결코 숨기지 못한다.

오를레앙 공은 이제 마흔이다. 사람들은 그가 유럽에서 으뜸가는 부자로 꼽힌다고 말한다. 오를레앙 일파는 방계 왕족인데 오를레앙 공들은 종가 사촌들과 의기투합하는 경우가 드물었다. 오를레앙 공은 루이 왕과 의견의 일치를 보는 문제가 단 한 가지도 없었다.

오를레앙의 삶은 이 시점까지는 순탄치 않았다. 얼마나 못 배웠고 얼마나 제멋대로였는지, 정치 활동은 꿈도 못 꾸도록 일부러 주색에 빠뜨리고 폐인으로 만든 게 아닐까 하는 생각이 다 들 정도였다. 그가 결혼하던 날, 새 공작부인과 오페라 극장에 나타났을 때 내로라하는 창녀들이 상복을 입고 이층 관람석을 빼곡히 채웠다.

오를레앙은 어리석지는 않지만 귀가 얇고 유행과 변덕을 즐기는 사람이었다. 지금 그는 불평할 일이 많다. 왕은 오를레앙의 사생활에 허구한 날 간섭한다. 편지가 개봉되고 경찰과 왕의 첩자가 미행한다. 그들은 친애하는 잉글랜드 웨일스 왕세자와 오를레앙의 우정을 망쳐놓으려 하며 그가 그토록 많은 여자와 경주마를 들여온 잉글랜드에 가지 못하도록 막는다. 왕비의 패거리는 끊임없이 그를 중상하고 비방한다. 왕비는 그를 우스갯거리로 만들겠다는 심보다. 오를레앙의 죄라면 물론 왕좌에 너무 가까이 있다는 것이다. 잠깐이라도 집중하는 것이 그에게는 고역이고 그가 대차대조표를 보고서 나라의 운명을 읽어내리라고 기대해서는 곤란하다. 하지만 굳이 말하지 않아도 필리프 드 오를레앙은 프랑스에는 자유가 없음을 너무나 잘 안다.

오를레앙의 인생을 스쳐 지나간 많은 여인 중에서 한 명이 두드러지는데 그녀는 공작부인이 아니었다. 펠리시테 드 장리스는 1772년 오를레앙의 애인이 되었는데 그는 자기 팔뚝에다 그녀를 사모한다는 문구를 새겨 넣었다. 펠리시테는 상냥하지만 의지가 강철 같은 여자이고 책을 썼다. 집요한 현학성으로 그녀가 파보지 않은 인간 지식 영역은 별로 없다. 감동과 감격과 연정에 사로잡혀서 공작은 자녀들의 교육을 펠리시테에게 맡겼다. 둘 사이에 파멜라라는 딸도 있었는데 두 사람은 어여쁘고 재주 많은 그 아이가 고아인 척했다.

공작만이 아니라 공작의 아이들한테서도 펠리시테는 존경과 복종과 찬양을 이끌어냈고 공작부인한테서는 펠리시테 자신의 지위와 힘에 대한 심약한 묵인을 이끌어냈다. 펠리시테에게는 물론 남편이 있었다. 장리스 백작인 샤를알렉시 브뤨라르 드 실레리는 무훈을 세운 준수한 해군 장교 출신이었다. 그는 오를레앙 공의 측근으로서 해결사, 조직가, 식객으로 이루어진 잘 훈련된 소규모 사단의 일원이었다. 한때 사람들은 그들의 결혼을 연애 결혼이라고 했는데 이십 년이 지난 지금도 샤를알렉시는 여전히 잘생겼고 품위가 있으며 낮이고 밤이고 도박에 열중한다.

펠리시테는 공작을 교화하기까지 했다. 지나친 무절제를 약간은 누그러뜨리도록 했고 돈과 정력을 가치 있는 쪽으로 쓰도록 이끌었다. 나이가 사십 줄이지만 아직 젊음을 잃지 않은 그녀는 늘씬하고 짙은 금발에 고혹적인 갈색 눈동자를 지녔고 이목구비가 뚜렷했다. 공작하고는 이제 육체적으로 긴밀하게 지내지 않지만 공작의 애인이 될 만한 여자들을 골라서는 그들에게 처신하는 요령까지 가르쳐 준다. 그녀는 중심부에 버티고서 자문에 응하고 조언을 하는 데 익숙하다. 왕의 아내 앙투아네트에게는 눈곱만큼도 호감이 없다.

궁정의 지독한 경박함으로 말미암아 모종의 균열이 생겨나는데 그 틈을 메울 수 있는 문화의 중심부가 나라에 있어야 한다. 펠리시테는 오를레앙과 '그'의 궁정이 그런 공백을 채울 수 있도록 손을 썼다. 그녀에게 공작을 위한 정치적 야심이 있다는 말은 아니지만 한 번 사귀어보고 싶은 지식인, 예술가, 학자, 사람은 참으로 많다. 그들은 생각이 진보적이고 계몽적이고 새로운 처방을 고대하는데, 공작도 거기에 공감하리라고 믿는다. 이 해에, 그러니까 1787년에 오를레앙의 주위로 젊은이들이 대거 모여들었는데 대부분 귀족인 이 젊은 사람들은 하나같이 야심찼고 하나같이 야심이 이런저런 이유로 꺾였고 자기들의 삶이 불만스러워졌다고 막연히 느꼈다. 대부분의 사람들보다 불만을 강하게 느끼는 공작이 지도자가 되어야 한다고 사람들은 생각했다.

공작은 인민의 어른, 특히 파리 인민의 어른이 되고 싶어 하며 인민의 기분과 걱정을 챙기고 싶어 한다. 그는 파리 한복판 팔레루아알에 궁정을 두었다. 정원은 대중에게 공개했고 건물을 상점, 유곽, 커피하우스, 카지노에 빌려주었다. 그래서 간통과 유언비어와 소매치기와 싸움질의 국가적 중심부에 오를레앙이 앉아 있다. 선한 오를레앙 공작, 인민의 아버지. 아무도 그것을 외치지 않을 뿐이다. 거기까지는 아직 손을 써 두지 않았다.

1787년 여름, 준비를 마친 오를레앙은 시범 기동에 나섰다. 11월에 왕은 고집을 피우는 고등법원을 면담하기로 마음먹었다. 국가를 위한 융자금 조달을 승인하는 법령을 등재하기 위해서다. 뜻을 이루지 못하면 왕은 삼부회를 소집할 수밖에 없을 것이다. 오를레앙은 왕의 권위에 맞설 준비를 한다. 드 실레리 같으면 파상 공세를 펴부으라고 조언했으리라.

카미유 데물랭은 생쉴피스 교회 바깥에서 뤼실을 잠깐 보았다. 뤼실은 축성식 때문에 와 있었다. "우리 마차가 바로 저기 있어요." 뤼실이 말했다. "마부 테오도르는 대체로 내 편이지만 일 분 안에 마차를 끌고 가야 돼요. 그러니까 시간이 얼마 없어요."

"어머니는 마차 안에 안 계셔?" 데물랭이 놀라서 물었다.

"안 계세요. 집에서 두문불출하세요. 그건 그렇고 폭동에 끼어들었다면서요?"

"어디서 그런 소릴 들었어?"

"여기 정보망이 있잖아요. 샤르팡티에라는 사람을 아버지가 알아요. 그러니 상상을 해봐요, 아버지는 기겁을 했죠."

"여기 서 있으면 안 돼. 날이 안 좋다. 몸이 젖잖아."

뤼실은 데물랭이 자기를 빨리 마차에 태워서 보내버리고 싶어 하는 듯한 느낌을 받았다. "가끔 꿈을 꿔요. 따뜻한 곳에서 사는 꿈을. 매일같이 해가 나는 곳. 이탈리아 같은 데가 그만이죠. 그러다가도, 아니지, 집에서 지내면서 몸을 좀 떨어야지, 이런 생각도 해요. 아버지가 내 지참금으로 떼어 둔 돈이 모조리 손가락 사이로 새어나가게 할 수는 없어요. 이 돈을 뿌리치고 가는 건 정말이지 배은망덕한 일이겠죠. 우린 여기서 결혼해야 돼요." 손으로 교회를 가리켰다. "날은 우리가 정해요. 이탈리아는 나중에 놀러 가면 되고. 그렇게 싸움을 하고 이겼으니 당연히 놀러 가야죠. 코끼리를 사서 알프스도 넘어요."

"그렇다면 나하고 결혼할 생각이 있다는 거니?"

"당연하죠." 뤼실은 소스라쳐서 데물랭을 바라보았다. 그이에게 알리는 것을 어떻게 까먹을 수가 있었단 말인가? 몇 주 동안 내내 그 생각만 했는데. 아마 정보망이 이번에도 알아서 전해주었으리라고 생각한 모양이다. 그런데 그게 아니었다. 이제는 결혼 생각이 그의 마음속에서 뒷전으로 밀려난 것은 아닐까? "카미유……."

"그거 좋지." 데물랭이 말했다. "하지만 그러겠다는 말만 믿고서 코끼리를 미리 잡아 둘 수는 없는 노릇이지. 내 앞에서 엄숙히 서약을 해야지. '테레 신부님의 유골을 걸겠습니다.' 하고 말해."

뤼실은 키득거렸다. "안 그래도 우린 테레 신부님을 하늘처럼 떠받들어요."

"내 말이 그 말이야, 진지하게 서약을 하라는 거야."

"그래요. 테레 신부님의 유골을 걸고, 무슨 일이 있어도, 누가 뭐라고 해도, 하늘이 무너지는 한이 있어도 당신과 결혼하겠다고 서약합니다. 입맞춤을 해야 할 거 같지만," 뤼실이 한 손을 내밀었다. "이 정도밖에는 못 하겠네요. 안 그러면 테오도르가 양심의 가책을 못 이기고 당장 뛰어올 거예요."

"장갑은 벗는 게 좋겠는데, 일단은." 데물랭이 말했다.

뤼실은 장갑을 벗고 손을 데물랭에게 내밀었다. 손가락 끝에 입을 맞출 거라고 생각했지만 데물랭은 뤼실의 손가락 끝을 잡고는 좀 우악스럽게 손을 뒤집어서 손바닥을 잠깐 자기 입에 댔다. 그러고는 그만이었다. 키스를 하지는 않고 그냥 가만히 대기만 했다. 뤼실은 파르르 떨었다. "숙맥은 아니시잖아요?" 그녀가 데물랭에게 말했다.

어느새 마차가 와 있었다. 말들은 안달하면서 콧김을 내뿜으며 발을 굴렀고 테오도르는 그들을 등지고 서서 거리를 유심히 살폈다. "저기 말이죠, 우리가 여기에 오는 건 엄마가 성직자 한 분한테 호감을 품었기 때문이에요. 엄마는 그 사람이 영적으로 괜찮고 고결한 사람이라고 생각해요."

이제 테오도르가 돌아섰다. 그는 뤼실을 위해 마차 문을 열어주었다. 뤼실은 뒤를 돌아보았다. "그분 이름이 로드레빌 신부예요. 엄마가 영혼의 문제로 상담이 필요할 때마다 우리 집에 자주 오는데 요즘은 적어도 일 주일에 세 번은 와요. 그분 말이 우리 아버지는 감성하고는 거리가 먼 사람이래요. 편지해요." 문이 쾅 닫혔고 뤼실은 창문 사이로 데물랭에게 말했다. "나이 든 사제들하고 당신이 줄이 닿는 걸로 알아요. 편지를 쓰면 그분이 가져올 거예요. 저녁 미사에 오면 답장을 받을 수 있을 거예요." 테오도르는 고삐를 모았다. 뤼실은 머리를 안으로 집어넣었다. "신앙심이 쓸모 있을 때도 있군." 뤼실이 중얼거렸다.

11월: 카페 푸아에 있는 데물랭. 말이 충분히 빨리 입 밖으로 나오지 않는다. "제 사촌 드 비프빌이 여러 사람 앞에서 정말로 내게 한 말입니다. 일어난 일을 누군가한테 말하고 싶어서 몸이 달았더군요. 그러니까, 왕은 들어와서 평소대로 잠이 덜 깬 사람처럼 거기 축 늘어졌고. 국새경의 말로는 삼부회는 소집되더라도 1792년에 가서야 소집될 거라던데 그건 까마득한 미래죠."

"왕비가 문제라니까."

"쉿."

"그래서 조금 반발이 있었고 왕이 등재하고 싶어 하는 법령들을 두고 토론이 벌어졌답니다. 표결을 눈앞에 두고 국새경이 왕에게 가서 귓속말을 하니까 왕이 토론을 싹 자르고는 법령을 등재해야 한다고 했다는군요. 그냥 그렇게 하라고 했다는 겁니다."

"어떻게 그럴 수가―"

"쉿."

데물랭은 좌중을 둘러보았다. 그리고 또다시 희한한 일이 벌어졌음을 알아차렸다. 자신의 말더듬증이 사라진 것이다.

"그러니까 오를레앙이 일어섰는데, 모두들 고개를 돌려서 바라보자 얼굴이 새하얗더라는 겁니다. 드 비프빌 말에 따르면 그랬다는군요. 공작이 말했습니다. '그러시면 안 됩니다. 이건 불법입니다.' 그러니까 왕은 당황하면서 소리를 지르더랍니다. '이건 합법이오. 내가 바라는 거니까.'"

데물랭은 말을 멈추었다. 좌중은 바로 항의와 넘겨짚은 공포와 억측으로 술렁거렸다. 그는 자신이 조금 전에 한 말을 뭉개버리고 싶은 섬뜩한 충동을 느꼈다. 변호사 기질이 발동해서인지도 몰랐고 어쩌면 자신이 그냥 너무 정직해서인지도 모른다고 생각했다. "제발 좀 들어주세요, 이건 왕이 말했다고 드 비프빌이 한 말입니다. 그렇지만 전 이 말이 믿을 만한 것인지 확신이 안 섭니다. 너무 딱 들어맞지 않나요? 무슨 말이냐 하면, 체제를 위기로 몰아넣으려는 사람들이 있다면 왕이 그렇게 말하는 것은 그 사람들이 딱 바라는 게 아니냐는 겁니다. 사실은, 어쩌면, 나쁜 사람이 아닐지도 모르니까요, 왕은…… 제 생각에는 아마 왕은 그런 말은 전혀 하지 않았고 아마 어설픈 농담을 한 게 아닌가 싶습니다."

당통이 주목한 것은 데물랭이 말을 더듬지 않았고 북적이는 방 안에 있던 사람들에게 마치 각자에게 말을 걸 듯이 그렇게 말을 한다는 사실이었다. 누군가가 말했다. "그럼 계속해보시오!"

"법령은 등재되었습니다. 왕은 떠났습니다. 왕이 문 밖으로 나서자마자 법령은 철회되고 의사록에서 지워졌습니다. 고등법원 성원 두 사람이 왕의 봉인장에 따라 체포되었습니다. 오를레앙 공은 빌레코트레에 있는 영지로 추방되었습니다. 아, 그리고 저는 존경받는 우리 사촌 드 비프빌에게 저녁 초대를 받았습니다."

가을이 갔다. 지붕이 무너져 내리면 돌무더기 속에서 값나가는 것을 찾으려고 기를 쓰지, 떨어지는 돌덩어리 속에 가만히 앉아서 "왜 이래, 왜 이래" 하면서 말만 하지는 않는 것과 같다고 아네트는 말했다. 데물랭이 자신과 딸에게 앞으로 무슨 일을 할지를 생각하면 정말이지 소름이 돋았다. 사람이 병을 오래 앓으면 결국 병을 받아들이듯이 아네트는 그 앞날을 받아들였다. 때때로 그녀는 죽음을 갈망했다.

5장

당통의 친구들

(1788)

바뀌는 것은 없다. 새로운 것은 없다. 구태의연하고 삭막한 위기의 분위기. 무언가 양보하지 않고는 나아질 수 없다는 느낌. 그러나 내놓은 것은 하나도 없다. 멸망, 붕괴, 국가라는 배의 침몰. 귀환 불능의 지점, 균형 이동, 허물어지는 저택과 시간의 모래. 상투어들만 난무한다.

아라스에서 막시밀리앙 드 로베스피에르는 암울하게 새해를 맞이했다. 그는 지역 법조계와 싸우고 있었다. 돈이 없다. 시가 점점 현실과 동떨어져서 문학회도 그만두었다. 그는 사교 활동을 줄이려고 힘쓴다. 아라스에서 점잖다는 모임을 가면 독선적인 사람들, 자리를 노리는 사람들, 말만 그럴듯한 사람들로 바글거렸고 그런 사람들에게 억지로라도 예의를 차리는 것조차 이제는 힘이 들었다. 가벼운 대화는 자꾸만 시사 문제로 넘어가고 로베스피에르는 미소를 지으면서 일이 그냥 흘러가도록 놔두고픈 욕망을 억눌렀다. 타협적 성향, 그것을 없애려고 분투한다. 그래서 업무 중의 이견 하나하나는 모욕이 되고 법정에서 물러서는 걸음 하나하나는 패배가 된다. 결투를 금지하는 법은 있지만 머릿속에서 일어나는 결투를 금지하는 법은 없다. 정치적 견해와 그것을 지닌 사람을 따로 분리하기는 힘들다고 그는 동생 오귀스탱에게 말한다. 그 둘을 떼어놓는 사람은 정치를 진지하게 받아들이지 않는다는 소리다.

사람의 생각은 아무래도 얼굴에 나타나게 마련이지만 그래도 초대 손님 명단에는 아직도 그의 이름이 오르고 시골 야유회와 저녁 공연 관람에도 여전히 불려 다닌다. 인간 관계라는 바퀴가 잘 구를 수 있게 바를 기름이 그에게 모자란다는 사실을 사람들은 알아차리지 못한다. 사람들의 기대에 부응하느라 그는 어쩔 수 없이 조금 눈치도 보고 부드러운 응답을 거듭 내놓을 수밖에 없다. 하지만 사실 그는 언제나 모범적인 소년이었기에 모범적인 소년처럼 구는 것은 어려운 일이 아니다.

앙리에트 고모와 월랄리 고모도 숨 막힐 정도로 조카의 눈치를 본다. 우린 언제나 너를 위해서 정말이지 최선을 다하고 싶어 한다. 의붓딸 아나이스가 그렇게 예쁠 수가 없고 그렇게 너를 좋아할 수가 없다고 월랄리 고모는 말한다. "뭘 망설이니? 빨리 해치우자니까?" "내년에 삼부회가 소집될지도 모르는데 사람 일은 모르잖아요. 제가 떠나야 할지도 몰라요." 로베스피에르는 절박하게 말한다.

크리스마스 무렵이 되어 샤르팡티에 부부는 퐁트네수부아에 있는 새 집에 둥지를 틀었다. 그들은 카페를 그리워했지만 도시의 진창과 소음과 상점을 느나는 무례한 사람들은 그립지 않았다. 시골 공기 덕분에 열 살은 젊어진 느낌이라고 그들은 말한다. 가브리엘과 당통은 일요일마다 찾아온다. 보기만 해도 행복하다는 걸 알 수 있다. 만족스럽다. 아기는 유아 일곱 명은 족히 두를 만큼 많은 숄을 가질 것이고 왕세자보다 더 큰 관심을 받을 것이다. 긴 겨울을 보내고 난 후 당통은 초췌하고 파리해 보인다. 아르시의 집에서 한 달은 푹 쉬어야 하는데 통 짬을 낼 수가 없다. 이제 당통은 보조세 법원의 법률 업무를 완전히 맡았지만 또 다른 수입원이 필요하다고 말한다. 땅을 좀 사고 싶은데 자금이 없다고 말한다. 사람이 할 수 있는 일에는 한계가 있다고 그는 말하지만 틀림없이 그것은 기우다. 모두 당통을 더없이 자랑스러워한다.

재무성에서 클로드 뒤플레시는 상황이 상황이다 보니 되도록 밝게 지내려고 한다. 작년에 프랑스는 다섯 달 동안 재무총감을 세 번이나 맞이했고 그들은 번번이 똑같이 어리석은 질문을 던졌고 쓸모없는 정보들을 달라고 요구했다. 아침이면 그는 자기 상사가 누구인지 떠올리느라고 애를 먹는다. 조만간 보나마나 네케르 씨를 다시 불러올 것이고 그 사람은 세간의 신뢰를 얻는 것이 왜 중요한가에 대해서 우리 앞에서 말만 그럴듯한 이유를 늘어놓을 것이다. 세상 사람들은 대체로 네케르를 무슨 메시아처럼 생각하고 싶어 하지만 일개 사무원에 불과한 우리, 일개 공무원에 불과한 우리……. 재무성이 상황을 되돌릴 수 있다고 생각하는 사람은 아무도 없다.

클로드는 동료에게 사랑스러운 딸이 말을 더듬고 법정에도 통 나타나지 않는 데다가 성격도 고약해 보이는 시골 변호사한테 시집을 가고 싶어 한다고 말한다. 그는 동료가 왜 히죽거리는지 영문을 모른다.

적자는 일억 육천만 리브르다.

카미유 데물랭은 초상화를 그리는 여자의 딸과 생탄 거리에서 살고 있었다. "가서 당신 식구들도 좀 보고 그래요." 그녀가 말했다. "정초만이라도." 그녀는 품평을 하듯이 그를 바라보았다. 그녀는 어머니가 하는 일 쪽으로 나가볼까 생각 중이었다. 데물랭은 종이에 담아내기가 쉽지 않다. 혈색이 좋고 뒤룩뒤룩하고 거들먹거리고 머리는 막 이발을 한, 시대 조류가 우러러보는 남자들을 그리는 편이 더 쉽다. 그는 너무 날래서 가볍게 스케치를 하기에도 버겁다. 그녀는 데물랭이 그들의 생활에서 떨어져 나가고 있음을 안다. 그래서 떠나기 전만이라도 그를 제대로 된 사람으로 만들고 싶어 한다.

그래서 이제 이름에 걸맞지 않게 느려 터진 '급행마차'가 1월의 비로 움푹움푹 패고 물이 흥건하게 괸 길 위로 덜덜거리면서 기즈로 움직인다. 집이 가까워지자 카미유는 누이 앙리에트와 누이의 오랜 죽음을 생각했다. 백지장처럼 하얀 어머니의 얼굴과 들락거리던 의사 말고는 몇 주 동안 꼬박 앙리에트 얼굴을 통 볼 수가 없었다. 그는 집을 떠나 카토캉브레지에서 학교를 다니던 중이었고 가끔씩 밤중에 깨면 왜 앙리에트가 기침을 하지 않는 걸까 생각했다. 집으로 돌아갔을 때 그는 어른들을 따라서 앙리에트의 방으로 들어갔고 오분 동안은 침대 옆에 앉아 있을 수 있었다. 앙리에트는 눈 밑이 군데군데 투명했고 그 부분은 피부가 파르스름하게 빛났다. 앙상한 어깨가 베개들 때문에 앞으로 밀려나왔다. 앙리에트는 카미유가 파리에 있는 학교로 간 해에 죽었다. 줄기차게 내리던 비가 거리거리에 갈색 수로를 내면서 흐르던 날이었다.

아버지는 사제와 의사에게 브랜디를 한 잔 주었다. 마치 그들이 죽음에 익숙하지 않기라도 한 듯이. 마치 그들이 껴안아주어야 할 사람이기라도 한 듯이. 아버지 자신은 한구석에 찌그러져 있었는데,

정말 생뚱맞게도 그들은 카미유를 대화의 주제로 삼았다.

"카미유, 루이르그랑에 가는 소감이 어떠냐?" "좋아하기로 마음 먹었어요." 그가 말했다. "부모님이 그립지 않겠어?" "삼 년 전 제가 일곱 살 때 저를 멀리 떨어진 학교로 보낸 분들이라는 걸 기억하셔야 돼요. 전 부모님을 전혀 그리워하지 않을 거고 부모님도 절 그리워하지 않을 거예요." 그가 말했다. "마음이 어지러운가 보구나, 하지만 카미유, 네 누이동생은 천국에 있단다." 사제가 서둘러 말했다. "아니에요 신부님, 우리는 앙리에트가 연옥에서 지금 고통을 당하고 있다고 믿도록 강요당하는 거지요. 이게 우리의 종교가 우리의 상실을 위로하는 방식이지요." 그는 말했다.

이제 카미유가 집에 도착하면 그를 위해 브랜디가 나올 것이고 아버지는 줄곧 그랬던 것처럼 여행이 어땠느냐고 물을 것이다. 하지만 그는 여행에 이골이 나 있었다. 어쩌면 말들이 넘어질 수도 있고 어쩌면 오다가 독약에 당할 수도 있고 어쩌면 같이 오던 여행객이 너무나 따분해서 죽을 뻔했을 수도 있다. 하지만 아무리 생각해도 그 이상의 가능성은 떠올릴 수가 없었다. 한번은 아무것도 보지 않았다고 말했다. "아무하고도 말하지 않고 오면서 내내 못된 생각만 했거든요." "내내 말이냐?" 그때만 하더라도 '급행마차'가 생기기 전이었다. 열여섯 살 때 그는 체력이 강했음에 틀림없다.

파리를 떠나기 전에 카미유는 아버지가 최근에 보낸 편지들을 훑어보았다. 편지들은 통렬했고 고압적이지 않았고 마음을 찔렀다. 사촌 로즈플뢰르와의 약혼을 고다르 집안이 파기하고 싶어 한다는 말 못할 사실이 행간에 배어 있었다. 사촌이 요람에 있을 때 맺어진 약혼이었다. 일이 이렇게 될 줄 우리가 어떻게 알았겠는가?

집에 도착하니 금요일 밤이었다. 다음 날은 여기저기 인사를 다녀야 했다. 피할 수 없는 모임이었다. 로즈플뢰르는 너무 수줍어서 말을 걸지 못하는 것처럼 굴었지만 그것이 내숭임은 안절부절못하는 어깨에서 묻어났다. 그녀의 눈은 쏘아보는 듯했고 머리는 고다르 집안 특유의 묵직한 흑발이었다. 그녀가 힐끔힐끔 이쪽을 쳐다볼 때 카미유는 자기 몸에 거무스름하고 끈적끈적한 당밀이라도 발라진 듯한 느낌이 들었다.

일요일에 카미유는 가족과 함께 미사를 보러 갔다. 진눈깨비가 날리는 좁다란 길에서 그는 호기심의 대상이었다. 교회에서 사람들은 그가 파리보다 따뜻한 고장에서 온 미개인인 것처럼 쳐다보았다.

"너더러 무신론자란다." 어머니가 소근거렸다.

"나더러 그런 말을 해요?"

클레망이 말했다. "형도 누구처럼 몸에 악마의 피가 흘러서 축성식을 하는 자리에서 연기처럼 홀연히 사라지는 거 아니야 혹시?"

"그거 볼 만하겠다." 안클로틸드가 말했다. "여긴 너무 볼거리가 없어서 따분해."

카미유는 신도들을 뜯어보지 않았지만 신도들이 자기를 뜯어본다는 것은 알았다. 솔스 씨 내외도 있었고 가발을 썼고 땅딸막하며 전에 앙리에트를 관으로 실어 갈 때 거들었던 의사도 있었다.

"형 옛날 애인도 있네." 클레망이 말했다. "아는 척하면 안 되지만 아는 걸 어떡해."

소피는 이제는 이중 턱을 가진 유부녀가 되어 있었다. 그녀는 카미유의 뼈가 유리라도 되는 것처럼 그를 빤히 쳐다보았다. 그는 어쩌면 자기 뼈가 유리인지도 모른다고 느꼈다. 교회 냄새가 물씬 풍기는 그 음침한 곳에서는 놀마저도 무서워 녹아내릴 것만 같았다. 제단 위에 있는 여섯 개의 촛불은 꺼질 듯이 깜박거렸고 살과 돌, 포도주와 빵에는 촛불의 그림자가 드리워졌다. 성찬을 받는 몇 안 되는 사람들이 어둠 속에 녹아들었다. 주현절의 성찬이었다. 그들이 나왔을 때 푸르스름한 일광이 사람들의 두개골을 문질러 이목구비에 당의를 입힌 뒤 벗겨내 다시 뼈로 되돌려놓았다.

카미유는 이층의 아버지 서재로 올라가서 정리된 아버지의 서신을 뒤적여 원하던 편지를 찾아냈다. 고다르 집안의 이모부한테서 온 서한이었다. 편지를 읽는데 아버지가 들어왔다. "뭐 하는 거냐?" 아들은 편지를 숨기려고도 하지 않았다. "정말이지 너무하는구나." 아버지가 말했다.

"그래요." 카미유는 웃으면서 종이를 넘겼다. "어차피 아버지도 내가 무자비하고 희대의 범죄를 저지를 만한 자질이 있다는 걸 알잖아요." 그는 종이를 불빛으로 가져갔다. "'카미유의 익히 알려진 불안정성. 그리고 결혼의 행복과 지속성을 위험에 빠뜨릴 우려.'" 카미유는 편지를 내려놓았다. 손이 부들부들 떨렸다. "그 사람들은 내가 돌았다고 생각하나 보죠?" 아버지에게 물었다.

"그 사람들 생각은―"

"불안정성이라는 게 그것 말고 뭐겠어요?"

"고작 단어 선택을 놓고서 트집을 잡겠다는 거냐?" 장니콜라는 벽난로 쪽으로 가서 두 손을 비볐다. "그놈의 교회는 더럽게 추워. 그 사람들이 다른 표현을 쓸 수도 있었지만 차마 글로 옮기진 못할 게다. 내가 항상 대단하게 여겼던 내 동료하고 네가 맺은 관계가 부메랑이 된 거야."

카미유는 아버지를 노려보았다. "언제 적 이야기를 하는 겁니까?"

"나도 이런 얘기 좋아서 하는 게 아니다. 네가 그 일만 부정해주면 나는 사람들한테 얼마든지 해명할 수 있다."

바람이 진눈깨비 몇 움큼을 창문으로 뿌려댔고 굴뚝과 처마에서 덜그럭거리는 소리가 났다. 장니콜라는 불안한 표정을 지었다. "11월에 기와를 몇 장 잃었다. 날씨가 왜 이런지. 이런 적이 한 번도 없었는데."

카미유가 말했다. "일어난 일이라고는, 맞아, 해가 쨍쨍 빛나던 그런 날이었죠. 육 년 전이었어요. 아무튼 내 잘못은 아니었어요."

"그러니까 무슨 주장을 하려는 게냐? 내가 삼십오 년을 알았고 가정이 있고 법조계에서 아주 존경받고 프리메이슨 모임의 유력자인 내 친구 페랭이 뜬금없이 너한테 달려와서 너를 때려눕혀서 인사불성으로 만들고는 자기 침대로 질질 끌고 갔다는 주장을 하려는 게냐? 집어치워. 잠깐, 들어봐." 장니콜라가 외쳤다. "저 이상하게 탁탁거리는 소리 들리냐? 홈통에서 나는 소린가?"

"아무한테나 물어보세요."

"뭘?"

"페랭에 대해서요. 그 사람은 명성이 있었어요. 전 그저 아이였고요. 절 잘 아시잖아요. 왜 항상 이런 상황에 놓이게 되는지 저도 잘 몰라요."

"그건 핑계가 안 되지. 고다르 집안 사람들이 어련히 이해하겠다." 아버지는 말을 끊고 천장을 올려다보았다. "아무래도 홈통인가 보네." 그리고 아들 쪽으로 돌아섰다. "내가 이 이야기를 꺼낸 건 다른 게 아니라 모든 일에는 후환이 있을 수 있으니 조심하라는 뜻이야."

뿌옇고 찌푸린 하늘이 이제는 제법 눈발을 뿌려대고 있었다. 바람이 뚝 그쳤다. 카미유는 이마를 차가운 유리에 대고 아래 광장으로 날려가 쌓이기 시작하는 눈을 바라보았다. 그는 충격으로 마음이 약해졌다. 창유리에다 입김을 불었다. 뒤에서는 불이 타닥타닥 타고 있었고 새들이 푸드득거리며 창공으로 날아올랐다. 클레망이 들어왔다. "이상한 소리가 뭐죠? 탁탁거리네. 홈통인가? 희한하네, 지금은 멈춘 거 같아." 클레망은 방 맞은편을 바라보았다. "형, 괜찮아?"

"응. 돌아온 탕아를 위한 잔치는 다음으로 미루자고 전해주라."

이틀 뒤 카미유는 파리로, 생탕 거리로 돌아왔다. "나 나갈래." 그는 애인에게 말했다.

"마음대로 해요." 그녀가 말했다. "알고 싶은지는 모르겠지만 내 등 뒤에서 우리 엄마하고 하는 짓, 정말 마음에 들지 않았어. 차라리 잘됐어."

그래서 이제 카미유는 혼자서 깨어났다. 그것이 싫었다. 감긴 눈꺼풀을 만졌다. 꿈은 논할 가치가 없는 개꿈이었다. 나의 삶은 사람들이 상상하는 것과는 영 다르다고 그는 생각했다. 아네트를 위한 기나긴 몸부림으로 그의 신경은 찢겨 나갔다. 아네트와 함께 자리를 잡고 싶은 마음이 굴뚝같았다. 클로드에게는 조금도 악감정이 없었지만 클로드라는 존재가 그냥 뜯겨 나갔으면 싶었다. 클로드에게 고통을 안기고픈 마음은 없었다. 성서에서라도 이런 결합이 가능하다는 선례를 찾고 싶었다. 그의 경험에 비추면 무슨 일이든 일어날 수 있었다.

데물랭은 자기가 아네트의 딸과 결혼하리라는 사실을, 아네트의 딸에게 그렇게 하겠다는 서약을 시켰다는 사실을 기억했다. 매일 아침 새롭게 그것을 기억해야 했다. 복잡하기 이를 데 없었다. 아버지는 그가 사람들의 삶을 망쳐놓는다는 식으로 말했다. 곤혹스러웠다. 누군가를 강간한 것도 아니고 살인을 저지른 것도 아닐진대 살인이나 강간이 아닌 일은 자기처럼 다른 사람들도 훌훌 털어버려야 하는 게 아닌가 말이다.

집에서 온 편지가 있었다. 열어보고 싶지 않았다. 그러다가 생각을 고쳐먹었다. 바보 짓 말자, 누가 죽었다는 기별인지도 모르잖아. 안에는 보증수표가 들어 있었고 아버지가 몇 마디 적어놓았는데 그것은 사과라기보다는 체념에 가까운 말이었다. 전에도 이런 적이 있었다. 언쟁, 증오, 도피, 타협이라는 한 주기를 고스란히 거친 셈이었다. 어느 시점에 가면 아버지는 자신이 지나쳤다고 느낄 것이다. 아버지에게는 휘어잡으려는 욕망, 충동이 있었다. 아들이 편지 쓰기를 중단하고 두 번 다시 집에 오지 않으면 휘어잡을 수가 없게 된다. 이 수표를 되돌려 보내야 한다고 데물랭은 생각했다. 그렇지만 나는 아무래도 돈이 필요하다, 그리고 아버지는 그걸 안다. 아버지, 다른 자식들도 있는데 왜 나만 괴롭히는 겁니까. 데물랭은 생각했다. 나가서 당통한테나 가봐야겠다. 조르주자크는 나한테 말을 걸겠지, 내 허물을 아랑곳하지 않는 친구니까. 실은 나의 허물을 좀 좋아하는지도 모르지. 날이 갰다.

당통의 사무실은 바쁘게 돌아갔다. 당통은 서기를 두 명 두었다. 한 명은 학창 시절부터 알던 쥘 파레라는 사람이었다. 당통이 나이는 몇 살 아래였지만 요즘은 자기보다 나이 든 사람을 고용하는 게 이상해 보이지 않았다. 또 한 명은 당통이 역시 아득히 먼 옛날부터 아는 것처럼 보이는 데포르그라는 남자였다. 그리고 비요바렌이라는 군식구가 있었다. 그는 일손이 달릴 때 와서 탄원서도 작성하고 반복되는 업무도 하고 밀린 일을 처리했다. 그는 오늘 아침 사무실에 와 있었다. 누구에게도 좋은 소리를 하는 적이 없고 호감을 주지 못하는 대타였다. 데물랭이 들어갔을 때 비요바렌은 파레의 책상에서 서류들을 가지런히 하나로 모으면서 마누라가 체중이 붙었다고 툴툴거리고 있었다. 오늘 아침은 유난히 부아가 치미는 모양이었다. 자기는 꾀죄죄하고 초라한데 당통은 말끔하게 솔질이 된 고급 모직 외투에 눈부시게 흰 민무늬 크라바트*를 두르고 은행에 돈깨나 맡겨 둔 사람 같은 느낌을 주는 중후한 목소리의 소유자였다.

"사실은 당통 변호사한테 불만이 있으면서 왜 부인한테 불평해요?" 데물랭이 물었다. 비요바렌이 고개를 들었다. "아무 불만 없습니다."

"운이 좋군요. 아무 불만 없이 사는 사람은 프랑스에 당신 혼자뿐일걸요. 이분은 왜 거짓말을 할까?"

"돌아가, 카미유." 당통이 비요바렌이 가져온 서류를 집어 들었다. "나 일하잖아."

"변호사회에 받아들여졌을 때 교구 사제한테 가서 자네가 독실한 가톨릭 신자임을 밝히는 증서를 써 달라고 요청해야 하지 않았나?" 당통은 반론 자료에 파묻혀서 툴툴거렸다. "그 말이 목구멍에 걸리지는 않던가?"

"앙리 4세는 왕이 되려고 가톨릭으로 개종하면서 파리는 미사를 받을 만한 값어치가 있다고 했지." 당통이 말했다.

"그렇지, 바로 그래서 비요바렌 선생께서 한 발도 앞으로 못 나가는 거 아니겠나. 저분도 마음만 먹으면 국왕참사회 위원이 될 수 있겠지만 차마 그 말을 못 하는 거야. 저분은 사제들을 혐오하거든, 그렇죠?"

---

* 오늘날 남성 넥타이의 전신으로 알려진 크라바트(cravate)는 17세기 중반부터 프랑스에서 유행하기 시작했다.

"맞소." 비요바렌이 말했다. "인용하는 분위기니까 나도 인용 좀 하죠. '내가 정말로 보고 싶은 것은, 이것이 나의 마지막 가장 절실한 바람인데, 내가 정말로 보고 싶은 것은 마지막 사제의 창자로 마지막 왕의 목을 조르는 모습이다.'"

짧은 침묵. 데물랭은 비요바렌을 물끄러미 바라보았다. 이 사람은 참을 수가 없다. 영 같이 있고 싶지가 않다. 비요바렌을 보면 역겨움과 왠지 모를 두려움에 피부가 다 스멀거렸다. 하지만 그뿐이었다. 한방에 있어야 한다. 데물랭은 자기가 견디기 어려운 사람을 줄기차게 찾아다녀야 한다. 그것은 일종의 강박관념이 되었다. 그는 요즘 특정한 사람들을 쳐다본다. 마치 그 사람들을 늘 알았던 것 같고 그 사람들이 어떤 식으로든 자기한테 속한 것 같고 그 사람들이 자기 친척 같다.

"당신의 불온한 시론은 어떤가요?" 데물랭이 비요바렌에게 물었다. "인쇄소는 찾아냈나요?"

당통이 서류를 보다가 고개를 들었다. "생전 가야 출판되지도 않을 걸 쓰는 데 왜 시간을 허비하는 거요? 약 올리려고 묻는 게 아니라 그저 궁금해서 묻는 겁니다."

비요바렌의 얼굴이 벌게졌다. "타협할 수 없으니까."

"내가 못 살아," 당통이 말했다. "그럴 바에야 차라리…… 관둡시다, 이런 얘기 전에도 했으니까. 카미유, 자네가 시론을 써도 괜찮을 거 같은데. 시보다는 산문을 써봐."

"저분이 쓴 시론 제목이 '편견과 미신에 가하는 최후의 일격'이지." 데물랭이 말했다. "그런데 영 최후의 일격처럼 보이지 않는단 말씀이야. 아무래도 저분이 쓴 음침한 희곡 정도밖에는 성공하지 못할 거 같은데."

"나중에 당신이 — " 비요바렌이 말을 시작하자 당통이 그의 말을 잘랐다. "이제 좀 그만둡시다." 그는 소장들을 비요바렌 쪽으로 밀었다. "이 쓰레긴 뭐죠?"

"나한테 한 수 가르치겠다는 거요, 당통 변호사?"

"모르면 가르쳐야죠." 당통은 서류들을 획 내던졌다. "자네 사촌 로즈플뢰르는 어떻던가? 아니, 지금은 들을 기분이 아니야. 지금 화가 여기까지 차올랐어." 당통은 손으로 턱을 가리켰다.

"성질 못 부리니까 미치겠어?" 데물랭이 물었다. "그렇게 죽겠냐고."

"데물랭 변호사, 당신의 이런 행동 때문에 해가 갈수록 내가 편치가 않소." 비요바렌이 말했다.

"피차일반이지요, 거머리 선생도. 법률가로서는 실패하더라도 당신의 재주를 써먹는 길은 꼭 있을 겁니다. 납골당에서 투덜거리는 게 적성에 맞을 겁니다. 달밤에 체조를 해도 인기를 끌겠고."

데물랭이 떠났다. "저 친구 재주는 어디에 써먹어야 할까?" 쥘 파레가 말했다. "짚이는 건 있지만 점잖은 사람이 참아야지."

바리에테 극장에서 문지기가 데물랭에게 말했다. "좀 일찍 오시지." 그는 왜 늦었다는 건지 이해할 수가 없었다. 매표소에서는 두 남자가 정치 논쟁을 벌였는데 그중 한 사람이 귀족 계급에게 저주를 퍼부어댔다. 몸에서 뼈라곤 통 찾아볼 수가 없을 정도로 아담하고 통통해서 보통 때 같으면 기득권을 지키려고 악을 써댈 그런 사람처럼 생겼다. "에베르, 에베르." 그의 상대는 별로 열을 내지 않으면서 말했다. "그러다 교수형당할라." 불온한 공기가 느껴지는군, 데물랭은 생각했다. "서두르시오." 문지기가 말했다. "단단히 뿔이 났거든. 혼 좀 날 거요."

극장 안에는 어두운 적대감이 맴돌고 있었다. 일부 기가 죽은 공연자들은 발을 동동거리며 몸을 덥히려 애썼다. 필리프 파브르 데글랑틴은 자기가 방금 전까지 지도한 가수와 무대 앞에 서 있었다. "안, 당신은 휴가가 필요하겠어." 파브르가 말했다. "미안해, 오리씨. 영 안 되겠어. 목을 도대체 어떻게 한 거야? 파이프 담배라도 피우기 시작한 거야?"

여자는 가슴팍 위로 팔을 꼈다. 당장이라도 울음이 터질 것처럼 보였다.

"합창에라도 넣어줘요. 제발."

"미안해. 안 돼. 꼭 불 난 집 안에서 악쓰는 것처럼 들리거든."

"미안하다며? 나쁜 놈." 여자가 말했다.

데물랭은 파브르에게 걸어가서 귀에 대고 말했다. "결혼했어요?"

파브르가 소스라쳐서 돌아보았다. "뭐? 안 해, 절대로."

"절대로." 데물랭이 감동받은 목소리로 말했다.

"말이 그렇다는 얘기지." 파브르가 말했다.

"나쁜 의도는 없고 그저 궁금해서 물어보는 겁니다."

"알았어, 알았어. 그럼 했다. 그 여자는…… 순회 공연 중이야. 자, 딱 반 시간만 기다려줄 수 있어? 최대한 빨리 끝낼게. 똑같은 소리 되풀이하는 게 정말 싫다, 카미유. 내 재능이 박살나고 있어. 내 시간이 탕진되고 있어." 그는 무대, 무용수들, 자기 자리에서 인상을 쓰는 극장 관리자를 손짓으로 가리켰다. "내가 무슨 잘못을 했기에 이 고생을 하나."

"오늘 아침은 다들 기분이 상했네요. 매표소에서도 삼부회 구성을 놓고 옥신각신하던데."

"아, 자크 르네 에베르, 다혈질이지. 그렇게 자신감이 넘치던 사람이 입장권이나 받고 있으니 짜증이 나는 거지."

"오늘 아침에 비요바렌도 봤어요. 그 사람도 기분이 엉망이던데."

"내 앞에서 그놈 얘기는 하지 마." 파브르가 말했다. "글쟁이한테서 밥줄을 빼앗으려는 인간이거든. 멀쩡히 직업이 있는 사람이 그 일에나 매달릴 것이지 말이야. 자네야 다르지." 파브르는 사근사근하게 덧붙였다. "자네가 희곡을 쓰는 건 난 괜찮아. 자네야 변호사로서는 완전히 낙제잖아. 내 생각엔 이 사람아, 나하고 자네하고 한 번 같이 판을 벌여봐야 할 거 같은데."

"전 유혈이 난무하는 혁명을 한판 벌여봐야 할 것 같은데요. 아버지 성질 좀 긁어놓게요."

"나는 빨리 승부가 나고 돈도 벌리는 그런 쪽으로 생각을 했다니까." 파브르가 야단을 치듯이 말했다.

데물랭은 그늘 쪽으로 물러나서 파브르가 핏대 올리는 모습을 지켜보았다. 가수는 데물랭 쪽으로 슬그머니 다가와서 의자에 털썩 몸을 던지고는 고개를 숙이더니 턱을 좌우로 흔들면서 목 근육을 풀어주었다. 그러고는 윤기가 좀 바랜 술이 달린 비단 숄을 어깨에 두르고 바짝 당겼다. 신경의 올이 풀린 것 같았다. 기분이 안 좋은지 입을 꾹 다물었다. 여자가 데물랭을 물끄러미 보았다. "우리 전에 본 적 있던가요?"

데물랭도 여자를 물끄러미 보았다. 여자의 나이는 스물일곱쯤 되었을까. 뼈가 가늘었고 머리는 짙은 갈색이었고 들창코였다. 꽤 예뻤지만 이목구비에 좀 흐리멍덩한 구석이 있었다. 예전에 얻어맞았거나 머리를 부딪친 적이 있는데 거의 나았지만 아주 깨끗이 완치되지는 않은 듯한 그런 느낌을 주었다. 여자는 질문을 반복했다. "직설적으로 나오는 게 마음에 드네요." 데물랭이 말했다.

여자가 웃었다. 살짝 멍이 든 입. 그녀는 한 손으로 목을 주물렀다. "정말 아는 사람인 줄 알았어요."

"나도 그런 증세에 시달려요. 요즘은 파리에 사는 사람이 다 아는 사람 같아요. 환각의 연속이죠."

"파브르를 아는군요. 그쪽에서 힘 좀 써주실래요? 말로 저 사람 기분 좀 풀어주세요." 그러더니 머리를 흔들었다. "아니, 잊어버리자. 그 사람 말이 맞아, 내 목소리가 쉬었어. 이래봬도 잉글랜드에서 배웠는데. 꿈도 많았고. 이제 뭘 해야 하지."

"그런데, 일이 없을 때는 뭘 했나요?"

"후작 한 사람이랑 잤어요."

"앞으로도 그렇게 하면 되겠네요."

"모르겠어요." 여자가 말했다. "후작들이 예전만큼 돈을 펑펑 쓰지 않는다는 느낌이 들어요. 하기야 나도 팍팍 잘해주는 건 아니지만. 역시, 움직이는 게 상책이겠지. 제노바 쪽이나 한번 알아봐야겠다. 거기 아는 사람이 있어요."

데물랭은 여자의 목소리가 마음에 들었다. 이국적인 억양이었다. 대화를 더 나누고 싶었다. "고향이 어디죠?"

"리에주 부근이에요. 여행은, 뭐, 많이 다녔어요." 여자는 볼을 손으로 받쳤다. "저는 안 테루아뉴라고 해요." 여자는 눈을 감았다. "휴, 힘들다." 안은 마른 어깨를 숄 안으로 넣으면서 세상을 등에서 내려놓으려고 애썼다.

클로드 뒤플레시는 콩데 거리의 집에 있었다. "자네가 여기 웬일인가." 놀란 것처럼 말했지만 놀란 것 같지는 않았다. "답장은 받았을 텐데. 무조건 안 돼. 절대 안 돼."

"영원히 사시나요?" 데물랭이 물었다. 맞붙을 준비가 되어 있었다.

"이제는 협박을 하겠다 이건가." 클로드가 말했다.

"제 말 좀 들으세요." 데물랭이 말했다. "앞으로 오 년 뒤에는 아무것도 없을 겁니다. 재무성 관리들도 귀족들도 없어질 거고 사람들은 원하는 상대하고 결혼할 수 있을 거고 군주도 고등법원도 없어질 거고 제가 할 수 없는 일을 저한테 하라 마라 하실 수도 없을 겁니다."

살아오면서 지금껏 누구한테도 이런 식으로 말한 적이 없었다. 아주 후련하다고 데물랭은 생각했다. 이러다 불량배로 나서야 하는 게 아닌가 몰라.

아네트는 방 하나 떨어진 곳에서 의자에 얼어붙은 듯 앉아 있었다. 클로드가 집에 일찍 온 것은 여섯 달 만에 처음이었다. 데물랭은 클로드에 대비할 겨를이 없었다. 즉흥적으로 나온 말임이 분명했다. 누군가 안 된다고 하니까 데물랭은 바로 그 딸과 결혼하려 한다고 아네트는 생각했다. 아네트는 이 보기 드물게 표독스러운 자아를 자기 응접실에서 여러 해 동안 키워 온 것이다. 모카 커피를 대접하고 속내도 조금씩 드러내면서 마치 진귀한 화초처럼 대접해준 것이다.

"뤼실, 의자에 붙어 있어라, 이 방에서 나갈 생각은 말고. 아버지의 권위를 짓밟으면 가만 두지 않을 거야." 아네트가 말했다.

"그걸 권위로 착각하는 거예요?" 뤼실이 말했다. 뤼실은 진저리를 치면서 방에서 걸어 나갔다. 데물랭은 화가 나서 하얗게 질려 있었고 그의 두 눈은 느리게 번지는 진한 얼룩처럼 열려 있었다. 뤼실이 그의 길을 막아섰다. "알아야 해요." 뤼실은 딱히 누구를 집어 말하지 않았다. "난 저들이 나를 위해서 만든 삶과는 다른 삶을 살아갈 작정이에요. 카미유, 난 평범한 게 무서워요. 따분함에 질렸어요."

데물랭의 손가락이 뤼실의 손등을 쓸어주었다. 손가락이 얼음처럼 차가웠다. 그는 뒤로 돌아섰다. 그가 떠나고 문이 쾅 닫혔다. 시리던 살갗 말고는 그가 그녀에게 남겨준 것은 아무것도 없었다. 뤼실은 보이지 않는 곳에서 어머니가 목이 메어 흐느끼는 소리를 들었다. "한 번도, 이십 년 동안 한 번도 경우에 어긋나는 말이 나온 적이 없었고, 이런 불화도 없었다. 내 딸들이 언성을 높이는 것을 들은 적도 없었어." 아버지가 말했다.

아델이 나섰다. "그럼 우리도 이제는 현실 세계에서 살아가는 거죠."

클로드는 불안하게 주먹을 맞쥐었다. 가족들은 누가 그런 동작을 하는 모습을 한 번도 본 적이 없었다.

당통의 아들은 튼튼했다. 갈색 피부에 머리카락은 검었고 머리통이 컸으며 눈은 아버지를 닮아서 놀랍도록 파르스름했다. 샤르팡티에 내외는 아기 침대를 내려다보면서 닮은 곳을 짚어내고 아이의 미래를 그렸다. 가브리엘은 뿌듯했다. 유모에게 보내지 않고 아기에게 직접 젖을 물리고 싶었다. "십 년 전에는 너 정도 위치에 있는 여자에게 그런 건 생각할 수도 없는 일이었다. 변호사 사모님인데." 가브리엘의 어머니가 말했다. 어머니는 요즘 세태가 못마땅해서 머리를 설레설레 저었다. "그래도 좋은 쪽으로 바뀌는 것도 있지 않겠어요." 가브리엘이 말했다. 하지만 아기한테 젖을 물리는 것 빼고는 좋은 쪽으로도 바뀌는 게 뭐가 있는지 자신도 알 수가 없었다.

지금은 1788년 5월. 왕은 고등법원을 폐지한다고 선언했다. 고등법원 성원 중에 체포되는 자들도 있다. 수입은 5억 300만이고 지출은 6억 2900만이다. 거리에서는 동네 돼지 한 마리가 꼬마를 따라다니더니 가브리엘의 집 창문 바로 밑에서 꼬마를 덮쳤다. 가브리엘은 그 광경을 보고 속이 불편해졌다. 해산을 한 후로 위험한 것이 싫어졌다.

그래서 날을 잡아 이사를 했다. 코르들리에 거리와 쿠르뒤코메르스 상가 모퉁이에 있는 아파트 이층이었다. 가브리엘에게 처음 든 생각은 우리한테 버거운 곳이라는 것이었다. 집을 채우려면 새로 가구를 들여놓아야 했다. 자리를 잡은 사람들에게나 어울리는 집이었다. "네 남편 취향이 고급스럽구나." 어머니가 말했다.

"사무실이 잘되나 보죠."

"잘된다고? 후, 내가 당신에게 항상 바라는 건 순종이지 아둔함은 아니라오."

가브리엘이 남편에게 물었다. "우리 빚 있어요?"

남편이 말했다. "그 걱정은 제게 맡겨주시겠습니까?"

다음 날 새집 문 앞에서 당통은 아홉 살 아니면 열 살쯤 되어 보이는 계집아이의 손을 잡은 여인에게 먼저 들어가도록 양보했다. 그들은 인사를 나누었다. 여자는 젤리 부인이었고 남편 앙투안은 샤틀레 재판소에서 일했다. "당통 변호사님이 아실지도 모르겠네요." 당통도 알았다. "따님은, 첫째?" "얘는 루이즈인데, 맞아요, 이 아이 하나예요. 아서라 루이즈, 찌푸리지 마, 찌푸린 얼굴이 그대로 굳어지면 좋겠어? 사모님께 혹시라도 도움이 필요하면 언제든지 말씀만 하시라고 전해주세요. 다음 주에 웬만큼 정리가 되면 저희 집에서 저녁이나 드세요."

루이즈는 어머니 뒤를 졸졸 따라서 계단을 걸어 올라갔다. 아이는 당통을 힐끔 돌아보았다.

가브리엘은 포장된 상자 위에 앉아서 깨진 접시를 맞추고 있었다. "이게 다 깨졌어요." 그러고는 뛰어올라서 남편에게 입맞춤을 했다. "새 요리사가 요리를 해요. 오늘 아침에 하녀도 구했고. 카트린 모탱이라고 하는데 젊고 돈도 적게 받아요."

"방금 이층에 사는 이웃을 만났어. 꽤나 고상을 떨고 젠체하더군. 계집아이도 비슷하게 오만하고. 날 아주 이상한 눈초리로 쳐다보더라고."

가브리엘은 남편의 목덜미를 두 손으로 휘감았다. "당신, 바라보기도 불안한 얼굴이네요. 사건은 끝났어요?"

"응. 이겼어."

"항상 이기잖아요."

"항상은 아니고."

"난 그런 척해도 돼요."

"좋으실 대로."

"당신을 우러러봐도 되는 거죠?"

"그건 여자의 기대라는 무거운 짐을 당신이 짊어질 수 있겠느냐는 물음이라고 하더군. 언제나 바르게 있어야 하는 자리에는 여자를 업고 들어가면 안 된다고 하던데."

"누구한테 들은 소리예요?"

"카미유 말고 누가 그런 소릴 하겠어."

아기가 울었다. 가브리엘은 비켜났다. 이날, 이 사소한 대화가 오년 뒤 그의 머리에 다시 떠오를 것이다. 울음을 터뜨린 갓난아이, 젖이 새는 아내의 가슴, 하루 종일 집안에 감돌던 누서없는 달콤한 기운. 광택제, 페인트, 새 양탄자 냄새. 사무실의 청구서 뭉치. 창밖의 나무들 속에 깃든 여름.

물가 앙등(1785~1789)

밀 ———	66퍼센트
호밀 ———	71퍼센트
고기 ———	67퍼센트
장작 ———	91퍼센트

데물랭의 오랜 학교 동창인 스타니슬라스 프레롱은 언론인이었다. 그는 근처에 살면서 문학 잡지를 편집했다. 가시 돋친 농담을 던졌고 입는 옷에 지나치게 신경을 썼지만 가브리엘은 그가 왕의 대자였으므로 넘어가주었다.

"이곳을 당통 부인의 살롱이라고 불러도 좋겠군요." 프레롱이 새 보라색 안락의자에 털썩 앉았다. "아, 그런 표정 짓지 마세요. 남편 분이 국왕참사회에 있는데 살롱 하나 못 열란 법 있습니까?"

"저는 그런 것하고는 거리가 멀어서요."

"오호라, 이제 보니 바로 그게 문제였군요. 전 또 우리가 문제로구나 생각했죠. 부인께서 우리를 이류로 보시는 줄 알았어요." 가브리엘은 공손하게 웃었다. "물론 우리 중에 이류도 있죠. 파브르 같은 친구는 삼류고요." 프레롱이 앞으로 다가앉더니 두 손으로 뾰족한 탑을 만들었다. "그 사람들, 우리가 어렸을 때 우러러보았던 그 사람들은 지금은 죽거나 늙었거나 궁정에서 이글거리는 분노의 불길을 잠재우려고 내려준 연금을 받으면서 노후를 보내고 있습니다. 아니, 애당초 시늉뿐인 분노가 아니었나 싶어요. 보아르네 씨가 연극을 공연하려고 했을 때 까막눈에 가까운 우리 뚱보 왕께서 국가의 법도를 뒤집어엎는다면서 친히 공연 금지령까지 내리면서 난리가 났던 거 기억하시죠. 그런데 알고 보니 보아르네 씨의 야심은 파리에서 가장 호사스러운 집을 장만하는 거였다는 거 아닙니까, 지금은 바스티유가 빤히 보이는, 파리에서 가장 추잡한 냄새를 풍기는 곳에 집을 짓고 있고요. 그런가 하면…… 관둡시다, 그런 예가 어디한둘이어야 말이지. 이십 년 전만 하더라도 위험하게 여겨졌던 사상이 지금은 제도권 담론에서 아무렇지도 않게 통용되지만 아직도 겨울만 되면 사람들이 거리에서 죽어 나가고 여전히 굶주리고 있죠. 우린 우리대로 지금 기존 질서에 항거하는 건 이 빌어먹을 사다리에 개인적으로 오르지 못해서지 다른 이유는 없습니다. 파브르만 하더라도 내일이라도 학술원 회원으로 뽑히면 사회 혁명을 향한 열정은 온데간데없어지고 하루아침에 온순한 양으로 변할걸요."

"청산유수로군, 토끼 씨." 당통이 말했다.

"카미유가 나를 그렇게 부르지 않으면 좋겠어." 프레롱이 분을 참으며 말했다. "이제 다들 나를 그렇게 부르잖아."

당통이 웃으며 말했다. "계속해. 사람들이 어떻다는 거야."

"알았어. 브리소 만나봤나? 지금은 미국에 가 있지. 카미유에게 브리소가 보낸 편지가 한 통 있는 걸로 아는데. 브리소는 온갖 문제에 대해서 조언을 해주지. 브리소는 대단한 이론가에다 대단한 정치 철학자야, 빈털터리지만 말이야. 그런데 이 모든 전문직 미국인, 전문직 아일랜드인, 전문직 제네바인 ─, 모든 망명 정부, 매문가, 글쟁이, 실패한 법률가들은 하나같이 자기들이 가장 탐내는 걸 가장 증오한다고 떠벌리는 족속이지."

"자네야 형편이 되니까 그런 말을 하는 거지. 자네 집안은 대접을 받고 자네 신문은 검열에 안 걸리잖아. 과격한 견해는 자네가 누릴 수 있는 호사야."

"날 모독하지 말게, 당통."

"자네야말로 친구들을 모독하잖아."

프레롱은 다리를 쭉 뻗었다. "그만두자." 그렇게 말하고는 인상을 썼다. "카미유가 왜 나를 토끼라고 부르는 줄 아나?"

"전혀."

프레롱은 다시 가브리엘 쪽으로 돌아앉았다. "그러니까 당통 부인, 저는 여전히 여기를 살롱으로 키울 수 있다고 생각합니다. 저하고 프랑수아 로베르와 그의 부인 루이즈가 도울 거예요. 루이즈는 아네트 뒤플레시와 콩데 거리의 추문에 관한 소설을 쓸까 하는데 소설 속에서도 카미유의 성격이 독자들에게 너무 비현실적으로 보일까 봐 고민이라는군요."

로베르 부부는 신혼이었는데 서로에게 푹 빠졌지만 무척 가난했다. 남자는 스물여덟이었고 법을 가르쳤다. 그는 건장했고 서글서글했고 배타적이지 않았다. 루이즈의 결혼 전 성은 드 케랄리오였고 아르투아에서 왕실 검열관의 딸로 자랐는데 귀족이었던 아버지가 결혼을 반대하자 아버지에게 반기를 들었다. 집안의 노여움을 사는 바람에 무일푼이었고 프랑수아의 출셋길도 막혔으므로 두 사람은 콩데 거리에 가게를 얻어서 식민지에서 들어오는 식품을 취급하는 가게를 차렸다. 이제 루이즈 로베르는 계산대 뒤에 앉아서 치맛단을 누비면서 눈은 루소의 책을 따라갔고 귀는 당밀 가격이 올랐다는 소문과 드나드는 손님들에게 열어 두었다. 저녁에는 남편에게 줄 음식을 요리했고 그날 장부를 정리했다. 영수증을 추릴 때 루이즈의 도도한 어깨는 굳어졌다. 장부 정리가 끝나면 자리에 앉아서 남편과 장세니즘과 정의 구현과 근대 소설의 구조에 관해서 한담을 나누었다. 그러고 나서는 어둠 속에 누워서 이불 밖으로 차가운 코를 내밀고 아이가 들어서지 않기를 빌었다.

당통은 "여기가 집처럼 느껴진다."고 말했다. 그리고 저녁이면 동네를 걸어 다니기 시작했다. 아낙네들에게 모자를 벗어 인사했고 남편들과는 대화를 나누었고 매번 새로운 소식을 몇 가지씩 들고 집으로 돌아왔다. 정육점을 하는 르장드르는 호인이었고 장사도 잘됐다. 맞은편에 사는 험상궂은 사람은 실은 드 생튀뤼주 후작이었는데 체제에 불만을 품고 있었다. 파브르는 거기에 대해서, 잘못된 결합에 대해서, 체포영장에 대해서 들려줄 이야기가 무궁무진하다.

더 조용할 수도 있을 텐데 그들과 안면이 있는 사람들로 집이 늘 북새통이라고 당통은 말한 적이 있다. 당통 부부는 둘이서만 저녁을 먹을 때가 없다. 이제 집 안에 사무실을 꾸몄다. 식당으로 사용했을 곳과 작은 서재를 사무실로 만들었다. 낮에는 서기로 일하는 파레와 데포르그가 들어와서 말을 걸었다. 한 번도 본 적이 없는 젊은이들이 집 앞에 나타나서 데물랭이 사는 곳을 아느냐고 묻곤 했다. 한번은 가브리엘이 화가 나서 그만 "여기 줄곧 붙어 있으니까 여기 산다고 해 둡시다." 하고 말했다.

가브리엘의 어머니는 일 주일에 한두 번 와서 아기를 빼앗아 안고는 하녀들을 나무라면서 "너도 알겠지만 난 간섭 같은 거 절대로 안 하잖니." 했다. 가브리엘은 장도 직접 보았다. 채소를 사는 데 각별히 신경이 쓰였고 거스름돈을 헤아리는 것도 재미있었다. 위층에 사는 루이즈 젤리도 무거운 가방을 들어주는 척하면서 따라붙었고 젤리 부인도 동네 가게들에 대해서 조언을 해주러 왔고 거리에서 만나는 사람들에 대해서 논평을 해주었다. 가브리엘은 어린 루이즈가 좋았다. 얼굴에 구김살이 없었고 빠릿빠릿했고 외동딸답게 조숙했다. 루이즈는 가끔 부러운 표정을 짓기도 했다.

"아줌마 집은 항상 시끌벅적해요. 사람들이 많이 들락거려요. 나도 가끔 내려와도 괜찮은 거죠?"

"얌전히 앉아 있겠다고 약속하면. 그리고 내가 같이 있으면 괜찮아."

"아줌마가 없으면 당연히 안 내려오죠. 당통 변호사님은 무서워요. 표정이 너무 딱딱해요."

"사실은 얼마나 친절한데."

아이는 반신반의하는 표정을 지었다. 그러다가 얼굴이 환해졌다. "누가 나더러 결혼하자고 하면 얼른 결혼할 거예요. 아이도 많이 낳고 밤마다 파티를 벌일 거예요."

가브리엘이 웃었다. "뭐가 그리 급해? 겨우 열 살인데."

루이즈 젤리는 눈을 살짝 흘겼다. "난 늙을 때까지 기다리지 않을 거예요."

7월 13일에는 우박이 내렸다. 그냥 온 정도가 아니라 하늘의 노여움이 얼어붙기라도 한 것처럼 퍼부었다. 거리에는 온갖 폭력이 난무했고 수수께끼 같은 사건들이 벌어졌다. 과수원이 홀라당 파괴됐고 밭의 곡물은 납작해졌다. 하루 종일 창문과 대문을 두들기는 그런 우박은 생전 처음 보는 것이었다. 13일에서 14일로 넘어가는 밤에 겁에 질린 사람들은 두려움 속에서 잠들었다. 일어났을 때는 침묵이 감돌았다. 생명이 다시 도시를 뚫고 흐르기까지 참으로 긴 시간이 걸린 듯했다. 날은 더웠고 사람들은 눈부신 빛에 어지러워했다. 마치 프랑스 전체가 물속으로 밀려들어갔다가 나온 듯했다.

격변까지는 앞으로 일 년이다. 가브리엘은 거울 앞에 서서 모자를 잡아당겼다. 루이즈한테 겨울 드레스를 만들어주려고 좋은 모직 옷감을 잔뜩 끊으러 갈 생각이다. 젤리 부인은 그런 헛고생은 꿈에도 생각 안 할 테지만 루이즈는 옷장에서 본 가브리엘의 겨울옷을 마음에 들어 했다. 루이즈가 말했다. "다음에 날씨가 어떻게 될지 누가 알아요. 갑자기 쌀쌀해지면 전 아무 데도 못 가게 돼요, 몸이 커져서 작년에 입던 옷은 못 입거든요. 그렇다고 겨울에 꼭 어딜 간다는 건 아니지만 그래도 아줌마를 따라서 퐁트네수부아로 놀러 갈지도 모르잖아요. 거기는 시골이고요."

문 앞에 누가 와 있었다. "들어와라, 루이즈." 가브리엘이 말했지만 아무도 들어오지 않았다. 하녀 카트린은 우는 아기를 흔들어 달래고 있었다. 가브리엘은 모자를 손에 들고 직접 현관으로 달려갔다. 모르는 아가씨가 서 있었다. 여자는 가브리엘과 가브리엘 손에 들린 모자를 번갈아 보더니 뒤로 물러섰다.

"외출하시나 보네요."

"무슨 일로 오셨죠?"

처녀는 가브리엘의 어깨 너머를 힐끗 보았다. "오 분만 들어가도 될까요? 이런 말 하면 좀 이상하지만 아무래도 하인들이 제 뒤로 따라붙은 거 같아서요."

가브리엘은 뒤로 물러섰다. 처녀가 걸어 들어왔다. 처녀는 챙이 넓은 모자를 벗고 검은 머리를 흔들었다. 파란 리넨 소재 상의를 입었는데 몸에 딱 붙어서 손바닥 한 뼘만 한 허리와 나긋나긋한 몸매가 그대로 드러났다. 여자는 한 손으로 머리를 쓸어 넘기고 턱을 쳐들고 약간 쑥스러운 듯이 거울에 비친 자기 모습을 보았다. 가브리엘은 갑자기 언짢아졌고 자기가 옷을 잘못 입은 것 같은 느낌이 들었다. 가브리엘은 아기를 낳아 망가진 몸매를 극복해야 하는 처지였다.

"혹시 뤼실 아닌가요." 가브리엘이 넘겨짚었다.

"제가 찾아온 건 하도 답답해서 누군가 얘기할 사람이 필요해서 예요. 카미유가 당신 이야기를 자세히 해줬어요. 친절하고 이해심이 많은 분이고 저도 좋아하게 될 거라고 했어요." 뤼실이 말했다.

가브리엘은 움츠러들었다. 이렇게 저열하고 비열하고 졸렬한 수작이 어디 있단 말인가. 나에 대해서 그렇게 얘기해놓은 마당에 내가 어떻게 솔직한 생각을 말할 수 있단 말인가. 가브리엘이 모자를 의자에다 떨구었다. "카트린, 위에 가서 내가 좀 늦는다고 해. 그리고 여기 레모네이드 좀 갖다 줄래? 오늘은 포근하죠?" 뤼실도 가브리엘의 눈을 빤히 쳐다보았다. 눈이 한밤중에 핀 꽃 같았다. "자, 뒤플레시 양, 부모님하고 다퉜나요?"

뤼실은 의자에 다리를 모으고 앉았다. "아버지는 집안을 돌아다니면서 '아버지의 권위는 아무것도 아니란 말이냐?' 하며 넋두리를 해요. 장송곡을 듣는 거 같아요. 언니가 내 앞에서 그걸 따라 하면 나도 웃음이 나와요."

"정말 아무것도 아닌가요?"

"권위가 부당한 쪽으로 기울면 권위에 저항할 권리도 있어야 한다고 생각해요."

"어머님은 요즘 뭐라고 하세요?"

"별로요. 엄마는 아주 조용해졌어요. 엄마는 내가 카미유에게 편지 받는 걸 알아요. 그렇지만 모르는 척하지요."

"그건 좀 그렇군요."

"제가 엄마 눈에 띄는 데에다 일부러 편지를 둬요."

"그것도 좀 그렇고."

"맞아요. 관계가 더 악화되죠."

가브리엘은 고개를 저었다. "난 용납이 안 돼요. 나 같으면 부모님한테 절대로 대들지 않았을 거예요. 부모님을 속이지도 않았을 거고."

"여자는 결혼 상대를 스스로 골라야 하는 거 아닌가요?" 뤼실의 목소리에 힘이 들어갔다.

"맞아요. 합당하다면 그래야죠. 데물랭 변호사하고 결혼하는 건 합당하지 않아요."

"아. 당신이라면 안 하신다는 말씀인가요?" 뤼실은 레이스 옷감을 고르면서 망설이듯이 주저했다. 그녀는 치마를 살짝 집어서 옷감을 손가락 사이로 천천히 흘렸다. "당통 부인, 실은 제가 그 사람을 사랑하거든요."

"그렇지 않을걸요. 당신은 그 단계를 겪는 거예요. 누군가랑 사랑에 빠지고 싶어 하는 거예요."

뤼실은 묘한 표정으로 가브리엘을 바라보았다. "남편 분을 만나기 전에 사람들하고 언제나 사랑에 빠지셨어요?"

"솔직히, 아뇨. 전 그런 여잔 아니었어요."

"그러면서 왜 저에게 그런 말씀을 하세요? 단계를 겪느니 마느니 하는 건 다 나이 든 사람들이 하는 말이에요. 그 사람들은 곰팡내 나는 횃대에서 남을 내려다볼 권리가 있다고 생각하면서 남의 인생을 재단하는 사람들이에요."

"우리 친정어머니는 경험이 좀 있으신 분인데 그런 걸 두고 홀린 거라고 말씀하실 거예요."

"그런 경험이 있는 어머니가 계셔서 좋으시겠어요. 우리 엄마도 비슷하거든요."

가브리엘은 처음으로 실망감을 느꼈다. 자기 집 지붕 밑에서 맞이한 난국. 이 아가씨를 어떻게 납득시킬 수 있을까? 도대체 뭘 납득하긴 할 수 있는 걸까, 아니면 상식이 영원히 헐거워져서 엉뚱한 곳을 틀어쥐고 있는 것일까? "어머니 말씀이 남편이 어떤 친구를 사귀든 절대로 잔소리하지 말라고 하셨죠. 그렇지만 카미유의 경우는, 여러 면에서 볼 때 존경할 만한 사람은 아니죠." 가브리엘이 말했다.

"알겠어요."

가브리엘은 마음속으로 아기가 태어나기 몇 달 전 뒤뚱거리며 집 안을 걸어 다니던 모습을 그려보았다. 임신이라는 결과는 기뻤지만 임신은 어떤 면으로는 시련이었고 당혹스러운 일이었다. 석 달이 지났을 때 벌써 배가 아주 불룩해서 사람들이 부끄러운 줄도 모르고 크기를 재어보는 눈길을 가브리엘은 느낄 수 있었다. 아이가 태어나면 사람들은 손가락으로 날짜를 헤아려보리라. 몇 주가 지나자 당통은 아내에게 관심은 보였지만 낯설게 대했다. 딱히 집안일이 아닌 문제에 대해서도 전보다 조금 말했다. 가브리엘은 남편이 알았던 것보다 카페를 더 그리워했다. 까다롭게 굴지 않는 남자들과 어울리던 자리가, 바깥 세상에 대해서 부담 없이 말할 수 있었던 자리가 그리웠다.

그러니…… 당통이 늘 친구들을 집으로 데려오는 것이 무슨 문제였겠는가? 하지만 데물랭은 언제나 막 도착하지 않으면 막 떠나려고 했다. 의자에 앉더라도 가장자리에 겨우 걸터앉았고 삼십 초 이상을 앉아 있을 때도 굉장히 피곤할 때에만 그렇게 했다. 그늘이 드리워진 그의 눈 속에 깃든 공포의 기색이 그녀의 무거운 몸속에서 똑같은 공포의 기색을 때렸다. 아기가 태어났고 무거움은 흩어졌지만 막연한 불안감은 그대로 남았다.

"카미유는 제 하늘의 구름이랍니다. 살에 박힌 가시고요." 가브리엘이 말했다.

"세상에, 당퉁 부인. 그런 비유를 써야 할 정도인가요?" 뤼실이 물었다.

"우선…… 그 사람은 돈이 없다는 거 알아요?"

"알지만, 돈은 제게 있어요."

"여자 돈만으로 살 수는 없죠."

"여자 돈으로 살아가는 남자는 많아요. 아주 점잖은 일이고 그걸 당연한 것으로 여기는 사회도 있어요."

"그리고 어머니 문제도 있지요, 두 사람이 그동안, 뭐라고 해야 좋을지 모르겠네."

"나도 몰라요. 거기에 합당한 용어가 있지만 오늘 아침은 영 힘이 드네요." 뤼실이 말했다.

"그것도 진실을 가려야 돼요."

"엄마는 나한테 말을 안 할 거예요. 카미유한테 물어볼 수도 있겠죠. 하지만 그 사람이 나한테 거짓말하게 만드는 건 싫어요. 그래서 마음에서 지워버리려고 해요. 이 문제는 끝난 걸로 봐요. 전 온종일 그 사람 생각만 하거든요. 그 사람 꿈을 꿔요. 그게 잘못인가요. 그 사람한테 편지를 썼다가 찢어버려요. 길을 가다가 우연히 마주치는 상상도 ─" 뤼실은 말을 끊고 한 손을 들더니 있지도 않은 머리카락 한 올을 이마에서 뒤로 쓸어 넘겼다. 가브리엘은 그 행동을 보면서 경악했다. 이건 집착이다, 이런 몸짓 따라 하기는 집착이다. 가브리엘은 생각했다. 뤼실도 의식하면서 그렇게 했다. 뤼실은 잔 속에 비친 자기를 보았다. 이건 기억의 환기야, 뤼실은 생각했다.

카트린이 문으로 고개를 들이밀었다. "일찍 귀가하셨습니다."

가브리엘이 벌떡 일어섰다. 뤼실은 의자에 몸을 파묻었다. 의자 팔걸이에 팔을 얹고 앞발을 놀리는 고양이처럼 손목을 돌렸다. 당통이 걸어 들어왔다. 외투를 벗으면서 당통이 말했다. "재판소 주변에 군중이 있어. 당신이 괜히 말려들지 말라고 해서 바로 온 거야. 장작을 태우면서 오를레앙을 부르짖더군. 근위병들은 군중을 해산시킬 생각이 없어 보— " 당통이 뤼실을 보았다. "아, 집에 말썽이 생긴 게로군요. 카미유는 르장드르하고 얘기하는 중인데 바로 올 겁니다. 르장드르는," 당통은 싱겁게 덧붙였다. "정육점을 합니다."

데물랭이 나타나자 뤼실은 살며시 의자에서 일어나 방을 가로질러서 그의 입술에 키스를 했다. 뤼실은 거울을 통해서 자신을 지켜보았고 데물랭도 지켜보았다. 데물랭의 어깨에 놓였던 자기 손을 그가 살그머니 떼어내서 기도를 하듯이 앞으로 모으는 것도 보았다. 데물랭은 머리에 분을 바르지 않은 뤼실의 모습이 평소와는 달라 보인다고 생각했다. 뤼실의 이목구비는 강렬했고 창백한 안색도 완벽했다. 자신에 대한 가브리엘의 적대감이 약간 누그러지는 것도 보았다. 가브리엘이 남편을 지켜보고 뤼실을 지켜보는 것도 보았다. 당통이 저 친구가 처음으로 거짓말도 안 하고 과장도 안 하는구먼 하고 생각하는 것도 보았다. 당통은 뤼실이 아름답다고 말했고 실제로 그랬다. 이것이 1초 동안 일어난 일이었다. 데물랭은 웃었다. 뤼실과 사랑에 깊이 빠지면 그의 모든 방종이 용서받으리라는 걸 데물랭은 안다. 감성적인 사람들은 그를 용서할 것이고 데물랭은 감성을 일깨우는 요령을 안다. 데물랭은 어쩌면 자기가 사랑에 깊이 빠졌는지도 모른다고 생각한다. 이게 사랑이 아니라면 데물랭이 뤼실의 얼굴에서 보고 자기 얼굴에도 되비쳤다고 확신하는 가슴 벅찬 연민을 달리 어떻게 부르겠는가 말이다.

무엇이 뤼실을 이런 상태로 만들었단 말인가? 그가 보낸 편지 때문이리라. 갑자기 데물랭은 당통이 한 말을 기억한다. "산문을 써보라고." 게다가 그것은 헛일이 아닐지도 모른다. 데물랭은 할 말이 아주 많고 뒤플레시 집안에 대한 자신의 복잡하고 고통스러운 감정을 절절하게 종이 몇 장 안에 줄여서 제대로 담아낼 수만 있다면 까짓 국정 상황을 분석하는 것은 어린애 장난이리라. 게다가 데물랭의 삶은 가소롭고 허접스럽고 사람들에게 미소를 자아내도록 짜인 것이지만 그의 글은 멋들어지고 비정할 수 있고 눈물을 자아내고 이를 부득부득 갈게 만들 수 있다.

한 삼십 초 동안 뤼실은 거울 들여다보는 것을 까먹었다. 자기 인생을 장악했다는 느낌이 처음으로 들었다. 그녀는 이제 더는 구경꾼이 아니라 알맹이였다. 하지만 이런 느낌이 얼마나 오래 갈까? 그와 물리적으로 함께 있기를 그토록 갈구했지만 이제는 그것이 견디기 어려워졌다. 그를 다시 상상할 수 있도록 그가 떠나주었으면 싶었지만 실성한 것처럼 보이지 않고서 어떻게 그런 청을 할 수 있을지 뤼실은 도무지 알 수가 없었다. 데물랭은 마음속에서 정치 시론의 첫 문장과 끝 문장을 지어냈지만 뤼실의 얼굴에서 눈을 뗄 수가 없었다. 데물랭은 지독한 근시였으므로 그의 시선은 엄청난 집중력을 보였고 뤼실은 무릎에서 힘이 빠졌다. 몹시 이율배반적으로 그 무릎은 동시에 얼어붙은 듯 최면에 걸렸고 그러다가 항상 그렇듯이 순간이 지나갔다.

"가정을 흔들고 하인과 성직자에게 위증을 짜낸 위인이시구먼." 당통이 말했다. "잉글랜드 극작가 셰리던 씨의 희극에 대해서 좀 아는 게 있나?"

"아니."

"인생이 예술을 모방해야 한다고 생각하는 게 아닌가 싶었어. 자네를 보면서."

"예술이 인생을 모방한다면 그것만으로도 저는 충분히 가슴이 설레요." 뤼실이 말했다. 그녀는 벽시계를 보고 시각을 알아차렸다. "큰일이네."

뤼실은 모두에게 입맞춤을 훅 불어 날리고 깃털 모자를 낚아채서는 계단으로 뛰어나갔다. 하도 서두르는 바람에 하마터면 여자아이와 부딪칠 뻔했다. 아이는 문에서 엿들은 모양이었고 희한하게도 뤼실의 등에 대고 이렇게 말했다. "옷이 예뻐요."

그날 밤 침대에서 뤼실은 생각했다. '음, 그 못생긴 거구. 내가 그곳을 정복한 거 같은데.'

8월 9일, 왕은 삼부회 소집일을 1789년 5월 1일로 못박았다. 일주일 뒤 브리엔 재무총감은 하루 지출 경비의 사분의 일에 해당하는 돈만 국고에 남아 있음을 발견했다(고 한다). 그는 모든 경비 지출을 정부가 중단한다고 선언했다. 프랑스는 파산했다. 전하께옵서는 사냥을 계속했고 짐승을 죽이지 못하면 일기에다 그 사실을 적어 나갔다. 없음, 없음, 없음. 브리엔은 파직당했다.

베르사유에 있어야 할 시각에 클로드가 파리에 있는 것은 보기 드문 일이지만 요즘은 곧잘 있는 일이다. 아침에 그는 8월의 뜨거운 공기를 마시며 카페 푸아로 산책을 나갔다. 여느 해 같았으면 8월이면 그는 부르라렌에 있는 시골 별장에서 창문을 열어놓고 앉아 있었을 것이다.

"안녕하시오, 당통 변호사." 클로드가 말했다. "데물랭 변호사.

서로 아는 사이였군." 그걸 몰랐다는 사실이 그에게 아픔을 주는 것 같았다. "어떻게들 생각하시나? 이대로는 어려울 거 같은데."

"그 말씀 믿어도 되겠지요, 뒤플레시 씨." 데물랭이 말했다. "네케르 씨의 복귀에 대해서는 기대가 크신가요?"

"상관없지." 클로드가 말했다. "테레 신부가 있다고 해도 감당하기에는 역부족인 상황이라고 보네."

"베르사유에서는 무슨 소식 없습니까?" 당통이 물었다.

"누가 그러던데, 왕은 사냥을 못 할 때에는 베르사유 지붕으로 올라가서 귀부인들의 고양이를 저격한다고. 신빙성이 있는 얘긴가요?" 데물랭이 물었다.

"그게 뭐 놀랄 얘기라고." 클로드가 말했다.

"네케르가 공직을 떠난 이후로 상황이 너무나 악화되어서 많은 사람이 의아해합니다. 1781년도만 하더라도 재정이 흑자로 장부에 나오―"

"요리한 거지." 클로드가 침울하게 말했다.

"정말이요?"

"알맞게."

"네케르도 갈 데까지 갔군." 당통이 말했다.

"그렇지만 그건 범죄는 아니야." 데물랭이 끼어들었다. "그 사람 지론에 따르면 경제의 핵심은 사람들의 신뢰였으니까."

"궤변이야." 당통이 말했다.

클로드가 당통을 향해 돌아섰다. "들은 얘기가 있소, 당통, 바람에 나부끼는 갈대로 풍향을 아는 법. 당신의 후원자인 바랑탱이 새 정부에서는 보조세법원에서 대법관으로 자리를 옮기나봅디다." 클로드는 빙긋 웃었다. 아주 지쳐 보였다. "오늘은 나한테는 슬픈 날이야. 무슨 짓을 해서라도 일이 이 지경이 되는 건 막았어야 했는데. 못된 것들이 더 기승을 부리겠지……." 그의 눈이 데물랭한테 가서 박혔다. 오늘 아침은 아주 예의가 바르고 처신을 잘하고 있지만 데물랭이 비정상적인 부류임을 클로드는 추호도 의심하지 않았다. "데물랭 변호사, 아직까지 내 딸하고 결혼할 생각을 하고 있지는 않으리라 믿네."

"아직도 하는데요."

"내 입장에서 한번 생각해주게나."

"죄송하지만 전 제 입장밖에는 생각하지 못합니다."

뒤플레시 씨는 돌아섰다. 당통이 그의 팔에 손을 얹었다. "바랑탱에 대해서 좀 더 말씀해주실 수 없을까요?"

클로드는 집게손가락을 입으로 가져갔다. "입이 무거우면 마음이 가벼워지지. 괜히 실없는 말을 한 거 같소. 조만간 또 보게 되겠지." 그러더니 침울하게 데물랭도 짚어주었다. "자네도."

데물랭은 멀어져 가는 클로드를 물끄러미 쳐다보았다. "바람에 나부끼는 갈대로 풍향을 아는 법이라." 데물랭이 잔인하게 말했다. "저런 시시껄렁한 소리가 어디 있어? 비노 변호사하고 둘이서 상투어 경연 대회라도 벌이라고 해야 할 판이야. 아," 데물랭이 불쑥 말했다. "무슨 소리인지 알겠다. 자네한테 한 자리 제안할 거라는 뜻이야."

네케르는 취임하자마자 국외 융자 협상에 들어갔다. 고등법원은 복위되었다. 빵 값은 2수 올랐다. 8월 29일 폭도가 퐁뇌프의 초소를 불태웠다. 왕은 돈을 마련해서 수도로 군대를 보냈다. 군인들은 육백 명의 군중에게 발포했다. 일고여덟 명이 죽었고 숫자 미상의 부상자가 나왔다.

바랑탱은 대법관 겸 국새경으로 임명되었다. 군중은 전임 국새경 라무아뇽을 닮은 밀짚 인형을 만들어서 사형 집행장으로 쓰이던 그레브 광장에서 불태웠다. 폭죽이 날아가 터지고 사람들은 환호와 야유를 보냈다. 술에 취한 군인들은 동조하면서 노래를 흥얼거렸다. 수도에 항구적으로 주둔하게 된 군인들은 그런 일이 마음에 들었다.

당통은 열을 올리지도 않고 얼버무리지도 않고 이유를 명확히 밝혔다. 무슨 말을 할지 미리 준비를 했기 때문에 깔끔하게 마무리할 수 있었다. 바랑탱이 자리를 제안했다는 사실은 금세 시청과 정부 부서에 파다하게 퍼질 것이다. 파브르는 가브리엘에게 꽃을 들고 가서 점잖게 그 사실을 알리라고 귀띔했다.

집에 오니 샤르팡티에 부인과 데물랭이 와 있었다. 당통을 보고 그들은 대화를 멈추었다. 분위기가 험악했지만 앙젤리크는 환한 얼굴로 다가와서 사위의 양 볼에 입을 맞추었다. "진심으로 축하하네."

"뭘요? 제 사건은 아직 재판에 들어가지 않았어요. 정말이지 요즘은 재판이 지렁이처럼 꾸물거린다니까요."

"우리도 알아요. 입각 제의를 받았다는 거." 가브리엘이 말했다.

"응, 이젠 아니야. 내가 거절했어."

"거봐요." 데물랭이 말했다.

앙젤리크가 갑자기 일어섰다. "그럼 난 가겠네."

"제가 배웅할게요." 가브리엘이 굉장히 격식을 차려서 말했다. 얼굴이 벌겠다. 가브리엘이 일어났고 모녀는 밖으로 나가서 문 앞에서 소곤거렸다.

"장모님이 잘 타이르실 거야." 당통이 말했다. 데물랭은 앉아서 빙긋 웃었다. "당신은 금방 털어버리잖아. 진정하고 들어와요, 문 닫고." 당통이 아내에게 말했다. "나 나름으로는 그게 최선의 행동이었다는 걸 좀 알아줘요."

"이분이 당신이 거절할 거라고 했을 때 내가 이분더러 누굴 바보로 아느냐고 했어요." 가브리엘은 데물랭을 가리켰다.

"이 정부는 일 년을 못 넘겨. 나한테 맞지 않아, 여보."

아내는 남편을 멍하니 바라보았다. "그래서 어쩌자는 거죠? 법 현실이 마음에 들지 않는다고 변호사를 그만둘 건가요? 당신은 전에는 꿈이 컸어요, 입버릇처럼 하던 말이 있잖아—"

"그렇죠, 지금은 꿈이 더 크죠." 데물랭이 끼어들었다. "바랑탱 밑에서 시시한 자리나 맡기에는 너무나 아까운 친구죠. 아마, 언젠가는 아마 국새경 자리쯤은 주어질걸요."

당통이 껄껄 웃었다. "그렇다면야, 자네에게 넘김세. 약속하네."

"그건 반역일 텐데요." 가브리엘이 말했다. 그녀의 머리가 흘러내렸다. 뭔가 위태로운 때는 자주 그랬다.

"논지를 뒤섞지 마세요." 데물랭이 말했다. "조르주자크는 아무리 훼방을 놓더라도 위대한 인물이 될 겁니다."

"미쳤어." 가브리엘이 말했다. 그녀가 머리를 흔들자 머리핀들이 튕겨 나오면서 바닥으로 스르르 미끄러졌다. "난 당신이 다른 사람들 말에 놀아나는 게 너무 싫어요."

"내가? 정말 그렇게 생각해?"

"아니죠." 데물랭이 서둘러 말했다. "이 친구는 그런 사람이 아닙니다."

"조르주가 당신 말은 귀담아들으면서 내 말은 귀담아듣지 않는 건 사실이에요."

"그거야ー" 데물랭은 말문이 막혔다. 그럴싸한 이유가 딱히 떠오르지 않았다. 데물랭은 당통 쪽으로 돌아앉았다. "오늘 밤 카페 푸아로 왕림해줄 수 있겠나? 짧막한 연설이라도 해주기를 바랄 텐데, 물론 거절은 안 하겠지."

가브리엘은 머리핀을 손에 쥐고 바닥에서 고개를 들었다. "이 사업이 그렇게 영예로우신가요?"

"영예까지는 아니고요. 이제 시작이죠." 데물랭이 다소곳이 말했다.

"괜찮겠소?" 당통이 아내에게 말했다. "늦지 않을 거요. 다녀와서 자세히 말해주겠소. 여보, 그건 그냥 둬요, 카트린이 와서 치우겠지."

가브리엘은 다시 고개를 흔들었다. 남편은 자세히 말해주지 않을 것이고, 카트린더러 바닥을 기며 머리핀을 찾으라고 시키면 아마 그만두겠다고 할 것이다. 남편은 왜 이걸 모를까?

남자들은 밑으로 내려갔다. 데물랭이 말했다. "내가 눈앞에 있으면 자네 부인은 짜증스러운가 봐. 내 약혼녀가 하도 답답해서 찾아왔는데도 가브리엘은 내가 자네를 침대로 끌어들이려는 줄로 믿고 있어."

"아니야?"

"수준 좀 높이자." 데물랭이 말했다. "아, 기분 좋다. 다들 변화가 다가온다고 말하고 다들 나라가 뒤집어질 거라고 말하네. 그렇게 말하는 사람이 있으면 그걸 믿는 사람이 있고, 그걸 또 행동에 옮기는 사람이 있지. 자네는 행동파로 여겨져."

"이름은 까먹었는데 어떤 교황이 세상이 끝난다고 모두에게 말했다지. 그래서 다들 집을 시장에 내놓았고 교황은 그걸 사들여서 부자가 되었다더군."

"그거 말 되네." 데물랭이 말했다. "자넨 교황은 아니지만, 걱정 마, 자네는 혼자 힘으로도 잘할 수 있을 테니까."

아라스에서 로베스피에르는 선거가 있을 거라는 소식을 듣자마자 신변을 정리하기 시작했다. "형이 당선되리라는 걸 어떻게 알아?" 오귀스탱이 물었다. "그 사람들은 형을 떨어뜨리기 위해서 뭉칠 거야. 그럴 가능성이 커."

"그러면 난 지금부터 선거 때까지 얌전히 굴어야겠지." 로베스피에르가 엄숙한 표정으로 말했다. "여기처럼 지방에서는 부자들뿐 아니라 거의 모든 사람에게 투표권이 있어. 그러니까 그들이 나를 막진 못할 거야."

샤를로트도 한마디 했다. "오빠한테 투표하지 않는 사람들은 은혜도 모르는 짐승들일 거야. 오빠는 가난한 사람들을 위해서 일했잖아. 오빠는 그런 대우를 받을 만한 자격이 있어."

"이건 상이 아니야."

"오빠는 돈도 아무것도 얻는 거 없이 열심히 일했잖아. 그렇게 억울하지 않은 척, 아무렇지도 않은 척할 필요 없어. 오빠더러 성자가 되라고 강요한 사람은 아무도 없다고."

로베스피에르는 한숨을 내쉬었다. 샤를로트는 이런 식으로 그에게 뼛속 깊이 상처를 냈다. 가족이라는 이름의 칼로 살점을 발라냈다.

"난 오빠가 무슨 생각 하는지 다 알아." 샤를로트가 말했다. "오빠는 베르사유에 가면 육 개월이나 일 년 안에는 여기로 돌아올 거라고 믿지 않아. 이 일이 인생을 완전히 바꿔줄 거라고 생각하지. 단지 오빠 즐거우라고 혁명이 일어나길 바라는 거야?"

"삼부회가 뭘 하든 난 관심 없다." 필리프 드 오를레앙이 말했다. "그 사람들이 개인의 자유를 다루는 자리에 내가 참석해서 내 목소리를 내고, '내가 파리에서 자고 싶은데 내 의사에 반해서 아무도 나를 시골로 보내지 못하게 만드는 법'에다 표를 던질 수만 있다면 말이야."

1788년이 끝나 갈 무렵 오를레앙 공작은 개인 비서를 새로 임명했다. 그는 인민을 끌어안고 싶었다. 비서를 새로 뽑은 것도 아마 그래서였을 것이다. 그의 수행원으로 추가된 사람은 라클로라는 이름을 가진 육군 장교였다. 사십대 후반인 라클로는 키가 크고 비쩍 마른 자였다. 이목구비가 섬세하고 파란 눈이 차가운 인상을 풍겼다. 열여덟 살에 군대에 들어갔지만 실전에 투입된 적은 없었다. 한때는 이것 때문에 속이 상했지만 지방 도시의 수비대에서 이십 년을 보내니 심오하고 철학적인 무심함 같은 것이 몸에 배었다. 재미 삼아 가벼운 시도 끄적거리고 오페라 대본도 써봤는데 이것이 하룻밤 사이에 대박이 났다. 그 전부터도 그는 사람들을 유심히 관찰했고 사람들의 행동거지와 밀고 당기는 권력 관계를 자세히 기록했다. 이십 년 동안 그것 말고는 딱히 할 일이 없었다. 그는 자기가 가장 부러워하고 흠모하는 것을 헐뜯는 심보를 꿰뚫어 볼 줄 알았다. 자기가 갖지 못한 것만을 탐내는 그 욕망을 꿰뚫어 볼 줄 알았다.

라클로가 처음 쓴 소설 《위험한 관계》는 1782년 파리에서 간행되었다. 초판은 며칠 만에 다 팔려나갔다. 출판사들은 이렇게 충격적이고 냉소적인 책을 독자들이 원하는데 우리가 무슨 자격으로 검열을 하냐면서 손을 맞비비며 딴전을 피웠다. 재판도 매진되었다. 점잖은 부인들과 수교들은 펄펄 뛰었다. 책능이 가려진 채로 책 한 부가 왕비의 개인 도서관으로 배달되었다. 저자의 눈앞에서 문이 쾅 닫혔다. 그는 문전박대를 당했다.

　라클로의 장교 생활은 끝장난 것처럼 보였다. 여하튼 육군 전통
에 대한 비판으로 그의 입지는 위태로웠다. "난 그런 사람하고 호
흡이 맞을 거 같은데." 오를레앙 공작이 말했다. "아무리 내숭을 떨
어도 그 사람은 훤히 꿰뚫어 보지." 펠리시테 드 장리스는 라클로의
임명 소식을 듣고 오를레앙 공의 자녀들 교육을 책임진 자리에서 물
러나겠다고 위협했다. 라클로는 대수롭지 않다고 생각했다.

　오를레앙 공에게는 이때가 고비였다. 어수선한 세상을 유리하게
써먹으려면 조직이 있어야 했고 권력 기반이 있어야 했다. 파리에
서 누리는 인기를 잘 활용해야 했다. 인재를 끌어들여야 했다. 과거
를 잘 살펴서 재주 있는 사람들을 발굴하고, 그런 사람들에게 밝은
미래를 제시해야 했다. 충성의 인맥을 찾아내야 했다. 돈이 오가야
했다.

　라클로는 상황을 점검하고 자신의 지성을 냉철하게 발휘했다. 경
찰에 알려진 작가들과 안면을 트기 시작했다. 외국에 사는 프랑스
인을 은밀히 조사해서 망명 이유를 알아냈다. 큼지막한 파리 지도를
구해서 요새 후보지에다 파란 동그라미를 쳤다. 그날그날 파리에서
발간된 소책자들을 램프 밑에서 꼼꼼히 읽어 나갔다. 검열은 무너져
내렸다. 그는 다른 사람들보다 더 대담하고 더 노골적인 필자를 찾
았다. 그런 다음 교섭에 들어갔다. 이런 사람 중에서 베스트셀러 작
가는 드물었다.

　라클로는 이제 공작의 사람이었다. 그는 간단명료하게 할 말만
했으며 가까워지기 힘든 사람이었다. 그의 성은 알아도 이름은 아무
도 기억하지 못하는 그런 사람이었다. 그렇지만 그는 여전히 집요한
전문적 관심을 가지고 사람들을 관찰했고 떠오르는 생각을 손에 집

히는 종이에다 휘갈겼다.

1788년 12월 공작은 으리으리한 팔레루아얄 미술관의 소장품을 팔아 치우고 그 돈을 빈민 구제에 쏟아부었다. 매일 오백 킬로그램의 빵을 나누어주고 빈곤 여성의 분만비를 지원할 것이며 (공작의 아이를 갖지 않은 여자들도 지원한다는 우스갯소리도 나돌았고) 자기 영지에서 나오는 곡물에 물리던 십일조의 세금을 안 받고 자기가 보유한 모든 땅에서 수렵법을 없애겠노라고 언론에 밝혔다.

이것은 공작의 애인 펠리시테의 구상이었다. 나라를 위해서 좋은 일이었다. 필리프를 위해서도 꽤 좋은 일이었다.

콩데 거리

"검열이 무너졌다고 해도 아직 형사 제재는 가할 수 있어요." 뤼실이 말했다.

"그거 다행이구나." 아버지가 말했다.

데물랭이 처음으로 쓴 시론이 종이 표지 안에 깔끔히 담겨서 탁자 위에 놓여 있다. 두 번째 시론은 원고 상태로 그 옆에 놓여 있다. 인쇄업자들은 아직은 거기에 손을 대려고 하지 않는다. 상황이 악화될 때까지 좀 더 기다려야 할 모양이다.

뤼실의 손가락이 그것을, 종이를, 잉크를, 테이프를 어루만졌다.

프랑스 국민 사이에서 자유의 귀환을 응시하는 것이 우리 시대의 몫으로 준비되었다. …… 사십 년 동안 철학은 압제의 토대를 잠식했고 카이사르 이전에 로마가 이미 자신의 악습으로 노예화되었던 것처럼 네케르 이전에 프랑스는 스스로의 지성으로 해방되었다. …… 애국심은 넘실거리는 대화재의 불길처럼 하루가 다르게 퍼져나간다. 젊은이는 불을 들고 늙은이는 처음으로 과거를 한탄하지 않는다. 이제 그들은 과거를 부끄러워한다.

6장

혁명 전야

(1789)

삼부회에 보내는 선서 증언:

"샤유부아는 약 이백 명으로 이루어진 지역 사회입니다. 대부분의 주민은 재산이 전혀 없으며 재산이 있는 사람도 거론할 가치가 없는 수준입니다. 보통은 소금물에 적신 빵을 주식으로 먹습니다. 고기는 부활절 일요일, 참회의 화요일, 수호성인 축일 말고는 입도 못 댑니다. …… 어쩌다 강낭콩을 먹기도 합니다. 땅 주인이 포도나무 사이에서 콩을 못 기르게 막지 않으면 말이죠. …… 태평성대라는 시절에도 백성은 그렇게 살아갑니다."

오노레 가브리엘 리케티, 미라보 백작:

"내 구호는 이것이다. 기어코 삼부회에 들어가라."

새해. 거리로 나가면 올 것이 왔다는 생각이 든다. 드디어 파국, 붕괴, 세상의 종말. 이런 추위는 지금 살아 있는 사람 중에는 경험한 사람이 없다. 강은 단단한 얼음장이다. 새해 아침은 색다른 경험이었다. 아이들은 뛰어다니며 소리를 질렀고 투덜거리는 어머니 손을 끌고 나와서 한번 보라고 했다. "얼음을 지칠 수도 있겠네." 사람들이 말했다. 일 주일 뒤 그들은 경치에서 등을 돌리고 아이들을 집 안에 묶어 두기 시작했다. 다리 밑에서는 침침하고 위태로운 불 옆에서 극빈자들이 죽음을 기다린다. 새해 들어 빵 한 덩어리는 14수가 되었다.

이 사람들은 부실한 보금자리, 판자집, 움막을 버렸고 두 번 다시 아무것도 기를 수가 없을 것 같은 돌처럼 단단해지고 빙판이 되어버린 밭을 버렸다. 자루에다가 빵 몇 조각하고 밤이라도 넣어 졸라매고 장작 더미라도 좀 동여매고 작별 인사도 없이 무작정 길을 나선다. 그들은 안전을 생각해서 무리를 지어 움직인다. 때로는 남자들끼리만, 때로는 가족들끼리만 다니지만 언제나 말이 통하는 한 고장 사람들하고만 다닌다. 처음에 그들은 노래를 부르고 사연을 들려준다. 이틀쯤 지나면 그들은 말 없이 걷는다. 힘찼던 행진은 이제 늘어진다. 운이 좋으면 헛간이나 외양간이 얻어걸리기도 한다. 늙은 여자들은 아침에 깨우기가 힘이 들고 빠릿빠릿함도 어느새 사라진다. 어린아이들은 마을 어귀에서 버려진다. 죽는 아이도 있고 선량한 사람에게 발견되어 다른 이름으로 자라는 아이도 있다.

아직 기운이 멀쩡한 상태로 파리에 닿은 사람들은 일을 찾으러 나선다. 여기 사람들도 잘려 나가는 판이라는 소리를 듣는다. 외지인에게 돌아가는 일은 없다. 강이 얼어붙어서 물자가 시내까지 들어오지 않는다. 염색을 할 천도 없고 무두질을 할 가죽도 없고 옥수수도 없다. 배는 얼음 위에 붙박였고 거기 실린 곡물은 고스란히 썩어간다.

부랑자들은 비바람을 피할 만한 곳으로 모여들지만 토론을 하지는 않는다. 토론할 일이 없어서다. 처음에 그들은 늦은 오후에 장바닥 주변을 기웃거렸다. 하루 장사가 마무리될 무렵이면 남은 빵을 싸게 팔거나 거저 주었다. 거칠고 우악스러운 파리 아낙네들이 장바닥에 먼저 당도한다. 나중에는, 정오만 지나면 빵이 없다. 마음씨 좋은 오를레앙 공작이 그들처럼 무일푼인 사람들에게 빵 천 덩어리를 준다는 소리가 들린다. 그러나 파리의 거지들은 팔꿈치로 찌르면서 냉정하게 이번에도 그들을 따돌리고 고약한 정보를 주고 땅바닥에 쓰러진 사람을 짓밟고 간다. 그들은 뒷마당이고 교회 현관이고 어디든 칼바람을 피할 수 있는 곳으로 모여든다. 아주 어린 아이와 아주 늙은 노인은 병원에서 받아준다. 녹초가 된 수사와 수녀는 이불감과 신선한 빵을 추가로 주문하지만 결국 더러운 이불과 며칠된 빵으로 때워야 한다. 수사와 수녀는 날이 따뜻하면 전염병이 돌 테니 주님의 뜻이 오묘하다고 말한다. 여자들은 해산을 할 때 무서워서 흐느낀다.

부자조차 혼란을 겪는다. 자선금은 충분치 않아 보인다. 번듯한 거리에 얼어붙은 주검들이 있다. 마차에서 내릴 때 사람들은 망토를 당겨 얼굴을 가린다. 살을 에는 추위가 볼에 닿지 않고 처참한 모습이 눈에 닿지 않도록.

"선거 때문에 집으로 간다고?" 파브르가 말했다. "카미유, 어떻게 나를 이렇게 내버릴 수가 있나? 우리의 위대한 소설이 겨우 절반 끝났는데?"

"임실 띨시 마세요." 네불냉이 말했다. 내가 놀아오면 더는 포르노에 기대지 않아도 먹고살 수 있을 거예요. 다른 수입원이 생길 수도 있어요."

파브르는 씩 웃었다. "자네는 선거가 금광을 찾아내는 거나 마찬가지라고 생각하는군. 요즘 자네가 마음에 들어, 연약하면서도 사나운 것이 꼭 책에 나오는 사람처럼 말해. 혹시 결핵에라도 걸렸나? 미열 같은 거 없어?" 그는 데물랭의 이마를 손으로 짚어보았다. "5월까지 버틸 수 있겠어?"

요즘 데물랭은 아침에 눈을 뜨면 이불을 당겨서 머리를 덮고 싶었다. 항상 머리가 아팠고 사람들이 무슨 말을 하는지 알아듣지 못하는 것 같았다.

두 가지 일, 혁명과 뤼실이 어느 때보다도 멀어진 것 같았다. 둘 사이의 거리를 좁혀야 한다는 것을 그는 알았다. 일 주일 전에 잠깐 본 뒤로는 못 보았는데 뤼실은 냉정해 보였다. 뤼실은 이런 말을 했다. "냉정해 보이려는 뜻은 없지만, 고통스러운 감정을 차마 내비칠 수가 없어요." 뤼실은 애써 웃음을 지었다.

데물랭은 차분할 때는 평화로운 개혁에 대해서, 명백히 공화주의에 대해서 모두에게 말했지만 루이에게 나쁜 감정은 없으며 자기는 그가 좋은 사람이라 믿는다고 말했다. 그는 다른 모든 사람이 말하는 것과 똑같이 말했다. 그러나 당통은 말했다. "난 자네를 아는데 자네는 폭력을 원해. 자넨 폭력의 맛을 알아."

데물랭은 클로드 뒤플레시를 찾아가서 돈을 벌었다고 말했다. 고향 피카르디가 자기를 삼부회에 대의원으로 보내지 않는다 하더라도 (그는 자기가 대의원이 될 가능성이 높은 것처럼 굴었다.) 아버지만큼은 확실히 보낼 것이다. 클로드는 말했다. "자네 부친이 어떤 분인지는 잘 모르지만 현명한 분이라면 베르사유에 있는 동안 자네와 거리를 두려고 애쓰시겠지, 같이 있어 봐야 망신만 당할 테니까." 벽

높은 곳에 꽂혀 있던 클로드의 시선이 데물랭의 얼굴로 떨어졌다. 그에게는 데물랭을 보는 것이 내리막처럼 여겨지는 듯했다. "이제는 매문가가 되셨다고? 내 딸은 공상이 많고 이상주의적이고 아주 순수한 아이네. 고생이 뭔지 걱정이 뭔지도 몰라. 그 아이는 자기가 무엇을 원하는지 안다고 생각하겠지만 알긴 뭘 알아, 그 아이가 원하는 건 내가 알아."

데물랭은 클로드를 떠났다. 그들은 몇 달 동안 다시 못 만났다. 데물랭은 콩데 거리에 서서 혹시 아네트를 볼 수 있을까 하고 이층 창문을 올려다보았다. 하지만 아무도 못 보았다. 혹시나 싶어서 다시 한 번 출판사들을 돌아보았다. 마치 일 주일 만에 출판사들이 무모해지기라도 한 것처럼. 인쇄기들이 밤이고 낮이고 바쁘게 돌아간다. 그리고 주인들은 위험을 분산한다. 선동적인 글은 수요가 있지만 인쇄기를 몰수당하고 직공들이 거리로 나앉게 될 상황을 달가워할 인쇄업자는 없다. "아주 간단해요. 이걸 찍어내면 난 감방에 가는 겁니다." 인쇄업자 모모로가 말했다. "수위를 못 낮추나?"

"그럴 수 없습니다." 데물랭이 말했다. 비요바렌의 말마따나 절대로 타협할 수 없다. 그는 머리를 가로저었다. 머리가 자라도록 방치해서 머리를 살짝 흔들기만 해도 머리카락이 파도처럼 그럴듯하게 출렁거렸다. 그렇게 하는 것이 재미있었다. 머리가 괜히 아픈 것이 아니었다.

인쇄업자가 말했다. "파브르 씨하고 작업하는 야한 소설은 어떻게 됐습니까? 그건 시들한가 보죠?"

"저 친구가 떠나면," 파브르는 신이 나서 당통에게 말했다. "원고를 뜯어고쳐서 여주인공이 뤼실 뒤플레시처럼 보이게 만들 거야."

왕의 약속대로 삼부회 회합이 이루어지면 정부 안에서 어떤 혁명이 초래되리라는 것은 의심의 여지가 없다. …… 아마도 잉글랜드 헌법과 엇비슷한 헌법이 채택될 것이고 국왕의 권력에 제한이 가해질 것이다.

J. C. 빌리어스, 잉글랜드 올드새럼 하원의원

가브리엘 리케티 미라보 백작은 오늘로 마흔 살이다. 생일을 축하한다. 특별한 날이라 그는 의무감을 느끼면서 긴 거울에 비친 자기 모습을 살핀다. 거구에서 뿜어 나오는 원기가 거울의 섬세한 틀을 비웃는 듯하다.

미라보가 태어난 날 의사는 아기를 천에 싸서 안고 아기 아빠에게 다가갔다. "놀라지 마십시오." 그리고 말을 시작했다.

지금도, 그는 못생겼다. 마흔일 텐데 오십은 되어 보인다. 채무불이행의 파산으로 생긴 주름살 하나. 그는 돈 걱정은 안 했으므로 돈 때문에 생긴 주름살은 그것 딱 하나였다. 뱅센 감옥에서 고통스럽게 지내던 때 달마다 하나씩 생긴 주름살. 사생아를 한 명 낳을 때마다 하나씩 생긴 주름살. 이게 사는 거지, 그는 스스로에게 말했다. 살면서 흔적이 안 남을 수 있나?

마흔은 전환점이라고 미라보는 스스로에게 말한다. 뒤돌아보지 마라. 어린 시절의 끔찍한 가정 불화, 악을 쓰고 피가 낭자하던 싸움, 입을 꾹 다문 채 죽음 같은 침묵이 감돌던 나날들. 한번은 어머니와 아버지 사이에 끼어들었다가 어머니가 쏜 총알이 그의 머리에 맞았다. 겨우 열네 살 때 그는 아버지한테서 무슨 소리를 들었던가? 난 짐승의 본능을 보았다. 그러고는 군대, 두어 번의 판에 박힌 결투, 난봉질과 물불을 안 가리는 분노. 도망 다니는 신세. 감옥. 매일

술에 절어서 고함을 질러대고 곡마단의 기형 인간처럼 몸이 뒤룩뒤룩 부풀어오르던 동생 보니파스. 뒤돌아보지 마라. 그리고 그야말로 우연찮게 그야말로 쥐도 새도 모르게 닥쳐 온 파산과 결혼. 자그마한 에밀리, 상속녀, 그가 백년해로를 다짐했던 독기를 품은 작은 여자. 에밀리는 지금 어디 있는 걸까?

생일을 축하한다, 미라보. 꿀릴 것이 없다. 그는 자세를 바로잡았다. 그는 키가 컸고 기운이 셌고 가슴이 두툼했다. 폐활량이 컸다. 얼굴은 보는 이를 오싹하게 만들었다. 마맛자국으로 심하게 얽었지만 그렇다고 해서 여자들이 내빼는 것 같지도 않았다. 그는 매부리코처럼 휜 자기 코를 살피려고 약간 고개를 돌렸다. 그의 입은 얇고 위협적이었다. 잔인한 입이라는 소리를 들을지도 모르겠다고 그는 생각했다. 모두 있는 그대로 받아들여라. 열정과 체통을 품은 사나이의 얼굴이다. 진실에다 약간 치장을 해서 그는 자기 집안을 프랑스에서 유서 깊고 고귀한 가문으로 만들었다. 치장에 누가 신경이나 쓴단 말인가? 형식에 얽매이는 사람이나 족보학자나 그런 데에 관심을 두지. 사람들은 너 자신의 값어치로 너를 받아들인다, 그는 스스로에게 말했다. 하지만 이제 삼부회의 두 번째 집단인 귀족은 미라보를 내쳤다. 그는 자리가 없다. 목소리를 낼 수가 없다. 혹은 그렇다고들 생각했다.

지난 여름에 《베를린 궁정 비사》라는 책이 물의를 불러일으키면서 문제가 꼬여버렸다. 그 책은 프로이센 권력 집단의 이면과 유력 인사들의 성적 취향도 약간 자세히 다루었다. 아무리 자기가 쓴 책이 아니라고 잡아떼도 이 책이 그가 외교관으로 지내던 시절에 관찰한 내용에 바탕을 두었음이 모두에게 자명해 보였다. (미라보가 외교관이라고? 농담도. 사람들은 그렇게 수군거렸다.) 엄격히 말해서 그는 잘못이 없었다. 비서에게 원고를 맡기면서 절대로 아무한테도 넘기지 말라고, 특히 함부로 두고 다니지 말라고 신신당부하지 않았던가? 출판업자의 부인인 지금의 애인이 자물쇠를 따서 비서의 서랍을 뒤지는 버릇이 있다는 것을 그가 어찌 알았겠는가? 하지만 그런 변명이 정부에 통할 리 만무했다. 뿐만 아니라 그는 8월에 돈이 몹시 궁했었다.

정부가 좀 더 이해심을 보였어야 했다. 작년에 그를 무시하지 않고 그의 능력에 걸맞게 콘스탄티노플 대사관이나 페테르부르크 같은 곳에 자리를 주었더라면 미라보는 그 원고를 태워버리거나 연못에 처넣었을 것이다. 그 사람들이 자기 충고에 귀만 기울였어도 지금처럼 곤경에 처하지는 않았을 것이다.

그래서 귀족들은 미라보를 거부했다. 그래 좋다. 사흘 전 그는 엑상프로방스 삼부회의 제3신분 후보로 들어갔다. 결과가 어땠느냐? 사람들은 열광했다. '조국의 아버지', 사람들은 그를 그렇게 불렀다. 그는 지방에서 인기가 있었다. 그가 파리에 왔을 때 엑상프로방스의 그 좋은 기념의 소리를 여전히 울렸고 남녁의 밤하늘은 여전히 폭죽의 황금빛 꼬리로 수놓아졌다. 살아 있는 불길. 미라보는 마르세유로 가서 (방심은 금물이지만) 결코 덜 소란스럽지 않게 결코 덜 눈부시지 않게 환대를 받을 것이다. 그런 환대를 확실히 받을 수 있도록 그의 성품과 자질을 칭송하는 익명의 소책자를 그 도시에서 낼 것이다.

그러니 베르사유에 있는 이 버러지들을 어떻게 하면 좋을까? 회유할까? 박살낼까? 선거가 한창일 때 그들이 미라보를 체포하지나 않을까?

1789년 시에예스 신부가 쓴 시론:

제3신분이란 무엇인가?

모든 것이다.

지금까지는 무엇이었나?

아무것도 아니었다.

제3신분은 무엇을 바라는가?

무언가가 되는 것.

라옹 군에서 열린 제1차 기즈 삼부회 선출 회의. 1789년 3월 5일. 장니콜라 데물랭 변호사가 베르망두아 사법관구의 부책임자 자격으로 회의를 주재하고 위임관 솔스 씨와 서기 마리아주 씨가 배석했으며 모두 292명이 참석했다.

중요한 행사임을 감안하여 데물랭 씨의 아들은 머리카락을 뒤로 넘겨서 넓은 녹색 리본으로 묶었다. 원래 그날 아침에 맨 리본은 검은색이었지만 검은색이 합스부르크 왕가와 앙투아네트의 색임을 때마침 깨달았다. 그것은 그가 지지한다고 드러내고 싶은 정파가 전혀 아니었다. 녹색은 자유의 색이었고 희망의 색이었다. 새 모자를 쓴 아버지는 현관에서 아들을 기다리면서 출발이 늦어지자 짜증을 냈다. "왜 희망을 덕이라고 생각하는지 알 수가 없어. 내가 보기엔 자기 합리화 같은데." 카미유가 말했다.

바람이 휘몰아치는 쌀쌀한 날이었다. 그랑퐁 거리에서 카미유는 걸음을 멈추고 아버지의 팔을 만졌다. "라옹까지 저하고 같이 가요, 군 의회에. 저를 위해서 한 말씀 해주세요. 부탁이에요."

"내가 네 편을 들어야 한다고 생각하니?" 장니콜라가 물었다. "유권자들이 나한테서 선호하는 특성은 네가 물려받은 특성이 아니란다. 라옹에는 네가 가야 하는 길을 잘 아느니 어떻다느니 하면서 너를 위해서 떠드는 사람들이 있다는 거 나도 안다. 나는 그 사람들에게 너를 만나볼 기회를 주라는 거 말고는 할 말이 없다. 그 사람들한테 오 분만 너하고 정상적인 대화를 나눠보게 해줘라. 그 사람들이 너한테 눈독을 들이게 해보라고. 싫다, 카미유 너를 유권자에게 끼워 파는 데에 동조할 생각은 추호도 없다."

카미유가 응수를 하려고 입을 벌리는데 아버지가 말했다. "길거리에서 언쟁을 벌이는 게 잘하는 짓일까?"

"그게 뭐가 어때서요?"

장니콜라는 아들의 팔을 붙들었다. 선출 회의로 끌고 가는 것이 썩 품위 있는 짓은 아니지만 필요하다면 그렇게라도 할 것이다. 눅눅한 바람이 옷 속으로 파고들어서 사방이 쑤시고 욱신거렸다. "서두르자, 우리 빼놓고 할라." 그는 다그쳤다.

"드디어 오셨네." 드 비프빌 사촌들이 말했다. 로즈플뢰르의 아버지는 떫은 표정으로 카미유를 바라보았다. "자네는 보지 않기를 바랐지만 자네도 여기 변호사회 회원이니까. 자네 아버지가 지적한 바로는 우리가 자네의 회원 자격을 박탈하기가 쉽지 않다는 거야. 자네한테는 이것이 나랏일에서 무슨 역할이라도 맡아볼 수 있는 유일한 기회일 테고. 듣자 하니 요즘 글을 쓴다며, 시론을. 이런 말 하면 좀 그렇지만, 점잖은 신사가 쓸 만한 설득법은 아니지."

카미유는 고다르 씨에게 최대한 환하게 웃었다. "페랭 변호사가 안부를 전해 달라고 했습니다."

회의는 장니콜라의 압승으로 싱겁게 끝났다. 장니콜라는 공식 승인서를 받으러 라옹으로 가야 했다. 기즈 시장 아드리앵 드 비프빌이 장니콜라와 카미유와 함께 집으로 걸어갔다. 장니콜라는 너무 쉽게 이겨서 어리둥절한 모양이었다. 당장 짐을 싸들고 베르사유로 가야 할 판이었다. 아르메 광장을 지나자 장니콜라는 걸음을 멈추고 자기 집을 올려다보았다. "왜 그러시나?" 아드리앵이 물었다.

"홈통을 살피는 거야." 장니콜라가 설명했다.

다음 날 아침이 되자 산통이 모두 깨졌다. 장니콜라는 아침을 먹으러 나타나지 않았다. 마들렌은 덕담을 주고받으면서 기분 좋게 커피잔을 부딪치거나 어쩌면 웃음보라도 조금 터지지 않을까 기대했다. 하지만 집에 있는 아이들은 모두 감기에 걸려서 제 몸 추스르기에도 바빴고 같이 아침을 먹을 만한 아이는 아들 하나뿐이었지만 함께 대화를 이어갈 만큼 아들에 대해 아는 게 별로 없었고 또 어차피 그 아들은 아침을 먹지도 않았다.

"뭐가 못마땅한 걸까?" 마들렌이 물었다. "오늘 같은 날 그럴 리는 없을 테고. 무슨 왕족 흉내를 내는 건지 침실을 따로 쓰니까 이런 일이 생기지. 네 아버진 무슨 생각을 하는지 통 모르겠다니까."

"제가 가서 한번 살펴볼게요." 카미유가 제안했다.

"아니, 굳이 그럴 필요 없다. 커피를 좀 더 마시렴. 곧 무슨 기별이 있으시겠지."

마들렌은 맏이를 살펴보았다. 카스텔라 한 조각을 입에 넣었다. 재 덩어리처럼 빵이 그만 목에 턱 걸렸다. "우리가 왜 이렇게 된 거니?" 눈물이 그렁그렁 맺혔다. "네가 왜 이렇게 된 거니?" 마들렌은 식탁에 머리를 묻고 통곡이라도 하고 싶었다.

이윽고 장니콜라의 상태가 안 좋다는 기별이 왔다. 통증이 있다고 했다. 의사가 와서 침대에만 누워 있으라고 했다. 시장의 집으로도 연락을 했다.

"심장인가?" 장니콜라가 힘없이 물었다. 심장이라면 그건 카미유 탓이라고 말하려고 했다.

의사가 말했다. "심장이 어디 있고 콩팥이 어디 있는지 각각의 증세가 어떤지 입이 아프도록 이야기했잖습니까. 심장은 멀쩡하지만 콩팥이 이 지경인데 베르사유로 간다는 건 말이 안 됩니다. 이 년 뒤면 육십인데 좀 쉬엄쉬엄 살면 안 되나요. 거기다 —"

"왜? 하는 김에 마저 하지 그래?"

"아드님 때문에 스트레스 받는 건 일도 아닙니다. 베르사유에서 벌어지는 일들에 부대끼다 보면 심장마비 걸릴걸요."

장니콜라는 베개에다 머리를 묻었다. 그의 얼굴은 통증과 낙심으로 누렇게 떠 있었다. 드 비프빌 사람들이 아래 응접실에 모였고 고다르 사람들과 선거 관리들도 왔다. 카미유가 의사를 뒤따라 들어왔다. "베르사유로 가는 건 의무라고 아버지한테 말씀하세요. 설령 그것 때문에 죽는다 해도요."

"넌 역시 무정한 아이로구나." 솔스 씨가 말했다.

카미유는 드 비프빌 패거리 쪽으로 돌아섰다. "절 보내주세요."

고등법원의 일원이며 변호사인 장루이 드 비프빌 데제사르가 코안경을 통해서 그를 뜯어보았다. "카미유," 데제사르가 말했다. "난 너한테 장에서 상추 사오라는 심부름도 안 시킬 거다."

아르투아

삼부회는 신분끼리 따로따로 만났는데 성직자 모임과 귀족 모임은 국가적 위기를 맞아 종래의 특권을 일부 희생할 용의가 있다는 뜻을 각각 알려 왔다. 제3신분 모임은 감사의 뜻을 결의하자고 들썩거리기 시작했다.

아라스에서 온 젊은이가 단상에 섰다. 그는 키는 작았지만 다부진 편이었고 말쑥한 외투에 깔끔한 셔츠가 돋보였다. 얼굴은 지적이었으며 진지했다. 턱은 좁았고 안경 뒤에 가려진 눈은 시원하고 파랬다. 목소리는 그다지 인상적이지 않았으며 말을 하다가 잠깐씩 목이 잠겼다. 그가 하는 말을 알아들으려면 앞으로 몸을 당기거나 팔꿈치로 옆 사람을 쿡쿡 찔러 물어봐야 했다. 그러나 사람들이 기절초풍한 것은 그가 말하는 방식 때문이 아니었다. 그는 성직자와 귀족은 칭송받을 만한 일을 전혀 하지 않았으며 자신들의 폐습을 바로잡겠다고 약속했을 뿐이라고 했다. 따라서 고마워할 이유가 전혀 없다는 것이었다.

아라스 출신이 아니라서 그 젊은이를 몰랐던 사람들은 그가 아르투아의 제3신분을 대표하는 여덟 명의 대의원 중 한 명으로 뽑혔을 때 조금 놀랐다. 그는 자기한테만 파묻힌 것처럼 보였고 좀 다루기가 어려워 보였다. 연설 솜씨도 별로였고 스타일도 별로였고 이렇다 하게 내세울 만한 점이 없었다.

"양복 값을 치렀다면서." 누이 샤를로트가 말했다. "장갑도 계산했고. 장갑이 정말 마음에 든다고 칭찬도 했다면서. 영원히 여길 뜨기로 작정했다고 동네방네 떠들고 다니는 거야 뭐야."

"그럼 내가 소지품을 더러운 보따리에 싸서 창문을 타고 몰래 야반도주라도 했으면 좋겠니? 내가 야반도주하면 바다로 내뺐다고 하려무나."

그러나 샤를로트는 누그러지지 않았다. 샤를로트, 집안의 칼날. "그 사람들은 오빠가 가기 전에 일을 치르고 싶어할걸."

"아나이스 말하는 거야?" 로베스피에르는 학교 동창에게 편지를 쓰다가 고개를 들었다. "얼마든지 나를 기다려주겠다고 했어."

"잘도 기다려주겠다. 여자들은 내가 잘 알아. 충고하는데 잊어버리는 게 좋을 거야."

"네 충고라면 언제든지 환영이지."

샤를로트는 고개를 휙 들고 노려보았다, 비아냥인가 싶어서. 그러나 오빠의 얼굴에는 누이에 대한 염려만이 나타났다. 그는 편지로 돌아갔다.

　　카미유에게

　내가 베르사유로 간다는 사실이 너한테는 당연한 일로 받아들여지리라고 믿는다면 내가 좀 우쭐거리는 건가. 얼마나 기다려지는지 모르겠다 정말⋯⋯.

　　막시밀리앙 로베스피에르, 1789년, 뒤퐁 사건 변론문:

　덕 있는 사람이 생각하는 보답이라는 것은 자신이 이웃의 선을 대변했다는 확신입니다. 그 다음에 오는 것이 공동체로부터 인정을 받는 것이며 그것은 기억을 떠나지 않을 것입니다. 그리고 동시대인들이 주는 명예도 있습니다. ⋯⋯ 저는 조금 고생스럽게 사는 한이 있더라도, 심지어 일찍 죽는 한이 있더라도, 이런 보답을 누리고 싶습니다.

　　파리

　4월 1일, 당통은 프란치스코회 교회로 투표를 하러 갔다. 파리 사람들은 그곳을 '코르들리에'라고 불렀다. 푸줏간 주인 르장드르도 함께 걸어갔다. 덩치가 크고 꾸밈이 없고 독학을 한 그 사내는 당통이 하는 말이라면 뭐든지 맞장구를 치는 버릇이 있었다.

　"이제는 자네 같은 사람이⋯⋯." 프레롱이 은근히 아부를 섞어서 말했다.

"나 같은 사람은 선거를 치를 형편이 안 돼." 당통이 말했다. "대의원들한테 회기당 뭐 18프랑을 수당으로 준다고 했던가? 그리고 베르사유에서 살아야 할 거고. 난 부양할 가족이 있어. 변호사 일을 그만둘 수도 없고."

"그래도 실망스러운가 본데." 프레롱이 떠보았다.

"그런가."

투표를 한 사람들은 집으로 돌아가지 않았다. 그들은 코르들리에 교회 밖에 삼삼오오 서서 수군거리면서 예측을 했다. 파브르는 세금을 충분히 내지 않아서 투표권이 없었다. 그래서 부어올라 있었다. "왜 지방처럼 투표를 안 하는 걸까?" 그가 따졌다. "내가 보기엔 말이지, 파리를 위험한 도시로 보는 거야, 우리가 모두 투표권을 가지면 무슨 일이 생길까 무서운 거지." 파브르는 괄괄한 드 생튀뤼주 후작과 불온한 대화에 들어갔다. 루이즈 로베르는 가게를 닫고 입술을 칠하고 좋은 시절에 입었던 드레스를 입고 프랑수아의 팔짱을 끼고 나들이에 나섰다.

"여자들한테 투표권이 있으면 어떻게 될까?" 루이즈가 말했다. 그녀는 당통을 올려다보았다. "당통 변호사는 여자들이 정치에 많은 기여를 할 수 있다고 믿으시죠?"

"아니오." 당통은 부드럽게 말했다.

"지구 전체가 동원되었네." 르장드르가 말했다. 그는 뿌듯해했다. 젊었을 때는 바다에서 살았는데 이제는 소속감을 느끼고 싶어 했다.

오후 3, 4시쯤 뜻밖의 방문자가 나타났다. 에로 드 세셸이었다.

"코르들리에의 드센 사람들이 어떻게 투표를 하나 보고 싶어서 들렀습니다." 에로가 말했다. 그러나 당통은 자기를 보러 온 것 같다는 느낌을 받았다. 에로는 뚜껑에 볼테르의 얼굴이 그려진 작은 상자에서 코담배를 조금 집었다. 그리고 생각에 잠긴 얼굴로 상자를 손가락으로 만지작거리더니 르장드르 쪽으로 내밀었다.

"푸줏간을 합니다." 당통이 반응을 즐기면서 말했다.

"반갑소이다." 에로가 싹싹한 얼굴에 조금도 놀라움을 드러내지 않으면서 말했다. 그러나 나중에 당통은 소피나 내장이 묻지 않았나 하고 그가 은근슬쩍 소매를 살피는 모습을 보았다. 에로가 당통 쪽으로 돌아섰다. "오늘 팔레루아얄에 가보셨나요?"

"좀 시끄러웠다면서요."

"맞아요, 그런 데는 피하는 게 좋지." 루이즈 로베르가 뇌까렸다.

"그럼 카미유는 못 보셨겠군요."

"그 친구는 기즈에 있어요."

"아니, 돌아왔어요. 어제 장폴 마라라는 버러지 같은 자와 같이 있는 걸 봤거든. 아, 그 의사를 모르시나? 모르는 게 낫지, 유럽에 있는 나라의 절반에 전과 기록을 남긴 사람이거든요."

"한 사람을 너무 몰아붙이지 마세요." 당통이 말했다.

"그 사람이야말로 사람들을 몰아세운 전력이 화려하지. 그 사람은 아르투아 백작이 거느린 사병의 군의였는데 한 후작 부인의 애인이었다는 소문이 있어요."

"설마 그 말을 믿는 건 아니겠죠."

"보시오, 내 출신이 그런 걸 어쩌겠소." 에로가 살짝 짜증을 부리면서 말했다. "나도 애는 씁니다. 내가 드 케랄리오 양을 본떠서 가게라도 차려야 만족하겠소? 아니면 이분이 운영하는 정육점에서 걸레질이라도 하리까?" 그가 말을 끊었다. "아, 성질을 내면서 말을 이런 식으로 하면 안 되는데. 이 동네 분위기 탓인가 봅니다. 조심하시오, 마라가 끼어들고 싶어 할 테니."

"그런데 왜 그 신사분이 버러지입니까? 비유로 말씀하시는 거죠?"

"실제로 그렇다니까요. 그 사람은 자기 인생을 내팽개치고 가출을 해서 뜨내기처럼 살기로 마음먹은 사람이오." 에로는 치를 떨었다. 생각만 해도 끔찍한 모양이었다.

"무슨 일을 하는데요?"

"전부 뒤집어엎는 데 인생을 바치기로 한 사람 같습니다."

"아, 전부 뒤집어엎는다. 그거 괜찮은 사업 같은데. 아드님도 그쪽으로 한번 진출시켜보시죠."

"내가 당신한테 말하는 건 하나같이 사실이오. 가만, 내가 엉뚱한 소리를 하는군. 사실은 카미유한테 긴히 부탁 좀 해 달라고 당신을 찾아온 겁니다."

"아, 카미유." 르장드르가 말했다. 그러고는 해군 상선에 있던 시절 이후로는 거의 입에 올리지 않았던 상소리를 덧붙였다.

"그런 면이 있죠." 에로가 말했다. "하지만 카미유가 경찰에 끌려가는 걸 보고 싶진 않거든요. 팔레루아알에는 카미유처럼 의자 위에 올라서서 선동적인 연설을 하는 사람이 수두룩합니다. 지금도 거기 있는지 모르겠지만 어제는 있었고 그제도—"

"카미유가 연설을 한다고요?"

그럴 리는 없어 보였지만, 그래도, 가능성은 있었다. 당통의 마음에 떠오르는 그림이 있었다. 몇 주 전 늦은 밤이었다. 파브르는 술을 마시고 있었다. 모두 술을 마시고 있었다. 파브르가 우리는 공인(公人)이 될 거라고 말했다. "당통, 우리가 처음 만났을 때, 자네가 아이였을 때, 내가 자네 목소리에 대해서 말했잖아. 내가 말했지, 몇 시간이고 떠들 수 있어야 한다고, 목소리를 여기서, 여기서 끄집어올려야 한다고 했잖아. 그래, 자넨 좋아, 하지만 아직은 아니야. 법정하고는 또 달라. 우린 법정 밖으로 나가는 거거든." 파브르가 말했다.

파브르는 자리에서 일어났다. 손가락 끝으로 당통의 관자놀이를 짚었다. "손가락을 여기에 두라고. 울림을 느껴봐. 손가락을 여기, 여기 두고." 당통의 얼굴을 찔렀다. 광대뼈 아래를 찌르고 턱 옆을 찔렀다. "배우처럼 가르쳐줄게. 이 도시가 우리의 무대야."

카미유가 말했다. "에스겔 서. '이 도시는 솥단지고 우리는 고깃덩어리.'"

파브르가 돌아보았다. "자네도, 굳이 말 더듬지 않아도 돼."

카미유는 피곤한 듯이 두 손으로 눈을 덮었다. "좀 내버려 둬요."

"자네 같은 사람도," 파브르의 얼굴이 환해졌다. "자네 같은 사람도 내가 바로잡아주겠어."

파브르는 앞으로 튀어나가서 데물랭을 잡아 끌어 의자에 똑바로 앉혔다. 데물랭의 어깨를 붙잡고 흔들었다. "제대로 말하는 거다. 우리 둘 중 하나가 죽는 한이 있더라도."

데물랭은 방어하듯이 머리를 손으로 가렸다. 파브르는 계속 거칠게 밀어붙였다. 당통은 너무 피곤해서 끼어들 힘이 없었다.

이제 4월 아침의 화창한 햇살 아래 당통은 그런 일이 정말로 있기는 했는지 아련했다. 그래도 그는 걷기 시작했다.

팔레루아얄의 정원은 인산인해였다. 마치 한여름이라도 되는 듯이 이곳은 다른 어떤 곳보다도 더워 보였다. 아케이드의 점포들은 모두 문을 열었고 장사도 잘되었다. 사람들은 논쟁을 하거나 웃거나 돌아다녔다. 증권거래소에서 온 중개인들은 크라바트를 풀어헤치고 레모네이드를 마셨고 카페 손님들은 정원으로 쏟아져 나가 모자로 부채질을 했다. 젊은 아가씨들은 바람도 쐴 겸 여름 드레스도 뽐낼 겸 매춘부들과 겨룰 겸 나들이를 나왔다. 매춘부들은 한낮의 대목 기회를 놓치지 않고 우르르 모여들었다. 주인 없는 개들은 이를 드러내면서 뛰어다녔고 신문팔이들은 목청을 돋웠다. 공휴일 분위기가 났지만 그것은 위험한 공휴일, 날이 선 공휴일이었다.

데물랭은 의자 위에 서 있었다. 산들바람에 머리가 나부꼈다. 종이 한 장을 들고 있었는데 경찰 기록 같은 것을 읽어 내렸다. 낭독이 끝나자 그는 엄지와 검지로 종이를 든 팔을 쭉 뻗어서는 손가락을 놓았고 종이는 팔랑거리면서 땅바닥으로 떨어졌다. 군중은 웃으면서 휘파람을 불었다. 두 남자가 눈짓을 나누더니 군중 뒤편에서 슬그머니 자취를 감추었다. "첩자다." 프레롱이 말했다. 이어서 데물랭이 몹시 경멸하는 투로 왕비를 힐난하자 군중은 야유와 탄성으로 공분했다. 왕을 몹쓸 참모들로부터 구해내자는 이야기도 하고 네케르 씨 칭찬도 하자 군중은 박수를 보냈다. 데물랭은 또 선한 오를레앙 공작과 그가 인민을 염려하는 마음에 대해서도 말했고 군중은 모자를 허공으로 던지며 환호했다.

"저러다 잡혀 갈 겁니다." 에로가 말했다.

"이렇게 많은 사람 앞에서?" 파브르가 말했다.

"나중에 데려갈 겁니다."

당통은 아주 심각한 표정이었다. 군중은 점점 불어났다. 데물랭의 목소리는 조금도 주저하지 않고 군중에게 가 닿았다. 우연인지 연출인지 그는 확연히 파리 말씨를 쓰고 있었다. 사람들은 정원을 가로지르며 돌아다녔다. 보석가게의 꼭대기 창문에서 오를레앙 공작의 심복 라클로는 냉정하게 아래를 내려다보았다. 이따금 물잔을 홀짝거리면서 종이에다 뭔가를 적어 내려갔다. 갈수록 더위가 심해지는데 라클로 혼자만 서늘했다. 데물랭은 이마의 땀을 손가락으로 훔쳐냈다. 그러고는 곡물 투기꾼들을 공격했다. 라클로는 '이번 주의 최고'라고 썼다.

"우리한테 알려주셔서 고맙습니다." 당통이 말했다. "그런데 지금은 저 친구를 뜯어말릴 길이 없어 보이네요."

"다 내가 한 거야." 파브르가 말했다. 그의 얼굴은 기쁨으로 빛났다. "거봐, 카미유한테는 강하게 나가야 한다고. 한 대 쳐야 돼."

그날 저녁 데물랭이 프레롱의 아파트를 나서는데 두 신사가 다가와서 비롱 공작의 집으로 모시겠다고 정중히 요청했다. 마차가 기다리고 있었다. 가는 도중에는 아무도 말을 하지 않았다.

데물랭은 이런 침묵이 마음에 들었다. 목구멍이 아렸다. 말더듬증이 도졌다. 가끔 법정에서 변론을 하다가 열이 오르면 말을 더듬지 않을 때가 있었다. 화가 났을 때도 사라졌고 제정신이 아닐 때도, 신들렸을 때도 사라졌지만 결국 말더듬증은 되살아나곤 했다. 그리고 지금 그 증상이 다시 시작되었다. 이제는 그 방법을 써먹을 수밖에 없다. 한 문장을 끝내기 전에 그의 마음은 네댓 문장 앞으로 튀어나가서 발음하기 어려울 단어를 미리 짚어낼 수밖에 없었다. 그런다음 유의어를 생각해내야 하는데 그 유의어라는 것이 때로는 너무나 엽기적이어서 그냥 말하려는 내용을 바꾸는 수밖에 없었다. 그는 자기 머리가 좀 아프게끔 의자 팔걸이에 박아대던 파브르를 떠올렸다.

비롱 공작은 아주 잠깐만 얼굴을 비쳤다. 데물랭에게 고개를 한

번 끄덕 해주고는 복도를 통해서 집 안쪽으로 아련히 훌쩍 사라졌다. 공기가 답답했다. 벽에 걸린 초들이 빛을 흩뿌렸다. 소리를 흡수하는 태피스트리가 걸린 벽에는 여신들과 말들과 사내들의 모습이 어렴풋이 나타났다. 털실로 짠 무기, 털실로 짠 말굽, 옷의 주름은 장뇌 향과 습기를 내뿜었다. 그림의 주제는 아슬아슬한 추적이었다. 데물랭은 사냥개들과 턱에서 침을 질질 흘리는 스패니얼들과 고색창연한 의상을 입은 패기 없어 보이는 사냥꾼들을 보았다. 궁지에 몰린 수사슴이 개울에서 넘어졌다. 데물랭은 공포에 사로잡혀서, 도망치고 싶은 충동에 사로잡혀서 갑자기 걸음을 멈추었다. 안내하던 사람 중 하나가 그의 팔을 아주 부드럽게 잡고 앞으로 이끌었다.

라클로는 녹색 비단으로 벽을 두른 작은 방에서 데물랭을 기다리고 있었다. "앉게나." 라클로가 말했다. "나한테 자기 소개부터 해보게. 그리고 거기서 오늘 무슨 생각을 하고 일어섰는지 한번 말해보게." 데물랭은 자기를 누르고 절제하면서 사람의 신경을 이렇게 거리낌 없이 긁는 사람은 처음 보았다.

공작의 친구 드 실레리가 지나가다 들어와서는 데물랭에게 샴페인을 건넸다. '오늘 밤은 놀 거리도 없고 심심한데 이 여간내기가 아닌 꼬마 선동꾼하고 얘기나 해볼까.'

"돈 문제로 걱정이 많을 텐데 우리가 걱정을 덜어주겠네." 라클로가 말했다.

질문을 끝내자 라클로는 눈치채지 않게 신호를 보냈고 말수 없는 두 신사가 다시 나타났다. 그리고 똑같은 과정이 거꾸로 되풀이되었다. 발밑으로 느껴지는 대리석 바닥의 냉기, 닫힌 문들 뒤에서 수군거리는 목소리들, 보이지 않는 방들에서 갑자기 터져 나오는 웃음소리와 음악. 보니까 태피스트리는 가장자리가 백합, 장미, 파란 배들이었다. 바깥 공기는 이제 쌀쌀하지 않았다. 하인이 횃불을 높이 들었다. 마차가 다시 현관 앞에 있었다.

데물랭은 머리를 쿠션에다 푹 박았다. 안내원 하나가 그들의 얼굴이 거리에서 보이지 않도록 우단 커튼을 쳤다. 라클로는 저녁도 안 먹고 서류 작업으로 돌아갔다. 군중을 즐겁게 하는 저런 균형감 없는 녀석들이 공작을 잘 섬긴다고 라클로는 말했다.

4월 22일 수요일 저녁 가브리엘의 한 살 난 아들이 음식을 거부하고 숟가락을 밀쳐내더니 아기 침대에서 칭얼거리면서 힘없이 누워 있었다. 가브리엘은 아기를 자기 침대로 데려갔고 아기는 잠이 들었다. 그러나 새벽에 아기 이마에 뺨을 대보니 불덩어리였다.

카트린이 의사 수베르비엘을 부르러 달려갔다. "기침을 해요? 아직도 안 먹었다고요? 글쎄요, 별 거 아닙니다. 요즘 날씨가 워낙 그래서요." 의사가 말했다. 그는 아기 엄마의 손을 가볍게 두드렸다. "엄마부터 좀 쉬어야겠어요."

저녁이 되어도 통 차도가 없었다. 가브리엘은 한두 시간 눈을 붙이고는 카트린의 부담을 덜어주러 갔다. 등받이 의자에 앉아서 아기의 숨소리를 들었다. 이삼 분이 멀다 하고 아이를 만지지 않고는 마음이 놓이지 않았다. 손가락 끝으로 볼도 만져보고 붉게 달아오른 가슴도 만져보았다.

4시쯤 되니까 좀 좋아진 것 같았다. 체온이 떨어졌고 꼭 쥐었던 주먹도 풀어졌고 눈꺼풀을 떨구고 졸았다. 가브리엘은 마음을 놓고 의자에 몸을 파묻었다. 온몸이 파김치가 되었다.

그 다음에 가브리엘이 들은 것은 5시를 알리는 시계 소리였다. 꿈을 꾸다가 갑자기 정신이 번쩍 들면서 하마터면 의자에서 굴러 떨어질 뻔했다. 그녀는 일어섰다. 오슬오슬 몸살 기운이 있었다. 아기 침대를 한 손으로 잡고 균형을 잡았다. 아기 침대 위로 허리를 숙였다. 아기는 엎드린 채 쥐 죽은 듯이 가만히 있었다. 가브리엘은 만져보지 않고도 아이가 죽었음을 알았다.

몽트뢰유 거리와 포브르 생탕투안 거리가 만나는 네거리에는 그곳에 사는 사람들에게 티통빌로 알려진 큰 집이 있었다. 그 집의 이층은 레베용 씨라는 사람이 사는 (호화스럽다는) 아파트였다. 일층 밑에는 커다란 지하실들이 있었고 거기에서는 명품 포도주가 어둠 속에서 제 가치를 올리고 있었다. 일층에는 레베용 씨가 지닌 재력의 원천이 있었는데 바로 350명이 일하는 벽지 공장이었다.

레베용 씨는 원래의 주인이 파산하고 나서 티통빌을 손에 넣었다. 그는 티통빌을 수출 기업으로 키웠다. 레베용 씨는 부자였고 파리에서도 엄청나게 많은 인력을 쓰는 고용주였으니 그가 삼부회에 나가는 것은 자연스러운 일이었다. 4월 24일에 그는 생마르그리트 분구의 선출 모임에 부푼 희망을 안고 참석했고 이웃 사람들은 그의 말을 경청했다. "레베용, 호인이야. 뭘 좀 아는 사람이지."

레베용 씨는 빵 값이 너무 올랐다고 말했다. 사람들은 조용히 수군거리면서 약간 아부에 가까운 박수도 보냈다. 꼭 대단한 지적이라도 한 것처럼. 빵 값이 내려가면 고용주들은 임금을 깎을 수 있고 그렇게 되면 공산품 가격도 떨어진다고 레베용 씨는 말했다. 안 그러면 어떻게 되겠느냐고 레베용 씨는 물었다. 물가가 오르고 임금이 오르고 물가가 오르고 임금이 오르고…….

조석(礎石) 공장을 소유한 앙리오 씨가 이 지적에 흔쾌히 맞장구를 쳤다. 사람들은 문가에 죽치고 서서 바깥 시궁창에 서 있던 투표권이 없는 사람들에게 자투리 소식을 전했다.

레베용 씨의 계획 중에서 군중의 관심을 끈 것은 딱 하나, 임금을 깎겠다는 방안이었다. 생탕투안 사람들이 거리로 나왔다.

드 크론 경찰 부서장은 그 구역에서 말썽이 생길 수 있다고 이미 경고했다. 뜨내기 일꾼이 수두룩했고 실업률은 높고 비좁고 시끄럽고 일촉즉발이었다. 소식은 도시 곳곳으로 느리게 퍼져 나갔지만 생 마르셀 사람들은 들었다. 그리고 한 무리의 시위대가 강을 향하여 행진에 들어갔다. 선두에서 북을 치면, "죽어라!" 하고 모두 소리를 질렀다.

부자들 죽어라!
귀족 죽어라!
매석꾼 죽어라!
사제 죽어라!

시위대는 돕고 싶어서 안달이 난 목수 도제 덕분에 처형대를 5분 만에 뚝딱 만들어서 들고 다녔다. 처형대에 대롱대롱 매달린 것은 눈이 없는 두 개의 밀짚 인형이었다. 밀짚으로 된 팔다리에다 헌 옷을 쑤셔 넣었고 가슴팍에다가는 앙리오, 레베용이라고 분필로 이름을 적어 넣었다. 인형들은 그레브 광장에서 제대로 된 격식을 갖추어서 처형했다.

이 모든 것이 색다른 일은 아니었다. 지금까지 시위대는 고양이 한 마리 죽이지 않았다. 약식 처형은 일종의 의식이고 분노를 누그러뜨리는 역할을 한다. 프랑스 근위대 대령은 분노가 사그라들지 않을 만약의 사태에 대비하여 오십 명의 병사를 티통빌 부근으로 보내 경비를 세웠다. 그러나 대령은 앙리오의 집을 빠뜨렸고 행진을 벌이던 시위대가 코트 거리 쪽으로 방향을 틀어서 문들을 박살내고 불을 지르는 것은 식은 죽 먹기였다. 앙리오 씨는 무사히 빠져 나왔다. 사상자는 없었다. 레베용 씨는 대의원으로 뽑혔다.

하지만 월요일 즈음이면 사태는 더욱 심각해졌다. 생탕투안 거리로 새로 군중이 모여들었고 생마르셀에서도 군중이 흘러들었다. 시위대가 제방을 따라 행진을 하자 짐을 부리는 인부들도 따라나섰고 장작더미에서 일하던 일꾼들, 다리 밑에서 자던 노숙자들도 동참했다. 왕실 유리 공장에서 일하던 노동자들도 연장을 내려놓고 거리로 쏟아져 나왔다. 프랑스 근위병 이백 명이 추가로 투입되었다. 근위대는 티통빌 앞까지 물러나서 수레를 징발하여 바리케이드를 쳤다. 근위대 장교들이 마음의 동요를 느낀 것은 그때였다. 바리케이드 너머에는 오천 명, 아니 만 명도 있을 것 같았다. 도저히 가늠이 안 되었다. 지난 몇 달 동안 고비가 좀 있었지만 지금 여기에 댈 바가 아니었다.

공교롭게도 그날은 뱅센에서 경마 대회가 있었다. 멋진 마차들이 포부르 생탕투안 거리를 가로지를 때 잉글랜드 풍으로 차려입은 신사들과 숙녀들은 겁에 질렸고 오물과 돌바닥 위로 끌어내려졌다. 그들은 옥박질에다 "모리배는 물러가라"는 구호를 듣고 나서야 거칠게 부축을 받으면서 다시 마차의 자리에 앉을 수 있었다. 다수의 신사가 선의를 보이느라고 돈을 주었고 일부 숙녀는 이가 들끓는 도제와 악취를 풍기는 짐 마차꾼에게 연대의 표시로 입맞춤을 해야 했다. 오를레앙 공의 마차가 나타났을 때는 환호성이 일었다. 공작은 밖으로 나와서 낯 마디 위로의 말을 던졌고 군중 속에서 지갑을 비웠다. 뒤따르던 마차들은 억지로 세워졌다. "공작이 자기 군대를 사열하는군." 귀족 같은 목소리로 누군가가 카랑카랑 외쳤다.

근위병들은 총을 장전하고 기다렸다. 군중은 제자리에서 맴돌다가 이따금 수레로 다가가서 군인들에게 말을 걸기도 했지만 바리케이드를 공격하려는 움직임은 보이지 않았다. 뱅센에서는 잉글랜드 경마를 애호하는 사람들이 자기가 좋아하는 경주마를 응원했다. 오후가 지나갔다.

귀가하는 경마광들을 우회시키려는 시도가 조금 있었지만 오를레앙 공작 부인의 마차가 나타나자 일이 꼬였다. 공작 부인은 바리케이드를 지나가기를 원했다. 상황을 설명했지만 과묵한 공작 부인은 분부를 거두지 않았다. 예의와 편의가 맞섰다. 예의가 승리했다. 병사들과 구경꾼들은 바리케이드를 치우기 시작했다. 분위기가 반전되었다. 오후의 한가로움이 가시고 구호가 들리고 무기가 다시 나타났다. 군중은 공작 부인의 마차를 좇아 우우 몰려 들어갔다. 몇 분도 안 지나서 티통빌에는 태울 만하거나 부술 만하거나 집어갈 만한 것이 하나도 남지 않았다.

기마대가 도착했을 때 군중은 이미 몽트뢰유 거리의 점포를 털고 있었다. 군중은 기마병을 말에서 끌어내렸다. 보병들이 굳은 얼굴로 나타났다. 명령이 공기를 갈랐고 느닷없이 섬뜩한 총성이 터져 나왔다. 공포탄이었다. 그러나 그 소리를 누군가가 알아차리기도 전에 보병 하나가 위에서 떨어진 기왓장에 얼굴을 긁혔고 기왓장이 어디서 왔는지 알아보려고 보병이 얼굴을 쳐드는 순간, 그를 과녁으로 겨누었던 폭도가 또 한 장의 기왓장을 날려 그의 눈을 앗아 갔다.

1분도 안 되어서 폭도들은 문을 쪼개고 자물쇠를 부수었다. 몽트뢰유 거리의 지붕으로 올라가서 발밑의 기와를 뜯어냈다. 병사들은 기와 세례를 받으며 얼굴과 머리를 손으로 가리면서 뒤로 물러섰다.

손가락 사이에서 배어 나온 피가 쓰러진 주검들 위로 뚝뚝 떨어졌다. 그들은 발포했다. 오후 6시 30분이었다.

8시 무렵에 증원군이 도착했다. 폭도들은 뒤로 밀려났다. 걸을 수 있는 부상자들은 부축을 받으며 갔다. 머리에 숄을 두른 여자들이 거리에 나타나서 양동이로 물을 퍼다가 상처를 씻어주었고 피를 많이 흘린 사람들에게 마실 물을 주었다. 가게가 털렸고 문은 경첩에서 떨어져 나가 삐걱거렸고 집들은 벽돌까지 발가벗겨졌다. 박살 난 기와와 깨진 유리 위로 걸어 다녀야 했다. 피범벅이 된 기와는 끈적거렸고 숯 덩어리가 된 나무를 따라서 불길이 작게 피어 올랐다. 티통빌에서는 지하실이 털렸고 술통을 따고 술병의 목을 깬 남녀가 자기들이 게운 토사물에 목이 막혀 인사불성으로 누워 있었다. 프랑스 근위대는 저항하지 못하는 몸들을 곤봉으로 마구 치며 복수했다. 적포도주가 시냇물처럼 돌바닥 위로 흘렀다. 9시에 완전 군장을 한 기마대가 당도했다. 스위스 근위대는 대포 여덟 문을 가져왔다. 날이 저물었다. 거리에서 치워야 할 주검이 삼백 구였다.

장례식이 있던 날까지 가브리엘은 밖으로 나가지 않았다. 생후 일 년 동안 무절제하고 무분별하게 우유 욕심을 내면서 이미 죄를 짊어진 작은 영혼을 위해 침실에서 두문불출하면서 기도했다. 나중에는 일찍 죽은 무고한 아이들을 위해 교회에 가서 촛불을 붙였다. 지금은 굵은 눈물이 뺨으로 천천히 흘러내렸다.

루이즈 젤리가 위에서 내려왔다. 루이즈는 하녀들이 미처 챙기지 못한 일을 눈치 빠르게 해치웠다. 아기 옷가지와 담요를 보따리에 쌌고 아기가 갖고 놀던 공과 헝겊 인형도 여기저기서 모아다가 한 아름 안고 위로 올라갔다. 루이즈의 작은 얼굴은 단호했다. 유족들을 많이 접해보아서 유족들의 감정을 다 받아주면 안 된다는 사실을 알기라도 하는 듯했다. 루이즈는 가브리엘 옆에 앉았다. 여인의 통통한 손이 소녀의 마른 손아귀에 들어갔다.

"그런 거라고." 당통 변호사가 말했다. "이제 좀 살아봐야지 싶었는데 이게 망할 놈의 조물주 지혜라니—" 부인과 소녀는 놀라서 얼굴을 들었다. 그는 찌푸렸다. "이런 종교에서는 더는 위안을 찾을 게 없어."

아기를 묻고 나서 가브리엘의 친정 부모는 딸과 함께 집으로 왔다. "앞날을 생각하렴." 앙젤리크가 다독였다. "아이를 열 명은 더 낳을 거다." 사위는 비참한 표정으로 허공을 물끄러미 응시했다. 샤르팡티에 씨는 한숨을 내쉬면서 서성거렸다. 그는 무력감을 느꼈다. 창문으로 가서 거리를 내다보았다. 가족들은 식사를 해야 한다며 가브리엘을 달랬다.

오후로 접어들면서 방 안의 분위기가 또 달라졌다. 어쨌든 사람은 살고 볼 일이었으니까. "세상 돌아가는 소식을 훤히 알던 사람이 이렇게 갇혀 있으려니까 좀 그렇네." 샤르팡티에 씨가 말했다. 그는 여자들끼리만 있도록 자리를 피해주자는 신호를 사위에게 보내려고 애썼다.

당통은 마지못해 일어섰다. 그들은 모자를 쓰고 붐비고 시끄러운 거리를 지나 팔레루아얄과 카페 푸아 쪽으로 걸어갔다. 샤르팡티에 씨는 사위를 대화로 끌어들이려고 시도했지만 실패했다. 사위는 앞만 보면서 먼저 걸어갔다. 도시의 학살은 그가 알 바 아니었다. 자기를 챙기기에도 바빴다.

인파를 헤치고 카페로 들어가면서 샤르팡티에가 말했다. "난 모르는 사람들이네."

당통은 둘러보았다. 아는 사람이 너무나 많은 데에 놀랐다. "팔레루아얄 애국파가 여기서 모임을 합니다."

"뭐 하는 사람들인가?"

"할 일 없는 사람들 왜 있잖습니까."

비요바렌이 사람들을 비집고 그들 쪽으로 왔다. 당통은 몇 주째 그에게 일을 하나도 주지 않았다. 그의 누런 얼굴이 짜증스러운 데다 같이 일하는 파레도 동네의 게으른 불평분자들과 언제까지 같이 갈 수는 없다고 말했었다.

"이걸 다 어떻게 생각하나?" 언제 보아도 못마땅해 보이는 비요바렌의 작은 눈이 기대에 부풀어 있었다. "데물랭이 드디어 자기 본색을 드러냈더군. 오를레앙 사람들 쪽이야. 돈으로 매수한 거지." 비요바렌이 당통의 어깨 너머를 보았다. "오, 호랑이도 제 말 하면 온다더니."

데물랭은 혼자 왔다. 조심스레 주변을 살폈다. "조르주자크, 그동안 어디 있었어? 일 주일째 못 봤잖아. 레베용을 어떻게 생각하나?"

샤르팡티에가 나섰다. "내 생각에는 거짓말이고 왜곡이야. 레베용만 한 주인은 이 도시에 없다네. 지난 겨울에도 휴직 기간 내내 직원들에게 봉급을 줬어요."

"그러니까 레베용을 자선사업가로 보신다는 건가요?" 데물랭이 말했다. "나중에 뵙죠, 브리소한테 할 말이 있어서 이만."

당통은 그때까지 브리소를 본 적이 없었지만, 보고도 못 알아보고 넘어갔을 가능성도 물론 얼마든지 있었다. 브리소는 데물랭 쪽으로 돌아서서 고개를 끄덕하고는 다시 함께 있던 일행에게로 돌아서서 말했다. "아니, 아니, 아니, 순전히 입법자이지." 브리소는 돌아서서 데물랭에게 손을 내밀었다. 브리소는 마르고 빈약한 체형에다 내성적이었고 좁은 어깨는 기형에 가깝게 굽어 있었다. 좋지 않은 건강과 가난 탓에 서른다섯이라는 나이가 무색하게 늙어 보였지만 오늘은 야윈 얼굴과 창백한 눈이 학교에 처음 등교하는 아이처럼 기대에 차 있었다. "카미유, 나는 신문을 낼 생각이오."

"조심하세요." 당통이 말했다. "경찰이 호락호락 방치하지 않을 겁니다. 신문을 배포하지 못할 수도 있어요."

브리소의 눈이 허공을 가로질러 당통의 큰 몸으로 가더니 위로 올라갔다가 흉터가 있는 얼굴을 훑었다. 그는 소개를 청하지 않았다.

"처음에는 4월 1일부터 시작해서 일 주일에 두 번을 낼 생각이었소. 그러다가 4월 21까지 기다렸다가 일 주일에 네 번 내자, 이랬다가 다시, 아니지, 삼부회가 열리는 다음 주까지 기다리자고 생각했고요. 대서특필하기에 딱 좋을 때니까. 베르사유에서 파리까지 온갖 소식을 거리에 알리는 겁니다. 경찰한테 찍혀도 상관없어요. 바스티유에는 전에 한번 가봤으니까 또 가도 괜찮겠죠. 피유생토마 지구의 선거를 거드느라 그동안 정말 짬이 안 났어요. 사람들은 내 조언을 절실히 바라거든요—"

"어련하시겠어요." 데물랭이 말했다. "맨날 듣는 소리긴 하지만요."

"비방하지 마시오." 브리소가 점잖게 말했다. 그의 눈 주변 잔주름에는 조바심이 어려 있었다. "내가 신문을 꾸려 갈 가능성이 없다고 생각한다는 거 압니다. 하지만 우린 이제 일 초가 금쪽 같죠. 한 달 전에 우리가 여기까지 전진하리라고 누가 생각이라도 할 수 있었나요?"

"이 사람은 삼백 명이 죽은 걸 전진이라고 말하네?" 샤르팡티에가 말했다.

"내 생각은—" 브리소는 말을 끊었다. "내 생각은 따로 만나서 다 이야기하겠소. 여기에는 경찰 끄나풀이 있을 거요."

"거기 있군 뭘." 뒤에서 어떤 목소리가 말했다.

브리소는 움찔했지만 돌아서지는 않았다. 그리고 그 말을 들었나 싶어서 데물랭을 바라보았다. "마라가 그런 말을 퍼뜨리죠. 내가 그 사람을 끌어올리고 알리느라고 얼마나 애를 많이 썼는데 돌아오는 건 중상과 비방뿐이오. 내가 동지라고 불렀던 사람들한테서 경찰한테 당한 것보다 더 심하게 당했죠." 브리소는 중얼거렸다.

데물랭이 말했다. "당신의 문제는 번복한다는 겁니다. 삼부회가 나라를 구할 거라고 말하는 거 제 귀로 들었어요. 이 년 전에는 먼저 군주제를 없애지 않으면 아무것도 못 한다고 했죠. 어느 쪽입니까, 어떻게 돼야 하는 겁니까? 아뇨, 대답 안 해도 됩니다. 그리고 이 폭동의 원인에 대한 조사가 이루어질까요? 천만에요. 몇 사람 목 매달고 끝낼 겁니다. 왜? 아무도 감히 진상을 캐묻지 않기 때문이지요. 루이도 네케르도 심지어 공작 자신도. 하지만 레베용이 범한 중죄는 오를레앙 공이 발탁한 후보에 맞서서 삼부회 대의원으로 입후보했다는 사실임을 우리는 다 압니다."

쉿, 소리가 들렸다. "그건 몰랐네." 샤르팡티에가 말했다.

"그 정도 규모가 되리라곤 예상 못 했소." 브리소가 속삭였다. "각본이 있었고 사람들도 매수했지만 만 명을 동원한 건 아니었소. 아무리 공작이라도 만 명에게 줄 돈은 없어요. 사람들이 제 발로 나선 거지요."

"그래서 각본에 차질이 생겼다?"

"잘 이끌어야 했는데." 브리소가 머리를 흔들었다. "우린 무질서를 바라지 않아요. 우리가 이용해야 하는 사람들과 한자리에 있으면 나도 모르게 떨려." 브리소가 당통 쪽을 가리켰다. 당통은 샤르팡티에 씨와 함께 앞서 다른 곳으로 걸어갔다. "저 사람을 봐요. 차림새로 보아 존경받는 시민이 아닐까 싶은데. 그렇지만 저 사람은 손에 창을 쥐어야 가장 행복해할 사람이오."

데물랭의 눈이 휘둥그래졌다. "저 사람은 당통 변호사예요. 국왕 참사회 위원이고요. 속단은 금물이죠. 당통 변호사는 실은 입각할 수도 있는 사람입니다. 자신의 미래가 어디 있는지는 본인도 모르지만요. 그건 그렇고, 브리소, 왜 그리 기운이 없죠? 인민을 두려워하는 겁니까?"

"난 인민과 하나요." 브리소가 경건하게 말했다. "인민의 순수하고 숭고한 영혼과 하나요."

"그렇지 않죠. 당신은 인민이 냄새가 나고 그리스어를 못 읽는다고 업신여기죠." 데물랭은 미끄러지듯 가로질러 당통에게 갔다. "저 사람은 자넬 자객으로 생각하던데." 데물랭은 신이 나서 말했다. 이번에는 샤르팡티에한테 말했다. "브리소는, 뒤퐁 양하고 결혼했어요. 뒤퐁 양은 펠리시테 드 장리스 밑에서 살림을 거들었죠. 그래서 오를레앙하고 인연이 닿은 겁니다. 전 저분을 진심으로 존경해요. 외국에서 오래 살았고 외국 경험에 대해서 글도 쓰고 이야기도 하죠. 혁명을 할 만한 그릇입니다. 제빵사의 아들이지만 아주 유식하고, 오만하기는 하지만 그만큼 고생을 많이 했으니까요."

샤르팡티에 씨는 얼떨떨했고 화도 났다. "카미유 이 사람아, 자네는 공작의 돈을 받는 사람인데 우리한테 레베용이 제물이 되었다고 시인하는 것은—"

"아, 지금은 레베용이 중요한 게 아닙니다. 그 사람은 그런 말을 하지 않았더라도 아마 행동으로는 옮겼을 겁니다. 아마 생각도 했을 수 있고요. 진실 그 자체는 이제 중요하지 않습니다. 중요한 것은 거리에서 사람들이 하는 생각입니다."

"모르겠네, 나도 지금 돌아가는 판이 별로 마음에 안 들지만 개혁 작업이 자네들 같은 사람들 손에 들어간다고 생각하면 끔찍하네." 샤르팡티에가 말했다.

"개혁이라고요?" 데물랭이 말했다. "전 개혁에 대해 말하는 게 아닙니다. 이 도시는 올 여름에 폭발할 겁니다."

당통은 비통한 마음에 속이 아리고 울렁거렸다. 데물랭과 따로 아기의 죽음에 대해서 말하고 싶었다. 그러면 데물랭은 말을 잇지 못할 것이다. 하지만 데물랭은 다가올 학살을 계획하면서 아주 행복해한다. 이 친구의 신나는 한 주에 찬물을 끼얹을 수야 없지. 당통은 생각했다.

베르사유

이 행진에는 엄청나게 공을 들였다. 그것은 단지 일어나서 걷는 문제가 아니다.

온 나라가 기대와 희망에 부풀었다. 오래 기다렸던 바로 그날이 되었다. 천이백 명의 삼부회 대의원이 엄숙하게 생루이 교회로 행진해서 들어갔다. 그곳에서 낭시 주교 라 페르 예하가 미사를 베풀고 그들의 장도에 주님의 축복을 내렸다.

성직자, 제1신분. 자리에 모인 주교들이 쓴 주교관에서 5월 초의 낙천적인 빛이 반짝거리고 그들이 입은 성복의 보석 빛깔에서 명멸한다. 귀족들이 뒤따른다. 똑같은 빛이 삼백 개의 칼자루에서 번쩍이고 비단에 싸인 삼백 개의 등을 따라 즐겁게 미끄러져 내린다. 삼백 개의 하얀 모자 깃이 산들바람에 하늘하늘 나부낀다.

그러나 그들보다 앞서 제3신분 평민들이 온다. 그들은 의전장의 인솔 아래 수수한 흑색 외투 차림으로 나타난다. 육백 명이나 되는 사람들이 어마어마하게 큰 검은 민달팽이처럼 행진한다. 저럴 바에야 차라리 허름한 농사꾼 작업복을 입고 지푸라기라도 씹으며 들어오게 할 것이지. 그러나 사람들이 전진하면서 이 굴욕적인 모습은 새로운 성격을 띤다. 이 상복은 연대의 표식이다. 그들은 가장무도회의 손님으로 온 것이 아니라 구체제의 사망을 보려고 온 것이 아니던가. 수수한 크라바트 위로 굳은 얼굴에 어떤 자부심이 드러난다. 겉치레는 가라, 우리는 목적을 품은 사람들이다.

막시밀리앙 드 로베스피에르는 자기 고장에서 온 대표단과 함께 걸어갔다. 그는 두 농민 사이에 있었다. 고개를 돌리면 브르타뉴 대의원들의 억센 턱을 볼 수 있었다. 어깨들이 그를 파묻었고 에워쌌다. 로베스피에르는 길에 나란히 서서 환호하는 군중의 모습을 보고 싶은 욕망을 누르고 앞만 똑바로 쳐다보았다. 이곳에는 그를 아는 사람이 하나도 없었다. 아무도 딱히 그를 위해 환호하지 않았다.

군중 속에서 데물랭은 드 부르빌 신부를 만났다. "날 못 알아보네." 신부가 앞으로 밀고 나오면서 투덜거렸다. "학교에 같이 다녔잖아."

"그래, 그렇지만 그때는 하도 추워서 넌 뺨이 퍼랬는데."

"난 널 바로 알아봤어. 하나도 안 변했네, 열아홉 살 같아."

"이제는 경건해진 거냐, 드 부르빌?"

"딱히 그런 건 아니야. 루이 쉴로는 본 적 있어?"

"한 번도. 그렇지만 나타나지 않을까."

그들은 행렬 쪽으로 다시 돌아섰다. 일순간 데물랭은 자신이 이 모든 것을 짰으며 삼부회는 자신의 지시로 행진을 하고 있으며 파리와 베르사유 전체가 자기 한 사람을 중심으로 돌아간다는 비이성적 확신에 사로잡혔다.

"저기 오를레앙이 있네." 드 부르빌이 데물랭의 팔을 잡아당겼다. "봐, 삼부회하고 같이 걷겠다고 우기네. 의전장이 그러시면 안 된다고 빌고 있군. 식은땀이 났네. 봐, 비롱 공작이야."

"그래, 나도 알아. 공작 저택에 가본 적이 있거든."

"저긴 라파예트다." 미국 독립전쟁의 영웅은 은색 조끼 차림으로 씩씩하게 걸음을 내디뎠다. 라파예트의 창백하고 젊은 얼굴은 심각했고 뭔가에 약간 정신이 팔린 것 같았다. 유난히 뾰족한 그의 머리는 앙리 4세풍의 삼각모자 안에 숨어 있었다. "저 사람도 알아?"

"명성만 들었어." 데물랭이 뇌까렸다. "워싱턴의 양아들."

부르빌이 웃었다. "그걸로 글 한 편 써야겠네."

"썼어."

생루이 교회에서 드 로베스피에르는 통로 옆 좋은 자리를 차지했다. 미사가 진행되는 동안 몸을 움직일 수 있어 좋았고 거물들의 행차를 가까이에서 볼 수 있어서 좋았다. 얼마나 가까웠느냐 하면 넘실거리는 주교들의 행렬이 잠깐 갈라지면서 의도한 것은 아니었지만 보라빛 성복과 소매 사이로 왕이 그를 정면으로 쳐다볼 정도였다. 왕의 살찐 체구는 황금빛 천으로 감싸였고 왕비가 고개를 돌리면 (이렇게 가까이에서 뵙는 것은 두 번째랍니다, 전하.) 왕비의 머리에 꽂힌 백로 깃털이 그를 다정하게 부르는 것만 같았다. 보석이 박힌 그릇 안의 성찬 빵은 작은 태양이었다. 태양은 주교의 두 손 안에서 이글거렸다. 국왕 부부는 황금빛 백합으로 수놓인 우단 차양 아래 뀌민식에 사리를 삽았다. 이윽고 합창이 울려퍼졌다. 찬미 성가의 경건함도 로베스피에르의 머릿속에 떠오르는 생각을 막진 못했다.

오 살루타리스 호스티아*

(왕관을 팔 수 있다면 당신은 프랑스를 위해 뭘 살 수 있습니까?)

퀘 코엘리 판디스 오스티움

(왕은 졸다시피 하고)

벨라 프레문트 호스틸리아

(왕비는 도도해 보인다.)

다 로부르 페르 아욱실리움

(왕비의 얼굴은 합스부르크 왕가 사람처럼 길쭉하군.)

우니 트리노퀘 도미노

(재정 적자 전하)

시트 셈피테르나 글로리아

(밖에서는 여자들이 오를레앙을 외친다.)

퀴 비탐 시네 테르미노

(여긴 내가 아는 사람이 하나도 없다.)

노비스 도네트 인 파트리아

(카미유가 여기 어딘가에 있을 텐데 어딘가.)

아멘

"봐, 봐." 데물랭이 드 부르빌에게 말했다. "막시밀리앙이야."

"어, 있구나. 우리 친애하는 친구. 언젠가 이런 날이 올 줄 알았

---

* 이 곡은 〈구원을 위한 희생(O Salutaris Hostia)〉이다. 가톨릭 전례에서 미사의 영성체 때나 성체 조배를 할 때 부르는 성체 찬미가이다. 가사는 다음과 같다. "구원의 희생 되시어, 천국의 문을 여시는 주, 원수가 우리 괴롭히니, 위로와 힘을 주소서./ 삼위일체이신 하느님, 영원히 영광 받으소서, 비오니 주여, 우리에게 영원한 생명 주소서."

지."

"내가 저기 있어야 하는데. 저 행렬 안에. 드 로베스피에르는 나보다 덜 똑똑하거든."

"뭐?" 드 부르빌은 어이없어하면서 돌아보았다. 웃음이 그를 삼켰다. "자네보다 덜 똑똑한 건 고매하신 루이 16세지. 우리 교황께옵서도 마찬가지고. 대의원 말고 되고 싶은 게 뭐야?" 데물랭은 대답하지 않았다. "대의원 말고는 없다." 신부는 배꼽을 잡는 척했다.

"미라보도 있네. 신문을 창간한다더군. 나도 거기에 기고할 거야." 데물랭이 말했다.

"어떻게 줄이 닿은 거야?"

"아직. 내일 알아볼 거야."

드 부르빌은 데물랭을 흘겨보았다. 거짓말쟁이. 그는 생각했다. 언제나 거짓말쟁이였지. 아니, 그건 너무 가혹하겠네. 낭만을 좇는다고 해 두자. "아무쪼록 행운을 빈다. 왕비가 어떤 대접을 받는지 봤지? 정말 끔찍하지 않아? 오를레앙한테는 환호하면서 말이야. 라파예트한테도. 미라보한테도."

그리고 당통한테도, 데물랭은 연습 삼아 속으로 나직이 덧붙였다. 당통은 지금 큰 사건을 맡았으니, 구경도 하러 오지 않을 것이다. 그리고 데물랭한테도, 데물랭은 다시 덧붙였다. 사람들은 데물랭한테 가장 환호했다. 데물랭은 무지근한 실망에 잠겼다.

지난 밤에는 밤새도록 비가 왔다. 예배 행진이 시작된 10시쯤 이른 뙤약볕 아래 거리에서는 김이 피어올랐지만 정오 무렵이 되니 땅은 아주 뜨겁고 바짝 말라붙었다.

데물랭은 베르사유에 있는 대의원 사촌의 아파트에서 자고 가기로 이미 말을 해 두었다. 사촌이 체면 때문에라도 거절을 하지 못하도록 그는 용의주도하게 여러 사람이 있는 자리에서 부탁을 했다. 사촌 집에 도착한 것은 자정이 한참 지나서였다.

"지금까지 어디 있다 오는 거야?" 드 비프빌이 말했다.

"비롱 공작하고. 장리스 백작하고도 함께 있었어요." 데물랭이 웅얼거렸다.

"어, 그래." 비프빌이 말했다. 데물랭의 말을 믿어야 할지 말아야 할지 몰라서 그는 짜증이 났다. 한바탕 언쟁을 벌일 수도 있었겠지만 다른 사람이 있어서 참았다.

벽난로가 있는 구석에 조용히 앉아 있던 젊은이가 일어섰다. "이만 가보겠습니다, 드 비프빌 씨. 제가 말씀드린 거 한번 생각해보세요."

드 비프빌은 소개할 생각이 아예 없어 보였다. 젊은이가 데물랭에게 말을 걸었다. "바르나브라고 합니다. 들어보셨을 것도 같은데."

"들어보다마다요."

"저를 말썽꾼이라고만 생각하실지도 모르겠군요. 그렇지만도 않다는 걸 보여드렸으면 참 좋겠습니다. 두 분 그럼 편히 쉬세요."

그는 문을 당겨서 조용히 걸어나갔다. 데물랭은 따라나가서 질문을 던지고 인연을 다지고 싶은 마음이 굴뚝 같았지만 그날은 경외하는 마음을 너무 혹사한 날이었다. 이 바르나브라는 사람은 도피네 지방에서 왕령에 맞서는 운동을 주도한 사람이었다. 사람들은 그를 호랑이라는 애칭으로 불렀다. 데물랭이 방금 본 자는 평범하고 붙임성 있는, 주먹코를 가진 젊은 변호사였다.

"왜 그래? 실망했나? 생각한 거하고 달라서?" 드 비프빌이 캐물었다.

"저 사람은 왜 왔어요?"

"자기 방침을 지지해 달라고. 나를 15분밖에 만나주지 않았어, 그것도 한밤중에."

"그래서 모멸감을 느끼나요?"

"내일 다 볼 텐데 뭐, 이권을 놓고 각축전을 벌이겠지. 다들 한몫 잡으려고 들어온 거잖아."

"당신의 그 조그만 시골뜨기 신념을 흔들 수 있는 게 정녕 없단 말인가요? 당신은 우리 아버지보다 더 나빠요." 카미유가 말했다.

"카미유, 내가 네 아버지였으면 벌써 오래 전에 네 멍청한 모가지를 비틀었을 거야."

궁전과 저편 도시에서 시계들이 1시를 치기 시작했다. 한마음으로 애도하는 듯한 분위기였다. 드 비프빌은 돌아서서 방을 나가 잠자리로 갔다. 데물랭은 그의 소책자 〈자유 프랑스〉의 초고를 꺼냈다. 한 장 한 장 읽고 나서 한 번에 북 찢어서는 불에다 떨어뜨렸다. 현 상황을 따라잡는 데 실패한 글이었다. 다음 주, 바라건대, 다음 달, 다시 쓰리라. 불꽃 속에서 그는 글을 쓰는 자신의 모습을 볼 수 있었다. 잉크가 종이 위로 번지고 손은 머리를 이마 뒤로 쓸어넘겼다. 창 밑에서 덜커덕거리는 마차 소리가 끊겼을 때 데물랭은 의자에 몸을 웅크리고 죽어 가는 불 옆에서 잠이 들었다. 5시에 빛이 덧문 사이로 스며들었고 거무스름하고 시큼한 빵을 싣고 첫 수레가 베르사유 시장 쪽으로 지나갔다. 그는 잠에서 깨어 의자에 앉아서 그 이상한 방을 둘러보았다. 느리게 식어 가는 불길처럼 알 수 없는 불안이 엄습했다.

시종 같지 않고 경호원 같은 시종이 말했다. "당신이 이걸 썼습니까?"

그의 손에는 데물랭이 처음으로 쓴 시론 〈프랑스 인민을 위한 철학〉이 들려 있었다. 그리고 마치 그 소책자가 영장이라도 되는 듯이 흔들어댔다.

데물랭은 움츠러들었다. 벌써 8시가 가까웠는데도 미라보의 집 대기실은 북적거렸다. 모든 베르사유가, 모든 파리가 미라보 접견을 원했다. 데물랭은 그 남자의 공격성에 초라해졌고 보잘것없어졌고 아주 납작해졌다. "맞습니다. 내 이름이 표지에 적혀 있습니다."

"됐소, 백작님이 당신을 찾으셨습니다." 시종이 그의 팔꿈치를 잡아끌었다. "같이 가시죠."

여태까지 순탄한 일이 없었는데 이렇게 순탄하다는 것이 믿겨지지 않았다. 미라보 백작은 조각가 일행이라도 맞이하려던 참인 양 예스러움이 돋보이는 진홍색 비단 잠옷을 걸치고 있었다. 수염을 깎지 않아 백작의 얼굴은 땀으로 약간 번질거렸다. 얼굴은 얽은 자국이 있고 누르스름했다.

"철학자께서 방문하셨군." 미라보가 말했다. "퇴치, 커피 한 잔 주게." 그리고 가만히 돌아섰다. "이리 오게." 데물랭은 머뭇거렸다. 자신에게 무기가 부족하다고 느꼈다. "이리 오라잖나." 백작이 힘주어 말했다. "나 위험한 사람 아니야." 백작은 하품을 했다. "적어도 이 시각에는 말이지."

백작의 눈초리는 물리적으로 주먹질을 하는 것 같았고 사람을 위압하려고 만들어진 것 같았다. "언제 한번 짬을 내서 자네를 이리로 데려오려고 했거든. 그런데 불행하게도 왕이 나를 부르기를 기다리면서 시간 낭비를 하는 통에."

"당연히 모셔 가야 한다고 생각합니다."

"오호, 자네는 내 편인가?"

"각하의 논리적 전제로 논쟁을 벌일 수 있어 영광입니다."

"황송해라. 난 아첨꾼을 굉장히 좋아한다네." 미라보가 비아냥거리듯이 말했다.

데물랭은 이 점을 이해할 수 없다. 오를레앙 사람들이 그를 바라보는 방식, 지금 미라보가 그를 바라보는 방식을. 마치 그를 염두에 두고 모종의 계획을 짜 둔 것처럼. 어릴 때 신부들이 데물랭을 포기한 뒤로 아무도 그를 염두에 두고 계획을 짜지 않았다.

"꼴이 이래서 미안하네." 백작이 부드럽게 말했다. "일 때문에 밤늦게까지 붙들려 있네. 솔직히 정치 때문에 항상 그런 건 아니지만 말이야."

이건 당치 않은 소리임을 데물랭은 간파한다. 필요하다면 백작은 수염을 깎고 말짱하게 자신의 숭배자들을 맞을 것이다. 백작이 하는 행동은 하나부터 열까지 계산된 것이고 소탈한 사과에는 마음을 졸이며 자기를 기다리던 사람들을 압도하고 위축시키려는 의도가 깔려 있다. 백작은 무표정한 시종 퇴치의 얼굴을 빤히 들여다보다가 마치 그 남자가 농담이라도 한 것처럼 껄껄 웃더니 웃음을 그치고서 말했다. "데물랭 변호사, 난 자네 글이 마음에 드네. 감정이 가득 담겼고 마음을 울려."

"전에는 시를 썼습니다. 이제는 시에는 재주가 없다는 것을 압니다."

"운율을 따져야 하니까 제약이 많겠지."

"감정을 많이 실을 생각은 없었습니다. 저는 제 글이 정치인의 글로 읽히기를 바랍니다."

"그건 나이 든 사람들한테나 맡겨 두고. 이걸 다시 할 수 있겠나?" 백작은 소책자를 들어올렸다.

"아 그거 — 예, 물론이죠." 데물랭은 그 첫 소책자에 어느새 경멸을 품었고 그 경멸감은 자기 글이 좋다고 평한 사람한테까지도 뻗어나간 듯했다. "할 수 있습니다. 숨 쉬는 것처럼 자연스러운 일이라서. 연설은 해도 보시다시피 말은 잘 못 합니다."

"연설 잘하면 됐지, 이 사람아. 팔레루아얄에서 연설하잖아."

"억지로 하는 거죠."

"나는 천성이 선동가야." 백작이 고개를 돌리자 보기 좋은 얼굴선이 드러났다. "말은 언제부터 더듬었나?"

미라보는 말더듬증이 무슨 장난감이나 고상한 혁신이라도 되는 것처럼 들리게 말했다. 데물랭이 대답했다. "굉장히 오래됐습니다. 일곱 살 때부터요. 집을 처음 떠난 뒤로 죽 그랬죠."

"가족을 떠나니까 많이 힘이 들던가?"

"이제는 기억이 안 납니다. 아무래도 힘들어했겠지요. 떠나니까 속 편하더라는 말을 또박또박 발음하기가요."

"아, 그런 가족이었군." 미라보는 빙긋 웃었다. "나도 아침을 먹다가 버럭 화를 낸다든가 근친상간의 결과라든가 가정 불화에 대해서는 구석구석 잘 아는 편이지." 미라보는 손을 내밀어서 데물랭을 방 안으로 불러들였다. "돌아가신 선왕이, 우리 집안의 갈등만 중재하는 대신이 있어야 한다고 입버릇처럼 말했을 정도니까. 우리 집안은 아주 오래된 집안이야. 아주 굉장하지."

"그러세요? 저희 집은 그런 척만 합니다."

"아버지는 무슨 일을 하시나?"

"사법행정관입니다." 데물랭은 정직해야 한다는 강박관념에서 서둘러 덧붙였다. "아쉽게도 아버지께는 실망만 크게 안겨드렸지요."

"됐네. 중간계급 얘기는 들어도 도무지 이해가 안 가니까. 좀 앉지 그러나. 자네 이력을 좀 알아야겠어. 자, 어디서 공부했지?"

"루이르그랑에서요. 제가 지방 교구 사제한테 배웠을 거라고 생각하셨나요?"

미라보는 커피잔을 내려놓았다. "드 사드가 거기 다녔지."

"굉장히 특이한 졸업생이었죠."

"재수 없이 드 사드하고 한방에 투옥된 적이 있어. 내가 그 사람한테 한마디 했지. '선생, 나는 선생하고 어울리기 싫습니다. 선생은 여자를 토막토막 썬다면서요.' 미안하네, 이야기가 옆으로 샜군." 미라보는 의자에 몸을 파묻었다. 무엇에도 용서를 구하는 법이 없는 막되어먹은 귀족. 데물랭은 엄청나게 허영심이 많고 분수를 모르는 미라보가 거물처럼 구는 모습을 지켜보았다. 백작은 움직이고 말할 때 어슬렁거리고 으르렁거렸다. 쉬는 모습을 보면 자연사 박물관의 싸구려 박제 사자가 떠올랐다. 죽었지만 죽을 정도로 죽지는 않은. "계속하게." 그가 말했다.

"왜요?"

"왜 내가 자네 같은 사람한테 신경을 쓰느냐고? 자네처럼 재주 있는 사람을 오를레앙 공작의 못된 패거리들 손에 넘겨서야 쓰겠는가? 난 자네한테 조언을 해줄 용의가 있네. 공작이 자네한테 조언을 해주던가?"

"아니요. 한 번도 이야기를 나눈 적이 없습니다."

"참 처량도 하군. 당연히 없겠지. 날 봐, 난 관심을 보이잖아. 나는 재주꾼들을 부린다네. 그 친구들을 난 종이라고 부르지. 난 농장 저 밑바닥까지 모두가 행복하기를 원해. 내가 어떤 사람인지는 당연히 알겠지?"

데물랭은 아네트가 미라보에 대해서 어떻게 말했는지 기억한다. 파산자에 부도덕한 자. 아네트의 생각은 가구와 벽에 주렁주렁 달린 낡은 장식물과 째깍거리는 벽시계로 북적거리며 백작이 턱을 긁고 있는 이 좁고 답답한 방에는 어울리지 않아 보인다. 방에는 풍요의 증거가 흩뿌려져 있다. 왜 우리는 방탕과 폭식과 나태를 가리켜 풍요라고 부르는지 데물랭은 문득 궁금해졌다. 파산 면책을 받지 못했는데도 백작은 비싼 물건을 사들이는 데에 어려움이 없어 보인다. 백작이 사들이려는 비싼 물건 중에는 데물랭도 들어가는 듯하다. 부도덕으로 말할 것 같으면 백작은 그것을 시인하고 싶어서 미친 사람처럼 보인다.

"자, 그 정도 뜸을 들였으면 생각은 충분히 했을 테지." 백작은 한 번에 가볍게 일어섰다. 가운이 질질 끌렸다. 그리고 데물랭의 어깨에 팔을 두르고 창으로 흘러드는 햇빛 쪽으로 그를 끌고 갔다. 갑작스러운 온기가 마치 백작의 눈부신 온기처럼 보였다. 내쉬는 숨에서 술 냄새가 났다. "말해야 할 것 같은데, 내 주변에는 복잡하고 추잡한 과거가 있는 사람들이 있다네. 난 그런 사람들하고 있으면 편해. 그리고 카미유 자네가 팔레루아얄에서 독이 든 꽃다발처럼 팔던 그 열정과 감정은—" 그러면서 데물랭의 머리를 만졌다. "그리고 어렴풋하지만 알아볼 수 있는 자네의 흥미로운 성적 양면성—"

"언제나 이런 식으로 사람을 분해하시나요?"

"자네가 마음에 드네." 미라보는 무미건조하게 말했다. "자네는 뭐든 절대로 부정하는 법이 없거든." 그는 데물랭한테서 떨어졌다. "손으로 쓴 〈자유 프랑스〉라는 소책자가 나돌더군. 자네가 썼나?"

"네. 말랑말랑한 글이 제 글의 전부라고 생각하지는 않으셨겠죠?"

"물론이지, 데물랭 변호사. 자네도 자네의 노예와 필경사를 두고 있다는 걸 알아. 자네의 정치 성향을 한마디로 말해주게."

"공화주의자."

미라보는 욕을 내뱉었다. "군주제는 나한테는 신념이야. 나는 그 게 필요해. 군주제로 나를 주장할 작정이거든. 자네처럼 생각하는 지하의 동지들이 많은가?"

"아뇨, 대여섯 명을 넘지 않습니다. 프랑스 전역에서 공화주의자 를 찾아봐야 대여섯 명을 넘지 않을 겁니다."

"이유가 뭐라고 생각하나?"

"사람들이 현실을 이겨내지 못하기 때문이라고 생각합니다. 사람 들은 왕이 휘파람을 불어서 자기들을 시궁창에서 불러내서는 자리 를 하나씩 줄 거라고 생각하지요. 그런 세상은 이제 무너질 판인데 말이죠."

미라보가 시종에게 소리를 쳤다. "퇴치, 옷 좀 내 오게. 아주 화려 한 것으로다가."

"검은색입니다." 퇴치는 들들 밀고 들어왔다. "대의원이시잖습니 까."

"아이고, 잊어버렸네." 미라보는 대기실을 향해 고개를 끄덕였다. "듣자하니 저쪽은 고집이 좀 센 듯하군. 그래, 한꺼번에 다 들여보 내, 그게 괜찮겠네. 오, 제네바 망명 정부가 납시었군. 잘 있었소, 뒤 로브레 씨, 뒤몽 씨, 클라비에르 씨. 이 사람들은 노예들일세." 그는 다 들리는데도 귓속말로 데물랭에게 말했다. "클라비에르는 재무대 신을 바라지. 어떤 나라라도 좋대. 참으로 특이한 야심이지."

브리소가 허섭지겁 늘어왔다. "저는 탄압받고 있습니다." 그가 말 했다. 처음으로 정말 그래 보였다.

"안됐구먼." 미라보가 말했다.

그들은 방을 채우기 시작했다. 제네바 사람들은 연한 비단옷을 입었고 대의원들은 검은 옷에 큼지막한 책을 팔에 들었고 브리소는 추레한 갈색 외투 차림으로 나타났다. 분을 바르지 않은 그의 가느다란 머리털은 고대 로마인을 따르려는 듯이 이마에서 곧게 잘려 있었다.

"페티옹 대의원? 좋은 시간 보내시구려." 미라보가 말했다. "어디서? 샤르트르? 그거 좋지. 찾아와주셔서 고맙소이다."

미라보는 돌아섰다. 세 사람과 동시에 이야기를 나누고 있었다. 그의 관심을 받든가 못 받든가 둘 중 하나였다. 페티옹 대의원은 관심을 못 받았다. 페티옹은 거구였지만 무럭무럭 자라는 강아지처럼 보기 좋게 살이 붙어 서글서글해 보였다. 그는 웃으면서 방 안을 둘러보았다. 이윽고 나른해 보이는 그의 파란 눈에 초점이 잡혔다. "아하, 악명 높은 데물랭."

데물랭은 화들짝 놀랐다. 앞에다 토를 달지 않았으면 더 좋았을 것을. 하지만 이제 시작이었다.

페티옹이 경위를 밝혔다. "파리에는 잠깐 들렀습니다. 카페마다 당신 이름이 들리더군요. 거기다가 드 로베스피에르한테 당신 이야기를 자세히 들었기 때문에 보자마자 척 알아봤지요."

"드 로베스피에르를 아신다고요?"

"좀 아는 편입니다."

그럴 리가 있나, 데물랭은 생각했다. "좋게 말하던가요?"

"당신이라면 깜빡 죽던데요." 데물랭을 보는 페티옹의 눈에서 빛이 번쩍 났다. "다들 그렇게 생각해요. 이런, 못 미더워하는 눈빛이군요."

미라보의 목소리가 방에서 쩌렁쩌렁 울려퍼졌다. "브리소, 오늘 팔레루아얄은 어떻던가?" 그는 대답을 기다리지 않았다. "보나마나 이번에도 지저분한 음모극을 퍼뜨렸겠지. 착한 오를레앙 공작만 빼놓고. 그 사람은 음모를 꾸미기에는 너무 단순해. 허구한 날 여자 거기만 생각하는 자거든."

"제발. 백작님, 제발 좀……." 뒤로브레가 말했다.

"천 번이라도 사과드리지." 백작이 말했다. "고결한 칼뱅의 도시에서 온 분이라는 걸 깜빡했소이다. 그렇지만 사실이외다. 정치 수완에 대한 감각은 퇴치가 더 나아요. 훨씬."

브리소가 발을 동동 굴렀다. "공작에 대해서는 삼가세요. 라클로가 여기 있어요." 그가 소근거렸다.

"거기 계신 줄 몰랐소이다." 백작이 말했다. "무슨 좋은 소식 있으신가?" 그의 목소리는 나긋나긋했다. "그 더러운 책 장사는 좀 어떤가?"

"여긴 웬일이시오?" 브리소는 웅성거리는 대화 틈새로 데물랭에게 물었다. "어떻게 백작과 사이가 좋아졌소?"

"나도 잘 모릅니다."

"여러분, 주목하세요." 미라보는 데물랭을 자기 앞으로 밀고 큰 반지가 끼워진 자기의 손을 데물랭의 어깨 위에 얹었다. 미라보는 이제 또 다른 종류의 동물이었다. 우리에서 빠져나온 사납고 위험한 곰이었다. "이분이 나의 새로운 노획물 데물랭 변호사입니다."

페티옹 대의원은 데물랭을 보며 다정하게 웃었다. 라클로는 데물랭과 시선이 마주치자 고개를 돌렸다.

"사, 여러분, 제가 옷 입을 시간을 좀 주시지요. 퇴치, 신사 분들에게 문을 열어드리게. 바로 나가겠습니다." 사람들이 줄지어 나갔다. "자넨 남고." 백작이 데물랭에게 말했다.

사람들이 빠져나간 방은 침묵이 감돌았다. 백작은 한 손으로 얼굴을 훑어 내렸다. "희극이 따로 없지." 그가 말했다.

"제가 보기엔 시간 낭비 같지만 전 이런 일이 어떻게 진행되는지를 모릅니다."

"자네가 많이 알지는 못하지만 어쨌든 자네만의 고지식한 소견 정도는 품을 수 있는 거지." 미라보는 두 팔을 벌리고 쿵쿵 방을 가로질렀다. "미라보 백작은 승승장구야. 그자들은 나를 봐야 해. 저 승사자를 봐야 해. 라클로는 뾰족한 코를 실룩거리면서 여기에 오지. 브리소도 마찬가지고. 브리소 그 친구는 사람을 힘들게 해, 잠시도 가만있지 않거든. 내 말은 자네처럼 방 안을 돌아다닌다는 게 아니라 안절부절못한다는 거야. 그건 그렇고, 자네 오를레앙한테서 돈을 받겠구먼. 그거 괜찮지. 먹고는 살아야 하니까, 기왕이면 남의 돈으로 살아가는 게 좋은 거지. 퇴치, 면도를 해도 되겠네, 입에는 비누 거품을 바르지 말아, 말을 해야 하니까."

"매일 그러시면서 새삼스럽게." 시종이 말했다. 주인은 몸을 앞으로 당기면서 시종의 옆구리를 주먹으로 쳤다. 퇴치는 뜨거운 물을 조금 흘렸을 뿐 끄떡도 하지 않았다.

"애국자들이 날 여기저기서 불러대." 미라보가 말했다. "애국파! 그 단어를 쓰지 않으면 우린 한 문단도 못 끝내는 거 알잖나. 자네가 쓴 시론이 한두 달 안에 뜰 거야."

데물랭은 앉아서 침울하게 미라보를 바라보았다. 바다로 떠내려가기라도 하는 것처럼 마음이 차분해졌다.

백작이 말했다. "출판업자들은 소심한 족속이야. 내가 지옥을 관장할 만한 권한이 있다면 특별히 그 사람들을 위한 구역을 만들어서 하얗게 달아오른 인쇄기 위에서 그자들을 서서히 구울 거야."

데물랭은 미라보의 얼굴을 보며 눈을 껌벅거렸다. 데물랭은 미라보의 긴장감 있는 표정을 들여다보며 악마도 진땀을 빼는 사람은 자신만이 아님을 알 수 있었다. "결혼은 했나?" 백작이 불쑥 물었다.

"안 했지만, 약혼은 한 셈입니다."

"여자가 돈이 있나?"

"아주 많죠."

"말할 때마다 솔직한 게 마음에 들어." 미라보는 퇴치를 손짓으로 멀리 보냈다. "내 생각엔 자네가 베르사유에 있을 때만이라도 여기로 들어오는 게 좋을 듯한데. 너무 큰 일을 맡으려고 하지 말게나." 그는 크라바트를 당겼다. 기분이 바뀐 모양이었다. "저기 말이지 카미유, 어쩌다가 여기까지 왔나 싶을 거야. 그런데 나도 그런 생각을 하거든. 내가 여기 베르사유까지 와서 궁정에서 연락이 오기를 기다리는 것도 그렇고, 그것도 내 글과 연설과 내가 사람들한테서 얻는 지지의 힘으로……. 그리고 왕국에서 내가 응분의 역할을 드디어 맡게 되는 것도 그렇고……. 왜인고 하니 왕이 사람을 보낼 수밖에 없지 않겠어? 낡은 해법을 다 써먹었는데도 먹혀들지 않으면?" 미라보는 부드럽게 말했다.

"그렇겠죠. 하지만 백작님이 얼마나 위험한 적수가 될 수 있는가를 왕에게 똑똑히 보여줘야겠지요."

"맞아. 그리고 그건 또 하나의 도박이 되겠지. 자살을 생각해본 적 있나?"

"이따금 하나의 가능성으로 떠오르긴 하죠."

"알고 보면 다 장난이야." 백작이 말을 잘랐다. "반역죄로 피고석에 앉았을 때 자네가 건방지게 굴기를 바라네." 그는 목소리를 다시 깔았다. "그래, 무슨 말인지 알겠어, 그것도 하나의 선택지지. 사람들은 아무 후회가 없다고 말하고 그걸 자랑스러워하지만, 자네한테 하는 말이지만, 난 후회하네. 내가 졌고 지금도 매일 지는 빚, 내가 망가뜨리고 떠나 보낸 여자들, 나도 어쩌지를 못 하고 도저히 억누르는 요령을 배우지 못했고 때를 기다리며 참는 법을 익히지 못한 나의 천성, 그래, 자네한테 말할 수 있지만, 죽음은 고통의 유예였을 거야. 나한테서 시간을 떼어내주었을 거야. 그렇지만 난 어리석었어. 지금 내가 살고 싶어 하는 이유는 —" 미라보는 말을 끊었다. 그는 자기는 고생이 팔자라고, 자신이 저지른 실책에 자기 얼굴이 파묻혔다고, 삶의 바닥이 무너지고, 목이 졸리고 비참해졌다고 말하고 싶었다.

"이유는?"

미라보는 씩 웃었다. "그자들에게 지옥을 안겨주기 위해서지."

그곳은 '여흥전'이라고 불렸다. 지금까지 이 방은 왕실 공연을 위한 무대 장치를 보관하는 데 쓰였다. 이 두 가지 사실 때문에 말이 많았다.

왕은 이곳이 삼부회를 위한 모임 장소로 적당하다고 판단하고 목수와 화가를 불러들였다. 그들은 우단을 두르고 술을 매달고 장식 기둥도 좀 뜯어내고 금빛으로 사방에 칠을 했다. 그렇게 하는 것이 값도 싸게 먹혔고 그런 대로 화려해 보였다. 왕의 자리 오른쪽과 왼쪽에는 제1신분과 제2신분이 앉는 자리가 마련되었지만 평민은 뒤편의 딱딱한 나무 의자에 앉게 되었다. 그나마 자리도 부족했다.

시작부터 좋지 않았다. 왕은 엄숙하게 입장하고 나서 좀 바보스럽게 웃으면서 장내를 둘러본 뒤 모자를 벗었다. 그리고 자리에 앉은 다음 다시 모자를 썼다. 눈부신 성복과 은빛 외투도 바스락거리면서 일제히 자리를 잡았다. 삼백 개의 깃이 올려졌다가 삼백 개의 고귀한 머리에 다시 놓였다. 그러나 의전 규정에 따르면 군주 앞에서 평민은 모자를 벗고 내내 서 있어야 한다.

잠시 후 얼굴이 벌건 한 남자가 평범한 모자를 이마 위로 푹 눌러 쓰고 있는 대로 소리를 내면서 자리에 털썩 앉았다. 제3신분이 일제히 자리에 앉았다. 미라보 백작은 몸싸움을 벌이며 엉덩이를 의자로 들이밀었다.

전하는 냉정을 잃지 않고 일어나서 연설을 시작했다. 그렇지 않아도 이곳의 입장 허락이 떨어질 때까지 세 시간을 기다린 가난한 사람들을 오후 내내 세워 두는 것은 이치에 맞지 않다고 왕은 생각했다. 그래, 저자들이 먼저 선수를 쳤으니 그냥 넘어가자. 왕은 말하기 시작했다. 잠시 후 뒷줄들이 앞줄 쪽으로 기울어졌다. "뭐야? 뭐라는 거야? 안 들려."

이유가 즉시 밝혀진다. 이 넓은 방에서는 폐활량이 큰 거구만이 성과를 올릴 것이다. 그런 사람이 자기임을 알기에 미라보는 웃는다.

왕은 정말 아주 조금 말했다. 미국 독립전쟁 때문에 짊어진 빚에 대해서 말했다. 조세 제도를 개혁하겠노라고 했다. 그러나 어떻게 할지는 말하지 않았다. 그 다음에는 대법관이자 국새경인 바랑탱 씨가 일어났다. 그는 경솔한 행동과 위험한 혁신을 경고하면서 삼부회에 내일 신분별로 따로따로 모여서 임원을 뽑고 절차를 정하라고 권했다. 그리고 자리에 앉았다.

삼부회가 단일 기구로 공동 모임을 열고 표결도 머릿수에 따라 해야 한다는 것이 평민들의 염원이다. 세 신분이 각기 따로 모여서 토의하고 표결하는 것은 결국 평민 신분의 패배를 의미했다. 성직자 대표 291명, 귀족 대표 270명, 평민 대표 578명. 머릿수 표결만이 평민들에게 희망이다. 그러지 못할 바엔 차라리 집에 돌아가는 편이 낫다.

그러나 네케르의 연설까지는 들어야 한다. 재무총감이 자리에서 일어나자 장내는 기대에 차서 조용해졌다. 막시밀리앙 드 로베스피에르는 벤치에서 살그머니 몸을 당겨 앉았다. 네케르가 연설을 시작했다. 바랑탱보다는 잘 들린다. 숫자, 숫자, 숫자였다.

십 분 뒤 막시밀리앙 드 로베스피에르의 눈이 여흥전 안에 있던 다른 사람들의 눈을 좇았다. 궁궐 시녀들은 선반 위에 얹힌 도자기처럼 의자 위에 포개져 있었다. 그들은 옴짝달싹할 수 없는 가운과 치마살과 옷자락에 갇힌 채 굳어 있었다. 모두 허리를 곧추세우고 앉아 있었다. 그러다가 지치면 등을 뒤로 눕혀 뒤에 앉은 시녀의 무릎에 기댔다. 십 분이 지나면 그 무릎들이 실룩거리고 들썩거린다. 그럼 앞줄의 시녀가 다시 허리를 곧추세운다. 이내 그녀는 눈꺼풀이 처지고 꼼지락거리고 하품하고 실룩거리고, 허용된 그 작은 공간 안에서 자세를 바꾸고 부스럭거리고 말없이 속으로 신음하면서 고문이 어서 끝나기를 빈다. 몸을 앞으로 숙여서 비몽사몽이 된 머리를 자기 무릎 위에 얹을 수만 있다면 얼마나 좋을까! 그들이 똑바로 앉아 있는 것은 자존심 때문이라고 보아야 하리라. 가여워라, 로베스피에르는 생각했다. 가련한지고. 척추가 성하지 못하리라.

삼십 분이 지났다. 네케르는 자기 목소리를 시험해보려고 미리 이곳에 와본 게 틀림없다. 소리가 꽤 잘 들린다. 하나같이 말도 안 되는 소리라는 것이 애석할 따름이다. 우리가 바란 것은 구호였다. 로베스피에르는 생각했다. 우리가 바란 것은 멋진 표현 같은 것이었다. 영감이라고 해도 좋다. 네케르는 이제 허덕거렸다. 목소리가 점점 희미해졌다. 이것은 틀림없이 예견된 일이다. 네케르는 대독자(代讀者)를 준비했다. 그는 연설문을 대독자에게 건넸다. 대독자는 일어나서 시작했다. 그는 요란하고 탁한 목소리를 냈다.

로베스피에르는 이제 한 여인을 바라보았다. 왕비. 남편이 말을 할 때 왕비는 찡그리면서 집중하려는 노력을 조금 보여주었다. 바랑탱이 일어섰을 때는 눈을 내리깔았다. 이제 왕비는 아주 대놓고 주변을 둘러보았다. 평민들이 앉은 의자를 훑어보았다. 왕비는 자기를 지켜보는 이들을 바라보았다. 무릎으로 시선을 떨구고 손가락을 살짝 움직여 빛을 받아 반짝거리는 다이아몬드의 섬광을 잡아낸다. 머리를 들고 턱이 뻣뻣한 얼굴을 다시 이리저리 돌린다. 찾고 또 찾는 듯하다. 무엇을 찾는 것일까? 검은 외투 위로 솟아오른 얼굴……. 적수일까? 친구일까? 왕비의 부채가 살아 있는 새처럼 왕비의 손에서 꿈틀거린다.

세 시간 뒤 머리가 어질어질한 대의원들이 햇빛으로 비틀비틀 나간다. 미라보 주위로 금세 많은 사람이 모여들었다. 미라보는 사람들에게 한 수 가르치려고 네케르의 연설을 분석하고 있었다. "여러분, 이건 대단치 않은 역량을 지닌 은행 직원한테서나 기대할 법한 연설이올시다. 적자로 말할 것 같으면, 적자야말로 우리의 가장 큰 우군인 셈이오. 왕이 돈을 걸 필요가 없다면 우리가 여기 있겠소?"

"여기 없는 게 차라리 낫습니다. 머릿수대로 투표를 하지 않는다면 말이죠." 한 대의원이 말했다. 미라보가 그 남자의 어깨를 철썩 내리쳐서 남자는 균형을 잃었다.

로베스피에르는 멀찍이 물러났다. 우연히라도 미라보의 손에 등짝을 두들겨 맞는 위험을 감수하고 싶지는 않았다. 미라보의 주먹질은 거침이 없었다. 그 순간 누가 어깨를 툭 쳤다. 살짝 건드리는 수준이었다. 돌아보니 브르타뉴 대의원 중 한 사람이었다. "전술 회의, 오늘 밤, 내 방, 8시, 괜찮소?"

로베스피에르는 끄덕였다. 전술이 아니라 전략이겠지. 그는 생각했다. 가장 유리한 시간과 장소와 상황에서 적을 밀어붙이는 요령.

페티옹 대의원이 단숨에 달려왔다. "왜 겸손하게 숨어 있소, 드 로베스피에르? 자 보시오, 당신 친구를 찾아냈소." 대의원은 씩씩하게 미라보를 둥글게 에워싼 사람들의 무리로 뛰어들더니 잠시 후 카미유 데물랭을 끌고 나왔다. 페티옹은 감성적인 사람이었다. 두 사람의 해후를 옆에서 지켜보면서 흐뭇해했다. 미라보는 열을 올리면서 바르나브와 토론을 벌였다. 데물랭은 드 로베스피에르의 두 손을 부여잡았다. 드 로베스피에르의 손은 차갑고 듬직했고 건조했다. 데물랭은 마음이 놓였다. 그는 친구의 어깨 너머로 멀어져 가는 미라보를 힐끗 보았다. 일순간, 백작이 아주 다르게 보였다. 떠들썩한 통속극에나 어울리는 번지르르한 속물. 데물랭은 극장을 떠나고 싶었다.

5월 6일 성직자와 귀족은 각각 배정된 방에서 따로 모임을 열었다. 그러나 여흥전 말고는 제3신분을 수용할 만큼 큰 공간이 없었다. 그들은 있던 곳을 그대로 쓸 수 있게 되었다. "왕이 실수한 거지. 진지를 우리 손에 넘겨준 셈이니까." 드 로베스피에르가 말하고는 스스로도 놀랐다. 육군 공병 장교였던 라자르 카르노와 이따금 대화를 나누다가 얻어들은 것이 좀 있었던 모양이다. 조만간 이 많은 대의원들 앞에서 연설을 하는 살 떨리는 시도를 한번 해야 한다. 아라스가 너무도 아득해 보인다.

제3신분은 당연히 실제로는 아무런 일도 추진할 수가 없다. 일을 추진하는 것은 따로 모임을 여는 현재의 신분을 받아들이는 셈이다. 그들은 이것을 받아들일 수 없다. 그들은 다른 두 회의에 돌아와서 합치자고 요청한다. 귀족과 성직자는 거부한다. 막다른 골목이다.

"그러니까 다음부터는 내가 말하는 건 뭐든지 받아 적어."

제네바에서 온 하인들은 무릎에 받쳐놓은 책들 위에다 종이 쪽지를 놓고 앉아 있었다. 책상으로 쓰였을 법한 공간의 표면이 백작의 종이 쪽지들로 남김없이 덮였다. 그들은 경험 많은 혁명가들처럼 아는 척 서로 눈길을 주고받았다. 백작은 종이 뭉치를 흔들면서 성큼성큼 걸었다. 그는 진홍색 잠옷을 입고 있었다. 큼지막한 털북숭이 손가락에 끼워진 반지들이 촛불을 받아 숨막히는 방 안에 불꽃을 피워냈다. 새벽 1시였다. 퇴치가 들어왔다.

퇴치: 어르신…….
미라보: 나가.
(퇴치가 문을 당겨서 닫고 나간다.)
미라보: 그러니까 귀족은 우리한테 합류할 마음이 없는 거야. 우리의 제안을 백 표라는 압도적 차이로 부결했거든. 성직자도 우리한테 합류할 마음이 없지만 표 차이는 얼마더라, 백삼십삼 대 백십사던가?
제네바인들: 맞습니다.
미라보: 엇비슷하지. 의미심장한 수치라고.
(그는 다시 돌아다니기 시작한다. 제네바 사람들은 끄적거린다. 새벽 2시 15분. 퇴치가 들어온다.)

퇴치: 어르신, 아주 난해한 이름을 가진 남자가 만나뵈려고 11시부터 줄곧 기다리고 있습니다.

미라보: 난해한 이름이라니?

퇴치: 알아듣기가 힘듭니다.

미라보: 종이 쪽지에다 이름을 적으라고 해서 가져오면 되잖아, 이 얼간이!

(퇴치가 나간다.)

미라보: (이야기가 옆길로 샌다.) 네케르. 도대체 네케르가 뭐길래? 공직에 앉을 자격이 뭐가 있냐고? 그런데 도대체 왜 그렇게 좋아 보이지? 그건 말이지, 그 친구는 빛이 없고 첩도 없어서야. 요즘 세상이 바라는 것은 불알도 안 달린 스위스 좀생이인 건가? 아니, 뒤몽, 그건 적지 마.

뒤몽: 네케르를 부러워하시는 것처럼 들리네요. 대신으로 앉은 것이.

(새벽 2시 24분. 퇴치가 종이 쪽지를 들고 온다. 미라보는 그것을 슥 받아서 호주머니에 넣는다.)

미라보: 네케르는 잊어버려. 어차피 다들 잊어버릴 테니까. 주제로 돌아가서. 그렇다면 성직자를 노릴 수밖에 없단 소리거든. 우리한테 합류하라고 설득할 수만 있다면…….

(3시 15분에 그는 주머니에서 종이 쪽지를 꺼낸다.)

미라보: 드 로베스피에르. 과연 특이한 이름이군……. 이제 그 열아홉 명의 사제한테 모든 게 달렸어. 우리한테 합류하라고 권할 게 아니라 우리한테 합류하도록 감동을 주는 연설을 내가 해야 할 모양이군. 진부한 연설이 아니라 위대한 연설. 사제들의 이익과 과업을 명백히 앞에다 제시하는 연설.

뒤로브레: 미라보라는 이름을 영원히 명예롭게 만들 연설이겠지요, 덧붙여 말하자면.

미라보: 그렇지.

(퇴치가 들어온다.)

미라보: 허, 이거야 원, 2분마다 들락거리면서 문을 쾅쾅 닫는 자네를 보면서 내가 참아야겠나? 드 로베스피에르 씨는 아직 있나?

퇴치: 예, 어르신.

미라보: 참을성이 보통이 아니군. 나도 그런 참을성이 있으면 좋으련만. 그 순한 대의원한테 초콜릿이라도 한 잔 대접하게, 퇴치. 기독교인답게 자선을 베푼다 치고, 그리고 곧 만나겠다고 이르게.

(새벽 4시 30분. 미라보는 말한다. 제스처의 효과를 살피려고 거울 앞에 자주 선다. 뒤몽 씨는 잠이 들었다.)

미라보: 드 로빈페르 씨 아직 있나?

(새벽 5시. 사자후는 사라지고 없다.)

미라보: 자, 모두들 고맙네 고마워. 이 고마움을 어찌 다 표현할까. 뒤로브레 이 사람아, 자네는 박식하고 뒤몽 이 사람아, 자네는 코고는 재주까지 남다르고, 이런 재능이 나의 천재적인 웅변술과 결합되어서—

(퇴치가 문틈으로 고개를 빼꼼히 들이민다.)

퇴치: 끝나셨습니까? 아직도 있습니다.

미라보: 우리의 위대한 작업이 마무리되었다. 들여보내, 들여보내.

(좁고 답답한 방으로 들어서는 아라스에서 온 대의원의 머리 뒤로 동이 튼다. 담배 연기가 눈을 찌른다. 그는 불리하다는 느낌이 들었다. 옷이 구겨지고 장갑이 더러워져서다. 집에 가서 갈아입고 올걸. 더 단정치 못한 미

라보는 젊고 허약하고 지친 그를 뜯어본다. 드 로베스피에르는 집중을 해야만 웃을 수가 있다. 손톱을 물어뜯은 작은 손을 내민다. 손은 건너뛰고 미라보는 그의 어깨를 가볍게 만진다.)

미라보: 로비스페르 씨, 앉으시오. 아 — 의자가 있나?

로베스피에르: 괜찮습니다. 계속 앉아 있었습니다.

미라보: 미안하오. 업무가 워낙…….

로베스피에르: 괜찮습니다.

미라보: 미안하오. 나를 원하는 대의원하고는 누구든 만나려고 노력한다오.

로베스피에르: 오래 걸리지 않을 겁니다.

(미안하다는 말은 그만, 미라보는 스스로에게 말한다. 괜찮다지 않나. 괜찮다고 방금 말하지 않았나.)

미라보: 특별한 용건이라도 있소, 드 로베르시피에르 씨?

(대의원은 주머니에서 접힌 종이들을 꺼내서는 미라보에게 건넸다.)

로베스피에르: 내일 제가 했으면 하는 연설 원고입니다. 이걸 보시고 저한테 논평을 좀 해주실 수 있을까 모르겠습니다. 좀 긴데, 잠자리에 드셔야겠죠……?

미라보: 당연히 봐야지. 그건 일도 아니오. 연설 주제가 뭐요, 드 로베스페르 씨?

로베스피에르: 성직자를 제3신분에 합류시켜야 한다는 겁니다.

(미라보가 빙글 돌아선다. 그의 주먹이 종이들을 움켜쥔다. 뒤로브레는 머리를 손에 얹고 알아듣지 못할 소리를 낸다. 그러나 백작이 드 로베스피에르를 보려고 다시 돌아섰을 때 그의 표정은 차분하고 목소리는 비단결 같다.)

미라보: 드 로빈페르 씨, 그대를 축하하지 않을 수가 없소. 그대

는 내일 우리가 놓쳐서는 안 될 핵심을 짚었소. 이 제안이 성공하도록 대비를 단단히 해야 하지 않겠소?

로베스피에르: 물론이죠.

미라보: 우리 모임의 다른 회원들도 똑같은 핵심을 짚었을 수 있겠다는 생각은 하시오?

로베스피에르: 그야, 그렇겠죠, 아무도 그런 생각을 안 했다는 게 더 이상하겠죠. 그래서 제가 만나뵈러 온 겁니다, 그런 방안을 강구하실 거라고 생각했습니다. 모두 자리에서 일어나서 똑같은 말을 하는 건 좀 그렇지 않습니까?

미라보: 그건 염려 안 해도 되겠지, 나도 그 주제를 다룬 짤막한 연설 초안을 작성했으니까. (미라보는 연설을 해보고 읽어도 본다.) 같은 대의원들 사이에서 지명도가 있고 연설 경험도 좀 있는 사람이 문제를 제기하는 것이 아무래도 낫다고 생각하오만. 성직자들은 아직, 뭐라고 말하면 좋을까, 아직 비범한 재능을 드러내지 않은 사람의 말은 경청할 가능성이 낮을 테니까 아무래도.

로베스피에르: 드러내요? 우린 요술쟁이가 아닙니다, 선생님. 우린 모자에서 토끼를 꺼내자고 여기 있는 게 아닙니다.

미라보: 확신이 좀 지나치군.

로베스피에르: 만일 사람이 비범한 재능을 지녔다고 한다면, 그걸 드러내기에 이보다 더 좋은 기회가 또 있을까요?

미라보: 무슨 말인지는 알겠는데 대의를 위해서 이번에는 그대가 양보하면 좋겠네. 청중을 휘어잡을 자신이 있거든. 알려진 이름이 대의를 알리는 것이 가끔은—

(미라보가 갑자기 멈춘다. 젊은이의 섬세한 삼각형 얼굴에서 희미한 경멸의 기미가 눈에 들어온다. 그러나 목소리는 아직도 공손하다.)

로베스피에르: 제 연설도 썩 괜찮은 연설입니다. 중요한 점을 다 짚거든요.

미라보: 그래, 하지만 문제는 연사라니까. 솔직히 말하겠소, 드 로베르페르 씨, 온 밤을 연설 준비로 보냈고 내가 그걸 꼭 전달하고 싶소. 가능한 한 모든 호의와 우정을 담아 그대에게 첫 연설 기회는 다음으로 미루든가 아니면 나를 지지하는 몇 마디로 그쳐 달라고 부탁하리다.

로베스피에르: 아뇨, 저는 그럴 마음의 준비가 안 되어 있습니다.

미라보: 허, 준비가 안 되어 있다? (언성이 높아질 때마다 대의원이 주춤하니 미라보는 뿌듯하다.) 우리 모임에서 더 무게가 나가는 건 나야. 자넨 무명이고. 자네 말을 듣겠다고 자기들끼리 하던 이야기를 멈출 리도 없을걸. 이 연설문 좀 보라고, 장황하고 과장되었어, 자넨 야유를 받으면서 연단에서 내려올걸세.

로베스피에르: 겁주셔봐야 안 통합니다. (허풍이 아니다. 미라보는 상대를 뜯어본다. 그는 경험을 통해서 대부분의 사람을 겁줄 수 있음을 배웠다.) 연설하시는 걸 제가 못 하게 하려는 게 아닙니다. 정 해야겠다면 하세요, 저도 제 걸 하겠습니다.

미라보: 이 사람아, 똑같은 내용이 아니냐는 말이야.

로베스피에르: 압니다. 하지만 선생님은 선동가로 알려져서 사람들이 썩 신뢰하지 않을 수 있으리라고 생각했습니다.

미라보: 선동가?

로베스피에르: 정치인이죠.

미라보: 그럼 자넨 뭔가?

로베스피에르: 그냥 보통 사람이죠.

(백작의 얼굴이 자줏빛이 된다. 머리를 손으로 쓸어 올리니 머리가 덤불

처럼 일어선다.)

미라보: 웃음거리가 될걸세.

로베스피에르: 그런 걱정은 저한테 맡기시면 됩니다.

미라보: 그런 데 익숙한 모양이로군.

(미라보가 등을 돌린다. 거울로 보니 뒤로브레가 정신을 차린다.)

뒤로브레: 타협안을 내놓아도 될까요?

로베스피에르: 아뇨. 제가 타협안을 내놓았는데 거절하셨습니다.

(침묵이 흐른다. 백작은 침묵 속에서 크게 한숨을 쉰다. 진정해라, 미라보. 그는 충고한다. 지금. 달래라.)

미라보: 드 로빈스페르 씨, 이건 다 오해요. 우린 다투면 안 돼요.

(로베스피에르는 안경을 벗고 근질거리는 양쪽 눈 귀퉁이를 엄지와 검지로 누른다. 미라보는 그의 왼쪽 눈꺼풀이 불안하게 바르르 떨리는 것을 본다. 이겼다, 미라보는 생각한다.)

로베스피에르: 가봐야겠습니다. 한두 시간 눈을 붙이셔야 하잖습니까.

(미라보가 웃는다. 로베스피에르는 양탄자를 내려다본다. 그의 연설 원고가 구겨지고 찢겨진 채로 있다.)

미라보: 미안하게 됐소. 유치하게 성질을 부려서. (로베스피에르는 허리를 숙여서 조금도 피곤해 보이지 않게 종이를 가볍게 주워 든다.)

미라보: 불에다 던지리까? (로베스피에르는 얌전히 종이를 건넨다. 백작의 근육이 눈에 띄게 풀린다.) 며칠 안에 저녁에 한번 오시게, 드 로베스페르 씨.

로베스피에르: 고맙습니다, 그러겠습니다. 종이는 괜찮습니다. 초고가 따로 있으니까 오늘 나중에 그걸 읽으면 됩니다. 초고는 항상 챙겨 두거든요.

(미라보는 뒤로브레가 의자를 문지르면서 일어나서 한 손을 심장에 살며시 얹는 것을 곁눈질로 본다.)

미라보: 퇴치.

로베스피에르: 그냥 두세요, 제가 알아서 나가겠습니다. 그건 그렇고, 제 이름은 로베스피에르입니다.

미라보: 아, 난 '드 로베스피에르'라고 생각했는데.

로베스피에르: 아뇨. 그냥 쉽게 부르세요.

당통은 데물랭의 연설을 들으러 팔레루아얄로 갔다. 군중 뒤편에 자리를 잡고 기댈 만한 곳을 찾으려고 했다. 그래야 거리를 두고서 팔짱을 낀 채로 미소를 지으며 과정을 지켜볼 수 있어서였다. 데물랭이 몰아세웠다. "언제까지 훔쳐보기만 할래? 이젠 태도를 정해야지."

당통이 물었다. "태도가 아니라 포즈 아닌가?"

데물랭은 이제 미라보와 늘 함께 있었다. 사촌 드 비프빌은 통 아는 척을 하지 않았다. 베르사유에서 대의원들은 계속 말했다. 마치 떠들면 무슨 수라도 나는 것처럼. 미라보 백작이 단상에 서자 불만이 낙엽처럼 바스락거렸다. 왕실에서는 아직 그를 부르지 않았고 백작은 사기를 잃지 않으려면 저녁마다 말동무가 많이 필요했다. 백작은 라파예트하고 이야기했다. 자유주의 성향인 귀족들을 데려와 달라고 사정했다. 시에예스 신부하고도 이야기했다. "가난한 시골 사제들을 포섭하세요. 그들의 가슴은 평민 쪽에 있지 주교 쪽에 있지 않으니까." 신부는 손끝을 마주 댔다. 시에예스는 허약하고 말이 없고 파리한 사람이었다. 입술에서 떨어뜨리는 낱말들은 마치 돌로 적힌 듯했다. 그는 절대로 농담을 하지 않았고 논쟁을 하지 않았다.

그는 자신이 정치학을 완벽한 과학으로 만들었다고 말했다.

그 다음에 백작은 평민회의 의장이었던 장실뱅 바이의 책상을 탕탕 치면서 자신의 제안을 강력하게 밀어붙였다. 바이 씨는 심각하게 백작을 쳐다보았다. 그는 저명한 천문학자였고 누군가의 말에 따르면 지상을 뒤집어엎는 혁명보다는 천체가 돌아가는 회전에 더 마음이 기운 사람이었다. '혁명'은 시대었다. 그것은 팔레루아얄에서만 떠드는 말이 아니라 화려한 옷과 금빛 치장에서도 들려 나오는 말이었다. 에브뢰 출신의 젊고 준수한 변호사 뷔조 대의원 쪽으로 분을 바른 머리를 기울이는 페티옹 대의원의 입술에서도 흘러나오는 말이었다. 이삼십 명의 남자들은 항상 붙어 다니면서 불만을 터뜨렸고 때로는 웃음도 터뜨렸다. 로베스피에르 대의원의 첫 연설은 절차상 적절하지 못했다는 평가를 받았다. 사람들은 초장부터 그가 무슨 짓을 했기에 미라보가 언짢아하는지 궁금해했다. 미라보는 그를 '미친 양'이라고 불렀다.

엑스 대주교가 돌덩어리 같은 검은 빵 한 조각을 들고 악어의 눈물을 흘리면서 제3신분 앞에 나타났다. 그는 공론을 벌이면서 시간 낭비를 하지 말라고 대의원들에게 훈계했다. 사람들이 굶주리고 있는데, 이런 것을 먹으라고 던져주고 있다. 그는 엄지와 검지로 빵을 우아하게 들고 이리저리 살폈다. 자신의 휘장이 새겨진 손수건을 꺼내더니 푸르죽죽한 곰팡이를 손에서 털어냈다. 대의원들은 역겹다고 말했다. 대주교는 절차상 문제를 놓고 여기서 입씨름을 벌일 시간이 있거든 다른 두 신분과 공동 위원회를 만들어서 구휼 문제나 논의하라고 말했다.

로베스피에르가 일어서더니 연단으로 움직이기 시작했다. 누군가가 막으려 들지도 모른다고 생각했고 먼저 연단을 차지하려고 자리에서 일어서는 사람들을 보았기에 그는 작고 단정한 머리를 황소의 머리처럼 숙이고 그 사람들을 떨쳐내겠다는 기세로 걸어갔다. 그들이 다른 신분들과 뭉쳐서 한 번이라도 위원회를 열고 한 번이라도 표결을 하면 제3신분은 토대가 무너진다. 이것은 술수고 대주교는 술수를 부리려고 왔다. 그 몇 걸음이 마치 벌판처럼 아득했다. 로베스피에르는 가파른 진창길을 오르면서 "안 돼, 안 돼." 하고 소리쳤다. 그의 목소리가 바람에 실려 갔다. 껑충 뛰어오른 듯한 그의 심장이 대주교가 손에 들고 있던 검은 빵 조각과 똑같은 크기로 그의 목구멍에서 굳어진 듯했다. 그는 돌아서서 자신을 올려다보는 하얗게 질리고 얼이 빠진 수백 개의 얼굴을 내려다보았다. 그리고 갑자기 조용해진 장내를 가르는 통렬하고 매서운 자신의 목소리를 들었다.

"그 사람들의 마차를 팔아서 가난한 사람들에게 그 돈을 주라고 하십시오."

알쏭달쏭한 순간이 있다. 박수갈채는 없지만 격렬하고 호기심에 찬 술렁거림이 있다. 사람들은 더 잘 보려고 자리에서 일어선다. 사람들의 관심을 끄니까 로베스피에르의 얼굴이 약간 벌게진다. 여기서 모든 것이 시작된다. 1789년 6월 6일 오후 3시.

6월 7일 오후 7시, 뤼실 뒤플레시의 일기:

우리는 영원히 꾸물꾸물 기어야 하는 것일까? 우리 모두가 갈구하는 행복은 언제쯤 찾을 수 있을까? 남자는 쉽게 현혹당한다. 어딘가에 몰두할 때 자신이 행복하다고 생각한다. 아니, 지상에 행복은 없다. 그것은 실현 불가능한 꿈일 뿐이다. 세상이 더는 존재하지 않으면 — 그런데 대체 세상을 어떻게 지워버릴 수 있지? 사람들은 이제 아무것도 없다고 말한다. 아무것도. 태양은 밝음을 잃고 더는 빛나지 않는다. 그러면 어떻게 될까? 어떻게 세상이 무(無)로 되기 시작하는 것일까?

뤼실의 펜이 '무(無)'라는 말에 밑줄을 그으려고 허공을 맴돈다. 하지만 새삼스럽게 밑줄을 그을 것까지야 있을까.

아버지가 말한다. "통 먹지를 않는구나, 뤼실. 영 기운이 없어. 우리 예쁜 아가씨한테 무슨 일이 생겼나?"

여식은 군살이 빠지는 거랍니다, 아바마마. 뤼실의 몸에서 각이 드러난다, 어깨에도 손목에도. 눈 밑에는 그늘이 있다. 뤼실은 머리를 올리는 것도 거부한다. 그녀의 눈은 한때는 날카롭고 생기가 감돌았지만 지금은 사람들을 어둡게 뚫어져라 쳐다본다.

어머니가 말한다. "뤼실, 머리 만지작거리는 것 좀 그만두렴. 자꾸 신경이 쓰여, 짜증이 난다니까."

'그럼 여기서 나가면 되잖아요. 다른 데를 보든가.'

뤼실의 심장은 분명 돌처럼 단단하다. 좀처럼 깨지지 않는 듯하니까. 아침마다 뤼실은 자신이 살아 있음을, 숨 쉬고 있음을, 자신의 몸이 존재하고 있음을 깨닫고 가족들의 얼굴이라는 쇠창살 속에서 하루를 시작한다. 아버지의 눈을 들여다보면 그 안에는 예쁘장한 아이 두셋을 무릎에 앉힌 이십대 중반의 젊고 행복한 여인이 비친다. 그 뒤편에는 잘 다려진 외투를 입은 건장하고 체통 있어 보이는 사내가 있는데 얼굴이 있어야 하는 자리는 뿌옇다. 가족들에게 그런 만족감은 주지 않으리라. 자살이라는 수단도 생각해본다. 하지만 그것은 끝장을 내는 것이다. 참다운 정열은 결코 최종 지점에 이르지 않는다. 차라리 수도원을 찾아서 그 형이상학적 열정을 풀 먹인 수녀복 밑에다 꿰는 편이 나으리라. 아니면 어느 날 심부름을 가는 척하면서 자연스럽게 대문을 나서서 가난과 사랑과 우연의 길로 나서는 편이 나으리라.

고민 양, 당통은 뤼실을 그렇게 부른다. 그 이름은 뤼실이 읽는 잉글랜드 희곡들하고도 무관하지 않다.

6월 12일에 세 명의 지방 교구 사제가 제3신분을 찾아왔다. 17일이 되면 열여섯 명이 더 합류한다. 제3신분은 이제 스스로를 '국민의회'라고 부른다. 6월 20일 국민의회는 회의장에 자물쇠가 채워져서 안으로 들어가지 못했다. 내부 수리를 위해 닫았다는 통보를 들었다.

바이 씨는 냉소를 터뜨리면서도 심각하다. 여름 비가 그의 모자를 적시며 흘러내린다. 동료 학자인 기요탱 박사가 바로 옆에 붙어 있다. "저 아래 테니스장은 어떨까요?"

들을 수 있는 거리에 있던 사람들이 기요탱 박사를 쳐다본다. "거긴 자물쇠가 채워지지 않았어요. 우리가 들어가기엔 좀 비좁긴 하지만 그래도……. 누구 좋은 생각 없습니까?"

테니스장에서 사람들은 바이 의장을 책상 위에 올려 세운다. 그들은 프랑스에 헌법을 안겨줄 때까지 흩어지지 말자고 맹세한다. 과학자 의장은 감격에 겨워 예스러운 자세를 취한다. 거사를 일으킨 로마의 의인 같은 기분이 든다. "군대가 들어올 때 어떻게 똘똘 뭉치는지 지켜봅시다." 미라보 백작은 말한다.

사흘 뒤 국민의회가 회의장으로 되돌아왔을 때 왕이 회의장에 나타났다. 불안하고 주저하는 목소리로 왕은 그들의 행동에 제동을 건다. 왕은 자신이 개혁안을 마련하겠다고 밝힌다. 왕 앞에서 검은 외투들과 빛 바랜 크라바트들과 돌처럼 굳은 얼굴들은 침묵을 지킨다. 자신들의 기념상을 위해 앉아 있는 사내들. 왕은 해산을 명하고 나서 가련한 위엄을 겨우 추스르고 퇴실한다.

미라보가 지체 없이 일어선다. 자신의 전설을 세심하게 계산하면서 속기사와 언론인을 찾아 두리번거린다. 의전장이 나선다. "전하의 분부대로 조용히 해산해주시면 좋겠습니다."

미라보가 말했다. "우리를 이 방에서 몰아내라는 지시를 당신이 받았다면 당신은 물리력을 동원하라는 지시도 받아야 할 것이오. 우리는 총칼 앞에서만 이 자리를 뜰 것이오. 왕에게 우리를 죽이라고 하시오. 우리는 모두 죽음을 기다린다고 하시오. 하지만 헌법을 만들기 전까지 우리가 흩어지리라는 희망은 접는 게 좋을 거요."

바로 옆 사람만 들을 만큼 작은 목소리로 미라보는 덧붙였다. "놈들이 오면 우린 그냥 튀는 거야."

잠시, 모두가 침묵한다. 냉소주의자도 변절자도 과거의 옹호자도. 대의원들의 박수갈채가 메아리친다. 나중에 그들은 미라보의 봉두난발 위에 얹힌 눈에 안 보이는 월계관을 바라보며 뒤로 물러서면서 그에게 길을 열어줄 것이다.

"대답은 똑같아요, 카미유." 인쇄업자 모모로가 말했다. "이걸 내면 우리 둘 다 바스티유 행입니다. 손을 댈 때마다 나빠지는데 굳이 고칠 이유가 있을까요?"

데물랭은 한숨을 쉬고 원고를 집어 들었다. "또 봅시다. 볼 수 있으면."

그날 아침 퐁뇌프에서 한 여자가 그의 미래를 봐주겠다고 했다. 여자는 보통 하는 이야기를 했다. 재산, 권력, 순조로운 연애. 하지만 장수하겠느냐고 데물랭이 묻자 여자는 손금을 다시 보더니만 돈을 돌려주었다.

당통은 사무실에 있었다. 서류가 앞에 수북이 쌓여 있었다. 그는 데물랭을 초대했다. "오늘 오후에 재판정에 와서 구경이나 하게. 자네 친구 페랭을 내가 땅에 메다꽂아버릴 거야."

"법정에서 만나는 사람들한테 말고 다른 식으로 적의를 드러낼 순 없는 건가?"

"적의?" 당통은 놀랐다. "이건 적의가 아니야. 난 페랭하고 잘 지내. 자네만큼은 아니지만."

"틀어박혀서 이런 좀스러운 일에나 신경 쓰면서 어떻게 견딜 수가 있는지 정말 이해가 안 되네."

당통이 천천히 말했다. "그거야, 밥벌이를 해야 하니까. 베르사유로 나들이를 가서 구경하고 싶은 마음도 있지만, 어쩌겠나, 페랭 변호사를 상대해야 하고 2시에 딱 맞춰 내가 나타나기만 기다리는 소송 당사자들이 있으니."

"조르주자크, 자네가 원하는 게 뭔가?"

당통은 씩 웃었다. "내가 도대체 뭘 원할까?"

"돈이지. 알았어. 내가 좀 마련해주지."

카페 푸아. 팔레루아얄 애국파 모임. 베르사유 소식이 30분마다 날아온다. 내일은 오를레앙이 인솔하여 귀족 오십 명이 온다고 한다.

기근 음모가 있다는 흡족한 소식이 애국파에 전해진다. 높은 자리에 있는 자들이 사람들을 고분고분하게 만들려고 사재기를 하면서 굶겨 죽인다. 필시 그럴 것이다. 빵 값은 하루가 다르게 올라간다.

왕은 전방에서 군대를 불러들인다. 수많은 독일 용병이 행군을 하고 있다. 그러나 당장 위험한 것은 도둑들이다. 모두들 그렇게 부른다. 그들은 성 밖에 진을 치고 있는데 아무리 조심해도 매일 밤 기어들어 오는 이들이 있다. 그들은 헐벗은 고장 출신이고 우박과 한파로 들판이 초토화된 곳에서 온 난민들이다. 몹시 굶주린 그들은 거칠다. 옹이가 있는 막대기를 손에 들고 예언자처럼 거리를 배회하는 그들의 넝마 사이로 갈빗대가 드러난다. 여자들은 이제 혼자서는 바깥 나들이를 삼간다. 공방 주인은 문하생들을 손도끼로 무장시킨다. 상인은 자물쇠를 새로 채운다. 빵을 사러 나가서 줄을 서는 하녀들은 앞치마에 식칼을 숨겨 들고 나간다. 도둑도 그 나름으로 쓸모가 있다는 데에 주목하는 혜안을 가진 무리는 팔레루아얄의 애국파 말고는 없다.

"그러니까 기즈에서도 자네의 위업을 들었다는 소린가?" 프레롱이 데물랭에게 물었다.

"응, 아버지가 이렇게 훈계를 잔뜩 늘어놓더라. 이 편지도 왔어." 그는 프레롱에게 편지를 내밀었다. 누아용 출신의 비행 청소년으로 유명했던, 먼 친척쯤 되는 앙투안 생쥐스트한테서 온 편지였다. "읽어봐. 모두 있는 자리에서 큰 소리로 낭독해도 좋을 거 같은데."

프레롱은 편지를 받았다. 작고 읽기 어려운 글씨체. "자네가 읽으면 되잖아."

데물랭은 고개를 흔들었다. 작은 방에서 떠드는 것은 자신이 없다. ("왜 못해?" 그는 정색을 하는 파브르의 얼굴을 떠올렸다. 한밤중에 펄쩍 뛰던 파브르. "군중 앞에서 말하는 것보다 어떻게 더 어려울 수 있단 거지? 어떻게 그럴 수가 있냐고?")

"알았어." 프레롱이 말했다. 데물랭이 평범한 일까지도 잘하게 되는 건 프레롱에게도 불편했다.

편지는 흥미로운 소식을 담고 있었다. 피카르디 전체가 시끌시끌했고 폭도가 거리로 쏟아져 나왔고 건물이 불타고 제분업자와 지주가 생명의 위협을 느낀다는 따위의 내용이었다. 기쁨을 억누르는 듯한 느낌이 들었다.

"야, 자네 사촌 진짜 한번 보고 싶다! 아주 상냥하고 차분한 젊은이 같은데." 파브르가 말했다.

"아버지는 이런 걸 하나도 말해주지 않았어." 데물랭은 편지를 돌려받았다. "생쥐스트가 과장한다고 생각해?" 그는 편지를 보면서 얼굴을 찌푸렸다. "아이고, 맞춤법은 늘 그 모양이구나. 무슨 일인가 벌어지기를 목이 빠지게 기다리다 보니 인생 같지 않은 인생을 살고 있거든. 마침표도 희한하게 끊고 대문자를 여기저기 뿌려대고…… 중앙 시장에 가서 시장 사람들하고 얘기 좀 해야겠어."

"그것도 자네 나쁜 버릇 중 하난가, 카미유?" 파브르가 캐물었다.

"중앙 시장은 카미유 고향 사람 천지거든요." 프레롱은 외투 주머니의 작은 권총을 만지작거렸다. "파리가 부른다고 전해. 거리로 쏟아져 나오라고 전해."

"생쥐스트는 대단하거든. 여러분이 식상한 방법으로 부당한 폭력을 개탄하는 동안 생쥐스트에게는 이 상인들의 피가―" 데물랭이 말했다.

"젖과 꿀이지." 파브르가 말했다. "자네한테도 그렇고 카미유. 7월은 자네에게는 약속의 땅이지."

7장

바스티유 함락

(1789)

1789년 7월 3일, 드 로네 바스티유 요새 사령관이 드 빌되유 국무대신에게 보낸 공문:

송구스럽습니다만 각하께서 사드 후작에게 너그럽게 베풀어주신, 탑에서 운동할 수 있는 특권을 작금의 상황으로 부득이 유예할 수밖에 없음을 알려드리는 바입니다. 어제 정오 그는 창문으로 가서 행인들과 온 동네가 들을 수 있도록 자기가 도살당하고 있다고, 바스티유 수감자들이 살해당하고 있다고 도와 달라고 있는 대로 악을 썼습니다. 탑에서 운동하도록 허용하는 것은 가당치 않습니다. 대포가 장전되어 있어 위험하기 이를 데 없습니다. 사드 후작을 지체 없이 다른 곳으로 이감하기를 바라는 직원 모두의 바람을 수용해주시면 진심으로 감사드리겠습니다.

추신: 그는 다시 소리 지르겠다고 위협합니다.

7월 첫 주에 라클로는 정탐을 벌였다. 이 막바지에 활동비 지급자 명단에 덧붙일 사람은 얼마 없었다.

카미유 데물랭이 팔레루아얄에서 하던 연설을 들은 바로 그날, 원고로 나돌던 그의 미간행 소책자가 오를레앙 공작의 손에 들어갔다. 공작은 그 글을 읽자니까 눈이 욱신거렸다면서도 이렇게 말했다. "이 글을 쓴 친구도 우리에게 쓸모가 있겠지?"

"그 친구를 압니다." 라클로가 말했다.

"잘됐네. 한번 접선해봐야지?"

라클로는 왜 공작이 데물랭이 자기하고 오래 전부터 알고 지내는 사이라고 생각하는지 알 수가 없었다.

카페 푸아에서 파브르 데글랑틴은 최근에 쓴 작품을 큰 소리로 읽고 있었다. 라클로는 파브르를 조만간 돈이 더 필요할 사람이라고 깎아내렸다. 라클로는 생각했다. 파브르를 높게 보지는 않지만 이 세상에는 바보가 해야 하는 일도 있는 법 아니겠는가.

데물랭은 소리 없이 다가왔고 소매를 당기는 손길에 선뜻 응했다. "12일인가요?"

라클로는 대놓고 묻는 데에 아연실색했다. 무한한 복잡성 앞에서는 무한한 인내가 요구된다는 것을 마치 모르는 사람처럼……. "12일은 이제 가능하지 않아. 15일로 잡았어."

"미라보 말로는 13일까지는 스위스 병력과 독일 병력이 이리로 온다던데."

"그건 운에 맡겨야겠지. 내가 걱정하는 건 연락이야. 한 지구에서는 주민 전체가 학살당하는데 엎어지면 코 닿을 거리에 있는 곳에서 그걸 까맣게 모를 수가 있거든." 라클로는 커피를 한 모금 들이켰다. "시민군을 결성하자는 이야기도 있지 않나."

"미라보 말로는 상인들은 군대보다는 도둑을 더 걱정하고 시민군도 그래서 원하는 거라던데요."

"내 앞에서 그놈의 미라보 타령 좀 그만해줘. 의회에서 그자가 매일매일 악을 쓰는 소리를 내 귀로도 듣는데 그자의 의견을 새삼스럽게 전달받을 필요는 없거든. 자네의 문제는 이렇게 사람한테 집착한다는 거야." 라클로가 짜증을 약간 내면서 말했다.

라클로는 겨우 한두 주 데물랭을 알았을 뿐이지만 벌써부터 '자네의 문제는……' 같은 말을 입에 올린다. 그 말도 그만하면 안 되나? "화만 내시는데, 미라보를 공작 편으로 끌어들이지 못해서 그러시나 보네요." 데물랭이 말했다.

"액수에 대해서는 곧 합의를 볼 수 있을 거야. 그건 그렇고, 워싱턴의 양아들이라나 뭐라나 자네가 이름을 잘도 갖다 붙인 라파예트를 시민군 책임자로 영입하자는 이야기도 있지. 어림 반 푼어치도 없는 소리라는 건 두말하면 잔소리일 테고."

"어림없다마다요. 라파예트는 워낙 돈이 많아서 공작도 살 수 있을 테니까요."

"그건 자네 같은 사람이 걱정할 일이 아니야." 라클로가 차갑게 말했다. "로베스피에르 이야기나 들어보세."

"잊으세요."

"의회에서 쓸모가 있겠던데. 아직은 최고의 경지에 올라서지는 못했다는 데에 동의하지만. 웃음거리가 되기도 하지만 어제 다르고 오늘 달라."

"쓸모가 있다는 데에 딴죽을 거는 게 아닙니다. 매수할 수 없을 거라는 말씀을 드리는 겁니다. 공작이 좋아서 이쪽 편으로 넘어올 사람도 아니고요. 그는 분파에는 관심이 없습니다."

"그럼 어디에 관심이 있다는 거지? 알려주면 손을 써보지. 그자의 약점이 뭔가? 난 그게 알고 싶은 거야. 그 친구의 나쁜 습관이 뭔가?"

"제가 알기로는 약점이 없습니다. 나쁜 습관도 분명히 없고요."

라클로는 어이없어했다. "누구에게나 결함은 있어."

"선생의 소설 속에서는 아마 그럴지도 모르죠."

"이거야, 소설보다 더 희한하군. 그 친구는 자금이 궁하지 않다는 소리인가? 일도? 여자도?"

"그 친구의 은행 계좌에 대해서는 하나도 모르겠군요. 여자가 궁하면 자기 손으로 마련할 수 있겠지요."

"아니면 혹시 — 거 뭐냐, 두 사람이 서로 안 지가 꽤 되었지? 혹시 딴 취향인 건 아니겠지?"

"어휴, 아니에요. 세상에." 데물랭은 잔을 내려놓았다. "절대 아니죠."

"그래, 상상이 잘 안 가긴 하네." 라클로는 찡그렸다. 다른 사람들의 침대에서 벌어지는 일을 상상하는 데에는 자신이 있었고 그것이 그의 주특기였다. 그런데 아르투아에서 온 대의원한테서는 묘한 순수함이 느껴졌다. 라클로는 로베스피에르가 침대에 있으면 잠을 잔다는 것밖에는 상상할 수가 없었다. "일단은 놔둬보자고. 듣고 보니까 로베스피에르는 가치도 있지만 골치는 더 아프겠군. 푸줏간을 하는 르장드르 이야기나 좀 해보게. 뭐든지 할 사람이라던데, 폐활량도 엄청나고."

"공작의 격에는 맞지 않는 사람 같은데요. 꽤나 절박하시네요."

라클로는 공작의 맹숭맹숭하고 언제 보아도 무덤덤한 얼굴을 떠올렸다. "절박한 시대 아닌가, 이 사람아." 그는 웃으면서 말했다.

"코르들리에 지구에서 사람을 찾는다면 르장드르보다 훨씬 나은 사람이 있습니다. 폐도 튼튼하고 발성 훈련도 받았고요."

"조르주자크 당통을 말하는 거군. 그래, 목록에 올려놓았어. 국왕 참사회 위원인데 작년에 바랑탱 밑의 괜찮은 자리를 거부했지. 바랑탱의 호감을 산 자를 나한테 추천하다니 이상한 일이네만. 어쨌든 나중에 또 다른 자리가 났는데 그것도 거절했지. 그 친구가 말 안 하던가? 자네도 모든 걸 다 알고 있어야 해, 나처럼. 그래, 그 친구는 어떤가?"

"동네 사람을 다 알죠. 굉장히 꼼꼼하고 아주 강한 인상을 주는 사람이죠. 생각은 극단적이지 않습니다. 소통하는 능력을 활용하면 좋겠죠."

라클로가 고개를 들었다. "자네가 상당히 호감을 품고 있나 보군."

데물랭은 좀도둑질을 하다가 들킨 사람처럼 얼굴이 달아올랐다. 라클로는 알 만하다는 듯이 파란 눈으로 데물랭을 쳐다보면서 고개를 살짝 기울였다. "당통, 기억이 나네. 엄청 못생기고 무지막지하게 생긴 남자. 가난뱅이 미라보라고 하면 되지 않을까? 정말이지, 카미유, 자넨 취향이 왜 그리 특이한가?"

"바로 바로 모든 질문에 답할 수는 없습니다. 당통 변호사는 빚이 있습니다."

라클로는 마음의 짐을 하나 덜어낸 것처럼 회심의 미소를 지었다. 빚이 있는 사람은 아주 적은 액수에도 넘어가지만 여유 있는 사람한테는 차원이 다른 액수를 제시해야만 넘어간다는 것이 그의 영업 원칙이었다. 오를레앙 공작의 금고는 넉넉했고 또 최근에는 프로이센 대사로부터 호의의 징표를 받기도 했다. 프로이센 왕은 프랑스를 다스리는 군주를 무너뜨리지 못해서 언제나 안달이었다. 그렇지만 공작의 현금도 언젠가는 바닥이 난다. 살림을 알뜰하게 꾸려야 라클로도 마음이 편하다. 그는 당통에게 조심스레 관심을 보였다. "호의의 대가는 얼마쯤일까?"

"제가 대신 협상을 해보죠." 데물랭이 재빨리 말했다. "대부분의 사람이 수수료를 받지만 이번에는 공작님을 봐서 그냥 넘어가겠습니다."

"자신감이 하늘을 찌르는군." 라클로가 꼬집었다. "난 그 사람이 위험하지 않은 사람이라는 걸 알기 전엔 지불하지 않아."

"어차피 우린 다 매수되는 몸 아니던가요? 스스로도 그렇게 말했잖아요. 보세요, 아직 상황을 통제할 수 있을 때 어서 움직여야 합니다. 왕실에서 정신을 차리고 돈을 뿌려대기 시작하면 우군들이 우르르 돌아설 겁니다."

"그 말은 자네부터도 공작의 이익을 위해 헌신할 용의가 썩 많지 않다는 소리 같은데."

"헌신할 용의가 썩 많지 않아 보이는 사람들을 위해서 나중에 무슨 계획이 있으신지 궁금해하는 사람이 우리들 중에도 있습니다."

데물랭은 기다렸다. 라클로는 생각했다. 펜실베이니아로 가는 편도 배표는 어떻겠나? 퀘이커 교도 사이에서 재미있게 살 텐데. 아니면 센 강에 푹 잠기는 건 어때? 그가 말했다. "공작한테 붙어 있어, 이 사람아. 장담하지만 나중에는 잘될 거야."

"나중에 잘될 거라고 자신 있게 말씀하시네요." 데물랭은 뒤로 기대어 앉았다. "내가 당신 일을 돕는 게 아니라 당신이 내 혁명을 돕는다는 생각은 한 번도 해본 적이 없나요? 등장인물들이 주역으로 나서고 작가는 뒤로 사라지는 그런 소설들 말입니다."

라클로는 주먹으로 책상을 내리치면서 언성을 높였다. "항상 지지 않으려고 하는군. 항상 꼬박꼬박 말대답하고."

"라클로, 모두들 당신을 쳐다보고 있습니다." 데물랭이 말했다. 계속 이야기를 하기는 불가능했다. 라클로는 헤어지면서 데물랭에게 사과했다. 싸구려 논객한테 핏대를 올린 자신이 짜증스러웠다. 사과하는 것은 그에게는 고행이었다. 걸어가면서 그는 얼굴을 평소처럼 온화하게 꾸몄다. 데물랭은 라클로의 뒷모습을 지켜보았다. 아무래도 안 되겠다. 데물랭은 생각했다. 이대로라면, 누군가가 나한테 정말로 괜찮은 제안을 했을 때 내가 팔 만한 영혼이 하나도 안 남아 있겠어. 데물랭은 바야흐로 뇌물이 들어올 것이라는 낭보를 당통에게 전하러 발길을 재촉했다.

7월 11일: 데물랭이 베르사유에 있는 로베스피에르의 숙소에 나타났다. "미라보가 왕한테 군대를 파리 외곽으로 빼라고 말했다는군. 루이가 그렇게 할 리 없지만. 하지만 그 군대는 믿을 게 못 되지. 왕비 패거리는 네케르를 자르려 들고. 그리고 이제 왕은 의회를 지방으로 보내겠다고 말하고 있어."

로베스피에르는 오귀스탱과 샤를로트에게 보낼 편지를 쓰고 있다가 고개를 들었다. "왕은 아직도 삼부회라고 말하잖아."

"그렇지. 그래서 자네가 짐을 싸나 보려고 온 거야."

"무슨 소리. 이제 겨우 자리를 잡았는데."

데물랭은 방 안을 돌아보았다. "아주 차분하네."

"의회에서 매일 헛소리를 배급받으면서 인내심을 배우는 중이야."

"동료들을 대수롭지 않게 보는군. 미라보— 자넨 그 사람을 싫어하지."

"날 위한답시고 내 생각을 과장하지 말게." 로베스피에르는 펜을
내려놓았다. "카미유, 이리 와, 얼굴 좀 보자."

"싫은데, 왜?" 데물랭이 불안스레 말했다. "막시밀리앙, 어떻게
하면 좋을지 말 좀 해줘. 내 생각이 물러지고 있어. 공화국 — 하면
백작은 비웃지. 백작은 나에게 글을 쓰게 하고 무엇을 쓰라고 시키
고 잠시도 자기 곁을 떠나지 못하게 해. 매일 밤 옆에 붙어서 저녁을
먹지. 음식은 좋고 포도주도 좋고 대화도 좋지만. 그 사람이 나를
물들이는 거야." 데물랭은 두 팔을 뻗었다.

"성인군자 같은 소리 하는군." 로베스피에르가 뜻밖의 말을 했
다. "그 사람은 자네한테 넓은 세상을 보여줄 수 있어, 지금 자네한
테 필요한 게 그거고. 자넨 여기가 아니라 거기 있어야 돼. 그 사람
이 자네한테 줄 수 있는 걸 난 못 주거든."

로베스피에르는 무슨 일이 일어날지를 안다. 거의 언제나 정확히
안다. 데물랭은 날카롭고 영리하지만 그에게 자기 절제라는 관념이
있다는 증거는 찾아보기 어렵다. 로베스피에르는 미라보가 마치 팔
레루아얄에서 집어 든 케이크처럼 한 팔을 데물랭의 어깨에 두르고
사람들 앞에 있는 모습을 보았다. 하나같이 불쾌한 모습이다. 그리
고 백작의 더 큰 저의와 더 넓은 야심은 굳이 기요탱 박사가 나서서
해부를 하지 않더라도 뻔하다. 데물랭은 잠시 즐긴다. 백작은 그의
재능을 살려준다. 데물랭은 아첨과 논쟁을 즐긴다. 그러곤 고해를
하러 온다. 그들의 관계는 마치 지난 십 년이 눈 깜짝할 사이에 흐
른 것처럼 해묵은 패턴으로 돌아간다. 로베스피에르는 데물랭이 언
젠가 겪을 환멸을 훤히 내다보지만 지금은 말해봐야 소용없고 몸소
겪게 하는 수밖에 없다고 생각했다. 사랑에서 느끼는 환멸과 비슷

하다. 누구나 그런 환멸을 맛볼 수밖에 없다. 아니면 그렇다고들 사람들이 말한다.

"아나이스 얘기 내가 했던가, 내가 약혼해야 한다던 아가씨? 오귀스탱 말로는 갑자기 경쟁자들이 나타났다더군."

"뭐, 자네가 떠나고 나서?"

"그런가 봐. 그 여자는 별로 슬퍼하는 거 같지 않아."

"상처받았나?"

로베스피에르는 생각에 잠겼다. "아니, 뭐, 알잖아, 난 언제나 자기애가 흘러넘치는 사람이라는 거. 상처 안 받았어." 그는 웃었다. "좋은 아가씨지, 아나이스는. 하지만 아주 똑똑하지는 않아. 사실은 다른 사람들이 앞장서서 일을 벌인 거지."

"왜 그냥 따라간 거야?"

"조용히 살고 싶어서."

데물랭은 방 안을 돌아보았다. 창문을 조금 열고 창밖으로 고개를 내밀었다. "어떻게 될까? 혁명은 불가피한데."

"그래. 하지만 신은 인간을 통해서 일을 벌이지."

"그래서?"

"의회와 왕의 교착 상태를 누군가 끊어야 돼."

"하지만 현실 세계에서는 실제 행동이 필요한데."

"아무래도 미라보여야겠지. 그래, 아무도 그 사람을 안 믿지, 그래도 그 사람이 신호를 주면―"

"교착 상태. 신호." 데물랭은 창문을 쾅 닫았다. 그리고 방을 가로질렀다. 로베스피에르는 분노에 찬 데물랭의 길목에서 잉크를 치웠다. "신호라는 게 자네 팔을 흔드는 건가?" 데물랭은 무릎을 꿇었다. 로베스피에르는 그의 팔을 붙들고 일으켜 세우려 했다. "좋아,

이게 실제 상황이야." 데물랭이 말했다. "나는 바닥에 무릎을 꿇고 자네는 나를 세우려 하고. 비유가 아니라 실제가 그렇다니까. 봐." 데물랭이 친구의 손아귀에서 빠져나오면서 말했다. "이제 내가 바닥에 그대로 엎어졌거든. 이건 행동이야." 데물랭이 양탄자에 대고 말했다. "자, 방금 전에 벌어진 일하고 누군가가 '조국이 쓰러졌다'고 말할 때 벌어지는 일을 자넨 구별할 수 있겠나?"

"당연히 할 수 있지. 제발 일어나."

데물랭은 일어나서 머리를 조금 쓸어 내렸다.

"사람 겁 좀 주지 마라." 로베스피에르는 돌아서서 자기가 편지를 쓰고 있던 책상 위에 앉았다. 안경을 벗고 팔꿈치를 책상에 얹고는 감은 눈을 손가락 끝으로 덮었다. "비유는 좋은 거야. 난 비유가 마음에 들어. 비유는 사람을 죽이지 않거든."

"비유는 날 죽여. 밀물이 치솟는다든가 건물이 허물어진다는 말을 또 한 번 들으면 난 창밖으로 몸을 던질 거야. 난 이렇게 말만 하는 건 더는 들을 수가 없어. 저번에 라클로를 봤거든. 나중에는 얼마나 역겹던지 내 손으로 뭔가 해야겠다는 생각이 들더라."

로베스피에르는 펜을 집어서 편지에다 문구를 덧붙였다. "난 치안 부재가 두려워."

"그게 두려워? 난 그걸 바라지. 미라보도 있지만 그 사람은 사익을 앞세워. 만약 우리한테 나무랄 데 없이 깨끗한 이름을 가진 지도자가 있다면—"

"의회에 그런 사람이 있을지 모르겠네."

"바로 자네야."

"그래?" 로베스피에르는 다음 문장을 짜내느라 애를 썼다. "사람들은 미라보를 '프로방스의 횃불'이라고 부르지. 나한테는 뭐라는 줄 알아? '아라스의 촛불'이야."

"하지만 시간이 지나면—"

"그래, 시간이 지나면. 사람들은 내가 자작들하고 어울리고 수사법을 익혀야 한다고 생각하지. 그렇지 않아. 시간이 지나면 사람들이 혹 나를 존경할지도 모르지. 하지만 난 사람들이 날 인정하기를 바라지 않아. 사람들이 날 인정하면 난 끝나는 거니까. 난 뇌물도 필요 없고 보장도 필요 없고 정파도 필요 없고 나를 이끌어줄 혈연도 필요 없어. 미안하지만 난 사람들 머릿속에 들어 있는 운명의 인간이 아니라네."

"그렇지만 자네 머릿속에서는 운명의 인간이 아닌가?"

로베스피에르는 편지를 다시 내려다보았다. 그는 추신으로 덧붙일 말을 생각했다. 그는 펜으로 손을 뻗었다. "자네보다 더 심하지는 않지."

일요일, 7월 12일 오전 5시. 당통이 말했다. "카미유, 이 질문들에는 답이 없어."

"없다고?"

"없지. 이런. 동이 텄군. 날이 바뀌었어. 또 당했네."

카미유 데물랭의 질문. 내가 뤼실을 취하면 아네트 없이 어떻게 살아가나? 왜 난 제대로 이루어놓은 것이 하나도 없을까? 왜 사람들은 내 시론을 출간하지 않으려는 걸까? 아버지는 왜 나를 미워할까?

"좋아." 당통이 말했다. "대답은 짧은 게 좋아. 왜 아네트 없이 살아가야 하냐고? 그럼 두 사람하고 다 잠을 자. 자네 능력이면 충분해. 그런 일이 지금까지 이 세상에서 처음 일어난 일도 아닐 테고 말이야."

데물랭은 한심하다는 듯이 바라보았다. "요즘은 웬만해서는 놀라지도 않는구나."

"더 계속할까? 자네가 뭐 하나 이뤄놓은 게 없는 건 자네가 지나치게 귀가 얇기 때문이야. 뭔 말이냐, 자네가 바로 어디에 가기로 되어 있는데 안 나타나, 그럼 사람들은 아직 덜 깼구나 하지만, 난 진실을 알지. 자넨 밝은 마음으로 하루를 시작했어, 가기로 한 곳으로 가고 있었을지도 모르지, 그런데 누군가하고 맞닥뜨린 거야, 그럼 다음은 어떻게 되느냐? 한 침대에 들어가 있는 거지."

"그걸로 그날은 끝인 거지. 그래, 맞는 얘기다, 맞는 얘기야." 데물랭이 말했다.

"그러니까 무슨 일을 하든 기본이, 에이 관두자. 내가 무슨 얘기하고 있었더라? 상황이 조금 누그러지기 전까지는 자네 시론은 내주지 않을 거야. 아버지로 말할 거 같으면, 아버지는 자네를 미워하지 않아, 나도 그렇고 다른 많은 사람들이 그런 것처럼 애정이 지나쳐서 탈이겠지. 아이고, 힘들어서 못 해먹겠다."

당통은 금요일 하루 종일 법정에 있었고 토요일도 꼬박 일하면서 보냈다. 지친 얼굴은 주름투성이였다. "나 좀 살려주라." 그는 뻣뻣한 몸을 일으켜서 창문으로 걸어갔다. "자살을 할 거면 내 선박 사건이 끝나는 수요일까지 미뤄줘."

"난 지금 베르사유로 돌아간다. 미라보한테 가서 이야기를 좀 해야겠어." 데물랭이 말했다.

"딱하다." 당통은 선 채로 깜박 잠이 들었다. "오늘은 정말 덥겠네." 그는 덧문을 활짝 열었다. 눈부신 햇살이 방으로 날아들었다.

데물랭의 어려움은 깨어 있는 것이 아니라 자기가 저지른 일의 결과를 따라잡는 것이었다. 정해진 주소가 있었던 지도 꽤 오래되었다. 당통이 정말로 나의 어려움을 헤아릴 수 있을지 의심스럽다. 전에 살았던 곳에 불쑥 나타나서 사람들한테 '옷만 깨끗이 갈아입으려고 왔으니까 나 건드리지 마요.'라고 말하기는 여간 어렵지 않다. 사람들은 그 말을 믿지 않는다. 핑계라고 생각한다.

게다가 그는 항상 어딘가로 가고 있다. 파리에서 베르사유까지는 세 시간은 가볍게 걸린다. 이런 어려움을 안고도 그는 보통 사람들이 아침을 먹을 시간에 미라보의 집에 있다. 수염도 깎았고 옷도 갈아입었고 머리도 빗었다. 데물랭은 어느 모로 보나 거물을 보좌하는 젊고 겸손한 변호사(라고 그는 생각한)다.

퇴치가 실망한 표정을 지으면서 문간에서 데물랭에게 알려주었다. "새로 개각이 발표되었습니다. 어르신은 포함되지 않았습니다."

미라보는 방 안을 서성이고 있었다. 관자놀이의 정맥이 부풀어 있었다. 그는 잠시 자신의 걸음걸이를 살폈다. "아, 왔군. 빌어먹을 오를레앙하고 있었나?"

방은 사람들로 빽빽했다. 화난 얼굴들, 불안에 젖은 얼굴들. 페티옹 대의원이 땀에 젖은 손을 데물랭의 어깨 위에 놓았다. "좋아 보이는군, 카미유. 난 밤을 꼬박 새웠어. 네케르를 자른 소식은 들었지? 오늘 아침 새로 내각 회의가 열리는데, 새 재무총감을 찾을 수 있어야 말이지. 벌써 세 사람이 거절했다더군. 네케르는 인기가 좋아, 이번에는 제대로 걸린 거지."

"앙투아네트 탓인가?"

"그렇다고들 하지. 지난밤에 여기 있던 대의원들은 잡혀갈 줄로 알았어."

"붙잡아 들이는 것도 때가 있겠지."

페티옹의 목소리에 힘이 들어갔다. "내 생각에는, 우리 중 몇 명이 파리로 가야 한다고 봐, 미라보 백작님 그렇게 생각하지 않으세요?"

미라보는 페티옹을 노려보았다. 저 녀석은 자기 생각만 하면서 자꾸 내 말을 끊어. 미라보는 성질을 부렸다. "자네가 가지 그러나?" 그는 페티옹이라는 이름을 까먹은 것처럼 굴었다.

빨리 이 소식이 팔레루아얄에 전해지기만 하면, 데물랭은 생각했다. 그는 슬며시 방을 가로질러 백작 옆으로 갔다. "전 이만 가봐야겠습니다."

미라보는 그를 한쪽으로 잡아 끌면서 코웃음치지만 어디를 보고 그러는지는 불분명하다. 미라보는 물고 늘어진다. 커다란 손으로 데물랭의 머리를 얼굴 너머로 쓸어 넘긴다. 미라보의 반지 하나가 데물랭의 입가를 건드렸다. "데물랭 변호사는 좀 시끄러운 폭동에 끼고 싶은 모양이군. 일요일 아침인데, 카미유, 왜 미사에 안 가나?"

데물랭은 빠져 나왔다. 방을 나섰다. 계단을 뛰어 내려갔다. 거리로 벌써 나섰는데 퇴치가 헐레벌떡 쫓아왔다. 데물랭은 멈췄다. 퇴치가 말없이 그를 쳐다보았다.

"백작이 무슨 충고라도 하던가?"

"하셨는데 지금은 잊어먹었습니다." 잠시 생각에 잠겼던 퇴치가 찌푸렸던 이맛살을 폈다. "그렇지. 죽지 마시랍니다."

오후 3시가 거의 다 되어서 네케르의 해임 소식이 팔레루아얄에 도착했다. 유순한 스위스 재정 전문가의 명성은 그동안 차곡차곡 쌓였지만 그의 몰락이 임박해 보였던 지난 한 주일보다 명성이 더

치솟은 적은 없었다.

파리의 온 주민이 밖으로 쏟아져 나온 듯했다. 폭염 속에서 그들은 거리를 휘젓고 광장을 흔들면서 밤나무 가로수가 있고 오를레앙의 조직원들이 있는 공원 쪽으로 움직였다. 빵 값은 오르기만 했다. 외국 군대는 도시 밖에 진을 쳤다. 질서는 이제 추억이 되었고 법은 위태롭게 지켜진다. 프랑스 근위대는 초소를 버리고 노동자 편에 섰고 골방에 숨어 있던 사람들도 광장으로 나왔다. 눈이 감긴 그들의 활기 없는 얼굴에서 두드러진 것은 교수형과 사람들의 고통과 최종 해법에 대한 야행성 몽상이다. 그리고 그 위에서 태양은 상처고 끓어오르는 열대의 눈이다.

이 눈 밑에서 술이 쏟아지고 욱하고 발끈한다. 가발공, 서기, 온갖 종류의 도제와 극장의 무대장치 담당, 구멍가게 주인, 양조업자, 포목상, 무두장이, 짐꾼, 칼갈이, 공창의 매춘부와 마부, 이 모두가 티통빌의 찌꺼기들이다. 군중은 유언비어와 위험한 의혹에 휘둘리면서 앞뒤로 움직이다가 늘 원점으로 되돌아온다. 그러는 사이 시각을 알리는 타종이 시작된다.

지금까지는 장난이었고 사냥이었고 권투 시합이었다. 군중은 아녀자로 가득 찼다. 거리에서는 악취가 진동했다. 궁정이 왜 정치적 절차를 기다려야 한단 말인가? 말을 탄 독일인들이 골목골목으로 주민들을 돼지처럼 몰아서 후미진 공터에서 학살하면 그만이다. 이런 일이 벌어질 때까지 기다려야 한단 말인가? 왕은 거룩한 일요일을 더럽힐 것인가? 내일은 쉬는 날이니까 모레에 천천히 죽어도 된다. 시간을 알리는 타종이 끝난다. 우리 모두가 잘 알 듯이 지금은 십사의 시간이다. 인민을 위해서 한 사람 죽는 것도 나쁘지는 않겠지. 우리가 아직 태어나지도 않았던 1757년에 다미앵이라는 사내가 주머니칼로 선왕 루이 15세를 죽이려다가 가볍게 상처만 입혔다. 그의 처형은 아직도 입에 오르내린다. 비명을 오락으로 즐기고 고문을 축제로 삼던 날. 32년이 지났다. 그리고 이제 여기 그 망나니의 제자들이 피의 축전을 벌일 태세다.

카미유 데물랭은 이런 식으로 역사에 조급하게 등장했다. 그는 사람들의 기세에 뜨거워지고 달아오르고 조금은 겁먹은 채 카페 푸아 입구에 서 있었다. 뒤에서 누군가가 데물랭에게 군중을 향해 한마디 하라고 말했고 바로 입구에 탁자가 들이밀어졌다. 잠시 그는 어질어질했다. 데물랭은 그 탁자에 기댔고 몸들이 그를 에워쌌다. 당통은 술이 깼을까, 궁금했다. 무엇에 홀렸기에 밤을 꼬박 새우고 싶었을까? 그는 조용하고 어두운 방에 혼자 있고픈 마음이 굴뚝 같았지만, 당통 말마따나 더럽게 귀가 얇았다. 데물랭의 가슴이 뛰었다. 그날 뭐 하나라도 먹은 게 있던가? 없는 것 같았다. 땀과 고통과 공포의 얼얼한 독기 속으로 빠져 죽을 것만 같은 느낌이 들었다.

세 청년이 군중을 밀치면서 나란히 걸어왔다. 그들은 얼굴이 굳어 있었고 서로 팔짱을 꼈으며 무언가 일을 벌일 기세였다. 이 거리의 시합에 발을 들여놓은 것이 어제오늘 일도 아니었기에 데물랭은 심상치 않은 분위기도 거기서 생겨날 사상자도 이제는 헤아릴 수 있었다. 그중에서 둘은 아는 얼굴이었고 하나는 모르는 얼굴이었다. 모르는 사람이 외쳤다. "무기를 들자!" 나머지 두 사람도 똑같이 외쳤다.

"무슨 무기요?" 데물랭이 물었다. 그는 얼굴에 달라붙은 머리카락 한 올을 떼어냈다. 그리고 캐묻듯이 한 손을 쭉 뻗었다. 누군가가 거기에 권총을 착 쥐어주었다.

데물랭은 마치 천국에서 떨어지기라도 한 양 그것을 쳐다보았다. "장전은 돼 있습니까?"

"당연하죠." 누군가가 데물랭에게 권총을 또 한 자루 주었다. 충격이 너무 커서 상대가 권총 자루에 그의 손을 단단히 쥐어주지 않았더라면 데물랭은 총을 떨어뜨리고 말았을 것이다. 값싼 슬로건에 사람들이 만족하지 못하게 만든 결과이자 지적 엄격성의 귀결이로구나. 남자가 말했다. "제발 단단히 쥐시오, 잘못하면 당신 얼굴에서 터질지도 모르니까."

분명히 오늘 밤이다. 데물랭은 생각했다. 샹드마르스에서 군대가 나올 것이고 체포, 검거, 시범 처형이 잇따를 것이다. 지난주 이후로, 어제 이후로 상황이 얼마나 급박해졌는지, 반 시간 전 이후로 상황이 얼마나 바뀌었는지 데물랭은 갑작스레 깨달았다. 분명히 오늘 밤이다. 그들이 이것을 알아야 한다. 우리는 더는 물러날 곳이 없다.

마음속으로 이 순간을 워낙 여러 번 예행연습 해 두었기에 이제 데물랭의 몸은 알아서 움직인다. 그의 몸놀림은 꿈결에서 이루어지는 것처럼 물 흐르듯 자연스러웠고 딱딱 맞았다. 카페 입구에서 연설을 한 것도 부지기수였다. 첫 문구 첫 문장을 꺼내기가 어렵지 그 다음부터는 자기도 모르게 해 나갈 수 있었다. 그는 자기가 누구보다도 연설을 잘할 수 있음을 알았다. 이것은 접시에 남은 마지막 음식처럼 신이 자기를 위해 남겨준 마지막 한 조각이었다.

데물랭은 탁자에 한쪽 무릎을 올려놓고 탁자 위로 기어올랐다. 무기들도 주워 올렸다. 그는 이미 청중에게 둘러싸여 있었다. 그들은 원형극장에 운집한 군중 같았다. 데물랭은 '인산인해'라는 말이 무슨 뜻인지 실감했다. 카페 안은 살아 있는 바다였다. 공포에 질린 얼굴들이 밑에서 조류가 끌어당기기 전에 공기를 마시려고 코를 쳐들고 있었다. 하지만 사람들은 카페와 주변 건물의 이층 창문으로도 내다보았다. 군중은 시간이 갈수록 불어났다. 데물랭은 키가 크지도 않았고 두드러져 보이지도 않았다. 그에게 필요한 것이 무엇인지는 아무도 모르는 것 같았다. 그가 제대로 말을 시작하기 전까지 사람들은 알아듣는 데에 애를 먹으리라. 권총들을 모두 한 손에 모아 쥐고 그것들을 몸에 착 붙였으므로 방아쇠가 당겨지기라도 하면 이만저만 큰일이 아니었다. 하지만 권총들과 한순간이라도 떨어지는 것이 죽기보다 싫었다. 데물랭은 카페 안에 있던 누군가에게 왼팔을 흔들었다. 의자가 하나 나왔고 그가 서 있던 탁자 위에 의자가 놓여졌다. "이거 좀 잡아줄래요?" 데물랭은 권총 한 자루를 다시 왼손으로 넘겼다. 3시 2분이었다.

의자 위로 올라서는데 의자가 약간 미끄러진다 싶었다. 의자에서 떨어지면 볼만하겠다 싶었다. 누가 카미유 데물랭 아니랄까 봐 저런다고 사람들은 말하겠지. 의자 뒤편을 누군가가 단단히 움켜쥐는 것이 느껴진다. 조르주자크 같으면 어떨까? 그는 단숨에 오르리라.

이제 데물랭은 군중보다 현기증이 날 만큼 높은 곳에 있다. 고약한 냄새가 정원들을 가로지르는 산들바람에 실려온다. 다시 15초가 흘렀다. 알아볼 수 있는 얼굴들이 있었다. 놀란 데물랭은 눈을 깜빡였다. 한마디면 된다. 그는 생각했다. 경찰이 있었고 경찰의 첩보원이 있었고 끄나풀이 있었다. 자신을 몇 주째 감시해 온 사람들이었고, 며칠 전만 하더라도 군중에게 귀퉁이로 몰려서 얻어맞고 분수에서 반 죽다 살아난 사람들의 동료들이었고 공모자들이었다. 그러나 지금은 죽이는 시간이다. 그들 뒤에는 무장 군인이 있다. 말 못할 두려움 속에서 데물랭은 시작했다.

데물랭은 군중이 알아볼 수 있도록 경찰들을 가리키고 지목했다. 그는 경찰들에게 맞섰다. 데물랭은 말했다. 조금이라도 가까이 와서 자기를 쏘든가 자기를 생포하라고. 자신이 제안하는 것은, 자신이 공표하는 것은 무장 봉기라고, 도시를 싸움터로 바꾸는 것이라고 데물랭이 군중에게 말했다. 이미(3시 4분) 데물랭은 극형에 처해야 마땅할 죄를 수없이 저질렀다. 만약 군중이 경찰이 데물랭을 잡아가도록 내버려 두면 그는 법에 규정된 처벌은 차치하고라도 끝장이다. 따라서 경찰이 그런 시도를 하면 그는 경찰 한 명을 반드시 쏠 것이고 자기 자신도 반드시 쏠 것이고 빨리 죽기를 바랄 것이다. 그러면 여기서 혁명이 일어날 것이다. 이 결정은 순식간에 이루어지며 그가 만들어내는 문구들 사이로 꼬여 들어간다. 3시 5분이다. 문구의 정확한 형식은 이제 중요하지 않다. 데물랭의 발밑에서 무언가가 벌어진다. 땅이 쪼개진다. 군중은 무엇을 원하는가? 함성을 지르는 것. 더 큰 목표는 무엇인가? 일관된 답변은 없다. 그럼 물어봐라. 함성이 인다. 이 사람들은 누구인가? 이름 없는 사람들. 군중은 오직 불어나고 끌어안고 맞잡고 모이고 녹아들고 한목소리로 외치고 싶을 따름이다. 지금 여기 서 있지 않더라도 그는 어차피 죽으리라. 자기가 쓴 편지들 사이사이에서 죽어 가리라. 죽음의 집행이 연기되어 이곳에서 살아나면 그는 이것을 글로 적어야 하리라, 깨어나도록 삶을 부추기는 글을, 부추기는 삶을……. 벌써 그는 이 더위를, 밤나무의 푸른 잎새들을, 숨 막히는 먼지와 피 냄새와 청중의 구김살 없는 야만성을 그려내지 못할까 봐 두렵다. 그것은 과장법으로 들어가는 여행, 고약한 습성의 대서사시가 되리라. 절규와 신음과 살기 어린 약속이 데물랭의 머리에서 맴돈다. 그는 연하고 순수한 새 원소 속에, 주홍빛 구름 속에 둥둥 떠 있다. 잠시 그는 손을 얼굴에 대고 그날 아침 백작의 반지가 닿았던 입가를 느낀다. 그가 똑같은 봄 안에 살고 똑같은 살을 가졌음을 알려주는 것은 오직 그것 말고는 없다.

경찰은 옴짝달싹 못했다. 며칠 전 이 자리에서 데물랭은 말했다. "짐승이 덫에 걸렸습니다. 끝냅시다." 그가 가리킨 것은 구체제라는 짐승, 그가 한평생을 살았던 체제였다. 하지만 이제 그는 폭도라는 또 한 마리의 짐승을 본다. 폭도는 영혼이 없고 양심이 없으며 그저 손톱과 발톱과 이빨만 있다. 데물랭은 나른한 오후에 슬며시 아르메 광장으로 나와서 멋대로 날뛰던 솔스 씨의 개를 기억한다. 세 살 난 그는 오래된 집의 창문 밖으로 몸을 내밀고 개가 쥐를 허공으로 날렸다가 목을 뚝 분지르는 모습을 본다. 아무도 이 장관을 그로부터 앗아가지는 못할 것이다. 아무도 이 개를 묶지 못할 것이고 아무도 이 개를 집으로 데려가지 못할 것이다. 그는 적절하게 연설했다. 폭도를 향해 몸을 기울이고 손바닥이 위로 오게 한 손을 뻗으면서 폭도를 어르고 달래고 부추겼다. 권총 한 자루를 잃었고 어디로 갔는지는 모르지만 그것은 중요하지 않다. 피가 그의 혈관에서 대리석처럼 굳었다. 그는 영원히 살고자 한다.

이제 군중은 목이 쉬었고 바보처럼 빙글빙글 돌았다. 데물랭은 군중 속으로 뛰어들었다. 백 개의 손이 데물랭의 옷과 머리털과 피부와 살에 닿았다. 사람들은 소리를 지르고 욕을 하고 구호를 외쳤다. 데물랭의 이름은 군중의 입 안에 있었다. 군중은 그를 알았다. 소음은 계시록의 끔찍한 장면을 방불케 했다. 지옥의 고삐가 벗겨지고 지옥의 동반자들이 거리를 누빈다. 15분을 알리는 종이 치지만 아무도 알아차리지 못한다. 사람들은 운다. 사람들은 데물랭을 일으켜서 어깨에 태우고 정원을 돌아다닌다. 창을 들어야 한다고 누군가가 절규하고 나무 사이로 연기가 피어 오른다. 어디선가 북을 치기 시작한다. 소리가 깊지도 않고 울리지도 않지만 단단하고 메마르고 표독스러운 음조다.

카미유 데물랭이 기즈의 장니콜라 데물랭에게

라옹으로 와서 저를 추천해주시지 않은 건 아버지의 불찰이었습니다. 그러셨다면 사람들은 저를 지명했을 겁니다. 하지만 이제 그런 건 아무래도 좋습니다. 저는 피카르디의 우리 대의원들 모두의 이름보다 더 큰 글자로 우리 혁명에 제 이름을 적어 넣었으니까요.

밤이 깊어지면서 뒤플레시 씨는 호기심을 채우고 싶어 하는 친구 두어 명과 함께 밖으로 나섰다. 그는 노동자계급 불량배들을 물리칠 생각으로 단단한 지팡이를 들었다. 뒤플레시 부인은 나가지 말라고 했다.

아네트의 얼굴은 걱정으로 쪼그라들었다. 하인들은 고약한 소문들을 들고 왔고 아네트는 그것들이 뜬소문이 아닐까 봐 두려웠다. 뤼실은 뜬소문이 아니라고 확신하는 듯했다. 뤼실은 복권에라도 당첨된 것처럼 유난히 조용했고 얌전했다.

아델이 집에 있었다. 베르사유에서 여기저기 기웃거리면서 유언비어를 주워 올 때 말고는 이제는 주로 집에 있었다. 아델은 대의원들과 그들의 아내들을 알았고 카페에서 오가는 모든 이야기를 알았고 국민의회의 모든 선거 전략을 알았다.

뤼실은 자기 방으로 갔다. 그리고 펜과 잉크, 종이 한 장을 꺼낸 다음 종이에다 적어 내려갔다. "아델이 막시밀리앙 로베스피에르에게 빠졌다." 그녀는 종이에서 그 부분을 잡아 찢어서는 손바닥 안에서 구겼다.

뤼실은 수틀을 집어 들고는 수를 놓는 일에 집중하면서 느릿느릿 일했다. 나중에 자기가 그날 오후 5시 15분과 6시 15분 사이에 공들여 한 일을 사람들에게 보여줄 작정이었다. 피아노 음계 연습을 할까도 생각했다. 결혼을 하면 피아노가 생길 거고 새로운 일도 많이 생길 거야.

집에 돌아온 클로드는 외투 바람으로 지팡이를 든 채 곧장 서재로 가서 문을 쾅 닫았다. 아네트는 정신을 차리게 잠깐 혼자 두어야 한다고 생각했다. "아무래도 아버지가 안 좋은 소식을 들은 모양이다."

아델이 말했다. "말도 안 돼. 무슨 일이 벌어지는지 잠시 나갔다 왔을 뿐인데. 내 말은, 아버지한테만 안 좋은 소식일 리는 없다는 거야."

아네트가 문을 두드렸다. 딸들도 옆에 섰다. "좀 나오세요. 아니면 우리가 들어갈까요?"

"재무총감은 다 핑계야." 클로드가 말했다.

"네케르. 그분은 이제 재무총감이 아니죠." 아네트가 바로잡았다.

"아니지." 클로드는 자신의 상관에 대한 충성심과 자기 생각을 드러내고 싶은 욕망 사이에서 갈등했다. "내가 그 사람을 좋아하지 않잖아. 그 사람은 돌팔이야. 하지만 그런 대접을 받을 만큼 막돼먹은 사람은 아니거든."

"여보, 세 여자가 걱정 때문에 죽게 생겼어요. 무슨 일이 있었는지 조금만 더 자세히 얘기해주면 안 될까요?" 아네트가 말했다.

"폭동이야." 클로드가 불쑥 말했다. "네케르 씨를 자르자 분노가 폭발했어. 우린 무정부 상태로 빠져들었소. 무정부는 내가 쓰는 표현이 아니지만."

"앉아요, 여보." 아네트가 말했다.

클로드는 앉았다. 그리고 손으로 두 눈을 쓸었다. 벽에서 선왕이 뒤플레시 부부를 지켜보았다. 싸구려 복제화 속에 있는 지금의 왕비는 머리에 깃털을 꽂았고 턱은 될수록 작아 보이게 다듬었다. 루이의 석고상은 수레를 만드는 목수의 친구처럼 생겼다. 테레 신부는 정면이 드러난 그림과 옆모습만 담긴 그림이 모두 있다.

"반란이야. 세관에 불을 지르고 있소. 극장도 폐쇄했고 밀랍 공장에 난입했어." 클로드가 말했다.

"밀랍 공장에 난입했다고요?" 아네트는 자기 얼굴에서 피어 오르는 맹한 미소를 의식했다. "거기에는 왜 갔대요?"

"난들 알겠어." 클로드가 언성을 높였다. "그 사람들이 뭘 하려는 건지 내가 어떻게 알아. 오천 명인지 육천 명인지가 튈르리 궁전으로 몰려가는 중이야. 그 사람들 말고도 거기에 합류하려는 사람들이 또 있어요. 그자들이 도시를 쑥밭으로 만들고 있어."

"군인들은 어디에 있죠?"

"어디 있을까? 그건 왕부터 궁금해할 거야, 분명히. 길에 나란히 서서 차라리 환호라도 한다면 모를까 아무 짝에도 쓸모 없는 자들이야. 왕과 왕비가 베르사유에 있는 걸 고마워해야지. 무슨 일이 벌어질지 누가 알겠소, 폭도 우두머리로 있는 자가—" 말이 나오지 않았다. "그 사람인데."

"그럴 리가 있나요." 아네트의 목소리는 무미건조했다. 아네트는 예의상으로 그렇게 말했지만 그것이 사실임을 알았다.

"그렇게 믿는 게 정신 건강에 좋겠지. 조간 신문이 있으면 기사가 났으니 한번 읽어보구려. 팔레루아얄에서 연설을 했고 그것이 효력을 발휘해서 지금은 사람들한테 영웅처럼 된 모양이야. 폭도들한테 말이지. 경찰이 잡으러 가니까 미련하게도 경찰한테 총을 겨누었다는군.

"미련했는지는 잘 모르겠네요. 그것 때문에 생겨난 것처럼 보이는 결과를 생각하면." 아델이 말했다.

"아, 진작에 손을 썼어야 했는데. 너희 둘 다 내보냈어야 하는 건데. 내가 무슨 잘못을 했기에 이런 벌을 받는지 좀 묻자. 한 딸은 과격파하고 어울리고 또 한 딸은 범죄자한테 내빼려고 하고." 클로드가 말했다.

"범죄자?" 뤼실이 놀란 투로 말했다.

"그래. 그자는 법을 어겼다."

"법이 달라질 거예요."

"세상에, 니가 나를 가르치니? 군대가 그자들을 쓸어버릴 거야." 클로드가 말했다.

"이게 전부 다 우연이라고 생각하시나 본데요. 아니에요, 아버지. 저도 말 좀 할게요, 저도 말할 권리가 있어요. 무슨 일이 일어나는지는 아버지보다 더 잘 알아요. 정확한 숫자는 모르지만 폭도가 수천 명이 넘는다고 하셨는데 프랑스 근위대는 자기 나라 국민을 공격하지 않을 거고 군인들 대부분은 실제로 우리 편이에요. 제대로 조직만 되면 곧 무장을 충분히 갖추고 나머지 군대와 맞붙을 수 있을 거예요. 왕실의 독일 부대는 순전히 규모만으로도 압도당할걸요." 뤼실이 말했다.

클로드는 딸을 노려보았다. "손을 쓰기엔 너무 늦었어요." 아내가 낮은 목소리로 말했다. 뤼실은 목청을 가다듬었다. 뤼실이 한 말은 응접실에서 했기에 강도가 낮았다 뿐이지 연설에 가까웠다. 뤼실의 손이 바르르 떨렸다. 그 사람은 많이 무서웠을까. 뤼실은 궁금했다. 군중이 등을 밀고 바람을 넣으면 데물랭은 눈앞에 닥친 모든 계획의 살아 있는 심장부인 태풍의 눈 속의 조용함을 잊어먹었다.

"이게 다 계획된 거예요. 증원군이 있다는 건 알지만 강을 건너야 하죠." 뤼실은 창문으로 걸어갔다. "보세요. 오늘 밤은 달이 없죠. 지휘관들끼리 옥신각신하는 판에 증원군이 어둠을 헤치고 강을 건너는 데에 얼마나 걸릴까요? 그 사람들은 전쟁터에서 싸우는 법만 알았지 거리에서 싸우는 법은 몰라요. 지금 루이 15세 궁전에서 막 아내기만 하면 내일 아침이면 군대를 시내에서 깨끗이 몰아낼 거예요. 그리고 파리 선거인들은 거리에서 자체 의용군을 만들고 시청에 무기를 요청할 수 있어요. 앵발리드(상이군인) 병원에도 총이 있어요, 장총 4만 자루—"

"전쟁터? 증원군? 그걸 네가 어떻게 다 아니? 어디서 들었어?" 클로드가 물었다.

"어디일 거 같아요?" 뤼실이 차갑게 말했다.

"선거인? 의용군? 장총? 혹시 너, 화약과 탄약을 어디서 얻는지는 아니?" 클로드가 비웃듯이 신경질적으로 말했다.

"알죠. 바스티유에서요." 뤼실이 말했다.

식별용으로 군중이 고른 색은 녹색이었다. 녹색, 희망의 색. 팔레루아얄에서 한 처녀가 데물랭에게 작은 녹색 리본을 주었는데 그 다음부터 군중은 녹색 리본을 찾으려고 상점을 덮쳤다. 녹회색, 연두색, 풀색, 연녹색 옷감이 먼지가 뿌연 길 위로 펼쳐졌고 시궁창을 덮었다. 팔레루아얄에서 군중은 밤나무 잎을 떼어냈고 모자와 단추구멍에 꽂힌 밤나무 잎들은 이제는 시들어서 변색되었다. 찢어진 향긋한 야채의 냄새가 그날 오후를 구름처럼 덮었다.

저녁 무렵이면 군중은 군대가 되어 저마다 깃발을 들고 행진했다. 어둠이 내렸지만 더위는 누그러지지 않았다. 밤중에 이따금 폭풍이 불었는데 상공을 가르는 천둥 소리는 꽈르릉거리는 포화와 쨍그랑 깨지는 유리와 경쟁을 벌였다. 사람들은 노래를 불렀고 어둠 속으로 소리를 쳐서 지시를 내렸고 밤새도록 자갈길을 딛는 장화 소리와 날카로운 쇳소리가 끊이지 않았다. 쑥밭이 된 거리를 삐죽 삐죽한 번갯불이 비추었고 불타는 방벽에서 바람을 타고 연기가 꾸역꾸역 흘러왔다. 자정에 술 취한 보병 하나가 데물랭에게 말했다. "전에 어디서 본 얼굴인데."

비 오는 새벽에 데물랭은 에로 드 세셸을 만났다. 루이 15세의 애인이었던 뒤 바리 부인과 마주친다 하더라도 대수롭지 않게 여겼을 것이다. 에로의 얼굴은 더러웠고 외투는 등 자락이 절반은 떨어져 나갔다. 그는 한 손에는 유명한 장군을 위해 특별히 두 자루만 만든 것으로 알려진 아주 고급스러운 결투용 권총을 들었고 또 한 손에는 고기 써는 식칼을 들고 있었다.

에로가 말했다. "낭비와 무책임 아니오. 그자들은 생라자르 수도원을 약탈했소. 그 모든 고급스러운 가구하며, 세상에, 은 세공품하며. 그래요, 그자들은 지하실도 덮쳤소, 지금은 토하면서 길거리에 드러누워들 있지. 당신이 뭐랬지? 베르사유던가? '끝냅시다'라고 했소? 그렇담 옷을 갈아입어야겠네, 이런 꼬락서니로 궁에 나타나긴 싫거든. 암." 그러더니 에로는 식칼을 들고 다시 군중 속으로 달려갔다. "아무튼 영장 정리하는 거보다 훨씬 재미있어." 그가 그렇게 행복한 적은 결코 없었다. 결코, 결코 없었다.

오를레앙 공작은 12일에 봉디 숲에 있는 자신의 랭시 성에서 보냈다. 파리에서 일어난 사건 소식을 듣고 '몹시 놀라고 충격을 받았다'는 입장을 직접 밝혔다. "난 그 말이 빈말이 아니라고 생각했어요." 한때 그의 애인이었던 엘리엇 부인이 말했다.

13일 아침 국왕을 알현하는 자리에서 오를레앙은 처음에는 무시 당했다. 그러고 나서 원하는 게 무엇이냐고 (무례하게) 질문을 받았다. 그러고 나서 '그대의 고향으로 돌아가라'는 소리를 들었다. 오를레앙은 기분이 몹시 상해서 무소에 있는 집으로 떠났고 (엘리엇 부인에 따르면) '두 번 다시 그들 앞에 얼씬도 하지 않으리'라 다짐했다.

오후에 데물랭은 코르들리에 지구로 돌아갔다. 술에 취한 병사는 아직도 그를 졸졸 쫓아다니면서 말했다. "어디서 본 적이 있는데." 험상궂었지만 정신은 말짱한 프랑스 근위병 네 명이 있었는데 그들은 데물랭에게 무슨 일이 생기면 가만두지 않겠다는 협박을 받았다. 라포르스 감옥에서 빠져 나온 죄수도 여러 명 있었다. 줄무늬 치마에 털모자를 썼고 넙적한 식칼을 들었으며 목소리가 쉬었고 입이 거친 장터 아낙네 하나는 난 당신을 좋아한다, 이제부터는 나 없이 어디 가지 말라고 계속 지껄여댔다. 승마복 차림으로 허리춤에 권총을 찬 예쁘장한 젊은 여자도 있었는데 그 여자는 밤색 머리를 빨간 리본과 파란 리본으로 뒤로 묶었다.

"녹색 리본은 어쩌고요?" 데물랭이 물었다.

"녹색은 아르투아 백작의 색깔이라는 걸 누가 기억했어요. 우리가 그걸 맬 수야 없죠. 그래서 파리의 색깔은 빨간색과 파란색이에요." 그녀는 오래 전부터 좋아한 사이인 것처럼 그에게 미소를 지었다. "안 테루아뉴예요. 파브르한테 심사받는 자리에서 만났죠. 기억나요?"

테루아뉴의 얼굴은 물빛처럼 환해 보였다. 그제서야 데물랭은 여자가 흠뻑 젖었고 추워서 오들오들 떠는 것을 보았다. 테루아뉴가 말했다. "날씨도 무너졌죠. 다른 것들처럼."

당통의 집이 있는 상가로 오니 수위가 대문을 닫아 걸어놓아서 데물랭은 창문으로 가브리엘을 불렀다. 가브리엘은 얼굴에 핏기가 없었고 머리는 산발이었다. "조르주는 이웃에 사는 젤리 씨하고 나갔어요. 시민군을 모은다면서요. 조금 전에는 라보 변호사가 들렀어요, 아시죠 왜 길 건너편에 사는, 그분이 이러는 거예요, '조르주가 굉장히 걱정됩니다, 책상 위에 올라서서 군대와 도둑으로부터 우리 가정을 지켜야 한다면서 고래고래 소리를 지르더군요.'" 가브리엘은 데물랭 뒤에 선 사람들을 보고 놀라서 입이 딱 벌어졌다. "이분들은 누구죠? 일행인가요?"

루이즈 젤리가 나타났다. 루이즈의 얼굴이 가브리엘의 어깨 너머로 꾸벅 인사를 했다. "안녕하세요." 루이즈가 말했다. "들어오실 거예요, 아니면 길거리에 그냥 서 계실 거예요?"

가브리엘은 한 팔로 루이즈를 둘러서 꼭 끌어안았다. "애 엄마가 열이 많이 나요. 조르주가 라보 변호사한테 이런 말을 했어요. '우리한테 합류하게, 어차피 자네 자리도 없어졌잖아, 군주제는 끝났어.' 그이가 그런 말을 왜 했을까요, 왜, 왜?" 가브리엘의 심란한 손이 창틀을 붙잡았다. "언제 돌아올까요? 전 어떻게 해야 하죠?"

데물랭이 말했다. "사실이니까요. 오래 걸리지 않을 겁니다, 조르주는요. 문단속 잘 하시고요."

술 취한 군인이 데물랭의 옆구리를 찔렀다. "그럼 이제 당신 마누라가 되는 거요?"

데물랭은 한 발 뒤로 물러나서 어이없는 표정으로 남자를 쳐다보았다. 그 순간 그의 머릿속에서 무언가가 아주 큰 소리로 뚝 끊어지는 것 같았다. 사람들은 그를 벽에 기댈 수 있도록 받쳐주면서 목 안에다 브랜디를 퍼부었다. 그래서 그 직후로는 아무것도 머리에 들어오지 않았다.

거리에서 보낸 또 하루의 밤. 5시, 경종을 울리는 포성과 경보. "이제 슬슬 심각해지네요." 안 테루아뉴가 말했다. 그녀는 머리에서 리본들을 빼내더니 데물랭의 외투 단추 구멍 안으로 동그랗게 끼워 넣었다. 빨강과 파랑. "빨강은 피고 파랑은 천국이에요." 그녀가 말했다. 파리의 빛깔: 피의 천국.

6시에 군중은 앵발리드 병원에서 무기를 놓고 협상을 벌였다. 누군가가 데물랭을 살며시 돌려 세워서는 아침 햇살이 샹드마르스의 총검에 반사되어 번쩍거리는 곳을 가리켰다. "저들은 안 올 겁니다." 그 사람이 말했다. 사실이었다. 데물랭은 대포 아가리들을 올려다보면서 자신의 입에서 나오는 차분하고 분별 있는 소리를 들었다. 대포 옆에는 병사들이 불 붙인 심지를 손에 들고 있었다. 그는 두렵지 않았다. 이윽고 협상이 끝났고 뜀박질과 고함이 있었다. 이것은 앵발리드 병원 점거로 불린다. 데물랭은 처음으로 두려움을 느꼈다. 협상이 끝났을 때 그는 벽에 기댔고 밤색 머리를 한 처녀가 총검을 그의 손에 건넸다. 그는 칼날에 손바닥을 대면서 그저 호기심에서 물었다. "이거 쓰기 어려운가요?"

"쉬워." 술에 취한 군인이 말했다. "이제 기억이 나네. 재판소 바깥에서 소요가 조금 일어났을 때, 한 이 년쯤 전인가. 그날 재미있었는데. 댁을 바닥에 쓰러뜨리고 옆구리를 발로 찼지. 미안하게 됐소. 시키는 대로 했을 뿐이지. 보니까, 그거 때문에 다친 거 같지는 않은데."

데물랭은 그를 빤히 올려다보았다. 군인은 피범벅이 되어 있었고 피를 뚝뚝 흘렸다. 옷은 젖어 있었고 머리는 떡이 되어 있었고 얇게 굳은 피를 통해서 배시시 웃고 있었다. 데물랭은 군인을 보면서 뒤꿈치를 축으로 삼고 빙글 돌아 가볍게 춤을 추고 주홍빛 팔뚝을 쳐들었다.

"바스티유로 가는 거지, 응?" 데물랭이 신나서 노래했다. "이제 바스티유로 간다, 바스티유, 바스티유."

바스티유 요새 사령관인 드 로네 후작은 민간인이었다. 그는 군복이 아니라 무릎까지 내려오는 회색 외투를 입고 항복했다. 항복하고 나서 바로 지팡이 칼로 자기를 찌르려다가 제지당했다.

드 로네를 에워싼 군중은 "그놈 죽여라." 하고 외쳤다. 프랑스 근위병들 몇 명이 몸으로 막아서면서 드 로네를 지켜주려고 했다. 그러나 생루이 교회에 이르렀을 무렵 군중 가운데 몇 사람이 그를 군인들로부터 떼어내서 침을 뱉고 몽둥이질과 발길질을 해서 땅바닥에 쓰러뜨렸다. 근위병들이 드 로네를 구했을 때 그의 얼굴에서는 피가 철철 흘렀고 머리카락은 몇 움큼 뜯겨나가 있었다. 그는 제대로 걷지도 못했다.

시청에 가까이 가자 길이 가로막혔다. 재판을 하고 나서 목을 매달자는 쪽과 당장 끝장을 보자는 쪽이 언쟁을 벌였다. 얻어터져서 공포에 질린 드 로네는 두 팔을 크게 벌렸고 사람들이 그 팔을 양쪽에서 잡는 바람에 이제 그는 손을 자유롭게 쓸 수가 없어 머리에 난 상처에서 눈 속으로 흘러 드는 피도 닦아내지를 못했다. 고통으로 몸부림을 치다가 드 로네는 한 발을 힘껏 내질렀다. 발은 데스노라는 사내의 사타구니에 닿았다. 실직한 요리사였던 데스노는 놀라고 아파서 비명을 질렀다. 그는 무릎을 꿇었고 사타구니를 움켜쥐었다.

낯선 사내가 뒤에서 쑥 나오더니 포로를 노려보았다. 그는 일 초쯤 주저하더니 앞으로 한 발짝을 내디디면서 총검을 드 로네의 배로 밀어 넣었다. 총검이 당겨지자 드 로네는 앞으로 고꾸라지면서 다시 여섯 개의 무기에 노출되었다. 어떤 사람은 굵은 나무토막으로 그의 뒷덜미를 연신 내리쳤다. 그가 시궁창으로 질질 끌려가자 지켜주려던 군인들은 뒤로 빠졌다. 그는 시궁창에서 죽었다. 으깨지고 꿈틀거리는 주검을 향해 여러 발의 총알이 퍼부어졌다. 데스노가 절뚝거리며 사람들을 헤치고 앞으로 나섰다. 누군가가 말했다. "당신 몫이야." 데스노는 주머니를 뒤졌다. 그의 얼굴은 아직도 아파서 실룩거렸다. 그는 시체 옆에 꿇어앉았다. 몇 오라기 안 남은 드 로네의 머리칼 사이로 손가락을 집어넣더니 시체의 머리를 뒤로 당기고 작은 칼을 뽑아서 목을 잘라내기 시작했다. 누군가가 데스노에게 단도를 내밀었지만 그는 단도를 잘 쓸 자신이 없었다. 그의 얼굴에 나타난 것은 불쾌감 이상도 이하도 아니었다. 그는 주머니칼로 계속 시체의 목을 파고 들어갔고 마침내 드 로네의 머리는 잘려나갔다.

데물랭은 잠이 들었다. 그의 꿈은 푸르렀고 시골이었고 맑은 물이 한가득이었다. 끝에 가서만 물은 어두웠고 끈끈했고 열린 하수구였고 피가 콸콸 쏟아지는 목구멍이었다. "어쩜 좋아." 여자 목소리가 말했다. 눈물로 목이 메었다. 데물랭의 머리는 별로 어머니 품 같지 않은 가슴에 안겨 있다. "감정이 북받치네요." 루이즈 로베르가 말했다.

"울고 있었네요." 데물랭이 말했다. 뻔한 말을 했다. 얼마나 오래 잠을 잔 건가? 한 시간, 아니면 한나절? 어떻게 해서 루이즈의 침대에 누워 있게 된 것인지 알 수가 없었다. 어떻게 거기에 왔는지 기억하지 못했다. "몇 시죠?" 루이즈에게 물었다.

"일어나 앉아요. 일어나 앉아서 내 말 좀 들어봐요." 루이즈는 창백하고 뼈대가 가는 작은 여자였다. 그녀는 방에서 왔다 갔다 했다. "이건 우리 혁명이 아니에요. 이건 우리 것도 아니고 브리소 것도 아니고 로베스피에르 것도 아니에요." 그녀는 우뚝 멈춰 섰다. "로베스피에르를 알아요. 내가 고생을 받아들였더라면 지금쯤 아라스의 촛불의 사모님이 되었을지도 모르죠. 그렇게 하는 게 저한테 좋았을까요?"

"제가 그걸 어떻게 알겠어요."

"이건 라파예트의 혁명이에요. 그리고 바이의 혁명이고 개 같은 오를레앙의 혁명이에요. 하지만 이제 시작이죠." 루이즈는 두 손을 목에 대고 데물랭을 바라보았다. "하필이면 당신이."

"이리 와요." 데물랭은 손을 루이즈에게 내밀었다. 사람이라곤 찾아볼 수가 없는 얼음 바다로 멀리 떠내려온 듯한 느낌이 들었다. 루이즈는 데물랭 옆에 앉아서 치마를 매만졌다. "가게는 덧문까지 완전히 닫아걸었어요. 식민지에서 들어온 먹을거리에는 아무도 관심이 없어요. 이틀 동안 아무도 장을 보지 않았어요."

"앞으로는 아마 식민지가 없어질 겁니다. 노예도 사라지고."

루이즈가 웃었다. "시간은 걸리겠지만. 말꼬리 돌리지 말아요. 난 해야 할 일이 있어요. 바스티유 근처에 당신이 얼씬도 못 하게 해야 해요. 당신의 운이 다할지도 모르니까."

"이건 운이 아닙니다." 아직도 잠이 덜 깼는지 데물랭은 말을 잘 잇지 못한다.

"아니라고 생각하실 수도 있고요."

"제가 바스티유에 가서 목숨을 잃으면 사람들이 저를 책에 올려주지 않을까요?"

"그렇겠죠." 루이즈는 묘한 눈길로 데뮐랭을 바라보았다. "하지만 당신이 어디로든지 가서 죽게 내버려 두지 않을 거예요."

"그러다 당신 남편이 돌아오면 남편 손에 죽겠네요." 데뮐랭은 그들의 처지를 알렸다.

"그렇네요." 그녀는 씁쓸히 웃었지만 눈은 다른 곳을 보았다. "사실은 프랑수아한테 충실하려고 해요. 우린 함께할 미래가 있다고 생각하거든요."

이제 우리는 모두 미래가 있다. 이건 우연이 아니다, 데뮐랭은 생각한다, 이건 운이 아니다. 그는 작고 밋밋한 자기 몸을 본다. 미래의 눈부시게 환한 백묵빛 얼굴의 잡을 만한 곳을 더듬는다. 얼굴이 바위에 눌리는 것을 느낀다. 멀미가 나서 속이 울렁거렸다. 그는 언제나 힘겹게 기어오르기만 했다. 루이즈가 데뮐랭을 꼭 껴안았다. 그는 축 늘어져서 루이즈를 밀어내며 잠에 빠져들고 싶어 했다. 급반전이네요. 그녀가 속삭였다. 루이즈는 데뮐랭의 머리카락을 매만졌다.

루이즈는 데뮐랭에게 커피를 주었다. "가만히, 그냥 가만히 있어요." 그녀가 말했다. 그는 커피가 식는 것을 지켜보았다. 그를 둘러싼 공기에는 전기가 감돌았다. 그는 오른손 손바닥을 살폈다. 루이즈의 손가락이 머리카락처럼 가느다란 금을 따라갔다. "어디서 이 상처가 생겼을까? 기억은 잘 안 나는데 전후 사정으로 보자면 사람들이 맞아 죽고 짓밟히고—"

"내 생각에 당신은 불사신인 것 같아요. 지금까지는 한 번도 그런 생각을 못 했어요." 루이즈가 말했다.

프랑수아 로베르가 귀가했다. 그는 방 입구에 서서 아내에게 입맞춤을 했다. 외투를 벗어서 아내에게 주었다. 그러고는 일부러 거울 앞으로 가서 곱슬곱슬한 검은 머리를 빗었다. 그러는 동안 머리가 남편의 어깨에도 못 미치는 아내는 옆에서 기다렸다. 빗질이 끝나자 프랑수아가 말했다. "바스티유를 접수했어." 그는 방을 가로질러가서 데물랭을 내려다보았다. "당신은 여기에도 있었지만 거기에도 있었습니다. 당신을 행동의 주역으로 목격한 사람들이 있습니다. 바스티유 안에 두 번째로 들어간 사람은 에로 드 세셸이었습니다." 프랑수아가 물러섰다. "커피 좀 더 있소? 정상적 생활이 모두 중단되었어." 프랑수아는 마치 백치나 어린아이한테라도 말하듯이 말했다. 그리고 장화를 벗었다. "이제부터는 모든 양상이 판이하게 달라질 거야."

"그렇게 생각하시는군요." 데물랭은 피곤하게 말했다. 그는 자신이 듣는 것을 온전하게 받아들일 수가 없었다. 중력이 사라져버렸고 땅이 꺼져버렸다. 절벽 꼭대기에 이르니 또다시 절벽이 가로막았다. 무덤처럼 공허가 펼쳐졌다. "죽는 꿈을 꿨어요." 데물랭이 말했다. "매장당하는 꿈을 꿨어요." 첩첩산중의 심장으로 가는 좁은 길이 있다. 무표정하고 애매모호하고 지루하고 따분한 정신의 나라로 가는 길이다. 그는 '거짓말 좀 그만해'라고 혼자말을 했다. 내가 꾼 것은 그게 아니라 물이었다. 난 내가 거리에서 피를 흘리는 꿈을 꾸었다. "제 말더듬증이 사라졌다고 생각하실지 모르겠는데요." 그가 말했다. "인생은 그렇게 매력적이지 않습니다. 종이 좀 얻을 수 있을까요? 아버지께 편지를 써야겠어요."

"그럽시다. 이제는 유명해졌다고 알리세요." 프랑수아가 말했다.

3부

A Place of Greater Safety

"당신의 명성이 대단하다고 많은 사람에게 말하라.
그들은 그 말을 반복할 것이고
이런 반복은 당신의 명성을 만들어낼 것이다."
"나는 빨리 살고 싶다……"

__ 에로 드 세셀, 《야심론》

| 주요 등장 인물 |

라파예트 후작(국민방위대 사령관)
장폴 마라(언론인, 〈인민의 벗〉 편집인)
아르튀르 디용(영국 귀족 출신의 프랑스 장군, 데물랭의 친구)
루이세바스티앙 메르시에(작가)
콜로 데르부아(극작가)
'뒤셴 영감'(르네 에베르가 발간하는 신문 〈뒤셴 영감〉에 나오는 가공의 인물)
앙투안 생쥐스트(젊은 시인)
장마리 롤랑(나이 많은 전직 공무원)
마농 롤랑(롤랑의 젊은 아내, 작가)
프랑수아 뷔조(대의원, 자코뱅, 롤랑 부부의 친구)
장바티스트 루베(소설가, 자코뱅, 롤랑 부부의 친구)

1장

청년 혁명가들

(1789)

파리의 선거인 술레 씨는 바스티유 성벽 위에 홀로 있었다. 초저녁에 그들이 와서 라파예트가 당신을 원한다고 말했다. 드 로네가 살해당했으니 당신이 당분간 바스티유 요새의 총책임자라고 말했다. "무슨 소리, 왜 나요?" 술레가 물었다.

"진정하세요, 이제 더는 문제가 없을 겁니다." 그들은 말했다.

오전 3시 성벽. 술레는 지친 호위병을 돌려보냈다. 밤은 불손한 영혼처럼 어둡고 몸은 소멸을 갈구한다. 그의 발 아래로 보이는 생탕투안에서 개 한 마리가 별들을 향해 고통스럽게 짖어댄다. 저 멀리 왼쪽에서 성벽 받침대에 꽂힌 횃불 하나가 어둠을 살살 핥으면서 축축한 돌과 흐느끼는 유령들을 밝힌다.

'예수님, 성모 마리아님, 요셉님, 이제 와 저희 죽을 때에 저희를 도와주소서.'

술레는 남자의 가슴팍을 들여다보았다. 남자에게는 장총이 있었다.

누구인지 확인해야 한다. 술레는 엉겁결에 생각했다. "거기 누구인가, 아군인가 적군인가?" 이렇게 말해야 할 것 같았다. '적군'이라고 말하고 계속 다가오면 어쩐다?

"누구시오?" 가슴이 말했다.

"사령관이오."

"사령관은 죽어서 잘게 토막토막 났소."

"그렇다고 들었소. 난 새로 온 책임자요. 라파예트가 보낸……."

"정말? 라파예트가 보냈다네." 어둠 속에서 낄낄 웃는 소리가 들렸다. "임명장을 봅시다."

술레는 외투 속을 뒤져서 이 살 떨리는 시간 동안 심장 바로 옆에 고이 간직한 종이 쪽지를 건넸다.

"불빛이 이런데 어떻게 제대로 읽겠소?" 종이 구겨지는 소리가 났다. "좋아." 가슴이 인심 쓰듯이 말했다. "시민군 코르들리에 대대의 당통 대위요. 당신은 아주 수상쩍어 보이니 체포하겠소. 시민들, 임무를 수행하시오."

술레는 입을 열었다.

"소리쳐봐야 소용없소. 경비병들은 내가 벌써 봐 두었소. 술에 절어서 세상 모르게 곯아떨어졌소. 당신을 우리 지구의 본부로 데려가겠소."

술레는 어둠 속을 뚫어져라 살폈다. 당통 대위 뒤에는 적어도 네 명의 무장한 장정이 있었다. 안 보여서 그렇지 더 있을지도 몰랐다.

"저항할 생각일랑 마시오."

대위의 목소리는 교양이 있고 절도가 있었다. 작은 위안이었다. 고개를 들어라, 술레는 스스로를 다그쳤다.

그들은 생탕드레데자르에서 비상종을 울렸다. 단 몇 분 사이에 백 명이 거리로 나왔다. 활기찬 지구, 당통은 늘 그렇게 말했다.

"아무리 조심해도 지나치지 않지. 우리가 그 사내를 쏴 죽여야 할 거 같은데." 파브르가 말했다.

술레는 거듭 말했다. "날 시청으로 데려가주시오."

"아무 요구도 하지 마시오." 당통이 말했다. 그때 문득 어떤 생각이 그의 머리를 때린 듯했다. "좋아. 시청."

다사다난한 여정이었다. 다른 탈것을 구할 수 없어서 무개마차를 타고 가야 했다. 거리에는 사람들이 벌써 (또는 아직) 있었고 그들은 코르들리에 시민들을 도와야 한다는 사실을 잘 알았다. 사람들은 마차를 따라 양쪽에서 달리면서 "저놈을 목 매달아라." 하고 외쳤다.

시청에 도착했을 때 당통이 말했다. "이럴 줄 알았습니다. 시 정부는 불쑥 나타나서 무조건 '내가 책임자'라고 말하는 사람 손에 들어갔습니다." 몇 주 전부터 선거인단이라는 비공식 조직이 코뮌 곧 시 정부를 자처하고 있었다. 파리 지역의 선거를 주관했던 바이 씨가 그 조직의 정신적 구심점이었다. 사실, 어제까지만 하더라도 왕이 임명한 파리 행정감이 있었다. 그러나 폭도는 드 로네를 해치우고 나서 그 사람마저 살해했다. 이제 누가 도시를 다스리는가? 국새와 인장은 누구의 것인가? 날이 밝으면 이런 걱정을 해야 한다. 라파예트 후작은 잠을 자러 집에 갔다고 관리 하나가 말했다.

"잠도 잘 오겠다. 이리 데려오시오. 우리더러 어쩌란 말인가? 엄청난 희생을 치르면서 폭군들한테서 빼앗은 바스티유를 살피러 시민 순찰대가 잠도 못 자고 갔더니 경비병들은 술에 절어 있고 자기 글 읽히시도 못하는 이 사람은 책임자라고 우기고." 당통이 순찰대 쪽으로 돌아섰다. "사람들에게 제대로 알려야 하오. 수습할 해골이 있다고 생각할 수도 있는 노릇이고. 그 뭐냐, 아직도 토굴 속에서 꼼짝없이 쇠사슬에 묶인 희생자도 있을지 모르고."

"그건 다 밝혀졌습니다." 관리가 말했다. "당신도 알다시피 그 안에는 일곱 명밖에 없었어요."

그렇지만 이 감옥은 여전히 이용할 수 있어. 당통은 생각했다. "수감자들의 개인 물품은 어떻게 됐지요? 이십 년 전에 들어갔는데 아직도 행방이 묘연한 당구대 이야기를 나도 들었소."

뒤에 있던 사내들이 웃음을 터뜨렸다. 관리는 할 말을 잃은 표정이었다. 당통은 다시 정색을 했다. "라파예트를 불러오시오."

사무실 일에서 해방된 쥘 파레는 어둠을 향해 빙긋 웃었다. 그레브 광장에서 불빛이 반짝였다. 술레 씨의 눈은 가로등으로, 등불이 매달린 거대한 쇠 받침대 쪽으로 자기도 모르게 이끌렸다. 얼마 전에 바로 그곳에서 드 로네 후작의 잘린 머리가 군중 속에서 축구공처럼 차였다. "기도하시지요, 술레 씨." 당통이 유쾌하게 제안했다.

라파예트가 나타났을 때에는 동이 터 있었다. 당통은 그의 차림새가 깔끔한 것을 보고 실망했다. 막 수염을 깎은 라파예트의 얼굴은 광대뼈를 따라서 발그스름했다.

"지금이 몇 시인 줄 아시오?"

"5시?" 당통이 말했다. "그냥 짐작으로요. 군인들은 밤에도 아무 때나 일어날 준비가 되어 있는 사람들이라고 전부터 생각했는데요."

라파예트는 잠깐 고개를 돌렸다. 주먹을 불끈 쥐고 불그스름한 하늘을 올려다보았다. 다시 고개가 돌아왔을 때 그의 목소리는 또렷했고 싹싹했다. "미안합니다. 그런 식으로 대하는 게 아니었는데.

당통 대위 아닌가요? 코르들리에?"

"그리고 장군님을 흠모하는 사람이기도 하지요." 당통이 말했다.

"과찬입니다." 라파예트는 이 새로운 세계가 자기 앞에 데려온 하급자, 이 태산 같고 어깨가 떡 벌어지고 얼굴에 흉터가 난 사내를 곤혹스레 바라보았다. "꼭 이럴 필요가 있었을지는 잘 모르겠지만 아마도 여러분은 여러분 나름대로 — 최선을 다한다는 것이."

"우리가 최선을 다하는 것으로 충분하도록 노력하겠습니다." 당통은 지지 않고 말했다.

순간, 장군의 머리에 한 가닥 의혹이 스쳤다. 졸지에 내가 웃음거리가 된 건 아닐까? "이 사람은 술레 씨요. 공식적으로 내가 확인하는 바요. 술레 씨는 내가 신원을 확실히 보장합니다. 그렇지, 물론 신원증명서도 새로 써주겠소. 그럼 되겠소?"

"그럼 됩니다." 당통이 얼른 말했다. "언제든지 말씀만으로도 충분합니다, 장군님."

"그럼 난 집으로 돌아가겠소, 당통 대위. 더 따질 게 없다면."

대위는 야유를 이해하지 못했다. "편히 주무십시오." 라파예트는 날렵하게 돌아서면서, 경례를 주고받을지를 이제는 정말로 결정해야겠다고 생각했다.

당통은 순찰대를 강으로 돌려보냈다. 그의 눈에서 불꽃이 튀었다. 가브리엘이 집에서 기다리고 있었다.

"도대체 왜 그랬어요?"

"기선을 잡아야 하지 않겠어."

"라파예트만 자극했잖아요."

"그럴 작정이었어."

"이 바닥 사람들이 좋아하는 줄다리기일 뿐입니다." 파레가 말했다. "아무래도 당통 변호사를 정말 군대에서 대위로 앉힐 거 같은데. 내 생각에는 지구 책임자로도 뽑을 거 같고. 어차피 당통 변호사는 누구나 아니까."

"라파예트도 알겠지 나를." 당통이 말했다.

베르사유에서 온 소식. 네케르 씨는 다시 불려온다. 바이 씨는 파리 시장으로 지명된다. 인쇄업자 모모로는 데물랭의 소책자를 내려고 밤새도록 조판 작업을 벌인다. 용역업자들은 바스티유에 투입되어 철거 작업에 나선다. 사람들은 기념품으로 돌을 하나 둘 집어간다.

이탈이 시작된다. 콩데 공은 변호사 수임료를 비롯하여 지불할 돈이 많은데도 서둘러 나라를 뜬다. 왕의 동생 아르투아도 떠난다. 왕비가 총애하던 폴리냐크 부부도 떠난다.

7월 17일 바이 시장은 꽃으로 치장한 마차를 타고 베르사유를 출발하여 오전 10시 파리 시청에 도착했다가 왕을 맞이하기 위해 운집한 고관대작 속에서 곧바로 온 길을 되돌아갔다. 그들은 멀리 샤요궁의 소방 펌프가 있는 곳까지 갔다. 시장, 선거인들, 근위병들, 은그릇에 담긴 시 열쇠들……. 반대편에서 오는 삼백 명의 대의원과 왕의 행렬을 그곳에서 만났다.

"전하, 저는 전하의 충직한 도시 파리의 열쇠들을 전하께 바칩니다. 이것들은 앙리 4세께 바쳤던 바로 그 열쇠들입니다. 앙리 4세께서 백성을 다시 사로잡았던 것처럼 지금 백성들은 자신들의 왕을 다시 사로잡았습니다." 바이 시장이 말했다.

눈치가 없는 소리처럼 들렸지만 그것은 선의에서 나온 말이었다. 자연스럽게 박수갈채가 터진다. 민병대가 세 겹으로 양쪽에서 호위한다. 라파예트 후작은 왕의 마차 앞에서 걸어간다. 대포들이 축포를 쏜다. 전하는 마차에서 내려와서 바이 시장한테서 나라의 새로운 삼색 모표를 받는다. 적색과 청색에다 군주제를 상징하는 백색이 덧 붙여졌다. 왕이 모표를 모자에 달자 군중은 환호하기 시작한다. (왕은 베르사유를 떠나기 전에 이미 유언장을 작성했다.) 왕은 검들의 아치 밑으로 시청 계단을 걸어 올라갔다. 열광하는 군중이 왕 주변으로 밀고 나오면서 왕을 떠밀고 왕이 다른 사람들과 똑같은지 느껴보려고 왕을 만지려고 든다. "만수무강하소서." 군중은 외친다. (왕비는 남편을 두 번 다시 못 보는 줄로 알았다.)

"그냥 두라." 왕이 병사들에게 말한다. "저 사람들이 정말로 나를 좋아하는가 보구나."

평범한 일상과 비슷한 양상이 자리를 잡는다. 상점들은 다시 문을 연다. 흰 수염을 길게 기르고 뼈만 앙상한 쭈그렁 노인 한 명이 아직도 거리 곳곳을 배회하는 군중들을 향해 손을 흔들며 사열을 받는다. 잉글랜드 사람인지 아일랜드 사람인지 모를 그의 이름은 화이트 소령인데 그가 바스티유에 얼마나 오래 갇혀 있었는지는 아무도 모른다. 그는 자기한테 쏟아지는 관심을 즐기는 듯하지만 투옥 생활에 대해서 물으면 울기 시작한다. 안 좋은 날에는 자기가 누구인지 도통 모른다. 좋은 날에는 율리우스 카이사르에게 답변한다.

데스노에 대한 심문, 1789년 7월, 파리에서:

드 로네 씨의 머리를 이 칼로 절단했느냐는 물음에 그는 좀 더 작은 검정색 칼로 잘랐다고 답했으며 그렇게 작고 약한 도구로 머리를 잘라내는 것은 불가능하다는 지적에 자기는 요리사라서 고기를 다루는 요령을 알고 있었다고 대답했다.

이제 데물랭은 콩데 거리에서 달갑지 않은 사람이었다. 왔다 갔다 하면서 데물랭에게 소식을 알려주고 뤼실에게 데물랭의 심경(과 편지)을 전해주는 사람은 스타니슬라스 프레롱뿐이었다.

"저기, 내가 파악하기로는 뤼실은 자네 영혼의 고운 결 때문에 자네를 사랑했어. 자네는 정말 섬세하고 정말 고결했거든. 우리처럼 우락부락한 인간들하고는 차원이 다르다고 뤼실은 믿었지. 그런데 지금은 어떤가? 알고 보니 진흙 범벅, 땀 범벅이 되어서 거리를 휘젓고 다니면서 도살을 선동하는 사람이지 뭔가." 프레롱이 말했다.

당통은 프레롱이 '어떤 식으로든 무대를 독점하려는 것'이라고 말했다. 당통의 어조는 냉소적이었다. 그는 볼테르가 프레롱의 아버지를 두고 했다는 말을 인용했다. "뱀이 프레롱을 물면 뱀이 죽을 것이다."

사실은, 프레롱은 말하려고 하지 않았지만, 뤼실은 데물랭에게 전보다 더 푹 빠져 있었다. 클로드 뒤플레시는 딸에게 딱 맞는 남자만 소개해주면 딸이 망상에서 벗어날 수 있을 것이라고 아직도 믿었다. 하지만 딸이 조금이라도 관심을 보일 만한 사람을 찾아내기는 쉽지 않았고 마땅한 사람을 찾아내면 딸이 마음에 들어 하지 않았다. 뤼실은 데물랭의 모든 점에 들떴다. 그의 점잖지 못한 면, 조금은 가식이 느껴지는 순진함, 호들갑스러운 지성에 모두 끌렸다. 그리고 특히 그가 갑자기 유명해졌다는 사실에 빠져들었다.

집안끼리 오래 전부터 아는 사이라서 프레롱은 뤼실에게 일어난 변화를 진작에 읽어냈다. 예쁘장하고 말랑말랑했던 아가씨는 정치 용어를 입에 달고 다니고 모르는 것이 별로 없을 것 같은 눈빛을 지닌 당돌한 처녀가 되어 있었다. 나중에 때가 되면 침대에서도 잘 하겠지. 프레롱은 생각했다. 프레롱도 아내가 있었지만 그의 아내는 집에서 살림만 하는 여자라 그의 인식 틀에서는 거의 고려 대상이 아니었다. 프레롱은 이제는 뭐든지 가능하다고 생각했다.

불행하게도 뤼실마저도 그를 '토끼'라고 부르는 어이없는 유행을 받아들였다.

데물랭은 잠을 많이 자지 않았다. 시간이 없었다. 잠을 자도 꿈 때문에 진이 빠졌다. 그가 자주 꾼 꿈은 온 세상이 연회장이 된 꿈이었다. 무대는 그레브 광장일 때도 있었고 아네트의 응접실일 때도 있었고 '여흥전'일 때도 있었다. 세상 모든 사람들이 파티장에 있었다. 앙젤리크 샤르팡티에는 에로 드 세셸한테 말을 걸고 있었다. 두 사람은 데물랭에 대해 적어놓은 쪽지를 비교하면서 데물랭의 거짓을 폭로하고 있었다. 그가 열여섯 살 때 함께 잤던 기즈에서 온 소피는 라클로에게 다 이야기했고 라클로는 수첩을 펴 들었다. 페랭 변호사는 바로 옆에 붙어 서서 변호사의 절규에 관심을 가져 달라고 요구하고 있었다. 히죽거리고 끈적거리는 페티옹 대의원은 죽은 바스티유 책임자 드 로네와 팔짱을 끼고 있었는데 드 로네는 머리가 없어 쓸모없이 빈들거리고 있었다. 그의 학교 동창 루이 쉴로는 한구석에서 안 테루아뉴와 입씨름을 벌이고 있었다. 파브르와 로베스피에르는 아이들 놀이를 하고 있었는데 논쟁이 멈추면 그 둘은 조각상처럼 얼어붙었다.

데물랭은 이런 꿈들을 걱정했을 테지만 밤마다 저녁을 먹으러 다니느라 걱정할 틈이 없었다. 그 꿈들에 진실이 담겨 있음을 그는 알았다. 그의 삶에 포함된 사람들이 이제 모두 한자리에 모였다. 데물랭은 낭봉에게 물었다. "로베스피에르에 대해서 어떻게 생각해?"

"막시밀리앙? 뛰어난 땅꼬마지."

"아니, 그런 식으로 말하지 말고. 키에 예민한 친구야. 학교 다닐 때는 그랬어."

"저런, 그럼 뛰어나다는 말만 접수하든가. 난 사람들의 허영심을 헤아려줄 만큼 한가한 사람이 아니야." 당통이 말했다.

"그러는 자네는 나더러 늘상 다른 사람 생각 안 하고 막말한다고 타박하잖아."

"나하고 말싸움하자는 건가?"

그래서 데물랭은 당통이 로베스피에르를 어떻게 생각하는지 알아내지 못했다.

데물랭은 로베스피에르에게도 물었다. "당통을 어떻게 생각하나?" 로베스피에르는 안경을 벗어서 닦았다. 그리고 질문을 곱씹었다. "아주 괜찮은 사람 같아." 그는 한참 만에 말했다.

"솔직한 생각을 말해 달라니까? 빙빙 돌리지 말고. 다른 사람을 아주 괜찮은 사람이라고만 생각하진 않을 거 아냐, 정말 그럴 수가 있는 거야?"

"있지, 있고말고." 로베스피에르가 점잖게 말했다.

그래서 데물랭은 로베스피에르가 당통을 어떻게 생각하는지도 알아내지 못했다.

전직 대신인 풀롱은 전에 기근이 들었을 때 백성은 굶주리면 풀이라도 먹을 수 있다고 말한 적이 있다. 혹은 그런 말을 했다고 여겨졌다. 7월 22일에 그가 그레브 광장으로 군중 앞에 끌려간 것은 그래서였다. 끌려갈 만한 사유가 되고도 남았다.

풀롱은 호위를 받고 있었지만 규모는 작아도 험악한 군중은 그를 요리할 작정이었고 마음만 먹으면 그를 쉽게 떼어낼 수 있을 것 같았다. 라파예트가 도착해서 군중에게 말했다. "나는 인민이 정의를 구현하는 데 걸림돌이 되고 싶지는 않지만 풀롱은 적어도 공정한 재판은 받아야 합니다."

"재판은 해서 뭐 하게요, 요 삼십 년 동안 죄만 짓고 다닌 놈을." 누군가가 소리를 질렀다.

풀롱은 노인이었고 그가 명언을 남긴 것은 오래 전 일이었다. 이 운명에서 벗어나려고 그는 숨었고 자신이 죽었다는 소문을 여기저기 퍼뜨렸다. 관에 돌멩이를 가득 채워 장사를 지냈다는 이야기도 있었다. 추적당하고 체포당한 그는 이제 애원하듯이 라파예트 장군을 바라보았다. 시청 너머로 난 좁은 길들에서는 행진하는 소리가 낮고 묵직하게 울렸다.

"사람들이 몰려옵니다." 보좌관이 장군에게 보고했다. "한쪽은 팔레루아얄에서 오고 다른 쪽은 생탕투안에서 옵니다."

"안다." 장군이 말했다. "내 머리 양쪽에서도 소리가 들린다. 얼마나 되나?"

아무도 가늠할 수가 없다. 너무 많다. 장군은 별로 동정심이 어리지 않은 눈으로 풀롱을 바라보았다. 장군에게는 힘이 없었다. 시 당국이 풀롱을 지켜주고 싶으면 그들 손으로 해야 하리라. 라파예트는 보좌관을 힐끔 보았고 난들 어쩌겠냐는 듯이 어깨를 가볍게 으쓱했다.

사람들은 풀롱에게 풀을 던져댔고 풀롱의 등에다 풀 한 뭉치를 붙였고 풀롱의 입에다 풀을 쑤셔 넣었다. "실컷 처먹어라." 그들은 다그쳤다. 날카로운 풀 줄기에 목이 막힌 채로 풀롱은 그레브 광장으로 질질 끌려갔고 가로등에 거는 거대한 쇠고리 위로 밧줄이 던져졌다. 풀롱은 땅거미가 질 무렵이면 거대한 등불이 대롱대롱 매달렸던 곳에 한동안 대롱대롱 매달렸다. 그러다가 밧줄이 툭 끊어져서 군중 속으로 곤두박질쳤다. 두드려 맞고 걷어차인 뒤 풀롱은 다시 허공으로 끌어올려졌다. 다시 밧줄이 끊어졌다. 죽음의 고통을 줄여주는 '온정의 일격'을 가하지 않으려고 조심하면서 폭도들의 손이 그를 부여잡았다. 세 번째 올가미가 그의 검푸른 목 언저리에 놓였다. 이번에는 밧줄이 버텨주었다. 그가 죽거나 거의 죽었을 때 폭도들은 그의 머리를 잘라내어 꼬챙이에다 꽂았다.

한편 풀롱의 사위 베르티에는 파리 지사로 있었는데 이 사람도 콩피에뉴에서 체포되었고 겁에 질려 황망한 눈빛으로 시청으로 이송되었다. 베르티에는 안으로 떠밀려 들어갔고 군중은 시큼한 검정 빵 껍질을 그에게 뿌려댔다. 잠시 후에는 다시 밖으로 떠밀려 나가서 아바예 교도소 쪽으로 끌려갔다. 그로부터 얼마 뒤 베르티에는 죽음으로 떠밀렸다. 목이 졸려 죽었는지 아니면 총을 맞고 죽었는지는 그 순간을 지켜본 사람만이 알 일이었다. 단도가 베르티에의 목을 따기 시작했을 때에도 그가 아직 죽지 않았을 가능성이 있었다. 그의 머리는 다시 꼬챙이에 꿰어졌다. 두 무리의 행렬이 만났고 꼬챙이들이 함께 흔들리면서 잘린 머리들의 코가 맞닿았다. "아버지한테 뽀뽀해라!" 폭도들이 외쳤다. 베르티에의 가슴은 톱으로 열렸고 심장이 잡아 떼내졌다. 심장은 칼에 꽂혀서 시청으로 옮겨졌고 바이 시장의 책상 위에 던져졌다. 시장은 기절할 뻔했다. 심장은 다시 팔레루아얄로 옮겨졌다. 심장에서 쥐어짜낸 피를 잔에 받았고 사람들은 그것을 마시면서 노래를 불렀다.

심장 빠진 잔치는
잔치가 아니랍니다.

인권 토론에 몰두하던 의회는 파리의 린치 소식에 경악했다. 충격과 분노와 항의가 일었다. 이런 일이 벌어지는 동안 민병대는 뭘 하고 있었단 말인가? 풀롱과 그의 사위가 곡물 투기를 해 왔다는 것은 대체로 알려진 사실이었지만 여흥전과 양식이 넉넉한 숙소 사이를 오가던 대의원들은 흔히 민심이라고 부르는 것에서 멀어져 있었다. 대의원들의 위선이 역겨운 나머지 바르나브 대의원이 그들에게 따졌다. "이번에 흐른 피가 그렇게도 순수했습니까?" 대의원들은 격분해서 단상에서 내려오라고 소리쳤고 마음속에 바르나브를 위험인물로 새겨 넣었다. 토론은 재개될 것이다. 그들은 '인권선언'을 작성하려고 별렀다. 일각에서는 권리는 법이라는 기초 위에 존재하므로 먼저 헌법을 만들어야 한다고 말하기도 하지만 법리는 고리타분하기 이를 데 없는 주제인 반면 자유는 짜릿하기 이를 데 없다.

8월 4일 밤 프랑스에서는 봉건제가 종식되었다. 노아유 자작이 일어나서 감정에 북받쳐 떨리는 음성으로 자신이 소유한 모든 것을 포기하지만, 대단한 것은 아니다. 그의 별명은 '알거지'였다. 국민의회는 축제의 열풍에 휩싸여 농노를, 수렵법을, 십일조를, 영주 재판을 날려버렸다. 대의원들의 눈에서 기쁨의 눈물이 흘러내린다. 한 대의원이 의장에게 쪽지를 전한다. "저들은 자제력을 상실했으니 폐회를 선언하세요." 그러나 천국의 손은 그들을 뜯어말리지 못한다. 국민의회는 아수라장 속에서 애국심 경쟁을 벌이며 자기들이 소유한 것을 내버리고 타인들이 소유한 것을 더 많이 내버리지 못해 안달을 한다. 물론 다음 주면 그들은 되돌리려 하겠지만 이미 엎지른 물이다.

네불랭은 구겨진 종이를 뿌리면서 베르사유를 누비고 여름밤의 후텁지근한 침묵 속에서 자신이 더는 깔보지 않는 산문을 뽑아낸다.

우리가 참담한 이집트의 속박에서 벗어난 날은 부활절 전주의 성(聖) 토요일보다는 그날 밤이었다. …… 그 밤은 프랑스인에게 인간의 권리를 되살려주었고, 모든 시민은 평등하며 동등한 자격으로 모든 관청과 직책과 공무를 맡을 수 있다고 선언했다. 다시 그 밤은 모든 공직과 교회와 군대의 자리를 부자와 혈족과 왕족에게서 빼앗아 능력을 본위로 삼아 국민 모두에게 돌려주었다. 그 밤은 에프르 부인한테서 고관과 함께 잠자리에 든 덕분에 받은 이만 리브르의 연금을 빼앗았다. …… 동인도회사와 거래할 기회가 이제 모두에게 열렸다. 원하면 누구나 가게를 열 수 있다. 양복점 주인, 구둣방 주인, 가발 가게 주인은 엉엉 울겠지만 숙련 노동자는 기뻐할 것이고 다락방 창에는 서광이 비칠 것이다. …… 고등법원, 서기들, 지방판사들, 변호사들, 시종들, 대신들, 관료들, 모든 약탈자들에게는 재앙의 밤이 되리라. …… 그러나 그토록 많은 사람을 가로막았던 영예와 채용의 장벽이 영원히 허물어졌으니 모두에게는 황홀하고 행복한 밤이 될 것이니, 이제 프랑스인 사이에서는 덕과 재능에 따른 차별 말고는 그 어떤 차별도 존재하지 않는다.

　　어두운 술집, 어두운 구석. 마라 박사가 식탁 앞에 웅크려 있다. "8월 4일은 고약한 장난이었어." 그가 말했다.

　　마라는 앞에 놓인 원고를 노려보았다. "'행복한 밤'이라, 정말로 그랬으면 얼마나 좋을까, 카미유. 하지만 자넨 신화를 만들어내고 있는 거 알지? 자네는 지금 일어나는 일의 전설을, 혁명의 전설을 만들어내고 있다네. 자넨 예술적 효과를 내려는 거잖아, 정작 필요한 것은—" 말이 끊겼다. 작은 몸이 아파서 오그라드는 것 같았다.

　　"아프세요?"

"자넨?"

"아뇨, 술을 좀 많이 마셨죠."

"새 친구들하고 마신 게로군." 마라는 의자에서 몸을 뒤척여 뒤로 뺐다. 얼굴에는 특유의 긴장과 불편함이 드러나 있었다. 손가락으로 식탁 위를 불규칙하게 두드리면서 데물랭을 응시했다. "우리가 안전한 것처럼 느껴지나?"

"별로요. 체포당할지 모른다는 경고는 받았습니다."

"왕실에서 격식을 차릴 거라고는 생각하지 말게. 칼 든 놈 단 하나면 자네쯤은 식은 죽 먹기야. 나도 마찬가지고. 난 코르들리에 지구로 옮겨 갈 참이네. 도와 달라고 고함이라도 지를 수 있는 곳이니까. 자네도 그리로 같이 옮기세." 마라는 으스스한 이빨을 드러내면서 씩 웃었다. "온 주민이 일심동체고. 아주 아늑하지." 마라는 고개를 숙여서 종이들을 이리저리 들추었다. "자네가 다음에 하는 말은 인정하네. 풀롱 같은 적수를 인민이 제 손으로 없애려면 다른 때 같았으면 내전을 몇 년은 치러야 했을 거야. 그리고 전쟁이 벌어지면 수천 명은 죽지 않는가 말이야. 따라서 린치는 전혀 문제가 아니지. 린치는 인간적인 대안이야. 마음은 괴로울지 모르지만 그것을 인쇄기로 옮기는 것을 두려워하지 말게." 박사는 생각에 잠긴 채 납작한 콧등을 문질렀다. 몸짓도 말투도 지극히 무미건조했다. "우리가 해야 하는 일은 말이지, 카미유, 목을 자르는 것이라네. 미루면 미룰수록 참수를 더 많이 해야 돼. 그걸 쓰게. 필요한 것은 사람을 죽이고 목을 자르는 것이라고."

활로 현을 조심스럽게 한번 켜보는 소리. 하나 둘. 당통이 손가락으로 군도의 칼자루 머리를 톡톡 두드렸다. 이웃들은 좌석 배치도를 흔들어대며 쿵쿵거리면서 시끌벅적 당통의 창턱 아래로 모여들었다. 왕립 음악원의 관현악단도 악기를 조율하고 있었다. 분위기를 내자고 그들을 쓰기로 한 것은 당통의 묘안이었다. 물론 군악대도 등장할 것이다. 지구 책임자이자 국민방위대(시민군은 이제 스스로를 그렇게 불렀다.) 대위로서 그는 그날의 모든 행사 준비를 책임졌다.

"예쁘네." 당통은 아내를 보지도 않고 말했다. 그는 새 제복 안에서 땀을 뻘뻘 흘렸다. 무릎까지 오는 하얀 반바지, 검은 장화, 앞이 하얀 파란 재킷과 주홍색의 깃이 몸에 너무 꽉 끼었다. 밖에서는 태양이 칠을 달구었다.

"카미유의 친구 로베스피에르한테 와 달라고 부탁했는데, 의회일 때문에 시간을 낼 수가 없다는 거야. 성실도 하지."

"가엾더군. 도대체 어떤 집안에서 자랐는지 짐작이 안 가. 집 생각 안 나요, 식구들이 보고 싶지 않아요 했더니 정색을 하고 이렇게 말하더라니까. '샤르팡티에 부인, 저는 제 개가 보고 싶습니다.'" 앙젤리크가 말했다.

"나는 그 청년이 좋아." 프랑수아 샤르팡티에가 말했다. "카미유하고 어쩌다가 어울리게 되었는지 도무지 상상이 안 가지만. 자, 오늘 순서가 어떻게 되지?" 그는 손을 비볐다.

"라파예트가 15분 뒤에 이리 올 겁니다. 우리가 다같이 미사를 보러 가면 사제가 우리 대대의 새 깃발에 축복을 내리고 우리는 줄지어 깃발을 치켜들고 행진을 합니다. 라파예트는 사령관처럼 서 있습니다. 아마 환호성이 터져 나오기를 기대할 겁니다. 이 지구가 아무리 빼딱한 동네라지만 좀 시끌시끌 떠들면서 분위기를 띄워줄 얼간이 몇이야 없겠어요."

"아직도 난 이해가 안 가요." 가브리엘이 걱정스럽게 말했다. "민병대는 국왕 편인가요?"

당통이 말했다. "그야 모두가 국왕 편이지. 우리가 참을 수 없는 건 왕의 장관들, 왕의 신하들, 왕의 형제들, 왕의 여편네뿐이오. 노망난 바보 늙은이 루이는 괜찮아."

"그런데 왜 사람들이 라파예트보고 공화주의자라고 말하는 거죠?"

"미국에서는 공화주의자니까."

"이 나라에도 공화주의자가 있나요?'

"아주 조금."

"그 사람들이 왕을 죽일까요?"

"걱정도 팔자요. 그런 짓은 잉글랜드 사람들이나 하는 거지."

"왕을 감옥에 가둘까요?"

"나도 몰라. 로베르 부인을 보거든 물어보구려. 극단주의자 가운데 하나니까. 아니면 카미유도 좋고."

"그러니까 만약 국민방위대가 왕의 편이라면—"

"왕의 편이지," 당통이 아내의 말을 끊었다. "7월 전에 우리가 있었던 자리로 왕이 되돌아가려고 하지 않는 한."

"알아요, 그건 나도. 국민방위대는 왕의 편이고 공화주의자 반대 편이죠. 하지만 카미유하고 로베르 부부는 공화파잖아요. 만약에 라파예트가 그 사람들을 잡아들이라고 하면 어떻게 할 거죠?"

"어림없지. 내가 왜 그 사람을 위해서 더러운 일을 하겠소."

이 지구에서는 우리 자신이 법일 수 있다, 당통은 그런 생각도 했다. 나는 부대 사령관은 아닐지 몰라도 그자의 운명은 내 손에 있다.

데물랭이 헐레벌떡하면서 기세 좋게 들어왔다. "아주 기쁜 소식입니다. 툴루즈에서 제가 새로 낸 소책자를 사형 집행인이 불살랐습니다. 정말 고마운 일이죠, 유명세를 타고 분명히 재판을 찍게 될 테니까요. 그리고 올레롱에서는 그걸 팔던 책방을 수사들이 공격했답니다. 수사들이 재고를 모두 내던져 불지르고 책방 주인한테 칼부림까지 했다더군요."

"별로 좋은 소식이 아닌 거 같은데요." 가브리엘이 말했다.

"맞습니다. 사실은 비극이죠."

파리 외곽의 한 도자기점은 유약을 두껍게 바른 도자기에 노랗고 파랗고 야하게 데물랭의 얼굴을 그려 넣었다. 공적인 인물이 되면 그런 일이 벌어진다. 사람들은 저녁을 먹으면서 데물랭을 먹는다.

그들이 새 깃발을 올렸을 때에는 바람 한 점 불지 않았다. 깃발은 축 늘어진 삼색 혀처럼 깃대에 매달려 있었다. 가브리엘은 양친 사이에 서 있었다. 이웃 젤리 부부는 가브리엘 왼쪽에 있었고 어린 루이즈는 더없이 자랑스러워하며 새 모자를 쓰고 있었다. 가브리엘은 사람들의 시선을 의식했다. "저기 봐, 저기가 당통 부인이야." 사람들이 말했다. 누군가가 이렇게 말하는 소리도 들렸다. "곱기도 하지, 아이들은 있나?" 가브리엘은 남편을 올려다보았다. 교회 계단에 선 남편은 격투기 선수처럼 우람한 체구로 꼿꼿한 라파예트를 굽어보고 있었다. 남편이 라파예트를 경멸하니 아내도 장군을 조금 경멸하게 되었다. 가브리엘은 두 사람이 서로 예우하는 것을 볼 수 있었다. 대대 지휘관은 공중으로 모자를 흔들면서 라파예트 연호를 유도했다. 군중은 환호했고 장군은 인색한 미소로 응답했다. 햇빛에 눈이 부셔서 그녀는 실눈을 떴다. 뒤에서 데물랭이 마치 남자한테 하듯이 루이즈 로베르에게 '브르타뉴의 대의원들'이라거나 '의회의 주도권'이라는 말을 하며 줄곧 떠들고 있었다. "난 바스티유를 차지하고 바로 베르사유로 가고 싶었습니다." 가브리엘은 로베르

부인이 나지막이 동의하는 목소리를 들었다. "될 수 있는 대로 빨리 일어나야 합니다." 데물랭이 또 한 번의 폭동을 말하고 있다고 가브리엘은 생각했다. 또 한 번의 바스티유. 그리고 뒤편에서 고함이 터져 나왔다. "당통 만세."

가브리엘은 놀라고 뿌듯해서 돌아보았다. 다른 사람들도 따라 외쳤다. "지금은 코르들리에 주민 몇 사람뿐이지만, 곧 파리 전체가 합세할 겁니다." 데물랭이 사과하듯이 말했다.

몇 분 뒤 식이 끝나고 잔치가 시작되었다. 당통은 군중 속에 있다가 아내를 안았다. "생각해봤는데, 자네 이름에서 '드(de)'를 없애야 할 때가 온 거 같아. 시대에 맞지 않거든." 데물랭이 말했다.

"그럴 수도 있겠네." 가브리엘의 남편이 말했다. "서서히 할 생각이야. 선언을 한다는 것도 좀 그렇고."

"아니, 갑자기 해야 돼. 그래야 자네가 어느 쪽에 섰는지 모두가 알지."

"시어머니가 따로 없구나." 당통이 다정하게 말했다. 그도 이제 맞서는 데에 맛을 들이고 있었다. "그래도 될까?" 남편이 아내에게 물었다.

"최선이라고 생각되면 당신 마음대로 하세요. 뭐든지 당신이 올바르다고 생각하면 마음대로 해요."

"둘이 일치하지 않으면? 최선으로 보이는 것과 올바르게 보이는 것이 다르면 어떻게 하느냐 이 말이죠." 데물랭이 가브리엘에게 물었다.

"일치할 거예요. 좋은 사람이니까요." 가브리엘이 당황하면서 말했다.

"심오하시네요. 저 친구는 생각 많이 하는 거 싫어하는데 남편이 집에 없는 동안 생각을 많이 하신 모양입니다."

데물랭은 지난 며칠을 베르사유에서 보냈는데, 저녁에는 로베스피에르하고 브르타뉴 클럽 모임에 간 적이 있었다. 왕실을 의심하고 대의를 더 중시하는 자유주의 성향 대의원들의 모임이었다. 귀족도 몇 사람 가담했다. 8월 4일의 광란극도 그 자리에서는 아주 신중하게 검토했다. 애국심만 인정받으면 대의원이 아니라도 환영이었다.

"애국심 하면 자네 아닌가?" 로베스피에르가 나가서 한마디 하라고 데물랭의 등을 떠밀었다. 하지만 데물랭은 긴장해서 제대로 소리를 내지 못했다. 말도 더듬었다. 청중은 참을성이 없었다. 청중이 보기에 데물랭은 한낱 폭도 웅변가요 무정부주의자일 따름이었다. 한마디로 비참하고 김빠지는 공연이었다. 로베스피에르는 앉아서 구두 끈을 들여다보고 있었다. 데물랭이 단상에서 내려와 옆에 앉았을 때 로베스피에르는 고개를 들지 않았다. 그저 녹색 눈을 살짝 옆으로 돌려서 특유의 참을성 있고 사려 깊은 미소를 지어 보였다. 치켜세워줄 말이 하나도 없음이 분명했다. 의회에서 로베스피에르가 일어서기만 하면 돼먹지 못한 귀족 몇 사람은 식식거리면서 촛불을 끄는 시늉을 했고 또 몇몇 귀족은 미친 양 흉내를 냈다. "카미유 잘했어." 이런 빈말은 소용없다. 위안으로 건네는 거짓말은 소용없다.

회의가 끝나고 나서 단상에 올라선 미라보는 지지자들과 추종자들을 위해서 바이 시장이 오늘이 월요일인지 화요일인지를 몰라서 쩔쩔매는 흉내를 냈다. 답을 알아내려고 목성의 달들을 들여다보다가 (아니꼽게 거드름을 피우면서) 망원경이 너무 작다고 실토하는 바이 시장의 흉내를 냈다. 데물랭은 이것이 별로 재미있지 않았다. 울고 싶은 기분이었다. 박수를 받으며 공연을 끝낸 백작은 단상에서 성큼성큼 걸어 내려와서 사람들의 등을 몇 번 치고 악수도 몇 번 했다. 로베스피에르가 데물랭의 팔꿈치를 건드리면서 말했다. "나갈까?"

너무 늦었다. 백작이 데물랭을 찾아냈다. 그리고 갈비뼈가 으스러질 만큼 꽉 끌어안았다. "대단했어." 그가 말했다. "시골뜨기들은 무시해. 눈이 낮은 놈들은 그냥 그렇게 살라고 해. 자네 발뒤꿈치도 못 따라올 놈들이야. 하나같이. 솔직히 자네한테 겁먹은 거지."

로베스피에르는 나가는 길을 찾아서 회의실 뒤편으로 사라졌다. 데물랭은 사람들한테 겁을 줄 수 있다는 가능성 앞에서 즐거워 보였고 기운을 찾은 것 같았다. 왜 로베스피에르는 미라보가 한 말을 말할 수 없었을까? 그 말은 모두 완벽한 진실이었다. 로베스피에르는 데물랭을 위해서 바른 일을 하고 싶었고 그를 보살피고 싶었다. 거의 이십 년 전 그는 데물랭을 보살피겠노라고 약속했고 그런 책임에서 벗어나도 좋을 만큼 데물랭이 믿음직한 행동을 보인 적은 한 번도 없었다. 그렇지만 분명한 것은 올바르게 말하는 재주가 로베스피에르에게는 없다는 사실이었다. 데물랭의 요구와 소망은 그에게는 덮인 책인 셈이었다. 그것은 그가 배우지 못한 언어로 쓰인 책이었다. "저녁 먹으러 오게." 로베스피에르는 백작이 말하는 것을 들었다. "그리고 양도 끌고 오지 않겠나? 붉은 살코기라도 좀 먹여야지."

식탁에는 열네 명이 있었다. 연한 쇠고기가 그릇 위에서 피를 흘렸다. 칼집을 넣은 가자미 살에서는 월계수 잎과 백리향 냄새가 풍겼다. 위에 얹은 암청색의 가지 껍질은 칼질을 하는 나이프 앞에 크림 빛깔의 살을 드러냈다.

백작은 요즘 아주 흥청거리며 살았다. 빚을 어디서 더 끌어대는 것인지 아니면 갑자기 여유가 생긴 것인지 확인할 길은 없었는데 만약 후자라면 그 배경이 궁금했다. 그는 다양한 곳에서 비밀 서신을 받았다. 그의 공적 발언은 웅장하지만 아리송했다. 전에는 꾼 돈으로 출판업자의 아내인 애인에게 다이아몬드를 사주었다. 그날 저녁 백작은 젊은 로베스피에르에게 참으로 살갑게 굴었다. 왜? 정중함에는 돈이 들지 않는다고 그는 생각했다. 그러나 요 몇 주 동안 미라보는 그 대의원을 유심히 지켜보면서 자주 무미건조해지는 그의 말투에 주목했고 다른 사람들이 자기를 어떻게 생각하는지에 (겉보기에는) 구애받지 않는 그의 무심함에 주목했고 언젠가 한몫하기에 충분하다고 그가 평가한 변호사의 두뇌에서 번득이는 착상에 주목했다.

그날 저녁 내내 백작은 '아라스의 촛불'에게 나직하고 은근한 목소리로 말을 걸었다. 따지고 보면 정치와 섹스는 모두 권력 놀음이라는 점에서 크게 다르지 않다고 생각했다. 자기가 이런 관찰을 이세상에서 처음 했다고 생각하지는 않았다. 이것은 유혹의 문제고 얼마나 빨리 그리고 값싸게 구워삶느냐의 문제다. 데물랭이 생계 유지에 어려움을 겪는 가난한 여점원, 다시 말해서 완전히 봉에 가까워지고 있다면 로베스피에르는 수녀원장이 되는 데에만 몰두한 카르멜회 수녀와도 같다고 백작은 생각했다. 저 수녀는 구워삶을 수가 없다. 코앞에서 사내가 물건을 흔들어도 놀라지도 않고 관심을 보이지도 않는다. 그 물건이 도대체 어디에 쓰는 것인지 알아야 놀라기라도 하고 관심이라도 보일 것 아니겠는가.

그들은 왕에 대해서, 의회가 통과시킨 법안에 왕이 거부권을 행사할 수 있는지에 대해서 이야기했다. 로베스피에르는 안 된다고 생각했다. 미라보는 된다고 생각했다. 아니, 가격만 맞으면 된다고 생각할 수 있다고 보았다. 그들은 잉글랜드에서 이런 문제를 어떻게 처리하는지에 대해서도 이야기했다. 로베스피에르는 미라보가 잘못 아는 사실을 조금은 즐거워하면서도 서둘러 바로잡아주었다. 미라보는 교정을 받아들였고 로베스피에르를 띄워주었다. 삼각형 얼굴이 미소로 화답하는 것을 보면서 미라보는 더할 나위 없이 안도감에 휩싸였다.

11시. '미친 양'은 잠시 실례하겠다면서 방에서 슬며시 빠져나갔다. 로베스피에르도 유한한 목숨을 지닌 사람임을, 남들처럼 오줌을 누어야 하는 사람임을 새삼스럽게 깨닫는 순간이다. 미라보는 이례적으로 말짱했고 이례적으로 떨렸다. 묘한 기분이었다. 그는 식탁 맞은편의 제네바 사람 하나를 건너다보았다. "저 젊은이는 멀리 갈 거야. 자기가 하는 말을 다 믿거든." 그가 말했다.

장리스 백작 브륄라르 드 실레리가 일어나 하품을 하면서 기지개를 켰다. "고맙습니다, 미라보 선생. 이제부터 슬슬 본격적으로 술을 마셔볼까? 카미유, 자네도 같이 갈 거지?"

초대는 막연해 보였다. 그 자리는 두 사람을 빼놓았는데, (이미 그 자리에 없었던) 아라스의 촛불과 프로방스의 횃불이었다. 제네바 사람들은 알아서 빠지면서 일어나 인사를 하고 작별을 고했다. 그들은 냅킨을 접고 모자를 집고 스카프를 매만지고 스타킹을 잡아당기기 시작했다. 갑자기 미라보는 제네바 사람들이 미워졌다. 그들의 회색 비단 프록코트와 정확성과 자신의 요구를 하나도 뿌리치지 않는 비굴함이 미워지면서 그들이 쓴 모자를 그대로 손으로 내리눌러서 찌그러뜨리고 밤이 떠나가라 호통을 치고 한 팔로는 여점원 애인을 껴안고 또 한 팔로는 베스트셀러 소설가를 껴안고 싶었다. 정말로 묘한 일이었다. 미라보가 견디기 어려웠던 또 한 사람이 있다면 그것은 라클로였고 그가 함께 술에 취하기 싫은 사람이 있다면 그것은 데물랭이었다. 이 난폭한 감정은 막시밀리앙 로베스피에르를 어르는 데에 쏟아부은 교양 있고 절도 있는 저녁의 결과물일 수밖에 없다고 미라보는 생각했다.

로베스피에르가 돌아왔을 무렵이면 방은 텅 비어 있을 것이다. 그들은 점잖은 악수 말고는 할 일이 없을 것이다. 조심하게, 촛불. 몸조심하십시오, 횃불.

그들은 당연히 카드를 꺼내야 했다. 카드를 꺼내지 않으면 드 실레리는 죽어도 자러 가지 않을 사람이었다. 몇 번을 내리 지고 나서 의자에서 고쳐 앉으면서 드 실레리는 웃음을 터뜨렸다. "마일스 씨하고 엘리엇 부부가 잉글랜드 왕의 돈으로 내가 무슨 짓을 하는지 알면 얼마나 괴로울까."

"그 사람들은 당신이 그 돈으로 뭘 하는지 훤히 알걸요." 라클로는 카드를 섞었다. "그걸 설마 자선 사업에 쓰리라고 보지는 않을 테지요."

"마일스 씨가 누군가요?" 데물랭이 물었다.

라클로와 드 실레리는 눈길을 맞추었다. "말씀하시는 게 좋을 거 같은데요." 라클로가 말했다. "카미유가 돈이 어디서 오는 줄 까맣게 모르는 철부지 임금처럼 살아서는 안 되지 않겠습니까?"

"워낙 복잡해서 말이야." 마지못해 드 실레리가 카드를 책상 위에 엎어놓았다. "엘리엇 부인은 알지? 매력적인 그레이스 양. 정치판에서 나도는 소문을 주워 모으며 부지런히 여기저기 나다니는 모습은 봤을 거야 자네도. 그 여자는 잉글랜드 정부를 위해서 그 일을 하는 거야. 애정 관계가 복잡하다 보니 그런 근사한 자리에 오르게 된 거지. 오를레앙이 프랑스로 데려오기 전까지 그 여자는 잉글랜드 왕세자의 애인이었어. 지금 오를레앙의 애인은 물론 아네스 드 뷔퐁이지만. 내 안사람 펠리시테가 그런 일을 주선하거든. 하지만 그레이스하고 공작은 아직도 잘 지내요. 그런데," 드 실레리는 말을 멈추고 피곤한 듯이 이마를 문질렀다. "엘리엇 부인한테는 시동생이 둘 있어, 길버트하고 휴. 휴는 파리에 살고 길버트는 몇 주에 한 번씩 파리에 와. 그리고 그 사람들이 어울리는 잉글랜드 사람이 또 한 명 있는데 마일스 씨라는 사람이야. 다 영국 외무성 첩보원이지. 그 사람들은 여기서 벌어지는 일들을 관찰하고 보고하고 우리한테 자금을 전달하지."

"훌륭하십니다." 라클로가 말했다. "참으로 명쾌하세요. 포도주 좀 더 드릴까요?"

데물랭이 물었다. "왜요?"

"잉글랜드인들은 우리 혁명에 관심이 많거든." 드 실레리가 말했다. "그러자고. 자, 병을 이리로 밀어, 라클로. 우리도 자기네들처럼 의회와 헌법이라는 축복을 누리기를 그 사람들이 바랄 거라고 자네는 생각할지 모르지만 어림 반 푼어치도 없는 소리지. 그 사람들은 오직 루이의 토대를 허무는 데에만 관심이 있어요. 베를린도 마찬가지고 빈도 마찬가지지. 우리가 루이 왕을 내몰고 루이필리프를 왕위에 앉히면 잉글랜드인들은 얼씨구나 하겠지."

페티옹 대의원이 천천히 고개를 들었다. 크고 준수한 얼굴이 양심의 가책으로 일그러졌다. "이런 정보로 부담을 주려고 여기로 우릴 데려온 겁니까?"

"아니쇼. 술을 너무 많이 마셔서 우리한테 발설하는 겁니다." 데물랭이 말했다.

"부담은 아니지. 이건 꽤 잘 알려진 사실이야. 브리소한테 물어보게." 드 실레리가 말했다.

"브리소는 내가 아주 존경하는 사람입니다." 페티옹 대의원이 맞섰다.

"그러셨군." 라클로가 중얼거렸다.

"제 눈에는 브리소가 이렇게 정도에서 벗어난 일에 얽혀들 사람으로는 보이지는 않습니다."

"브리소 그 친구, 너무 때묻지 않아서 자기 주머니 안의 돈이 저절로 생겨난 줄 알지. 아, 알기야 알지, 하지만 안다는 걸 인정하지 않는 거지. 그래서 절대로 그런 건 캐묻지 않으려고 애쓰거든. 그 친구한테 겁을 주고 싶으면 카미유, 말없이 걸어가서 귀에 대고 '윌리엄 오거스터스 마일스'라는 이름만 대봐." 라클로가 말했다.

"한 가지만 짚고 넘어가자면, 브리소한테는 돈을 받는 사람의 분위기를 느낄 수가 없어요. 옷도 만날 똑같은 옷을 입고 팔꿈치는 거의 닳아 없어졌고." 페티옹이 끼어들었다.

"아, 별로 많이 주는 건 아니야. 돈이 있어도 그걸로 뭘 해야 할지도 모를 사람이야. 이 앞에 앉은 사람하고는 다르지. 이 사람은 좋은 걸 알아보는 눈이 있는 사람이니까. 아직도 믿기지가 않나, 페티옹? 카미유, 말해주게." 라클로가 말했다.

"아마 사실일 겁니다. 경찰한테서 돈을 받곤 했어요. 친구들하고 편하게 이야기를 나누고는 친구들의 정치적 견해를 알려줬죠." 데물랭이 말했다.

"당신까지 나한테 충격을 주는군요." 그러나 페티옹의 목소리는 절제를 잃지 않았다.

"그러지 않으면 어떻게 생활을 꾸려 나가지?" 라클로가 물었다.

드 실레리가 웃었다. "작가라는 사람들은 협박으로 먹고살기에 어려움이 없을 만큼 서로를 충분히 잘 알고 그래서 부자가 되지. 안 그런가 카미유? 거꾸로 협박당할까 봐 겁이 날 때만 물러서지."

"하지만 지금 저한테 말씀하시는 것은 뭔가 다른⋯⋯." 잠시 페티옹은 술을 안 마신 사람처럼 보였다. 그는 이마를 손바닥으로 괴었다. "도무지 논리적으로 명쾌하게 생각할 수가 없군."

"논리적으로 생각할 수 있는 문제가 아닙니다. 다른 주제로 넘어갈까요." 데물랭이 말했다.

페티옹이 말했다. "어떤 식으로든⋯⋯ 지조를 지킨다는 게 참으로 쉽지 않겠군."

라클로는 그에게 술을 한 잔 더 따라주었다. 데물랭이 말했다. "신문을 낼까 합니다."

"후원자로 생각해 둔 사람은 있나?" 라클로가 부드럽게 말했다. 그는 공작의 돈이 필요하다는 말이 사람들 입에서 나오는 것을 듣기 좋아했다.

"제가 공작의 돈을 받아들이면 공작은 운이 좋은 겁니다. 돈줄은 얼마든지 있거든요. 우리도 공작이 필요하겠지만 공작은 그보다 훨씬 더 우리가 필요하겠지요." 데물랭이 말했다.

"집단으로는 필요하겠지. 개인적으로는 전혀 필요하지 않아. 개인적으로는 자네들이 몽땅 퐁뇌프 다리에서 뛰어내려서 가련한 인생을 수장해도 끄떡없어. 개인적으로는 자네들은 대체가 가능하다고." 라클로는 담담히 말했다.

"아, 그렇게 생각하세요?"

"응, 카미유, 그렇게 생각한다마다. 자네는 일이 돌아가는 판에서 자네의 위치를 엄청나게 부풀려서 생각하는군."

드 실레리가 앞으로 나서면서 라클로의 팔에 손을 얹었다. "조심하게, 이 사람. 화제를 바꿀까?" 라클로는 반기를 들려다가 꿀꺽 삼켰다. 앉아서 침묵을 지켰고 드 실레리가 아내 이야기를 할 때만 표정이 조금 밝아졌다. 드 실레리는 아내인 펠리시테가 부부가 쓰는 침대 밑에 수첩을 잔뜩 쌓아 둔다고 말했다. 어떨 때는 그가 위에서 황홀경을 위해 끙끙거리는 동안에도 수첩을 찾아 더듬었다. 드 실레리는 공작도 자기처럼 언제나 불쾌한 생각이 들었을지 궁금했다.

"사모님은 좀 짜증나는 분이죠. 미라보도 같이 잤다고 하더군요." 라클로가 말했다.

"가능성이 높지, 아주 가능성이 높아." 드 실레리가 말했다. "그 친구는 같이 안 잔 여자가 없으니까. 그래도 아내는 요즘은 별로 안 해. 다른 사람들을 엮어주는 걸 더 좋아하지. 돌아보면, 정말이지, 내 인생을 되돌아보면……." 드 실레리는 잠깐 몽상에 빠져들었다. "유럽에서 가장 책을 많이 읽은 여자 뚱쟁이하고 결혼하게 될 줄 내가 상상이나 했겠나?"

"그건 그렇고, 카미유, 아네스 드 뷔퐁이 자네가 최근에 낸 소책자에 대해서 조잘거리더군. 그 산문. 그 여자는 자기가 심판이라고 생각해. 자네를 소개해야겠군." 라클로가 말했다.

"그레이스 엘리엇한테도." 드 실레리가 말했다. 그러면서 라클로와 함께 웃었다.

"그 여자들이 이 친구를 날로 먹으려 들걸요." 라클로가 말했다.

동이 트자 라클로는 창을 열고 늠름한 몸을 밖으로 내밀어 왕의 공기를 훅 들이마셨다. 라클로는 선언했다. "베르사유에서 우리보다 더 꿈에 도취한 사람은 없노라. 쥐구멍에도 볕들 날이 있다, 해적 동지들이여, 나에게 말해다오. 오를레앙에게 볕들 날도 멀지 않았다, 8월, 9월, 10월."

데물랭의 새 소책자가 9월에 나왔다. 제목은 '파리 시민에게 드리는 가로등 연설'이었고 요한복음에 나오는 악인들은 빛이라면 질색을 한다는 경구가 표지에 적혀 있었다. 그레브 광장의 가로등 교수대는 더 큰 부담을 질 준비가 되어 있음을 밝혔다. 그리고 그들의 이름까지 거론했다. 저자의 이름은 밝히지 않았고 그저 '가로등 검사'라고만 적었다.

베르사유에서 앙투아네트는 소책자의 처음 딱 두 쪽만 읽었다. "평상시 같았으면, 이 글의 필자는 감옥에서 아주 오래 갇혀 있어야겠지요." 왕비가 루이에게 말했다.

왕은 지리 책을 읽고 있었다. 그리고 힐끗 올려다보았다. "그럼 라파예트하고 의논하는 게 좋지 않을까 싶소만."

"당신 제정신이에요?" 왕비가 차갑게 쏘아붙였다. 상황이 급박하다 보니 두 사람은 말을 가리지 않고 막 하곤 했다. "후작은 우리한테는 불구대천의 원수예요. 이런 자들에게 돈을 줘서 우리를 헐뜯는다고요."

"그건 공작도 마찬가지지." 왕이 목소리를 깔고 말했다. 그는 오를레앙이라는 이름을 발음하는 데 애를 먹었다. 왕비는 그를 '빨갱이 사촌'이라고 불렀다. "누가 더 위험하지?"

그들은 숙고했다. 왕비는 라파예트가 더 위험하다고 생각했다.

라파예트는 소책자를 읽고 가락 없이 가만히 콧노래를 불렀다. 그리고 그 소책자를 바이 시장한테 가져갔다. "위험천만한 일이야." 시장이 말했다.

"동감입니다."

"그자를 체포하는 것이 위험천만하다는 소리요. 알잖소, 코르들리에 지구. 그리로 옮겼거든."

"외람된 말씀이지만, 이 글은 반역이라고 말씀드립니다."

"내가 말하고 싶은 건 장군, 지난달에 생뤼주 후작이 나더러 왕의 거부권에 반대하지 않으면 린치를 가하겠다고 공개 서한을 보낸 것이 사태의 핵심을 찌른다는 거요. 알다시피 우리가 그자를 잡아들였을 때 코르들리에 지구가 들고 일어나는 바람에 내가 다시 그자를 풀어주는 게 상책이라고 판단한 것 아니오. 나도 마음에 들진 않지만 어쩌겠소. 그쪽 동네는 싸우고 싶어서 안달이 났거든. 코르들리에 책임자로 있는 당통을 아시오?"

"네. 알다마다요." 라파예트가 말했다.

바이는 머리를 흔들었다. "신중을 기해야 하오. 더는 폭동에 대처할 길이 없소. 순교자를 만들어서는 곤란하잖소."

"인정할 수밖에 없군요. 하시는 말씀에 일리가 있습니다. 데물랭이 협박하는 그 모든 사람들이 내일 목 매달린다 하더라도 결백한 사람들을 학살했다고 말하기는 어렵겠지요. 그래서 가만 있는다는 건데. 그렇게 되면 우리 입장이 곤란해집니다. 폭도들의 법을 추인했다는 비난을 받게 되거든요." 라파예트가 말했다.

"그럼 어쩌면 좋겠소?"

"저라면 장정 서너 명을 보내서 가로등 검사 나리를 벽에 묻은 붉은 반점으로 오그라뜨리겠습니다." 라파예트가 눈을 감았다.

"왜 이러시오, 후작!"

"농담이라는 거 아시지 않습니까." 라파예트는 애석하다는 듯이 말했다. "그래도 가끔은 그런 명예로운 신사가 아니었으면 좋겠다고 생각할 때가 있습니다. 이런 사람들을 점잖은 방법으로 상대해서 무슨 소용이 있을까 생각할 때가 자주 있어요."

"당신은 프랑스에서 가장 명예로운 신사요." 시장이 어색하게 말했다. "그것은 보편적으로 알려진 사실이오." 우주적으로, 본인이 천문학자만 아니었어도 아마 그는 그렇게 말했으리라.

"코르들리에 지구하고 왜 그렇게 껄끄럽다고 생각하십니까?" 라파예트가 물었다. "이 당통이라는 자가 있고 저 미숙아 마라가 있고 이—" 라파예트가 신문을 내밀었다. "그런데 이 친구가 베르사유에 있을 때는 미라보 집에 묵습니다. 미라보가 어떤 사람인지 감이 잡히는 거죠."

"잘 기억해 두겠소. 그런데 문학으로 치자면 그 시론은 대단해요." 시장이 온순하게 말했다.

"문학 이야기는 하지 마세요." 라파예트가 말했다. 그는 베르티에의 주검을, 갈라진 배에서 질질 끌려 나오던 창자를 생각했다. 라파예트는 몸을 앞으로 당기더니 손가락 끝으로 소책자를 넘겼다. "카미유 데물랭을 아십니까? 만난 적이 있습니까? 법학을 공부했죠. 종이 자르는 칼보다 더 위험한 무기는 한 번도 만져본 적이 없는 친구죠." 라파예트는 의아스럽다는 듯이 고개를 저었다. "이 사람들은 도대체 어디서 오는 건가요? 이자들은 전혀 경험이 없습니다. 전쟁은 물론이고 사냥터에 나가본 적도 없어요. 사람은 고사하고 짐승을 죽여본 적조차 없습니다. 그런데도 죽이자고 난리예요."

"자기들 손으로 안 죽이면 괜찮다는 소리겠지." 시장이 말했다. 그는 자기 책상 위에 놓였던 잘려 나온 심장, 파르르 떨던 살덩어리를 떠올렸다.

기즈에서: "내가 어떻게 얼굴을 들고 길거리를 다니겠소?" 장니 콜라 데믈랭은 질문 아닌 질문을 던졌다. "더 기가 막힌 건 내가 자기를 자랑스러워해야 한다고 그 녀석이 생각한다는 거야. 어디를 가도 자기를 알아본다고 제 입으로 말하더군. 귀족들하고 매일 저녁을 먹고."

"먹기라도 하는 게 어디예요." 데믈랭 부인이 말했다. 자기 입으로 말을 해놓고도 스스로 그 말에 놀랐다. 그녀는 자식에게 한 번도 살갑게 군 적이 없는 어머니였다. 마찬가지로 카미유도 한 번도 시원스럽게 먹는 모습을 보여준 적이 없는 아들이었다.

"고다르 집안 사람들 얼굴을 무슨 낯으로 봐야 할지. 그 사람들도 그걸 다 읽을 테지. 그래도 한 가지, 로즈플뢰르는 이제 파혼을 할 수 있으니 좋아하겠군."

"여자들을 저렇게 모른다니까." 아내가 말했다.

로즈플뢰르 고다르는 소책자를 재봉대 위에 놓고 시도 때도 없이 인용하면서 새 약혼자인 타리외 드 타양 씨를 불쾌하게 만들었다.

당통은 소책자를 읽고 나서 한번 읽어보라고 가브리엘에게 주었다. "읽어보면 좋을 거요. 모두들 그 이야기를 할 테니까."

가브리엘은 절반쯤 읽고는 옆으로 밀어 두었다. 나는, 그러니까, 카미유하고 같이 살아야 하니까 차라리 카미유의 생각을 많이 모르는 편이 낫다. 이것이 가브리엘의 논리였다. 가브리엘은 이제는 조용했다. 새집으로 이사 온, 앞을 못 보는 여자처럼 하루하루 조심스럽게 앞길을 더듬어 나갔다. 코르들리에 지구 의회 모임에서 무슨 일이 있었는지 당통에게 묻는 법도 없었다. 저녁 식탁에 못 보던 얼굴들이 나타나면 그저 자리를 더 마련해주기만 했고 대화 분위기를 가볍게 하려고 노력했다. 아기도 다시 가졌다. 아무도 그녀에게 큰 기대를 하지 않았다. 나라 사정에 대해서 그녀가 굳이 알고 싶어 하기를 기대하는 사람은 아무도 없었다.

저명한 작가 메르시에가 파리와 베르사유의 살롱들에 데물랭을 소개했다. "앞으로 이십 년 안에 이 사람은 으뜸가는 문인이 될 겁니다." 메르시에는 예언했다. 이십 년? 데물랭은 이십 분도 기다릴 수가 없다.

이런 자리에서 데물랭의 기분은 순간순간 마구마구 바뀐다. 신바람이 난다 싶다가도 어느 순간 자기가 허깨비가 된 듯한 기분도 든다. 그를 데려오려고 그토록 공을 들인 사교계의 귀부인들은 막상 만나면 그를 모르는 것처럼 굴어야 한다고 생각할 때가 많았다. 데물랭의 정체가 서서히 스며 나오고 배어 나와야 안 그랬다간 그가 부담스러워서 자리를 뜨려는 사람에게 이목이 쏠릴 수 있다는 논리에서였다. 하지만 안주인들은 그를 확보해야 한다. 그 전율을, 충격 요법을 얻어야 한다. 파티가 파티다우려면…….

데물랭은 두통이 도졌다. 헹가래를 많이 받아서일까. 이런 파티에서 변함 없는 모습이 있었다면 그것은 데물랭이 아무 말 하지 않아도 된다는 것이다. 이야기는 주변에 있는 사람들이 알아서 한다. 데물랭에 대해서.

금요일 늦은 저녁, 드 보아르네 백작 부인의 저택은 여주인에게 아첨하는 젊은 시인들로 꽉 찼다. 흥미로운 크레올어도 여기저기서 들린다. 경박한 방들은 은빛과 파르스름한 빛으로 번쩍거렸다. 파니 드 보아르네는 데물랭의 팔을 잡았다. 소유자라도 되는 듯한 몸짓, 아무도 그를 소유하고 싶어 하지 않았던 때와는 너무도 다른 몸짓이었다.

"아르튀르 디용*이에요." 백작 부인이 소근거렸다. "만나본 적 없나요? 11대 딜런 자작의 아드님. 마르티니크 의회 대표죠." 접촉, 속삭임, 비단 스치는 소리. "디용 장군님? 여기 굉장히 궁금해할 분을 모셔왔어요."

디용이 돌아섰다. 마흔 살인 디용은 눈에 띄게 용모가 수려했다. 부리처럼 가느다란 코와 작고 붉은 입은 거의 귀족의 전형이라고 해도 좋았다. "가로등 검사." 드 보아르네가 속삭였다. "모두한테 알리지는 마시고요. 조금씩 시간을 두고."

디용은 데물랭을 물끄러미 바라보았다. "생각했던 것하고 전혀 다르군요." 드 보아르네가 향수의 작은 구름을 남기며 미끄러지듯 사라졌다. 디용의 시선은 매혹당한 듯 고정되어 있었다. "시대는 변하고 우리도 함께 변한다." 그는 라틴어로 뇌까렸다. 그리고 데물랭의 어깨에 슬며시 손을 얹어 그를 낚아챘다. "이리 오시오, 아내를 소개하겠소이다."

로르 디용은 긴 안락의자를 차지하고 있었다. 은빛 무늬 수를 놓은 하얀 옥양목 드레스 차림이었고 머리는 은백색의 비단 망사를 터번처럼 두르고 있었다. 의자에 기댄 채로 그녀는 묘한 버릇을 드러냈다. 양초 밑동을 손에 쥐고서 옆에 아무도 없을 때는 그것을 잘근잘근 물어뜯었다.

"로르, 가로등 검사가 왔소." 디용이 말했다. 로르는 좀 언짢은

---

* 아르튀르 디용(Arthur Dillon, 1750~1794)은 아일랜드 출신이다. 1688년 명예혁명이 일어났을 때 그의 조부가 자신이 섬기던 제임스 2세를 따라 함께 프랑스로 건너오면서 프랑스에도 터전이 만들어졌다. 그의 아버지 헨리 딜런 자작은 영국에서 살았으나 그는 프랑스에서 활동했다.

낯빛으로 움찔했다. "누구라고요?"

"바스티유가 무너질 때 소요를 시작한 장본인 말이오. 사람들을 매달아서 목을 자른 사람."

"아." 로르가 고개를 들었다. 귀고리의 은색 고리가 빛을 받아 바르르 떨렸다. 그녀의 어여쁜 눈이 데물랭을 찬찬히 살폈다. "좋아라." 그녀가 말했다.

디용이 조금 웃었다. "아내는 정치는 잘 몰라요."

로르는 부드러운 입술에서 따뜻한 밀랍 조각을 떼어냈다. 한숨을 쉬었고 무심결에 드레스의 목에 달린 리본을 쓰다듬었다. "저녁 드시러 오세요."

디용은 다시 데물랭을 몰고 방 저편으로 갔다. 가면서 데물랭은 자신의 파리하고 가무잡잡하고 날카로운 얼굴을 힐끔 보았다. 벽시계가 11시를 쳤다. "저녁 식사 시간이 거의 다 됐군." 디용이 말했다. 돌아보자 가로등 검사의 얼굴에서 가슴이 메어질 듯한 당혹감이 보였다. "그런 얼굴 하지 마시오." 디용이 진실하게 말했다. "권력이오. 당신도 이제 권력이 생겼소. 권력은 무언가를 바꿀 수 있다오."

"압니다. 익숙해지지가 않아서요."

데물랭이 가는 곳마다 사람들은 몰래 뜯어보고 목소리를 낮추고 어깨 너머로 곁눈질을 했다. 누구? 저기? 진짜?

불과 몇 분 후 디용 장군은 한 무리의 여자들에게 둘러싸인 데물랭을 지켜보고 있었다. 이제는 그가 누구인지 알려진 듯했다. 여자들의 볼은 홍조를 띠었고 입은 살짝 벌어졌으며 데물랭의 옆에 있는 것만으로도 맥박이 빨라졌다. 장군은 볼썽사나운 광경이라고 생각했지만 그에게 여자란 원래 그런 존재였다. 석 달 전만 하더라도 그 여자들은 그 아이를 거들떠보지도 않았으리라.

장군은 친절한 사람이었다. 그는 데물랭을 걱정하고 궁금해하기로 했다. 그리고 그날 밤 이후로 5년 동안 이따금 그 결심을 떠올렸다. 데물랭을 생각할 때면 그는 바보처럼 보일지 몰라도 그를 지켜주고 싶었다.

루이 왕은 국회의 움직임에 거부권을 행사할 수 있어야 하는가?
'비토(veto) 부인'은 거리에서 왕비를 부르는 새 이름이었다.
"거부권이 없다면 차라리 콘스탄티노플에서 사는 것이 낫지." 미라보는 알쏭달쏭한 말을 했다. 하지만 파리 사람들은 (거부권은 곧 새로운 세금을 뜻한다고 생각했기에) 거부권에 단호히 반대했으므로 미라보는 의회에서 적당히 땜질을 해서 누구한테나 듣기 좋은 연설을 했다. 그 연설은 정치인이 할 말이 아니라 시골 장터의 장돌뱅이 입에서나 나올 법한 소리였다. 결국 절충안이 나왔다. 왕에게 입법을 막는 권리는 주지 않되 입법을 늦추는 권리는 준다는 안이었다. 아무도 만족스러워하지 않았다.
여론은 더욱 혼란에 빠졌다. 파리의 뒷골목에서는 이런 연설이 들렸다. "지난주만 해도 귀족들에게는 잠정 거부권이 주어졌으며 벌써부터 귀족들은 그것을 써먹어서 곡물을 몽땅 사들여서는 나라 밖으로 보내고 있습니다. 우리한테 빵이 부족한 것은 그래서입니다."

10월
왕이 저항할 작정인지 도주할 작정인지는 아무도 모른다. 아무튼 베르사유에는 새 연대들이 있었는데, 플랑드르 연대가 도착했을 때는 왕의 근위대가 왕궁에서 연회를 베풀어주었다.
그 연회는 눈치와는 담을 쌓았다는 점에서 돋보이는 행사였다.

시론을 쓰는 논객들은 입추의 여지 없이 빼곡히 들어찬 운동장에서 먹은 점심이 바쿠스 축제라며 고함을 쳤을 것이다.

왕이 왕비와 어린 왕세자와 함께 나타나자 술에 취한 군인들이 환호의 메아리를 보냈다. 아이는 식탁으로 들어올려졌고 식탁 위를 웃으면서 걸었다. 반란자들을 혼란에 빠뜨리는 축배가 올라갔다. 삼색 모표는 마루와 땅바닥으로 내던져져 신사들의 발꿈치에 짓이겨졌다.

이 소식이 파리에 전해진 것은 이틀 뒤인 토요일, 10월 3일이다. 파리는 굶주리는데 베르사유는 잔치를 벌인다.

오후 5시, 당통 의장은 지구 의회에서 포효했다. 보통 사람보다 갑절은 큰 주먹으로 탁자를 탕탕 내리쳤다. 코르들리에 시민은 파리에 현수막을 내걸 것이라고 당통은 말했다. 그들은 애국자들을 모독한 데 앙갚음을 할 것이다. 그들은 왕의 위협으로부터 파리를 지켜낼 것이다. 대대는 모든 지구에서 무장한 형제들을 불러낼 것이며 코르들리에 대대가 도로의 선봉에 설 것이다. 그들은 왕을 파리로 끌고 와서 그를 감시할 것이다. 다른 길이 다 막히더라도 당통 의장은 직접 베르사유로 가서 루이를 혼자서라도 질질 끌고 올 것이다. 왕하고는 끝났다. 국왕참사회 위원은 그렇게 선언했다.

샤틀레 재판소의 관리 스타니슬라스 마야르는 시장에서 아낙네들에게 연설하면서 쓸데없이 굶주리는 아이들을 거론했다. 대오가 갖추어졌다. 마야르는 그림책에 나오는 저승사자처럼 여위고 길쭉한 인물이었다. 그의 오른편에는 땜장이 여자가 있었고 밑바닥 사람들 사이에서는 헝가리 여왕으로 알려진 매춘부가 있었다. 왼편에는 정신병원에서 도망 나온 머리 다친 사람이 싸구려 독주 한 병을 한 손에 움켜쥐고 있었다. 술은 기운이 빠진 입에서 턱으로 흘러내리고 누리끼리한 눈에는 아무런 표정이 없었다. 일요일.

10월 5일, 월요일 아침: "어디 가는 줄로 아는가 보네." 당통이 직원들에게 말했다.

직원들은 베르사유로 가는 줄로 알았던 것이다.

"여기가 법률사무소인지 야전 지휘부인지."

"당통은 중요한 선박 사건을 맡았어." 그날 아침 늦게 파레가 데물랭에게 말했다. "훼방하면 안 돼. 자네는 거기 혼자 갈 마음은 없었나 보지?"

"지구 회의에서는 갈 것 같은 인상을 주었거든요. 아니, 혼자 갈 마음은 없었어요. 그런데 이건 바스티유를 차지할 때 맡았던 그 사건인가요?"

"항소심이야." 당통은 빗장이 걸린 문 안쪽에서 말했다.

국민방위대 대대장 상테르가 시청 공격을 이끌었다. 돈도 일부 털렸고 서류도 훼손되었다. 장터 여자들은 거리를 휩쓸고 다니면서 다른 여자들을 끌어들이고 설득하고 윽박질렀다. 그레브 광장에서는 군중이 무기를 모았다. 군중은 라파예트를 앞세우고 국민방위대와 함께 베르사유로 가고 싶어 했다. 9시부터 11시까지 후작은 군중과 입씨름을 벌였다. 한 젊은이가 라파예트에게 말했다. "정부는 우리를 속입니다. 우리가 가서 왕을 파리로 데려와야 합니다. 그 사람들 말대로 왕이 바보 천치라면 아들을 왕으로 앉히고 당신이 섭정을 하면 누이 좋고 매부 좋죠."

11시에 라파예트는 경찰위원회하고 입씨름을 벌였다. 오후 내내 그는 바리케이드 안에 갇혀서 어쩌다가 간간이 소식을 들었다. 하지만 5시 무렵이 되자 라파예트는 거리로 나서서 만 오천 국민방위대의 선두에 서서 베르사유로 향했다. 군중의 수는 헤아릴 수가 없다. 비가 내린다.

여자들은 선발대로 의회로 벌써 밀고 들어갔다. 그들은 젖은 치마를 추켜올리고 다리를 쩍 벌린 채 대의원들의 의자에 앉아서 대의원들과 몸싸움을 하고 미라보를 부르면서 농담을 한다. 왕은 대표로 뽑힌 여자 몇 사람의 알현을 허락하고 구할 수 있는 빵을 전부 주겠다고 약속한다. 빵이냐 피냐? 테루아뉴는 밖에서 군인들과 이야기하고 있다. 그녀는 주홍빛 승마복 차림이다. 긴 칼을 들었다. 비가 그녀가 쓴 모자의 깃들을 망친다.

노상에서 라파예트 장군에게 전달된 소식. 왕이 인권선언을 결국 받아들이기로 결심했다. 정말? 마구에 얹은 손은 꽁꽁 얼었고 비는 뾰족한 코를 따라 흘러내리고 지쳐서 기운을 잃은 장군이 가장 고대하던 희소식은 아니다.

파리

파브르는 이 카페 저 카페 돌아다니면서 여론을 만들고 있다. "요는, 이런 식으로 앞장선 사람에게는 공도 돌아가야 한다는 것이지요. 당통 의장과 그 사람이 사는 지구가 가장 앞에 섰다는 사실을 누가 부정하겠습니까? 행진으로 말할 것 같으면 파리 여인들이 앞장서서 나섰다는 사실을 누가 부인하겠습니까? 여자들을 쏘지는 못할 테지요."

파브르는 당통이 집에 있다고 해서 조금도 실망하지 않았다. 오히려 안도했다. 파브르는 일이 돌아가는 낌새를 어렴풋이 눈치채기 시작했다. 데물랭이 옳았다. 사람들 앞에서, 제대로 된 청중 앞에서 당통은 위엄을 풍겼다. 이제부터는 신변 안전을 좀 챙기라고 당통을 들볶을 생각이다.

　밤. 비가 계속 온다. 라파예트가 의회에서 시달리는 동안 그의 부
하들은 어둠 속에서 기다린다. 이 볼썽사나운 무력 시위를 왜 한단
말인가?

　라파예트의 주머니에는 바로 같은 의회의 의장이 당신 부하들을
데리고 베르사유로 가서 왕을 구해 달라고 애걸복걸하는 쪽지가 들
어 있다. 그 전갈이 꿈이 아님을 확인하려고 주머니에 손을 넣고픈
마음이 굴뚝같지만 의회 앞에서 그랬다가는 건방진 놈이라는 소리
를 들으리라. 워싱턴 같으면 어떻게 했을까? 라파예트는 자문하지
만 답을 얻지 못한다. 그렇게 그는 서서 어깨까지 진흙을 잔뜩 묻힌
채로 괴상한 질문들에 최선을 다해 답하면서, 점점 갈라지는 목소리
로, 어려움을 피하기 위해 새로운 국기 색깔에 찬성하는 뜻이 담긴
짧막한 연설을 해 달라고 자기가 가서 왕을 설득하면 안 되겠느냐
고 호소한다.

　잠시 후 녹초가 된 라파예트는 아직도 진흙을 덕지덕지 묻히고
부축을 받으면서 왕이 있는 곳으로 가서 전하와 전하의 동생 프로
방스 백작과 보르도 대주교와 네케르 씨에게 인사를 올린다. "그만
하면 그대는 할 수 있는 일을 다했다고 생각한다." 왕이 말한다.

　알아듣기 힘든 목소리로 장군은 지금까지는 그림에서만 본 자세
로 깍지를 낀 두 손을 공손히 가슴에 딱 붙인 채 자신의 목숨은 왕
의 목숨을 지키는 담보지만 자신은 헌법의 충복이기도 하며 돈을
아낌없이 나눠줘 온 사람이기도 하다고 밝혔다.

　왕비는 그늘진 곳에 서서 못마땅한 눈초리로 라파예트를 바라보
았다.

알현을 마친 라파예트는 밖으로 나가서 왕궁과 주변 일대에 호위병들을 박아 두고 낮게 타오르는 횃불들을 창밖으로 지켜보면서 밤바람에 실려 오는 취객의 노랫소리를 들었다. 필시 궁정 생활을 주제로 한 노래였다. 우수가 그를 휘감았다. 의협심을 그리워하는 일종의 향수였다. 그는 호위병들을 돌아보고 왕의 처소로 다시 찾아갔다. 입장은 허용되지 않았다. 왕과 왕비는 이미 잠자리에 들었다.

동이 틀 무렵 라파예트는 완전 군장을 한 차림새로 그대로 쓰러져서 눈을 붙였다. 나중에 왕과 왕비는 그를 잠꾸러기 장군이라고 불렀다.

해가 솟았다. 북소리가 들렸다. 불찰인지 배신인지는 몰라도 쪽문 하나가 무방비 상태였다. 총성이 터지고 경호원들이 제압당한다. 몇 분도 안 지나서 꼬챙이에 머리가 꽂힌다. 폭도가 궁전 안에 있다. 식칼과 몽둥이로 무장한 여자들이 희생자를 찾아서 복도를 내달린다.

장군이 깨어났다. 가자, 빨리. 장군보다 한발 앞서 군중은 '황소의 눈'에 이르렀고 국민방위대는 군중을 저지했다. "왕비의 간을 내놔." 한 여자가 악을 쓴다. "볶아 먹게." 말에 안장을 얹을 때까지 기다릴 수가 없어 라파예트는 걸어서 가지만 아직 성 안에 들어가지 못했다. 폭도들이 경호원들의 목에다 이미 올가미를 걸고 아우성을 치는 바람에 발목이 잡혔다. 왕 일가는 실내에 있어서 아직은 안전하다. 왕자와 공주가 운다. 왕비는 맨발이다. 육중한 문 덕분에 목숨을 건졌다.

라파예트가 도착했다. 맨발의 여자와 눈이 마주친다. 조정에서 그를 밀어내고 한때 그의 예의범절을 조롱하고 그의 춤을 비웃었던 여자. 이제 그 여자에게는 간신배의 아양보다 라파예트가 더 필요하다. 폭도가 창문 아래에서 들끓는다. 라파예트가 발코니를 가리켰다. "나가야 합니다."

왕이 걸어나간다. 사람들이 고함을 지른다. "파리로." 그들은 꼬챙이를 흔들고 총을 겨눈다. 왕비를 불러낸다.

방 안에서 장군은 왕비에게 몸짓으로 권한다. "저 소리가 들리지 않는가? 저들의 행동을 보았는가?" 왕비가 말한다.

"예." 라파예트는 손가락으로 자기 목을 긋는다. "그렇지만 왕비께서 저들에게 가든가 저들이 왕비께 오든가 둘 중 하납니다. 나가시지요."

얼어붙은 얼굴로 왕비는 아이들 손을 잡고 발코니로 걸어나간다. "아이들은 들여보내라!" 군중이 소리지른다. 왕비는 왕자의 손을 놓는다. 왕자와 왕자의 누이는 방 안으로 불려 들어간다.

앙투아네트 혼자 발코니에 서 있다. 라파예트는 속으로 결말을 부지런히 헤아린다. 아비규환이 벌어지고 밤이 되면 전면전이 펼쳐질 것이다. 그는 밖으로 걸어 나가 왕비 옆에 섰다. 여차하면 몸으로 왕비를 막아줄 생각이다. 군중은 아우성을 친다. 그러다가 ― 아, 완벽한 시종! ― 그는 왕비의 손을 잡아 들어올리고는 머리를 낮게 숙이고 왕비의 손가락 끝에 입을 맞춘다.

분위기가 돌변했다. "라파예트 만세!" 그는 사람들의 변덕스러움에 오싹한다. 속으로 오싹해한다. 그리고 "왕비 만세, 왕비 만세!" 누군가가 외친다. 십 년 동안 들어보지 못한 소리였다. 왕비의 주먹이 풀리고 입이 약간 벌어진다. 안도감에 긴장이 풀리면서 왕비가 자기한테 기대는 것을 라파예트는 느낀다. 근위병 하나가 나와서 왕비를 부축하는데 그의 모자에는 삼색 모표가 꽂혀 있다. 군중은 환호한다. 왕비는 다시 안으로 들여보내진다. 왕은 파리로 가겠노라고 선언한다.

행차에는 꼬박 하루가 걸렸다.

라파예트는 왕의 마차를 타고 파리로 가지만 도중에 거의 말을 하지 않는다. 이제부터는 내가 지휘하는 호위병 말고는 안 쓸 것이라고 생각한다. 왕으로부터 국가를 지켜야 하는데 이제는 왕을 국민으로부터 지켜야 한다. 라파예트는 자신이 왕비의 목숨을 구했다고 생각했다. 그는 하얗게 질린 얼굴과 맨발을 다시 보고 군중이 환호하는 동안 왕비가 자기한테 기댔던 순간을 느낀다. 왕비는 결코 라파예트를 용서하지 않을 것임을 그는 안다. 무장 병력은 이제 그의 손에 있다. 그는 자신의 입지가 굳건하다고 생각한다. 하지만 어둠 속에서 등을 구부리고 휘이휘이 걸어가는 저 익명의 다수는 어떻게 생각할까. 인민은 어떻게 생각할까. "여기 우리 손안에 있다." 사람들은 외친다. "빵 장수, 빵 장수 마누라, 빵 장수의 꼬마 도제." 국민방위대와 근위대는 모자를 바꾸면서 스스로를 우스꽝스럽게 만든다. 그러나 더 우스꽝스러운 것은 왕이 탄 마차 앞에서 줄줄이 대롱대롱 매달려 가던 피범벅으로 훼손된 머리들이다.

때는 10월이었다.

의회는 왕을 따라 파리로 와서 대주교관을 임시 거처로 삼았다. 브르타뉴 그룹은 생자크 거리의 비어 있는 수도원 건물 식당에서 모임을 재개했다. 전에 이곳에 살았던 도미니크회 수사들을 사람들은 생자크 거리에 사는 이들이라고 해서 늘 '자코뱅'이라고 불렀는데, 그 이름은 그곳에서 또 하나의 의회처럼 모여서 토론하던 대의원과 언론인과 사업가에게 달라붙었다. 숫자가 불어나자 그들은 도서관으로 자리를 옮겼고 나중에는 낡은 예배당을 회의장으로 삼았는데 그곳에서는 일반인도 이층 관람석에서 회의를 지켜볼 수가 있었다.

11월에 의회는 튈르리 궁 바로 옆에 있는, 전에 실내 승마 연습장으로 쓰던 건물로 옮겼다. 안은 답답하고 조명도 부실하고 구조도 불편해서 말하기도 힘들었다. 대의원들은 통로를 사이에 두고 마주 보았다. 방 한쪽은 의장석과 서기들의 책상 때문에 잘렸고 또 한쪽은 연설을 하는 연단이었다. 왕권을 강력히 옹호하는 사람들은 통로 오른편에 앉았고 애국파를 자처하던 사람들은 왼편에 앉았다.

불은 한복판에 놓인 난로에서 땠는데 환기가 제대로 되지 않았다. 기요탱 박사의 제안에 따라 하루에 두 번 식초와 약초를 뿌렸다. 일반인 방청석은 꽉 찼다. 삼백 명의 방청인은 꼭 공권력이 나서지 않아도 알아서 질서를 잡고 지켰다.

이제부터 파리 시민은 의회를 '승마 연습장'이 아닌 다른 이름으로는 절대로 부르지 않을 것이다.

콩데 거리: 그해가 끝나 갈 무렵 클로드 뒤플레시는 얼어붙은 관계가 조금 풀리도록 허용했다. 아네트가 파티를 열었다. 딸들은 친구들을 불렀고 그 친구들은 또 친구들을 불렀다. 아네트는 주위를 둘러보았다. "여기서 불이라도 나면? 혁명의 주역 태반이 연기 속으로 사라지겠네."

손님들이 도착하기 전에 언제나 그렇듯이 뤼실과 말다툼이 있었다. 요즘은 그런 말다툼 없이는 아무것도 이루어지지 않았다. "내가 머리를 좀 올려줄게." 아네트가 구슬렸다. "내가 전에 했던 거 알지? 꽃도 달고?"

뤼실은 차라리 죽고 말겠다며 질색했다. 핀, 리본, 꽃송이, 소품은 질색이었다. 갈기 같은 머리를 치렁치렁 휘날리고 싶을 뿐이었다. 몇 번 머리를 말아 들이는 고통을 감수하는 것도 아네트가 보기에는 어디까지나 더 자연스럽게 보이기 위해서였다. "정말이지, 카미유 흉내를 내려거든 제대로나 하든지. 자꾸 그러다가 너 목 다친다." 아네트가 부은 목소리로 말했다. 아델은 손으로 입을 가리고 쿡쿡 웃었다. "이런 식으로 해야지." 아네트는 말하면서 시범을 보였다. "머리를 뒤로 젖히면서 동시에 눈에서 머리카락을 걷어낼 수는 없는 거야. 두 동작은 사실은 아주 별개야."

뤼실은 배시시 웃으면서 따라 했다. "정말 그런가 보네. 언니가 한번 해봐. 일어나, 제대로 하려면 일어서야 돼."

세 여자는 거울을 놓고 몸싸움을 벌었다. 그들은 숨이 넘어갈 듯이 캑캑거리며 웃기 시작하더니 나중에는 자지러지면서 흐느꼈다. "자, 여길 봐요." 뤼실이 말했다. "피라미들은 비키시고, 이 몸이 시범을 보여드릴 테니." 뤼실은 얼굴에서 웃음을 지우더니 자기 도취에 빠져 눈을 둥그렇게 뜨고 거울을 응시하다가 섬세한 손놀림으로 상상 속의 귀밑머리 한 올을 톡 뽑아냈다.

"이런, 손목 각도가 틀렸잖니. 눈은 뒀다 어디에 쓰려고." 아네트가 말했다.

뤼실은 눈을 아주 크게 떠서 데물랭 같은 표정을 지었다. "전 어제 태어났거든요." 뤼실이 애처롭게 말했다.

아델과 아네트는 방 안을 데굴데굴 굴렀다. 아델은 어머니의 침대 위로 쓰러져서 베개에 얼굴을 묻고 흐느꼈다. "아, 그만해라, 그만해." 아네트가 말했다. 그녀의 머리는 밑으로 흘러내렸고 눈물이 흘러 루즈가 번졌다. 뤼실은 바닥에 주저앉아서 주먹으로 양탄자를 무느렀다. "죽을 거 같아." 뤼실이 말했다.

참으로 다행이었다! 벌써 여러 달 동안 세 사람은 거의 말하지 않고 지내지 않았는가! 그들은 일어나서 진정하려고 애썼지만 분과 향수를 집을 때 이쪽에서 킥킥 웃으면 저쪽에서도 킥킥 웃었다. 저녁 내내 그들은 이 웃음의 소용돌이에서 안전하지 않았다. "당통 변호사님, 막시밀리앙 로베스피에르를 알죠?" 아네트는 말하고는 돌아섰다. 눈가에 눈물이 그렁그렁 맺히기 시작했고 입술이 실룩거리면서 또 한바탕 웃음이 터져 나올 것 같아서였다. 당통 변호사는 날씨에 관해서든 날씨와 마찬가지로 진부한 주제에 관해서든 말을 할 때 주먹을 엉치에 박는 몹시 고약한 버릇이 있었다. 막시밀리앙 로베스피에르 대의원은 눈을 깜박거리지 않는 더없이 희한한 재주가 있었고 가구를 따라서 그림자처럼 숨어드는 재주도 있었다. 쥐를 덮치는 고양이도 저렇게는 못하겠지 싶었다. 아네트는 스스로를 엄청 중요하다고 생각하는 그들을 그냥 내버려 두고 속으로 깔깔 웃었다.

"그래 지금은 어디 살지요?" 당통이 캐물었다.

"마레의 생통주 거리에 삽니다."

"편해요?"

로베스피에르는 대답하지 않았다. 당통이 편하다고 말할 때 기준이 무엇인지를 알 수 없었으므로 자신이 무슨 말을 하든 큰 의미가 없다고 생각했다. 아무리 사소한 대화에서도 이런 식의 결벽성이 언제나 로베스피에르를 걸고 넘어졌다. 다행히 당통은 대답을 바라지 않는 듯했다. "대의원들은 대개가 파리로 옮기는 걸 썩 달가워하지 않아 보이더군요."

"대부분은 거기에 절반도 안 있습니다. 있을 때에도 집중을 안 하고요. 자기들끼리 앉아서 포도주를 어떻게 걸러내고 돼지를 어떻게 살찌우는지에 대해서 농담이나 합니다."

"집 생각을 하는 게죠. 어쨌든 생활에 금이 간 셈이니까."

로베스피에르는 희미하게 웃었다. 그는 거만하지 않았다. 다만 그것이 세상을 바라보는 그 나름의 방식이라고 생각했다. "이것도 생활은 생활이죠."

"그래도 이해는 가지 않습니까. 밭에다 씨 뿌릴 걱정, 아이들이 잘 자라는지 걱정, 마누라가 아무하고나 놀아나지 않는지 걱정, 이런 것들이요. 사람이니까요."

로베스피에르는 당통을 힐끔 올려다보았다. "당통 씨, 정말이지, 때가 때인지라 우리 모두가 그보다는 좀 더 잘했으면 좋겠다는 생각이 드네요."

아네트는 손님들 사이로 돌아다니면서 터져 나오는 웃음을 안정된 웃음으로 다듬으려고 애썼다. 그래도 남자 손님들을 본인들이 바라는 모습대로 보기는 더는 불가능해 보였다. 페티옹 대의원(겉멋이 든 시건방진 미소)은 상냥해 보였고 브리소(이리 실룩 저리 실룩거리는 경직된 얼굴 근육)도 그래 보였다. 당통은 방 저편에서 아네트를 바라보고 있었다. 무슨 생각을 하나 모르겠네? 반짝 떠오르는 생각이 있었다. 그녀는 당통의 느릿한 말투를 상상했다. "나이 치고는 볼품이 없지는 않네 저 여자." 그리고 프레롱은 혼자, 눈에 띄게 혼자, 서 있었다. 그의 눈은 뤼실을 좇았다.

요즘은 보통 그렇지만 데물랭은 청중을 달고 다녔다. "제목만 결정하면 됩니다. 그리고 지방 구독자를 모으는 거죠. 토요일마다 나올 거고 사안에 따라서는 더 자주 나올 겁니다. 회색 종이 표지에 8절판으로 할 겁니다. 브리소도 써줄 거고 프레롱도 마라도 써줄 겁니다. 독자들한테서도 기고를 받고요. 특히 신랄한 연극 평론을 실을 겁니다. 우주와 그 안의 모든 어리석음을 이 초비판적인 신문의 지면에 알기 쉽게 담아낼 겁니다."

"돈이 벌리겠나?" 클로드가 물었다.

"아니요." 데물랭이 신나서 말했다. "본전 회수도 기대 안 합니다. 가격을 될 수 있는 대로 낮게 잡아서 웬만하면 다 사볼 수 있게 하자는 거지요."

"그럼 인쇄비는 어떻게 대고?"

데물랭은 묘한 표정을 지었다. "물주가 있습니다. 사실은 하고 싶은 얘기를 대신 해주고 돈을 받는다 이거거든요."

"자네 무서운 사람이군. 도덕이고 뭐고 아예 상관없어 보이는군."

"결과물은 좋을 겁니다. 후원자를 치켜세우는 글 몇 줄만 집어넣으면 되거든요. 나머지 지면은 로베스피에르 대의원을 알리는 데에도 쓸 거고요."

클로드는 두려움을 느끼며 주변을 둘러보았다. 로베스피에르 대의원이 딸 아델과 이야기를 나누고 있었다. 서로 믿고 이야기하는 듯한 거의 친밀해 보이는 대화였다. 승마 연습장에서 로베스피에르 대의원이 한 연설들과 대의원의 인품을 분리할 수만 있다면 그 대의원에게 우려를 품을 만한 이유는 조금도 없음을 클로드는 인정해야 했다. 사실은 그 반대였다. 로베스피에르는 깔끔하고 조용한 젊은이였다. 온화하고 차분하고 책임감이 있어 보인다. 아델은 늘 그의 이름을 대화 속으로 끌어들인다. 필시 그에게 감정을 품었으리라. 그는 돈이 없지만 사람이 모든 것을 가질 수는 없는 노릇. 우악스러운 사위를 보지 않는 것만도 어디인가.

아델은 이 사람 저 사람과 가벼운 대화를 나누면서 슬그머니 로베스피에르 쪽으로 와서 대화를 나누고 있었다. 누구 이야기를 하고 있었을까? 뤼실. "말도 마세요. 오늘은, 좀 달랐죠. 뭐 웃기도 했으니까요." 무엇 때문에 웃었는지는 말하지 말아야지, 아델은 결심했다. "그렇지만 보통 때는 냉랭한 분위기라니까요. 뤼실은 워낙 고집이 세서 항상 따져요. 그 남자로 완전히 뜻을 굳혔거든요."

"오늘 여기에 초대를 받은 것도 그렇고 아버님께서 좀 누그러지셨다고 생각했는데요."

"저도 그랬어요. 그런데 저 표정 좀 보세요." 그들은 클로드 쪽을 보았다가 다시 고개를 돌린 다음 어두운 표정으로 서로 고개를 끄덕였다. "그래도 끝까지 뜻을 관철할 거예요. 워낙 그런 사람들이니까요. 내가 걱정하는 건 둘이서 잘 살까 싶은 거지만." 아델이 말했다.

"문제는 다들 카미유가 문제라고 보는 것 같다는 사실입니다. 하지만 저한테는 문제가 아닙니다. 카미유 같은 친구를 저는 여태 본 적이 없어요." 로베스피에르가 말했다.

"따뜻한 분이시네요." 정말이지 따뜻한 사람이라고 아델은 생각했다. 이렇게 어수선한 시절에 누가 감히 이렇게 꾸미지 않고 말한단 말인가. "보세요, 저기 보세요. 카미유하고 어머니가 우리 얘기를 하네요."

사실이었다. 두 사람은 옛날과 똑같이 머리를 맞대고 있었다. "중매는 늙은 독신녀들이 맡아서 해야지." 아네트가 말하고 있었다.

"중간에서 나서줄 사람은 모르세요? 제대로 중매를 하고 싶어서요."

"하지만 저 사람은 아델을 데려가겠지요. 아르투아로."

"그래서요? 못 다닐 곳이 아니에요. 파리를 벗어나면 깎아지른 낭떠러지라도 나오는 줄 아세요? 파리만 벗어나면 지옥으로 떨어지는 줄 아세요? 저 친구는 어차피 고향으로 돌아갈 것도 아니고요."

"헌법이 만들어지고 의회가 해산되면?"

"그렇게 될 거라고 보지는 않습니다."

뤼실은 그 장면을 지켜보았다. 참나, 엄마. 왜 더 가까이 가지 않고? 그이를 부둥켜안고 양탄자로 쓰러지시지 왜? 그녀는 생각했다. 앞서 느꼈던 화기애애함이 뤼실한테서 날아가버렸다. 이렇게 재잘거리는 사람들과 한방에 있고 싶지 않았다. 뤼실은 제일 조용한 구석 자리를 찾았다. 프레롱이 따라붙었다.

뤼실은 앉았다. 억지로 미소를 지었다. 프레롱은 뤼실이 앉은 의자 뒤에 주인이라도 되는 것처럼 팔을 걸쳤다. 눈은 그녀를 보지 않고 방을 보면서 느긋하게 서서 한담을 나누었다. 그러나 가끔은 눈길을 밑으로 떨구었다. 마침내 살며시, 은근하게 그가 물었다. "아직도 처녀신가요?"

뤼실은 얼굴이 새빨개졌다. 고개를 숙였다. 그럼, 처녀나 다를 바 없단 소리? "맹세코 그렇답니다."

"내가 아는 카미유는 그럴 리가 없는데요."

"결혼할 때까지 저를 지켜주는 거예요."

"그건 아주 대단하네. 배출구가 있는 모양이죠?"

"그런 건 알고 싶지 않아요."

"모르는 게 좋을지도 모르겠죠. 그렇지만 이제 다 큰 어른이잖아요. 처녀로 지내는 기쁨이 슬슬 지겨워지지 않나요?"

"나더러 어쩌라는 건가요, 토끼 씨? 나한테 무슨 기회라도 있다고 생각하시는 건가요?"

"아, 저 친구 만나는 길을 찾으신다는 거 제가 알거든요. 슬쩍슬쩍 사라지신다는 것도 알고요. 밀회 장소는 당통의 집이 아닐까 싶었고요. 당통하고 가브리엘은 썩 도덕적이지는 않거든요."

뤼실은 최대한 표정을 담지 않고서 프레롱을 노려보았다. 누구한테라도, 심지어 자기를 박해하는 사람한테라도 자기 심정에 대해서 이야기하는 것이 고통스러운 위안을 안겨주었기에 망정이지 안 그랬으면 대화를 시작하지 않았을 것이다. 이 남자는 왜 가브리엘을 비방하는 걸까? 토끼는 아무 말이나 막 하는 모양이었다. 본인도 너무 심했다고 판단한 듯하다. 남자의 표정에서 그걸 읽을 수 있었다. 상상도 못 할 일이라고 뤼실은 생각했다. "가브리엘, 우리가 내일 와서 침대 좀 빌려도 될까요?" 가브리엘은 차라리 죽어버릴 것이다.

당통 부부의 침대를 생각하니 아주 묘한 느낌이 드는 것은 사실이었다. 뭐라고 형언할 수 없는 느낌. 그날이 오면 데물랭은 자기를 안 다치게 해도 당통은 자기를 다치게 할 거라는 생각이 뤼실의 마음을 스치고 지나간다. 그러자 뤼실의 가슴은 쿵쾅거리고 얼굴이 다시 더 붉어진다. 그런 생각이 어디서 왔는지 알 수가 없어서다. 뤼실은 그걸 요구한 적이 없었다. 그런 생각은 아예 하고 싶지도 않았다.

"무슨 언짢은 일이라도?" 프레롱이 물었다.

뤼실이 쏘아붙인다. "부끄러운 줄 아셔야죠." 그렇지만 그 장면을 아직도 마음에서 지울 수가 없다. 그 우악스러운 기운, 그 크고 억센 손, 그 몸무게. 여자는 상상력에 한계가 있는 걸 하느님께 감사드려야 한다고 뤼실은 속으로 생각한다.

신문은 이름이 여러 번 달라졌다. 처음에는 〈브라방 소식〉으로 시작했다. 국경 지대에서도 혁명이 벌어지던 터라 데물랭은 그쪽도 고려할 만하다고 생각했다. 그 다음에는 〈프랑스 혁명과 브라방 혁명〉으로 바뀌었고 결국 그냥 〈프랑스 혁명〉으로 결정되었다. 물론 마라도 사정은 다를 바 없어서 석연치 않은 이유로 신문 제목이 계속 바뀌었다. 마라의 신문은 〈파리 언론인〉이었지만 지금은 〈인민의 벗〉이었다. 〈프랑스 혁명〉 쪽 사람들이 보기에는 유치한 제목이었다. 꼭

임질 치료약처럼 들렸다.

글을 못 쓰는 사람도, 생각할 줄 모르는 사람까지도 죄다 신문을 낸다고 데물랭은 말한다. 〈프랑스 혁명〉은 돋보인다. 파란을 일으킨다. 또 질서를 부여한다. 직원이 적고 임시직이고 조금 어수선하다 해도 별로 문제될 것이 없다. 데물랭은 수틀리면 한 호 전체를 혼자서 써낸다. 할 말이 그렇게 많은 사람인데 8절판 서른두 면을 못 채울까?

월요일과 화요일에 직원들은 사무실에 일찍 나와서 그 주의 편집에 매달렸다. 수요일이면 인쇄 준비가 얼추 마무리된다. 수요일은 그 전 주 토요일의 명예 훼손에 따른 영장이 날아드는 날이기도 하다. 피해자들은 일요일 아침이면 변호사들을 시골 별장에서 끌어냈고 화요일이면 영장이 준비되는 것으로 알려졌다. 결투 요청은 주중에 산발적으로 들어왔다.

목요일은 인쇄를 하는 날이었다. 직원들이 마지막 순간까지 교정을 보면 심부름꾼이 총알같이 인쇄업자 라프레 씨에게 달려갔다. 인쇄소는 오귀스탱 강변로에 있었다. 목요일 정오에 라프레와 배포업자 가르네리 씨가 모두 머리를 쥐어뜯으며 나타났다. "인쇄기가 압수되는 꼴을 보고 싶나? 우리를 감옥에 처넣을 셈인가?" "앉아서 차라도 드시죠." 데물랭은 말하곤 했다. 그는 여간해서는 내용을 고치는 데에 동의하지 않았다. 그런 적은 거의 없었다. 직원들도 위험 부담이 클수록 더 잘 팔린다는 걸 알았다.

르네 에베르는 사무실에 곧잘 왔다. 울긋불긋한 비호감형의 얼굴. 그는 데물랭의 사생활을 두고 항상 빈정거렸다. 던지는 말 한마디 한마디에 가시가 돋아 있었다. 데물랭은 조수들에게 에베르가 누구인지 알려주었다. "극장 매표소에서 일했는데 푼돈을 훔치다가 잘렸지."

"왜 가만히 있나요? 다음에 오면 우리가 내쫓을까요?" 조수들이
말했다.

〈프랑스 혁명〉에서 일하는 사람들은 그런 식이었다. 그들은 가만
히 앉아서 일하는 직업 말고 더 활동적인 일을 원했다.

"아니, 내버려 둬." 데물랭이 말했다. "그 친구는 언제나 공격적이
야. 원래 그래."

"나도 내 신문을 냈으면. 이거하고는 다를 거야." 에베르가 말했다.

그날은 브리소도 와서 책상에 쪼그리고 앉아서 씰룩댔다. "너무
다르게 만들면 안 될걸. 이 신문은 어마어마하게 잘 나가거든."

브리소와 에베르는 서로 좋아하지 않았다.

"당신하고 데물랭은 배운 사람들을 위해서 쓰잖소." 에베르가 말
했다. "마라도 그렇고. 난 그렇게는 안 할 거요."

"문맹자를 위해서 신문을 만드시겠다?" 데물랭이 상냥하게 물었
다. "모두 잘되기를 기원하나이다."

"난 거리의 사람들을 위해서 쓸 거야. 그 사람들이 하는 말로."

"그럼 문장의 절반은 상소리겠네." 브리소가 콧방귀를 뀌었다.

"그렇지." 에베르가 반색을 하며 말했다.

브리소는 (매일 4절판으로 네 면을 찍어내고 내용이 따분한) 〈프랑스
애국자〉의 편집자다. 다른 신문들에도 심혈을 기울여 끝없이 창조
적인 글을 기고하는 더없이 인심 좋은 필자이기도 하다. 브리소는
보통 아침마다 부르르 떨면서 사무실에 나타났다. 가늘고 마른 얼
굴은 가장 최근에 떠오른 멋진 아이디어로 빛났다. "난 평생 출판사
들에 굽실거리며 살았지." 브리소는 그렇게 말하곤 했다. 그리고 자
기가 어떻게 사기를 당했는지, 자기의 아이디어가 어떻게 도용되고

자기 원고가 어떻게 표절되었는지를 설명했다. 브리소는 자기 인생의 서글픈 성적과 오전 11시 반에 남의 편집 사무실에서 퀘이커 교도가 쓰는 것과 비슷한 먼지가 수북이 쌓인 중절모를 두 손으로 돌리면서 기사거리를 늘어놓는 행동 사이에는 아무런 관련성도 없다고 생각하는 모양이었다. "알겠나, 카미유, 우리 가족은 아주 가난하고 무식했어. 내가 수도사가 되었으면 했지. 그 사람들 생각에는 그게 최고였거든. 난 신앙을 잃었고, 결국에 가서는 가족들한테 털어놓았지. 물론 식구들은 이해를 못했지만. 어떻게 이해하겠나? 우린 생판 서로 다른 언어를 썼어요. 말하자면 식구들은 스웨덴어를 썼고 난 이탈리아어를 썼고, 가족들하고 사이가 그랬지. 그러니까 식구들이 그럼 변호사는 될 수 있는 거 아니냐고 하더군. 어느 날 길을 따라서 걸어가는데 동네 이웃이 이러더라, '저기 좀 봐라, 장비에 씨가 법원에서 퇴근하네.' 그러면서 배가 볼록 나오고 저녁 일거리를 끼고서 총총히 가는 맹해 보이는 변호사를 가리키는 거야. 그러면서 이러더군. '너도 고생을 견디면 언젠가 저렇게 된다.' 심장이 멈추더라고. 그래 알았다니까, 말이 그렇다는 거지, 그런데 정말 그랬어, 심장이 꽉 뭉쳤다가는 쿵 하고 배 밑으로 떨어지더라니까. 속으로 생각했지, 무슨 소리, 어떤 고생을 하더라도, 감옥에 처박히는 한이 있더라도, 저렇게 되지는 말자. 그런데 가만 보면 그 사람은 그리 맹해 보이지는 않았다는 거야. 돈도 있겠다, 예우도 받겠다, 없는 사람을 괴롭히는 것도 아니겠다, 그리고 얼마 전에는 재혼도 했겠다, 아주 예쁜 아가씨하고……. 그런데 왜 난 끌리지가 않았을까? 사는 게 이런 거지, 이 정도면 나쁘지 않은 거지, 뭐 이렇게 생각할 수도 있었는데 말이야. 하지만 어쩌겠나, 안정된 수입, 편한 생활이 전부는 아니잖아?"

데물랭의 괄괄한 조수 하나가 문을 열고 고개를 들이밀었다. "어이 카미유, 자네를 찾는 여자분이 계시네. 맨날 여자 꽁무니만 좇는 줄 알았더니 오늘은 어쩐 일로 여자가 찾아왔네." 테루아뉴가 사무실로 성큼 들어왔다. 흰 드레스를 입었는데 허리에는 삼색 휘장을 두르고 있었다. 단추를 채우지 않은 국민방위대의 헐렁한 옷이 날씬하고 각진 어깨에 드리워져 있었다. 산들바람에 날리는 갈색 곱슬머리가 폭포수처럼 흘러내리고 있었다. 평생 미용사 근처에는 가본 적이 없는 사람처럼 보이게 만드는, 비싼 미용사한테 한 머리였다. "안녕, 잘 지내요?" 테루아뉴가 말했다. 그녀의 태도는 이 짧고 민주적인 인사와 겉돌았다. 그녀는 육감적인 흥분과 에너지를 뿜어냈다.

브리소가 책상에서 껑충 뛰어내리더니 테루아뉴의 어깨에 걸쳐 있던 옷을 살며시 들어올려 잘 개어서 빈 의자 위에 두었다. "군복을 벗으니까 흰 드레스를 입은 예쁘장한 아가씨네." 테루아뉴는 언짢았다. 헐렁한 옷 주머니가 묵직했다. "총기를 갖고 다니시네?" 브리소가 놀랐다.

"앵발리드 병원을 덮쳤을 때 얻은 거예요. 생각나죠, 카미유?" 그녀는 방을 휙 가로질러서 왔다. "요 몇 주는 거리에서 통 안 보이네요."

"그야, 두각을 나타내지 못했으니까요. 당신하고 달리." 데물랭이 뇌까렸다.

테루아뉴는 데물랭의 손을 잡더니 손바닥이 위로 오게 했다. 7월 13일에 머리카락보다 두껍지 않지만 총검에 베어 생겨난 자국이 데물랭의 손바닥에 아직도 희미하게 남아 있었다. 테루아뉴는 생각에 잠긴 얼굴로 자기 집게손가락을 상처를 따라서 죽 그었다. 혼란스러운지 브리소의 입이 약간 벌어졌다. "내가 방해되는 거 아닌지 모르겠네."

"전혀 아니에요." 테루아뉴에 관한 소문이 뤼실의 귀에 들어가는 것은 데물랭에게 가장 끔찍한 일이었다. 데물랭이 알기로 안 테루아뉴는 정숙하고 나무랄 데 없는 삶을 살고 있었다. 이상한 일은 그녀가 기를 쓰고 정반대 인상을 주려고 애쓰는 것처럼 보인다는 사실이었다. 왕당파 쪽의 저급 신문들은 무엇이든지 바로 낚아채어 갈겨댔다. 테루아뉴는 그런 신문들에게는 하늘이 내린 선물이었다.

"내가 당신을 위해 좀 써드릴까요?"

"한번 해보시던가요. 그렇지만 내 눈은 아주 높아요."

"거절하시겠다는 말씀인가요?"

"아무래도 그래야겠는데요. 사실은 글을 주겠다는 사람이 너무 많아서요."

"우리가 중심만 잘 잡는다면 그렇겠지요." 그렇게 말하고 테루아뉴는 브리소가 아까 놓아 두었던 윗옷을 의자에서 집어 들고는 브리소의 움푹한 볼에다 입을 맞추면서 이상한 선심을 베풀었다.

테루아뉴는 여성의 땀내와 라벤더 향기를 남기고 떠났다. "칼론 그자가 라벤더 증류수를 썼지. 기억나나?" 브리소가 물었다.

"난 그쪽 동네는 얼씬도 안 해서요."

"그래, 그 친구가 썼어."

브리소라면 알 것이다. 브리소라면 정말 모르는 게 없을 것이다. 그는 인간의 형제애를 믿었다. 유럽의 계몽된 사람들이 모두 모여서 머리를 맞대고 좋은 정부를 논하고 예술과 과학을 발전시켜야 한다고 믿었다. 그는 제러미 벤담과 조지프 프리스틀리를 알았다. 노예제에 반대하는 모임을 이끌었고 법 체계와 잉글랜드의 의회 제도와 사도행전에 관해 썼다. 브리소는 스위스와 미국과 바스티유의 감방과 런던 브롬프턴 거리의 아파트를 거쳐서 파리 그레트리 거리에 있는 비좁은 아파트에 도착했다. 토머스 페인은 (브리소의 말로는) 그의 대단한 친구였고 조지 워싱턴이 그의 조언을 구한 적도 한두 번이 아니었다. 브리소는 낙천주의자였다. 그는 상식과 자유애가 언제나 승리하리라 믿었다. 데물랭에게 친절했고 도움을 주려고 했고 은근히 형님 노릇을 했다. 브리소는 지나온 삶에 대해서 말하기를 좋아했고 앞으로 펼쳐질 좋은 날들을 자축했다.

지금은 테루아뉴가 찾아와서 아마 입맞춤까지 해줘서인지는 몰라도 여기까지 오느라 얼마나 힘들었는지를 토로하면서 알다가도 모를 것이 인생이라며 회고조로 돌아갔다. "내가 고생 좀 했지. 아버지가 죽고, 얼마 있다가 어머니는 실성을 하고."

데물랭은 책상에 머리를 박고 웃고 또 웃었다. 저러다 어떻게 되겠다 싶을 정도로 웃어댔다.

금요일이면 프레롱이 대개 사무실에 나타났다. 데물랭은 나가서 몇 시간 동안 점심을 먹었다. 그러고 나서는 사과를 할지 말지를 결정하는 영장 대책 회의를 열었다. 데물랭은 술이 아직 덜 깼으므로 죽어도 사과하지 않았다. 〈프랑스 혁명〉 직원들은 마음 편히 쉴 때가 없었다. 소름 끼치도록 좋은 아이디어가 떠오르면 한밤중에도 침대 밖으로 뛰쳐나오리라 마음먹은 사람들이었다. 거리에서 사람들이 뱉어대는 침을 맞는 게 그들의 팔자였다. 매주 활자가 없어지고 나면 데물랭은 다시는 못해먹겠다, 이번이 정말로 마지막이라고 입버릇처럼 말했다. 하지만 다음 주 토요일이면 신문은 다시 나왔다. 피해자들이 협박과 공갈과 고소로, 돈과 흉기와 법원의 친구들로 데물랭에게 겁을 주었다고 누군가가 생각한다는 것 자체를 데물랭은 도저히 참을 수가 없었다. 글을 쓸 시간이 와서 펜을 손에 쥐면 그는 결과 따위는 생각하지 않고 문체만 생각했다. 내가 도대체 왜 섹스에 연연했단 말인가, 데물랭은 생각했다. 살아 숨 쉬는 이 세상에서 우아하게 박힌 세미콜론처럼 만족감을 주는 것이 또 어디 있단 말인가. 일단 종이와 잉크가 손에 들어오면 명성에 먹칠을 하고 사람들의 인생을 망칠 셈이냐며 데물랭의 양심에 호소해봐야 소용없었다. 달콤한 독액 같은 것이 그의 핏줄 속으로 흘렀다. 그것은 최상의 코냑보다도 감미로웠고 머리를 더 빨리 핑 돌게 만들었다. 어떤 사람들이 아편을 갈구하는 것처럼 그는 조롱과 독설과 욕설의 진수를 과시할 기회가 오기를 갈구한다. 아편은 감각을 가라앉히지만 좋은 시론은 목이 메게 만들고 심장이 쿵쿵 뛰게 만든다. 글쓰기는 내리막 질주다. 멈추고 싶어도 멈출 수가 없다.

다사다난했던 한 해를 마무리 지으려는 음모들이 조용히 진행된다. 라파예트는 오를레앙 공이 10월 폭동*에 개입한 증거를 찾고 있으며 증거가 나오면 파고들겠다고 오를레앙 공에게 말한다. 라파예트는 오를레앙 공이 나라를 뜨기를 바란다. 미라보는 자신이 벌이는 일에 오를레앙 공이 꼭 필요하므로 그가 파리에 있기를 바란다. "누가 당신에게 압력을 넣는 겁니까?" 미라보는 캐묻는다. 짚이는 데가 없어서 묻는 것은 아니었다.

오를레앙 공은 혼란스럽다. 지금쯤은 왕이 되었어야 하는데 그는 왕이 아니다. "자네가 판을 벌였는데 엉뚱한 자들이 가로채는군." 그는 드 실레리에게 푸념한다.

드 실레리도 공감한다. "항해가 순조롭지 않죠?"

---

* 루이 16세 일가를 베르사유에서 파리의 튈르리로 옮기게 만든 1789년 10월 5일~6일의 봉기를 가리킨다.

"제발 좀. 오늘 아침은 항해 비유를 들을 기분이 아니네." 오를레앙이 말한다.

공작은 두렵다. 미라보가 두렵고 라파예트가 두렵다. 더 두려운 쪽은 라파예트다. 의회에 앉아서 누구에게든 어떤 일에든 반대를 일삼으면서도 절대로 목소리를 높이지 않고 절대로 화도 내지 않는, 안경 너머 온화하지만 단호한 눈빛을 지닌 로베스피에르 대의원도 두렵다.

10월 5일 사건이 있고 나서 미라보는 왕가의 탈출 계획을 구상했다. 이제는 '탈출'이라는 말을 써야 하는 상황이다. 왕비는 미라보가 혐오스럽지만 미라보는 자신이 왕실에 필요한 사람처럼 보이도록 상황을 몰고 간다. 미라보는 라파예트를 경멸하지만 라파예트도 써먹을 구석은 있다고 믿는다. 라파예트 장군은 첩보 기관의 자금줄을 쥐고 있다. 즐기기도 하고 비서들에게 월급도 주고 형편이 어려운 젊은이들의 재주를 마음껏 부리려면 이것은 결코 무시 못할 문제다.

"그 사람들이 나한테 돈을 주더라도 그 사람들은 나를 매수한 게 아니야. 누군가 나를 믿어주기만 해도 내가 그렇게 치사하게 굴 필요가 없잖아. 안 그러니까 내가 술수를 부리는 거지." 백작이 말한다.

"맞는 말씀입니다만 어르신, 제가 어르신이라면 그 경구를 동네방네 떠들고 다니지는 않겠습니다." 퇴치가 무표정하게 말했다.

그동안 라파예트 장군은 생각에 잠겼다. "미라보는 사기꾼이야. 내가 그자의 계략을 폭로하기로 마음만 먹으면 그자는 한 방에 간다. 그자를 장관에 앉힌다는 건 말도 안 되는 소리야. 워낙 부패한 자 아닌가. 그런데도 인기가 줄지 않는 걸 보면 참 희한하다. 줄긴커녕 늘어나는 거 아닌가. 확실히 늘어나고 있다 이 말이야. 그자에게 자리를 줘서, 대사 자리라도 앉혀서 프랑스 밖으로 내몰아야겠는데……." 그는 차갑게 말했다. 라파예트는 숱이 적은 금발을 손가락으로 쓸었다. 오를레앙 같은 인간은 심부름꾼으로도 쓰지 않겠노라고 미라보가 전에 사람들 있는 자리에서 말한 것은 다행스러운 일이었다. 그 두 사람이 서로 손을 잡는다면……. 아니, 절대로 있어서는 안 될 일이다. 오를레앙은 프랑스를 떠야 하고 미라보는 구워삶아야 하고 왕은 밤이고 낮이고 국민방위대 여섯 명을 붙여서 지켜야 하고 왕비도 그렇게 해야 한다. 오늘 밤엔 미라보와 저녁을 먹으면서 제안을 하리라……. 라파예트는 언제부터인가 말없이 생각에 빠져들었다. 혼자서 하는 말이니까 문장이 어디에서 시작하고 끝나고는 중요하지 않았다. 믿을 사람은 자기 말고는 아무도 없었다. 그는 고개를 들어 거울을 보면서 코르들리에의 격문들이 그토록 웃음거리로 삼은 마르고 창백하고 머리숱이 빠지기 시작하는 얼굴을 바라보았다. 그리고 한숨을 쉬며 텅 빈 방에서 나갔다.

미라보 백작이 라 마르크 백작에게:

어제 늦게 라파예트를 보았습니다. 자리와 보수를 제안하기에 거절했습니다. 핵심 대사관을 서면으로 약속했으면 좋겠고 보수의 일부는 내일까지 저한테 전달되었으면 좋겠습니다. 라파예트는 오를레앙 공을 몹시 불안해합니다. …… 일천 루이 금화가 당신 눈에 무분별하게 보인다면 청하지 않겠습니다만, 그러나 나한테는 지금 그 액수가 시급히 필요합니다.

오를레앙은 시무룩한 얼굴로 라클로와 함께 런던으로 떠났다. 공식 발표는 '외교 업무'였다. 홍보가 전해졌을 때 데물랭은 미라보와 함께 있었다. 백작이 욕을 하면서 방 안을 휘젓고 다녔다고 데물랭이 말했다.

백작에게 실망스러운 일은 또 있었다. 11월 초 의회는 대의원이 장관이 되는 것을 불허하는 동의안을 통과시켰다.

"나를 몰아내려고 작당을 하는군." 미라보가 악을 썼다. "라파예트의 짓이지, 라파예트의 짓이야."

"고정하시지요, 그러다가 건강이 상하실까 봐 걱정이 됩니다." 노예 클라비에르가 말했다.

"괜찮아, 얼마든지 나를 우습게 보고 비웃고 내버리라고 해." 백작은 노발대발했다. "돈으로 관직을 사려는 놈들. 형편이 좋을 때만 친한 척하는 것들. 가련한 돼지새끼들."

"보나마나 각하를 겨눈 조치입니다."

"그 자식을 박살내겠어. 자기가 크롬웰이라도 되는 줄 아나?"

1789년 12월 3일. 조르주자크 당통 변호사는 위에 드 페시 변호사와 프랑수아즈쥘리 뒤오투아 양에게 이자 천오백 리브르와 함께 도합 일만 이천 리브르를 지불했다.

장인에게 말해야겠다고 생각했다. 장인은 마음에서 큰 짐을 덜 것이다. "하지만 열여섯 달이나 빠른 것 아닌가!" 샤르팡티에가 말했다. 그는 수입과 지출을 헤아리면서 머릿속으로 따져보았다. 그는 웃었고 침을 꿀꺽 삼켰다. "이젠, 마음이 좀 놓이겠구먼."

샤르팡티에는 속으로는 말도 안 된다고 생각했다. '이 사람아, 자네 도대체 무슨 일을 벌이려는 건가?'

2장

가브리엘과 뤼실

(1790)

'우리의 성격이 우리의 운명'이라고 펠리시테 드 장리스는 말한다. "평범한 이들은 그런 까닭에 운명이 없고 그저 운에 놀아난다. 아름답고 똑똑하고 반짝이는 아이디어가 있는 여자는 범상치 않은 사건들로 가득 찬 삶을 누려야 마땅하다."

우리는 지금 1790년에 와 있다. 어떤 사건들이 가브리엘을 덮친다. 그중에는 범상치 않은 사건들도 있다.

올해 5월 나는 그이에게 아들을 주었다. 우리는 아이를 앙투안이라고 불렀다. 앙투안은 튼튼해 보이지만, 첫 아기도 튼튼해 보였다. 우리는 이제 첫 아이 이야기는 절대로 하지 않는다. 하지만 가끔 조르주가 그 아이 생각을 한다는 걸 나는 안다. 그이의 눈에 눈물이 맺힌다.

더 큰 세상에서 벌어진 그밖의 일도 들려주련다. 1월에 남편이 정육업자 르장드르와 같이 코뮌에 뽑혔다. 평소에는 늘 코뮌을 비판했고 특히 바이 시장을 비판하던 그이가 나서서 그런 자리에 오르는 걸 보고 난 놀랐지만 놀랐다는 말은 하지 않았다. 요즘 난 어떤 문제고 입을 다문다.

그 일을 시작하기 직전에 마라 박사 일을 처리해야 했다. 당국을 심하게 모욕한 마라에게 체포 명령이 떨어졌다. 마라는 우리 지구 안에 있는 포트리에르 호텔에 묵고 있었다. 마라를 체포하러 관리 네 명이 나왔지만 한 여자가 달려가서 알려주었고 마라는 달아났다.

조르주가 왜 마라를 걱정하는지 난 이해가 안 갔다. 보통 때는 마라의 신문을 집에 들고 와서 방에서 읽다가는 "쓰레기, 쓰레기, 쓰레기!" 고함을 지르고 냅다 집어 던지거나, 어쩌다가 벽난로 근처에 서 있을 때는 그리로 집어넣기 일쑤였다. 하지만 어쨌거나 이건 원칙 문제라고 그이는 말했다. 조르주는 지구 의회에서 우리 지구에서는 내 허락 없이는 아무도 잡혀가지 않을 것이라고 말했다. "여기서는 나한테서 영장이 나온다."

마라 박사는 은신했다. 당분간은 신문이 못 나올 테니 좀 조용히 살겠구나 싶었다. 하지만 데물랭 생각은 달랐다. "그렇다면 서로 도우면서 살아야겠지. 다음 호는 제 시간에 맞춰서 내가 낼 수 있어." 다음 호 신문은 시청 사람들을 더 심하게 모욕했다.

1월 21일 지금은 우리 지구 대대장인 빌레트 씨가 와서 조르주를 다급하게 찾았다. 조르주가 사무실에서 나왔다. 빌레트 씨는 종이쪽지 한 장을 흔들고 나서 말했다. "라파예트의 지시예요. 마라를 반드시 체포하라는. 어떻게 하죠?"

조르수가 말했다. "포트리에르 호텔 주변에 차단선을 치시오."

그러고 나서 치안관이 보낸 장교들이 다시 영장을 들고 나타났다. 천 명을 앞세우고.

조르주는 불같이 화를 냈다. 외국 군대가 쳐들어왔다고 말했다. 지구 전체가 쏟아져 나왔다. 조르주는 지휘관을 찾아서 그리로 걸어가서 말했다. "이 병력으로 뭘 하시겠다는 건가? 내가 종을 치면 바스티유를 무너뜨린 생탕투안 전체가 발칵 뒤집혀. 무장한 장정 2만 5천 명을 거리로 불러낼 수 있지, 바로 저렇게 말이야." 조르주는 남자의 코 앞에서 자기 손가락을 뚝뚝 꺾었다.

"창밖으로 머리를 내밀어보게." 마라가 말했다. "당통이 무슨 말을 하는지 들어봐. 나도 머리를 내밀고 싶지만 누군가가 내 머리를 날려버릴 것 같아서."

"대대장 새끼 어디 있어, 하고 말하네요."

"미라보하고 바르나브한테 편지를 썼다네." 마라는 금빛 반점이 박힌 피로에 젖은 눈을 데물랭 쪽으로 돌렸다. "그 사람들한테 각성이 필요하다 싶어서 말이야."

"답장은 안 왔겠지요."

"응." 마라는 생각에 잠겼다. "난 온건주의를 버리겠네."

"온건주의가 선생님을 버리는 거겠죠."

"그렇군."

"당통이 선생님 쪽으로 목을 쑥 잡아 빼는데요."

"표현 한번 좋고."

"저도 이런 표현이 어디서 나오는지 잘 모르겠어요."

"저자들이 왜 자네는 체포하지 않는 거지? 난 10월부터 도망 다니는데." 마라는 방 안을 서성이면서 중얼중얼 독백을 하며 이따금 몸을 긁었다. "이번 사건으로 당통은 환골탈태할 수도 있어. 우리는 좋은 사람이 부족해. 승마 연습장은 날려버려도 크게 잃을 것 없고. 조금이라도 쓸 만한 구석이 있는 대의원은 기껏 대여섯 명이거든. 뷔조는 좀 바른 생각을 하지만 더럽게 고상하고. 페티옹은 바보고. 로베스피에르한테는 희망을 좀 걸지만."

"저도 그렇습니다. 하지만 그 친구가 내놓은 안이 통과되는 걸 단 한 번도 못 봤어요. 그 친구가 어떤 동의안을 지지한다는 이유만으로도 대부분의 대의원이 반대표를 던지거든요."

"그래도 뚝심이 있잖아." 마라가 잘라 말했다. "승마 연습장은 프랑스가 아니거든. 자네로 말할 것 같으면, 자넨 심장은 제대로 박혔지만 정신이 나갔고. 당통은 존중하지. 뭔가 할 친구야. 내가 정말 보고 싶은 건—" 그는 말을 끊고, 목에다 돌돌 만 꾀죄죄한 수건을 잡아당겼다. "인민이 왕을, 왕비를, 대신들을, 바이를, 라파예트를, 승마 연습장을 쓸어버리는 모습이야. 난 정말 당통과 로베스피에르가 나라를 다스리는 걸 보고 싶다네. 나도 그 친구들을 감시해야 할 테고 말이야." 마라는 웃었다. "꿈은 꿀 수 있잖아."

가브리엘: 그날 내내 그런 상태가 이어졌다. 우리 지구 사람들은 종을 울리고 마라 박사는 안에 있고 라파예트가 보낸 군대는 차단선을 에워쌌다. 조르주는 우리가 괜찮은지 확인하러 집에 왔다. 아주 차분해 보였지만 거리로 나갈 때마다 분노가 솟구치는 것처럼 보였다. 그는 군인들 앞에서 연설을 하면서 이렇게 말했다. "원한다면 내일까지 여기에 있어도 좋지만 여러분이 이런다고 달라질 일은 조금도 없을 것이오."

그날 힘힌 밀이 많이 나왔나.

아침이 밝아 오자 우리 사람들과 저쪽 사람들이 말을 주고받기 시작했다. 정규군도 있었고 자원 병사도 있었지만, 어차피 다른 지구들에서 온 우리 형제들이니 당연히 우리와 싸우지 않을 거라고 사람들은 말했다. 데물랭도 돌아다니면서 그들이 '인민의 벗'인 마라를 체포할 리가 없다고 말하고 다녔다.

조르주는 의회로 내려갔다. 그들은 조르주에게 발언 기회를 주지 않았고 코르들리에 지구가 법을 존중해야 한다고 밝힌 동의안을 통과시켰다. 조르주는 한번 밖에 나갔다 하면 감감무소식이었다. 난 그저 할 일만 찾았다. 상상이 가시는지. 변호사와 결혼한 줄 알았는데 어느 날 보니 나는 전장에서 살아가고 있다.

"옷 여기 있습니다, 마라 박사님." 프랑수아 로베르가 말했다. "당통 씨가 옷이 잘 맞으면 좋겠다고 했어요."

"글쎄. 난 기구를 타고 탈출하고 싶었는데. 오래전부터 기구를 타고 올라가고 싶었거든." 마라가 말했다.

"구할 수가 없었습니다. 시간이 촉박해서."

"보나마나 해보지도 않았으면서."

마라가 세수를 하고 면도를 하고 프록코트를 입고 머리를 빗고 나자 프랑수아 로베르가 말했다. "멋지십니다."

"높은 동네에서 살던 시절에는 항상 잘 빼입고 다녔지."

"그런데 어쩌다가?"

마라가 눈을 부라렸다. "인민의 벗이 되었다니까."

"그래도 옷은 남들처럼 입고 다닐 수 있지 않습니까? 가령 선생님께서 애국자라고 말씀하시는 로베스피에르 대의원만 하더라도 항상 말쑥하게 차려입고 다니거든요."

"로베스피에르 씨도 좀 가벼운 데가 있는 게로군." 마라가 천연덕스럽게 말했다. "나야, 하루 스물네 시간 혁명만 생각하니 어디 사치에 쓸 시간이 있어야 말이지. 자네도 큰사람이 되려면 그리 해야 하네. 이제, 밖으로 나가서 차단선을 뚫고 라파예트 군대를 뚫고 걸어나가겠네. 솔직히 흔히 보이는 모습은 아니네만 미소도 지으면서 당통 씨가 사려 깊게 보내준 지팡이를 우아하게 흔들면서 당당한 분위기를 풍겨야지. 동화책 같지 않나. 그러고는 잉글랜드로 가서 소란이 가라앉을 때까지 기다려야지. 그래야 자네들도 마음을 놓을 거 아닌가."

가브리엘: 문 두드리는 소리가 났을 때 나는 어쩔 줄 몰랐다. 알고 보니 위층에 사는 어린 루이즈였다. "저 밖에 나가봤어요, 당통 부인."

"어머, 그러면 안 돼."

"무섭지 않아요. 어차피 ― 끝났거든요. 군대가 흩어지고 있어요. 라파예트가 겁먹었어요. 그리고 비밀을 한 가지 말해줄게요, 당통 부인. 데물랭 씨가 말씀드리랬어요. 이젠 마라도 저 안에 없어요. 한 시간 전에 보통 사람으로 변장하고 빠져나갔어요."

몇 분 뒤 조르주가 집에 왔다. 그날 밤 우리는 파티를 열었다.

다음 날 조르주는 일을 보러 시청에 갔다. 다시 소동이 벌어졌다. 조르주를 막아서면서 법 질서를 존중하지 않았으니 당신은 코뮌의 일원이 될 권리가 없다고 말하는 사람들이 있었다. 그가 자기 지구에서 왕처럼 굴었다고 했다. 혁명을 선동하라고 잉글랜드에서 주는 돈을 받았다거나, 더는 혁명을 악화시키지 말라고 왕실에서 주는 돈을 받았다거나, 조르주에 대해서 항간에 안 좋은 이야기들이 나돌고 있다고 했다. 어느 날 로베스피에르 대의원이 찾아왔고 두 사람은 조르주를 비방하는 사람이 누구인가를 놓고 이야기를 나누었다. 로베스피에르 대의원은 당신만 그런 일을 당하는 것이 아니라고 했다. 그분은 조르주에게 아라스에 사는 동생 오귀스탱한테 받았다는 편지를 읽어보라고 주었다. 아라스 사람들은 왕을 죽이려고 하는 불경한 사람이라고 그분을 몰아세우는 모양이었지만 그건 말도 안 되는 소리인 것이 나는 그분보다 더 온화하게 행동하는 사람을 본 적이 없다. 그분이 가여웠다. 그들은 또 조르주가 '왕당파의 걸레'라고 부르는 신문에다가 그분이 선왕을 죽이려고 시도한 다미앵의 후손이라는 말도 안 되는 글을 실었다. 망신을 주려고 일부러 이름도 틀리게 적었다. 그분이 임기가 정해져 있는 자코뱅 클럽 의장에 뽑혔을 때 라파예트는 항의하면서 걸어 나갔다.

앙투안이 태어난 다음 조르주의 어머니가 아기를 보러 시골에서 며칠 올라왔다. 조르주의 새아버지는 오고 싶었지만 방적기를 발명하느라 도저히 짬을 낼 수가 없다고 하는데, 말이 그렇다는 것이고 그 가엾은 사람은 며칠이라도 혼자서 있고 싶었으리라. 몸서리가 쳐졌다. 이런 말 하기는 싫지만 나는 조르주의 어머니 르코르댕 부인처럼 정떨어지는 여자는 생전 처음 보았다.

처음 와서 대뜸 한다는 소리가 이랬다. "파리는 지저분하구나, 어떻게 이런 곳에서 아이를 키우니? 괜히 첫아이를 잃은 게 아니구나. 아이가 젖을 떼면 아르시로 보내는 게 좋겠다."

네, 참 좋은 생각이시네요, 소뿔에 받쳐서 평생 흉터도 남고. 난 속으로 생각했다.

그러더니 르코르댕 부인이 돌아서서 말했다. "이 벽지 돈 좀 들었겠다."

처음 식사를 하면서는 채소를 걸고 넘어졌고 요리사한테 얼마를 주느냐고 물었다. "너무 많네." 그 여자가 말했다. "그건 그렇고 그 돈이 다 어디서 나오니?" 난 조르주가 얼마나 열심히 일하는지 설명했지만 르코르댕 부인은 콧방귀만 뀌면서 조르주 또래의 변호사들이 얼마나 버는지 자기는 잘 알고 있으며 이런 궁전 같은 저택에서 여편네가 호사를 누리려면 그 정도로는 턱도 없다고 말했다.

나는 졸지에 호사를 누리는 여편네가 되었다.

같이 장을 보러 갔을 때에는 물가가 자신을 모독한다고 느끼는 모양이었다. 고기가 괜찮다는 건 그 여자도 인정했지만 르장드르는 평민이라면서 정육점 하는 사람하고나 어울리라고 자기가 지극정성으로 조르주를 키운 건 아니라고 했다. 기가 막혔다. 르장드르가 요즘에도 피가 뚝뚝 떨어지는 고기 덩어리를 싸고 있는 것도 아닌데. 요즘에는 그가 앞치마를 두른 모습을 통 보지 못한다. 르장드르는 변호사처럼 검은 외투를 입고 시청에서 조르주 옆에 앉아 있다.

르코르댕 부인은 아침이면 이렇게 말했다. "난 아무 데도 안 가도 돼." 하지만 막상 아무 데도 안 가면 저녁때 이런 말이 나왔다. "이렇게 멀리 와서 벽만 바라보고 앉았구나."

루이즈 로베르한테 부인을 데리고 가기로 했다. 워낙 잘나신 분이니까 양갓집에서 태어난 루이즈가 제격이다 싶었다. 루이즈는 그렇게 싹싹할 수가 없었다. 공화국이나 라파예트나 바이 시장에 대해서는 한마디도 하지 않았다. 대신 부인에게 가게에 있는 물건을 모두 보여주면서 그 모든 향신료가 어디에서 오는지 어떻게 재배되는지 어떻게 준비되고 어디에 쓰이는지를 설명하고 좋은 것으로 챙겨서 집에 가져가시라고 선물을 주기까지 했다. 하지만 10분이 지나자 사모님께서는 화가 난 얼굴이었고 난 루이즈한테 작별을 고하고 뒤쫓아 나와야 했다. 거리로 나오자 르코르댕 부인이 말했다. "여자가 자기보다 신분이 낮은 사람한테 시집가는 건 꼴불견이라니까. 눈이 낮다는 소리지. 결혼도 안 하고 그냥 동거하고도 남을 사람들이지."

조르주가 말했다. "가브리엘. 어머니가 왔다고 해서 친구들을 부르지 말란 법은 없잖아. 저녁에 사람들을 좀 부릅시다. 어머니가 좋아할 만한 사람들로. 젤리네는 어떨까? 어린 루이즈하고?"

난 조르주 쪽에서 양보하는 것임을 알았다. 조르주는 젤리 부인을 썩 좋아하지 않았다. 벌써 얼굴에 긴장이 드러났다. 난 달리 할 말이 없었다. "그건 안 돼요, 벌써 만났거든. 당신 어머니는 젤리 부인이 메스껍고 가소롭고 소녀의 탈을 쓴 할망구라고 생각해요. 루이즈는 되바라지고 회초리를 맞아야 한다고 생각하고요."

"허." 조르주가 말했다. 당신답지 않게 참 관대하네요, 조르주. "괜찮은 사람이 있을 텐데. 없을까?"

난 아네트 뒤플레시에게 쪽지를 보내서 제발 뤼실을 저녁 식사에 보내 달라고 사정했다. 조르주의 어머니가 와 계시지만 전혀 문제될 것 없고 하나도 어색하지 않을 거라는 식으로 말했다. 그래서 뤼실이 허락을 받고 왔다. 파란 리본이 달린 하얀 드레스를 입고 나타나서는 르코르댕 부인에게 샹파뉴 생활에 대해서 온갖 교양 있는 질문을 던지면서 천사처럼 굴었다. 신문을 만들 때 말고는 사실 거의 언제나 그랬지만 카미유도 그렇게 예의 바를 수가 없었다. 물론 신문 과월호는 일찌감치 치워 두었다. 파브르도 불렀다. 대화를 이어나가는 데 능숙해서였다. 과연 그는 르코르댕 부인을 상대로 사투를 벌였다. 하지만 그 여자는 파브르를 계속 모욕했고 나중에는 파브르도 두 손 들고 내가 그렇게 미리 주의를 주었건만 관람용 안경을 들어 그 여자를 물끄러미 뜯어보기 시작했다.

우리가 커피를 마시는데 르코르댕 부인이 밖으로 나갔다. 부인은 우리 침실의 창턱을 손으로 만지면서 먼지가 없나 살피고 있었다. 나는 다가가서 아주 공손하게 말했다. "무슨 걱정이라도 있으세요?" 그러자 부인은 매우 못마땅한 목소리로 말했다. "네 남편 옆에 있던 아가씨를 조심하지 않으면 큰일 난다."

그 말이 무슨 뜻인지 난 얼른 알아듣지 못했다.

"그리고 또 하나 말하겠는데, 네 남편하고 같이 있던 녀석도 조심하는 게 좋을걸. 둘이서 결혼한다며? 천생연분이구나."

한번은 승마 연습장 방청석 입장권을 얻었는데 토론이 아주 따분했다. 조르주는 교회 땅을 국민이 접수하는 방안을 이제 곧 논의할지도 모르는데 어머니가 토론장에 있으면 소동을 벌일 거라면서 우리를 밖으로 내몰았다. 안 그래도 어머니는 악당이라고, 배은망덕한 것들이라고 부르면서 후환이 있을 거라고 했다. 로베스피에르 씨가 우리를 보더니 몇 분 동안 같이 있으면서 아주 친절하게 대해주었다. 그는 미라보를 포함해서 중요한 사람들을 가리켰다. 르코르댕 부인은 말했다. "죽으면 지옥으로 직행할 사람이네."

로베스피에르 씨는 웃으면서 나한테 눈짓을 하더니 르코르댕 부인한테 말했다. "어머님은 제가 마음속으로 그리는 이상형입니다." 그 말에서 부인은 하루 종일 기운을 얻었다.

마라 박사의 일로 생긴 여진이 여름 내내 우리에게 그늘을 드리우는 듯했다. 우리는 조르주의 체포 영장이 작성되었고 시청 서랍 속에 있는 그 영장에 먼지가 쌓이고 있음을 알았다. 아침이면 난 그 사람들이 오늘 영장을 꺼내 먼지를 툭툭 털면 어쩌나 가슴을 졸였다. 대책은 마련해 두었다. 조르주가 붙잡혀 가면 난 가방을 싸서 바로 친정에 가고 아파트 열쇠는 파브르에게 주고 나머지 일은 다 파브르에게 맡긴다는 것이었다. 왜 파브르인지는 나도 몰랐다. 아마 항상 붙어 있어서겠지.

이즈음이면 조르주의 일은 아주 복잡해졌다. 사무실에서는 별로 시간을 보내지 않는 모양이었다. 쥘 파레가 유능한 모양이다. 돈은 계속 들어오니까.

그해 초에 무슨 일인가 벌어졌는데 조르주 말로는 그 일은 당국이 조르주를 몹시 두려워한다는 것을 보여주었다. 당국은 우리 지구를 비롯해서 모든 지구를 폐쇄하고 파리를 투표구 중심으로 재편했다.* 이제부터는 선거를 위해서가 아니면 시민들은 어떤 지구에서도 공공 집회를 열 수 없었다. 이미 당국은 우리의 국민방위대 부대를 '코르들리에'로 부르지 못하게 했다. 그들은 우리는 그저 '3번'으로 불려야 한다고 말했다.

조르주는 그 정도로는 코르들리에를 죽일 수 없을 것이라고 말한다. 그러면서 우리는 자코뱅과 비슷하지만 그보다 더 나은 클럽을 가질 것이라 말한다. 파리 어느 곳에 살더라도 참가할 수 있으니 불법이라고 꼬투리 잡힐 일도 없다. 정식 이름은 '인간과 시민의 권리의 벗 협회'이지만 처음부터 모두 이 모임을 '코르들리에 클럽'이라고 부른다. 처음에는 무도장에서 모임을 열었다. 원래는 낡은 코르들리에 수도원에서 모이고 싶었지만 시청에서 건물을 봉쇄했다. 그런데 어느 날 아무 설명 없이 봉쇄가 풀렸고 안으로 들어갈 수 있었다. 루이즈 로베르는 오를레앙 공이 힘을 썼다고 말한다.

---

* 1790년 5월 국민의회는 파리의 60개 지구(district)를 폐지하고 48개 구(section)로 대체하는 법령을 가결했다. 1789년 삼부회 선거를 앞두고 파리 시는 60개 지구로 구획되었는데, 선거가 끝난 뒤에도 시민들은 지구 단위로 계속 모임을 열고 공적 업무에 참여하고자 했다. 지구가 일종의 상설 자치체 역할을 했던 것이다. 그러나 국민의회는 파리가 자율적인 특수 조직으로 존속하는 것을 원하지 않았기 때문에 1790년 5월 21일~6월 27일 법령으로 지구를 구로 대체했다. 구들은 단순한 선거구가 되어 투표가 끝나면 곧 해산해야 했다.

자코뱅 클럽에 들어가기는 어렵다. 연회비가 높고 많은 회원의 추천을 받아야 가입할 수 있고 회의도 아주 딱딱하다. 한번은 조르주도 연설을 하러 갔는데 불쾌했던 모양이었다. 괄시를 받았다고 한다.

코르들리에에서는 누구나 와서 연설할 수 있었다. 그래서 배우도 변호사도 이 근방에서 장사하는 사람들도 많이 왔지만 거리로 나가면 바로 눈에 띄는 꽤나 거칠어 보이는 사람들도 있었다. 물론 난 회의가 있을 땐 한 번도 안 갔지만 그 사람들이 예배당을 어떻게 했는지는 내 눈으로 보았다. 예배당은 을씨년스럽고 횅뎅그렁했다. 누군가가 창문을 깨뜨리면 수리하는 데에 몇 주일은 걸렸다. 집에서는 그렇게 편하게 지내고 싶어 하면서 밖에서는 왜 그런 데에 통 신경을 안 쓰는지 남자들이란 도무지 알 수가 없다. 안에 들어갔을 때 방치되어 있던 소목장이의 작업대를 의장의 책상으로 썼다. 지금이 난세라서 그렇지 조르주는 사실은 소목장이하고는 할 말이 별로 없었으리라. 앞에 나가서 연설하는 연단은 들보 네 개를 잇고 그 사이에 널빤지를 댔다. 벽에다가는 누가 빨간 페인트로 구호를 적은 옥양목 천을 못으로 박아놓았다. '자유, 평등, 우애'라는 글자였다.

조르주 어머니가 떠나고 이제는 좀 살겠다 싶었는데 조르주가 아르시로 돌아가서 지내고 싶다고 하는 바람에 난 비참해졌다. 천만다행으로 우리는 조르주의 누이 안 마들렌의 집에서 묵었고 놀랍게도 어디를 가나 융숭한 대접과 환대를 받았다. 정말이지 신기하고 당황스러웠다. 안 마들렌의 친구들은 한 발을 뒤로 빼어 깎듯이 목례하면서 왕비라도 되는 것처럼 나를 받들어 모셨다. 처음에 나는 이 고장 사람들이 조르주가 지구 책임자로 잘나간다는 소리를 들었나 보다 생각했지만 얼마 안 가서 그 사람들은 파리에서 나오는 신문도 본 적이 없고 파리에서 무슨 일이 벌어지는지도 크게 관심이

없음을 깨달았다. 사람들은 왕비가 좋아하는 색깔이 뭐냐는 둥 무
슨 음식을 좋아하느냐는 둥 나한테 이상한 것만 물어댔다. 그래서
어느 날 나는 깨달았다. "조르주, 저 사람들은 당신이 국왕참사회에
있으니까 왕이 매일 당신한테 조언을 구한다고 생각하나 봐요."

조르주도 처음에는 어안이 벙벙한 모양이었다. 그러더니 웃었다.
"그래? 고맙기도 해라. 저런 사람들을 두고 난 파리에서 삐딱하고
입만 산 인간들 속에서 살아야 하다니. 사오 년만 기다렸다가 이리
로 돌아와서 농사나 지어야겠어. 파리를 영원히 뜹시다. 가브리엘,
당신 괜찮겠소?"

난 어떻게 대답해야 할지 몰랐다. 신문들과 어물전 여자들과 높
은 범죄율과 가게의 물자난에서 벗어난다고 생각하니 정말이지 가
뿐했다. 하지만 르코르댕 부인이 매일 우리 집에 찾아올 거란 데 생
각이 미쳤다. 나는 아무 대답도 하지 않았다. 가만 보니까 그이가
한번 해본 소리구나 싶어서였다. 그이는 코르들리에 클럽을 포기할
사람이 아니었다. 혁명을 포기할 사람이 아니었다. 들썩이기 시작하
더니 어느 날 저녁 조르주가 말했다. "내일 파리로 돌아갑시다."

그래도 조르주는 새아버지와 오랜 시간을 같이 보냈고 가산을 살
폈고 땅 한 필지를 사는 문제를 놓고 동네 공증인과 상담을 했다.
르코르댕 씨가 말했다. "일하는 솜씨가 제법인데?" 조르주는 웃기
만 했다.

내 기억 속에서 그 여름은 언제나 맑으리라고 생각한다. 내 마음
은 편치 않았다. 내 마음은 무슨 일이 벌어져도 우리는 왕과 왕비에
게, 교회에 충성해야 한다고 믿기 때문이었다. 하지만 곧 사람들이
일을 벌이면 승마 연습장은 왕보다 중요해질 것이고 교회는 한낱
정부 부서 정도가 될 것이다. 난 우리가 권위에 복종해야 함을 알고,

조르주가 그것을 자주 어겼음을 안다. 그건 조르주의 본능이다. 파레한테 들었는데 승마 연습장에서는 조르주를 '상류층 반대자'라고 부른단다. 사람은 자기 안에 있는 최악의 것을 이겨내려고 노력해야 마땅하지만, 난 뭐지? 난 죄를 지으라고 남편이 떠밀지 않는 한 남편에게 순종해야 해서다. 왕비를 도로 오스트리아로 보내야 한다고 말하는 사람들을 위해서 저녁을 차리는 건 죄가 아닌가? 조언을 구하니까 고해 신부는 아내답게 계속 순종하고 남편을 가톨릭 신앙의 품으로 다시 데려오라고 말했다. 도움이 안 되는 말이었다. 그래서 겉으로는 조르주가 하자는 대로 다 하지만 내 마음은 걱정스럽다. 그리고 조르주의 생각이 좀 바뀌기를 날마다 빈다.

그렇지만 우리 일은 다 순조로워 보인다. 언제나 축하할 일이 있다. 바스티유를 접수한 기념일이 돌아왔을 때 프랑스 방방곡곡에서 파리로 대표를 보내왔다.* 샹드마르스에는 거대한 원형극장이 세워졌고 '조국의 제단'이라고 불리는 제단도 차려졌다. 왕도 그 자리에 가서 헌법을 수호하겠노라고 서약했고 오툉 주교 탈레랑이 장엄 미사를 집전했다. (그가 무신론자라서 유감이다.**) 우린 참석하지 않았다. 조르주는 인민이 라파예트의 군화에 입을 맞추는 꼴은 볼 수가 없다고 했다. 바스티유가 있던 자리에서 춤판이 벌어졌고 저녁에는 우리 지구에서도 자축연이 벌어졌다. 우린 밤늦도록 여기저기 잔

---

* 바스티유 함락 1주년을 맞아 파리에서 '연맹제(Fédération nationale)'가 열렸다. 이미 1789년부터 지방에서는 애국파들이 반혁명 세력의 선동에 맞서 '연맹'을 조직하고 제전을 열어 전 국민이 혁명의 대의에 동참하고 있음을 과시하려 했다. 1790년 7월 14일 파리에서 전국의 대표와 국민방위대를 비롯해 약 삼십만 명이 모여 대규모 연맹제를 열었다.

** 탈레랑은 군인을 많이 배출한 귀속 집안에서 태어났지만 다리가 불편해서 군인의 길을 못 걷고 성직자의 길을 걸었다. 집안 배경을 등에 업고 고위 성직자가 되었지만 신앙심과는 거리가 멀었고 혁명 세력의 편에 서서 교회의 특권을 없애는 데 앞장섰다.

치판을 돌아다녔다. 나도 제법 취해서 모두들 나를 보고 웃었다. 하루 종일 비가 퍼부어서 누군가가 이로써 하느님은 귀족임이 증명되었다며 시를 읊었다. 폭우 속에서 폭죽을 터뜨리려고 용을 쓰는 어처구니없는 일도, 조르주의 팔에 기대어 비에 젖어 미끄러운 돌길을 걸으며 새벽녘 집으로 돌아오던 일도 죽어도 잊지 못할 거다. 다음 날 보니 새로 장만한 공단 구두에 물자국이 들어 다신 못 신게 되어 있었다.

우리가 지금 어떤지 봐야 한다. 작년의 우리로 알았다간 큰코다친다. 잘나가는 사모님들은 이제 머리에 분을 뿌리지 않는다. 이제는 머리를 층층이 올리지 않고 자연스럽게 말아서 풀어 내린다. 신사들도 이제는 많이들 분을 뿌리지 않는다. 레이스도 훨씬 수수해졌다. 여자들이 얼굴에 찍어 바르는 것도 예전 이야기다. 궁정에서는 어떤지 몰라도 내가 알기로 아직도 루즈를 바르는 여자는 루이즈 로베르뿐이다. 솔직히 말해서 루이즈는 루즈 없이는 안색이 좀 창백하다. 우린 옷도 아주 수수한 옷감으로 만든다. 가장 유행하는 색은 빨강, 하양, 파랑의 국민색이다. 젤리 부인은 나이 든 여자들한테는 새로운 유행이 불리하다고 말하고 우리 어머니도 같은 생각이다. "그렇지만 넌 레이스와 꽉 끼는 코르셋의 속박에서 벗어날 기회를 잡은 거 아니니." 어머니는 말한다. 난 어머니하고 생각이 다르다. 앙투안이 태어난 뒤로 난 아직 예전 몸매를 되찾지 못했다.

올해 유행하는 보석은 바스티유에서 집어 온 돌 부스러기로 만든 브로치 아니면 목걸이다. 펠리시테 드 장리스한테 '자유'라는 단어를 다이아몬드로 새긴 브로치가 있다고 페티옹 대의원한테 들었다. 우린 맵시 있는 부채도 포기하고 이제 싸구려 막대기와 주름을 넣은 종이에 애국적 장면을 연출하는 밝은 색상을 더해서 부채를 만든다. 남편의 정치적 견해와 어울리지 않는 장면을 보이지 않으려면 아주 조심해야 한다. 월계수를 머리에 꽂은 바이 시장의 초상화나 백마에 오른 라파예트의 초상화는 곤란하지만 오를레앙 공은 괜찮고 바스티유 함락 장면도 괜찮고 데물랭이 팔레루아얄에서 연설하는 모습도 괜찮다. 그렇지만 실물을 지겹도록 보는데 뭣하러 그 사람 초상화를 건단 말인가.

바스티유 기념 행사를 치르고 난 다음 날 아침 삼색 리본이 비에 흠뻑 젖은 채로 우리 집에 와서 드레스 단을 짜내던 뤼실의 모습이 떠오른다. 옥양목이 보기 민망할 정도로 몸에 착 달라붙어 있었고 속옷도 제대로 남아나지 않은 듯했다. 조르주 어머니가 봤으면 뭐라고 했을까! 나도 뤼실을 심하게 나무랐다. 불을 피우고 옷을 벗기고 제일 따뜻한 담요를 찾아내서 뤼실을 감싸주었다. 뤼실한테는 미안한 소리지만 담요를 두른 모습이 아주 곱다. 그녀는 담요 밑으로 맨발을 당겨서 고양이처럼 앉아 있었다.

"어린애도 아니고. 이런 옷을 입었는데도 어머니가 내보내주신 거야?" 내가 말했다.

"틀리면서 배워야 하는 거래요, 엄마는." 뤼실은 하얀 두 팔을 담요 밖으로 내밀었다. "아기 좀 안아볼게요."

난 뤼실에게 우리 앙투안을 넘겼다. 뤼실은 잠시 아이를 안고 다정하게 얼렀다. "카미유가 유명해진 지도 이제 꼬박 일 년이 지났는데 우린 아직 결혼 근처에도 못 갔으니. 임신을 하면 간단하다고 생각했어요, 그럼 서두르게 될 테니까요. 그런데, 그게 말이죠, 침대로 데려갈 수가 없는 거 있죠. 한번 강직한 쪽으로 발동이 걸렸다 하면 카미유는 아무도 못 말려요. 가상 청빈한 정교도가 와도 그 앞에선 명함도 못 내밀어요." 뤼실이 시무룩하게 말했다.

"못된 아가씨네." 내가 말했다. 못됐다는 건 그냥 해본 말이었다. 난 뤼실이 좋다. 나도 모르게 끌린다. 그래, 나도 아주 바보는 아니라서 조르주가 뤼실을 바라보는 걸 알지만, 안 그런 남자가 있어야 말이지. 데물랭은 이제 엎어지면 코 닿을 데에 산다. 정말 근사한 아파트가 하나 생겼고 자네트라고 불리는 좀 성깔 있어 보이는 여자가 살림을 해준다. 어디서 그 여자를 찾아냈는지는 모르지만 자네트는 요리도 잘하고 저녁 손님이 많을 때에는 우리 집에 흔쾌히 와서 도와준다. 에로 드 세셸도 요즘은 상당히 자주 오는데 그럼 당연히 더 정성을 기울인다. 아주 매너가 좋은 남자. 연극을 하는 파브르 친구들하고는 딴판이다. 대의원과 언론인들도 여럿 오는데 마음에 드는 사람도 있고 안 드는 사람도 있지만 난 보통은 내색을 않는다. 조르주는 애국자이기만 하면 인간성은 별로 중요하지 않다고 생각한다. 말은 그렇게 하지만 난 조르주가 가급적 비요바렌하고는 같이 시간을 보내고 싶어 하지 않음을 눈치로 알아차렸다. 오다가다 조르주 일을 돕곤 하던 사람 말이다. 혁명 이후로 그는 은근히 들떠 보인다. 잘은 몰라도 혁명 덕분에 안정적인 수입원이 생긴 모양이다.

7월 어느 날 저녁 콜로 데르부아라는 사람이 저녁을 먹으러 왔다. 콜로? 이 사람들은 왜 기독교 이름을 두고 저런 식으로 짓는담? 아무튼 우리는 그렇게 불러야 했다. 그는 배우에다 극작가였고 극단을 운영한다는 점에서 파브르하고 좀 비슷했다. 나이도 엇비슷했다. 그 무렵 그는 무슈 극장에서 〈애국 가족〉이라는 연극을 공연하고 있었다. 갑작스레 인기를 얻은 공연이라서 우리는 그걸 보지 않았다는 사실을 밝히지 않으려고 저녁 내내 진땀을 흘렸다. 입장권은 날개 돋친 듯이 팔렸는지 몰라도 콜로는 같이 있기 편한 사람은 아니었다. 자기가 살아온 이야기를 우리한테 일방적으로 쏟아놓았는데 들어보니 지금까지 제대로 풀린 일이 하나도 없었고 지금의 성공조차도 불신하는 듯했다. 본인 말로는 젊었을 때 사람들이 자기를 하도 야비하게 속이고 깎아내려서 당혹스러웠는데 얼마 뒤 자기의 재능을 시기해서 그러는 것임을 깨달았단다. 그 전까지는 자기는 그저 운이 없었을 뿐이라고만 생각했는데 사람들이 공모해서 짓밟았음을 깨달았다는 것이었다. (그 사람이 그 말을 하니까 파브르는 저 친구 실성했다고 나한테 눈짓으로 알려주었다.) 우리가 무슨 주제를 꺼내도 콜로는 거기에서 쓰라린 기억을 떠올렸고 아주 사소한 일에도 분노로 차올랐고 마치 승마 연습장에서 연설이라도 하는 사람처럼 과격하게 두 팔을 휘저었다. 난 그릇이 깨질까 봐 겁이 났다.

나중에 조르주에게 말했다. "콜로가 마음에 안 들어요. 당신 어머니보다 심술이 많아. 그 연극은 보나마나 형편없을 거예요."

"좌우간 여자들이란." 조르주가 말했다. "자기 얘기만 줄곧 떠들어대는 거 말고는 별 문제 없던데. 그 사람 생각은ー" 조르주는 말을 멈추고 웃었다. "옳다고 말하려고 했소, 당연히 그건 내 생각이기도 하니까."

다음 날 데물랭이 말했다. "콜로라는 이 거지 같은 놈. 살다 살다 그런 놈은 처음 보네. 연극은 보나 마나 일 테고."

조르주는 얌전히 말했다. "자네 말이니 틀림없겠지."

그해가 가기 전에 조르주는 의회에서 연설했다. 며칠 뒤 내각이 무너졌다. 사람들은 조르주가 내각을 무너뜨렸다고 말했다. 어머니도 말했다. "네가 결혼한 사람이 보통 사람이 아니구나."

국민의회 회기 중: 모닝턴 경, 1790년 9월:

그들은 일반적 사안을 놓고 토론을 벌일 때 딱히 규정된 형식이 없다. 어떤 사람은 자리에 앉아서 말하고 어떤 사람은 통로로 나와서 말하고 어떤 사람은 탁자에 올라서서 말하고 어떤 사람은 연단이나 책상에서 말한다. 하도 어수선해서 무슨 이야기가 오고 가는지를 알아차리기가 여간 어렵지 않다. 백 명이 넘는 사람이 의회에서 연설을 하겠다고 저마다 아우성이고 또 백 명이 넘는 사람이 의사당 여기저기에서 응수를 하는 모습을 내 눈으로 보았다고 분명히 밝힌다. 그러면 의장은 두 손으로 귀를 막고 마치 마차를 부르듯이 질서를 지켜 달라고 악을 썼다. …… 의장은 탁자를 두드리고 자기 가슴을 두드리며…… 걸핏하면 두 손을 쥐어짜는데 필시 욕을 하는 것이라고 나는 믿는다. …… 방청객들은 신음과 박수로 찬성과 반감을 나타낸다.

오늘 아침 튈르리 궁으로 갔는데 궁궐 분위기가 여간 어둡지 않았다. …… 왕은 좋아 보였지만 전에 인사를 한 이후로 태도가 눈에 띄게 겸손해졌다. 지금은 누구한테나 고개를 숙인다. 혁명이 일어나기 전까지 부르봉 왕가에서는 찾아보기 어려운 모습이었다.

뤼실의 한 해: 나는 지금 수첩을 두 권 쓴다. 하나는 순전히 오로지 고상한 생각만 적는 데에 쓰고 또 하나는 실제로 벌어지는 일을 적는 데에 쓴다.

나는 하느님처럼 이 사람 저 사람 속에서 살았다. 인생이 하도 따분해서 이러는 거다. 난 메리 스튜어트인 척 굴곤 했는데, 솔직히 말해서 지금도 그런다고 말할 수밖에 없다. 예전부터 해 오던 일이라 그렇다. 이런 습관에서 벗어나기는 쉽지 않다. 내 인생에서 나 말고 모든 사람에게, 대개는 시녀 같은 것이지만, 역할을 주는데 그 역할을 제대로 못 하면 난 사람들을 미워하곤 했다. 메리 스튜어트 노릇이 시들해지면 그 다음에는 《신엘로이즈》에 나오는 쥘리 역할을 했다. 요즘은 나와 막시밀리앙 로베스피에르의 관계에 관심이 간다. 난 그가 제일 좋아하는 소설 속에서 살아간다.

모진 현실이 기를 펴지 못하게 하려면 조금은 공상에 빠질 줄도 알아야 한다. 이해는 카미유가 사형 집행인 상송 씨에게 명예훼손죄로 고소당하면서 시작되었다. 다른 사람들과 같은 방식으로 사형 집행인이 굳이 법에 의존한다는 사실이 기이하기만 하다. 쓰지 않고 남겨 둔 적개심이 사형 집행인에게 남아 있다는 사실이 기이하기만 하다.

다행히 법은 더디고 절차는 번거롭고 손해배상금이 떨어질 무렵이면 오를레앙 공작이 계산서를 집을 준비가 되어 있다. 아니, 내가 걱정하는 건 궁정이 아니다. 아침에 눈을 뜨면 난 이 생각부터 한다. 그 사람 아직 살아 있나?

카미유는 거리에서 공격을 받는다. 의회에서 규탄을 받는다. 결투 요청을 받는다. 애국파들은 그런 데에 일체 반응하지 않기로 방침을 정했지만. 기회만 오면 카미유에게 칼을 꽂겠다고 떠벌리는 미치광이들이 시내를 활보한다. 이 미치광이들은 카미유에게 편지를 쓴다. 너무 한심하고 역겨워서 카미유는 읽을 생각도 안 한다. 한번 쓱 훑어보면 어떤 편지인지 알 수 있다고 카미유는 말한다. 어떤 때는 겉에 적힌 글씨체만 보아도 느낌이 온다. 그런 편지들을 던져놓는 통이 있다. 어느 때, 어느 장소에서 너를 죽이겠노라는 아주 구체적인 협박이 담겨 있을 가능성에 대비하여 다른 사람들이 편지들을 읽어 보아야 하나.

아버지는 이상하다. 두 번 다시 카미유를 만나지 말라고 한 달에 두 번쯤은 나한테 말한다. 하지만 아침이 되면 아버지는 신문부터 뒤진다. "무슨 소식 없나?" 카미유가 목에 칼을 맞고 강 건너에서 발견되었다는 소식을 듣고 싶은 걸까? 그렇지야 않겠지. 카미유가 없으면 아버지는 인생을 무슨 낙으로 살까 싶다. 어머니는 더없이 매몰차게 놀린다. "클로드, 인정해요, 그는 당신이 한 번도 못 가져본 아들이잖아."

클로드는 젊은 남자들을 저녁 식사 자리에 데리고 온다. 내 마음에 드는 남자가 있을지도 모른다고 생각한다. 공무원이라. 하느님 아버지.

그 사람들은 나한테 시를 보내기도 한다. 사랑스러운 공무원의 소네트. 아델과 나는 적절히 감정을 넣어 가면서 큰 소리로 시를 읽는다. 우린 눈이 뒤집어지고 갈빗대를 두들기고 한숨을 쉰다. 그러고는 종이비행기로 만들어서 서로 날려댄다. 보시다시피 우린 기가 살았다. 일종의 불건전한 환희 속에서 우리의 나날은 빙빙 굴러간다. 이렇게 사느냐 아니면 콧물과 눈물과 불길함과 두려움의 수렁에 영원히 빠져드느냐인데, 우린 유쾌한 쪽이 더 좋다. 우린 배꼽 잡는 익살이 더 좋다.

반대로 엄마는 예민하고 우울하지만 근본적으로 나만큼 괴롭지는 않다고 생각한다. 아무래도 나이가 있으니 이런 일을 추스르는 요령이 있어서겠지. "카미유는 살아남을 거야. 저렇게 건장한 장정들하고 다니는 이유가 뭐겠니?" 엄마가 말한다. "총하고 칼이 있는데." 내가 말한다. "칼?" 엄마가 말한다. "당통 씨를 뚫고서 누군가가 칼을 휘두를 수 있다고? 저 근육과 살을 헤치고 나갈 수 있다고 생각하는 거니?" "그거야, 당통 씨가 총대를 메고 나설 때나 가능한 얘기잖아." 내가 말한다. "카미유는 사람을 제물로 삼는 재주가 제법 있잖니. 멀리 갈 것 없어." 엄마가 말한다. "날 보렴. 그리고 널 봐봐."

우린 오늘 내일 아델의 약혼 발표를 기대한다. 로베스피에르가 집에 와서 객쩍게 테레 신부 칭찬을 늘어놓았다. 신부님이 과거에 재무총감으로서 하신 일을 모르는 사람이 태반이라고 로베스피에르는 말했다. 그 뒤로 클로드는 로베스피에르가 대의원 봉급 말고는 수입이 없고 그 돈으로 남동생과 누이까지 먹여 살린다는 사실에 더는 개의치 않았다.

아델의 인생은 어떻게 될까? 로베스피에르도 편지를 받지만 카미유가 받는 편지하고는 다르다. 로베스피에르에게는 파리 어디에서나 편지가 날아온다. 그것은 당국과 마찰을 빚었거나 어떤 말썽에 휘말린 별 볼 일 없는 사람들이 보낸 편지다. 그들은 로베스피에르가 자신들 편에서 모든 것을 바로잡을 수 있다고 생각한다. 편지에 답장을 하려면 로베스피에르는 아침 5시에 일어나야 한다. 가정의 행복에 대한 로베스피에르의 기준은 이래저래 낮은 편이라고 난 생각한다. 여흥, 재미, 오락거리가 없어도 그는 얼마든지 살아갈 사람으로 보인다. 그래도 괜찮겠어, 아델?

로베스피에르: 그가 고려해야 하는 것은 파리만이 아니다. 전국 방방곡곡에서 편지가 날아든다. 지방에서는 도시마다 자코뱅 클럽을 자기들 손으로 세웠고 파리 자코뱅 클럽 통신위원회가 그들에게 소식과 평가와 지침을 보내면 그들에게서도 파리 형제들 중에서 유독 로베스피에르 대의원에게 고마워하고 칭송을 보내는 답장이 온다. 왕당파들의 악담에 시달리던 사람에게 이 편지들은 각별하다. 자신의 《사회계약론》 안에다 로베스피에르는 피카르디에서 앙투안

생쥐스트라는 젊은 열성파가 보내온 편지를 끼워 둔다. "제가 하느님을 아는 것도 그렇지만 저는 당신이 하는 일을 통해서 당신을 압니다." 요즘 들어 점점 그렇지만 가슴이 답답하게 죄어 오고 숨이 가빠져서 괴로울 때, 너무 피로해서 인쇄된 글자가 눈에 잘 안 들어오는 것 같을 때, 그 편지를 생각하면 약한 몸으로 더욱 큰일에 매달릴 수 있다.

매일 로베스피에르는 의회에 나가고 매일 저녁 자코뱅 클럽에 나간다. 뒤플레시의 집에는 갈 수 있으면 가고 페티옹과 이따금 저녁을 먹는다. 업무 차원의 저녁이다. 연극 철이 되면 한두 번 정도는 극장에 가는데 큰 재미도 못 느끼지만 그렇다고 시간이 아깝다는 생각도 안 든다. 사람들은 승마 연습장 밖에서, 클럽 밖에서, 숙소 밖에서 그를 만나려고 기다린다.

매일 밤 그는 녹초가 된다. 머리를 베개에 대자마자 곯아떨어진다. 잠들면 꿈을 안 꾸고 우물로 떨어지듯 칠흑 속으로 곤두박질친다. 그는 밤의 세계가 현실이라고 느낄 때가 많다. 빛과 공기가 있는 아침은 그림자와 허깨비로 차 있다. 그는 그림자와 허깨비에게 농락당하지 않으려고 동이 트기 전에 일어난다.

윌리엄 오거스터스 마일스가 (잉글랜드) 국왕 전하를 위해 작성한 정세 보고:

국민의회에서 가장 경시되는 남자가…… 조만간 가장 주목받는 인물이 될 것입니다. 그는 엄격하며 원칙에서는 융통성이 없지만 행동은 소탈하고 가식이 없으며 옷으로 멋을 낼 줄 모르고 부패와는 거리가 멀고 부를 경멸합니다. 프랑스 사람 특유의 변덕스러움을 그의 성격에서는 찾을 길이 없습니다. 왕이 억만금을 준다고 해도……

이 남자는 자기 뜻을 꺾지 않을 것입니다. 매일 밤 그를 유심히 지켜보고 있습니다. 그는 정말로 곰곰이 생각해볼 만한 성격입니다. 시시각각 중요해지고 있지만 이상하게도 국민의회는 그를 깔보고 우습게 여깁니다. 머잖아 그가 실력자가 되어 백만 인을 호령하게 되리라고 제가 말했을 때 저는 비웃음을 받았습니다.

그해 초 뤼실은 끌려가서 미라보를 본 적이 있다. 끔찍한 취향으로 꾸며진 방에서 좋은 페르시아 양탄자 위에 당당히 서 있던 그 남자는 죽어도 잊지 못하리라. 그는 입술이 얇았고 흉터가 있었고 육중했다. 미라보는 뤼실을 내려다보았다. "아버님이 공직에 계시다고." 그가 말했다. 그는 고개를 들이밀고 음흉한 눈빛으로 그녀를 바라보았다. "둘이 같이 왔나?"

미라보는 방 안에 있는 공기를 다 써먹는 듯하다. 마찬가지로 데물랭의 머리도 다 써먹는 듯하다. 데물랭이 즐기는 망상은 기절초풍할 지경이었다. "당연히, 미라보는 왕실 돈을 받지 않았어, 그건 중상이야. 당연히, 미라보는 흠잡을 데 없는 애국자야." 이런 괴상망측한 믿음을 떠받칠 수 없는 날이 오자 데물랭은 정말 죽고만 싶었다. 그 주에는 신문을 통 볼 수가 없었다.

"막시밀리앙이 카미유한테 경고했는데 듣지를 않더라. 미라보는 그 제대로 배워먹지 못한 오스트리아 갈보를 '위대하고 고결한 여자'라고 불렀어. 그런데도 거리 사람들에게 미라보는 아직도 신이야. 인민이 얼마나 쉽게 현혹되는지를 보여주는 거지." 아델이 말했다.

클로드는 머리를 두 손으로 감싸 쥐었다. "젊은 여자들 입에서 나오는 이 불경과 선동을 밤이고 낮이고 끝없이 들어야 하는 게냐? 우리 집에서?"

"내가 생각한 건데, 미라보는 미라보대로 왕실과 이야기를 나눌 이유가 있었을 거야. 그렇지만 이제 애국파에게는 신용을 잃었지." 뤼실이 말했다.

"이유라고? 돈이 이유지, 권력욕도 있고. 미라보가 군주제를 구하려는 건, 그래야 그쪽에서 고마워하고 영원히 자기한테 매일 거라고 생각하기 때문이야."

"군주제를 구해? 뭐한테서? 누구한테서?" 클로드가 물었다.

"아버지, 왕이 의회에 이천오백만 리브르의 왕실비를 요청했고 비굴한 멍텅구리들은 그걸 승인했어요. 나라 형편을 아시잖아요. 피를 말리겠다는 거지요. 오래갈 수 있다고 보세요?"

클로드는 아이들의 예전 모습을 어떻게든 찾아내보려고 딸들을 뚫어져라 쳐다보았다. 딸들에게 사정할 수밖에 없다는 느낌이 들었다. "너희는 죄다 마음에 안 드는 모양이다만 왕이 없고 라파예트가 없고 미라보가 없고 중신들이 없으면 나라를 다스릴 사람이 누가 남니?"

자매는 눈길을 주고받았다. "우리 친구들이요."

데물랭은 자신도 미처 몰랐던 사나움을 드러내며 미라보를 활자로 공격했다. 사나움을 제대로 보여주었다. 욕은 혈액 속에서 움직이고 분노는 음식보다 낫다. 한동안 미라보는 우파가 데물랭의 입을 막으려고 나설 때 데물랭을 옹호하고 계속 두둔했다. 미라보는 "우리 가엾은 카미유."라고 불렀다. 조만간 미라보는 데물랭의 적들의 지위로 밀려날 것이다. "난 진정한 기독교인이야. 난 적들을 사랑하거든." 데물랭은 말했다. 적들은 데물랭에게 자신이 어떤 사람인지를 깨우쳐주었다. 데물랭은 적들의 눈빛에서 자신이 가려는 길을 읽어냈다.

미라보와 멀어지면서 데물랭은 로베스피에르와 가까워졌다. 그러자 생활이 달라졌다. 저녁이면 책상 위에서 신문을 놓고 씨름했고 침묵은 알아듣지 못할 내용의 나지막한 협의와 펜촉 서걱거리는 소리와 똑딱거리는 시계 소리에 의해서만 끊겼다. 로베스피에르와 같이 있으려면 데물랭은 겨울 망토 같은 무게감을 몸에 걸쳐야 했다. "하나같이 본받고 싶은 점뿐이야." 데물랭이 뤼실에게 말했다. "막시밀리앙은 실패나 성공에는 관심이 없어. 그 친구 마음속에서 그런 건 다 똑같아. 그 친구는 다른 사람들이 뭐라고 말하건 자기 행동을 어떻게 평가하건 신경 안 써. 속으로 자기가 하는 일이 옳다 싶기만 하면 그걸로 충분하고 그게 그 친구에게는 길잡이거든. 자기 양심이라는 증인만 있으면 되는 정말 보기 드문 사람이라고."

하지만 그 바로 전날 당통은 뤼실에게 이렇게 말했다. "아, 막시밀리앙 그 친구는 너무 선해서 그게 진짜인가 싶어요. 이해가 안 가는 친굽니다."

하지만 결국 미라보에 대한 로베스피에르의 판단은 옳았다. 로베스피에르를 어떻게 생각하든 그가 거의 항상 옳았음은 인정해야 했다.

5월에 테루아뉴는 파리를 떠났다. 돈도 없었고 왕당파 신문들에게 매춘부라고 불리는 데도 지쳤다. 어두운 과거의 켜들이 하나둘 떨어져 나왔다. 런던에서 빈털터리 나리와 함께 보냈던 시절. 조금은 재미를 보았던 페르상 후작과의 관계. 이탈리아 가수와 제노바에서 동거하던 시절. 파리에 막 도착해서는 뼈대 있는 집안의 귀부인이었으나 어려운 시절을 만나 몰락한 캄파나도 백작 부인이라고 스스로를 소개했던 어리석었던 몇 주. 범죄나 무지막지한 과장과는 거리가 멀었고 형편이 어려울 때는 누구나 하는 그런 일이었다. 그렇지만 그 바람에 테루아뉴는 비웃음과 모욕을 받아야 했다. 그렇게 파헤치기 시작하면 누군들 견뎌낼 수 있을까, 짐을 싸면서 그녀는 생각했다. 몇 달 뒤에 돌아올 생각이었다. 그때쯤이면 언론의 관심도 새로운 먹잇감으로 옮겨 갔을 것이라고 생각했다.

테루아뉴의 빈자리는 물론 컸다. 주홍색 외투를 입고 추종자들에게 둘러싸여 방청석에 느긋하게 기대어 앉거나 허리에 권총을 차고 팔레루아얄을 거닐던 테루아뉴는 승마 연습장에서는 낯익은 인물이었다. 그리고 리에주에 있던 집에서 그녀가 사라졌다는 소식이 날아들었다. 형제들은 누이가 어떤 남자와 함께 떠났다고 생각했지만 얼마 안 되어서 그녀가 납치되었다는 소문, 오스트리아 사람들이 그녀를 데리고 있다는 소문이 새어 나왔다.

뤼실은 그 사람들이 테루아뉴를 데리고 있었으면 좋겠다고 말했다. 뤼실은 테루아뉴를 질투했다. 선머슴처럼 굴면서 코르들리에에 나타나서 연단에 오를 권리를 누가 그 여자한테 주었단 말인가? 당통은 그래서 열 받았다. 그것 때문에 당통이 분통을 터뜨리는 걸 보니 재미있었다. 당통이 좋아하는 여자는 오를레앙 공의 저녁 식탁에서 만나는 그런 여자였다. 어이없을 만큼 느끼한 눈길로 당통을 바라보았던 아네스 드 뷔퐁이라든가 수수께끼 같은 정치 인맥을 지니고 눈을 깜박거리며 추파를 던지는 금발의 잉글랜드 여자 그레이스 엘리엇 같은 여자였다. 뤼실도 공작의 집에 가본 적이 있었다. 뤼실은 거기서 당통을 지켜보았다. 당통은 돌아가는 상황을 잘 아는 듯한 느낌을 주었다. 라클로가 이 여자들을 코앞에서 살살 흔들어대면서 자신을 낚으려 한다는 것을 당통은 아는 듯했다. 당통은 뚱쟁이 펠리시테를 데물랭에게 맡겼다. 데물랭은 여자들하고 교양 있는 대화를 주고받아야 하는 걸 부담스러워하지 않았다. 즐기는 듯했다. 당통은 저것도 데물랭이 변태인 이유 중 하나라고 말했다.

그해 여름 학창 시절 데물랭의 앙숙이었던 루이 쉴로가 파리에 왔다. 쉴로는 선동적이고 반헌법적인 글을 썼다는 혐의로 피카르디에서 압송되었다. 왕보다도 더 왕당파였기에 쉴로는 데물랭하고는 선동의 방향이 달랐다. 쉴로는 무죄로 석방되었고 풀려나던 날 데물랭과 둘이서 새벽까지 꼬박 앉아서 논쟁을 벌였다. 아주 명쾌하고 박식하고 볼테르를 수호성자로 모신 썩 괜찮은 논쟁이었다. "루이를 로베스피에르한테서 떼어놓아야겠어." 데물랭이 뤼실에게 말했다. "루이는 고수 중의 고수인데 막시밀리앙이 그걸 못 알아차리는 거 같아서 걱정이야."

뤼실은 루이 쉴로를 신사라고 생각했다. 그는 기개가 있었고 기품이 있었고 존재감이 있었다. 곧 그에게도 활동 무대가 생겼다. 〈사도행전〉이라고 불리는 왕당파 통속지의 편집진에 합류한 것이다. 의회에서 왼쪽에 앉은 대의원들은 즐겨 '자유의 사도'를 자처했는데 쉴로는 그런 허세를 응징해야 한다고 생각했다. 기고자는 누구였을까? 쥐뿔도 없는 난봉꾼들과 성직을 박탈당한 신부들 무리라고, 콧대가 꺾인 애국자들은 말했다. 도대체 어떻게 글을 써내는 것일까? 〈사도행전〉은 레스토랑 메, 보빌리에 같은 식당에서 '복음 만찬'을 나누면서 소문을 주고받고 다음 호를 짰다. 그들은 무슨 소리가 나오는지 보려고 적들을 초대해서 술을 잔뜩 퍼먹였다. 데물랭은 수법을 안다. 여기서 조금 먹고 저기서 저울질하고 중간 지대를 장악하려고 애쓰는 바보들과 멍청이들의 지갑을 축내면서 실컷 재미를 보았다. 〈프랑스 혁명〉에서는 안 통하는 농지거리도 〈사도행전〉에서는 통할 때가 많다. 카미유 군, 자네가 우리와 운명을 같이 해주기만 했던들. 언젠가 마주볼 날이 틀림없이 오겠지. 그놈의 '자유, 평등, 우애'는 잊어주시고. 우리 강령이 뭔지 알아? '자유, 명랑, 제왕 민주주의'라네. 따지고 보면 자네나 나나 바라는 건 똑같아, 사람들이 행복해지기를 바라지. 찌푸린 얼굴만 만들어내는 혁명은 어디다 쓰겠어? 궁상맞은 골방에서 궁상맞은 좀팽이들이 끌고 가는 혁명은 어디다 쓰지?" 루이 쉴로가 말했다.

자유, 명랑, 제왕 민주주의. 뒤플레시 집안 여자들은 재봉사들에게 1790년 가을의 유행을 주문했다. 주홍빛 어깨띠가 달린 검정 비단옷, 앞을 도려내고 가장자리를 삼색으로 꾸민 외투는 그들을 공연장으로, 저녁 파티로, 오붓한 모임으로 몰고 간다. 새로운 사람들과의 만남으로 몰고 간다.

하지만 앙투안 생쥐스트가 파리에 왔을 때는 아직 여름이었다. 머물지는 않고 그저 다녀가는 것이었지만 뤼실은 생쥐스트를 정말로 보고 싶었다. 집안의 은을 빼내서는 보름 만에 돈을 탕진했다는 이야기는 벌써 들었다. 뤼실은 그를 좋아할 각오가 단단히 되어 있었다.

생쥐스트는 이제 스물둘이었다. 은 사건은 삼 년 전이었다. 혹시 데물랭이 지어낸 것일까? 사람이 그렇게 달라지리라고는 믿기 어려웠다. 뤼실은 생쥐스트를 올려다보고—그는 키가 컸다.—그의 얼굴에 나타난 표정의 중립성에 압도당했다. 소개가 오고 간 다음 생쥐스트는 나는 당신에게 조금도 관심이 없다는 듯한 눈길로 뤼실을 쳐다보았다. 그는 로베스피에르와 함께 있었다. 그들은 그동안 편지를 주고받은 듯했다. 뤼실은 알다가도 모를 일이라고 생각했다. 대부분의 남자는 뤼실이 평상시에 내보이는 상냥함을 넘어서는 것을 그녀한테서 얻어내지 못해 안달인 것처럼 보였다. 생쥐스트가 관심을 안 보인다고 해서 기분이 나쁘지는 않았다. 오히려 신선했다.

생쥐스트는 미남이었다. 눈은 우단이었고 배시시 웃었다. 키 큰 사람들이 가끔 그러지만 그도 호리호리한 몸을 조심스럽게 움직였다. 살결은 하얬고 머리는 진한 고동색이었다. 얼굴에서 굳이 허물을 찾자면 턱이 너무 크고 길었다. 다행히 그래서 예쁘장해 보이지는 않는다고 생각했지만 어떤 각도에서 보면 그의 얼굴은 이상하게 균형이 맞지 않았다.

데물랭은 물론 뤼실과 함께 있었다. 그는 지금 아슬아슬한 상태였다. 생쥐스트를 놀려대다가 수틀리면 싸울 자세였다. "시는 뭐 또 썼나?" 데물랭이 물었다. 작년에 생쥐스트가 서사시 한 편을 보내주면서 그에게 의견을 물어 온 적이 있었다. 시는 장황했고 난폭했고 조금은 난잡했다.

"왜요? 읽어주시려고요?" 생쥐스트는 기대를 품은 얼굴이었다.

데물랭은 천천히 고개를 흔들었다. "고문은 폐지되었네."

생쥐스트의 입술이 실룩거렸다. "제 시가 마음에 마음에 들지 않았군요. 포르노라고 생각했나 봐요."

"그렇게 좋은 건 없어." 데물랭이 말하고는 웃었다.

그들의 눈이 마주쳤다. 생쥐스트가 말했다. "내 시에는 진지함이 있습니다. 내가 시간을 낭비할 사람 같습니까?"

"나야 모르지, 자네가 시간을 낭비할지 안 할지."

뤼실은 입이 바짝 말랐다. 두 남자가 서로를 제압하려는 모습을 지켜보았다. 생쥐스트는 밀랍 빛이었고 수동적이었고 결과를 기다렸고 데물랭은 눈이 초롱초롱해서 불안하게 공격적이었다. 이건 시하고는 아무 상관이 없다고 뤼실은 생각했다. 로베스피에르도 은근히 놀란 것 같았다. "좀 심한데. 틀림없이 장점이 있는 작품인데?" 그가 말했다.

"없어, 없어." 데물랭이 말했다. "그렇지만 앙투안 자네만 괜찮다면 자네가 느긋하게 조롱할 수 있도록 내가 옛날에 끄적거렸던 거몇 편 갖다 줄 용의는 있지. 자넨 아마 왕년의 나보다 좋은 시인일테고 틀림없이 나보다 나은 정치인이 될 거야. 자 보라구, 절제심이있잖아. 날 치고 싶겠지만 자넨 그러지 않을 거야."

생쥐스트의 표정은 더욱 일그러졌다. 어떤 표정인지 가늠하기가어려웠다.

"나 때문에 정말 기분 상한 건가?" 데물랭은 미안해하는 듯한 목소리를 내려고 했다.

"아주요." 생쥐스트는 웃었다. "아주 속속들이 상처받았지요. 내가 좋은 소리를 정말 듣고 싶어 하는 사람이 당신 말고 더 있겠습니까? 당신이 없으면 어떤 귀족의 저녁 파티라도 완전하지 못하지요."

생쥐스트는 돌아서서 로베스피에르에게 말을 걸었다.

"말을 그렇게밖에 못해요?" 뤼실이 데물랭에게 소근거렸다.

데물랭은 알 바 아니라는 듯이 어깨를 으쓱했다. "친구라고 생각한다면 좋은 말을 해줬겠지. 그렇지만 저 인간은 친구한테 말한 게아니라 편집자한테 말한 거야. 내가 자기 칭찬을 늘어놓으면서 글을실어주길 바란 거지. 저 인간은 내 개인적 의견을 원한 게 아니라 전문가로서 내 의견을 원한 거야. 난 그걸 해준 거고."

"무슨 일 있었어요? 당신이 좋아하는 줄 알았는데."

"전에는 괜찮았지. 그런데 변했어. 전에는 언제나 어이없는 일을꾸미고 여자들 때문에 고생했거든. 지금은 봐, 무게를 잡잖아. 루이 쉴로하고 죽이 잘 맞겠네. 한심한 혁명가가 바로 저런 자야. 자기말로는 공화주의자라나. 난 저런 인간의 공화국에서는 살고 싶은마음이 없어."

"아마 그가 당신을 들여놓지 않을 거예요."

나중에 뤼실은 생쥐스트가 로베스피에르에게 하는 말을 들었다. "사람이 들떴네요."

뤼실은 그 단어를 곱씹었다. 깔깔거리는 여름날의 소풍을 떠올리기도 했고 샴페인을 기울이면서 뜬소문을 주고받던 공연 뒤의 저녁 식사 자리를 떠올리기도 했다. 그런 날이면 아직도 분장을 지우지 않은 일급 여배우들이 옷깃을 부스럭거리며 옆자리에 앉으면서, 사랑에 빠지셨나 보구나, 남자분도 멋지시네, 행복하게 잘사실 거예요, 하고 말했다. 뤼실은 위협과 경멸을 담은 고발의 뜻으로 그 단어가 사람 입에서 나오는 것을 그때 처음 들었다.

그해 의회는 주교와 사제를 나라의 녹을 받고 선거로 선출되는 공직자로 만들었고 얼마 뒤에는 새 헌법 앞에서 충성을 다짐하도록 만들었다. 어떤 사람들에게는 사제들을 냉엄한 현실로 밀어 넣는 것이 잘못된 일로 보였다. 거부하는 것은 불충으로 여겨졌으므로 위험했다. (아네트 뒤플레시의 살롱에서는) 한 나라 안에서 촉발될 수 있는 가장 위험한 힘은 종교 갈등이라는 데에 모두가 입을 모았다.

간혹 아네트는 일이 새롭게 흘러가는 방향을 놓고 한숨을 쉬었다. "사는 게 참 재미가 없겠네. 헌법에, 고결하신 분들에, 모자 쓴 퀘이커 교도들에." 아네트가 푸념했다.

"뭘 더 바라시는데요?" 당통이 물었다. "승마 연습장에서 나부끼는 깃털 속에 웅혼한 열정이라도 불살라야 할까요? 지방자치체의 난장판? 사랑과 죽음?"

"웃시 마세요. 우리가 품었던 낭만적 열망은 충격을 받았어요. 루소의 정신에 살을 입히는 게 혁명이라고 우린 생각 —"

"했는데 눈도 안 좋고 시골 사투리를 쓰는 로베스피에르 씨가 다냐 이거네요."

"사람들이 하는 얘기는 온통 은행 잔고뿐이에요."

"저에 대해서 누가 수군거리던가요?"

"벽도 문기둥도 당신 이야기를 한답니다, 당통 씨." 아네트는 말을 멈추고 당통의 팔을 만졌다. "얘기 좀 해주실래요? 막시밀리앙을 싫어하시나요?"

"싫어해요?" 그는 놀란 것 같았다. "그럴 리가요. 조금 불편한 거 말고는 없어요. 그 친구는 모든 사람들한테 기준을 너무 높게 잡는 거 같아서 말이죠. 그런 사람이 사위라면 그 사위 눈높이에 맞춰서 살 자신 있어요?

"아직 결정된 것도 아닌데."

"아델이 마음을 못 정했나요?"

"이야기를 꺼내지도 않은 눈치더군요."

"그런 게 이심전심인가 보죠."

"아델 스스로가 청혼했다고 생각할 거 같지는 않은데 — 아니, 잘 모르면 입을 다물어야지. 그런 식으로 눈을 치켜뜰 필요는 없잖아요. 대의원이 이해하는 바를 한낱 아녀자가 어떻게 논할 수 있느냐는 건가요?"

"아, '한낱 아녀자'는 이제 없습니다. 지난주에 어머님의 두 사윗감한테 제가 논쟁에서 졌어요. 여자는 모든 면에서 남자와 동등하다더군요. 기회가 없다 뿐이지."

"맞아. 자기 주장이 강한 그 루이즈 로베르라는 자그마한 여자의 입에서 나오는 소리라니까 그게 다. 그 여잔 자기가 무슨 문제를 일으키는지도 몰라. 왜 남자들이 여자가 자기들과 동등한지를 논하면서 시간을 보내는지 통 모르겠어요. 자기들한테 유리할 게 없어 보이는데."

"로베스피에르는 사심이 없어요. 항상 그러잖아요. 카미유는 여자들한테도 투표권을 줘야 할 거랍니다. 조만간 승마 연습장에서도 검은 모자를 쓴 여자들이 서류 가방을 무겁게 들고 다니면서 조세 제도를 놓고 떠드는 모습을 보게 될 거랍니다."

"사는 게 더 재미가 없어지겠다."

"걱정 마세요. 너저분한 비극들이 좀 더 일어날 테니까요."

이 혁명은 과연 철학이 있는 건가, 뤼실은 알고 싶었다, 미래가 있는 건가?

로베스피에르에게 물어봤다간 오후 내내 일반 의지에 관해서 강의를 할 테니 엄두가 안 났고 로마 공화정의 발전에 관해 논리적이고 깊이 있는 두 시간짜리 수업을 들을까 봐 무서워서 카미유도 포기했다. 그래서 당통에게 물었다.

"난 철학이 있다고 봐요." 당통은 진지하게 말했다. "챙길 수 있을 때 챙기고 일이 잘 돌아갈 때 떠나라."

1790년 12월. 클로드 뒤플레시는 마음을 돌렸다. 눈을 품어 배불뚝이가 된 쥣빛 구름이 도시의 지붕과 굴뚝 사이로 스쳐 지나가던 12월의 어느 으스스한 날 그의 마음은 돌아섰다.

"더는 못 참겠어." 그가 말했다. "애들 결혼시키구려, 이러다 내가 지쳐서 죽겠어. 협박에 눈물에 장담에 최후통첩에……. 일 년을 또 어떻게 버텨, 한 수도 더 못 버티겠는데. 진작에 더 단호하게 나갔어야 하는 건데 — 이젠 너무 늦었어. 좋은 쪽으로 생각합시다."

아네트는 딸 방으로 갔다. 뤼실이 뭔가를 쓰고 있었다. 고개를 든 뤼실은 깜짝 놀라서 쓰던 글을 죄책감에 손으로 가렸다. 잉크가 종이 위에서 번졌다.

아네트가 소식을 알리자 뤼실은 무슨 말을 하느냐는 듯이 검은 눈을 동그랗게 뜨고 어머니의 얼굴을 빤히 쳐다보았다. "그렇게 간단하게?" 뤼실이 속삭였다. "아버지가 마음을 돌리면 다 되는 거예요? 난 또 그보다 훨씬 복잡하구나 하는 생각이 들기 시작해서." 뤼실은 고개를 돌렸다. 그리고 울기 시작했다. 일기에 머리를 파묻고 금지된 단어들 위로 눈물이 흘러내리게 두었다. 눈물의 소금기가 문장에 배어들고 눈물이 글자를 액체로 만들도록 내버려 두었다. "아, 다행이다. 다행이야." 어머니는 뒤에 서서 딸의 어깨를 잡고 지나가듯이 살짝 꼬집었지만 거기에는 나무람이 담겨 있었다. "이제 소원을 이뤘구나. 그러니 당통 씨한테도 더는 한눈팔지 말아야 해. 이제부터 바르게 처신해야 한다."

"이제부터 모범이 돼야지." 뤼실은 바르게 앉았다. "그럼 당장 준비를 시작해요." 뤼실은 손등으로 볼을 비볐다. "당장 결혼할 거야."

"당장? 사람들이 수군거릴 거라는 생각은 안 해? 거기다가, 강림절인데. 강림절에는 결혼 못 해."

"특별 허가를 받을 거예요. 수군거릴 테면 수군거리라고 하지. 난 눈 하나 깜짝하지 않을 거니까. 내가 어쩔 수 있는 일도 아니고."

뤼실은 벌떡 일어섰다. 문명의 속박에 더는 자신을 가둬 두기 싫은 모양이었다. 웃었다 울었다 하면서 문들을 쾅쾅 닫으며 집 안을 휘젓고 다녔다. 데물랭이 도착했다. 그는 영문을 모르겠다는 듯한 얼굴이었다. "뤼실 이마에 웬 잉크 얼룩인가요?"

"2차 세례를 받았다고나 할까. 아니면 공화국의 성유를 찍어 발랐다고나 할까. 어차피 두 사람은 잉크에 묻혀 살아갈 테니 말이야." 아네트가 말했다.

실은 데뮬랭의 소맷부리에도 잉크 얼룩이 있었다. 그는 방금 시론을 쓰고 왔는데 식자공이 활자를 제대로 앉혔을지 영 불안해하는 느낌을 물씬 풍겼다. 전에 데뮬랭이 마라를 '자유의 사도'라고 썼는데 '자유의 반도'라고 나온 적이 있었다. 그러는 바람에 마라가 식식거리며 데뮬랭의 사무실에 왔다.

"그런데 뒤플레시 부인, 확실한가요? 이렇게 좋은 일은 저한테 안 일어나거든요. 혹시 착오 아닌가요? 글자가 잘못 찍혀 나오는 것처럼?" 데뮬랭이 물었다.

아네트는 그 장면이 떠오르는 걸 막을 수가 없었다. 보고 싶지 않았지만 도저히 막을 수가 없었다. 드레스를 날리며 방 안을 서성이다가 데뮬랭에게 내 인생에서 떠나 달라고 말하던 모습. 창문을 두드리던 비. 그리고 그 입맞춤, 뤼실이 들어오지 않았더라면 걸어 잠근 문과 침대의자 위의 볼썽사나운 욕구 충족으로 이어졌을 잠깐의 그 입맞춤. 아네트는 빛바랜 파란 우단으로 씌운 그 똑같은 가구를 물끄러미 바라보았다.

"아네트, 당신 왜 화난 얼굴이지?" 클로드가 물었다.

"화 안 났어요, 오늘은 기분이 좋아요."

"정말? 말은 그렇게 하면서. 하여간 여자들이란!" 그는 다정하게 말하면서 데뮬랭의 눈치를 살폈다. 데뮬랭은 차갑게 클로드를 쳐다보았다. 이번에도 잘못 말했군. 클로드는 생각했다. 저 녀석의 남녀 평등 의식에 잔불을 끼얹었구나. "뤼실도 똑같이 감정이 복잡한 모양인데. 부디—" 클로드는 데뮬랭에게 다가갔다. 손을 그의 어깨에 없으려던 모양이었지만 손은 허공에서 머뭇거리다가 힘없이 옆으로 떨어졌다. "그저, 부디 행복하게나."

아네트가 말했다. "카미유, 지금 사는 아파트가 좋긴 한데 어디 좀 더 넓은 데로 옮기면 좋겠어. 가구도 좀 더 필요할 거고— 침대 의자 마음에 들어? 전부터 마음에 들어 했잖아."

데물랭은 눈을 내리깔았다. "좋아하다 뿐인가요? 꿈속에서도 못 잊었죠."

"가죽도 새로 입힐 거야."

"그런 생각 아예 마세요. 건드리지 말고 그냥 두세요."

클로드는 약간 어리벙벙한 모양이었다. "그럼 가구 이야기는 두 사람이 알아서 나누도록 하고." 그는 정중하게 미소 지었다. "자네 때문에 정말이지 난 항상 놀란다니까."

오를레앙 공이 말했다. "두 사람이? 잘된 거지? 요즘은 통 좋은 소식이 없었잖아." 몇 달 전 뤼실은 심사를 받으러 왔었고 공작은 그녀를 합격시켰다. 뤼실은 잉글랜드 여자에 버금가는 품격이 있었다. 사냥터에서도 보기가 좋았다. 머리를 획 젖히는 동작이라든가 유연한 척추라든가. 좋은 선물을 하나 줘야지, 그는 결심했다. "라 클로, 좀 낡았지만 비어 있고 정원이 있고 침실이 열두 개 있는 내 그 삼층 집이 뭐지? 그 거리 모퉁이에 있는?"

"정말 멋져! 우리 아버지가 뭐라고 하실지 궁금하네요! 우리가 이 근사한 집을 갖게 된다니! 침대의자도 얼마든지 들여놓을 수 있고." 데물랭이 말했다.

아네트는 두 손으로 머리를 감쌌다. "맥이 빠질 때가 있어. 그렇게 많은 사람들이 챙겨주지 않으면 카미유는 어떻게 될까? 생각 좀 해봐요. 공작이 생각해낼 수 있는 가장 크고 눈에 훤히 보이는 뇌물인데 그런 집을 어떻게 받을 수가 있는 거지? 안 좋은 소리가 나돌지 않을까? 왕당파 신문에서 달려들지 않을까?"

"그러겠지요." 데물랭이 말했다.

아네트는 한숨을 쉬었다. "그냥 돈으로 달라고 해. 집 이야기가 나왔으니 말인데 이리 와봐요." 그녀는 부르라렌에 있는 자기 집 도면을 펼쳤다. "집을 지어주고 싶어서 작은 집을 좀 그려봤거든. 여기지 아마, 보리수 거리 끝자락." 손으로 가리켰다.

"왜요?"

"왜냐고? 왜냐하면 내 휴가가 중요하니까. 카미유하고 클로드 두 사람이 한집에서 서로 비웃으면서 의미심장한 침묵을 지키도록 만들 생각은 없거든. 그건 연옥으로 주말 소풍을 가는 거나 다를 바 없어." 아네트는 자기가 그린 도면으로 머리를 숙였다. "전부터 아담한 별장을 설계하고 싶었거든. 물론 난 의욕은 넘치지만 아마추어니까 중요한 부분 몇 군데는 밖에 맡겨야겠지. 걱정 말아요, 카미유를 위한 예쁜 침실은 잊지 않고 넣을 테니까. 기분이 나면 나도 잠깐 카미유를 보러 놀러 갈 수도 있고."

아네트는 웃었다. 데물랭은 무척 혼란스러운 모양이었다. 공포와 쾌락 사이에서 어쩔 줄 모르는 모양이었다. 아네트는 앞으로 몇 년은 이래저래 꽤 재미있겠다고 생각했다. 데물랭은 정말로 범상치 않은 눈을 지녔다. 진한 회색인데 검정에 가까웠다. 사람의 눈이 어떻게 저럴 수 있나 싶었다. 홍채와 동공이 거의 맞닿아 있었다. 데물랭의 눈은 이제 미래를 바라보는 듯했다.

"생쉴피스에서 3시에 고해가 있어." 아네트가 말했다.

"알아요." 데물랭이 말했다. "다 말해 뒀습니다. 팡스몽 신부한테 연락을 해 두었어요. 그래도 귀띔을 하는 게 예의다 싶어서요. 3시 정각에 갈 것이다, 난 이런 거 매일 하는 사람이 아니고 기다리는 건 딱 질색이다, 말해 두었습니다. 오시는 거죠?"

"마차를 준비해줘요."

교회 밖에서 아네트는 마부에게 이른다. "우리 아마ㅡ 얼마나 걸릴까? 고해 오래 하는 거 좋아해요?"

"전 사실은 아무것도 고해하지 않을 겁니다. 가벼운 실수 몇 개나 밝힐. 30분이면 돼요."

검은 외투를 입은 남자가 서류 뭉치를 팔에 끼고 뒤에서 왔다 갔다 하고 있었다. 시계가 정각을 쳤다. 남자가 그들에게 다가왔다. "정각 3시입니다, 데물랭 씨. 들어가실까요?"

"이쪽은 제 변호사입니다." 데물랭이 말했다.

"뭐?" 아네트가 말했다.

"제 변호사이자 공증인이죠. 교회법에 밝습니다. 미라보가 추천했어요."

검은 외투 남자는 흡족한 표정이었다. '참 별일이지, 아직도 미라보를 만나는구나.' 아네트는 생각했다. 하지만 이런 발상이 마음에 들지는 않았다. "카미유, 고해를 하는데 변호사를 대동한다고?"

"세상일은 모르는 거라서요. 죄를 심하게 지은 사람은 이런 거 우습게 보면 안 돼요."

데물랭은 교회 분위기에 어울리지 않게 경망스러운 걸음걸이로 먼저 안으로 휙 들어갔다. "난 그냥 무릎만 꿇고 있을 거야." 아네트가 데물랭 옆으로 살짝 떨어지면서 말했다. 조용했다. 한 무리의 노파들이 좋았던 시절이 다시 오게 해 달라고 빌고 있었고 작은 개 한 마리가 웅크린 채 코를 골고 있었다. 사제는 목소리를 낮출 아무런 이유가 없다고 생각하는 모양이었다. "왔습니까?"

데물랭이 공증인에게 말했다. "적으세요."

"솔직히 올 거라고는 생각하지 않았습니다. 연락을 받고 처음에는 장난이라고 생각했습니다."

"장난이라니요. 저라고 해서 은총을 못 받는 건 아니잖습니까?"

"가톨릭 신자입니까?"

잠깐 침묵이 흘렀다.

"왜 물으십니까?"

"가톨릭 신자가 아닌 분에게는 성사를 할 수가 없습니다."

"좋습니다. 그럼 가톨릭 신자입니다."

"전에 말하기를…… (아네트는 사제의 헛기침 소리를 들었다.) 전에 신문에서 말하기를, 마호메트의 종교도 예수 그리스도의 종교와 마찬가지로 타당하다고 하지 않으셨던가요?"

"제 신문을 읽으셨군요?" 데물랭이 뿌듯한 목소리로 말했다. 침묵이 흘렀다. "그럼 우리 결혼식을 못 올려주시겠다는 건가요?"

"가톨릭 신앙을 공표하지 않으면 곤란합니다."

"신부님에게는 그럴 권리가 없습니다. 제 말 믿으세요. 미라보 말로는—"

"언제부터 미라보가 교회 신부였나요?"

"미라보가 들으면 좋아하겠네요, 제가 전하지요. 생각을 바꾸십시오, 신부님, 전 사랑에 깊이 빠진 사람입니다. 신부님은 정욕을 참아도 전 못 참습니다, 사도 바울로도 말씀하셨지 않습니까, 정욕에 불타느니 차라리 결혼하라고."

"바울로 성인 이야기가 나왔으니 말인데, 교회의 권위는 하느님의 명에서 나온 것임을 일깨워드려도 될까요. 그리고 누구든 그런 권위에 맞서는 사람은 하느님의 법에 맞서는 것이요, 거기에 맞서는 사람은 저주를 받을 것임을 일깨워드려도 될까요." 사제가 말했다.

"그러세요, 전 그런 위험은 감수하겠습니다. 너무 잘 아시겠지만 14절에 그런 말이 있지요. 믿지 않는 남편은 아내로 말미암아 거룩하게 되리니. 방해를 하시겠다면 저로서는 교회위원회로 이 구절을 가져갈 수밖에 없습니다. 신부님은 형제가 가는 길에 그저 걸림돌을 놓고 일을 벌려놓을 뿐입니다. 법으로 가서 좋을 게 없지요. 속을 땐 속더라도 차라리 그런 괴로움을 견디는 게 사람의 도리지요. 6장을 보세요."

"불신자들이나 법으로 가는 겁니다. 상스 교구의 대주교는 불신자가 아닙니다."

"그게 아니라는 거 잘 아시면서. 제가 어디서 공부했다고 생각하세요? 제 앞에서 이런 너저분한 이야기를 늘어놓는다고 해서 통할 거 같습니까? 아니." 데물랭은 변호사에게 말했다. "그건 안 적어도 돼요."

그들은 나왔다. "틀렸다." 데물랭이 말했다. "내가 성급했어." 공증인은 겁먹은 얼굴이었다. "페이지 상단에다 '변호사 L. C. 데물랭의 결혼 진행 문제'라고 적으세요. 맞아요, 그 밑에다 줄도 몇 개 그어놓고." 데물랭은 아네트의 팔을 잡았다. "기도하고 있었나요? 위원회로 바로 가져갑시다." 데물랭이 어깨 너머로 말했다.

"교회도 안 되고 사제도 없고. 끝내주네요." 뤼실이 말했다.

"상스 교구의 대주교 말이 자기 연간 수입이 나 때문에 절반으로 줄었대." 데물랭이 말했다. "자기 성이 불에 타 잿더미가 된 것도 내 탓이라네. 아델, 그만 웃어요."

그들은 아네트의 응접실에 둘러앉아 있었다. "저기 막시밀리앙, 자넨 사람들 문제 잘 풀잖아. 이거 좀 풀어봐." 데물랭이 말했다.

아델은 진정하려고 애썼다. "고분고분한 사제 몰라요? 학교 다닐 때 알고 지내던?"

로베스피에르가 고개를 들었다. "베라디에 신부님은 설득할 수 있겠지? 우리 마지막 교장이었는데." 그가 설명했다. "루이르그랑에서. 그리고 지금은 의회에 들어오셨지. 맞아, 카미유…… 자넬 항상 좋아하셨잖아."

"지금은 날 보면 웃어요. '내 예상대로 되었구나.' 꼭 이렇게 말하는 거 같아. 그 사람은 헌법 앞에서 선서하기를 거부할 거라고들 하던데."

"그런 건 신경 쓰지 마요. 한번 해보는 거지 뭐……." 뤼실이 말했다.

"조건이 있네." 베라디에가 말했다. "자네 신문에다가 신앙을 공식적으로 밝힐 것. 반교회 비방을 간행물에 싣는 행위를 중단할 것, 그리고 간행물에서 고질적인 신성모독 논조를 없앨 것."

"그럼 전 어떻게 살라고요?" 데물랭이 물었다.

"바보도 아니고 교회와 맞붙기로 결심했을 때는 이 정도는 내다 보았어야지. 하기야 자넨 10분 뒤도 어떻게 살아갈지 아무 계획이 없는 친구였지만."

"이런 조건을 못박고서 베라디에 신부가 생쉴피스 교회에서 자네 결혼식을 올려주도록 허락하겠네. 그렇지만 나 같으면 죽어도 못해, 이건 베라디에 신부가 실수하는 거야." 팡스몽 신부가 말했다.

"저 친구는 충동의 화신입니다. 언젠가는 그 충동이 저 친구를 바른 쪽으로 인도할 겁니다. 안 그런가 카미유?" 베라디에 신부가 말했다.

"문제는 새해가 되기 전까지 논쟁거리를 발표하는 것을 생각할 수 없다는 겁니다."

신부들은 눈길을 주고받았다. "그럼 1791년 첫 호 신문에서 발표할 거라고 기대하겠네."

데물랭은 고개를 끄덕였다.

"약속하겠나?" 베라디에가 물었다.

"약속합니다."

"자넨 항상 거짓말을 밥 먹듯이 했지."

"그자는 안 할 거야. 공표부터 하고 결혼은 나중에 하라고 말했어야 했는데." 팡스몽 신부가 말했다.

베라디에는 한숨을 쉬었다. "어쩌겠습니까? 양심은 강요할 수 없으니까요."

"로베스피에르 대의원도 자네 학생이었던 것으로 아는데?"

"잠깐이었습니다."

팡스몽 신부는 엄청 고생했겠다 싶은 얼굴로 상대를 바라보았다. "그래서 가르치는 일을 이제 그만둔 거군?"

"그 친구들보다 심한 애들도 많습니다."

"난 더 심한 애는 생각 안 나는군."

결혼 증인: 로베스피에르, 페티옹, 작가 루이세바스티앙 메르시에, 오를레앙 공의 친구 드 실레르앙 후작. 의회의 좌익 세력, 주류 문단, 오를레앙 공과 관계를 감안하여 외교적으로 선발된 진용.

"괜찮은 거지? 사실은 라파예트, 루이 쉴로, 마라하고 사형 집행인 상송 씨를 원했거든." 데물랭이 당통에게 말했다.

"당연히 괜찮지." 어차피 난 모든 것의 증인이 될 테니까. 당통은 생각했다. "이제 자넨 부자가 되는 거지?"

"지참금이 십만 리브르야. 값 나가는 은도 제법 있고. 날 그런 식으로 쳐다보지 마. 나도 노력할 만큼 했다고."

"바람은 피우지 않을 건가?"

"당연하지." 데물랭은 깜짝 놀란 듯했다. "질문이 뭐 그래. 난 뤼실을 사랑해."

"그냥 궁금해서. 의사를 분명히 해 두는 것도 좋겠다는 생각이 들어서 말이야."

그들은 코르들리에 거리에 있는 아파트 이층으로 들어갔다. 당통네 바로 이웃이었다. 12월 30일 그들은 결혼식 피로연을 하면서 손님 백 명을 들었다. 어둡고 얼어붙은 날이 적대적 호기심을 품고 불이 켜진 창문들을 비벼댔다. 새벽 1시가 되니 어느새 둘만 남았다. 뤼실은 이제는 구깃구깃해지고 몇 시간 전에 샴페인을 쏟아서 끈적끈적해진 분홍 웨딩드레스를 아직도 입고 있었다. 뤼실은 파란색 침대의자에 드러눕더니 구두를 벗어 던졌다.

"정말 대단한 날이야! 성자들의 결혼 기록에도 이런 게 있었을까? 세상에, 떼지어 훌쩍거리고 섭섭해하고 엄마는 울고 아버지도 울고 늙은 베라디에는 대놓고 당신한테 그렇게 훈계를 하고, 당신도 울고, 신도석에서 훌쩍거리지 않는 파리의 절반은 길거리에 서서 구호를 외치고 야한 소리를 해대고. 그리고—" 뤼실의 목소리가 흐려졌다. 그날의 울렁거리는 흥분이 파도처럼 몰려왔다. '바다에 나가면 아마 이런 기분이겠지.' 데뮬랭이 아득히 멀리서 자기한테 말을 하는 것처럼 여겨졌다.

"……이런 행복이 나하고 상관 있으리라고는 꿈에도 생각 못 했어. 이 년 전까지도 난 아무것도 없었는데 지금은 당신이 있고 쪼들리지 않고 살 만한 돈도 있고 유명해졌으니……." 데뮬랭이 말했다.

"너무 많이 마셨나 봐요." 뤼실이 말했다.

결혼식을 돌이켜보니 모든 것이 몽롱해 보이는 것이 어쩌면 아직까지도 취한 느낌이 들었고 잠시 아찔하면서 우리가 정말 결혼한 게 맞나 하는 생각이 들었다. 취하면 자격이 없는 건가? 지난주에 아파트를 살피러 갔을 땐 어땠지? 그땐 말짱했던가? 아파트는 어디 있지?

"언제들 가나 싶더니만." 데뮬랭이 말했다.

뤼실은 데뮬랭을 올려다보았다. 이 순간을 위해 말하려고 했던 모든 것, 이 순간을 위해 준비한 그 모든 예행 연습, 사 년의 예행 연습, 그런데 지금 막상 닥치고 보니 메스꺼운 미소밖에 지을 수가 없었다. 그녀는 핑핑 돌아가는 방을 멈추려고 억지로 눈을 떴다가, 다시 눈을 감고, 그냥 돌아가게 두었다. 침대의자에서 돌아 엎드려서 무릎을 당겨 생설피스의 개처럼 편한 자세를 취하고는 기분 좋은 신음을 살짝 내뱉었다. 그리고 잤다. 어떤 친절한 사람이 그녀의 뺨 밑으로 손을 살그머니 밀어 넣더니 손을 쿠션으로 바꾸었다.

"저 사람들 하는 말이 내가 이런 사람이 될 거라는군." 왕이 말했다. "불쌍한 주교들에게 시키는 헌법 서약을 내가 옹호하지 않으면." 그는 안경을 고쳐 쓰고 〈인민의 벗〉을 읽어 나갔다.

"……자유의 적, 음흉한 음모가, 가장 비겁한 위증인, 명예도 모르고 부끄러움도 모르는 군주, 저질 중의 저질……." 왕은 말을 끊고 신문을 내려놓고 왕실 휘장을 수놓은 손수건으로 세게 코를 풀었다. 옛날 식으로 만들어진 수건으로 그가 지니고 있던 마지막 수건이었다. "마라 박사, 당신도 새해 복 많이 받으시게." 왕이 말했다.

3장

미라보의 죽음

(1791)

1791년: "라파예트는 원래의 겸손함을 잃고 점차 공화정을 세운 크롬웰의 행보에 접근하고 있습니다." 미라보가 왕비에게 귀띔했다.

우린 끝장났다, 우린 볼 장 다 봤다. 마라가 말한다. 앙투아네트 패거리는 오스트리아와 손잡았다. 군주들이 나라를 배신하고 있다. 이만 명을 처형해야 한다.

프랑스는 라인 강 쪽에서 침공당할 것이다. 6월이면 왕의 동생 아르투아가 코블렌츠에서 군사를 일으킬 것이다. 데물랭 변호사의 오랜 고객인 콩데 공은 보름스에서 병력을 지휘할 것이다. 콜마르를 근거지로 삼은 제3의 병력은 체형과 기질로 인해 '술통' 미라보로 불리는 미라보의 동생이 통솔할 것이다.

술통은 프랑스에서 지낸 마지막 몇 달을 '가로등 검사'를 집요하게 소송으로 몰아세우면서 보냈다. 이제 술통은 군사력으로 거리에서 그를 몰아세울 참이다. 망명자들은 구체제를 한 치의 훼손도 없이 고스란히 되살리고 라파예트를 총살대 앞에 세우고 싶어 한다.

그들은 마땅히 유럽 열강의 지지를 요청한다.

그러나 열강은 그들대로 생각이 있었다. 혁명 세력의 위험성은 의심할 여지가 없다. 그들은 우리 모두를 더없이 끔찍한 방식으로 위협한다. 하지만 루이는 죽지도 않았고 폐위되지도 않았다. 튈르리 궁전에 들여놓은 가구와 그곳에서 이루어지는 약속은 베르사유 궁전에는 못 미칠지 몰라도 루이는 아직 불편을 모르고 산다. 혁명이 끝나고 호시절이 돌아오면 루이는 뼈아픈 교훈이 자신에게 살이 되었음을 인정하고 나설지도 모를 일이다. 아무튼 부자 이웃이 세금을 못 걷어서 쩔쩔매고 정예군이 폭동으로 거덜나고 민주주의자 신사들께서 스스로를 조롱거리로 만드는 모습을 지켜보는 것은 남모를 고약한 즐거움을 안겨주었다. 유럽에서 신이 세운 질서를 유지하긴 해야겠지만 지금으로서는 부르봉의 백합 문장을 다시 금박으로 입힐 필요는 없었다.

루이로 말할 것 같으면, 망명자들은 그에게 수동적 저항 운동에 합류하기를 권유했다. 몇 달이 흐르면서 망명자들은 루이에게 기대를 접기 시작했다. 그들은 왕의 동생 프로방스 백작이 들려준 경고를 서로에게 일깨웠다. "미끌미끌한 상아 구슬 여러 개를 한데 모을 수 있다면 그때는 왕하고 뭔가 일을 도모할 수 있을지도 모르지요." 루이의 발언은 하나같이 새로운 질서에 굴종하는 것이라서 망명자들은 미칠 지경인데 루이는 자기가 하는 말은 정반대로 받아들이면 된다는 언질을 나중에야 몰래 전해 온다. 망명자들은 국민의회 그 무뢰배, 그 불한당, 그 야만인 중에서 왕의 이익을 챙겨주는 무리가 있다는 발상을 이해할 수가 없다. 왕비도 이해하지 못하기는 매한가지다. "내가 그자들을 만나거나 그자들과 어떤 식으로든 관계를 맺는다면 그건 그자들을 이용하려는 생각에서다. 그자들은 나한테는 너무 소름이 끼쳐서 난 도저히 그자들과 어울릴 수가 없다."
미라보는 이제 어쩌나.

왕비의 가치에 대해서는 어쩌면 라파예트가 더 냉철하게 보았는
지도 모른다. 라파예트는 (들리는 말로는) 왕비의 불륜을 밝혀서 오
스트리아로 보따리를 싸 들고 가도록 만들 의향이 있다고 왕비의
면전에서 말했다. 이런 목적을 위해서 라파예트는 매일 밤 문 하나
에는 보초를 세우지 않는다. 왕비의 애인 악셀 폰 페르센을 들이기
위해서다. "화해는 이제 불가능하다."라고 왕비는 쓴다. "피해는 오
직 군사력으로만 원상회복할 수 있다."

예카테리나 여제. "나는 오로지 빈과 베를린의 궁정을 프랑스 사
태에 끌어들이는 데에 매달리고 있다. 그래야 내 손이 자유로워지니
까." 예카테리나의 손은 여느 때처럼 자유롭게 폴란드의 숨통을 조
인다. 그녀는 바르샤바에서 반혁명을 일으킬 것이고 프로이센으로
하여금 파리에서 반혁명을 일으키도록 유도할 것이라고 말한다. 오
스트리아의 레오폴트는 폴란드, 벨기에, 투르크 문제로 경황이 없고
영국의 윌리엄 피트 총리는 인도와 금융 개혁에 골몰한다. 그들은
프랑스가 분열과 자중지란으로 (그들이 생각하기로는) 약해져서 더는
자기들의 책략에 위협이 되지 않기를 기다렸고 지켜보았다.

프로이센의 빌헬름 프리드리히는 조금 생각이 달랐다. 그는 전쟁
이 터지리라고 보는데 프랑스하고 한판 붙게 되면 좋은 결과를 얻
겠다 싶다. 그가 파리에 박아놓은 밀정들은 앙투아네트와 오스트리
아에 대한 증오를 들쑤시고 무력 사용을 부추기고 형세를 뒤흔들어
결국 폭력으로 치닫도록 공작을 벌인다. 반혁명에 정말로 열광하는
사람은 스웨덴의 구스타브다. 그는 프랑스 구체제의 도움으로 스웨
덴에서 절대 왕정을 되찾았고 프랑스 구체제로부터 연간 백오십만

리브르의 지원금을 받아 왔다. 구스타브와 그가 꿈꾼 가상의 다국적군은 파리를 지구상에서 쓸어낼 것이다. 그리고 마드리드에는 반동 의식에 불타는 좀 모자란 왕이 있다.

그들은 이 혁명 세력이 인류의 재앙이라고 말한다. 과인이 저들에게 맞서 나서리라 — 그대들이 먼저 나선다면.

파리에서 보는 앞날은 위태롭다. 마라는 도처에서 음모가들을 보았다. 반역의 산들바람이 국왕의 처소 창밖에 내걸린 새 삼색기를 어루만진다. 국민방위대가 지키는 건물 안에서 왕은 먹고 마시고 뚱뚱해지며 태연자약하다. 왕은 언젠가 이렇게 쓴 적이 있다. "나의 가장 큰 문제는 마음이 느긋하다 보니 머리 쓰는 것이 하나같이 피곤해지고 괴로워졌다는 것이다."

좌파 언론에서 라파예트는 이제 그의 작위로 불리지 않고 그저 '모티에'라는 성으로 불린다. 왕은 루이 카페로 불린다. 왕비는 '왕의 부인'으로 불린다.

종교적 알력이 있다. 프랑스 사제들의 약 절반이 헌법 앞에서 선서를 하기로 했다. 나머지는 선서 거부파 사제라 불린다. 주교 중 일곱 명만이 새로운 질서를 지지한다. 파리에서는 수녀들이 어물전 여자들한테 공격을 받는다. 고집불통 팡스몽 신부가 있는 생쉴피스에서는 "가네, 가네, 귀족은 가로등으로 가네." 같은 건전 가요를 부르면서 군중이 신도석을 누빈다. 왕의 고모인 아델라이드 부인과 빅투아르 부인은 로마로 몰래 떠났다. 애국파들은 두 늙은 귀부인이 왕세자를 짐 속에 넣어 가지 않았음을 확인받고서야 직성이 풀렸다. 교황은 성직자 공민 헌장(성직자 민사 기본법)이 분열을 조장한다고 선언한다. 경관의 잘린 머리 하나가 교황청 대사의 마차 안으로 날아 들어온다.

팔레루아얄의 한 노점 자리에서는 '야만인' 남녀가 알몸을 드러낸다. 그들은 돌을 먹고 알지 못할 말로 떠들고 동전 몇 잎에 홀레붙는다.

바르나브, 여름: "한 걸음만 더 자유로 나아가면 군주정이 무너지고 한 걸음만 더 평등으로 나아가면 사유재산이 사라질 것이다."

데물랭, 가을: "우리의 1789년 혁명은 잉글랜드 정부와 일부 귀족이 맺은 거래였다. 어떤 부류는 베르사유 귀족들을 내몰고 그들의 성, 저택, 직위를 차지할 심산이었고 어떤 부류는 새로운 상전으로 우리 위에 올라앉을 심산이었다. 상원과 하원을 도입하고 잉글랜드와 같은 헌법을 만들자는 것이 모두의 생각이었다."

1791년: 18개월의 혁명, 그리고 새로운 압제 치하.

"내가 한 번이라도 법에 대한 불복종을 옹호한 적이 있다고 말하는 사람은 거짓말쟁이다." 로베스피에르는 말한다.

부르라렌의 1월. 아네트 뒤플레시는 창가에 서서 뜰에 그늘을 드리우는 호두나무 가지를 가만히 바라본다. 여기서는 터를 쌓는 새 별장의 공사 현장이 잘 보이지 않았다. 그들의 마음은 폐허처럼 음울했으므로 차라리 잘된 일이었다. 아네트는 자기 뒤편의 방 안에서 부풀어오르는 침묵에 짜증이 나서 한숨을 내쉬었다. 다들 그녀가 돌아서서 뭐라고 한마디 해주기를 속으로 간절히 바라고 있으리라. 아네트가 지금 방에서 나가기라도 하면 나중에 돌아왔을 때는 방에서 찬바람이 쌩쌩 불리라. 오전에 같이 초콜릿을 먹는 자리에서도 긴장감이 흘러야 한단 말인가?

클로드는 우파 가십 신문인 〈도시와 왕실〉을 읽고 있었다. 약간 격앙된 분위기가 감돌았다. 데물랭은 자주 그러듯이 아내를 가만히 바라보고 있었다. (결혼하고 이틀 만에 뤼실은 영혼을 잡아먹을 듯한 데 물랭의 그 까만 눈이 근시라는 사실을 알고는 깜짝 놀랐다. "안경을 써야 할 거 같은데요." "그거 다 겉멋이야.") 뤼실은 영국 작가 새뮤얼 리처드슨의 소설 《클라리사》의 번역본을 건성으로 읽고 있었다. 몇 분마다 뤼실의 눈은 책장과 남편의 얼굴을 오갔다.

아네트는 클로드가 저렇게 뚱한 것은 아침마다 딸의 상기된 볼에서 성적인 성취감을 읽어냈기 때문이 아닌가 싶었다. 당신은 저 애가 아직도 인형만 있으면 아쉬울 것이 없는 아홉 살 아이였으면 좋겠다는 거지. 아네트는 생각했다. 그녀는 앞으로 숙인 남편의 머리를 찬찬히 살폈다. 단정히 빗긴 잿빛 머리카락에는 어김없이 분이 발려 있었다. 시골로 잠시 바람을 쐬러 와도 클로드는 조금도 흐트러진 모습을 보이지 않았다. 몇 발자국 떨어진 자리에서 데물랭은 산울타리 속에서 잘못 둔 자기 바이올린을 찾아 헤매는 집시처럼 보였다. 그는 무너지는 사회 질서를 미묘하게 비꼬는 듯한 옷을 입는 것으로 일류 재단사가 쏟아 부은 정성을 매일 짓밟았다.

클로드가 읽던 신문이 툭 떨어졌다. 데물랭이 몽상에서 번쩍 깨어나 고개를 돌렸다. "이번엔 뭔데요? 말씀드렸잖아요, 그런 거 읽다간 기절하실 거라고."

클로드는 할 말을 못 찾는 듯했다. 그저 신문을 가리켰다. 아네트는 아버지가 비명을 삼킨다고 생각했다. 데물랭이 손을 뻗자 클로드는 신문을 가슴에 꼭 끌어안았다. "그러지 말아요, 클로드. 신문 이리 줘요." 아네트가 아이한테 말하듯이 말했다.

데물랭은 눈으로 페이지를 쓱 훑어 내려갔다. "뤼리, 잠시만 자리 피해줄래?"

"싫어요."

어디서 이런 애칭을 얻었지? 당통이 뤼실을 그렇게 부른 것 같기도 했다. 너무 좀 친밀하다고 생각했는데 이제는 데물랭이 그 말을 쓴다. "하라는 대로 하려무나." 아네트가 말했다.

뤼실은 움직이지 않으면서 생각했다. 이제 나도 결혼했어. 누가 이래라 저래라 할 순 없는 거야.

"그럼 그대로 있든가. 당신이 기분 상할까 봐 그랬지 다른 이유는 없었어. 이 기사를 보니까 당신은 아버님 딸이 아니라고 하네." 데물랭이 말했다.

"제발 입에 담지 말게. 그 신문 태워버리게나." 클로드가 말했다.

"루소가 말했잖아요. 태우는 건 답이 안 된다고." 아네트는 어두워 보였다.

"난 누구 딸이에요? 엄마 딸, 아니면 주워 온 아이?" 뤼실이 물었다.

"자긴 엄마 딸이고 자기 아버지가 아버지처럼 모시는 테레 신부님의 딸이지."

뤼실이 키득거렸다. "뤼실, 내가 너 못 때릴 줄 알지." 아네트가 말했다.

"따라서 지참금은, 기근 때 신부가 곡물에 투기해서 벌어들인 돈이다." 데물랭이 말했다.

"그 분은 곡물에 투기하지 않았네." 클로드는 얼굴이 벌게져서 데물랭을 적의의 눈길로 쏘아보았다.

"했다고 하는 게 아닙니다. 신문을 그대로 읽는 거지요."

"그야…… 그렇지." 클로드는 처량하게 시선을 돌렸다.

"테레 신부를 본 적이 있으세요?" 데물랭이 아네트에게 물었다.

"한 번인가? 세 마디쯤 주고받았나."

"테레는 여자들 사이에서 평판이 있잖아요." 데물랭은 클로드에게 말했다.

"그건 그 사람 탓이 아니야." 클로드가 다시 격분했다. "사제가 되고 싶어서 된 게 아니라고. 집에서 강요한 거지."

"제발 진정해요." 아네트가 말했다.

클로드는 두 손을 무릎 사이에 끼고 앞으로 몸을 수그렸다. "테레 같은 사람은 없다. 열심히 일했고 열정도 있었어. 사람들은 그분을 두려워했어." 클로드가 말을 멈추었다. 근래 들어서 처음으로 자신이 종결부에 새로운 진술을 덧붙였음을 깨달은 모양이었다.

"아버님도 두려워하셨나요?" 데물랭이 물었다. 클로드에게 점수를 따려는 게 아니라 단순히 궁금해서였다.

클로드는 생각에 잠겼다. "그랬을지도 모르지."

"저도 사람이 두려울 때가 아주 많거든요. 그걸 인정한다는 게 좀 끔찍하잖아요." 데물랭이 말했다.

"이를테면 누구?" 뤼실이 물었다.

"글쎄, 기본적으로 난 파브르가 두려워. 내가 말을 더듬었다 싶으면 나를 잡아 흔들고 머리를 잡아당겨서 벽에다 쾅쾅 부딪치거든."

"아네트, 다른 지적도 있었소. 다른 신문들에." 클로드가 말했다. 그는 슬쩍 데물랭을 바라보았다. "내 마음에서 떨쳐내려고 나도 애썼는데."

아네트는 가만히 있었다. 데물랭은 〈도시와 왕실〉을 방 구석으로 휙 집어 던졌다. "고소할 겁니다."

클로드는 고개를 들었다. "뭘 한다고?"

"명예훼손으로 고소할 겁니다."

클로드가 벌떡 일어섰다. 자네가 고소를 한다니, 자네가. 자네가 누군가를 명예훼손으로 고소한다니." 클로드는 방에서 걸어 나갔

다. 그가 계단을 오르면서 내뱉는 허탈한 웃음소리가 그들의 귀에
들렸다.

2월, 뤼실은 집에 가구를 들여놓고 있었다. 쿠션은 분홍색 비단
으로 할 생각이었는데 데물랭은 때에 찌든 코르들리에 사람들이 함
부로 다루면 몇 달 뒤에 과연 그게 남아날까 의아했다. 하지만 메리
스튜어트 스코틀랜드 여왕의 삶과 죽음을 새긴 동판화 세트를 뤼실
이 새로 들여놓았을 때는 쓴소리를 속으로 꿀꺽 삼켰다. 데물랭은
그림들이 영 마음에 들지 않았다. 여왕의 바람둥이 남편 보스웰의
무자비하고 호전적인 눈빛은 앙투안 생쥐스트를 연상시켰다. 기괴
한 전통 의상을 입은 거구의 하인들은 날이 넓은 칼을 흔들었다. 킬
트 치마를 입은 신사들이 비탄에 빠진 스코틀랜드 여왕이 배에 올라
타는 것을 거들었다. 처형당할 때 메리 여왕은 몸매가 잘 드러나는
옷을 입었고 꼭 스물세 살 난 처녀처럼 보였다. "되게 낭만적이잖아
요?" 뤼실이 말했다.

이사를 온 뒤로 집에서 〈프랑스 혁명〉을 만들 수 있게 되었다. 잉
크로 범벅이 된 다혈질에다 말이 억센 사람들이 계단을 쿵쾅쿵쾅
오르내리면서, 당연히 답을 알 것이라 여기면서 뤼실에게 이것저것
물어댔다. 교정을 봐야 할 원고들이 책상 다리 주위에 헝클어져 있
었다. 영장을 들고 온 사람들은 대문 앞에 모여 앉아서 시간을 때우
느라 가끔은 카드 놀이도 했고 주사위도 던졌다. 똑같은 건물이었
고 길모퉁이를 돌면 나오는 당통의 집도 마찬가지였는데, 생면부지
의 사람들이 하루 종일 쿵쾅거리며 드나들었고 식당은 열심히 휘갈
겨대는 사내들에게 점거당했다. 부부의 침실은 초과 인원을 수용하
는 거실이었고 간선도로였다.

"책장을 더 주문해야겠어요. 바닥에다 잡동사니들을 잔뜩 쌓아 두니까 아침에 침대에서 나올 때 미끄러져요. 이 헌 신문들은 다 필요한 거예요?" 뤼실이 물었다.

"그럼. 내 적수들의 비일관성을 찾아내는 데 필요해. 그래야 그자들이 의견을 바꿀 때 괴롭힐 수 있지."

데물랭은 수북한 더미에서 신문 하나를 들어올렸다. "에베르 거네. 기분 나쁜 쓰레기." 뤼실이 말했다.

르네 에베르는 이제 파이프 담배를 피우며 성격이 호탕한 '뒤셴 영감'이라는 가공의 서민적 인물을 통해서 자신의 생각을 퍼뜨리고 있었다. 신문은 하나부터 열까지 저속했다. 논리는 아주 단순했고 상소리로 도배가 되어 있었다. "뒤셴 영감이 굉장한 왕당파라 이거지." 데물랭은 재빨리 어떤 구절에 표시를 했다. "분명히 기억해 두겠다, 에베르."

"에베르가 정말 뒤셴 영감 같아요? 정말로 파이프 담배를 피우고 욕을 해요?"

"전혀 아니지. 나약하고 몸집도 작아. 좀 별난 건 손이 흐느적거린다는 거. 꼭 돌을 들추면 나오는 벌레 같아. 그런데 뤼리, 행복해?"

"너무너무."

"진짜? 아파트 맘에 들어? 이사 가고 싶어?"

"아니, 이사하고 싶은 마음 없어요. 아파트가 맘에 들어요. 다 좋아. 아주 행복해요." 뤼실의 감정은 이제 표면 바로 밑에서 찰랑거리면서 뚜껑을 열어 달라고 그녀의 섬세한 살갗을 긁는 것처럼 보였다. "다만 무슨 일이 일어날까 봐 걱정이에요."

"무슨 일이 일어난다는 거야?" (데물랭은 무슨 일이 일어날지 알았다.)

"오스트리아 사람들이 와서 당신을 쏜다거나. 왕실에서 당신을 암살한다거나. 납치해서 어딘가 감옥에 가두면 난 당신이 어디 있는지도 모르고."

뤼실은 손으로 자기 입을 막았다. 마치 그렇게 하면 쏟아져 나오는 두려움을 막을 수 있기라도 한 것처럼.

"난 그렇게 중요한 인물이 아니야. 그들도 나한테 자객을 보낼 만큼 한가하지도 않고."

"당신을 죽이겠다고 협박하는 편지를 읽었어요."

"남의 편지나 읽으니 사서 걱정을 하지. 모르면 더 좋을 일들이나 알게 되고."

"누가 이렇게 살도록 우리를 몰아가는 걸까?" 데물랭의 어깨에 대고 뤼실이 말했다. "머지않아 우리도 마라처럼 지하실에서 살아야 할 거야."

"눈물을 거둬요. 누군가 왔어."

로베스피에르가 멈칫했다. 당황한 표정이었다. "가정부가 들어가도 된다고 해서."

"괜찮아요." 뤼실이 몸짓으로 방 안을 가리키면서 말했다. "보시다시피 사랑의 보금자리는 아니니까요. 침대에 걸터앉아도 좋고 위에 올라와도 좋고 편한 대로 하세요. 오늘 아침 내가 옷을 입는 동안에도 파리의 절반은 여기 있었어요."

"이사를 오고 나서는 뭘 찾을 수가 없어." 데물랭이 투덜댔다. "그리고 자넨 모를 거야. 결혼이란 게 얼마나 시간을 잡아먹는지. 천장을 칠할까 말까부터 시작해서 정말 말도 안 되는 거 하나하나를 다 결정해야 하니. 난 페인트는 저절로 칠해지는 줄로만 알았지

뭔가."

로베스피에르는 앉지 않았다. "오래 못 있어. 국민방위대에 대한 내 시론을 자네가 다뤄주겠다고 약속했는데 다 썼나 궁금해서 온 거야. 지난 호에 보니까 없더군."

"아이쿠, 어디 있을 텐데. 자네 글 말이야. 또 한 부 있나? 가만, 자네가 쓰면 되잖아. 그게 더 빠르지." 데물랭이 말했다.

"내 생각을 요약해서 독자들에게 알리는 건 어려울 거 없지만 난 그 이상을 기대했지. 내 생각이 타당한지, 내 생각이 논리적인지, 조리 있게 표현되었는지 여부를 자네 입으로 말해줬으면 했거든. 내 입으로 자화자찬을 할 수야 없지 않겠어?"

"아무 문제 될 거 없는데."

"건성으로 듣지 말게. 난 낭비할 시간이 없어."

"미안." 데물랭은 머리를 쓸어 넘기고 빙긋 웃었다. "하지만 자네가 우리의 편집 기준이라는 거 몰랐나? 자넨 우리의 영웅이야." 데물랭은 로베스피에르에게 다가가서 가운뎃손가락 끝으로 어깨를 아주 살짝 건드렸다. "우린 자네의 원칙 전반에 감탄하고 특히 자네의 행동과 글을 지지하네. 따라서 자네의 홍보를 게을리하는 일은 없을걸세."

"그렇지만 게을리하지 않았나?" 로베스피에르는 뒤로 물러섰다. 화가 난 얼굴이었다. "맡은 일부터 해줬으면 좋겠어. 자넨 너무 태평해, 믿을 수가 없어."

"그래, 미안해."

뤼실은 짜증을 느꼈다.

"막시밀리앙, 이이는 어린 학생이 아니에요."

"오늘 오후에 쓰겠네. 그리고 오늘 저녁 자코뱅에도 오게." 데물랭이 말했다.

"당연하지."

"독재자가 따로 없군요 정말." 뤼실이 말했다.

"그게 아닙니다, 뤼실." 로베스피에르는 진지하게 뤼실을 바라보았다. 그의 목소리가 갑자기 부드러워졌다. "카미유는 독촉을 해야 합니다. 워낙 몽상가라서요. 나만 해도―그는 시선을 떨구었다.―뤼실 당신과 얼마 전에 결혼했다고 하면 당신하고 더 시간을 보내고 싶은 유혹을 느낄 거고 내가 해야 하는 일에는 별로 신경을 안 쓸 겁니다. 그리고 카미유는 스스로 유혹을 이겨내는 데에는 무능하거든요, 정말 그래요. 그리고 전 독재자가 아닙니다, 그런 말은 하지 마세요."

"알았어요, 하루 이틀 알고 지낸 사이도 아니니까 넘어가죠. 하지만 그 목소리 그 태도. 그런 건 우파를 몰아붙일 때를 위해 아껴 두세요. 가서 그 사람들이나 벌벌 떨게 하라고요."

로베스피에르의 얼굴이 굳어졌다. 방어적이고 상심한 듯한 표정이었다. 뤼실은 왜 데물랭이 늘 사과하는 쪽을 선택하는지 이해가 갔다. "아, 카미유는 몰아붙이면 좋아하거든요. 성격이 워낙 그래요. 당통도 그렇게 말하고요. 그럼 이만. 오늘 오후에 쓸 거지?" 로베스피에르는 상냥하게 덧붙였다.

"자." 뤼실이 말했다. 둘은 눈길을 주고받았다. "가시가 돋쳐 있었죠? 무슨 뜻이었을까요?"

"아무것도 아니야. 당신이 뭐라고 비판하니까 흔들렸을 뿐이야."

"그 사람한테는 뭐라고 하면 안 돼요?"

"안 돼. 막시밀리앙은 그걸 가슴에 새기고 그것 때문에 힘들어해. 게다가 그의 말이 맞기도 하고. 시론을 잊은 건 내 불찰이잖아. 막시밀리앙을 너무 몰아세우지 마. 그 친구가 퉁명스러워 보이는 건 부끄러움이 많기 때문이야."

"그 정도는 진작에 넘어섰어야죠. 다른 사람들한테는 그런 사정 안 봐주잖아요. 게다가 막시밀리앙한테는 나약한 구석이 없다고 나한테 말한 적도 있잖아요."

"하루하루는 약한 모습을 보이지. 그래도 끝에 가면 약한 면은 전혀 없어."

"당신은 날 떠날 거 같아요. 다른 사람 때문에." 뤼실이 뜬금없이 말했다.

"왜 그런 상상을 해?"

"오늘은 자꾸 그런 생각이 들어요. 무슨 일이 벌어질지 자꾸 떠올라요. 사람이 이렇게 행복할 수 있다는 게, 잘못된 것이 하나도 없다는 게 믿겨지지가 않아서."

"지금까지 살아온 인생이 행복하지 않았다고 생각해?"

표정은 그렇지 않았지만 뤼실은 솔직하게 대답했다. "그래요."

"나도. 하지만 이제부턴 아니야."

"거리에서 당신이 사고로 죽을 수도 있어요. 죽을지도 모르잖아. 자기 누이도 결핵으로 죽었잖아요." 뤼실은 살갗 밑의 조직을 들여다보기라도 하겠다는 듯이, 그래서 어떤 만일의 사태로부터도 지켜주겠다는 듯이 데뮬랭을 자세히 뜯어보았다.

데뮬랭은 돌아섰다. 감당할 자신이 없었다. 행복이 습관이 될까봐, 마음결에 새겨진 자질이 될까 봐 두렵기만 했다. 행복이 아이였을 적에 배우는 걸까 봐, 일곱 살이 되었을 무렵이면 익혀야 하는, 라틴어나 그리스어보다 더 난해한 언어일까 봐 겁이 났다. 익히지 못하면 어쩌지? 행복에 둔감하고 행복을 못 알아보는 색맹이라면 어쩌지? 글을 못 읽는 것이 부끄러워서 남들 앞에서 글을 읽을 줄 아는 것처럼 구는 사람들이 있다는 생각이 들었다. 물론 머지 않아 그들은 들킬 것이다. 하지만 글을 읽을 줄 아는 것처럼 용감하게 굴다 보면 글을 읽는 원리를 처음으로 깨우치면서 살아남는 것도 언제든지 가능하다. 같은 이치로 불행한 사람이라도 행복의 기본 표현을 자꾸 익히다 보면 이 무시당한 언어의 문법과 구문이 마음 어딘가에서 되살아날 수도 있다. 그거야 문제될 게 없다. 하지만 그 과정은 몇 년이 걸릴 수도 있다. 데물랭은 생각했다. 그는 뤼실의 고충을 이해했다. 행복의 언어에 능통해질 때까지 내가 살아남으리란 걸 어떻게 알 수 있을까?

〈인민의 벗〉 497호, 편집인 장폴 마라:

당장 군사재판부를, 최고 독재자를 지명하라. …… 지금의 지도부에 계속해서 귀 기울여서는 가망이 없다. 그들은 그대들의 적이 담장 앞에 이를 때까지 계속해서 아양을 떨고 자장가를 불러댈 것이다. …… 국민의회의 모든 반역자 중에서도…… 모티에의 머리, 바이의 머리를 쳐야 할 때다. …… 며칠 안에 루이 16세는 모든 불평분자들과 오스트리아 군대의 선봉에 설 것이다. …… 조금만 저항을 해도 총을 난사하여 그대들의 도시를 파멸시키겠다고 사방에서 떠들어댈 것이다. …… 애국자는 모조리 체포되고 이름 있는 논객들은 토굴로 질질 끌려갈 것이다. …… 이대로 며칠 더 꾸물대다가는 무기력함을 떨쳐내기에 너무 늦다. 그대들이 자는 동안 죽음이 그대들을 덮칠 것이다.

미라보의 집에 온 당통.

"그래 어찌 되어 가오?" 백작이 물었다.

당통은 고개를 끄덕였다.

"진짜 궁금해서 말이지." 미라보는 웃었다. "당신은 철저히 냉소적인 건가, 아니면 말하기 부끄러운 이상을 품고 있는 건가? 어느쪽에 선 거요 진짜? 자, 궁금해 죽겠다고. 누가 왕이 되어야 하는 거야, 루이야 오를레앙이야?"

당통은 대답하기를 거부했다.

"아니면 둘 다 아닌 거야? 당신 공화파요?"

"중요한 것은 정부를 나타내는 딱지가 아니라 정부의 본질이고, 정부가 운영되는 방식이고, 인민이 움직이는 정부인지 여부라고 로베스피에르는 말합니다. 가령 크롬웰의 공화정은 인기 있는 정부가 아니었습니다. 저도 동감합니다. 군주정으로 부르느냐 공화정으로 부르느냐는 저한테는 중요하지 않아 보입니다."

"본질이 중요하다는 얘기인데, 정작 자네가 선호하는 본질은 말하지 않는군."

"저도 생각이 있어서 그러는 겁니다."

"그야 그렇겠지. 당신은 구호 뒤에 많은 걸 숨길 수 있으니까. 자유, 평등, 우애의 이름으로."

"전 그 구호에 동의합니다."

"당신이 그걸 지어냈다고 들었소만. 자유 안에 들어 있는 게 도대체 뭐요?"

"제가 정의를 해드려야 합니까? 그냥 가슴으로 아셔야죠."

"그거야 유치한 감상이고."

"압니다. 침실뿐 아니라 정치에서도 감상이 발붙일 자리는 있는 겁니다."

백작은 고개를 들었다. "침실 얘기는 나중에 하자고. 우리 좀 더 현실적인 이야기를 해볼까? 코뮌이 개편될 거고 선거가 있을 예정이오. 시장 다음 자리는 행정관이오. 행정관은 열여섯 자리이고. 듣자 하니 당신도 거기 들어가고 싶어 한다던데. 왜지?"

"보탬이 되고 싶어서요."

"그야. 나도 한자리는 하리라 보는데. 당신 동료들 중에서는 시에예스하고 탈레랑을 기대해도 좋을 거요. 얼굴 표정을 보니 그래도 같이 있으면 마음이 편할 변절자들인가 보군. 그런데 내가 당신을 지지하려면 온건하게 처신하리라는 확신이 있어야겠는데."

"있지 않습니까."

"당신을 말하는 거요. 알아듣겠소?"

"네."

"정말이오?"

"네."

"난 당신을 알아. 나하고 비슷하거든. 괜히 사람들이 당신을 가난한 사람들의 미라보라고 부를 턱이 없지. 그렇지 않소? 당신 몸속에는 온건함이 눈곱만큼도 없어."

"우리는 외견만 닮은 듯한데요."

"호, 본인은 온건하다고 생각한다?"

"글쎄요. 안 될 것도 없지요. 불가능한 일은 많지 않으니까."

"당신은 타협하고 싶어 할지도 모르지만 그건 당신의 천성에 맞지 않아. 당신은 사람들하고 일하는 게 아니라 사람들 위에서 일하거든."

당통은 고개를 끄덕였다. 한 방 먹었다. "내 마음대로 사람들을 몰아가지요. 온건한 쪽이 될 수도 있고 극단적인 쪽이 될 수도 있고."

"그래, 그런데 문제는 온건함은 유약함으로 보인다는 거 아니겠소? 그건 내가 당신보다 이런 쪽으로 흘러왔기에 잘 알지. 그리고 극단주의로 말하면 당신의 코르들리에 언론인들이 나한테 퍼붓는 공격이 달갑지 않아."

"언론은 자유입니다. 우리 지구에선 글 쓰는 사람에게 이래라 저래라 하지 않습니다."

"바로 옆집에 사는 언론인한테도? 당신이 시킨 줄 알았는데."

"데물랭은 항상 여론을 앞질러야 합니다."

"그런 시절도 있었지, 여론이라는 게 없었을 때. 여론이란 건 누구도 들어보지 못했지." 미라보는 턱을 문지르면서 깊이 생각에 잠겼다. "좋았어, 당통, 뽑혔다고 생각하시오. 온건해지겠다는 약속 기억하리다, 그리고 나도 당신의 지원을 기대하겠소. 자, 이제 재미난 얘기 합시다. 결혼 생활은 어떤가?"

뤼실은 양탄자를 내려다보았다. 좋은 양탄자였고, 따지고 보면 돈을 들인 보람이 있었다. 지금은 양탄자의 무늬에 딱히 감탄을 하고 싶은 마음은 없었지만, 자기 얼굴 표정에 자신이 없었다.

"카롤린, 왜 이런 얘기를 다 나한테 하는 건지 모르겠네요." 뤼실이 말했다.

카롤린 레미는 파란 침대의자에 앉아 두 발을 모았다. 그녀는 몽탕시에 극단에 속한 잘생긴 젊은 여배우였다. 카롤린은 두 사람하고 사귄다. 한 사람은 파브르 데글랑틴이고 또 한 사람은 에로 드 세셸이다.

"인정머리 없는 사람들한테 당신이 이런 얘기를 듣지 않게 하려고요. 그 사람들은 당신을 망신 주고 당신의 어리숙함을 조롱하면서 희열을 느끼잖아요." 카롤린은 고개를 갸웃하면서 손가락으로 머리카락을 꼬았다. "어디 보자— 지금 몇 살이죠?"

"스물이요."

"어머, 어머." 카롤린이 말했다. "스물!" 자기 나이도 거기서 거기 같은데, 뤼실은 생각했다. 하지만 그녀의 몸에서는 뭐랄까 관록 같은 것이 당연히 묻어났다. "세상에, 그럼 세상 물정은 하나도 모르겠네."

"몰라요. 요즘엔 사람들이 계속 그 얘기를 하더군요. 사람들 말이 맞는 건가." 인정하니까 죄의식이 느껴졌다. 지난주에 데물랭은 뤼실을 바로잡으려고 노력했다. "자꾸 반복된다고 해서 진실이 되는 건 아니잖아." 하지만 다들 저렇게 우기는데 어떻게 차분할 수 있단 말인가?

"어머니께서 아무 얘기도 안 해주셨다니 놀랍네요. 카미유에 대해서는 모르는 게 없으실 텐데. 그렇지만 내가 용기를 내서—못 그래서 정말 미안해요.— 크리스마스 전에 당신한테 와서 가령 페랭 변호사에 대해서 이야기했다면 당신은 어떤 반응을 보였을까요?" 카롤린이 물었다.

뤼실은 고개를 들었다. "정말 흥미진진했을 거예요."

카롤린이 기대한 대답이 아니었다. "당신은 이상한 여자군요." 카롤린이 말했다. 이상하면 자기만 손해라고 그녀의 표정은 분명히 말했다. "앞으로 벌어질 일에 대비를 해야 해요."

"상상해보려고 해요." 뤼실이 말했다. 문이 탕 열리고 데물랭의 조수 한 사람이 들어와서 질문을 퍼붓기 시작하면서 잘못 놓인 종이를 열심히 뒤지면 얼마나 좋을까? 하지만 그날따라 집은 조용했다. 비극 여배우답게 약간 쉰 듯하면서도 울림이 있는 잘 훈련받은 카롤린의 목소리만 들렸다.

"불륜은 견딜 수 있겠지요." 카롤린이 말했다. "이 바닥에서는 그런 건 이해를 해줘요." 그녀는 시의적절한 약간의 간통은 미학적으로도 사회적으로도 크게 나무랄 데가 없음을 나타내듯 우아한 손가락을 펼쳐 보였다. "사람 사는 게 그렇잖아요. 나도 혼자서 재미 보지 말란 법도 없는 거고요. 다른 여자들은 이겨낼 수 있어야죠. 너무 집 가까이 오지만 않는다면—"

"잠깐 그게 무슨 뜻이죠?"

카롤린이 눈을 동그랗게 떴다. "카미유는 매력적이거든요. 내가 경험자라서 알아요."

"그 사람하고 같이 잠을 잤다면 도대체 내 앞에서 왜 이런 얘기 하는 건지 모르겠네." 뤼실은 중얼거렸다. "난 그런 정보 없어도 사는 데 문제없어요."

"날 친구로 여겨 달라니까요." 카롤린이 입술을 깨물면서 말했다. 적어도 뤼실이 임신하지는 않았음은 알아냈다. 결혼을 왜 서둘렀는지는 몰라도 임신 때문에 그런 것은 아니었다. 알아낼 수 있을지는 몰라도 뭔가 훨씬 더 흥미로운 이유일 것이다. 카롤린은 돌돌 말았던 머리카락을 제자리로 보내 매만지고 침대의자에서 일어섰다. "가야겠다. 연습 때문에."

연습 같은 건 안 해도 될 거 같은데요, 아주 완벽하신데요. 뤼실은 속으로 말했다.

카롤린이 떠나자 뤼실은 의자에 등을 파묻고서 심호흡을 하면서 마음을 가라앉히려고 애썼다. 가정부 자네트가 들어와서 얼굴을 살폈다. "오믈렛 좀 드셔보세요." 자네트가 권했다.

"그냥 내버려 둬요. 그 음식만 먹으면 왜 만사가 해결된다고 생각하는지 모르겠네."

"가서 어머니라도 모시고 올까요?"

"나도 이 나이면 엄마 없이도 살 수 있다고 생각하고 싶어요." 뤼실이 말했다. "엄마 없이도 해 나갈 수 있다고 생각하고 싶어요."

뤼실은 얼음물 한 잔을 마셨다. 손이 아리고 속이 얼얼했다. 데물랭은 5시 15분에 돌아와서 펜과 잉크부터 챙겼다. "자코뱅에 가 있어야 돼." 그가 말했다. 6시까지는 시간이 있었다. 뤼실은 데물랭의 지저분한 글씨가 구불구불 궤적을 그려 나가는 모습을 내려다보았다. "교정 볼 시간도 없네." 그는 휘갈겼다. "뤼리…… 무슨 일 있어?"

뤼실이 앉아서 힘없이 웃었다. "아무 일 없어요."

"거짓말은 아무나 하나." 데물랭은 문장을 줄이고 있었다. "당신은 거짓말 못 해."

"카롤린 레미가 다녀갔어요."

"음." 가벼운 경멸의 표정이 데물랭의 얼굴을 스쳐 지나갔다.

"하나 물어보고 싶어요. 좀 힘들지도 모르지만."

"해봐." 데물랭은 고개를 들지 않았다.

"그 여자하고 잤어요?"

데물랭은 종이를 보며 인상을 썼다. "말이 좀 이상하네." 그는 한숨을 쉬고 종이 옆에다 써 내려갔다. "내가 아무하고나 잤다는 거 아직도 몰랐어?"

"그래도 알고 싶어서."

"왜?"

"왜냐고요?"

"왜 알고 싶은 건데?"

"왠지는 모르겠어요, 정말."

데물랭은 종이를 북 찢더니 바로 새 종이에 매달렸다. "이런 대화 너무 한심하군." 그는 잠시 글을 썼다. "내가 자기하고 잤대?"

"그렇게 많이 말하지는 않았어요."

"그럼 왜 그런 생각을 하는 건데?" 그는 유의어를 생각하느라 천장을 올려다보았다. 머리를 탁 치는 순간 납작하고 붉은 겨울 등잔불이 머리카락에 닿았다.

"눈치가 그랬어요."

"오해했나 보네."

"그럼 그런 적 없다고 말해주면 안 돼요?"

"어느 땐가 그 여자하고 밤을 보냈을 수도 있지만 기억이 분명하지가 않아." 데물랭은 단어를 알아냈고 새 종이로 손을 뻗었다.

"어떻게 기억이 분명하지가 않아요? 기억을 못 할 수는 없잖아요."

"왜 기억을 못 할 수 없어? 기억이 가장 수준 높은 인간의 활동이라고 모두가 생각하는 건 아니야, 당신처럼."

"기억을 못 한다는 건 무시의 극치라고 생각해요."

"나도 그렇게 봐. 브리소 신문 최근 호 봤어?"

"저기 있어요. 거기 당신 글이 실렸던데요."

"그래."

"그런데, 기억을 못 한다는 게 무슨 뜻이에요?"

"난 정신을 다른 데 두고 사는 놈이라고 다들 말하잖아. 꼭 밤이 아니었을 수도 있어. 오후였을 수도 있어. 아니면 그저 몇 분, 아니면 전혀 아니었을 수도 있고. 그 여자를 다른 사람으로 생각했는지도 모르고. 내 마음이 다른 데 가 있었을 수도 있지."

뢰실은 웃었다.

"기분 좋으면 안 되는데. 충격을 받아야 하는 거 아닌가."

"그 여자는 당신이 아주 매력적이래요."

"고맙기도 해라. 그렇게 생각하지 않으면 어쩌나 걱정이 이만저만 아니었거든. 찾는 페이지가 없네. 뿔이 나서 난로에 처넣은 모양이다. 미라보는 브리소를 문학의 기수라고 부르던데. 무슨 뜻인지는 모르겠지만 굉장히 모욕적으로 여기더라고."

"그 여자가 당신이 전에 알고 지냈던 변호사 얘기도 했어요."

"변호사가 오백 명이나 되는데 누구?"

그러나 이제 데물랭은 방어적으로 나왔다. 뢰실은 대답하지 않았다. 데물랭은 펜을 조심스럽게 닦아서 내려놓았다. 그리고 속눈썹 밑으로 슬쩍 곁눈질을 했다. 그러더니 살며시 웃었다.

"아이, 그런 식으로 쳐다보지 마요." 뢰실이 말했다. "이만저만 재미 본 거 아니거든 하고 나한테 말하려는 사람처럼 보이잖아. 사람들이 알아요?"

"아는 사람도 분명히 있겠지."

"우리 엄마도 알아요?"

묵묵부답.

"왜 난 몰랐지?"

"왜 그랬을까. 아마 그땐 당신이 한 열 살쯤 됐을 거야. 우린 모르고 지냈고. 그런 주제를 꺼낸다는 것도 좀 그랬을 테고."

"아. 그 여자가 그게 그렇게 오래전이었단 소리는 안 했어요."

"보나마나 자기 입맛에 맞는 소리만 했겠지. 당신, 이게 그렇게 중요해?"

"별로요. 괜찮은 사람이었나 보네."

"그랬지. 아, 그렇게 말해주니 마음이 놓인다. 나한테 정말 굉장히 잘해줬지. 어쨌든 보답하는 일 치고는 그건 어려운 일이 아니었거든."

뤼실은 데물랭을 물끄러미 바라보았다. 참 특이한 사람이라고 뤼실은 생각했다. "그렇지만 이제는 (알맹이를 파악했다는 느낌이 번쩍 들었다.) 당신은 공인이에요. 당신의 행동거지가 누구한테나 중요해요."

"그리고 이젠 당신과 결혼했지. 내 아내를 너무 사랑해서 꼬투리를 잡을 게 없다는 푸념 말고는 누구한테서도 이제 욕먹을 일이 없을 거야." 데물랭은 의자를 뒤로 밀었다. "자코뱅 사람들은 기다려도 돼. 오늘 밤은 연설 듣고 싶은 생각이 안 드네. 연극 평이나 써야겠다. 그럴까? 난 당신을 극장에 데리고 가는 게 좋아. 당신하고 사람들 속으로 걸어가는 게 좋아. 부러워하거든. 내가 정말 좋아하는 게 뭔지 알아? 난 사람들이 당신을 보면서 생각을 품는 모습을 보는 게 좋아. 이러면서 말이야, 저 여자 결혼했어?─했어.─그럼 풀이 죽었다가도 이런 생각을 하는 거야. 했구나, 했으면, 했다고 한들? 그러고는 또 말하지, 누구하고 했는데? 그럼 누군가가 대답해, 가로등 검사하고. 그럼, 아, 하고는 눈이 게슴츠레해져서는 그냥 가 버리지."

뤼실은 얼른 가서 옷을 갈아입고 극장에 갈 채비를 했다. 아무리 생각해봐도 정말 말을 돌리는 솜씨에는 감탄하지 않을 수 없었다.

체구가 작은 여자가 페티옹과 팔짱을 끼고 승마 연습장에서 나왔다. 롤랑의 아내 마농이었다. "파리가 무척 달라졌네요, 육 년 전에 여기 왔었는데. 그때 일은 죽어도 잊지 못할 거예요. 밤이면 밤마다 극장에서 살았어요. 내 생애 최고의 시간이었어요." 마농이 말했다.

"이번에도 그런 시간을 보낼 수 있어야 할 텐데요." 페티옹이 정중하게 말했다. "브리소 이 친구한테 들었는데 파리 토박이시라면서요."

너무 나가지 마라, 제롬. 페티옹의 친구 브리소는 생각했다.

"그렇긴 하지만 남편 일로 지방에서 워낙 오래 지내다 보니 이제는 그렇게 말할 자격이 없답니다. 돌아오고 싶을 때가 참 많았는데— 리옹의 시정 덕분에 이 자리에 있네요."

브리소는 여자가 소설처럼 말한다고 생각했다.

"부군께서 나무랄 데 없는 대표자라고 전 확신합니다만, 리옹의 사업을 너무 빨리 정리하시지 않았으면 좋겠다는 은근한 희망을 저희가 품을 수 있도록 해주십시오. 당신의 조언과 눈부신 인품을 누리는 수혜를 그리 일찍 잃어버리기는 싫으니까요." 페티옹이 말했다.

여자는 페티옹을 힐끗 올려다보고 빙긋 웃었다. 아담하고 약간 통통하고 눈은 담갈색이고 진한 적갈색 곱슬머리에 얼굴은 갸름한, 페티옹 자신이 좋아하는 유형이었다. 차림새는 나이보다 좀 어려 보인다고 할까? 얼마나 먹었을까, 서른다섯쯤? 페티옹은 여자의 풍만한 가슴에 자기 머리를 묻을 가능성을 계산해보았다. 물론 시간이 걸리는 일이겠지만.

"리옹 통신원에 대해서 브리소한테 자주 들었습니다. 브리소가 '로마의 여인'이라고 부르더군요. 물론 쓰신 글들도 다 읽었고요. 우아한 문장과 거기에 영감을 준 고결한 마음씨를 모두 우러러보게 되었지요. 그렇지만 고백하건대 이렇게 미모와 기지가 완벽하게 조화를 이룬 분을 보게 될 줄은 꿈에도 몰랐습니다." 페티옹이 말했다.

마농의 준비된 웃음에 담긴 실낱같은 딱딱함은 페티옹의 발언이 도를 넘은 것이었음을 보여주었다. 브리소는 좀 더 노골적으로 눈을 부라리며 싫은 내색을 했다. "그래, 국민의회를 보신 소감이 어떻습니까, 부인?"

"아주 점잖게 말하자면, 시효가 다 되었다는 생각이 드네요. 어떻게 그렇게 제멋대로일 수가 있는지! 항상 오늘 같은가요?"

"유감스럽게도 그렇습니다."

"시간 낭비가 심해요 ─ 아이들처럼 싸움질이나 하고. 좀 더 수준이 높을 줄 알았거든요."

"자코뱅들은 더 마음에 드셨겠네요. 거긴 좀 더 멀쩡한 모임이니까."

"적어도 그 사람들은 당면한 문제에 관심이 있어 보여요. 의회에도 애국자들은 분명히 있겠지만 다 큰 어른들이 그렇게 쉽게 속아넘어간다는 데에 충격을 받았어요." 그들은 달갑지 않은 결론에 마농의 눈이 어두워진 것을 볼 수 있었다. "그들 중에 첩자도 있는 거 같아서 걱정이에요. 틀림없이 그들 중에는 왕실에 매수된 사람도 있어요. 그렇지 않다면 우리 일이 이렇게 지지부진할 리가 없죠. 유럽에서 자유가 명함을 내밀려면 군주들부터 모조리 없애야 한다는 걸 저들은 이해하지 못하는 건가요?"

시정 일을 보던 당통이 걸어가고 있었다. 그는 돌아서서 눈썹을 치켜세우고는 모자를 벗고 짧게 한마디 하면서 지나갔다. "안녕하십니까 여러분, 그리고 혁명 여사님."

"이런! 누구였어요?"

"당통 변호사입니다. 수도의 걸물 중 하나죠." 페티옹이 부드럽게 말했다.

"그러네요." 마농은 당통의 멀어져 가는 등에서 마지못해 시선을 거두었다. "그런데 저런 흉터가 어떻게 생겼죠?"

"아무도 신경쓰지 않습니다." 브리소가 말했다.

"짐승처럼 생겼어요!"

페티옹이 웃었다. "교양인입니다. 직업은 변호사고 아주 확고한 애국잡니다. 사실은 시 행정관 중 한 명이고요. 겉보기와는 다른 사람입니다."

"그랬으면 좋겠네요."

"부인께서는 자코뱅에서 누굴 보셨나요? 우리 친구들 중에서 누굴 보셨지?" 브리소가 물었다.

"드 콩도르세 후작을 만나셨고 — 아차, 후작이라고 하면 안 되지. — 뷔조 대의원도 보았고. 참, 부인, 자코뱅에서 기분 나쁘게 여기셨던 그 작달막한 친구 생각나시나요?"

'이렇게 무례할 데가. 나도 작달막하지만 너처럼 뒤룩뒤룩한 것보다는 낫다.' 브리소는 생각했다.

"관람용 안경으로 사람들을 바라보며 빈정대던 그 잘난 사람 말인가요?"

"네. 그 친구가 파브르 데글랑틴인데 당통하고 아주 친합니다."

"그렇게 안 어울리는 짝이 또 있을까." 마농이 돌아섰다. "아, 드디어 남편이 왔네요." 그녀는 남편을 소개했다. 페티옹과 브리소는 롤랑 씨를 쳐다보며 놀라움을 감추느라 애쓰면서 그의 벗겨진 머리와 나이를 먹어 피부가 누렇게 뜬 진지한 얼굴과 여위고 쭈그러든 몸을 음미했다. 아버지라고 해도 되겠다, 둘 다 그런 생각을 했고 또 눈짓을 주고받으면서 그런 생각을 나누었다.

"당신, 좋은 시간 보냈겠지?" 롤랑이 말했다.

"당신이 부탁한 초록을 준비했어요. 숫자들은 모두 확인했고 당신 의회 연설을 위해서 초고를 여러 종류로 작성했어요. 마음에 드는 쪽을 말해주면 그걸로 최종 원고를 만들려고요. 아무 문제 없어요."

"우리 꼬마 비서님." 롤랑은 아내의 손을 들어 입을 맞추었다. "여러분— 내가 이렇게 복이 많은 사람이오. 이 사람이 없으면 난 큰일나지요."

"그래서 말인데요, 부인." 브리소가 말했다. "아담한 살롱을 하나 만들어보시죠. 아니, 얼굴 붉히지 마시고요, 자격이 없는 게 아니라니까요. 시대의 큰 문제를 놓고 토론하는 우리들은 온화한 여성의 기운이 필요합니다." (그래 너 잘났다, 페티옹은 생각했다.) "분위기를 좀 띄우기 위해서 예술계에서도 신사 몇 분을 모셔도 좋겠지요?"

"아뇨." 브리소는 단호한 말투에 놀랐다. "예술가도 안 되고 시인도 안 되고 배우도 안 돼요, 그런 명목으로 오는 건 안 돼요. 우리의 진지한 목표 의식을 쌓아 올려야 해요. 그 사람들이 애국자라면야 물론 얼마든지 환영이지만."

"역시 날카로우시군요." 페티옹이 말했다. "뷔조 대의원에게 부탁해보시죠. 그 사람은 마음에 드셨잖아요."

"네. 보기 드물게 강직한 젊은이처럼 보였어요, 저한테는요. 정말 소중한 애국자로 보였어요. 도덕적인 힘이 있어요."

(그리고 우수에 젖은 준수한 얼굴도 틀림없이 그 친구의 매력과 무관하진 않겠지. 페티옹은 생각했다. 신이시여, 이 작은 여자가 작심을 하고 뷔조를 낚아채는 날 가엾지만 평범한 그의 부인을 보살펴주소서.)

"루베도 데려갈까요?"

"루베는 잘 모르겠어요. 부적절한 책을 쓰지 않았던가요?" 페티 옹은 딱하다는 듯이 마농을 내려다보았다. 마농이 말했다. "제가 시 골뜨기라서 비웃으시네요. 하지만 기준이란 게 있거든요."

"물론이죠. 그렇지만 《기사 포블라의 사랑》은 사실은 무해한 책이었습니다." 페티옹은 자기도 모르게 웃었다. 얼굴이 핼쑥한 루베가 음란 베스트셀러를 썼다는 사실을 상상하려고 애쓸 때마다 사람들이 짓는 웃음이었다. 모두 자전적인 이야기라고 사람들은 말했다.

"그리고 로베스피에르는요?" 브리소가 밀어붙였다.

"로베스피에르도 데리고 오세요. 관심이 가요. 아주 내성적이던데. 그의 반응을 끌어내고 싶거든요."

하기야, 부인이 임자일지도 모르겠군. 페티옹은 생각했다. "로베스피에르는 늘 바쁩니다. 사교 생활을 할 시간이 없지요."

"제 살롱은 어느 누구한테도 사교 생활의 일부가 되지는 않을 거예요." 마농은 상냥하게 바로잡았다. "애국자와 공화주의자가 직면한 문제들을 진지하게 논의하는 공간이 될 거예요."

공화파 이야기를 저렇게 자주 안 했으면 좋겠는데. 브리소는 생각했다. 그런 주제는 살얼음판을 걷듯이 조심스럽게 다루어야 한다. 그는 나중에 충고해주어야겠다고 생각했다. "공화주의자를 바라신다면 카미유를 데리고 가지요."

"그게 누군데요?"

"카미유 데물랭 — 자코뱅에서 아무도 알려주지 않던가요?"

"장발에 어둡고 시무룩한 친구죠." 페티옹이 말했다. "말을 더듬습니다 — 가만, 말을 아예 안 했잖아?" 페티옹이 브리소를 쳐다보았다. "파브르 옆에 앉아서 귓속말을 했죠."

"바늘하고 실처럼 붙어 다니죠." 브리소가 말했다. "대단한 애국자죠, 당연히. 하지만 모범적 시민 의식과는 거리가 멉니다. 카미유는 결혼한 지 몇 주밖에 안 지났는데 벌써 —"

"여러분." 롤랑이 끼어들었다. "제 아내 귀에 들어가도 좋은 이야기인가요?" 그들은 롤랑이 있다는 사실을 깜빡 잊고 있었다. 쾌활하고 발랄한 배우자 옆에서 그는 희미한 잿빛 존재였다. 롤랑이 아내 쪽으로 돌아섰다. "마농, 데물랭 변호사는 똑똑하고 스캔들을 낳는 젊은 언론인인데 '가로등 검사'로 통하기도 한다오."

보드랍고 싱싱한 살갗이 다시 살짝 붉어졌다. 웃음이 순식간에 사라진 마농의 입에는 단호하고 딱딱한 대사만 남았다. "그 사람을 볼 필요는 없을 거 같네요."

"하지만 그 사람을 아는 게 유행이랍니다."

"그게 도대체 무슨 상관이죠?"

"결국 안목이 있다는 소리죠." 페티옹이 말했다.

브리소가 킬킬거렸다. "부인께서는 당통 일파가 영 마음에 안 드시나 봅니다."

"부인만 그러신가 어디." 페티옹이 그녀의 남편 대신 나섰다. "당통은 괜찮은 면이 있지만 양심이 부족한 건 사실이지요. 돈 문제가 허술하고 낭비벽이 있고 돈의 출처도 당연히 의심스럽고. 파브르는 전력이 굉장히 수상쩍은 사람이죠. 카미유가 똑똑한 건 나도 인정하고 인기도 좋지만 절대로 한길을 갈 사람은 아니지요."

"제안이 있습니다." 브리소가 입을 열었다. "의회가 끝나는 시간 — 평일에는 4시쯤이죠. — 과 자코뱅 회의가 열리는 6시 사이에 부인께서 집을 애국파에게 개방하는 게 어떨까요. 사람들이 오고 가고 신날 겁니다."

"유익하기도 하고요." 마농이 덧붙였다.

"제 생각엔 여러분이 이런 판을 벌이기를 잘했다고 생각할 겁니다. 아시겠지만 아내는 교양과 감각이 있는 여자입니다." 롤랑이 말했다. 그는 걸음마를 처음 내디디려는 딸아이를 바라보듯 아내를 내려다보았다.

마농의 얼굴은 들떠서 달아올랐다. "여기에 있었네요— 드디어. 참 오래전부터 지켜보고 고민하고 분노하고 논쟁했는데— 물론 혼자서요. 그렇게 기다리고 갈망했어요, 신앙이 있었으면 아마 기도했을 거예요. 제 관심은 프랑스에 공화정을 세워야 한다, 오로지 거기에 있었거든요. 그런데 전 이제 여기 있어요.—파리에—공화정이 들어설 거예요." 마농은 자신이 아주 자랑스럽게 여기는 하얗고 가지런한 치아를 내보이면서 세 남자를 향해 활짝 웃었다. "곧."

당통은 시청에서 미라보를 보았다. 늦은 3월의 오후 3시였다. 백작은 벽에 기대 있었는데 좀 무리를 했다가 기운을 되찾는 중이기라도 한 듯 입을 약간 벌리고 있었다. 당통은 걸음을 멈추었다. 지난번 모임에서 마지막으로 본 뒤로 백작은 달라져 있었다. 당통은 그런 데에 예민한 사람이 아니었는데도 그걸 알아보았다. "미라보—"

미라보는 서글피 웃었다. "날 그렇게 부르면 안 되지. 이제 내 이름은 리케티야. 귀족 작위는 의회에서 폐지되었단 말이야. 이 포고령을 왕년의 드 라파예트 후작이었던 마리 조제프 폴 이브 로슈 질베르 뒤 모티에는 지지했고 구두공의 아들인 모리 신부는 반대했지."

"괜찮으신 거예요?"

"그럼. 아니, 아니, 사실은, 당통. 나는 아파. 통증이 있어, 여기에. 그리고 시력이 떨어지고 있어."

"의사는 찾아가보셨나요?"

"여러 번. 욱하는 성질 때문이라는군, 습포를 해보래. 자네 요즘 내가 무슨 생각을 하는지 아나?" 얼굴에 동요의 빛이 일었다.

"쉬셔야 합니다, 의자에라도 좀 앉지 않으시고." 당통은 아이나 노인한테 말하듯이 무심결에 그렇게 말하고 말았다.

"의자는 필요 없고 내 말이나 듣게." 그는 당통의 팔에 손을 얹었다. "선왕의 죽음을 생각한다네. 왕이 죽었을 때, 사람들 하는 말이—그는 또 한 손을 자기 얼굴로 가져갔다.—시신에 수의를 입히려는 사람이 아무도 없었다는 거야. 하도 악취가 심하고 하도 끔찍한 몰골이라서 옮을까 봐 겁이 나서 가족 중에서도 나서는 사람이 없었고 시종들도 나 몰라라 했다는 거야. 결국 가난한 날품팔이들을 불러와서 얼마인지는 모르지만 몇 푼 쥐어주고 관으로 옮겼다지. 왕이 그렇게 간 거지. 인부 한 명은 죽었다는군. 사실인지는 모르겠지만. 관을 교회 지하실로 들고 갈 때 길가에 서 있던 사람들이 침을 뱉고 지저분한 소리를 해댔지. '저기 여자를 즐겁게 하는 남자 가신다!'" 미라보는 격분한 얼굴로 당통을 올려다보았다. "세상에, 그런데도 자기들은 끄떡없다는 거야. 자기들은 신의 은총으로 지배하는 거고 자기들 주머니 속에 신이 있다고 생각하는 거야. 저들은 내 충고를 무시하네, 정직하고 사려 깊고 선의에서 나온 내 충고를. 난 저들을 구하고 싶고 그렇게 할 수 있는 사람은 나밖에 없어. 저들은 모든 상식과 보편적 인간성을 무시해도 좋다고 생각해." 미라보는 늙어 보였다. 그의 얽은 얼굴은 격앙되어 벌게졌지만 붉은 거죽 밑은 점토 같았다. "난 죽도록 피곤해. 좋은 시절은 끝났네. 서서히 퍼지는 녹약이라는 게 있다면 말일세, 아무래도 누군가가 나한테 그런 독을 쓴 모양이야. 조금씩 죽어 가는 느낌이 들거든." 미라보는 눈을 깜박거렸다. 그의 눈에 눈물이 고였다. 그는 덩치 큰 개처럼 부들 부들 떠는 듯했다. "부인에게도 안부 전해주시게나. 불쌍한 우리 카 미유에게도. 일해야지." 미라보는 스스로에게 말했다. "돌아가서 일 해야지."

3월 27일 왕년의 드 미라보 백작은 갑자기 지독한 통증을 호소하 면서 쓰러져 쇼세드랑탱 거리에 있는 자택으로 옮겨졌다. 그리고 4월 2일 아침 8시 30분에 혼수 상태에서 눈을 감았다.

요즘 들어 데물랭은 뤼실의 양탄자 취향과 거리를 두려는 듯 긴 두 다리를 말아 올리고서 울타리처럼 수북이 쌓인 책으로 둘러싸인 파란 침대의자로 물러앉았다. 늦은 오후였다. 빛이 사라지고 있었 다. 거리에는 오가는 사람이 거의 없었다. 오늘은 애도의 뜻으로 가 게들이 문을 닫았다. 장례식은 오늘 밤에 횃불 아래에서 열릴 예정 이었다.

데물랭은 아까 미라보의 집에 갔었다. 통증이 심해서 그를 만날 수 없다고 했다. 데물랭은 사정했다. 잠깐이라도 제발, 제발. 사람들 은 저기 문 옆에 있는 방명록에다 이름을 적으라고 했다.

그때 제네바 사람 하나가 지나갔다, 너무 늦게. "미라보가 마지막 에 당신을 찾았어요. 그렇지만 우린 당신이 없다고 말할 수밖에 없 었지요."

왕실에서는 하루에 두 번이나 사람을 보내 용태를 물었다. 미라 보가 왕실을 도울 수 있었을 때는 전혀 사람을 보내지 않았다. 불 신, 회피, 자부심을 이제 모두가 잊는다. 미끌미끌한 약속어음 뭉치 를 헤집듯 나라의 앞날을 움켜잡았던 독불장군의 손을 이제 모두가 잊는다. 모르는 사람끼리 거리에서 서로를 잡아 세우고 앞날에 대한 두려움을 표하고 위로한다.

데물랭의 책상 위에 놓인 글씨를 휘갈긴 종이는 거의 알아볼 수가 없다. 당통이 종이를 집어 들었다. "'그러니 아둔한 사람들이여, 가서 무덤 앞에 엎드려 절하라. 이 희대의 ―' 그 다음에는 뭐라고 쓴 거지?"

"'거짓말쟁이와 도둑에게.'"

당통은 질겁을 하고 종이를 내려놓았다. "그렇게 쓰면 안 되지. 나라의 온 신문이 찬미의 글로 도배가 되었는데. 앙숙이었던 바르나브도 자코뱅에서 찬사를 늘어놓았잖아. 오늘 밤은 코뮌과 온 의회가 장례 행진에 나설 거야. 그렇게 철천지원수였던 사람들도 칭찬을 한다고. 이걸 썼다간 자넨 다음에 사람들 앞에 나타났을 때 갈기갈기 찢겨 나갈지도 몰라. 농담 아니야."

"쓰고 싶은 걸 쓸 뿐이야." 데물랭이 내뱉었다. "의견은 자유니까. 아무리 온 세상이 위선자와 자기 기만으로 뒤덮였기로서니 그 사람이 죽었다고 해서 내 생각을 바꿔야 한다는 법이라도 있나?"

당통은 어이없다는 얼굴로 "관두지." 하고는 가버렸다.

거의 날이 어두워졌다. 뤼실은 콩데 거리에 있었다. 10분이 지났다. 데물랭은 불이 꺼진 방 안에 앉아 있었다. 자네트가 문틈으로 머리를 들이밀었다. "아무하고도 안 만나실 건가요?"

"네."

"로베스피에르 대의원이 오셨어요."

"아니, 들어오라고 해요."

문밖에서 하층 계급 여자가 새치 있게 불러대는 목소리가 들렸다. 난 항상 날 챙겨주는 엄마 같은 사람과 친구가 있구나. 데물랭은 생각했다.

로베스피에르는 안색이 파리하고 안 좋아 보였다. 창백한 피부가 누렇게 떠 있었다. 그는 딱딱한 의자를 불안스럽게 당겨서 데물랭과 마주보며 앉았다. "잠을 못 자나?" 데물랭이 물었다.

"요 며칠은 잘 못 잤어. 악몽을 꾸는데 눈을 뜨면 숨쉬기가 힘들어." 머뭇거리며 갈빗대에 손을 얹었다. 로베스피에르는 다가올 여름이 두렵고 담장과 거리와 관공서의 숨막히는 장막이 두려웠다. "건강해졌으면 좋겠는데. 지금은 겨우겨우 버틴다네."

"뭐라도 한 병 따서 명예로운 망자를 위해 마실까?"

"고맙지만 됐어. 요즘 너무 많이 마셨거든." 로베스피에르는 미안해하면서 말했다. "오후에는 술을 입에 대지 말아야겠어."

"지금이 오후인가 어디." 데물랭이 말했다. "막시밀리앙, 이제 무슨 일이 벌어질까?"

"왕실은 새로운 고문을 물색하겠지. 의회도 새로운 주인을 찾을 테고. 그가 주인이었지, 의회 사람들은 노예 기질이 있으니까— 마라의 말마따나." 로베스피에르는 의자를 살짝 앞으로 끌어당겼다. 공모는 완벽했다. 미라보를 파악한 것은 세 사람뿐이었다. "바르나브가 이제 떠오르겠지. 미라보에 비할 건 아니지만."

"자네는 미라보를 미워했지."

"아니." 로베스피에르는 고개를 재빨리 들었다. "난 미워하지 않아. 미움은 판단을 흐리거든."

"난 판단하지 않아."

"그렇지. 그래서 내가 끼어들려는 거지. 자넨 사건은 판단해도 사람은 판단 못 하거든. 미라보하고 너무 가깝게 지냈지. 위험한 일이었어."

"그래. 그래도 그 사람을 좋아했어."

"알아. 그 사람이 자네한테 베풀었고 자네의 신뢰를 얻었다는 거 나도 인정해. 그 사람이 자네 아버지가 되고 싶어 하는 게 아닌가 하는 생각이 다 들더군."

세상에, 정말 그렇게 느꼈단 말이야? 내 감정은 꼭 자식으로서 느낀 감정은 아니라는 생각이 드는데. 데물랭은 생각했다. "아버지 란 알다가도 모를 동물이야."

로베스피에르는 한동안 말이 없었다. 그러더니 입을 열었다. "앞 으로는 개인적으로 관계를 맺는 데 조심해야겠어. 사적인 관계를 끊 어야 할지도 모르겠어." 로베스피에르는 와서 말하려고 했던 것을 불쑥 말했음을 깨닫고, 말을 멈추었다.

데물랭은 말없이 그를 바라보았다. 잠시 후 데물랭이 먼저 침묵 을 깼다. "미라보 문제로 온 게 아닌 거 같은데. 내가 틀렸을지도 모 르지만, 혹시 아델하고 결혼할 뜻이 없다는 말을 하려고 오늘 저녁 을 고른 거 아닌가."

"아무도 다치게 하고 싶지 않아. 그게 이유야 정말."

로베스피에르는 데물랭의 눈을 피했다. 그들은 한동안 침묵을 지 키며 앉아 있었다. 자네트가 들어와서 두 사람에게 미소를 짓고 등 잔불을 켰다. 그녀가 나가자 데물랭이 벌떡 일어섰다. "그러면 안 되지." 그는 몹시 화가 나 있었다.

"설명하기가 어려워. 조금만 참아줘."

"나더러 이야기를 해 달라. 그건가?"

"그래줬으면 한 거지. 솔직히 뭐라고 해야 할지 모르겠어. 아델을 거의 모르겠다는 느낌이 든다는 거 자네도 알아줬으면 해."

"모르고서 그런 게 아니잖아."

"나한테 소리 지르지 마. 구체적으로 얘기가 오고 간 건 없었고 확정된 건 아무것도 없었어. 이대로는 못 하겠어. 시간이 지날수록 더 안 좋아져. 그 여자는 나보다 좋은 사람하고 얼마든지 결혼할 수 있어. 난 어디서부터 시작해야 할지 하나도 모르는 놈이야. 내가 결혼할 처지인가?"

"아닐 건 또 뭐야?"

"왜냐하면 ─ 왜냐하면 난 항상 일이거든. 일하는 게 의무처럼 여겨져서 일을 해. 가정에 쏟을 시간이 없어."

"하지만 자네도 밥은 먹어야 하고 어딘가에서 잠을 자야 하고 집이 있어야 돼. 아무리 자네라고 해도 어쩌다가 한 시간은 내야 한다고. 아델은 무리한 기대를 하지 않아."

"그게 전부는 아니고. 혁명을 위해서 내가 희생을 해야 할 수도 있거든. 난 기꺼이 그럴 생각이야. 그건 내가 ─"

"무슨 희생?"

"가령 내가 죽어야 한다면?"

"무슨 소리 하는 거야?"

"그 여자는 또다시 과부가 되는 거잖아."

"뤼실하고 얘기해본 적 있나? 뤼실은 벌써 다 생각해 뒀어. 흑사병이 돌 수도 있고. 마차에 치일 수도 있고. 이건 솔직히 가능성이 꽤 있지만 오스트리아 군대의 총에 맞을 수도 있고. 좋아 ─ 언젠가는 죽겠지. 하지만 모두가 자네 같은 생각을 했다가는 아무도 자식을 안 낳을 거고 인류는 멸종할 거야."

"그래, 알아." 로베스피에르는 어색하게 말했다. "자네 생명이 위험해도 자네가 결혼을 하는 건 옳아. 하지만 난 아니야. 나한테는 안 맞아."

"이제는 사제도 결혼해. 자네가 사제도 결혼할 수 있어야 한다고 의회에서 주장했잖아. 시대 정신에 역행하는 거야."

"사제들이 하는 거하고 내가 하는 거는 다른 문제야. 대부분의 사제가 금욕을 못 지키기 때문에 우리가 병폐를 없앤 거야."

"금욕이 그렇게 쉽다고 봐?"

"쉽고 어렵고의 문제가 아니지."

"아라스에 있는 아가씨는 어때— 아나이스라고 했던가? 상황이 다르게 흘러갔더라면 그 여자하고 결혼했을 거 같은가?"

"아니."

"그럼 아델하고도 아니고?"

"응."

"그냥 결혼이 하기 싫다?"

"맞아."

"그렇지만 나한테 밝힌 이유는 말이 안 돼."

"윽박지르지 말게, 법정에 선 피고인도 아닌데." 로베스피에르는 몹시 심란한 표정으로 일어섰다. "그리고 내가 목석 같다고 자넨 생각하는 모양인데, 아니야. 사람들이 원하는 거 나도 다 원해— 그렇지만 안 되는 걸 어쩌겠나. 앞으로 무슨 일이 벌어질지 알면서, 그러니까 두려워하면서 난 나를 옭아맬 수가 없어."

"여자가 무섭나?"

"아니."

"그 질문을 솔직하게 곱씹어봐."

"난 언제나 솔직해지려고 노력해."

"연실석으로 따져보면, 자넨 이제 좀 살기 고달파질 거야. 자네한텐 달가운 사실이 아닐지 모르지만 자넨 여자들한테 인기가 많아

보여. 떼지어 자네를 벽으로 몰아세우고 가슴들을 흔들어대지. 자네가 끼어들면 방청석에서 육욕이 들썩거리는 게 확연히 느껴지거든. 그래도 지금까지는 자네가 정혼한 사람이 있다는 걸 알았기 때문에 참았는데 이젠 어쩔 텐가? 공공 장소에서 자넬 쫓아다니면서 옷을 잡아 찢어댈 텐데. 그것도 생각해야지." 데물랭이 매몰차게 말했다.

로베스피에르는 다시 자리에 앉았다. 낭패감과 거부감으로 얼굴이 얼어붙어 있었다.

"말해봐. 진짜 이유를."

"이미 알고 있잖아. 더 밝힐 게 없어." 로베스피에르의 마음속에서 두려움으로 가득 찬 무언가가 움직였다. 여자, 그녀의 야윈 입, 뒤로 묶은 머리. 장작 타는 소리, 윙윙거리는 파리들. 그는 무기력하게 고개를 들었다. "이해하든가 못하든가 둘 중 하나지. 말하고 싶은 무언가가 있었던 것 같은데……. 내가 그걸 기억하지 못한다고 해서 나한테 핏대를 올려서는 안 돼. 하지만 난 자네 도움이 필요해."

데물랭은 의자에 주저앉았다. 의자 팔걸이에 팔을 늘어뜨리고 한동안 천장을 바라보았다. "괜찮아." 데물랭이 부드럽게 말했다. "내가 처리할게. 그 문제는 더 생각하지 마. 아델과 결혼하면 자네는 아델을 사랑할까 봐 두려운 거지. 아이들이 생기면 아이들을 이 세상 어느 것보다 더 사랑하게 될 테니까, 애국심보다 더, 민주주의보다 더. 아이들이 자라서 인민의 반역자로 밝혀지면 로마인들이 그랬던 것처럼 아이들의 죽음을 요구할 수 있겠나? 아마 자네는 그럴 수 있겠지, 하지만 못 그럴지도 몰라. 사람들을 사랑하면 의무에서 벗어날까 봐 자넨 그게 두려운 거지만, 그런 의무감이 자네한테 생긴 것도 또 다른 사랑의 발로가 아니겠나. 이 일은 나하고 아네트의 불찰이야. 우린 괜찮은 생각이다 싶어서 일을 벌인 건데. 자넨 너무 예의가 발라서 우리의 주선을 뒤엎지 못했지. 자넨 아델한테 입맞춤 한 번 안 했지. 당연히 했을 리가 없지. 알아, 자넨 일이 있지. 자네가 하려는 일은 아무도 하지 못할 거고 자넨 인간적 요구와 인간적 나약함을 최대한 포기하려는 지경까지 왔군. 정말로— 정말로 자네를 도울 수 있었으면 좋겠어."

로베스피에르는 악의나 농담의 증거를 찾으려고 얼굴을 살폈다. 하나도 없었다. "우리가 어렸을 때 자네나 나나 인생이 그리 쉽지가 않았잖아. 그래도 우린 그럭저럭 버텨 왔잖아. 아라스 시절이 최악이었지, 이도 저도 아닌 막막했던 시절. 이제 난 별로 외롭지 않아." 로베스피에르가 말했다.

"음." 데물랭은 어떤 상투어, 자신의 본능이 거부하는 내용이 담긴 상투어를 궁리하고 있었다. "자네의 신부는 혁명이야. 그리스도의 신부가 교회인 것처럼."

"아 그럼, 이제 제롬 페티옹이 내 드레스 앞을 내려다보면서 내 귀에다 감미로운 구호를 불어넣게 해도 되겠네. 자 카미유, 나도 몇 주 전부터 상황을 파악했어요. 이번 일을 교훈으로 삼아 다음부터는 괜히 일을 벌이지 말아요." 아델이 말했다.

데물랭은 그녀가 그렇게 선선히 받아들이는 데에 놀랐다. "가서 울 건가요?"

"아뇨, 그냥— 이것저것 좀 다시 생각하고."

"남자는 많아요."

"그걸 누가 모르나요?"

"이제 그 사람을 못 볼 거 같은 기분이 드나요?"

"못 보기는 왜 못 봐요. 친구로 지내면 되는 거잖아요. 그게 그 사람이 바라는 거 아닌가?"

"그렇죠. 아, 다행이에요. 안 그랬으면 내가 힘들었을 거예요."

아델은 애정 어린 눈길로 그를 바라보았다. "역시 우리 카미유는 자기밖에 모르는 도련님이라니까."

당통은 너털웃음을 터뜨리기 시작했다. "고자구나. 그가 이 광대극을 더 밀고 나가지 않은 걸 여자는 천만다행으로 여겨야 해. 내가 왜 그걸 눈치 못 챘을까."

"너무 좋아하니까 보기가 좀 그렇네." 데물랭은 침울했다. "이해하려고 노력해봐."

"이해? 모두 이해가 가. 아주 쉬워."

당통은 카페 데자르에서 일장 연설에 나섰다. 믿을 만한 소식통에 따르면 로베스피에르 대의원은 성 불구자라고 모두에게 말했다. 시청에 있는 자기 측근들에게도 말하고 알고 지내는 수십 명의 대의원에게도 말하고 몽탕시에 극장 분장실의 여배우들에게도 말하고 코르들리에 클럽의 거의 모든 회원에게도 말했다.

1791년 4월 로베스피에르 대의원은 대의원이 되려는 사람에게 일정한 수준 이상의 재산을 요구하는 데 반대했고 표현의 자유를 옹호했다. 5월에는 언론 자유를 옹호했고 노예제에 반대했으며 식민지의 혼혈들을 위해 시민권을 요구했다. 새 입법 기구의 구성을 논의할 때에는 기존 의회의 성원들은 다시 선거에 나서지 못하게 막아야 한다고 주장하면서 새 술은 새 부대에 담아야 한다고 강조했다. 정중한 침묵 속에서 로베스피에르는 두 시간 동안 연설했고 그의 발의안은 통과되었다. 5월 셋째 주에 그는 격무와 과로로 몸져누웠다.

5월 말 로베스피에르는 사형제 폐지를 요구했지만 뜻을 이루지 못했다.

6월 10일 로베스피에르는 파리 형사재판소의 검찰관으로 뽑혔다. 시의 수석판사는 그와 함께 일하지 않겠다며 사임했다. 페티옹이 빈 자리를 차지했다. 보시다시피 그들이 늘 자기들 몫이라고 여겼던 권력으로 우리 사람들이 서서히 다가간다.

4장

샹드마르스 학살

(1791)

사순절의 끝이다. 왕은 부활절 일요일에 '헌법을 따르는' 사제로부터 영성체를 받지 않았으면 좋겠다고 판단한다. 그렇다고 해서 항의를 유발하고 애국파를 자극하고 싶지도 않다.

그래서 감시의 눈길이 번뜩이는 도시를 떠나 생클루에서 조용히 부활절을 보내기로 마음먹는다.

왕의 계획이 알려진다.

부활절 직전의 종려 주일: 시청.

"라파예트."

이것은 이제 장군에게 재앙을 떠올리게 만드는 목소리였다. 당통이 바로 옆에 서서 그를 불렀기에 라파예트는 짓이겨진 얼굴을 올려다볼 수밖에 없었다.

"오늘 아침 예수회의 한 선서 거부파 사제가 튈르리에서 미사를 보았습니다."

"나보다 더 정보에 밝군요." 라파예트가 말했다. 입이 말랐다.

"우린 그걸 용납할 수 없습니다. 왕은 교회의 변화를 받아들였습니다. 거기에 서명했습니다. 왕이 우리를 속인다면 보복이 따를 것입니다." 당통이 말했다.

"왕이 가족과 생클루로 떠날 때, 국민방위대가 출발에 앞서 그 일대에 차단선을 칠 것이고 필요하다면 난 호위대까지 붙일 작정이오. 끼어들지 마시오." 라파예트가 말했다.

라파예트는 무기가 아닌가 하고 좀 떨었지만 당통이 외투에서 꺼낸 것은 돌돌 말린 종이였다. "이것은 코르들리에 대대가 작성한 벽보입니다. 한번 읽어보시겠소?"

라파예트가 한 손을 내밀었다. "데물랭의 즉석 독설인가요?"

라파예트의 눈이 종이를 훑었다. "왕이 튈르리를 떠나지 못하도록 국민방위대에게 요청하라." 그의 눈은 이제 당통의 얼굴을 유심히 살폈다. "난 정반대로 지시할 것이오. 그러니까 당신은 일종의 반란을 촉구하는 셈인데."

"그렇게도 말할 수 있겠죠."

당통은 지긋이 라파예트를 응시하면서 광대뼈를 따라서 홍조가 살짝 나타나기를 기다렸다. 홍조가 나타나는 것은 장군의 심사가 혼란스럽다는 뜻이다. 얼마 뒤 모세혈관이 반응을 보였다. "알고 보니 종교적 불관용도 당신의 악덕 가운데 하나였군. 왕이 어떤 사제를 찾건 당신이 무슨 상관이오? 왕이 생각하기에는 구원받을 영혼이 있다는 건데. 당신이 무슨 상관이지?"

"왕이 약속을 깨고 법을 무시하면 나한테는 작은 문제가 아니지요. 왕이 파리를 떠나 생클루로 가고 생클루를 떠나 망명 귀족들의 우두머리가 될 수 있는 국경으로 간다면 그건 작은 문제가 아닙니다."

"누가 그럽디까? 그게 왕의 의도라고."

"간파하는 겁니다."

"마라처럼 말하는군."

"그런 생각이 들었다면 죄송합니다."

"코뮌 비상 회의를 요청하겠소. 계엄령을 요청하겠소."

"얼마든지." 당통이 멸시조로 말했다. "카미유 데물랭이 당신을 뭐라고 부르는 줄 아시오? 카페 왕조의 돈키호테."

비상 회의. 당통 변호사는 평화파와 순종파를 공략하여 과반수로 계엄령을 저지했다. 라파예트는 몹시 분노해서 바이 시장에게 사임하겠다고 밝혔다. 당통 변호사는 시장에게는 사직을 수리할 권한이 없음을 지적했다. 물러나고 싶거든 48개 구(區)를 일일이 찾아가서 물러날 뜻을 밝혀야 할 것이다.

게다가 당통 변호사는 라파예트 장군을 겁쟁이라고 불렀다.

튈르리, 수난 주간의 월요일, 오전 11시 30분.

"바보 같은 짓이오, 코르들리에 대대를 여기에 들인 건." 바이 시장이 말했다.

"제3대대겠죠." 라파예트가 말하고는 눈을 감았다. 눈 뒤편으로 뻐근한 통증이 느껴졌다.

왕의 일가족은 마차에 오르는 것은 허가받았지만 멈춰 있었다. 국민방위대는 명령에 불복해서 궁궐 문을 열지 못하게 막았다. 군중은 마차가 앞으로 움직이지 못하게 막았고 국민방위대는 군중을 해산할 뜻이 없었다. 군중은 〈가자, 가자(Ça, Ira)〉를 불렀다. 침전의 제일시종이 공격받았다. 왕세자는 울음을 터뜨렸다. 작년이나 재작

년 같았으면 그 일은 양심의 가책을 불러일으켰으리라. 하지만 아이를 곤경으로 몰아넣지 않으려면 왕의 일가족은 아이를 궁으로 데리고 들어가야 마땅하다.

라파예트가 병사들에게 욕을 퍼부었다. 그는 백마 위에서 분노로 몸을 부르르 떨었고 말은 불안스럽게 몸을 뒤틀면서 발을 디뎠다.

시장이 질서를 지켜 달라고 요청했다. 그러자 고함이 터져 나왔다. 마차 안에서 국왕 부처는 서로의 얼굴을 멍하게 바라보았다.

"돼지 같으니." 한 남자가 왕에게 소리를 질렀다. "우리가 당신한테 일 년에 이천오백만 리브르를 주니까 우리가 하라는 대로 해."

"계엄령을 선포하세요." 라파예트가 바이에게 말했다.

바이는 그의 얼굴을 쳐다보지 않았다.

"어서."

"못 하오."

이제는 참을성이 요구되었다. 한 시간 사십오 분이면 왕도 왕비도 버틸 만큼 버텼다. 튈르리 궁으로 다시 들어가면서 왕비는 군중이 환호하는 가운데 라파예트를 보면서 말했다. "우리가 더는 자유의 몸이 아님을 이제는 그대도 인정해야 할 것이오."

오후 1시 15분이었다.

프로이센의 프리드리히 빌헬름에게 보고하는 첩보원 에브라임이 오를레앙 공에게 보고하는 첩보원 라클로에게:

몇 시간 동안 우리의 처지는 눈부셨습니다. 당신의 주인께서 사촌 대신 바야흐로 옥좌에 오르시려나 보다 그런 생각까지 들었다니까요. 하지만 이제 나의 기대는 달라졌습니다. 나에게 유일하게 기쁨을 주는 것은 우리가 라파예트를 망가뜨렸다는 사실입니다. 대단한 성과죠. 오십만 리브르나 썼는데도 이렇다 할 소득이 없다는 건 참으로 불행하지만 말입니다. 그런 거액이 매일 수중에 있는 것도 아닐 것이고 프로이센 왕은 지갑을 여는 데 점점 피곤함을 느낄 것입니다.

화창한 6월의 어느 날 오를레앙은 잉글랜드에서 만든 아담한 이륜 마차에 아네스 드 뷔퐁을 태우고 뱅센 길을 달리고 있었다. 덮칠 듯이 빠른 속도로 다가온 것은 '베를린'으로 불리는 아주 큰 최신형 사륜 마차였다.

오를레앙은 채찍을 흔들면서 마차를 세우라고 손짓했다. "이보시오, 페르센. 목이 부러지고 싶은 거요?"

왕비의 애인인 얼굴이 갸름하고 몸이 유연한 스웨덴 백작. "새로 장만한 여행용 마차를 몰아보는 중입니다."

"그래?" 우아한 레몬 빛깔의 바퀴, 진녹색의 차체, 밤색 마구가 오를레앙의 눈에 들어왔다. "나들이라도 가는 모양이군. 좀 크지 않나. 오페라 합창단의 여자들을 몽땅 싣고 가는 거요?"

"아닙니다, 각하." 페르센은 공손하게 머리를 기울였다. "그 아가씨들은 공작님께 다 맡기려고요."

공작은 길을 따라 다시 속도를 내는 마차를 바라보았다. "혹시, 루이도 저런 마차를 타고 국경까지 달리려 하지 않을까 몰라." 오를레앙이 아네스에게 말했다.

아네스는 편치 않은 묘한 웃음을 흘리며 고개를 돌렸다. 오를레앙이 곧 왕이 될지 모른다는 생각을 하니 두려웠다.

"그리고 자네 얼굴에서 제발 그놈의 경건한 표정 좀 지우라고, 페르센." 공작은 먼지가 이는 길에다 대고 한마디 던졌다. "자네가 튈르리 궁에 없을 때 어떻게 시간을 보내는지 우린 다 알지. 최근에 만

나는 여자는 서커스 곡예사라지. 오스트리아에서 온 주걱턱 하나로 모든 남자가 만족했으면 좋겠다는 소리는 아니지만." 오를레앙이 고삐를 당겼다.

아기 앙투안은 6시에 깨어나 덧문을 통해 스며드는 햇살을 누워서 바라보았다. 그러다가 싫증이 나면 엄마를 불러댔다.

가브리엘은 부리나케 와서 아기를 내려다보았다. 잠결이라 가브리엘의 얼굴은 푸석했다. "꼬마 폭군." 그녀는 속삭였다. 아기는 안아 달라고 팔을 올렸다. 손가락을 아기의 입에 대고 쉿 하더니 엄마는 아기를 큰 침실로 안고 갔다. 당통 부부의 침실은 애국파들에게 점거당한 지 오래였는데 그들의 사적 공간을 지키기 위해서 우묵하게 들어간 공간에 커튼을 쳐놓았고 그 안에는 침대 두 개가 있었다. 뤼실도 똑같은 고민을 한다고 말했다. "우리 모두 좀 더 큰 집으로 이사를 가야 하지 않을까요?" "그건 안 돼요, 당통의 집은 모르는 사람이 없고 그이도 이사를 바라지 않을 거예요. 이사를 하면 한바탕 난리를 치러야 할 테고."

가브리엘은 자기 침대로 올라가서 따뜻한 작은 몸을 옆에 눕혔다. 다른 침대에서는 아이 아빠가 베개에 얼굴을 파묻고 자고 있었다.

7시, 초인종이 딸그랑거렸다. 가슴이 철렁 내려앉았다. 이렇게 이른 시각에 좋은 소식일 리 없다. 카트린이 따지는 소리가 들리나 싶더니 침실 문이 벌컥 열렸다. "파브르! 무슨 일이에요? 오스트리아 군대가 왔어요?" 가브리엘이 물었다.

파브르는 가브리엘의 남편에게 와락 달려들어서 두들겨 깨웠다. "당통, 그자들이 야반도주했네. 왕, 왕비, 왕의 누이하고 왕세자까지 몽땅 사라졌어."

당통은 꿈틀대다가 일어나 앉았다. 바로 정신을 차렸다. 잠을 자기는 한 것일까? "라파예트가 보안을 맡고 있었는데. 우리를 배신하고 왕실에 넘어갔거나 아니면 무능한 바보거나 둘 중 하나로군." 당통은 파브르의 어깨를 탁 쳤다. "내가 원하는 지점에서 나한테 딱 걸려들었네. 옷 좀 준비해주시겠습니까, 아가씨?"

"어디로 가려고?"

"우선 코르들리에로 가서 르장드르를 찾아서 사람들을 모으라고 일러야죠. 그러고 나서 시청에 들렀다가 승마 연습장으로 갈 겁니다."

"못 잡으면 어쩐다지?" 파브르가 말했다.

당통은 손으로 턱을 쓸었다. "그게 중요합니까? 도망치는 걸 많은 사람이 봤으면 됐지."

준비한 듯이 대답이 나왔다. 아주 간결했다. 파브르가 말했다. "자넨 일이 이렇게 될 줄 알았나? 바라던 일이 일어난 건가?"

"아무튼 그 사람들은 잡힐 겁니다. 한 주일 안에 질질 끌려서 올 겁니다. 루이는 항상 일을 복잡하게 만들어요. 가엾기도 하지." 당통이 사색에 잠겨 말했다. "어떨 때는 불쌍하게 여겨질 때가 있다니까요."

그레이스 엘리엇: "이번 일에 라파예트가 내통했다가 나중에 겁이 나니까 배신을 한 게 분명합니다."

조르주자크 당통이 코르들리에 클럽에서: "세습 군주제를 떠받듦으로써 국민의회는 프랑스를 노예로 격하시켰습니다. 우리 이참에 왕이라는 호칭과 역할을 폐지하고 왕국을 공화국으로 만듭시다."

알렉상드르 드 보아르네 국민의회 의장: "여러분, 왕이 야반도주 했습니다. 의사 일정을 진행합시다."

당통이 소규모 무장 경호를 받으면서 승마 연습장에 도착하자 실내를 가득 메우고 유언비어를 주고받던 사람들이 환호했다. "당통, 우리 아버지여, 영원하소서." 누군가가 외쳤다. 당통은 잠시 어안이 벙벙했다.

그날 나중에 라클로 씨가 코르들리에 거리에 나타났다. 그는 가브리엘을 유심히 살폈다. 흑심이 있었던 것은 아니었고 어떤 일에 적합한지를 따져보는 듯했다. 가브리엘은 가볍게 얼굴을 붉혔고 사내의 시선을 살짝 피했다. 요즘은 다들 내가 살이 붙은 걸 알아보는 모양이라고 생각했다. 라클로가 작게 한숨을 토했다. "요즘 날씨가 따뜻하지요, 당통 부인." 그는 응접실에 서서 장갑을 당겨서 손가락을 하나씩 빼내면서 당통의 눈을 올려다보았다. "논의해야 할 일이 있습니다." 라클로가 공손히 말했다.

세 시간 뒤 라클로는 아까처럼 공들여서 장갑을 낀 다음 떠났다.

왕이 없는 파리. 어떤 익살꾼이 튈르리 궁전 난간에다 현수막을 걸었다. '입주인 구함.' 당통은 시내 전역을 다니면서 공화국에 대해 말했다. 자코뱅 클럽에서 로베스피에르가 손톱을 물어뜯은 작은 손가락으로 목에 두른 크라바트를 고쳐 매면서 자리에서 일어나 당통에게 물었다. "공화국이 뭔가요?"

당통은 자신이 쓰는 말을 정의해야 한다고 그는 생각한다. 막시빌리앙 로베스피에르는 설렁설렁 넘어가는 법이 없다.

오를레앙 공작은 장미, 리본, 바이올린 무늬가 새겨진 약한 탁자를 주먹으로 쾅 내려쳤다.

"나한테 세 살 먹은 어린애한테 말하듯이 말하지 마." 그가 으르렁거렸다.

펠리시테 드 장리스는 참을성이 많은 여자였다. 그녀는 희미하게 웃었다. 필요하다면 하루 종일이라도 논쟁을 벌일 각오가 되어 있는 여자였다. "공석이 되면 왕위를 받아들이라고 의회가 당신에게 부탁했지요."

"또 저러는군." 공작이 소리를 질렀다. "이번엔 또 뭐야. 그렇게 만들려고 우리가 일을 꾸민 거잖아. 다 알면서. 당신 참 피곤한 여자야."

"호통치지 말아요. 우선, 왕위가 공석이 될 가능성이 별로 없다고 말씀드려야 할까요? 듣기로 당신 사촌의 여행은 수포로 돌아갔어요. 지금 파리로 돌아오는 길이에요."

"그래." 공작이 뿌듯해하면서 말했다. "덫이야. 잡히게 돼. 저들은 왕을 붙잡아 오라고 바르나브와 페티옹을 보냈지. 오는 내내 페티옹 대의원이 지독히 무례하게 굴었으면 싶군."

펠리시테도 그 점은 의심하지 않았다. 그녀가 말을 이었다. "그런데 이제 의회는 새 헌법의 틀을 잡았고 왕의 서명을 받을 준비가 되었으니까 아무래도 그쪽 입장에서, 그러니까 의회 입장에서는, 무엇보다도 안정을 갈구하겠죠. 너무 멀리, 너무 빨리 변화가 일어났기 때문에 내가 보기에 사람들은 질서를 되찾고 싶어서 조바심을 내고 있어요. 앞으로 한 달만 더 있으면 루이의 입지가 더 굳어질 수도 있어요. 언제 이 모든 일이 일어났던가 싶게."

"젠장, 도망간 거잖아. 이 나라 왕이라는 사람이 이 나라에서 도망을 친 거잖아."

"의회는 왕의 행동을 그렇게 해석하지 않을걸요."

"그럼 어떻게 달리 볼 수 있다는 거지? 미안하지만 난 단순한 사람이라—"

"그 사람들은 단순하지 않아요. 정말 머리가 비상한 사람들이죠. 대부분 변호사들이라."

"믿을 게 못 돼. 집단으로서는."

"그런데 생각해보세요. 만약 루이가 복위했는데, 당신이 그 자리에 앉고 싶어 하는 것처럼 보인다면 얼마나 당신한테 반감을 품겠어요."

"하지만 내가 앉고 싶어 하는 건 사실이잖아." 오를레앙은 입을 벌리고 펠리시테를 쳐다보았다. 이 여자가 무슨 일을 벌이려는 걸까? 지난 삼 년여의 세월 동안 그 난리를 피운 것이 다 이것 때문 아니었던가? 신사도 아닌 자들, 사냥도 안 하고 경주마의 코와 꼬리도 구분하지 못하는 족속과 어울려 다니는 수모를 감내한 것도 다 이것 때문 아니었던가? 그 냉혈한 라클로가 거들먹거려도 가만히 놔둔 건 왕이 되기 위해서가 아니었던가? 얼굴에 흉터가 난 그 불한당 당통이 초대받은 저녁 식사 자리에서 무엄하게도 내 애인인 아네스와 과거의 애인이었던 그레이스를 빤히 쳐다본 것을 눈감아준 것도 왕이 되기 위해서가 아니었던가? 그렇게 돈을 뿌리고 뿌리고 또 뿌린 것도 왕이 되기 위해서가 아니었던가?

펠리시테는 눈을 감았다. 그리고 생각했다. '신중하게, 신중하게 말해라. 하지만 분명히 말해라. 나라를 위해서, 내가 키운 이 남자의 아이늘을 위해서. 그리고 우리의 목숨을 위해서.

"생각을 하세요."

"생각을 하라!" 공작이 폭발했다. "좋지, 당신은 내 지지자들을 믿지 않는다는 거지. 나도 그자들을 믿지 않아. 난 그자들 속을 안다니까 그러네."

"잘 아시겠죠."

"그 아랫것들이 나한테 이래라저래라 하도록 내가 내버려 둘 거같아?"

"필리프, 그 사람들의 야심에 제동을 거는 건 당신이 아니에요. 그 사람들은 당신을 삼킬 거예요. 당신하고 당신 아이들을, 모든 것을, 당신에게 소중한 모든 사람을 삼킬 거예요. 왕 한 명을 박살낸 사람들은 또 다른 왕을 박살낼 수 있다는 걸 왜 모르세요? 그 사람들이 원하는 걸 당신이 하나라도 안 들어주면 그 사람들이 그러세요 할 거 같아요? 그 사람들한테 당신은 기껏해야 당신 없이도 해 나갈 수 있겠다는 판단이 서고 왕이 아예 없어도 되겠다는 생각이 들 때까지만 필요한 임시방편이라니까요." 펠리시테는 심호흡을 했다.

"되돌아보세요, 필리프. 바스티유가 무너지기 전의 일을 말이에요. 루이는 당신한테 입버릇처럼 말했잖아요, 여기 가라 저기 가라, 베르사유로 돌아와라, 베르사유에서 떨어져 있어라, 그 기분 알죠? 이건 살아도 내 인생을 사는 게 아니라고 당신이 입버릇처럼 말했잖아요. 당신은 자유가 없었어요. 이제 당신 입으로 '그래, 난 왕이 되고 싶다' 이렇게 말하는 순간부터 당신은 또다시 자유를 내버리는 거예요. 그날부터 당신은 감옥 안에 있게 될 거예요. 철창하고 쇠사슬이야 없겠지만 당통이 당신을 위해서 쾌적한 감옥을 만들어줄 거예요. 의회가 정한 한도 내에서 왕실비를 써야 하고 의례와 전례가 있고 아주 우아한 사교 행사와 발레와 가면무도회가 있고, 그래, 심지어 경마까지도 있는."

"발레는 별로야. 따분해."

펠리시테는 치마 주름을 펴고 자기 손을 내려다보았다. 여자의 손은 나이를 보여준다고 그녀는 생각했다. 손은 모든 것을 드러낸다. 한때는 희망이 있었다. 한때는 더 공정하고 깨끗한 세상이 나타나리라는 전망이 있었다. 그런 희망을 그녀보다 더 강하게 품고 그런 세상을 위해 그녀보다 더 열심히 일한 사람은 없었다. "감옥이에요. 그 사람들은 당신을 속이고 당신을 홀리고 당신을 차지하면서 이 나라를 자기들끼리 나눠 먹을 거예요. 그게 그 사람들 목표예요."

펠리시테가 키운 중년의 아이가 그녀를 올려다보았다. "당신은 그자들이 나보다 똑똑하다고 생각하는군."

"그야 당신보다 훨씬 훨씬 훨씬 똑똑하죠."

오를레앙은 이제 펠리시테의 눈을 피했다. "내 한계는 나도 모를 때가 없었지."

"그래서 당신이 웬만한 사람들보다 지혜로운 거예요. 그리고 당신을 얕잡아 보는 이 꾼들보다 당신이 지혜로운 거예요."

그 말이 마음에 들었다. 그들보다 한 수 앞설 수 있을지도 모르겠다는 생각이 어렴풋이 들었다. 펠리시테는 그 생각이 마치 오를레앙의 생각이거나 한 듯이 아주 부드럽게 속삭였다.

"어떤 게 최선일까? 말해줘 펠리시테, 제발."

"거리를 두세요. 이름을 더럽히지 마세요. 그들의 봉이 되기를 거부하세요."

"그러니까 당신 말은 나더러 ― 그는 따라가는 데에 애를 먹었다. ― 의회에 가서, 아니다, 난 왕좌를 바라지 않는다, 그럴 거라고 생각했을지 모르지만 그건 내가 뜻한 바와는 거리가 멀다, 이렇게 말하라는 건가?"

"이 종이를 받아요. 보세요. 여기 앉으세요. 내가 부르는 대로 적어요."

펠리시테는 오를레앙이 앉은 의자 등에 기댔다. 그녀의 머릿속에는 단어들이 준비되어 있었다. 아슬아슬하다. 그녀는 생각했다. 불안했다. 모든 만류로부터, 그밖의 모든 영향으로부터 그를 차단할 수만 있다면야 좋겠지만 그것은 불가능하다. 한 시간 동안 독대를 할 수 있어 천만다행이었다.

서둘러야 한다, 그의 마음이 바뀌기 전에. "서명하세요. 거기, 됐어요."

오를레앙이 펜을 던졌다. 잉크가 장미, 리본, 바이올린 무늬에 튀었다. 그는 한 손으로 자기 머리를 쳤다. "라클로가 날 죽이려 들겠군." 그는 울상이었다.

펠리시테가 배탈이 난 아이한테 하듯이 달래주었다. 그리고 오를레앙에게 종이를 받아서 맞춤법을 손보았다.

공작이 라클로에게 자기 결심을 알렸을 때 라클로는 보일락말락 어깨를 살짝 숙였다. "잘 알겠습니다, 각하." 라클로는 영국식 억양으로 그렇게 말하고는 물러갔다. 왜 영국식 억양으로 그가 말했는지 공작은 나중에 헤아려보았지만 짚이는 데가 없었다. 집에서 라클로는 벽을 바라보면서 살의에 찬 표정으로 생각에 잠겨 브랜디 한 병을 마셨다.

당통의 아파트에서 라클로는 마치 항해라도 하듯이 이 가구 저 가구로 옮겨 다니며 편안한 의자를 찾았다. "조금만 기다려봐." 그가 말했다. "곧 내 입에서 중요한 말이 나올 거 같으니까."

"난 가겠소." 데물랭이 말했다. 그는 라클로의 말을 들어야겠다는 생각이 별로 들지 않았다. 당통이 얽힌 일을 시시콜콜히 알고 싶지 않았다. 목적을 이루기 위한 수단으로 오를레앙을 다루는 일이라는 것 정도는 알았지만 상대가 자기한테 그렇게 잘해준 사람이었을 때는 너무 힘들었다. 코르들리에의 얼뜨기가 자기 집에 나타나서 쿵쾅거리면서 이 방 저 방에서 고함을 지를 때마다 데물랭은 공작이 준 방 열두 개짜리 결혼 선물이 떠올라 눈물이 날 뻔했다.

"앉아, 카미유." 당통이 말했다.

"있어도 되네." 라클로가 말했다. "하지만 비밀은 지켜야 돼, 안 그러면 내 손에 죽을 거야."

"어련하시겠습니까." 당통이 말했다. "자, 계속하세요."

"그동안 관찰한 바에 따르면 내 의견은 세 가지요. 하나, 필리프는 얼간이고 겁쟁이고 머저리다. 둘, 펠리시테는 못됐고 밥맛없고 구역질 나는 계집이다."

"좋아요. 그럼 마지막은?" 당통이 말했다.

"쿠데타." 라클로가 말했다. 그는 머리를 들지 않고 당통을 바라보았다.

"진정하세요, 너무 흥분하지 말자고요."

"오를레앙이 손을 쓰도록 밀어붙이자는 거지. 자기 임무가 무엇인지를 깨닫게 하자는 거야. 자리에 앉히자고, 그래서 —" 라클로는 오른손을 들어 천천히 내리치는 동작을 했다.

당통은 그를 내려다보았다. "정확히 어떻게 하려는 겁니까?"

"의회는 논의를 거쳐 루이를 복위하기로 결정할 거요. 왜냐하면 그래야만 자기들이 만든 헌법이 작동하니까, 왜냐하면 그자들은 왕의 사람들이니까, 왜냐하면 방할 바르나브는 매수되었으니까. 입운이 딱딱 맞네." 라클로는 딸꾹질을 했다. "그 전에 매수되지 않았더라도 그 오스트리아 계집하고 무릎을 맞대고 국경선에서 같은 마차를 타고 오면서 지금쯤은 넘어갔을 거야. 지금도 그자들은 아주 가소로운 소설을 쓰고 있다 이 말씀이야. 라파예트가 내다 붙인 포고령을 봤겠지 — '혁명의 적들이 왕의 신병을 억류했다.' 납치라고 떠들어대잖소." 라클로는 손목으로 의자 팔걸이를 내리쳤다. "그 뚱뚱한 바보가 본인의 의지에 반하여 국경으로 끌려갔다는 거요. 그자들은 자기들 체면을 살리기 위해서 아무 말이나 내뱉을 거요. 자, 한번 들어봅시다, 당통. 그런 거짓말을 국민한테 팔아댈 때는 피를 좀 흘릴 때가 온 거 아니오?"

라클로는 이제 자기 발을 쳐다보았다. 그는 침착해졌고 논리를 세워 나갔다. "의회는 영향을 받아야 하오, 국민의 의지가 의회에 영향을 끼쳐야 하오. 국민은 국민을 내던진 루이를 절대로 용서하지 않을 것이오. 따라서 승마 연습장이 우리가 하라는 대로 따르는 것은 지엄하고 정의롭고 지당하고 경하할 만한 일이지요. 따라서 우리는 청원을 하는 거요. 브리소 같은 글쟁이가 초안을 잡으면 될 것이고. 루이의 퇴위를 요청하는 거지. 코르들리에도 지지할 것이고. 자코뱅도 설득하면 아마 서명할지도 모르지. 7월 17일에 온 도시가 샹드마르스 광장에 모여서 바스티유를 기념하는 거요. 수많은 사람들한테서 서명을 받은 청원서도 가져오고. 그걸 의회에 가져가는 거요. 의회가 청원서에 반응하지 않으면 의회로 쳐들어가는 거지 — 국민의 신성한 의지를 관철시킨다든지 하는 논리를 동원해서. 거사의 명분은 시간이 있을 때 한번 짜볼 수 있을 것이고."

"의회에 무력 행사를 하자는 겁니까?"

"그렇지."

"우리 대의원들을 상대로요?"

"대변하는 게 하나도 없잖아."

"유혈극이 벌어져도?"

"미치겠네." 라클로가 말했다. 선이 가는 얼굴이 벌겋게 물들어갔다. "이제 와서 두 손 놓자고? 질질 짜는 인도주의자라도 되자고 지금까지 우리가 그 고생을 한 건가? 이제 다 우리 차지가 될 판인데?" 그는 손바닥을 위로 하고 손가락을 쫙 폈다. "피를 안 흘리고 혁명이 가능한 거요?"

"가능할 거라고 말한 적 없습니다."

"그럼 됐고. 로베스피에르까지도 가능하다고 생각하지 않소."

"난 다만 분명한 의미를 알고 싶었을 뿐입니다."

"그랬군."

"그리고, 루이를 몰아내는 데 성공하면?"

"그럼 전리품을 나누는 거지."

"오를레앙하고 나누는 겁니까?"

"그렇소. 전에 왕좌를 한 번 거부한 적이 있지. 자기 임무를 알아볼 거요. 내 손으로 펠리시테의 목을 조를 수만 있다면 말이지, 그거 이만저만 신나는 일이 아닐 텐데 말이야. 보시오 당통, 우리끼리 나라를 이끄는 거요. 마라는 돌려보내고, 벼룩을 데리고 스위스로 돌아가라고 하고. 우리가—"

"농담하자는 게 아닌데."

"그렇지." 라클로가 불안스럽게 자리에서 일어섰다. "당신이 바라는 게 뭔지 나도 알아. 귀 얇은 오를레앙이 등극하고 나서 한 달 뒤 라클로 도랑에서 시체로 발견, 교통 사고로 규정. 다시 두 달 뒤 오를레앙 도랑에서 시체로 발견, 도로 사정 워낙 불량. 오를레앙의 계승자와 위임자가 공교롭게도 모두 사라지는 바람에 군주제가 끝나고 당통의 지배가 시작된다."

"못 말릴 상상력이군요."

"술을 계속 마셔대면 뱀도 꿰뚫어 보게 된다고 하잖소. 용이라든 가 뭐 그 비슷한 큰 구렁이 같은 거 말이오. 한번 해보겠소? 위험을 무릅쓰고 한번 같이 나서보겠소?"

당통은 대답하지 않았다.

"나서겠지, 아마 그럴 거야." 라클로는 일어나서 약간 기우뚱거 리다가 두 팔을 쭉 뻗었다. "승리와 영광 있으라." 그러고는 두 팔 을 옆으로 떨구었다. "그러고 나선 아마 당신은 날 죽이겠지. 나도 그 정도 위험은 감수할 것이고. 역사책에 각주로라도 남으려고 말이 야. 내가 이름 없이 지내는 걸 죽기보다 싫어한다는 거 눈에 보이시 나? 초라하고 빈손뿐인 노년, 한 잉글랜드 시인의 말마따나 아무것 도 없는 그저 그런 삶의 하찮은 종말. '저기 가엾은 라클로 노인이 가네. 책을 한 권 썼다는데 제목은 까먹었어.' 그만 가보리다." 라클 로는 엄숙히 말했다. "내가 당부하고 싶은 것은 다시 한 번 생각해 보라는 게 전부요." 그는 문 쪽으로 휘청거리며 가다가 때마침 들어 오던 가브리엘과 마주쳤다. "곱기도 하시지." 그는 낮은 소리로 말 했다. 그들은 라클로가 계단에서 발을 헛디디는 소리를 들었다.

"당신이 알고 싶어 할 거 같아서요. 그 사람들이 돌아왔어요." 가 브리엘이 말했다.

"카페 일가?" 데물랭이 물었다.

"왕가. 네." 가브리엘이 살며시 문을 닫고 방에서 물러났다. 그들 은 귀를 기울였다. 열기와 침묵이 도시를 뒤덮었다.

"난 위기가 좋아." 데물랭이 말했다. 짧은 침묵이 흘렀다. 당통은 데물랭을 보았지만 사실은 그 너머를 보고 있었다. "요즘 자네가 공화정 이야기를 부쩍 많이 하는데 자네가 그 정신을 지키도록 나도 애쓸 거야. 라클로가 열을 올리는 동안 거기에 대해서 생각해봤는데, 미안하긴 하지만 오를레앙은 아무래도 가둬야겠어. 자네가 그 사람을 이용하고 나중에 내칠 수 있겠지."

"와, 피도 눈물도 없는 게 꼭―" 당통이 말을 하다가 말았다. 그 사람을 이용하고 나중에 내치라고 말하면서 허리를 살짝 틀어서 머리를 뒤로 넘기는 데물랭이 누구처럼 피도 눈물도 없는 것인지 생각해낼 수가 없었다. "그런 제스처는 타고난 건가, 아니면 어떤 매춘부한테서 배운 건가?" 당통이 물었다.

"먼저 루이를 제거하면 그 다음에는 어떻게든 헤쳐 나갈 수 있어."

"전부 다 잃을지도 몰라." 당통이 말했다. 하지만 당통은 계산을 해 두었다. 무분별하게 냉소적인 공격성에 휩싸인 것처럼 보일 때에도 어김없이 당통의 마음은 아주 냉정하게, 아주 침착하게, 어떤 방향으로 움직이고 있었다. 이제 마음을 굳혔다. 당통은 일을 벌일 것이다.

6월 21일, 국왕 일행은 바렌에서 저지당했다. 미숙한 출발부터 얼빠진 결말까지 그들은 약 265킬로미터를 움직였다. 그들이 귀로에 올랐을 때 첫 단계에서는 육천 명이 두 대의 마차를 둘러쌌다. 하루 뒤에는 국민의회에서 온 대의원 세 사람이 합류했다. 바르나브와 페티옹이 마차 안에 왕의 일가족과 함께 앉았다. 왕세자는 바르나브를 좋아하게 되었다. 그는 아이하고 재잘거렸고 자기 외투에 달린 단추들을 가지고 장난을 치면서 거기에 새겨진 문구를 큰 소리로 읽었다. "자유가 아니면 죽음을." 왕비는 거듭해서 같은 말을 내뱉었다. "우리 성질을 보여줘야 돼."

여행이 끝날 무렵 바르나브 대의원의 앞날은 분명해졌다. 미라보가 죽었으니 이제 그는 미라보 대신 왕실의 비밀 고문이 될 것이다. 페티옹은 왕의 통통한 여동생 엘리자베트가 자기와 사랑에 빠졌다고 믿었다. 오래 마차를 타고 돌아오는 길에 그녀가 페티옹의 어깨에 머리를 기대고 잠이 든 것은 사실이었다. 페티옹은 한두 달 동안 입에 거품을 물고 그 일을 떠들어댔다.

뙤약볕이 내리쬐던 날 왕은 파리로 다시 들어왔다. 어마어마한 수의 군중이 침묵 속에 길에 나란히 늘어섰다. 마차는 길에서 덮어쓴 숨 막히는 먼지로 가득 차 있었고 창에는 짜증이 난 회색 머리의 주름진 여자 얼굴이 나타났다. 앙투아네트였다. 왕 일행이 튈르리에 당도했다. 그들이 여장을 풀자 라파예트는 경호대를 배치하고 서둘러 왕에게 갔다. "오늘 내리실 분부는 무엇인지요, 전하."

"분부는 내가 내리는 것이 아니라 그대가 나에게 내리는 것처럼 보이는데." 루이가 말했다.

그들이 도시를 지나서 오는 동안 길에 늘어선 병사들은 마치 장례식인 것처럼 총의 개머리판을 거꾸로 들고 있었다. 어떻게 보면 장례식은 장례식이었다.

카미유 데물랭, 〈프랑스 혁명〉 83호:
루이 16세가 튈르리 궁전의 거처로 돌아왔을 때 그는 안락의자에 몸을 던지며 "더럽게 덥네." 하고는 "이번에 다녀온 여행은 오래전부터 내 머릿속에 있었다."고 덧붙였다. 그러고 나서는 그 자리에 있던 국민방위대 병사들을 보면서 말했다. "내가 바보 같은 짓을 한 건 나도 인정한다. 그렇지만 나도 다른 사람들처럼 바보짓을 하면 안 되는 건가? 자, 닭이나 한 마리 가져오라." 시종 하나가 들어왔다. "아,

자네가 있으니 나도 여기 있는 게로군." 왕이 말했다. 시종들은 닭을 가져왔고 루이 16세는 닭나라 왕에게 영광을 돌렸어야 했을 법한 식욕으로 먹고 마셨다.

에베르는 왕정을 지지하던 노선에서 돌아섰다.

〈뒤센 영감(페르 뒤센)〉 61호:

우리는 당신을 정신병원에 처넣고 당신의 창녀를 보호소에 처넣을 것이다. 당신 둘을 모두 완전히 처박고 나서, 당신들 손에서 왕실비가 사라지고 나서, 당신들이 도망가도록 놔두면 내가 사람이 아니다.

여기서, 의자에 널브러진 자세로 당통은 울고 싶지만 울지 않으려고 애쓰면서 따지는 루이즈 로베르를 볼 수 있었다. 남편이 체포되어 감옥에 있었다. "석방을 요구하세요. 압력을 넣으세요." 루이즈가 말했다.

당통은 방 저쪽에 있는 루이즈에게 말했다. "거친 공화주의자의 모습은 이제 어디로 간 거죠?"

루이즈가 당통을 힐끗 쳐다보았다. 눈빛에 담긴 강한 혐오감에 당통은 깜짝 놀랐다. "생각 좀 하게 해줘요. 생각 좀 하게 해 달라고요." 당통이 말했다.

당통은 눈을 반쯤 감고서 방을 둘러보았다. 앉아서 결혼 반지를 만지작거리는 뤼실의 아이 같은 얼굴에는 긴장한 빛이 보였다. 요즘은 당통의 마음에 언제나 뤼실이 나타났다. 방에 들어왔을 때 당통이 저음 본 것도 뤼실의 얼굴이었다. 그는 자기 자식들을 낳아준 아이 엄마에게는 참으로 못할 짓이라고 스스로를 나무라며 시간을 보냈다.

(프레롱: 난 오래전부터 그 여자를 사랑하고 있어.

당통: 말도 안 돼!

프레롱: 좋을 대로 생각하게. 쥐뿔도 모르면서.

당통: 난 당신을 알지.

프레롱: 당신도 뭔가 기대하는 게 있어 보이는데. 다들 그렇게 이야기하더군.

당통: 하지만 난 그 여자한테 사랑한다는 말은 안 하거든. 그보다 훨씬더 천박한 것일 수도 있지. 당신보다는 내가 더 정직할지도 모르고.

프레롱: 기회가 오면 하겠다는……?

당통: 물론.

프레롱: 하지만 카미유 —

당통: 카미유는 얌전하게 만들 수 있지. 인생에서 원하는 걸 얻으려면 기회가 왔을 때 낚아채야 하는 법이라오.

프레롱: 그야.)

프레롱은 이제 당통을 지켜보면서 당통의 얼굴을 읽으려고 애썼고 그의 행보를 예상하려고 애썼다. 일이 틀어졌다. 그들의 계획이 시청에 알려졌고, 언제나 돌아가는 사정을 알아채는 펠리시테가 아마 라파예트의 귀에다 한마디 흘린 모양이었다. 라파예트는 튈르리궁으로 군대를 움직이고 있었다. 신성한 금발머리 바보는 아직도 병력과 총과 세력을 손에 쥐고 있었다. 라파예트는 대의원들을 모종의 습격으로부터 보호하기 위해서 승마 연습장 둘레에 차단선을 쳐놓았다. 그는 경보를 발동하고 통행금지령을 내렸다. 자코뱅들은 협력하기를 거부하면서 자신들의 온건성과 조심성을 과시했다. 프레롱은 모두 잊고 싶은 마음이 굴뚝 같았을 것이다. 그가 "당통, 이제는 발을 뺄 수가 없나 보네 우리." 하고 말한 것도 그래서였다.

"자기 확신을 갖기가 그렇게 힘드신가, 토끼 씨? 그렇게 불안하신가?" 당통의 목소리에 온 방이 귀를 곤두세웠다. 그들은 몸이 굳어서 자세를 바로잡았다. "카미유, 자코뱅으로 돌아가게."

"그들은 들으려고 하지 않을 거야." 데물랭이 말했다. "법이 그런 청원을 허용하지 않는다는 거야. 왕의 폐위는 의회 소관이라는 거지. 그러니 보나 마나지. 로베스피에르가 자리에 있긴 하지만 거긴 라파예트 지지자들이 득시글하니 어쩌겠어? 설령 로베스피에르가 우리를 지지하고 싶어 한다 하더라도, 내 말은⋯⋯." 데물랭은 말꼬리를 흐렸다. "로베스피에르는 법의 테두리 안에서 일하고 싶어 한다는 거야."

"나도 법을 어기는 걸 딱히 즐기는 사람은 절대 아니야." 당통이 말했다. 이틀 동안의 갑론을박은 소득 없이 끝났다. 청원은 의회와 자코뱅과 코르들리에 사이에서 이루어졌고 인쇄되었고 (때로는 몰래) 수정되었고 다시 인쇄되었다. 세 여자와 프레롱, 파브르, 르장드르, 데물랭은 기다리고 있었다. 당통은 시청에서 미라보가 한 말을 기억했다. 당신은 사람들하고 일하는 게 아니라 사람들 위에서 일하지. 하지만 사람들이 그렇게 지시받기를 좋아할 줄을 내가 어떻게 알았겠는가, 당통은 자문했다. 전에는 그러리라는 짐작은 꿈에서도 하지 못했다.

"이번에는 우리가 좀 도와주겠네." 당통이 데물랭에게 말했다. "프레롱, 사람을 백 명쯤 모으시게나. 무장을 시켜서."

"이 지구 시민들은 창을 손에서 내려놓는 법이 없지."

낭봉은 프레롱을 노려보았다. 데물랭은 방금 프레롱이 한 말에, 그의 빗나간 우직함과 수상쩍은 열의에 당황했다.

"창이라." 파브르가 중얼거렸다. "저 친구가 그냥 비유로 쓴 말이길 바라야지. 난 창하고 거리가 멀어. 난 창 없어."

"이봐요 토끼 씨. 우리가 자코뱅 사람들을 꼬챙이에 꿸 거라고 생각하나?" 데물랭이 물었다.

"의지의 시위라고 부르자고." 당통이 말했다. "무력 시위라고 부르지 말고. 로베스피에르를 곤란하게 만들고 싶지는 않으니까. 그렇지만 토끼 씨 —" 당통의 목소리가 프레롱을 문에서 붙들어 세웠다. "그 사람들을 설득하도록 카미유한테 시간을 십오 분 주지. 뜸을 들일 시간도 있어야잖아."

방 안의 움직임이 부산해졌다. 여자들은 일어나서 치마의 주름을 폈다. 눈은 수심에 찼고 입술은 굳어 있었다. 가브리엘은 잠시 당통과 눈을 맞추려고 했다. 그의 눈에는 걱정이 가브리엘의 피부에 노란 빛을 얹는 것으로 보였다. 비구름을 알아차리듯이, 시계를 보며 시간을 알아차리듯이, 어느 날 당통은 자기가 그 여자를 더는 사랑하지 않음을 알아차렸다.

저녁에 국민방위대가 사람들을 거리에서 몰아냈다. 자원병으로 이루어진 부대들이 나섰지만 라파예트의 정규 중대들도 꽤 나와 있었다. "참 희한한 게, 군인들 중에도 애국파가 있지만 맹종이라는 악습도 오래가거든." 당통이 말했다. 그렇지만 온 유럽이 우리한테 덤벼든다면 우리도 그런 악습에 기대야 할지도 모른다고 당통은 생각했다. 당통은 그 문제는 생각하지 않으려고 했다. 지금은 자신의 문제가 아니었다. 당통은 생각을 모아서 다음 스물네 시간만을 생각해야 했다.

가브리엘은 자정이 넘어서 침대로 갔다. 잠이 오지 않았다. 거리에서 말발굽 소리가 들렸다. 상가 쪽에서 대문 종소리가 들렸고 사람들이 수군거리면서 들어오고 나가는 소리가 들렸다. 역부족인 싸움을 포기했을 때가 2시나 2시 반쯤 되었을까. 가브리엘은 일어나 앉아 촛불을 켜고 당통의 침대를 바라보았다. 침대는 비어 있었고 흐트러짐 없이 말끔했다. 몸은 아직도 몹시 뜨거웠다. 잠옷이 몸에 들러붙었다. 침대에서 빠져나와 잠옷을 벗고 차가워야 했을 테지만 미지근한 물로 씻었다. 그리고 깨끗한 잠옷을 찾아냈다. 화장대로 가 앉아서 관자놀이와 목에 향수를 톡톡 발랐다. 가슴이 따가웠다. 묶었던 긴 머리를 풀고 물결치는 검은 머리채를 빗어서 다시 묶었다. 촛불에 비친 그녀의 얼굴은 허탈하고 침울해 보였다. 가브리엘은 창 쪽으로 갔다. 아무것도 없다. 코르들리에 거리는 비어 있었다. 폭신한 슬리퍼를 꿰어 차고 침실을 떠나 어두운 주방으로 갔다. 그리고 덧문을 열었다. 아래 상가에서 빛이 들어왔다. 뒤에서 그림자들이 움직이는 듯했다. 종이로 뒤덮인 방은 팔각형이었다. 자비로운 밤의 미풍에 종이들이 약간 들썩였다. 창밖으로 몸을 내밀어 바람을 얼굴로 느꼈다. 아무것도 보이지 않았지만 탕, 덜그럭 하는 둔탁한 소리는 들을 수 있었다. 기욤 브륀의 인쇄기 아니면 마라의 인쇄기라고 생각했다. 이 시각에 그 사람들은 뭘 하고 있을까? 가브리엘은 그들이 말로 살아간다고 생각했다. 그들은 잠이 필요 없다.

가브리엘은 덧문을 닫고 어둠 속에서 침실로 향했다. 문이 닫힌 서재에서 남편 목소리가 들렸다. "그래요, 무슨 말인지 알겠습니다. 우린 우리의 힘에 걸고 라파예트는 자기 힘에 거는 겁니다. 대포는 그쪽이 가졌지요."

싱내 남자가 말했나. 그녀가 모르는 목소리였다. "그냥 경고하는 거요. 선의에서. 아주 좋은 뜻에서."

당통이 말했다. "자, 3시입니다. 빚을 갚아야 하는 날 빚을 못 갚는 채무자처럼 내빼지 않을 테니 여기서 동틀 녘에 만납시다. 그때 봅시다."

3시. 프랑수아 로베르는 보기 딱할 만큼 축 처져 있었다. 최악의 감방은 아니었다. 쥐가 있다는 증거도 없었고 적어도 시원하기는 했다. 하지만 그래도 이런 데에 있고 싶지는 않았다. 청원 업무를 보았을 뿐인데 왜 자기가 여기에 있는지 알 수가 없었다. 그는 루이즈와 함께 내야 할 신문이 있었다. 〈국민의 전령〉은 무슨 일이 있어도 거리에 깔아야 했다. 도움이 필요하다 싶으면 아마 데물랭이 나설 것이다. 아내는 결코 도와 달라고 하지 않을 것이다.

하느님 아버지, 이게 무슨 일입니까? 쇠 징이 박힌 군화로 누군가가 문을 걷어차는 모양이었다. 다른 군화들은 쿵쿵거렸다. 이어서 귀가 따갑도록 큰 목소리가 터져 나왔다. "이놈들 중에는 칼을 지닌 놈도 있다." 이어 발을 쿵 찍는 소리가 다시 들리고 술에 취한 단조로운 목소리가 파브르 데글랑틴이 만든 노래 중에서 인기 있는 노래 몇 소절을 부르다가 가사를 까먹어서 다시 첫 소절부터 불렀다. 쇠 징 박힌 군화가 문을 걷어차고 이어 침묵이 흐르고 이어 구호가 터져 나왔다. "가로등으로."

프랑수아 로베르는 몸이 떨렸다. 가로등 검사, 당신이 여기 있어야 하는데. 그는 생각했다.

"오스트리아 년 뒈져라." 술 취한 가수가 말했다. "루이 카페의 갈보를 목 매달아라. 바빌론 대탕녀의 목을 매달고 젖꼭지를 잘라내라."

소름 끼치는 웃음소리가 벽을 따라 전해졌다. 고음에 히스테리기가 있어 보이는 젊은 목소리였다. "인민의 벗이여 영원하라."

이어서 분간이 안 되는 목소리가 들렸고 다시 어떤 목소리가 가까이에서 들렸다. "죄수가 열일곱 명인데 넣을 데가 없다는데."

"이거 이거, 1분에 하나씩 웃겨주네." 젊은 목소리가 말했다.

잠시 뒤 주황색 햇불들이 감방으로 쏟아져 들어왔다. 로베르는 허겁지겁 일어섰다. 문틈으로 머리 몇 개가 나타났다. 다행히 아직은 몸에 붙은 머리들이었다.

"이제 나가도 된다."

"정말 가도 됩니까?"

"그래, 그래." 또렷하고 짜증이 섞인 목소리. "집어넣어야 할 사람이 백 명도 넘는다고. 합법적인 이유 없이 거리를 다니는 사람들 말이야. 우린 며칠 안에 언제라도 당신을 다시 잡아넣을 수 있어."

"댁은 무슨 일을 한 거요?" 고음의 젊은이가 물었다.

"법학 교수." 쇠 징이 못박았다. 그도 취해 있었다. "법학 교수 아닌가? 나도 이런 친구 있다 이 말씀이야." 그는 로베르의 어깨에 팔을 두르고 바짝 붙어서는 심술궂게 그의 얼굴에 대고 숨을 내쉬었다. "당통은 어때? 대단한 녀석이잖아."

"그런가요." 로베르가 말했다.

"나 그 사람 봤어." 쇠 징이 동료들에게 말했다. "그 사람이 나한테 말하는 거야. 보아하니 당신이 교도소에 대해서 잘 아니까 내가 이 도시의 책임자가 되면 당신한테 귀족을 모조리 색출해서 모가지를 자르는 일을 맡기겠다고. 공무니까 봉급도 두둑이 준다더군."

"말도 안 돼." 젊은 친구가 말했다. "당통은 댁한테 그런 얘기 절대로 안 했어. 늙은 술고래 같으니. 사형 집행인은 상송 씨야. 그 사람 아버지도 사형 집행인이었고 아버지의 아버지도 그랬어. 그 사자리를 댁이 차지하겠다는 거야? 당통은 댁한테 그런 말 절대로 안 했어."

프랑수아 로베르는 집에 왔다. 움켜쥔 커피잔은 가만히 있지 못하고 잔 받침에 쟁강쟁강 부딪쳤다. "내가 이 지경이 될 줄 누가 알았겠어?" 그는 웃으려고 애썼지만 얼굴은 일그러지기만 했다. "붙잡힌 것도 더러웠지만 풀려난 것도 더러웠어. 루이즈, 인민이 어떤 이들인지, 얼마나 무지하고 얼마나 폭력적이고 얼마나 쉽게 결론으로 치닫는지 우리가 잊어버린 거 같아."

루이즈는 이 년 전의 데물랭을 생각했다. 거리로 나온 바스티유의 영웅들, 그들의 침대 옆에서 식어 가던 커피, 양미간이 넓은 데물랭의 서늘한 눈에 서려 있던 공포. "자코뱅은 쪼개졌어요." 루이즈가 말했다. "우파가 떨어져 나갔어요. 자기들끼리 클럽을 또 하나 만든대.* 라파예트 친구들이 모두 떠났고 미라보를 지지하던 사람들도 떠나고. 페티옹은 남았고 뷔조와 로베스피에르도 남았지만 몇 명 안 돼."

"로베스피에르는 뭐래?"

"분열이 드러나서 잘됐다고 생각한대. 이제 애국파들로 다시 출발하겠다고."

루이즈는 잔을 남편의 손에서 받아 들고 남편의 머리를 자기 가슴으로 당긴 다음 남편의 머리카락과 목덜미를 쓰다듬었다. "로베스피에르는 샹드마르스로 갈 거야." 루이즈가 말했다. "그 사람은

---

* 1791년 7월 16일에 결성된 푀양 클럽(푀양파)을 말한다. 국왕의 탈주 사건 이후 자코뱅 클럽에서는 공화정을 주장하는 목소리가 커졌다. 이에 라파예트와 바르나브 일파를 중심으로 하는 자코뱅 내 우파가 따로 떨어져 나와 튈르리 궁전 근처 푀양 수도원에서 회합을 열었다. 푀양 클럽은 입헌군주정을 지지하는 상층 부르주아와 귀족들로 이루어졌다.

얼굴을 보일 거야, 분명히. 그렇지만 당통네 패거리들은 안 가요."

"그럼 누가 청원을 받지? 누가 코르들리에를 대표하지?"

세상에. 프랑수아 로베르는 생각했다.

이른 새벽, 당통은 로베르의 등을 두드리고 있었다. "고생이 많네." 당통이 말했다. "걱정 마, 부인은 우리가 잘 보살필 테니. 그리고 프랑수아, 코르들리에는 이 일을 잊지 않을 것일세."

동이 틀 무렵 그들은 벽이 빨간 당통의 서재에서 만났었다. 하인들은 중간층에서 아직도 잠들어 있었다. 하인답게 천하태평으로 자는구나. 가브리엘은 생각했다. 그녀는 남자들의 눈을 피하면서 그들에게 커피를 내갔다. 당통은 파브르에게 〈인민의 벗〉 한 부를 내밀면서 집게손가락으로 신문을 쿡쿡 찔렀다. "도대체 무슨 근거가 있는지는 몰라도 라파예트가 인민에게 발포할 속셈이라고 말하네. 마라가 말하기를, '따라서, 장군을 그대로 두어서는 안 된다는 것이 나의 생각이다.' 그리고 때마침 밤에 우리한테 정보가 흘러들어 왔―"

"중단할 수 없어요?" 가브리엘이 물었다. "전부 다 중단시킬 수 없어요?"

"군중을 집으로 보내라고? 너무 늦었어. 군중은 축하하러 나온 거야. 군중에게 청원은 일부에 불과해요. 그리고 내가 라파예트 대신 대답해야 하는 것도 아니고."

"그럼 우린 나갈 준비를 해야 하는 건가요? 조르주, 난 아무래도 좋지만 말만 해줘요. 무슨 일이 벌어지는지 나한테 말만 해줘요."

당통은 수상쩍어 보였다. 그의 본능은 오늘은 심상치 않으니 달아나라고 말했다. 그는 자기 본능을 대변해줄 목소리를 찾아서 방 안을 둘러보았다. 파브르가 막 입을 열려고 하던 순간에 데물랭이 말했다. "이 년 전만 하더라도 당통 자네는 문을 닫아걸고 선적 소송에 매달릴 수 있었잖아. 그런데 지금은 사정이 달라졌어."

당통은 데물랭을 바라보았다. 잠시 생각하고는 고개를 끄덕였다. 그래서 그들은 기다렸다. 날은 완전히 밝았고 햇빛 속에서 또 하루가 후끈거리고 이글거리는 견디기 어려운 열기를 향해 움직이기 시작했다.

7월 17일, 샹드마르스, 축하의 날. 군중은 일요일 나들이 차림이다. 여자들은 양산을 들었고 개를 끌고 나섰다. 손가락이 끈적거리는 아이들은 엄마한테 매달린다. 코코넛을 산 사람들은 먹는 방법을 모른다. 그때 총검이 번쩍거렸다. 사람들은 손을 움켜잡고 아이들을 낚아채고 가족들과 떨어지면서 놀라서 소리를 지르고 밀쳐댄다. 실수겠지, 틀림없이 실수겠지. 계엄령을 알리는 붉은 깃발이 펼쳐진다. 축제날에 왜 이런 깃발을? 이어서 첫 발포의 참극. 뒤에서는 다리에서 힘이 빠지고 잔디가 피의 꽃으로 참혹하게 물들고 손가락은 달아나는 발들 아래 뭉개지고 말발굽이 뼈를 짓밟는다. 몇 분 안에 사태가 종료된다. 본때를 보여주었다. 군인 하나가 안장에서 스르르 미끄러져 내려와 토한다.

오전 중에 소식이 날아들었다. 사망자는 최대로 잡아서 쉰 명으로 추정. 숫자야 어찌 되었든 받아들이기가 어렵다. 벽이 붉은 방은 이제 작고 비좁아 보인다. 문에는 이 년 전에 채워졌던 바로 그 빗장이 있다. 여인들이 바스티유로 행진할 때 채워져 있었던 그 빗장.

"까놓고 말해서, 우린 다른 곳에 있어야 해. 국민방위대가 자기들이 저지른 짓을 깨달으면 책임을 누군가에게 전가하려 들 거야. 청원서 작성자들에게 책임을 떠넘기자는 생각이 들겠지, 그리고 그 사람들은—" 당통은 무겁게 말을 끝맺었다. "그 사람들은, 그 작성자들은, 바로 우리야." 그는 고개를 들었다. "군중 속에서 누군가 발포했나? 그랬나? 공황 상태에서?"

"아니." 데물랭이 말했다. "난 마라를 믿어. 자네가 입수한 정보를 믿어, 계획된 거라고 생각해."

당통은 머리를 흔들었다. 아직도 받아들이기가 어렵다. 그렇게 문구를 만들고 표현을 잘라내고 다듬으면서 청원서 초안을 잡고 다시 작성하면서 자코뱅들과 의회와 줄다리기를 한 결과가 고작 이렇게 순식간에 벌어진 어리석은 유혈극이란 말인가. 당통은 변호사의 전술이 이번에 통할 거라고 생각했고 폭력은 최후의 수단으로만 남을 거라고 생각했다. 그는 규칙에 따라서 움직였다, 대부분. 법을 벗어나지 않았다, 아슬아슬하게. 그는 라파예트도 바이도 규칙에 따라서 움직일 거라고, 군중을 자제시키되 내버려 둘 거라고 내다보았다. 하지만 이제 우리는 규칙이 다시 정의되어야 하는 미지의 세계로 나아간다. 최악을 예상하는 편이 좋다.

데물랭이 입을 열었다. "애국파들은 청원을 기회로 봤지. 라파예트도 그랬던 거 같고. 라파예트는 학살의 기회로 봤다는 점이 다르지."

이것은 언론인으로서 하는 소리임을 그들은 알았다. 현실의 삶은 그렇게 명쾌하고 딱 부러질 수가 없다. 그러나 앞으로 오래도록 그 사건에는 '샹드마르스의 학살'이라는 이름이 붙게 될 것이다.

당통은 솟구치는 분노를 느꼈다. 다음번에는 황소의 전술, 사자의 전술을 구사하리라. 하지만 지금은 도망가는 쥐의 전술이다.

늦은 오후. 앙젤리크 샤르팡티에는 꽃바구니를 팔에 걸고 퐁트네수부아에 있는 자기 집 정원에 있었다. 그녀는 품위 있게 굴려고 애썼다. 마음 같아서는 샐러드 채소를 키우는 텃밭에 냉큼 쭈그려 앉아서 민달팽이한테 폭력을 휘두르고 싶었다. 무더운 날씨, 하늘에는 천둥. 우린 제정신이 아니다.

"앙젤리크?" 날씬한 검은 형상이 해를 등지고 있다.

"카미유? 여긴 어쩐 일로?"

"안으로 들어가도 될까요? 한 시간 뒤에 몇 사람이 더 올 겁니다. 마음에 안 드실지 모르겠습니다만 조르주자크가 여기가 안전한 곳이라고 생각했어요. 학살이 일어났습니다. 라파예트가 바스티유를 자축하는 군중에게 발포했어요."

"조르주는 안 다쳤어요?"

"당연히 안 다쳤죠. 조르주를 잘 아시잖아요. 그렇지만 국민방위대가 우릴 찾고 있어서요."

"여기로 그 사람들이 올까?"

"몇 시간 동안은 괜찮을 겁니다. 시내가 아수라장이라서요."

앙젤리크는 데물랭의 팔을 잡았다. 난 이렇게 살고 싶었던 게 아니었는데, 그녀는 생각했다. 가브리엘이 살았으면 했던 삶도 이런 게 아니었는데.

집으로 서둘러 가면서 앙젤리크는 햇볕을 가리느라 목덜미에 매었던 네모난 하얀 면 수건을 풀었다. 그리고 머리를 정돈했다. 저녁은 몇 인분을 차려야 할까? 사람들은 먹이고 봐야 했다. 도시가 몇천 킬로미터는 떨어진 것처럼 아득히 멀게 느껴졌다. 새들도 침묵을 지키고 때묻지 않은 묵직한 냄새가 정원을 덮는 그런 오후 시간이었다.

앙젤리크의 남편 프랑수아도 놀란 얼굴을 하고 서둘러 밖으로 나와 있었다. 기온이 높아도 그는 언제나 말쑥해 보이는 편이었지만 오늘따라 더 그랬다. 셔츠 바람이었지만 크라바트를 단정히 묶었고 둥근 고동색 가발을 머리에 썼다. 팔 위에 냅킨을 얹은 모습이 상상이 갈 정도였다. "카미유?" 그가 말했다.

잠시 데물랭은 오 년이라는 세월이 둘둘 말려 나가는 느낌을 받았다. 공기가 서늘하고 목소리가 울렸으며 커피가 진하고 앙젤리크가 날씬했고 비노 씨가 따분하게 자기 인생 계획을 늘어놓던 카페 레콜로 돌아가고픈 마음이 간절했다.

그들은 오후에 한 사람씩 띄엄띄엄 들어왔다. 데물랭은 그럭저럭 제일 유리해 보였다. 당통이 도착했을 무렵이면 데물랭은 테라스에 앉아서 성경을 읽으며 레모네이드를 마시고 있었다.

파브르는 프랑수아 로베르가 살아 있는 모습을 누군가 보았다는 소식을 들고 왔다. 르장드르는 코르들리에 지구에서 득시글거리는 순찰대를 보았고 박살 나는 인쇄기를 보았고 순찰대에 묻어 들어온 약탈꾼들이 고기를 통째로 들고 나가는 것을 보았다. "살다 보면, 주권을 지닌 인민에 대한 애정이 약간 식을 때도 있는 거지." 르장드르가 말했다. 그는 젊은 언론인 루이마리 프뤼돔이 국민방위대한테 얻어맞고 굉장히 험악해 보이는 곳으로 끌려가는 모습을 보았다. "가서 돕고 싶은 마음도 있었지만, 위험을 무릅써서는 안 된다고 당통 자네가 말했지?" 그의 눈은 개처럼 칭찬을 바라고 있었다.

당통은 말없이 고개를 한 번 끄덕였다. "프뤼돔은 왜 건드린답니까?"

"흥분한 와중에 카미유를 잡은 줄로 알았나 보지." 파브르가 말했다.

"카미유인 줄 알았으면 가서 구했을 거야." 르장드르가 말했다.

데물랭은 마태복음을 읽다가 고개를 들었다. "설마 그랬을까."

포위망에 걸리지 않을 정도의 짐을 들고 온 가브리엘은 얼굴이 누렇게 떴고 겁에 질려 있었다. "부엌으로." 딸의 손에서 가방을 얼른 받아 들면서 앙젤리크가 말했다. "채소들은 준비되었고. 5분 안에 씻고 출동 준비를 완료해." 모질게 굴어야 할 때도 있다. 그녀는 속으로 말했다. 바쁘게 만들고 계속 말을 시키자.

하지만 가브리엘은 콩 껍질을 벗기기에도 역부족이었다. 앙투안을 무릎에 올려놓고 부엌 식탁에 앉아서 울음을 터뜨렸다. "네 남편은 무사하잖아." 앙젤리크가 말했다. "이제 계획을 짜고 있잖니. 고비는 넘겼어." 가브리엘의 눈에서는 여전히 눈물이 나왔다. "또 임신한 게로구나." 앙젤리크가 말했다. 앙젤리크는 딸꾹질을 하며 훌쩍거리는 딸을 가슴에 꼭 안고 머릿결을 쓰다듬었다. 손끝 아래에서 느껴지는 가브리엘의 뺨은 열이 있는 듯 후끈거렸다. 하필 이럴 때 알게 될 건 뭐람. 앙젤리크는 생각했다. 앙투안이 으앙 하고 울기 시작했다. 테라스 쪽에서 남자들의 웃음소리가 들렸다.

앙젤리크는 두려움을 잊으려고 농담을 하는 거라고 짐작했다. 언제나 식욕이 왕성한 당통만 빼놓고는 모두 식욕이 별로 없었다. 오리 고기는 버려졌고 소스는 굳어버렸고 채소는 접시에서 식었다. 프레롱이 제일 나중에 왔다. 그는 정상이 아니었다. 다친 몸을 덜덜 떨었고 조리 있게 말을 하지 못했다. 술이 들어가자 비로소 알아듣게 이야기를 했다. 프레롱은 퐁뇌프 다리에서 붙들려서 얻어맞고 쓰러져 있었다. 코르들리에 대대 몇 사람이 지나가다가 프레롱을 알아보고 끼어들어서 관심을 다른 데로 돌리는 동안 허겁지겁 빠져나왔다. 프레롱은 그들이 끼어들지 않았다면 죽었을 거라고 말했다.

"로베스피에르를 본 사람은 있나요?" 데물랭이 물었다. 머리들이 흔들렸다. 데물랭은 식탁용 칼을 집어 들고서 날을 따라 손가락을 움직이며 생각에 잠겼다. 데물랭은 뤼실이 콩데 거리에 있을 거라고 추측했다. 상식이 있는 여자니까 아파트에 혼자 남아 있지는 않았으리라. 이틀 전 뤼실은 그에게 벽지를 결정하자면서 격자 무늬로 하면 어떻겠느냐고 물었다. 데물랭은, 나한테 진짜 문제를 좀 물어봐 달라고 뤼실에게 말했다. 이제 이것은 진짜 문제라는 느낌이 들었다. "파리로 가야겠어." 데물랭이 자리에서 일어났다.

짧은 침묵이 흘렀다. "차라리 부엌으로 가서 자네 손으로 목을 긋지 그러나. 자네 시신은 정원에 잘 묻어줄게." 파브르가 말했다.

"이 판국에." 앙젤리크가 나무랐다. 그녀는 식탁 쪽으로 몸을 기울여서 데물랭의 손목을 잡았다.

"한번 연설을 하려고요. 자코뱅들한테, 남아 있는 사람들한테. 단지 우리의 노선을 밝히려는 겁니다. 상황을 우리 나름대로 좀 파악할 필요도 있고요. 그거 말고도 난 아내를 찾아야 합니다. 로베스피에르도 찾아야 하고. 일이 더 나빠지기 전에 다시 가보렵니다. 마라의 탈출로는 내가 아니까." 데물랭이 말했다.

사람들이 말문이 막혀서 입을 떡 벌리고 데물랭을 쳐다보았다. 위기가 닥치지 않았을 때에는 이 사람들은 데물랭이 팔레루아얄에서 경찰을 제압했던 적이 있음을, 그가 권총을 흔들면서 자결하겠다고 위협했던 적이 있음을 잘 기억하지 못했다. 데물랭조차 위기가 닥치지 않았을 때에는 자기가 예전에 그랬던 적이 있었는지 기억하지 못했다. 그러나 지금은 위기가 닥쳤다. 그는 이제 가로등 검사다. 그는 역할에 묶였고 배역을 맡았다. 대본을 따르는 한 그는 말을 더듬지 않을 것이다. 당통이 말했다. "둘이서 얘기 좀 하지." 당통은 정원으로 난 문 쪽을 고개로 가리켰다.

"동지들 사이에도 비밀이 있나?" 프레롱이 짓궂게 말했다.

아무도 대답하지 않았다. 침울함을 존중하면서 앙젤리크는 말없이 그릇들을 자기 쪽으로 모으기 시작했다. 가브리엘은 뭐라고 뇌까리며 방에서 빠져나갔다.

"어디로 갈 건데?" 데물랭이 말했다.

"아르시."

"저 사람들도 따라갈 텐데."

"그래."

"그 다음에는?"

"잉글랜드."

"그럼 언제 돌아올 건데?"

"될수록 빨리." 당통이 부드럽게 다짐했다. "부딪쳐보자고. 못 돌아올 수도 있지만. 파리로 돌아가지 마. 오늘 밤은 여기서 묵어. 우리가 이런 위험을 감수하는 건 잠이 필요해서야. 장인에게 편지를 써서 뒷일을 부탁드리라고. 유언장은 썼나?"

"아니."

"그럼 지금 한 장 써서 뤼실한테 보내. 내일 동이 트는 대로 우린 아르시로 간다. 한 일 주일은 숨어 지낼 수 있을 테고 그러다 안전해지면 바다로 쌩 달리는 거지."

"내 지도는 거기까진 안 가는데. 기왕 갈 거면 여기서 가는 게 좋지 않나?"

"서류들에다 서명도 해야 하고 일이 좀 있어서."

"돌아오지 않을 계획이라면 정말 처리해야 할 일이 많겠네."

"나하고 입씨름 벌일 만큼 한가한가 보군. 자리가 잡히는 대로 여자들도 곧 뒤따를 거야. 자네 장모도 배에 태울 수 있다고, 자네가 그 여자 없이 정말 못 살 거 같으면."

"잉글랜드 사람들이 우리를 반길 거라고 생각해? 도버에서 공식 축하 행사가 벌어지고 군악대 연주가 나올 거라고 생각하는 거야?"

"선이 닿는 데가 있어."

"선이 닿는 데가 있는 건 좋은데, 정작 자네가 필요할 때 그레이스 엘리엇은 어디 있는 거야?" 데물랭이 서운한 척하면서 말했다.

"우리 이름으로 여행할 필요는 없어. 서류는 이미 있고 자네 것도 마련할 수 있어. 사업가 행세를 하는 거야. 면직업에 대해선 내가 잘 아니까 염려 말고. 일단 그 나라에 닿으면 우리를 지지하는 사람들과 연락해서 살 곳을 구할 수 있겠지. 돈은 걱정할 필요도 없고. 뭐가 문제야?"

"언제 이걸 궁리했는데?"

"이리 오면서."

"그런데 다 자네 머릿속에서 이미 자리 잡고 있었던 거잖아. 내 말은 항상 그런 생각을 해 온 거 아니냔 거야. 일이 순조로울 때는 이익을 챙기고 골치 아파지면 바로 도망치고? 햄프셔에서 신사 농부로 살아가고 싶나? 그게 자네가 가장 최근에 품은 야심인가?"

"그럼 대안이 뭔데?" 당통은 머리가 지끈거렸는데 데물랭 때문에 더 지끈거렸다. 당통은 이렇게 말하고 싶었다. 진작에 알았어, 진작에 알아봤어, 자네가 벌벌 떨 때부터 알아봤다고.

"믿겨지지가 않아, 자네가 달아난다는 게." 데물랭의 목소리는 이제 흔들리고 있었다.

"그렇지만 잉글랜드로 가면 새출발을 할 수 있다고. 계획을 짤 수 있어."

데물랭은 서글프게 당통을 바라보았다. 데물랭의 표정은 서글픔보다는 더 복잡했지만 당통은 다시 시작한다는 생각에 정신적으로 너무 진이 빠진 나머지 그 표정을 분석할 수가 없었다.

"가려면 가." 데물랭이 말했다. "난 남을 거야. 난 상황을 봐 가면서 최대한 오래 숨어 있을 거야. 안전하다 싶으면 그때 기별할게. 그때 자네도 돌아오면 좋겠어. 자네 생각을 알 수는 없지만 돌아오겠다고 하면 자네 말을 믿어야겠지. 다른 길이 없잖아. 자네가 안 돌아오면 나도 아마 잉글랜드로 가게 되겠지. 자네 없이 여기서 해 나갈 마음은 없거든."

"난 아내가 있고 아이가 있고 또 ─ "

"그래, 알아. 곧 하나 더 태어날 거고."

"가브리엘이 말하던가?"

"아니. 가브리엘하고 난 그런 사이가 아니야."

"잘됐네. 그 사람이 나한테는 말 안 했거든."

데물랭은 집을 가리켰다. "난 이제 다시 안으로 들어가볼게. 저치들한테 말 좀 해서 부끄러워서 고개를 못 들게 만들어야지. 두고 봐, 오늘 밤 파리로 질질 짜면서 돌아갈 테니. 그래야 주의가 분산되고 자네한테 기회가 생기지, 자넨 중요한 사람이니까. 아까는 내가 해서는 안 될 말을 했다는 생각이 들어. 파브르더러 뤼실을 부르라렌까지 데려가 달라고 할 거야, 거기서 한두 주일 숨어 지낼 수 있겠지."

"나 같으면 불안해서 파브르 같은 사람한테 아내는 못 맡겨."

"그럼 누구한테 맡기지? 토끼? 우리 용감하고 씩씩한 정육점 아저씨?"

그들은 마주보며 씩 웃었다. 두 사람의 눈이 만났다. "미라보가 입버릇처럼 말했잖아." 데물랭이 말했다. "우린 위대한 사건들과 왜

소한 인간들의 시대를 살고 있다고."

"그럼 몸조심해." 당통이 말했다. "아, 그래도 유언장은 꼭 만들어 둬. 그리고 자네 아내는 나한테 맡기고."

데물랭이 웃었다. 당통은 돌아섰다. 당통은 데물랭이 가는 모습을 보고 싶지 않았다.

싸움이 시작되었을 때 로베스피에르는 장벽에 세게 부딪쳤다. 아픔보다는 충격이 더 컸다. 그는 시체들을 보았다. 그리고 군대가 물러간 다음에 부상자들이 실려 가는 모습을 보았다. 시민의 전장에는 어처구니없는 잔해가 남아 있었다. 꽃을 단 모자들, 외짝 신발들, 인형들과 팽이들.

로베스피에르는 걷기 시작했다. 한 몇 시간은 걸었다. 어떤 길로 왔는지는 잘 몰라도 자코뱅들이 있는 생토노레 거리로 가서 진지를 구축할 필요가 있어 보였다. 그곳에 거의 다 왔다 싶었다. 그런데 누군가가 길을 가로막았다.

로베스피에르는 고개를 들었다. 사내는 셔츠가 목 부분에서 찢어져 풀어헤쳐져 있었다. 국민방위대 제복은 자투리만 남아 있었고 모자에는 흙먼지가 묻어 있었다.

정말 이상했던 것이, 사내는 개처럼 이빨을 드러내고 웃고 있었다. 그는 한 손에는 긴 칼을 들고 있었는데, 자루에는 삼색 리본이 묶여 있었다.

사내 뒤에는 세 명이 더 있었는데, 두 명은 총검을 들고 있었다.

로베스피에르는 가만히 서 있었다. 데물랭이 권총을 들고 다니라고 몇 번이나 당부했지만 그는 권총을 들고 다니지 않았다. "카미유, 어차피 난 그걸 절대로 안 쓸 거거든. 난 아무한테도 총을 쏘지 않을 거야." 그는 말했었다.

그건 사실이었다. 그리고 이젠 너무 늦었다.

빨리 죽게 될까, 천천히 죽게 될까? 그건 다른 사람이 결정할 문제였다. 그는 거기에 영향을 끼칠 수 없었다. 그의 노력은 끝났다.

로베스피에르는 생각했다. 얼마 있으면 난 쉬게 된다. 얼마 있으면 난 잠들게 된다.

그의 심장에 머물렀던 지독한 차분함이 얼굴로 밀려들었다.

그 사람개는 느긋하게 움직이며 팔을 뻗었다. 그리고 로베스피에르의 외투 앞자락을 잡았다.

"무릎 꿇어." 남자가 말했다.

누군가가 뒤에서 로베스피에르를 밀었다. 그는 균형을 잃고 넘어졌다.

로베스피에르는 눈을 감았다.

이렇게 되는구나, 백주 대로에서. 그는 생각했다.

다음 순간 로베스피에르는 자기 이름이 불리는 것을 들었다. 영겁에서 들려오는 소리가 아니라 그의 몸뚱이에 붙은 귀에서 지금 들리는 소리였다.

두 쌍의 손들이 그를 일으켜 세웠다.

로베스피에르는 자기 외투가 찢겨 나가는 소리를 들었다. 이어서 욕설과 비명과 사람 얼굴의 위태로운 구조와 주먹이 맞닿는 소리가 들렸다. 눈을 떴을 때 그는 사람개의 코에서 흘러나오는 피를 보았고 키가 그 사람개만 한 여자의 입에서 흘러내리는 피를 보았다. 여자가 말했다. "여자를 공격하시게? 덤벼봐 자식아, 이걸로 뭘 자를 수 있는지 한번 보자고." 여자는 치마에서 재단사의 큼지막한 가위처럼 생긴 것을 꺼냈다. 그 뒤에 섰던 또 한 여자는 불쏘시개를 쪼개는 데에 쓰는 작은 도끼를 들고 있었다.

로베스피에르가 숨을 들이쉬었을 무렵이면 열 명이 넘는 여자가 문 밖으로 몰려나와 있었다. 한 사람은 쇠지렛대를, 또 한 사람은 창 자루를 들었고 모두들 식칼을 들고 있었다. 그들은 '로베스피에르'를 외쳤고 사람들은 구경하려고 점포와 집에서 뛰쳐나왔다.

총검을 든 사내들은 묵사발이 났다. 사람개는 침을 뱉었고 피와 침이 여장부의 얼굴에 튀었다. "뱉어보시지, 귀족 나으리." 여자는 외쳤다. "라파예트 데리고 와, 그 자식 배를 갈라서 밤으로 채워줄 테니까. 로베스피에르." 여자는 외쳤다. "우리한테 왕이 있어야 한다면 이분을 왕으로 삼아야 한다."

"로베스피에르 왕." 여자들은 외쳤다. "로베스피에르 왕."

깨끗한 옥양목 앞치마를 두른 남자가 나타났다. 그는 키가 컸고 머리가 벗겨졌고 한 손에는 망치를 들고 있었다. 남자는 망치를 들지 않은 손으로 인파를 헤치며 앞으로 뚫고 나왔다. "난 당신 편이오." 그는 악을 썼다. "우리 집이 여기외다." 여자들은 뒤로 물러섰다. "목수 뒤플레다." 한 여자가 말했다. "훌륭한 애국파고 훌륭한 장인이지."

뒤플레는 국민방위대에게 망치를 흔들었고 여자들은 환호했다. 그가 사내들에게 소리를 질렀다. "꺼져, 인간 망종들아." 그는 로베스피에르의 팔을 잡았다. "우리 집이 여깁니다." 그는 반복해서 말했다. "이리로, 훌륭한 시민은 어서 이쪽으로."

여자들이 길을 터주었고 로베스피에르가 지나갈 때 팔을 뻗어 그를 만셌다. 로베스피에르는 뒤플레를 따라 높고 단단한 대문 안에 뚫린 작은 문으로 고개를 숙이고 들어갔다. 빗장이 다시 채워졌다.

마당에는 일꾼들이 모여 있었다. 일 분 뒤에는 일꾼들이 일을 마치고 여차하면 거리로 나가 주인과 합류했을 것이다. "자, 하던 일을 계속하세." 뒤플레가 말했다. "그리고 셔츠를 걸쳐. 예의를 갖춰야지."

"그러시면 안 되죠." 로베스피에르는 뒤플레의 눈길을 잡으려고 애썼다. 자기가 왔다고 해서 일을 다르게 해서는 안 된다. 개똥지빠귀 한 마리가 대문 옆의 우거진 덤불에서 울었다. 공기에서 새로 자른 목재의 향긋한 냄새가 났다. 저편에는 집이 있었다. 로베스피에르는 저 문 너머에는 무엇이 있을지 알았다. 목수 뒤플레가 손을 내밀었다. 손이 그의 어깨를 거머쥐었다. "이제 자넨 안전하다네, 젊은이." 뒤플레가 말했다. 로베스피에르는 그곳을 떠나지 않았다.

키가 크고 평범하게 생긴 여자가 검은 옷을 입고 옆 문에서 나왔다. "아버지, 무슨 일인가요? 고함 소리가 나던데 길에서 무슨 사고가 생겼나요?"

"엘레오노르, 집으로 들어가서 어머니한테 시민 로베스피에르가 드디어 우리 집에서 묵게 되었다고 말하거라."

7월 18일 한 무리의 경찰이 데물랭의 〈프랑스 혁명〉을 폐쇄하라는 명령을 받고 코르들리에 거리에 들이닥쳤다. 경찰들은 편집인은 못 찾았지만 조수를 찾아냈고 조수는 총을 꺼냈다. 총격이 오갔다. 편집인의 조수는 경찰에게 제압당했고 얻어맞고 감옥에 처넣어졌다.

경찰이 퐁트네수부아에 있는 샤르팡티에의 집에 도착했을 때 집에는 오직 남자 하나뿐이었고 나이로 보아 조르주자크 당통일 가능성이 높았다. 그는 가브리엘의 오빠 빅토르 샤르팡티에였다. 경찰이 자신의 과오를 깨달았을 무렵 그는 부상을 입고 피 웅덩이 속에 누위 있었다. 하지만 그때는 세부 사항까지 꼼꼼히 따져서 일을 하는 시절이 아니었다. 변호사 당통, 언론인 데물랭, 언론인 프레롱, 정육업자 르장드르에게 체포 영장이 떨어졌다.

카미유 데물랭은 베르사유 근처에 숨어 있었다. 당통은 아르시에서 일을 처리했다. 누이의 남편에게 변호사 권한을 넘기고 특히 필요하다고 판단될 경우에는 파리 아파트의 가구를 처분하고 임대를 취하할 수 있는 권한을 그에게 주었다. 강변 저택의 매입 증서에 서명하고 모친을 그 집에 들어와 살게 하고 모친을 위해 연금도 준비했다. 8월에 당통은 잉글랜드로 떠났다.

영국 대사 가워 경의 보고서:
당통은 도주했습니다. 위대한 고발자이며 검찰관의 직책에 있는 로베스피에르 씨는 조만간 자신이 고발당할 것입니다.

신문 〈파리 혁명〉:
자유는 어떻게 될 것인가? 일각에서는 자유는 끝났다고 말한다.

4부

A Place of
Greater Safety

"왕은 국민의 머리에 권총을 겨누었다.
그것은 불발에 그쳤고 이제 국민이 겨눌 차례다."
__ 카미유 데물랭

"우린 자유로워지고 싶지만 희생이 너무도 크다."
__ 뤼실 데물랭

1791년 8월 27일 '필니츠 선언'. 오스트리아와 프로이센이 프랑스 혁명을 저지하기 위
해 유럽 군주들에게 무력 사용을 촉구.
9월 30일 국민의회. 입헌군주제를 골자로 하는 '1791년 헌법' 가결.
10월 1일 입법의회 개회.
1792년 4월 20일 입법의회가 오스트리아에 선전포고. 프랑스 혁명 전쟁 시작.
8월 10일 '8월 봉기'. 왕과 특권층이 외국과 내통했다고 생각한 군중이 튈르리
궁전을 습격. 의회가 국왕의 권한 정지를 선언.

| 주요 등장 인물 |

생토노레 거리
모리스 뒤플레(소목장이)
프랑수아즈(뒤플레의 아내)
엘레오노르(큰딸, 일명 '코르넬리아', 그림을 배우는 학생)
빅투아르(둘째딸)
엘리자베트(막내딸, 일명 '바베트')

샤를 뒤무리에(장군, 외무장관)

앙투안 푸키에탱빌(변호사, 카미유 데물랭의 사촌)

자네트(데물랭 집에서 일하는 사람)

1장

마농 롤랑의 꿈

(1791)

　마농 롤랑은 창가에 앉아 뺨을 돌려 느지막한 10월 태양의 사그라지는 온기를 붙들었다. 그리고 천천히 정성을 들여 해진 천 속으로 바늘을 찔러 넣었다. 우리 형편에도 집 안에서 이런 일을 하는 하인은 여럿 있다. 그렇지만 내 손으로 할 때처럼 마음에 들게 하지는 못하지. 그렇긴 하지만…… 잠시 생각에 잠겼던 마농은 다시 고개를 숙여 일로 돌아갔다. 그래, 이 살벌한 세상에서 리넨 천보다 더 위안을 주는 것이 하루 일과 중에 달리 뭐가 있겠어? 남편의 말마따나 '일격이 가해졌'으니 앞으로 꾸미고 깁고 고치고 손볼 일이 더 늘어날 것이다.

　중심은 해지고 낡고 너덜너덜해졌다. 그러니 가장자리가 가운데로 가야겠지. "가자, 가자(Ça Ira)." 마농이 웃는다. 마농은 자신이 유머 감각이 없는 건 아니라고 생각하고 싶다.

　오십 대 후반인 마농의 남편이 궤양이 있는 데다가 간까지 안 좋은데도 드러눕지 않을 수 있었던 것은 아내의 보살핌과 강인한 의지 덕분이었다. 남편은 제조업 감독관을 지냈지만 1791년 9월에 새로운 제도가 도입되면서 그의 직위는 폐지되었다. 롤랑 부부는 구체제의 죽음에 박수를 보냈다. 그들은 이기적인 사람들이 아니었다. 하지만 연금이 사라지고 앞으로 가난만이 기다리는 형편이라면 박수 소리는 점차 잦아들게 마련이다.

'당신이 아픈 거죠.' 남편이 파리를 떠나자고 말했을 때, 마농은 이렇게 생각했다. '파리의 여름 때문에 열이 나고 진이 빠지고, 샹드마르스의 피에 질린 거죠.'

"마농, 당신이 감당하기에는 너무 벅찼소. 당신이 얼마나 예민해졌는지 몰라. 다 관두고 집으로 돌아갑시다, 당신 건강보다 더 중요한 건 없어요, 르클로에서 당신은 언제나 평온했어요." '평온했다고? 내가? 1789년 이후에?'

그렇게 해서 롤랑 부부는 보졸레 산자락의 낡고 작은 저택으로 돌아왔다. 채소 텃밭과 빛 바랜 꽃바구니로, 조언과 약초 습포제를 얻으러 뒷문으로 들어오던 가난한 여인들한테로 돌아온 것이다. 이곳에서 (마농은 전에 루소를 많이 읽었는데) 사람은 자연과 계절과 조화를 이루며 살았다. 그러나 나라는 질식해 죽어 가고 있었다. 그녀가 바란 것은…… 그녀가 바란 것은…….

마농은 조바심을 내며 의자를 창 쪽에서 끌어당겼다. 한평생 그녀는 관객이었고 구경꾼이었다. 그 역할은 그녀에게 아무것도, 심지어 철학적 초연함조차 주지 않았다. 공부도 자기 분석도 심지어 정원 일조차도 자신에게 아무것도 주지 못했다고 마농은 씁쓸하게 생각했다. 어떤 이들은 아내이자 어머니인 서른여섯 살 먹은 여자는 자연의 흐름을 따라 살아야 한다고 생각할지 모른다. 내면의 약간의 평온함과 약간의 고요— 그것은 기대하기 어려웠다. 그러나 아이를 낳은 뒤에도 그녀의 혈관에 흐르는 것은 우유가 아니라 피였다. 자신은 삶 앞에서 수동적이지 않으며 앞으로도 그러지 않을 것이라 생각한다. 하물며 최근에 벌어진 일들을 생각하면 더더욱 그럴 수가 없다.

가장 최근에 겪은 불운한 일만 하더라도 그렇다. 물론 마농은 그 불상사를 그저 감수하지는 않을 것이다. 롤랑 부부는 막 파리에서 돌아왔지만 다시 파리로 가야 한다. 연금을 얻어내든가 아니면 새로운 질서 속에서 새로운 자리를 얻어내야 한다.

남편은 여행을 달가워하지 않았다. 하지만 마농은 파리가 자신을 부른다고 생각했다. 마농은 거기에서 태어났다.

마농의 아버지 가게는 퐁뇌프 다리 근처 오를로주 부두에 있었다. 아버지는 조각사였다. 잘나가는 손님들이 드나드는 덕분에 가게도 잘나갔다. 아버지는 잘나가는 가게에 어울리게 처신했다. 주장할 땐 주장하면서 아부도 했다. 그는 예술가이자 장인이었고, 둘 다 아니기도 했다.

마농의 세례명은 마리-잔이었지만 늘 마농으로 불렸다. 남자 형제들과 여자 형제들은 모두 죽었다. 마음씨 좋은 하느님이 자기만 죽음을 모면하게 해준 데에는 어떤 이유가 있으리라.(마농은 여덟 살인가 아홉 살 때 그렇게 생각했다.) '하느님은 왜 그랬을까?' 마농은 실눈을 뜨고 부모를 바라보면서 아이의 냉담한 눈길로 부모의 한계와 공들인 기품의 허식을 따졌다. 부모는 마농을 과보호했고 어쩌면 조금은 경이롭게 느끼면서 마농을 대했다. 마농은 음악 레슨도 많이 받았다.

마농이 열 살 때 아버지는 제목에 '교육'이 들어간 책은 딸에게 다 좋을 거라고 생각하고 어린이 교육에 관한 책 여러 권을 사주었다.

이 영리한 아이, 이 예쁜 아이, 아무리 좋은 것도 성에 안 차는 이 아이를 어느 날 공방에 혼자 둔 것은 부모의 크나큰 불찰이었다. 하지만 그 소년, 그 견습생(열다섯 살이었지만 나이 치고는 키가 무척 컸고 미숙했고 주근깨가 있었다.)은 언제나 흠 잡을 데 없이 예의 바르게 행동하는 것처럼 보였다. 어느 저녁, 견습생은 등불 아래에서 일하고 있었고 마농은 그의 팔꿈치 옆에 서서 그가 하는 작업을 바라보고 있었다. 그가 손을 잡았을 때 마농은 동요하지 않았다. 그는 잠시 손을 잡고 있다가 마농의 손가락으로 장난을 치더니 마농에게 웃어 보이면서 자기 머리를 살짝 기울였다. 그러고는 마농의 손을 작업대 밑으로 끌어당겼다.

거기서 마농은 이상한 살에 닿았다. 그것은, 그 부풀어 오른 축축한 살 꼬챙이는 살아 있는 생명처럼 떨었다. 견습생은 마농의 손목을 움켜쥔 손아귀에 힘을 주었고 이어 의자를 돌려서 마농을 마주 보았다. 마농은 자기가 만졌던 것을 보았다. "말하지 마." 그가 속삭였다. 마농은 그의 손을 뿌리쳤다. 마농은 눈썹이 앞머리까지 치켜 올라갔고 얼른 돌아서서 작업실 문을 쾅 닫고 나갔다.

계단에서 마농은 어머니가 부르는 소리를 들었다. 잔심부름이었든가 뭔가 시킨 일이 있었는데 그 일이 있고 난 뒤로는 정확히 그게 뭐였는지 기억이 안 났다. 마농은 어머니의 심부름을 했다. 얼굴은 넋이 나갔고 배는 울렁거렸다. 아무 말도 하지 않았다. 무슨 말을 해야 할지 몰랐다.

하지만 그 뒤 몇 주 동안 마농은 공방으로 돌아갔다. 자신이 그렇게 나쁜 아이였다는 것을 믿을 수가 없었기에 나중에 마농은 그 점을 이해하기가 어려웠다. 그랬다. 마농은 그 기회를 이용했다. 스스로 변명도 거의 하지 않았다. 그 당시에는 자신의 본능을 절반쯤 눈감아주며 돌아다니기로 작심이라도 한 듯싶었다. '그건 호기심일 뿐이었어.' 어른이 된 마농의 자아는 말했다. '과보호를 받은 아이의 자연스러운 호기심이었어.' 그러나 어른이 된 마농의 자아는 다시 덧붙였다. '그때도 변명을 하더니 지금도 변명을 하는구나.'

저녁이면 견습생은 가족과 함께 식사를 했다. 너무 어렸고 집에서 멀리 떨어져 있어서 마농의 어머니는 소년을 걱정했다. 마농은 소년이 있는 자리에서는 평소와 다르게 행동할 엄두가 안 났다. 그랬다가는 부모님이 이상하게 여기면서 이것저것 물어봤을 것이다. '그렇지만 설령 물어보면 어때, 난 하나도 잘못한 게 없는데.' 마농은 속으로 그렇게 말하곤 했다. 하지만 마농은 인생이 과연 공정한지, 사람들이 잘못을 저지르지 않았는데도 욕을 먹는 것은 아닌지 고개를 갸웃거리기 시작했다. 물론 어린 시절에는 그랬다. 이틀이 멀다 하고 아무렇지도 않게 따귀를 맞았고 놀이방에서는 옳지 않은 일이 벌어졌다. 어른의 삶은 다를 거라고, 좀 더 이성적일 거라고 마농은 생각했다. 마농은 이제 어른의 문턱에 와 있었다. 다가갈수록 어른의 세계는 더 위험해 보였고 사람들은 이성을 받아들일 의사가 줄어드는 것처럼 보였다. 내면의 목소리가 마농에게 줄기차게 말했다. '넌 잘못이 없지만 잘못이 있는 것처럼 보이게 만들어질 수 있어.'

견습생이 한번은 마농에게 이렇게 속삭였다. "내가 너한테 보여준 것치고 네 어머니가 보지 않은 건 없어." 마농은 견습생의 따귀를 올려붙이고 그의 무례함을 잠재우려고 입을 열었다. 하지만 그때 어머니가 빵 한 접시와 샐러드 그릇을 들고 들어오자 그들은 나란히 앉아 착한 어린이, 수줍은 어린이가 되어 식탁보에 눈길을 두고 샐러드와 치즈와 빵을 먹게 해주신 하느님께 감사를 드렸다.

마농은 공방에서 얼쩡거렸고 그들 사이에는 긴장이 감돌았다. 눈에 안 보이는 팽팽한 전선이 둘러쳐져 있었다. 다른 사람들이 같이 있어서 보호를 받을 수 있을 때 마농이 깡충거리며 들락거려서 그를 오죽 고통스럽게 했던가? 마농은 갓 태어난 것처럼 하얗고 부르르 떨던 그 이상한 살덩어리를 줄곧 생각했다.

어느 날 그들이 다시 둘만 남았다. 마농은 견습생과 거리를 두었다. 다시는 그런 식으로 잡혀서는 안 된다. 이번에 그는 마농이 서서 창밖을 바라보는 동안 뒤로 다가왔다. 그는 마농의 겨드랑이 밑으로 손을 밀어 넣어 올리더니 마농을 자기 무릎 쪽으로 당기면서 미리 점찍어 둔 의자에 앉았다. 마농의 치마가 구겨졌고 그는 한 번인가 마농의 다리 사이를 만졌다. 이어서 깡말랐지만 이제 막 기운을 쓰기 시작하는 주근깨투성이의 팔이 마농의 몸을 감아서 깍지를 꼈다. 마농은 그 주먹을 내려다보았고 그는 마농을 인형처럼, 생명이 없는 인형처럼 안았다. 견습생이 식식거리고 헐떡거리며 만족을 향해 나아가는 동안 마농의 예쁜 입술이 벌어졌다. 마농이 그것이 만족임을 알았다는 뜻이 아니다. 그가 마농을 놓아주고 건성으로 몇 마디 고맙다는 말을 내뱉은 것으로 보아 마농은 그가 하던 행동이 일종의 절정에 도달했음을 알아차릴 수 있었다. (나중에야 생각한 일이지만) 견습생은 마농의 얼굴을 한 번도 쳐다보지 않았고 마농이 좋아하는지 겁에 질렸는지, 혹은 마농이 웃고 있는지, 혹은 마농이 너무 놀라서 비명도 못 지르는 것인지는 살필 필요도 없다는 듯이 의도적으로 뒤에서 마농을 꽉 붙들고 있었다.

마농은 달아났다. 그리고 곧—어디가 안 좋은 거냐고 처음 캐물었을 때—숨 넘어갈 듯이 이야기를 뱉어내기 시작했다. 말을 하면서 눈물을 펑펑 쏟았고 다리가 후들거려서 부축을 받으면서 의자로 비틀거리며 걸어갔다. 어머니의 얼굴은 망치로 한 대 얻어맞은 사람처럼 보였다. 어머니는 딸을 붙들어 일으켜 세우고 딸의 팔을 으스러져라 꽉 쥐었다. 어머니는 금지옥엽 같은 딸을 잡아 흔들면서 악을 쓰며 캐물었다. "그놈이 무슨 짓을 했니, 어디를 만졌니, 그놈이 한 말을 한마디도 빼놓지 말고 다 말해. 겁내지 말고, 나한테 말해." 말을 하는 내내 어머니는 부들부들 떨었고 딸의 얼굴 앞에 자신의 일그러진 얼굴을 바짝 들이밀었다. "그놈이 너더러 자기를 만지게 하디, 피가 나니 마농, 나한테 말해, 엄마한테 말해, 말해."

거리로 끌려 나가면서 마농은 세 살 먹은 아이처럼 울음을 터뜨렸다. 교회에 들어가자 어머니는 살인을 저질렀거나 사람이 죽었을 때 울리는 종의 줄을 당겼다. 그 줄을 당기면 지옥에 가지 않도록 사제가 얼른 와서 죄를 사하여주었다. 정말 사제가 왔다. 어머니는 안쪽의 작은 공간으로 마농을 밀어 넣었다. 마농은 콜록콜록 기침을 하면서 숨을 쉬는 노인이 있는 어둠침침한 곳에 혼자 남겨졌다. 신부는 성한 한쪽 귀를 돌려서 유린당한 것으로 보이는 아이의 자지러지는 흐느낌을 들었다.

이상한 일이었다. 부모가 견습생을 내쫓지 않은 것이다. 그들은 소문이 날까 봐 두려웠다. 그 일이 알려지면 책임이 딸에게 넘어올까 봐 두려웠다. 더는 가족과 함께 식탁에 앉지는 않았지만 마농은 견습생을 매일 보아야 했다. 마농은 이제 자기 탓임을 알았다. 다른 사람들이 어떻게 말하고 생각하느냐의 문제가 아니었다. 마음속에서 견습생과 화해한 것이 문제였다. 그래서는 안 될 일이었다. 훨씬 더 안 좋은 일이 멀어질 수도 있었다고 어머니는 말했다. 그 말이 무슨 뜻인지는 몰라도 넌 안 망가졌다고 어머니는 말했다. "그 일은 생각하지 않도록 노력해라. 언젠가 어른이 되어서 결혼을 하면 그렇게 나빠 보이지 않을 거란다." 어머니가 조언했다. 하지만 아무리 노력해도—그리고 어쩌면 그렇게 열심히 노력한 것이 문제였는지 모른다.—자꾸 그 일이 생각났다. 마농은 얼굴이 빨개졌고 속으로 떨기 시작했다. 자기도 모르게 머리를 움찔하곤 했다.

마농이 스물두 살이 되었을 때 어머니가 죽었다. 마농은 오전에는 집안일을 하고 오후에는 공부를 했다. 이탈리아어와 식물학을 정복했고 엘베시우스의 철학 체계는 멀리하고 수학 공부를 해 나갔다. 저녁에는 고전 시대의 역사서를 읽고 눈을 꼭 감고 읽은 책 위에 가만히 손을 얹고서 자유를 꿈꾸었다. 마농은 인간의 위대함에 대해서, 정신의 고결함과 진보에 대해서, 형제애와 자기 희생에 대해서, 실체가 없는 모든 덕에 대해서 성찰했다. 아니 억지로 성찰하려고 했다.

마농은 뷔퐁의 《박물지》를 읽었다. 알고 싶지 않은 정보가 담겨 있어 건너뛰고 싶다고 느낀 부분도 있었고 빨리 넘긴 부분도 있었다.

견습생이 아버지 곁을 떠나고 나서 칠팔 년 뒤에 마농은 그를 다시 만났다. 그는 막 결혼했는데 마농의 눈에는 완벽하게 평범한 젊은이로 보였다. 잠깐 만났던 것이라서 사담을 나눌 시간도 없었고 마농이 그걸 바랐던 것도 아니었지만 그는 마농에게 속삭였다. "이젠 날 원망하지 않았으면 좋겠다. 난 널 해치지 않았어."

1776년 마농의 인생이 달라졌다. 그해에 미국인들은 독립을 선포했지만 마농은 '애정의 구속'을 택했다. 그때까지 들어온 청혼은 주로 기술자였고 나이는 이십 대에서 삼십 대 초반이었다. 마농은 깍듯하게 대했지만 그들을 더없이 실망시켰다. 결혼은 마농이 생각하기를 피한 주제였다. 가족들은 낙심하기 시작했다.

그런데 그해 1월 장마리 롤랑이 등장했다. 그는 키가 컸고 학식이 깊었고 여행을 많이 다닌 남자였다. 아버지처럼 자상했고 선생님처럼 무게가 있었다. 귀족이었지만 이름난 집안은 아니었고 다섯 형제의 막내였다. 땅 조금과 일을 해서 버는 돈이 전부였다. 그는 집안 영지를 관리했고, 감독관의 자격으로 유럽 여기저기를 돌아다녔다. 표백과 염색, 레이스 만들기, 이탄을 연료로 사용하는 법에 대해 알았고 화약 제조와 돼지고기 훈제와 렌즈 가공에 대해 알았고 물리학과 자유무역과 고대 그리스에 대해 알았다. 특정한 유형의 지식이긴 했지만 마농에게 왕성한 지식욕이 있음을 롤랑은 우연한 기회에 눈치챘다. 처음에 마농은 먼지가 쌓인 롤랑의 이상한 외투와 해진 셔츠와 버클로 조인 것이 아니라 낡은 리본 띠로 묶은 구두를 의식하지 못했다. 그걸 의식하고서 마농은 이렇게 허영심이 없는 남자도 있구나 생각하면서 놀랐다. 그들의 대화는 진지했고 뭐랄까 아주 구체적이었고 정중했다.

롤랑은 마농의 손끝에 입을 맞추었지만 무척 공손했다. 그는 방 안에서 마농과 떨어져 앉았다. 그는 아무것도 시도하지 않았다. 무언가를 했다면 그것은 성 바울로의 조각상이 몸을 앞으로 숙여 보는 이의 턱을 다정하게 어루만지는 것과도 같았으리라.

두 사람은 편지를 주고받았다. 편지는 쓰는 데 한나절이 걸리고 읽는 데 한 시간이 걸리는 흡인력 있는 장문의 글이었다. 처음에 그들은 일반적으로 흥미 있는 주제들을 논한 에세이를 썼다. 몇 달이 지나자 그들은 결혼에 대해서, 결혼의 신성한 측면과 사회적 유용성에 대해서 썼다.

롤랑은 일 년 동안 이탈리아에 갔고 자신이 한 여행을 여섯 권의 책으로 써서 보고했다.

심사숙고하면서 사 년을 조심스럽게 보낸 뒤인 1780년에 그들은 결혼했다.

결혼하던 날 밤은 편지로 소통할 수가 없었다. 마농은 일어날지도 모른다고 자신이 생각한 것이 무엇이었는지 알 수가 없었다. 견습생과 그가 자신의 몸을 더듬던 동작은 죽어도 생각하지 않으려 했고 그때 자기 뒤에서 무슨 일이 벌어졌는지도 이론을 만들어보려고 하지 않았다. 그래서 마농은 롤랑의 몸에, 잿빛 털이 듬성듬성 난 그의 휑한 가슴에 대비가 안 되어 있었다. 롤랑이 자기 몸에다 마농의 몸을 끌어당기던 그 조급함에, 성교의 아픔에 준비가 안 되어 있었다. 롤랑의 호흡이 달라지자 마농은 그의 어깨에서 불쑥 고개를 들면서 물었다. "그건가요……?" 하지만 그는 이미 마농한테서 떨어져나가 잠에 빠져들었고 어둠 속에서 입을 벌린 채 숨을 쉬었다.

다음날 롤랑은 어느새 깨어나서 미안함과 안쓰러움이 담긴 눈길로 마농을 내려다보았다. "하나도 몰랐던 거요? 가여운 사람, 내가 진작에 알았더라면……."

아이는 하나만 있어도 결혼이 정당화된다(고 두 사람은 생각했다). 1781년 10월 4일에 딸 외도라가 태어났다.

마농은 복잡한 사안의 핵심을 몇 분 안에 파악하는 능력이 있었고 그 능력을 자랑스럽게 여겼다. 마농에게 어떤 주제를 던지면—가령 포에니 전쟁이라든가 소기름으로 양초 만드는 법이라고 치자.—마농은 하루 만에 그것을 만족스럽게 설명해줄 것이고 한 주일 안에 손수 공장을 차릴 능력을 갖추거나 스키피오 아프리카누스를 위해 전투 계획을 짤 수 있게 될 것이다. 마농은 남편이 하는 일을 즐겁게 도왔다. 그것을 낙으로 알았다. 마농은 남편이 연구하려는 내용을 옮겨 적는다든가 하는 변변찮은 일부터 시작했다. 그 다음에는 색인 작성을 거들었다. 마농은 꼼꼼하고 유능했다. 그 다음에는 자신의 방대한 기억력과 끈질긴 탐구심을 남편의 연구에 쏟아부었다. 마지막으로는—글을 아주 유려하고 우아하게 술술 썼으므로—남편의 보고서와 서한 작성까지 거들기 시작했다. 마농은 말하곤 했다. "아, 그거 내가 할게요. 당신이 첫 문단을 놓고 고민하는 시간이면 난 다 해치울 수 있어요." 그럼 롤랑은 이렇게 말하곤 했다. "오, 우리 똑똑한 아가씨, 당신 없이 내가 그동안 어떻게 해냈나 모르겠소."

하지만 마농은 자신이 바라는 건 칭찬 한마디 이상이라고 생각했다. 난 조용히 살고 싶지만 그러면서도 더 큰 무대로 나아가고 싶다. 여자에게 할당된 자리를 알고 만족하고 그것을 존중하지만 나도 남자들한테 존중받고 싶다. 남자들한테 대접받고 인정받고 싶다. 나도 계획이 있고 이치를 따질 줄 안다. 프랑스라는 국가에 대한 포부도 있다. 마농은 눈에 안 띄는 방식으로 자기의 계획과 포부를 나라 입법부의 꼭대기 자리에 심어놓고 싶었다. 남편의 머리에 심어놓은 것과 똑같이.

마농은 7월의 어느 날을 떠올렸다. 병실의 여닫이 창 주위로 파리들이 모여들어 앵앵거렸고 남편의 누런 얼굴이 하얀 시트 위에 있었다. 구석에서는 여든다섯 살 먹은 독재자 시어머니가 휘파람처럼 숨을 몰아쉬면서 졸고 있었다. 마농은 회색 드레스를 입은 자신의 모습을 보았다. 허브티를 들고 이 방 저 방으로 살금살금 다니다 보니 나이와 병고와 더위로 마농의 마음은 잿빛이 되었다. 여름은 창문 밖에서 완고하게 버티고 있었다.

"부인?"

"조용. 무슨 일 있어요?"

"부인, 파리에서 온 소식입니다."

"누가 쓰러졌어요?"

"부인, 바스티유가 함락되었습니다."

마농은 잔을 발치로 떨어뜨렸고 잔은 산산조각 났다. 훗날 마농은 생각했다. '난 일부러 잔을 떨어뜨렸어.' 졸다가 깜짝 놀란 롤랑은 베개에 두었던 머리를 들었다. "마농, 무슨 끔찍한 재앙이라도 일어났소?"

한구석에서는 구체제가 잠에서 깨어나 난데없는 소란에 혀를 끌끌 찼고 며느리의 눈에 떠오른 무절제한 기쁨을 못마땅한 눈길로 다스렸다.

마농은 이제 언론에 글을 쓰기 시작했다. 처음에는 〈리옹 통신〉에 쓰다가 나중에는 브리소가 만드는 〈프랑스 애국자〉에 썼다.(남편과 브리소는 지난 이 년 동안 서신을 주고받은 사이였다.) 마농은 필명을 '리옹 부인' 아니면 '로마 부인'으로 썼다. 1790년 6월에 마농은 데물랭의 〈프랑스 혁명〉에 그녀의 글 한 편을 재수록하게 해 달라고 요청하는, 썩 알아보기가 쉽지는 않지만 매력적인 편지를 한 통 받았다. 마농은 얼른 그러라고 했지만 그때는 그 신문의 편집인이 어떤 사람인지 몰랐다.

파리에서 큰 기회가 왔고 마농은 그 기회를 붙잡았다. 마농은 자신을 애국파에게 쓸모 있는 사람으로 만들었다. 자나깨나 그녀가 꿈꾸던 기회였다. 서재에서 혼자 외로운 시간을 보낼 때도 그런 기회가 오기를 꿈꾸었고 외도라를 임신한 몸으로 아미앵 공동묘지에서 무덤 파는 사람들을 지켜보면서도 그런 기회가 오기를 꿈꾸었다. 롤랑 부인의 살롱. 세부적으로 그 꿈은 실망스러울 수 있었다. 남자들은 가볍고 경박하고 억지스러웠다. 마농은 입술을 깨물어 가며 참견하고 싶은 마음을 눌렀다. 그랬다가는 숫자가 더 줄어들 판이었다. 그렇지만 아직은 시작이었다. 그들은 곧 파리로 복귀할 것이다.

지난 몇 달 동안 마농은 세상과 단절되어 있지 않았다. 자물쇠가 채워진 서랍 안에는 브리소, 로베스피에르, 진지하고 호감 가는 젊은 대의원 프랑수아 레오나르 뷔조한테서 받은 편지가 들어 있었다. 마농은 이 편지들로 샹드마르스 학살 이후의 상황을 파악했다. 그들은 마농에게 (개요만 듣는 것을 마농은 싫어했지만 상황이 워낙 급하게 돌아갔다.) 왕좌로 돌아온 루이가 헌법을 존중하겠다고 서약했음을, 라파예트는 이제 국민방위대 지휘관이 아니고 군대 보직을 맡아 파리를 떠났음을 알려주었다. 10월 1일에 새로운 입법의회가 소집되었는데 과거에 대의원을 지낸 사람은 여기에 못 들어갔다. 그래서 뷔조는 고향 에브뢰로 돌아갔다. 걱정할 필요는 없었다. 그래도 그들은 서신을 교환할 수 있고 언젠가는 틀림없이 다시 만날 것이다.

그들의 벗 브리소는 이제 대의원이 되었다. 그렇게 열성을 바친 브리소. 그리고 로베스피에르는 고향으로 돌아가지 않고 파리에 남아 자코뱅 클럽을 재건하고 새로운 대의원을 끌어들여서 의회 토론을 주도하는 토론 절차와 규칙을 숙지시켰다. 부지런한 사람 로베스피에르. 하지만 그는 마농을 실망시켰다.

학살이 있던 날 마농은 자기들 아파트에 와서 숨으라고 로베스피에르에게 연락을 보냈다. 하지만 그에게서 답장을 못 받았다. 나중에 목수 집안이 그를 받아들였고 지금은 거기서 같이 산다는 이야기를 들었다. 위험한 순간이 끝내 오지 않자 마농은 실망했고 맥이 빠졌다. 마농은 국민방위대와 담판을 벌이는 자신의 모습을 보았다. 국민방위대를 질타하는 자신의 모습을 보았다.

이 망명 기간에 마농은 당통 씨와 그 친구들의 행적도 흥미롭게 지켜보았다. 당통이 잉글랜드에 있다는 소식에 안도하면서 그가 계속 그곳에 머물기를 바랐다. 마농은 부지런히 정보를 찾아 나섰다. 그런데 사면 소문이 돌자마자 당통은 총알같이 파리로 돌아왔다. 그는 입법의회에 나설 만큼 뻔뻔스러웠다. 그리고 (마농이 듣기로는) 선거 회의 중에 한 장교가 당통의 체포 영장을 들고 나타났다. 그 장교는 그 변호사가 하는 모든 활동에 따라붙는 것으로 보이는 무리들한테서 언어적, 육체적으로 봉변을 당한 뒤 아바예 교도소로 실려갔고 당통의 몫으로 마련해 둔 감방에서 사흘 동안 갇혀 있었다.

사면안이 통과되었지만 유권자들은 그 건달의 가식을 꿰뚫어보았다. 거부당한 당통은 낙향하여 궁리를 하더니 이번에는 부검찰관이 되어보기로 마음먹었다. 다행히 그는 거기에서도 뜻을 이루지 못했다. 깡패들이 프랑스를 다스릴 때가 오려면 아직 한참 멀었다(는 것이 마농의 희망 섞인 바람이었다).

앞날에 대해서는…… 왕과 왕비가 헌법에 자기들의 이름을 넣었다는 이유만으로 파리에서 어리석은 사람들이 다시 왕과 왕비에게 환호하는 것이 마농은 짜증스러웠다. 독재와 탐욕의 세월과 바렌으로 도주한 배신을 마치 잊어버렸다는 듯이. 루이가 외세와 공모했다는 사실, 그것만큼은 마농에게 분명했다. 전쟁이 일어날 것이고 선공을 가하지 않는다면 우린 바보다. (마농은 손에 들고 있던 천을 뒤집어 바늘로 실을 한 번 감아 돌려서 마무리했다.) 아테네가 그랬고 스파르타가 그랬던 것처럼 우리는 공화정으로 싸워야 한다. (마농은 가위로 손을 뻗었다.) 루이는 폐위되어야 한다. 죽으면 더 좋고.

그러면 귀족들의 지배가 영원히 종식될 것이다.

그 지긋지긋했던 지배…….

오래 전 한번은 할머니가 친분이 있는 귀부인을 방문하러 마레에 있는 집에 가면서 마농을 데리고 갔다. 하인이 허리를 숙이고 그들을 맞아들였다. 볼에 연지를 바른, 멍청해 보이는 늙은 여자가 호사스러운 가운을 걸치고 소파에 비스듬히 드러누워 있었다. 작은 개한 마리가 커튼 사이에서 튀어나오더니 다리를 뻗대고 깡충거리며 그들에게 왈왈 짖어댔다. 귀부인은 의례적으로 개를 찰싹 치는 시늉을 하더니 할머니에게 낮은 걸상을 가리켰다. 어떤 이유에서인지 이집에서는 할머니를 처녀 때 이름으로 불렀다.

마농은 마농대로 후끈거렸지만 말없이 서 있어야 했다. 아침 일찍 할머니가 마농의 머리에 가한 고문으로 두피가 아직도 화끈거렸다. 늙은 여자는 쿠션을 베고 이리저리 자세를 바꾸면서 이상하게 교양 없는 쇳소리를 내뱉었다. 다가오라는 독촉을 받고 마농은 빳빳한 최고급 드레스 속에서 무릎을 살짝 굽혀 인사했다. 삼십 년이 지난 뒤에도 마농은 그런 인사를 한 자신을 용서할 수가 없다.

물기 젖은 눈이 마농을 응시했다. "믿음이 깊으냐?" 귀부인이 물었다.

개 짖는 소리가 잦아들었다. 이제 개는 마농 옆에서 킁킁거리고 있었다. 소파 팔걸이에는 내던져진 태피스트리가 놓여 있었다. 마농은 눈을 내리깔았다. "의무를 다하려고 노력합니다."

마농의 할머니는 걸상 위에서 고통스럽게 자세를 바꾸고 있었다. 늙은 귀족 여자는 마치 거울 앞에 있는 것처럼 레이스가 달린 자기 모자를 톡톡 두드렸다. 그러고는 다시 마농 쪽으로 험악한 눈초리를 돌려서 교과서적인 질문을 던지기 시작했다. 마농이 예의를 갖추려고 애쓰면서 정확하게 대답하자 여자가 빈정거렸다. "꼬마 학자 나셨군. 너는 남자가 그런 걸 원한다고 생각하느냐?"

교리문답이 끝나자—아직도 서서, 통풍이 안 되는 방에서 현기증을 느끼면서—마농은 늙은 여자가 열거하는 자신의 장점과 단점을 들어야 했다. "벌써 몸집이 좋네." 귀부인이 말했다. 마치 마농이 어른이 되면 뚱뚱해지리라는 뜻으로 들렸다. "얼굴이 누렇게 떴구나, 시간이 지나면 몸단장을 할 수도 있겠지." 귀부인이 말했다. "아가, 말해보렴, 너 복권을 사본 적 있니?"

"없습니다 부인, 전 우연에 좌우되는 놀이는 안 믿어요."

"깐깐하기도 해라." 늙은 여자가 느릿느릿 말했다. 한 손이 쑥 나왔다. 그리고 악의적으로 마농의 작은 손목을 움켜쥐었다. "이 애가 사는 복권을 갖고 싶다. 이 애더러 숫자를 고르라고 해서, 알겠지. 나한테 가져오게 해, 나한테 직접 가져오게 해. 이 아이는 행운의 손을 가진 것 같거든."

마농은 거리로 나와서 하느님의 맑은 공기를 벌컥벌컥 들이켰다. "제발, 나 안 가도 되는 거지?" 마농은 집으로 달려가고 싶었다. 책들로, 그 안에 있는 말이 통하는 사람들한테로 돌아가고 싶었다.

지금도 누군가가 '귀족'이라는 단어를 말하면—'귀부인'이라든가 '작위'라는 말이 나오면—마농은 그 악랄한 도박꾼의 모습이 떠올랐다. 레이스 달린 모자나 험악한 눈초리나 깔아뭉개는 말뿐이 아니었다. 사방에서 나던 진한 사향 냄새와, (마농 생각으로는) 스러져가는 몸의 향긋함을 뒤덮었던 악취까지 떠올랐다.

복권이라니, 정말. 공화국에서는 도박은 없을 거라고 마농은 생각했다. 도박은 용납되지 않을 것이다.

파리

"이보게, 난 그자들이 세례 요한을 변호사로 쓴다고 해도 겁 안

나. 그자들은 도박법을 어겼으니 난 육 개월 형을 내릴 거네. 그건 그렇고 데물랭이 왜 변호사 일로 돌아왔다고 보는가?" 판사가 법정 서기에게 물었다.

"돈이죠." 서기가 말했다.

"오를레앙이 넉넉히 주는 걸로 알았는데."

"아, 공작은 끝났습니다." 서기가 신나서 말했다. "드 장리스 부인은 잉글랜드에 있고 라클로는 소속 연대로 돌아갔고 여자들은 당통한테 모여들고 있습니다. 물론 돈은 잉글랜드에서 나오고요."

"그럼 잉글랜드 사람들이 당통 사람들을 매수했다는 건가?"

"돈은 주고 있는 것 같지만 그건 별개 문제죠. 워낙 파렴치한 녀석들이라서요. 이 나라도 한때는 정직한 사람에게 믿고 뇌물을 줄 수 있었던 시절이 있었는데 말이죠."

판사는 불편한지 의자에서 들썩거렸다. 서기가 말을 선문답처럼 하고 있었다. 그런 일이 벌어지면 언제나 퇴근이 늦어졌다. "자, 하던 이야기로 돌아가세." 판사가 말했다.

"아, 예. 데물랭 변호사는 장인의 조언대로 파리 시의 채권에 투자했습니다. 그리고 결과는 우리가 다 아는 대로고요."

"그렇지." 판사가 지긋이 말했다.

"그리고 이제 당국이 신문을 폐간했으니 다른 수입원이 필요한 거지요."

"쪼들리는 건 아니잖아."

"돈은 있지만 더 원하는 거지요. 그 점에서는 우리들하고 딱히 다를 게 없지요. 주식에 손을 대는가 봅니다. 수익이 나기를 기다리는 동안 부족한 수입료도 한몫 생기려는 거지요."

"변호사가 체질에 안 맞는다고 들었는데."

"지금은 다르잖아요. 이제는 그분이 어려움에 봉착하면 우리는 그가 문장을 끝낼 때까지 가만히 앉아서 기다려야 합니다. 좀 겁나니까—"

"난 아니야." 판사가 퉁명스럽게 말했다.

"그리고 유능하니까요."

"그걸 부정하는 건 아니야."

"그리고 경찰이 나리들의 쾌락을 간섭할 때 자기들 중 하나를 내세워서 대변하게 하면 얼마나 편하겠습니까. 아르튀르 디용, 드 실레리 그 패들이 데물랭에게 그 일을 맡긴 거죠."

"아주 대놓고 같이 어울리던데. 설마 애국자들이—"

"그분 일이라면 웬만한 건 눈감아줄 겁니다. 결국 어떻게 보면 데물랭 그 사람이 혁명이니까요. 물론 수군거리기야 하겠지요. 그렇지만 어차피 여긴 파리지 제네바가 아니거든요."

"가만 보니 자네도 도박사 기질이 있군."

"뭐 그렇게 볼 수도 있겠지요." 서기가 쾌활하게 말했다. "아마 데물랭 변호사처럼 저도 개인의 사생활에 대한 국가의 간섭을 제한하는 데 관심이 있나 봅니다."

"그 사람 생각에 동의한다고?" 판사가 말했다. "머지않아 자네도 책상 위에 군홧발을 올려놓고 거친 상퀼로트 바지 차림으로 정수리에 빨간 모자를 얹고 언제라도 손 닿는 곳에 창을 두고 지내겠군."

"못 할 것도 없겠지요." 서기가 말했다. "시대가 시대니까요."

"다른 건 몰라도 자네가 뒤셴 영감처럼 파이프 피우는 건 용납 못해."

데물랭은 의뢰인들에게 아쉬움이 담긴 사과의 몸짓을 잠시 보이고 나서 판사에게 돌아서면서 웃어 보였다. 남자와 여자는 어깨가 약간 처져서 서로 마주보았다. "투옥을 피하지는 못할 테니, 이번 사건을 계기로 삼아 좀 더 광범위한 주제를 논의해보는 게 좋을 듯합니다." 변호사는 그들에게 그렇게 말했다.

"법정에서 질문을 드리고 싶一"

"일어나시오."

변호사는 망설이다가 일어섰고 법정을 가로질러 판사에게 바짝 다가섰다. "제 의견을 피력하는 것을 허락해주셨으면 좋겠습니다."

판사는 목소리를 깔았다. "사람들 앞에서 물의를 일으킬 작정이오?"

"그렇습니다."

"내 허락 안 받고도 할 수 있을 텐데."

"절차잖습니까. 전 예의가 바르거든요."

"사실들에 대한 판결에 불만이 있소?"

"없습니다."

"그럼?"

"저는 법정이 개인의 삶에 함부로 끼어들면서 도덕을 설교하는 국가의 도구로 이용당하는 데 반대합니다."

"그래요?" 판사는 앞으로 몸을 기울였다. 그는 일반적 주제를 두고 논쟁하기를 좋아했다. "교회를 무대에서 지워버리신 것 같은데 법이 안 나서면 누가 사람들에게 마땅히 해야 할 일을 하도록 만들겠소?"

"마땅히 해야 할 일을 누가 말하죠?"

"사람들이 의원들을 뽑는 건一지금 그렇게 하고 있지요.一그런 임무를 위임하는 게 아닙니까?"

"하지만 국민과 그 대의원들이 부패한 사회에 물들었다면 그 사람들이 어떻게 좋은 결정을 내릴 수 있겠습니까? 도덕적인 사회에서 살아본 경험이 없는데 그 사람들이 어떻게 도덕적인 사회를 이루어내겠습니까?"

"정말 집에 늦게 가게 되겠군." 판사가 말했다. "그 문제를 제대로 따지자면 여기서 육 개월은 있어야 할 거요. 부도덕한 우리가 어떻게 나아질 수 있느냐 이거 아니오."

"그동안은 하늘의 은총을 앞세워 그렇게 했죠. 하지만 새 헌법은 제공하지 않습니다."

"잘못 알았군." 판사가 말했다. "난 당신들이 인류의 도덕적 회생으로 가는 길을 걸어간다고 생각했거든. 친구들 대오에서 이탈하는 게 걱정되지 않으시오?"

"혁명이 일어난 뒤로는 반대 의견도 허용되는 거 아닌가요?"

변호사는 대답을 기다리는 듯했다. 판사는 당황했다.

2장

당통의 목소리

(1791)

조르주자크 당통: "명성은 매춘부이고, 후세를 말하는 사람들은 위선자요 바보다."

문제가 하나 생겼다. 애초에는 이 이야기에서 당통에게 서술의 역할을 맡길 생각이 없었다. 그러나 시간이 없다. 문제들이 급격히 불어나고 있는 데다 이 년 남짓 뒤에 그는 죽을 것이다.

당통은 글을 쓰지 않았다. 메모 뭉치를 들고 법정에 갔을 것이고 이미 이 지면에서도 그런 경우를 보여주었다. 허구이긴 하지만 개연성이 높다. 그 소송 기록들은 남아 있지 않다. 그는 일기를 안 썼고 편지도 얼마 안 썼다. 편지를 써도 받으면 찢어버리는 그런 편지를 주로 썼다. 그는 종이에다 자기 책임을 못 박아 두는 것을 불신했고 자신의 일시적 의견을 항구적으로 붙잡아 두는 덫을 불신했다. 삼색기가 드리워진 위원회 탁자에서 자기 할 말은 했지만 회의록은 다른 사람들이 작성했다. 자코뱅들 앞에서 어떤 문제를 역설하거나 코르들리에 사람들 앞에서 애국적 분노를 터뜨리면 대중은 요약본이 나오는 토요일까지 기다렸다. 당통의 악담은 카미유 데물랭이 발행하는 잿빛 종이 신문 속에서 아주 많이 다듬어졌다. 혁명의 열기가 잔뜩 달아오른 시기에는—그리고 그럴 때가 많았는데—신문은 즉석에서 만들어져서 일 주일에 두 번도 나왔고 어떨 때는 매일 나왔다. 당통이 보기에 데물랭의 성격에서 가장 별나다 싶었던 것은 모든 백지에다 끄적거리고 싶어 하는 그의 욕망이었다. 청순하고 티없이 맑고 정직한 종이를 보면 데물랭은 단어들로 온통 까맣게 될 때까지 종이를 못살게 굴었다. 그렇게 이십사 면에 걸쳐서 종이들의 명예를 훼손했다.

샹드마르스 학살 이후로 물론 신문은 이제 안 나온다. 데물랭은 마감 시간과 인쇄공들의 불평과 오류에 질렸다고 말했다. 그의 충동은 프리랜서로 기울었다. 당통의 말에 버금가는 단어들을 데물랭이 매일 쓰는 한 이것은 후퇴가 아니었다. 지금부터 그의 활동이 끝날 때까지 당통은 수십 번 연설을 할 것이고 그중에는 몇 시간이나 되는 연설도 있을 것이다. 당통은 돌아다니면서 머릿속에서 연설문을 짰다. 아마도 당신은 그의 목소리를 들을 수 있을 것이다.

나는 9월에 잉글랜드에서 돌아왔다. 사면법은 국민의회가 만든 마지막 법이었다. 우리는 화해의 정신으로 새로운 시대를 맞이하는 것으로 되어 있었다. 그야말로 가식적인 헛소리다.

여름에 일어난 사건들은 애국파에게—많은 경우에 문자 그대로—상처를 입혔고 나는 왕당파가 장악한 파리로 돌아왔다. 왕과 왕비는 다시 사람들 앞에 나타나 환호를 받았다. 나는 불쾌해할 이유가 없다고 생각했다. 나는 상냥한 사람이다. 의지가 굳은 코르들리에의 내 친구들은 다르게 느꼈음을 굳이 밝힐 필요는 없으리라. 내가 아는 공화주의자가 비요바렌과 못 말리는 친구 데물랭뿐이었던 1788년 이후로 우리는 멀리 왔다.

좀 성급하긴 해도 축하할 일도 있었다. 라파예트가 수도를 떠났다. (미안한 일이지만 난 아직도 그 사람을 모티에라고 부르는 데 적응이 안 된다.) 그가 국외로 떠났다면 난 사흘 동안 우리 쪽 강변에서 폭죽을 터뜨리고 마음껏 연애를 하라고 했을 것이다. 하지만 그자는 지금 군대에 있다. 앞으로 육 개월이나 구 개월 안에 전쟁이 벌어지면 우리는 그 사람을 다시 나라의 영웅으로 만들어야 할 것이다.

10월에 미사여구에 능한 애국자 제롬 페티옹이 파리 시장으로 뽑혔다. 다른 후보는 라파예트였다. 왕의 부인은 장군을 워낙 싫어했기에 페티옹의 당선을 위해 온갖 수단을 동원했다. 페티옹은 알다시피 공화주의자다. 나는 여자들의 정치적 미숙함을 드러내는 가장 좋은 예로 이 일을 꼽는다.

물론 페티옹이 내가 모르는 왕당파의 급여 대상자 명단에 올라 있을 수도 있다. 요즘 같은 때에 누가 탈선하지 않겠는가? 그는 아직도 왕의 누이가 바렌에서 돌아오는 길에 자기를 사랑하게 되었다고 확신한다. 그 일로 그는 사람들에게 바보 취급을 당했다. 어떤 기행도 용납하지 않는 로베스피에르가 그를 질책하지 않는 것을 보고 나는 놀랐다. 그건 그렇고 이제 새로 유행하는 구호는 "페티옹이 아니면 죽음을!"이다. 데물랭은 자코뱅 클럽에서 사람들이 다 듣게 "선택지가 거의 없군."이라고 말했다가 따가운 눈총을 받았다.

별안간 승진을 하는 바람에 페티옹은 정신이 아찔할 지경이 되었고, 로베스피에르를 융숭히 대접하면서 만찬석에 그를 끝까지 붙잡아 두는 과오를 저질렀다. 얼마 전 데물랭은 로베스피에르에게 말했다. "저녁 먹으러 와, 끝내주는 샴페인이 있어." 로베스피에르는 대꾸했다. "샴페인은 자유의 독이야." 절친한 벗에게 이게 할 소리란 말인가!

새 의회에 뽑히지 못한 것이 실망스럽다. 일이 그렇게 된 것은―로베스피에르처럼 들린다면 용서를 바란다.―나한테 반감을 품은 사람이 많아서였고 유산자에게만 투표권을 주는 기존의 틀을 우리가 바로잡지 못해서였다. 거리를 다니는 서민에게도 투표권을 준다면 난 마음만 먹으면 왕도 될 수 있다.

그리고 나는 입증할 수 없는 주장은 절대로 하지 않는다.

낙선은 나한테도 친구들한테도 실망스러운 일이었다. 친구들은―물론 데물랭도 그렇고 특히 파브르도 그렇고―나를 위해 발 벗고 나서주었다. 요즘 나는 우리 시대를 휩쓸어버릴 천재와 말이 통하는 유일한 사람이다. 불쌍한 파브르. 하지만 그는 쓸모가 있고 나름대로 능력이 있다. 특히 나, 당통의 출세를 위해 헌신하는 바로 그 점을 높이 산다.

난 나대로 그들에게 힘이 되고 싶어서 공직을 얻고 싶다. 그들이 정치적 야심을 채우고 수입을 늘리는 데 보탬이 되고 싶다는 소리다. 놀란 척 굴지 마시고 놀란 척하더라도 너무 야단스럽게 호들갑 떨지는 마시라. 여인네들 말마따나 그런 일은 언제나 이루어진다. 적절한 보답이 안 따르는데 공직을 원할 사람은 없다.

선거가 끝난 뒤 나는 잠시 아르시로 갔다. 가브리엘이 2월에 아기를 낳을 예정이라 좀 쉬어야 했다. 농사일을 좋아한다면 모를까 아르시에서는 할 일이 없다. 그리고 내가 알기로 아내는 농사일을 좋아하지 않는다. 떠나 있기에는 좋은 때로 보였다. 로베스피에르는

(시골 사투리를 보완하려는 모양인지) 아라스에 머물렀다. 그가 하던 일을 두고 자리를 비웠으니 나도 자리를 비워도 괜찮으리라 생각했다. 파리는 그리 즐거운 곳이 아니었다. 새로 들어선 의회에 친구가 많은 브리소는 유럽 열강을 상대로 전쟁을 벌이는 정책에 지지 세력을 끌어모으느라 바빴다. 그것이 얼마나 위험천만하고 얼빠진 정책인지 그와 논쟁을 하다 보니 나까지도 앞뒤가 안 맞는 소리를 하게 되었다.

나는 아르시의 내 집 지붕 밑에서 어머니와 의붓아버지, 시집 안 간 누이 피에레트, 어릴 때 나를 키워준 보모, 고모할머니, 누이 안 마들렌과 누이의 남편 피에르와 그들의 다섯 아이와 함께 머물고 있다. 시끌벅적한 진용이지만 이런 식으로 내 사람들을 먹여 살린다는 생각을 하면 뿌듯하다. 나는 삼림을 포함해서 다섯 군데 땅을 사들였고, 농장 하나를 세워주었고 가축도 더 사들였다. 아르시에 있으면 파리는 두 번 다시 보기도 싫어진다.

얼마 안 가서 파리의 친구들이 내가 공직에 앉아야 한다고 의견을 모았다. 정확히 그들은 내가 제1부검찰관으로 나섰으면 좋겠다고 했다. 그 자리 자체가 중요한 것은 아니었다. 내가 후보로 나서는 것은 '당통의 복귀'를 선언하는 수순이었다.

이 계획을 자세히 설명하려고 데물랭 부부가 몇 주 동안 쌓인 소문과 신문, 편지, 책자로 넘치는 가방들을 들고서 아르시에 나타났다. 가브리엘은 썩 반갑지는 않은 표정으로 뤼실을 맞이했다. 가브리엘은 임신 육 개월로 접어들어서 동작이 둔했고 쉽게 피곤해졌다. 시골을 찾으면서 당연히 뤼실은 아주 공을 들였지만 수수해 보이도록 의상을 봉방 새롭게 상만해야 했다. 뤼실은 갈수록 더 예뻐지지만 안 마들렌 말마따나 너무 말랐다.

파리 사람을 피부가 검붉은 인디언 비슷하게 여기는 식구들은 경계의 빛을 담아 공손하게 그들을 맞이했다. 그러다가 하루 이틀이 지나자 안 마들렌은 혈기 좀 가라앉히라고 억지로 떠밀어 밖에서 뛰어놀게 했다가 눈에 띄면 되는 대로 밥을 먹였던 다섯 아이들에다가 그냥 숫자만 보태서 식탁을 차렸다. 어느 날 저녁을 먹고 나서 뤼실이 이야기를 나누다가 자기가 임신한 것 같다고 말했다. 어머니는 데물랭을 미심쩍은 눈빛으로 슬쩍 바라보더니 놀라운 소식이라고 말했다, 대단히. 나는 파리로 돌아갈 때가 된 모양이라고 생각했다.

"언제 또 집에 올 거야?" 안 마들렌이 동생에게 물었다.
"두세 달 뒤에— 아이도 보여줄게."
"아주 돌아오라는 뜻이야."
"글쎄, 나라 상황이—"
"그게 우리하고 무슨 상관인데?"
"파리에서 내가 맡은 자리가 있잖아."
"넌 우리한테 변호사라고만 했잖아."
"기본적으로는 그렇지."
"우린 파리의 수임료가 아주 높다고 생각했어. 네가 나라에서 제일가는 변호사라고 생각했어."
"그렇지는 않고."
"아니지만 넌 중요한 사람이야. 네가 무슨 일을 하는지 우린 몰랐어."
"내가 무슨 일을 해? 카미유하고 얘기했나 모르겠는데 그거 과장이야."

"무섭지 않아?"

"뭘 무서워해야 되는데 내가?"

"한 번 도망간 적도 있잖아. 다음에 일이 틀어지면 어떻게 돼? 우리 같은 사람들한테는 전성기라는 게 있어. 한두 해는 언덕 꼭대기에 오를 수 있을지 모르지만 계속되지는 않아요, 세상 이치라는 게 그렇지가 않아."

"우린 세상 이치를 바꾸려는 거야."

"그래도 이젠 집에 돌아오면 안 되겠니? 땅도 있겠다, 아쉬울 게 없잖아. 안사람하고 돌아와서 너희 아이들하고 우리 아이들하고 같이 자라게 해야 하지 않겠냐고. 그리고 그 아가씨도 데려오고. 그 아가씨 아기도 여기서 키우게 해 — 조르주, 네 아기니?"

"그 여자 아기가? 큰일 날 소리, 아니야."

"그 여자를 바라보는 네 눈빛이 예사롭지 않아서. 하기야, 파리 돌아가는 사정을 내가 어떻게 알겠냐만."

그래서 나는 선거에 나갔고 드 제르빌이라는 사람한테 졌다. 이 드 제르빌이라는 사람이 며칠 안 가서 내무장관에 임명되면서 내 앞길에서 치워졌다. 새로운 선거들이 있었다. 이번에는 콜로 데르부아라는 별 볼 일 없는 극작가가 내 상대였는데 내가 혁명 동지로 여겨야 할 만한 사람이었다. 유권자들은 내가 공직자로서 알맞은 사람인지 의심을 품었을지 모르지만 콜로는 미친개의 모든 격을 갖추고 있었다. 나는 아주 큰 차이로 이겼다.

좋을 대로 생각하시라. 적들은 그걸 가지고 나를 못 믿을 사람으로도 몰아댔나. '룽성이 손을 쓴 것'이라고 떠들어냈다. 상관 임명의 전권은 루이 카페에게 있었으므로 손을 안 썼다면 그게 더 이상했을 것이다.

설명을 더 해주겠다. 그들은 나를 '궁정의 장학생'이라고 말한다. 그건 아주 막연한 혐의 제기이고 부정확한 지적이므로 이름과 날짜와 액수를 좀 더 구체적으로 제시한다면 모를까 난 굳이 대꾸할 필요를 못 느낀다. 하지만 로베스피에르한테 물어보면 그 사람은 내가 청렴하다는 것을 보장해줄 것이다. 요즘 그의 말을 능가하는 보장은 없다. 로베스피에르는 돈을 두려워하며 '매수불능자'로 알려졌기 때문이다.

나한테 호감이 있다면 드 제르빌의 전임을 행복한 우연으로 보아 달라. 그러지 않는다면 내 친구 르장드르가 얼마 전에 내 목을 따면 거액을 주겠다는 제안을 받았다는 사실을 마음의 위안으로 삼아 달라. 그렇지만 르장드르는 나에게 이 사실을 털어놓았다. 분명히 어떤 장기적 이익을 염두에 두었기에 거액의 현금을 거절한 것이리라.

새로 받는 봉급은 유용하며 눈에 띄는 공직에 앉는 것은 해로울 것이 없다. 이제는 돈을 좀 쓰면서 살아도 욕을 안 먹을 수도 있겠다 싶어서 (물론 그건 나의 착각이었지만) 지루했던 지난 몇 주 동안 가브리엘에게 얼마 전에 내부를 개조한 우리 아파트를 장식할 양탄자와 도자기와 은장식을 고르면서 바쁘게 시간을 보내게 했다.

하지만 사람들이 알고 싶어 하는 것은 우리가 새로 장만한 식탁이 아니라 새 의회에 누가 앉아 있느냐이리라. 당연히 변호사들이다. 나처럼 재산이 있는 사람들. 오른쪽에는 라파예트 지지자들이 있다. 가운데에는 다수의 중립파가 있다. 왼쪽이 지금 우리가 신경쓰는 사람들이다. 나와 절친한 에로 드 세셸은 대의원이고, 우리는 코르들리에 클럽으로 몇 사람을 끌어들였다. 브리소는 파리에서 선출되었는데 대중이 주목할 가능성이 높아 보이는 대의원 중에 브리소의 친구들이 많다.

'브리소의 친구들'에 대해서 조금 설명해야겠다. 그 사람을 못 견디 하는 사람이 많으므로 그건 잘못 붙인 이름이다. 하지만 '브리소파'는 우리가 유용함을 깨닫게 된 일종의 딱지이며 명찰이다. 옛 의회에서 미라보는 좌파를 가리키면서 "거기 서른 명 입 다물어!" 하고 소리를 지르곤 했다. 언젠가 로베스피에르는 나한테 '브리소파'를 몽땅 자코뱅 클럽으로 영입하면 우리도 똑같이 그렇게 부를 수 있을 테니 편리할 거 같다고 말한 적이 있다.

우리는 그들이 입을 다물기를 바랄까? 잘 모르겠다. 전쟁이냐 평화냐 하는 이 터무니없는 사안을 넘어설 수만 있다면—그러기엔 갈 길이 멀지만—우리를 갈라놓는 문제는 많지 않다. 그들은 그저 우리와는 다른 부류일 뿐이다. 그들이 이걸 알게 해선 안 된다! 지롱드 지역 출신 중에는 뛰어난 사람도 여럿 있다. 특히 보르도 변호사회에 돋보이는 사람들이 있다. 탁월한 연설가 피에르 베르니오는 그 고풍스러운 웅변술을 좋아하는 사람에게는 의회에서 아마 최고가 아닐까 싶다. 우리가 애용하는 불을 뿜어내는 듯한 연설과는 조금 다르다.

'브리소파'는 물론 의회 안에도 있고 밖에도 있다. 앞에서 말한 대로 파리 시장인 페티옹이 있고, 지금은 여러 신문에 글을 쓰는 소설가 장바티스트 루베가 있고, 물론 기억하겠지만 옛 의회에서 극좌파 진영에 로베스피에르와 함께 앉았던 농담과는 거리가 먼 젊은이 프랑수아 레오나르 뷔조가 있다. 그들은 신문도 여러 개 가지고 있고 코뮌과 자코뱅 클럽에도 요직에 사람들을 박아 두었다. 왜 그들이 브리소 주변으로 모여드는지는 통 모를 일이지만 어쩌면 잠시도 가만있지 못하는 브리소의 에너지가 원동력인지도 모른다. 브리소는 동에 번쩍 서에 번쩍 하면서 바로 의견을 내놓고 전광석화처럼 분석하고 눈 깜짝할 사이에 시론을 써낸다. 시도 때도 없이 위원회를 만들고 사업을 벌인다. 시도 때도 없이 계획을 짜고 새 길을 뚫고 조직을 움직인다. 나는 덩치가 크고 조용한 베르니오가 짙은 눈썹으로 그를 응시하는 모습을 본 적이 있다. 브리소가 떠드는 동안 베르니오에게서 작은 한숨이 새어 나왔고 고통스러운 피로의 기색이 그의 얼굴에서 짙어져 갔다. 나는 이해가 갔다. 데물랭도 그런 식으로 나를 피곤하게 만든다. 그렇지만 데물랭에 대해서 한 가지 말할 수 있는 것은 더없이 참담한 상황에서도 그는 사람을 웃길 줄 안다는 사실이다. 그 친구는 심지어 '매수불능자'까지도 웃게 만든다. 내 두 눈으로 본 사실이고 프레롱도 보았다고 말하는 사실이다. 매수불능자의 얼굴에서 어울리지 않게 흘러내리는 환희의 눈물을.

브리소파가 확고한 조직의 틀이 있다고 말하고 싶은 마음은 없다. 그렇지만 그들은 정말 자주 어울린다. 왜, 그 살롱 모임 있지 않은가. 지난 여름에는 자기보다 한참 어린 여자와 결혼한 롤랑이라는 별 볼 일 없는 늙은 시골 사람의 아파트에서 모이곤 했다. 그 부인은 지칠 줄 모르는 열정이 좀 거슬려서 탈이지 그런 대로 매력적이다. 젊은 남자들에게 둘러싸이기를 좋아하고 그들을 서로 연적으로 만들기를 좋아하는 그런 여자이다. 아마 늙은 남편도 유부남을 낚아챈 것이리라. 하지만 그 여자에게서 눈여겨볼 점은 그게 아니다. 그 여자가 내세우고 싶어 하는 것은 자기 육체가 아니다. 뭐 내 눈에는 그렇게 보인다는 거다. 다행히 나는 그 여자를 잘 모른다.

로베스피에르가 그리로 저녁을 먹으러 가곤 한 것으로 미루어 보아 살롱 사람들은 꽤나 고상한 이들이리라. 대화에 많이 참여하느냐고 묻자 그는 이렇게 말했다. "한마디도 안 하고 그저 구석에 앉아서 손톱만 깨물고 있지." 로베스피에르도 괜찮을 때가 있다. 정말 그럴 때가 있다.

로베스피에르는 아라스에서 돌아오고 나서 얼마 안 되어서 12월 초에 나를 찾아왔다. "방해가 된 건 아닌가?" 만나고 싶지 않은 사람이 있는 건 아닌지 우리 응접실 안을 살짝 들여다보면서 평소처럼 그가 조심스럽게 물었다. "개가 있는데 괜찮을까?"

나는 그의 어깨에 얹었던 손을 얼른 거두었다.

"어딜 가나 데리고 다니려는 건 아닌데 졸졸 따라다녀서 말이야." 로베스피에르가 데려온 개는 머리를 앞발에 놓고 눈은 주인의 얼굴을 보면서 주인의 발치에 자리를 잡았다. 얼룩무늬가 있는 그 큰 개의 이름은 브룬이었다. 로베스피에르가 설명했다. "집에서 키우던 놈인데, 뒤플레 씨가 경호원과 함께 다니라고 하는 통에 대신 이 녀석을 데리고 다녀야겠다고 생각했지. 사람들이 날 따라다니는 건 싫어서 말이야. 개는⋯⋯"

"경호원 한번 든든한데."

"아주 점잖아. 괜찮은 생각 같은가?"

"그야 뭐, 나도 르장드르가 있잖아." 내가 말했다.

"그렇지." 로베스피에르가 불안한 거동을 보이자 개가 귀를 쫑긋 세웠다. 도살자 르장드르가 내 경호원이라는 나의 우스갯소리를 로베스피에르는 알아듣지 못했다. "자네를 암살하려는 음모가 있다던데 사실인가?"

"내가 알기로는 하나가 아니야."

"그런데도 겁먹지 않고 꿋꿋하군. 당통, 난 자네를 아주 존경한다네."

나는 어안이 벙벙했다. 찬사를 듣게 될 줄은 몰랐다. 우리는 그의 아라스 방문에 대해서 조금 이야기를 나누었다. 로베스피에르는 자기 누이 샤를로트에 대해서 말했다. 남들 앞에서는 더없이 따뜻한 후원자지만 둘이 있을 때는 피곤하단다. 그가 자기의 사생활에 관해 나한테 말한 것은 처음이었다. 내가 그에 대해서 아는 것들은 데 물랭에게서 들은 것이다. 어디를 가나 새로운 실력자들로 가득 찬 파리로 돌아와보니 나를 같은 편으로 보게 되지 않았나 싶다. 그와 아델의 약혼이 깨졌을 때 내가 한 야비한 농담을 그가 용서해주어서 나는 마음이 놓였다.

"그래, 새 의회는 어떻게 생각하나?" 그에게 물었다.

"지난번 사람들보다는 나아졌다고 봐야지." 그의 말투에 온기가 없었다.

"그런데?"

"보르도에서 온 사람들 말이야, 자신들을 대단하게 여기더군. 저의가 뭔지 그게 궁금할 뿐이야." 그러고 나서는 라자르 카르노에 대해서 말하기 시작했다. 몇 년 전에 알게 된 군인인데 지금은 대의원이란다. 카르노는 내가 듣기로 그가 처음으로 칭찬한 군인, 아니 아마 유일한 군인이었다. "그리고 쿠통도 있지." 그가 말했다. "그 사람 만나봤나?"

만나보았다. 쿠통은 몸이 불편해서 조수가 미는 특수 의자에 앉아서 다닌다. 계단 앞에서 조수가 그를 번쩍 등에 업어서 옮기면 그의 쪼그라든 두 다리가 축 늘어진다. 누군가가 나서서 의자를 들어올려주면 그 불쌍한 남자는 다시 앉혀지고, 앞으로 나아간다. 몸은 불편하지만 로베스피에르처럼 그도 가난한 이들의 변호사로서 빛나는 경력을 쌓았다. 쿠통은 척추 질환을 앓아서 만성 통증에 시달린다. 그래도 힘들어하지 않는다고 로베스피에르는 말한다. 로베스피에르니까 그렇게 믿을 수 있다.

로베스피에르는 전쟁광들 즉, '브리소파' 때문에 걱정이라고 말한다.

"자넨 잉글랜드에서 막 돌아왔잖아. 그들이 우리하고 싸울 생각이 있을까?"

나는 로베스피에르에게 그들은 극단적 도발이 있어야만 전쟁에 나설 것임을 이해시킬 수 있었다.

"전쟁이 일어나면 끔찍할 거야, 그렇지?"

"두말하면 잔소리지. 우린 돈이 없어. 우리 군대는 귀족들이 이끄는데 귀족들은 적들에게 마음이 기울었거든. 우리 해군은 한심하고. 후방은 정치적으로 분열되어 있지."

"우리 장교들의 절반, 아니 그 이상이 망명했어. 전쟁이 일어나면 쇠스랑을 들고 농민이 나서야 할 판이야. 창도 있지만 비용을 댈 수 있어야 할 거고."

"득을 보는 사람들이 있겠군."

"그래, 궁정. 전쟁으로 혼란이 빚어지면 어쩔 수 없이 군주제로 돌아설 거고 우리 혁명이 꺾여서 무릎을 꿇으면 우리가 자기들한테 기어와서 우리의 자유로웠던 시절을 잊도록 도와 달라고 애걸할 거라고 생각하겠지. 그렇게 될 수만 있다면 프로이센 군대가 와서 우리 집을 불사르고 우리 아이들을 도륙해도 신경 안 쓸걸? 그런 날이 오기를 목놓아 기다릴 테지."

"로베스피에르―"

하지만 그는 멈추지 않았다. "그러니까 궁성은 셜링 앙투아네트 쪽 사람들과 등지게 되는 한이 있더라도 전쟁을 지지할 거야. 그리고 의회에는 애국자를 자처하면서도 틈만 나면 사람들의 주의를 분산시켜서 진짜 혁명을 위해 싸우지 못하게 만드는 자들이 앉아 있고."

"브리소파를 말하는 건가?"

"그래."

"왜 그 사람들이, 자네 표현을 빌리자면, 주의를 분산시키고 싶어 한다고 생각하는 거지?"

"인민을 두려워하니까. 인민의 의지가 정말로 발현될까 봐 무서워서 혁명을 억누르고 되돌리려는 거지. 그 사람들은 자기들 목적에 들어맞는 혁명을 원하는 거야. 호주머니를 채우려는 거지. 사람들이 왜 늘 전쟁을 바라냐 하면 말이지 ─ 전쟁이 터지면 눈먼 돈이 많아져서 돈벌이가 쉬워져서 그래."

나는 이 암울한 결론에 놀랐다. 내가 그걸 몰라서 놀란 게 아니라 깨끗한 마음과 고결한 동기를 품은 로베스피에르 같은 사람이 그 사실을 안다는 데에 놀랐다.

"그 사람들은 유럽에 자유를 가져오는 십자군 전쟁이라고 말하지. 박애의 복음을 퍼뜨리는 게 우리 사명이라고." 내가 말했다.

"복음을 퍼뜨려? 가슴에 손을 얹고 자문해보자고. 무장한 선교사를 누가 좋아하나?"

"그러게."

"그 사람들은 인민의 이익을 우선시하는 것처럼 말하지만 전쟁의 목적은 군사 독재일 거야."

나는 고개를 끄덕였다. 나는 로베스피에르가 하는 말이 옳다고 여겼지만 말하는 방식이 마음에 들지 않았다. 내 말이 이해가 갈지 모르겠지만, 그는 자신이 하는 말은 논쟁의 여지가 없는 것처럼 말했다.

"혹시 자네는 브리소와 그 친구들에게 선의가 있을 수도 있다는 생각은 안 드나? 그들은 전쟁이 일어나면 나라가 하나로 뭉칠 것이고 혁명이 안전해질 것이고 유럽이 우리에게서 손을 떼게 될 거라고 생각하거든." 내가 말했다.

"자네도 그렇게 생각해?"

"난 그렇게는 생각 안 해."

"자네 바보 아니지? 나도 아니지?"

"아니지."

"명쾌한 논리 아니야? 돈도 없고 무기도 없고 프랑스는 이 상태로는 싸워봤자 져. 지면 군사 독재자가 나타나서 마음대로 집어 삼키고 새로운 독재 체제를 세우든가 몽땅 무너져서 절대군주정으로 돌아가겠지. 둘 다가 될 수도 있어. 이것 다음에 저것이 오면서. 십 년이 지나면 우리가 이루어낸 것 중에서 단 하나도 남아 있지 않을 거고 자네 아들한테 자유는 늙은이의 백일몽일 거야. 이런 일이 일어날걸세, 당통. 진지한 사람은 다르게 생각할 수가 없어. 다르게 생각한다는 건 진지하지 않다는 뜻이고 애국자가 아니라는 뜻이고 그 사람들의 전쟁 방침은 인민을 상대로 꾸미는 음모라는 뜻이야."

"그 사람들이 사실상 반역자라는 소리군."

"사실상. 잠재적으로. 그래서 그들에게 맞서서 우리의 입지를 강화해야 하는 거지."

"우리가 전쟁에서 이길 수 있다면 자넨 전쟁을 바라겠는가?"

"전쟁은 다 싫어." 억지 웃음. "불필요한 폭력은 다 싫어. 다툼도 싫고 사람들 사이의 알력도 싫어. 하지만 그 속에서 살 수밖에 없다는 것도 알지." 로베스피에르는 골치 아픈 이야기는 그만두자는 듯한 몸짓을 가볍게 했다. "말해주게 조르주자크, 내가 비합리적인 거 같나?"

"아니, 자네가 하는 말은 논리적이야. 다만……." 나는 어떻게 문장을 맺어야 할지 알 수가 없었다.

"우파는 나를 광신자로 그리려고 애쓰지. 결국은 그렇게 만들고 말 거야."

로베스피에르가 자리에서 일어나자 그의 개 브룬도 벌떡 일어났다. 브룬은 내가 주인과 악수를 하자 나를 노려보았다.

"우리끼리니까 자네한테 할 말이 있는데 사람들이 많은 공식적인 자리에서 자네하고 말하는 게 힘들어서 말이야, 자네를 더 잘 알게 되는 것도 아니고. 오늘 밤에 저녁 먹으러 오겠나?" 내가 물었다.

"고맙지만—" 그는 고개를 흔들었다. "할 일이 너무 많아서. 자네가 뒤플레 씨 집으로 오게."

그렇게 그는, 그 이성적인 사람은 계단을 내려갔고 개는 주인을 쪼르르 따라가면서 그림자들에 대고 으르렁거렸다.

나는 울적했다. 전쟁이라는 발상 자체가 다 마음에 안 든다고 로베스피에르가 말할 때 그것은 감정적 반응이고 나도 예외 없이 느끼는 감정이다. 나도 역시 군인들을 불신한다. 어차피 우리는 펜대를 굴리는 사람들이니 의심도 하고 어쩌면 질투도 한다. 서서히 전쟁 여론에 무게가 실려 간다. 우리가 먼저 치지 않으면 당한다고 그들은 말한다. 일단 그들이 큰북을 치기 시작하면 그때는 논리가 안 먹힌다. 이제 조류에 맞서야 한다면 다른 누구보다도 로베스피에르와 함께 맞서는 것이 나을 것이다. 내가 농담으로 그를 놀려 먹는지는 몰라도—'몰라도'가 아니라 놀려 먹는다.—나는 그의 정열을 알고 그의 정직성을 안다.

그렇지만…… 로베스피에르는 가슴으로 무언가를 느끼고 나서 자리에 앉아서 머리로 논리를 만들어낸다. 그러고 나서는 머리가 먼저였다고 말하고 우리는 그 말을 믿는다.

나는 뒤플레의 집에 정말로 가보았다. 하지만 먼저 카미유를 보내 답사했다. 소목장이 뒤플레는 로베스피에르가 위험에 빠졌을 때 그를 숨겨주었는데 우리 모두 사태가 웬만큼 정상화되었다고 생각했을 때에도 그는 계속 그곳에 머물렀다.

생토노레 거리로 난 문만 닫으면 그곳은 조용해서 거의 시골 같았다. 마당은 뒤플레의 일꾼들로 꽉 찼지만 말소리는 나직했고 공기는 신선했다. 로베스피에르는 이층 방을 하나 썼다. 수수하지만 지내기에 충분한 방이었다. 가구는 내가 모르는 것이었지만 특별한 가구는 아니리라. 내가 찾아갔을 때 로베스피에르는 세련되지는 않지만 마무리가 잘 된 커다란 새 책장을 손짓으로 가리켰다. "모리스 씨가 나를 위해서 만들었지." 뿌듯한 얼굴이었다. 누군가가 그런 수고를 해주었다는 사실이 뿌듯한 모양이었다.

나는 그의 책들을 보았다. 장자크 루소 천지였고 그것 말고 요즘 작가는 극소수였다. 키케로와 타키투스도 보였는데, 모두 손때가 묻어 있었다. 잉글랜드하고 싸우게 되면 내 수중에 있는 셰익스피어 책들하고 애덤 스미스 책들을 치워야 할까, 문득 궁금해졌다. 로베스피에르는 모국어로 된 책 말고 요즘 외국어로 된 책은 안 읽는 모양인데, 딱해 보인다. 카미유는 현대 외국어를 우습게 본다. 지금은 히브리어를 공부하는 중이고 산스크리트를 가르쳐줄 사람을 찾고 있다.

카미유는 뒤플레 가족이 어떤 사람들인지에 대해서도 미리 나에게 경고했다. "거기는…… 거기는…… 섬찟하더라…… 사람들이."

카미유는 그렇게 말했다. 그렇지만 카미유는 그날 워낙 일급 공작원 흉내를 냈기 때문에 나는 그 말을 진지하게 받아들이지 않았다. "먼저 가장인 모리스가 있지. 쉰 아니면 쉰다섯 정도 되었는데 머리가 벗겨졌고 아주 아주 진지해. 그런 태도로는 우리가 아끼는 로베스피에르한테서 최악의 것밖에는 못 끄집어내지. 부인은 못생겼고. 아무리 좋게 봐주려 해도 곱다는 말은 절대로 안 나와. 이름이 아버지하고 같은 모리스라는 아들도 있고 시몽이라는 조카도 있는데 둘 다 젊고 아주 아둔해 보이지."

"세 딸에 대해서도 말해봐. 찾아가볼 만한 거야?" 내가 물었다.

카미유는 귀족처럼 혀를 찼다. "빅투아르라고 있는데 가구하고 얼른 분간이 안 돼요. 입은 도통 여는 법이 없고……."

"별로 놀랍지도 않네요. 당신이 지금 이런 식으로 말했다면요." 뤼실이 말했다. (하지만 뤼실은 굉장히 즐거워했다.)

"그리고 엘리자베트라는 아가씨가 있는데—식구들은 바베트라고 부르지만—봐줄 만해, 거위 치는 소녀를 좋아한다면 말이야. 그리고 맏이가 있는데…… 말이 안 나오네."

물론 말은 잘 나왔다. 엘레오노르라는 그 불행한 처녀는 못생겼고 멋이 없었고 허세를 부리는 모양이었다. 다비드 밑에서 미술을 공부하는 학생이었는데 멀쩡한 자기 이름을 두고서 '코르넬리아'라는 고전미 풍기는 이름을 더 좋아하더라는 대목에서 솔직히 참 웃겼다.

카미유는 로베스피에르 방의 침대 커튼이 안주인이 몸치장을 하는 데 쓰는 꼴사나운 천과 같은 종류인 것으로 보아 그 침대 커튼도 안주인이 입던 낡은 드레스로 만든 것이라고 말하면서 남아 있던 일말의 환상마저 깨부수었다. 카미유는 이런 식으로 며칠을 끝없이 떠들어댄다. 카미유를 정신 차리게 만드는 것은 불가능하다.

뒤플레 가족은 좋은 사람들 같다. 지금의 편한 자리로 오느라 고생을 한 사람들이다. 뒤플레는 확고한 애국자다. 자코뱅에서는 직언을 하는 쪽이지만 겸손하게 말을 아끼는 편이다. 로베스피에르는 그 집에서 편해 보였다. 하기야 그 사람들하고 지내는 것이 경제적으로 도움이 되는지도 모른다. 그는 '더 큰 일'을 하는 데에 방해가 된다며 조용히 물러날 수 있는 기회가 오자 바로 검찰관 자리에서 물러났다. 그래서 사무실도 없고 수입도 없으며 모아 둔 돈으로 살아가야 한다. 내가 알기로 부유하지만 사심이 없는 애국자들이 로베스피에르에게 은행 수표를 보낸다. 그러면 그가 어떻게 하는 줄 아는가? 그렇다, 그는 정중한 쪽지를 써서 수표를 돌려보낸다.

딸들로 말할 것 같으면, 수줍음 타는 아가씨 빅투아르는 그것 말고 더 큰 문제는 없고 바베트는 사실 모범생 같은 매력이 좀 있다. 하지만 엘레오노르는 정말이지…….

뒤플레 가족은 로베스피에르가 편안하게 지내도록 최선을 다했다. 모르겠다, 진작에 누군가는 했어야 할 일이었는지. 우리의 쇄신된 기준으로 보자면 그건 좀 엄격하고 검소한 편안함이다. 카미유가 '그저 그런 음식과 그저 그런 딸들'이라고 말한 것을 두고 우리가 뒤플레 식구를 비웃으면 우리 안에 있는 최악의 것이 나오는 것 같아서 좀 두려웠다.

훗날 나는 그 집에서 뭔가 심상치 않은 분위기를 감지했다. 그 집 사람들이 새로 맞아들인 '아들'의 초상화를 구해서 집 안의 벽을 꾸미기 시작했을 때 우리 중 몇몇은 비아냥거리기 시작했다. 프레롱은 그걸 허용한 것으로 보아 로베스피에르의 허영이 지나치다고 생각하지 않느냐고 내게 물었다. 나는 우리 모두 자신의 조상화는 그리게 했다고 본다. 어떤 화가라도 그리기를 주저할 나 같은 사람도 초상화가 있으니까. 하지만 이건 달랐다. 로베스피에르가 가끔 방문객을 맞이하는 작은 응접실에 앉아 있다 보면 로베스피에르의 몸하고만 눈을 마주치고 대면하는 것이 아니라 유화 물감으로, 목탄으로, 입체감 있는 테라코타로 표현된 로베스피에르하고도 대면하게 된다. 자주 가지는 않았지만 갈 때마다 보면 새로운 초상화가 걸려 있었다. 초상화나 흉상 때문이 아니라 온 식구가 로베스피에르를 바라보는 눈빛 때문에 나는 편치 않았다. 그들은 로베스피에르가 자기네 집 문턱에 나타났다는 사실을 고마워하지만 이제는 그것만으로는 성에 차지 않는다. 아버지, 어머니, 모리스와 시몽, 빅투아르, 엘레오노르, 바베트까지 온 가족의 눈이 로베스피에르에게 박혀 있다. 나를 로베스피에르 자리에 집어넣고 자문하지 않을 수가 없다. 저 사람들이 정말로 원하는 게 뭘까? 저 사람들한테 원하는 걸 주면 내가 잃는 건 무엇일까?

1791년이 끝날 무렵 우리가 느꼈을지 모르는 우울함은 카미유가 변호사 일을 재개하면서 꼬리를 물고 이어진 희극으로 말미암아 날아가버렸다.

카미유와 뤼실은 돈을 펑펑 쓰려고 머리를 쥐어짜냈다. 물론 대부분의 애국파가 그렇듯이 여론을 의식해서 하인은 적게 두고 마차는 사지 않았다. (나는 마차가 있다. 말하기 겁나지만 나는 군중의 찬사보다는 개인의 편익을 더 높이 산다.) 그런데 돈은 대체 어디로 간단 말인가? 그들은 손님을 초대한다. 카미유는 도박을 하고 뤼실은 여자들이 돈을 쓰는 곳에다 돈을 쓴다. 그렇지만 결국 따지고 보면 카미유가 저러는 건 돈이 궁해서가 아니라 자기 광고를 할 수 있는 새로운 영역이 필요해서다.

지난날에 카미유는 자기가 말을 더듬는 것이 성공적인 변론에 이만저만 큰 걸림돌이 되는 게 아니라고 주장했다. 물론 익숙해지기 전까지는 당혹스럽고 짜증스럽고 곤혹스러울 수 있다. 하지만 에로 드 세셀이 지적한 대로 카미유는 당황한 판사들로부터 놀라운 판결을 쥐어짜냈다. 나는 카미유의 말더듬증이 나타났다가 사라지는 장면을 내 눈으로 똑똑히 지켜보았다. 그의 말더듬증은 그가 화가 났을 때나 논지를 밀어붙일 때 사라지고, 본인이 이용당했다고 느낄 때나 자기가 사실은 괜찮은 사람인데 잘 헤쳐 나가지 못하는 사람임을 드러내려는 마음이 앞설 때 나타난다. 알고 지낸 지가 팔 년은 되었는데도 가끔 내 앞에서도 그런 행동을 하면서 내가 그걸 믿어주리라고 기대하는 걸 보면 카미유가 얼마나 낙천주의자인지를 알 수 있다. 그런 수법이 전혀 먹혀들지 않는 건 아니다. 카미유의 무력함을 보다 못해 내가 나서서 여기저기 길을 뚫어줄 때도 있다.

새해가 시작되기 전까지는 모든 게 순탄했다. 그러다가 카미유가 라지빌 거리의 도박장 사건에 연루된 남녀의 변호를 맡았다. 카미유는 자신이 어디까지나 개인의 도덕 문제로 여기는 사안에 국가가 간섭하는 현실을 개탄한다. 카미유는 자기 생각을 공표했을 뿐 아니라 파리 전역에 현수막으로 내걸었다. 유감스럽게도 정치 철학에서도 그렇고 사생활에서도 그렇고 나서기 좋아하는 브리소가 이 문제로 격분했다. 브리소는 카미유를 말로 공격했고 자기 밑의 글쟁이 하나를 시켜서 신문에서도 카미유를 공격했다. 그 바람에 카미유도 '브리소를 뭉개놓겠다'면서 가만 있지 않을 기세였다. "그냥 브리소 자서전을 쓰면 돼. 사실을 꾸며댈 필요도 없어. 그자는 표절꾼에다 첩자거든. 지금까지 입 다물고 있었던 건 오랜 친분 때문에 마음이 약해졌던 거야."

"말도 안 돼." 내가 말했다. "그자가 자네를 까발릴까 봐 겁이 나서였겠지."

"그놈을 작살내고 나면……." 카미유가 말했다. 그제서야 나는 아무래도 이 시점에서 끼어들어야겠다고 생각했다. 전쟁 문제로 옥신각신할 수는 있겠지만 형식적으로라도 정치 권력을 손에 넣으려면 우리가 무리하지 않고 손잡을 수 있는 세력은 브리소와 지롱드 사람들이다.

여러분에게 카미유의 사생활을 좀 더 잘 보여줄 수 있었으면 한다. 그래 봐야 고작 석 달이지만 외도를 하지 않겠다고 뤼실에게 오래 전부터 한 약속은 지켰다. 이 자리 저 자리에서 내가 들은 카미유의 단편적인 발언들로 미루어볼 때 카미유는 뤼실 말고 다른 사람에게는 관심이 없었고 뤼실을 얻기 위해서라면 그 모든 과정을 처음부터 다시 되풀이할 마음이 있어 보였다. 서로에게 싫증이 난 사람들 사이에 감도는 묘한 냉기를 그들에게선 조금도 느낄 수 없었다. 아니, 아주 재미있게 살아가는 돈 많고 정력이 넘치는 젊은 연인의 생기가 느껴진다. 번듯한 남자들에게, 그리고 심지어는 나처럼 번듯하다고는 도저히 말할 수 없는 남자에게까지도 뤼실은 자기 힘이 먹히는지를 시험해본다. 그리고 그 모습을 보는 것은 재미있다. 뤼실은 프레롱을 낚았고 이제는 에로 드 세셸도 낚았다. 왜 그 카미유한테 푹 빠졌던 낭만적인 아일랜드 사람 디용 장군이 있지 않은가? 한번은 카미유가 자기처럼 카드에 중독된 장군과 어디선가 카드를 하고서는 장군을 집에 데리고 와서 마치 굉장히 근사한 선물이라도 되는 듯이 장군을 뤼실에게 넘겼다. 하긴 디용은 에로와 함께 파리에서 가장 잘생긴 남자로 이름이 높았고 거기다가 매너도 아주 좋고 세련되고 씩씩하고, 뭐 그렇고 그런 쓰레기 수식어가 다 붙는 남자다. 장난삼아 시시덕거리는 데에서 얻는 만족감 말고도 내 상상이지만 누군가가—가령 말괄량이 같은 카롤린 레미가—밖으로 나도는 남편을 붙들어 두는 한 가지 방법은 질투심을 불어넣는 것이라고 조언을 하지 않았나 싶다. 만약 그게 자신의 아이디어라면 뤼실의 기대는 보기 좋게 빗나갔다. 최근에 목격된 대화만 하더라도 그렇다.

뤼실: 에로가 나한테 키스를 하려고 했어.
카미유: 당신이 자신감을 불어넣어주었나 보지 뭘. 하게 했어?
뤼실: 아니.
카미유: 왜?
뤼실: 그 사람, 턱이 두 개잖아요.

그럼 두 사람은 뭘까. 그저 서로 편하게 지내기로 마음먹은, 상냥하고 냉철하고 도덕 관념이 없는 남녀에 불과한 것일까? 우리 거리에서 살아본 사람이라면 그런 소리는 못 할 것이다. 옆집에서 살아본 사람이라면 그런 생각은 못 할 것이다. 나에겐 두 사람이 판돈이 큰 게임을 하고 있는 것처럼 보인다. 배짱이 약해서 저쪽이 먼저 떨어져나가지 않는지 서로를 살핀다. 그리고 상대가 먼저 손을 들기를 기다린다. 하지만 뤼실이 이런저런 애인에 얽혀 들면 들수록 카미유는 더 즐기는 것처럼 보인다. 왜 이러는 것일까? 미안하지만 나의 부족한 상상력을 여러분이 채워주어야 할 것 같다. 어차피 여러분도 이제는 두 사람을 충분히 잘 알지 않는가 말이다.

나 말인가? 글쎄, 이제 여러분은 아마 내 아내를 좋아하실시. 대부분의 사람이 그런다. 우리 여배우들은—레미와 그 친구들—어찌나 다정하고 상냥하고 헤픈지 가브리엘이 모르고 넘어갈 수가 없다. 그 여자들은 우리 집 문턱을 넘지 않으니 아내가 그 여자들한테 무슨 말을 하겠는가? 이 여자들은 매춘부가 아니다. 그런 쪽과는 거리가 멀다. 돈을 건네면 이 여자들은 충격을 받을 것이다. 이 여자들이 좋아하는 건 데이트와 식사 대접, 선물이고, 신문에 이름이 나오는 남자들과 팔짱을 낀 모습을 과시하는 것이다. 누이 안 마들렌 말마따나 우리 같은 사람은 다 때가 있다. 우리의 때가 지나가면 우리는 잊혀지고 그 여자들은 다른 사내들의 팔짱을 낄 것이다. 나는 이런 아가씨들이 좋다. 환상을 품지 않고 사는 사람들이 나는 좋다.

조만간 날을 잡아 레미한테도 시간을 내주어야겠다. 파브르, 에로, 카미유와 동지애를 보이는 뜻에서라도.

나를 변호하자면, 나는 가브리엘에게 오랫동안 충실했지만 지금은 가정에 충실할 때가 아니다. 나는 우리 사이에 그동안 일어난 모든 것을, 내가 느꼈고 지금도 느끼는 강하고 진심 어린 애착을, 장인 어른과 장모님의 보살핌을, 우리가 땅에 묻은 아이를 생각한다. 하지만 동시에 나는 아내의 못마땅해하는 차가운 말투와 내성적인 침묵도 생각한다. 남자는 이 세상에서 할 일이 있고 자기가 옳다고 생각하는 대로 해야 한다. (여배우들처럼) 자기가 살아가는 시대에 맞춰서 살아가야 하는데 가브리엘은 이걸 볼 줄 모른다. 내가 가장 짜증스러운 건 짓밟힌 여자 같은 분위기다. 세상에, 난 그 여자를 짓밟은 적이 없다.

그래서 나는 이 여자 저 여자를 보고 때로는 공작의 여자들도 본다. "또 시작이네, 보긴 뭘 봐." 여러분은 말할 것이다. "이 친구 또 거짓말을 하네." 엘리엇 부인하고는 업무 관계만 있다고 말해 두련다. 우린 정치, 잉글랜드 정치를 논한다. 잉글랜드 정치를 프랑스 상황에 적용해본다. 그렇지만 요즘 들어 그레이스의 말투와 눈빛에서는 부쩍 따뜻함이 느껴진다. 그 여자는 본심을 숨기는 데에는 도가 텄다. 그 여자는 나를 굉장히 혐오스러워한다고 나는 확신한다.

아네스 드 뷔퐁은 그렇지 않다. 나는 오를레앙 공작이 파리에 없을 때 아네스를 찾아간다. 공작은 내가 아네스를 보고 싶어 할 것 같다고 생각하면 보통 파리를 벗어난다. 어찌나 손발이 잘 맞았는지 만약 그 불행한 친구가 일이 잘 안 풀리는 통에 시골로 기어 들어가 틀어박히지만 않았어도 나는 라클로에게 중간에서 손을 써준 데 톡톡히 보답했을 것이다. 그런데 왕위를 이을지 모르는 이인자—무슨 소설에 나오는 인물 같지 않은가?—의 애인이 평판도 안 좋고 뚱뚱하고 못생긴 변호사한테 뭐가 아쉬워서 고개를 숙이는 것일까?

공작이 나중에 친구가 필요할 때가 있다고 판단해서다. 나는 훗날 공작에게 도움이 될 친구다.

하지만 솔직히 말해서, 난 자꾸만 뤼실한테 마음이 간다. 열정이 넘치는가 하면 재치와 세련미도 넘친다. 물론 뤼실도 유명인이 되어간다. 뤼실이 내 애인이라는 소문이 벌써 여기저기서 돌지만 곧 그렇게 될 것이다. 나는 다른 구애자들과는 다르다. 나는 그렇게 끈덕지게 졸라대는 사람이 아니다.

몇 주만 있으면 가브리엘이 나한테 사내아이를 하나 더 안겨줄 거다. 우린 축하를 하고 화해를 할 거다.—아내가 내 상황을 받아들이게 될 거란 소리다. 뤼실의 아이가 태어나고 나서—그 아이는 뤼실 남편의 아이가 맞다.—카미유와 나는 합의를 볼 것이다. 우리한테 그 정도는 크게 어려운 일이 아니다. 1792년은 나의 해인지도 모른다는 생각이 든다.

1월에 나는 부검찰관 자리에 앉았다.

3장

혁명 전쟁
(1791~1792)

　　루이 16세가 프로이센의 프리드리히 빌헬름 2세에게:
　　"친애하는 나의 형제에게…… 방금 황제, 러시아 여제, 에스파냐 왕과 스웨덴 왕에게 편지를 써서 이곳의 당파들을 누르고 더 바람직한 질서를 재확립하고 우리를 괴롭히는 악이 유럽의 다른 나라들에 들어앉지 못하게 만드는 최선의 수단으로서 군사력이 뒷받침된 유럽 열강들의 회동을 제안했습니다. …… 저의 이런 조치를 철저히 비밀에 부쳐주시기 바랍니다."

　　브리소가 1791년 12월 16일 자코뱅 클럽에서:
　　"12세기 동안 노예 상태에 있다가 이제 막 자유를 얻은 국민이 토대를 굳히려면 전쟁이 필요합니다."

　　마리 앙투아네트가 악셀 폰 페르센에게:
　　"바보들. 저들은 전쟁이 우리한테 득이 된다는 걸 모릅니다."

가브리엘의 진통은 밤에 시작되었다. 그들이 예상한 날짜보다 일주일이 빨랐다. 당통은 아내가 움찔하면서 갑자기 침대 밖으로 나가는 소리를 들었다. 눈을 떠보니 아내가 그를 내려다보고 있었다. "시작됐어요." 아내가 말했다. "카트린을 좀 불러줄래요? 이번에는 시간이 많이 안 걸릴 거 같아요."

당통은 일어나 앉아서 아내의 불룩한 몸을 두 팔로 감쌌다. 아내의 검은 머리에 촛불이 촉촉히 어른거렸다. 가브리엘은 당통의 머리를 감쌌다. "제발 이제부터는 아무 문제 없으면 좋겠어요." 가브리엘이 속삭였다.

어쩌다 이렇게 되었을까? 당통은 알 수가 없었다.

"당신 몸이 차갑네. 아주 차가워." 당통이 말했다. 그는 아내를 다시 침대에 눕히고 이불을 잘 덮어주었다. 그리고 응접실에 가서 꺼져 가던 난로 잉걸에 장작을 좀 더 넣었다.

이제 이곳은 당통을 위한 자리가 아니라 의사와 산파와 가브리엘의 어머니 앙젤리크와 이층의 젤리 부인을 위한 자리였다. 당통은 방 문 앞에서 서성거리면서 젤리 부인에게 한 번 더 말했다. 루이즈 젤리가 침대에 앉아서 아내의 머리카락을 단단히 땋아 내리고 있었다. 당통은 어린 여자아이가 여기에 있어도 되겠느냐고 아이 어머니에게 낮은 목소리로 물었다. 루이즈가 그 소리를 듣고 고개를 들었다. "괜찮아요. 설령 괜찮지 않다 하더라도 저도 한 번은 겪어야 하는 일이고 이제 전 열네 살이에요." 루이즈가 말했다.

"마흔 살은 되어야 낄 수 있는 자리란다. 침대로 돌아가렴." 어머니가 딸한테 말했다.

당통은 가브리엘에게 가서 입맞춤을 하고 손을 꼭 쥐었다. 루이즈가 지나갈 수 있도록 뒤로 물러나주었지만 루이즈는 지나가면서 당통을 밀쳤고 잠시 그의 얼굴을 빤히 올려다보았다.

동이 늦게 텄고 몹시 쌀쌀했다. 당통의 아들은 창문 가장자리에 성에가 끼고 전투의 칼바람이 텅 빈 거리를 베는 세상에 나오면서 가엾게 울었다.

1792년 3월 1일 오스트리아의 레오폴트 황제가 죽었다. 새 황제 (프란츠 2세)의 견해가 알려지기 전까지 하루 이틀 동안은 평화가 가능해 보였다.

"주식 시장이 상승세군." 파브르가 말했다.

"주식 시장에 관심이 있나?"

"현금이 있을 때 장난 삼아 하는 거지."

"기가 막혀서, 네케르 딸의 마차를 타고 탈출을 해요? 라파예트 진영으로 피신을 한다고요? 웃음밖에 안 나오는군요." 왕비가 말했다. "그게 우리의 마지막 기회라고 하는구려. 장관들 말을 듣자니까……." 왕이 말했다.

"당신 장관들은 미쳤어요."

"더 안 좋을 수도 있었지. 우리한테 아직 신사적으로 나오지 않소."

"어떻게 이보다 더 안 좋을 수가 있겠어요." 왕비는 이렇게 말하면서 대놓고 어이없어했다.

왕은 슬픈 눈으로 왕비를 보았다. "이 내각이 무너지면……."

내각은 무너졌다.

3월 21일

"그러니까 뒤무리에, 그대는 정부를 끌고 나갈 수 있다는 거로군." 왕이 말했다. 왕의 마음 한구석에서 계속 사라지지 않는 생각은 이 남자가 바스티유에 이 년 동안 있었다는 사실이었다. 샤를 뒤무리에는 허리를 숙였다. "솔직히 말해서……." 왕은 서둘러 말했다. "내가 알기로 그대는 자코뱅인데. 난 알지." (하지만 또 어디 누가 있단 말이오, 부인? 누가 있단 말이오?)

"전하, 저는 군인입니다." 뒤무리에가 말했다. "저는 쉰셋입니다. 언제나 전하께 충성을 바쳤습니다. 저는 전하의 가장 믿음직한 충복이며……."

"그래, 그래." 왕이 말했다.

"그래서 저는 외무부를 맡겠습니다. 어차피 유럽은 제가 아니까요. 저는 전하의 대리인으로 일해 왔ㅡ"

"그대의 자질에 의문을 제기하는 건 아니오, 장군."

뒤무리에는 아주 작게 한숨을 내쉬었다. 한때는 왕이 밖으로 나와 대신들의 말을 들은 적도 있었건만. 루이는 국사에 점점 흥미를 잃었고 조금이라도 거북한 일은 외면했다. 대충 이야기하고 빨리 끝냈다. 왕과 왕비를 구하려면 두 사람이 너무 많이 알아서 좋을 것이 없었다. 안 그러면 두 사람은 뒤무리에의 도움을 뿌리칠 것이다. 전에 라파예트의 도움을 뿌리쳤던 것처럼.

"재무장관은 클라비에르입니다."

"미라보의 사람이었지." 왕의 얼굴은 무표정했다. 뒤무리에는 그 말이 그 사람을 칭찬하는 것인지 아닌지 알 수 없었다. "내무장관은?"

"이게 어렵습니다. 정말로 유능한 사람들은 의회에 있는데 대의원은 각료가 될 수 없사옵니다. 황공하오나 하루만 제게 말미를 주시지요."

왕은 쌀쌀맞게 고개를 끄덕였다. 뒤무리에는 허리를 숙였다. "장
군……." 왕답지 않은 목소리가 뒤로 달라붙었다. 말쑥한 작은 남
자가 빙그르르 돌아섰다. "그대는 나한테 맞서지 않는 거지?"

"전하께 맞서다니요? 제가 자코뱅 모임에 나간다고 해서요?"

뒤무리에는 루이의 눈길을 잡으려고 했지만 루이의 눈은 그의 머
리 왼편 한곳에 박혀 있었다. "당파는 성하고 쇠합니다. 충성의 전
통은 변함이 없습니다."

"아, 그래." 루이는 멍한 얼굴로 말했다. "난 자코뱅을 당파라기
보다는 권력이라 부르지. 한때 우리 국가 안에는 교회가 있었지만
지금은 그 클럽이 있어. 그 로베스피에르라는 사람, 어디서 온 건
가?"

"아르투아로 알고 있습니다만."

"그래, 내 말은, 좀 더 깊은 뜻인데…… 어디서 온 거냐고?" 루
이는 육중한 몸을 의자 안에서 불편하게 들썩거렸다. 나이 든 장군
보다 왕이 더 늙어 보였다. "이를테면 그대처럼, 난 그대를 알아보
지. 그대는 우리가 말하는 모험가지. 브리소는 유행을 좇는 사람이
고. 그저 유행한다는 이유만으로 시대의 모든 아이디어를 다 끌어
안으니까 말이야. 난 당통도 알 수 있네. 우리가 역사 책에서 보는
가장 잔인한 선동가 축에 들어가니까 말이야. 그런데 로베스피에르
는…… 그 사람이 원하는 게 뭔지만 알아도 좋겠는데 말이야. 그걸
줄 수 있다면 문제는 사라질 테니까." 왕은 고개를 떨구었다. "알다
가도 모를 일이야, 그렇게 생각하지 않나?"

뒤무리에 장군은 다시 허리를 숙였다. 루이는 장군이 가는 것을
알아차리지 못했다.

복도 하나 떨어진 곳에서 브리소는 자신이 제일 좋아하는 장군을 기다리고 있었다. "이제 당신의 정부가 만들어졌소." 뒤무리에가 말했다.

"침울해 보이십니다." 브리소가 날카롭게 말했다. "뭐가 잘못됐나요?"

"아니 — 전하께서 하신 말씀이 마음에 걸려서 말이야."

"공격적으로 나오던가요? 그럴 만한 처지가 아닌데."

"공격적이란 말은 안 했소."

두 사람의 눈이 아주 잠깐 서로에게 머물렀다. 그들은 서로를, 조금도, 믿지 않았다. 이윽고 뒤무리에가 장난치는 식으로 브리소의 어깨를 만졌다. "자코뱅 내각 아닌가, 이 친구야. 얼마 전까지만 해도 생각도 못 할 일로 보였는데."

"전쟁 문제에 대해서는요?"

"그 문제는 내가 밀어붙이질 않았어. 그렇지만 한 달 안에 교전이 시작될 거라고 장담할 수 있다고 보네."

"전쟁이 일어나야 합니다. 우리한테 벌어질 수 있는 가장 큰 재앙은 평화입니다. 동의하시죠?"

뒤무리에는 손가락으로 지팡이를 돌렸다. "어떻게 안 할 수가 있나? 군인인데. 내 앞날도 생각해야 하고 말이야. 여러모로 훌륭한 기회지."

"한번 해봅시다." 베르니오가 말했다. "왕실에 간이 콩알만 해질 정도로 공포를 느끼게 해줍시다. 아주 구미가 당기네 그거."

"로베스피에르……" 브리소가 불렀다.

로베스피에르는 멈추었다. "베르니오. 페티옹. 브리소." 로베스피에르는 그들의 이름을 부르고 나서 만족스러운 표정을 지었다.

"제안할 게 있소."

"무슨 제안인지 압니다. 우릴 다시 노예로 만든다는 제안이지요."

페티옹이 달래듯이 한 손을 들었다. 그는 로베스피에르가 그를 처음 보았을 때보다 더 크고 뚱뚱해졌다. 그의 얼굴에는 성공의 윤기가 흘렀다.

"토론장에서 이렇게 지지고 볶지 않아도 될 거 같은데요." 베르니오가 말했다. "따로 만나서 이야기할 수도 있잖아요."

"난 따로 만나서 이야기하고 싶지 않습니다."

"답답하구려. 답답해요, 로베스피에르, 우린 당신이 전쟁 문제에서 우리와 함께 해주기를 진심으로 바라오. 국내 문제에 대한 참을 수 없는 간섭을⋯⋯" 브리소가 말했다.

"여러분의 적은 여기 국내에 있는데 왜 오스트리아, 잉글랜드하고 싸울 생각을 하십니까?"

"저기 말입니까?" 베르니오가 고개를 움직여서 왕의 거처가 있는 튈르리 궁전 쪽을 가리켰다.

"그래요 저기, 그리고 사방에 있지요."

"내각에 우리 친구들이 있으니까 그 세력은 요리할 수가 있소." 페티옹이 말했다.

"가보겠습니다." 로베스피에르는 그들을 밀치고 나갔다.

"저 친구 병적으로 자꾸 의심을 하네." 페티옹이 말했다. "난 저 사람 친구였습니다만 솔직히 말해서 미치지 않았나 걱정이 돼요."

"따르는 사람들이 있지요." 베르니오가 말했다.

브리소가 쫓아가서 로베스피에르의 팔을 붙들었다. 베르니오가 그들을 지켜보다가 한마디 했다. "쥐 잡는 개 같군."

"응?" 페티옹이 말했다.

브리소는 여전히 로베스피에르 뒤에 붙어 있었다.

"로베스피에르, 우린 내각 이야기를 하고 있었소. 우린 당신에게 상황을 제시하는 겁니다."

로베스피에르는 뿌리쳤다. 그는 외투 소매를 잡아 내렸다. "난 상황 같은 거 필요 없습니다." 그가 침통하게 말했다. "나한테 어울리는 상황 같은 건 없습니다."

"오층?" 뒤무리에가 말했다. "이 롤랑이라는 사람 형편이 그렇게 어려운가요, 오층에서 살게?"

"파리는 돈이 들거든요." 브리소가 롤랑을 감싸듯이 말했다. 육중한 몸 때문에 가쁜 숨을 몰아쉬느라 그의 가슴이 들썩거렸다.

뒤무리에는 짜증을 냈다. "정말이지. 내 걸음걸이를 따라오지 못할 거면 억지로 안 따라붙어도 됩니다. 어련히 내가 안 기다렸겠소. 나 혼자 들어갈 마음은 없소. 그런데 정말 확신하는 거요?"

"검증된 행정가에 ― 근무 성적도 ― 처신도 ― 부인도 ― 능력도 뛰어 ― 우리가 추구하는 목표 ― 아주 헌신적입니다." 브리소는 숨이 가빠 헐떡이느라 제대로 말을 잇지 못했다.

"그래, 그건 나도 알겠고." 뒤무리에가 말했다. 그는 추구하는 목표에서 공통점을 많이 찾기가 어렵다고 생각했다.

마농 롤랑이 직접 문을 열어주었다. 약간 흐트러진 모습이었다. 굉장히 무료하게 지낸 모양이었다.

뒤무리에 장군은 과장스러운 구식 예법으로 그녀의 손에 입을 맞추었다. "롤랑 씨는?" 그가 물었다.

"이제 막 잠이 들었는데요."

"부인께 말씀드려도 괜찮지 않을까요." 브리소가 제안했다.

"그건 아니지." 뒤무리에가 뇌까렸다. 그리고 부인에게 돌아섰다. "깨워주시면 고맙겠습니다. 관심을 두실 만한 제안이 있어서 말이지요." 뒤무리에는 방을 둘러보았다. "이사를 하셔야 할지도 모릅니다. 그릇 같은 거라도 챙기셔야겠는데요."

"하지만," 마농이 말했다. 그녀는 아주 어려 보였고 애가 타서 울음이라도 터뜨릴 것만 같았다. "나 놀리는 거죠? 어떻게 나한테 그럴 수 있어요?"

남편의 얼굴에서 잿빛이 살짝 가셨다. "마농, 내각을 짜는 진지한 주제를 놓고서 브리소 씨가 농담을 할 리 없지 않소. 왕이 내무장관을 제안한 거요. 우린—난—받아들이기로 했고."

베르니오는 방돔 광장 5번지 도딩 부인 집에 있는 거처에서 자고 있었다. 그러나 당통이 왔는데 침대에 있을 수는 없었다. 당통이 어떤 사람이라는 것을 알기에 그는 내키지는 않아도 당통을 우러러보았다. 그러나 당통에게는 명백한 단점이 있었으니 그것은 일을 너무 많이 한다는 점이었다.

"그런데 롤랑은 왜?" 당통이 물었다.

"달리 사람이 없었으니까요." 베르니오가 심드렁하게 말했다. 베르니오는 이 주제가 지겨웠다. 롤랑이 어떤 사람인지 물어보는 사람들에게 지쳤다. "고분고분하니까요. 사려 깊다는 소리를 들으니까요. 우리가 누굴 앉혔으면 좋겠습니까? 마라?"

"공화주의자를 자처하는 사람들입니다, 롤랑 부부는. 당신도 그런가 보군요."

베르니오는 무표정하게 고개를 끄덕였다. 당통은 그를 뜯어보았다. 마흔에서 한 살이 빠지는 나이, 이목을 끌 만큼 키가 썩 큰 것도 아니었고 어깨가 떡 벌어진 것도 아니었다. 창백하고 육중한 얼굴에는 얽은 자국이 살짝 있었고 커다란 코는 작고 깊이 박힌 눈과 안면이 약간 있는 정도로 보였다. 코와 눈이 당장이라도 다른 얼굴에서 나올 듯한 그런 느낌이 들 정도로 따로 놀았다. 베르니오는 군중 속에서 눈에 띌 만한 사람은 아니었다. 하지만 의회나 자코뱅 클럽의 연단에서는 다른 사람이 되었다. 청중은 숨을 죽인 채 저마다 목을 길게 빼고 경청했다. 부드러운 목소리와 위풍당당한 풍채가 우아하고 자신 있게 녹아 들어서 그를 준수하게 만들었다. 그곳에서 그는 귀족들한테서나 느껴질 법한 존재감을 풍겼다. 그의 갈색 눈에서는 불꽃이 튀었다. "잘 봐둬." 데물랭이 말했다. "저건 자기애의 불꽃이야."

"그래도 자기가 잘 하는 걸 하는 사람을 지켜보는 게 난 좋더라." 당통은 따뜻하게 응수했었다.

브리소 일파 중에서는 이 사람이 단연 최고라고 당통은 판단했다. 당통은 생각했다. '난 당신이 마음에 들어, 하지만 당신은 게을러.' "정부에 들어온 공화주의자―" 당통이 말했다.

"―가 꼭 공화주의 성향의 장관이라는 법은 없지요." 베르니오가 문장을 맺었다. "어디, 두고봅시다." 베르니오는 책상 위에 있던 몇 통의 서류를 무심히 넘겼다. 당통은 그런 행동에서 그들이 말하고 있던 사람들에 대한 가벼운 경멸을 읽어냈다. "당통, 당신도 잘 되고 싶으면 한번 그 사람들을 찾아가야 할 거요. 부인에게는 찬사를 보내시고." 베르니오는 당통의 표정을 보고 키득키득 웃었다. "위험을 무릅쓰시겠다는 건가? 로베스피에르도 옆에 있으니? 그 사람은 전쟁 편에 서는 게 좋을 겁니다. 그 사람 인기가 아주 바닥이던데."

"인기 얘기를 하는 게 아닙니다."

"로베스피에르한테는 아니겠지 물론. 하지만 당통 당신은, 이제 여기서 어디로 갑니까?"

"올라가지요. 베르니오, 당신도 우리와 운명을 함께했으면 좋겠습니다."

"'우리'라면 누구를?"

당통은 말을 꺼내려다가 멈추었다. 그가 내놓으려고 했던 이름들의 수치스러움이 처음으로 머리를 쳤다. "에로 드 세셸." 당통은 겨우 말을 꺼냈다.

베르니오는 눈을 휘둥그렇게 떴다. "겨우 당신네 둘 말고 없어요? 데물랭도 파브르 데글랑틴도 갑자기 당신의 신뢰를 잃은 겁니까? 르장드르는 도축하느라 워낙 바쁜 거고? 글쎄요, 이 사람들은 당신한테는 뭐랄까 쓸모가 있겠지요. 하지만 난 한 분파에 나를 묶어 둘 마음은 없습니다. 전쟁을 지지하는 사람들 편에 앉은 건 내가 전쟁을 지지해서입니다. 하지만 난 브리소파는 아닙니다, 그게 뭘 뜻하는지는 몰라도. 난 내 길을 갈 겁니다."

"우리도 다 그랬으면 얼마나 좋을까요." 당통이 말했다. "하지만 일이 그렇게 흘러가지는 않는다는 걸 알게 될 겁니다."

3월 말의 어느 아침 데물랭은 머리에서 맴도는 생각과 함께 잠에서 깨어났다. 그는 디용 장군을 포함해서 군인들과 이야기를 나누고 있었는데 그들은 어차피 전쟁이 일어날 거라면 여론과 시대 흐름에 맞서는 것이 무슨 소용이 있느냐고 말했다. 놀려드는 사람들 발길에 짓밟히는 것보다 불가피한 운동의 선봉에 자리 잡는 편이 낫지 않을까?

데물랭은 아내를 깨우고 그런 생각을 밝혔다. "나 속이 메스꺼워." 아내가 말했다.

오전 6시 30분 데물랭은 당통의 응접실에서 양탄자 위를 서성거렸다. 당통은 그에게 바보라고 했다.

"왜 내가 항상 자네하고 의견의 일치를 봐야 하지? 난 독립적인 생각을 하면 안 되는 건가. 자네 생각하고 일치하는 생각만 할 수 있는 건가."

"꺼져." 당통이 말했다. "난 자네 아버지가 아니야."

"무슨 뜻이야?"

"열다섯 먹은 아이가 하는 소리 같아서 말이야. 자넨 한판 붙고 싶은 거야, 그러니까 집에 며칠 가서 자네 아버지하고 붙으라고. 괜히 정치적으로 물의를 일으키지 말고."

"난 쓰고 말 거야—"

"그럼 곤란하지. 내 성질을 너무 긁는군. 꺼져, 안 그럼 내가 자네를 브리소 일파 중에서 최초의 순교자로 만들어줄 테니. 로베스피에르한테 가봐, 더 좋은 말이 나오는지 한번 보자고."

로베스피에르는 아팠다. 차가운 봄 날씨에 폐가 상했고 위는 그가 먹은 것을 받아들이지 않았다.

"그러니까 친구들을 저버리겠다고." 로베스피에르가 받은 숨을 몰아쉬면서 말했다.

"우정에 영향을 끼치는 건 아니야." 데물랭은 당당히 말했다.

로베스피에르는 고개를 돌렸다.

"자넬 보니까 그 사람이 떠오르네. 그 잉글랜드 왕 이름이 뭐더라?"

"미치광이 조지." 로베스피에르가 쏘아붙였다.

"옛 주군을 배신한 놈은 새 주군도 배신할 놈이라고 말했다는 크누드를 말한 건데."

"그만 가줬으면 좋겠다." 로베스피에르가 말했다. "오늘 아침은 입씨름을 할 수가 없어. 중요한 일을 위해 기운을 아껴야 하거든. 하지만 자네가 종이에다 옮기면 난 다시는 자네를 믿지 않을 거야."

데물랭이 방에서 물러났다.

엘레오노르 뒤플레가 밖에 서 있었다. 우중충하던 눈에 갑자기 생기가 감도는 것으로 보아 아까부터 듣고 있었던 모양이었다. "아, 코르넬리아였군." 데물랭은 지금까지 여자한테 그런 식으로 함부로 말한 적이 한 번도 없었다. 생쥐도 그 여자 앞에서는 잔인해지고 싶은 충동을 느낄 것만 같았다.

"저분을 언짢게 만들 줄 알았더라면 우린 당신을 들여보내지 않았을 거예요. 다시는 오지 마세요. 어차피 저분도 당신을 보지 않을 테니까."

엘레오노르는 데물랭을 위아래로 훑어보았다. 왜 싸움을 걸지 않고 가만 계시나, 여자의 눈이 말하고 있었다.

"당신도 당신 가족도 역겹습니다. 당신이 저 사람을 소유하는 겁니까? 저 사람이 이 지붕 밑에서 좀 묵어준다고 해서 누구를 들일지 말지를 결정할 권리가 당신에게 있다고 생각하는 겁니까? 제일 막역한 친구도 못 만나게 가로막을 참입니까?"

"참 자신감이 넘치시네요."

"넘칠 만하니까. 데물랭이 말했다. "그런데 정말 속이 훤히 보입니다. 당신 계획이 뭔지 난 알아요. 당신이 무슨 생각을 하는지 정확

히 알아요. 저 친구가 결혼해줄 거라고 생각하는 거겠죠. 꿈 깨요,
아가씨. 저 친구는 결혼 안 해요."

그것이 그날 유일하게 잠시 뿌듯했던 일이었다. 뤼실은 작은 손을
아이로 불룩해진 배 위에 두고 슬픈 모습으로 앉아서 데물랭을 기다
렸다. 인생은 이제 하나도 재미있지 않았다. 이제는 여자들이 신이
나서 동정 어린 눈빛으로 바라보는 그런 단계에 와 있었다. 남자들
의 눈길은 마치 낡은 소파라도 되는 양 그녀를 스치고 지나갔다.
　"막시밀리앙한테서 기별이 왔어요." 뤼실이 말했다. "내가 뜯어봤
어요. 오늘 아침에 벌어진 일은 유감이라고, 경솔한 발언을 용서해
달라고 하던데요. 조르주도 왔었고. '미안'하다던데."
　"엘레오노르하고 내가 한바탕 붙었지. 사람들이 못 잡아먹어서
안달이야. 당통하고 로베스피에르하고 만약에 의견이 갈라지면 난
어떻게 되는 걸까 모르겠네."
　"당신도 당신 생각이 있잖아요."
　"하지만 일이 그렇게 흘러가지는 않거든."

*

3월 26일 왕비는 적에게 프랑스 전쟁 계획의 세부를 몽땅 넘겼다.
4월 20일 프랑스는 오스트리아에 선전포고를 했다.

1792년 4월 25일, 노상 강도 니콜라자크 펠르티에게 과학적,
민주적 처형이 집행되었다.
　일반 죄수를 처형하는 것치고는 구경꾼이 많았다. 그들은 기대에
차 있었다. 물론 사형 집행인들은 모형으로 연습을 해 왔다. 집행인

들은 상당히 들뜬 표정으로 서로에게 고개를 끄덕거린다. 서로의 명예를 걸고 실수를 하지 않겠다는 다짐이었다. 하지만 기계가 다 알아서 하니 두려울 것은 전혀 없다. 그것은 발판에 얹혀 있다. 육중한 칼날이 달린 거대한 틀이다. 범죄자는 간수들과 함께 오른다. 프랑스에서 야만의 시대는 끝났고 위원회가 승인한 기계가 대신하므로 죄수는 고통을 겪지 않을 것이다.

간수들은 민첩한 몸놀림으로 사내를 둘러싸고 사내를 널빤지에 묶어서 그의 몸을 앞으로 기울인다. 칼날이 휙 하더니 쿵 둔탁한 소리가 나고 갑자기 피가 흥건하다. 군중은 탄식을 내뱉는다. 사람들은 믿기지 않는다는 듯이 서로를 바라본다. 모든 것이 너무나 빨리 끝나는 바람에 구경이랄 것도 없다. 설마 벌써 죽었으랴 싶다. 조수들 중 하나가 수석 사형 집행인 상송을 올려다보자 그가 고개를 끄덕인다. 젊은이는 떨어진 머리가 들어간 가죽 가방을 들더니 피가 뚝뚝 떨어지는 내용물을 집는다. 그러고는 군중이 볼 수 있게 머리를 높이 들고서 그 공허하고 무표정한 얼굴을 사방으로 천천히 돌리면서 보여준다. 그만하면 됐다. 군중은 누그러졌다. 여자 몇은 잘 볼 수 있게 아이들을 번쩍 들어올린다. 죽은 남자의 몸통은 대충대충 잘라서 커다란 광주리에 담아서 치운다. 잘린 머리는 두 발 사이에 놓인다.

머리를 높이 쳐드는 것(항상 그래야 할 필요는 없을 것이다.)까지 포함해서 전부 5분밖에 걸리지 않았다. 수석 집행인은 시간이 중요하다면 시간을 절반쯤 줄일 수 있을 것으로 내다본다. 그와 조수들과 견습생들은 새로운 장비를 놓고 생각이 갈린다. 편리하고 정확하고 인간적인 것은 사실이다. 남자가 고통을 느꼈으리라고 믿기는 어렵다. 하지만 너무 쉬워 보인다. 사람들은 이건 기술이 필요하지 않은 일이라고 생각할 것이고 누구나 사형 집행인이 될 수 있다고 생각할 것이다. 직업 자체가 흔들리는 느낌이 온다. 작년만 하더라도 의회는 극형 문제를 논의했고 인기 있는 로베스피에르 의원은 실제로 극형을 없애자고 호소하기도 했다. 듣자 하니 로베스피에르는 아직도 그런 소신에는 변함이 없으며 뜻을 이룰 수 있다는 믿음을 품고 있다고 한다. 그러나 생각이 깊은 상송 씨는 로베스피에르가 이 문제에서는 여론과 엇나간다고 느낀다.

전 도목수 게르동 씨가 파리 고등법원에 보낸 견적서:

인건비 ·· 1700리브르
칼날 셋(둘은 여분)에 ································· 600리브르
도르레와 구리 홈에 ···································· 300리브르
쇠낙하물(칼날용)에 ···································· 300리브르
밧줄과 삭구에 ·· 60리브르
제작과 시험과 논의에 들어간 시간에 ················ 1200리브르
사고 방지를 위한 시연용 소형 모델에 ··············· 1200리브르
계   5360리브르

새로운 발명품을 의회에 적극 추천하면서 공중 보건 전문가 기요탱 박사는 이렇게 말했다. "이 기계로 제가 당신의 머리를 순식간에 날리면 당신은 전혀 고통을 못 느낄 것입니다(웃음)."

당통: 로베스피에르가 밤늦게 카미유를 만나려고 카미유의 아파트에 찾아왔다. 나는 거기에 뤼실과 함께 있었다. 전혀 문제될 게 없는 자리였다. 좀 신경이 곤두선 하녀 자네트도 그 자리에 앉아 있었

다. 그렇더라도 임신 육 개월 된 여자 옆에 내가 왜 붙어 있는지를 그들이 어떻게 생각할지는……. 그런데 카미유는 어디 있는 거지? 로베스피에르가 찾으면 모두 그 자리에 있어야 한다. 젊은 로베스피에르는 언짢은 빛을 살짝 보였다. 나는 뤼실과 눈이 마주쳤다. 뤼실은 카미유가 어디에 있는지 몰랐다.

"몇 군데 짐작이 가는 데는 있지만 직접 가보라고 충고하고 싶지는 않군, 개인적으로." 내가 말했다.

로베스피에르는 얼굴을 붉혔다. '내가 너무 심했나.' 사실 나는 카미유가 강 건너편에서 마라와 함께 관여하던 '후작 부인의 팔목을 자르는 젊은 숙녀들의 모임', '민주주의를 지지하는 시장통 여자들' 같은 그렇고 그런 괴상한 여성 모임에 나가서 연설을 하고 있을 거라고 짐작했다. 추종하는 여성이 워낙 많은 '매수불능자'가 그렇지 않아도 카미유에 홀려 있던 여성들 앞에 나타나면 그들은 자제심을 잃고 거리로 몰려나가 사람들을 공격할지도 모른다.

로베스피에르는 기다려도 되겠느냐고 물었다. 그것은 중요했다.

"무슨 일이길래 아침까지 못 기다려?"

"난 활동 시간이 보통 사람들하고 달라서." 그가 나에게 해명했다. "자네도 알다시피 그건 카미유도 마찬가지야. 그래서 내가 만나고 싶을 때는 보통은 카미유를 만날 수가 있어."

"이번에는 다르지." 내가 말했다. 뤼실이 애원하듯이 나를 쳐다보았다.

그래서 우리는 한 시간 넘게 같이 앉아 있었다. 로베스피에르하고 잡담을 나누는 것은 고역이었다. 그때 뤼실이 태어날 아이의 대부가 되어 달라고 그에게 부탁했다. 로베스피에르는 좋아했다. 뤼실이 대부에겐 아이의 이름을 고르는 특권이 있음을 일깨워주었다. 그는 아이가 어쩐지 사내아이라는 느낌이 드는 모양이었다. 영감을 불러일으키는 이름, 공화주의적 덕을 지닌다는 점에서 유명한 위대한 인물의 이름을 지어주어야 한다고 했다. 우리가 진작에 말한 공화국은 정치 현상이 아니라 정신 상태이기 때문이라는 것이었다. 그는 마음속으로 그리스인들과 로마인들을 이리저리 따졌다. 그리고 오라스로 정했다. 로마 시인 호라티우스의 프랑스식 이름이었다. 내가 말했다. "여자아이면 어쩌지?"

뤼실은 썩 괜찮은 이름이라고 상냥히 말했지만 우린 그 이름을 쓰지 않을 거라고, 아이를 그런 이름으로 부르지 않을 거라고 벌써 뤼실이 저울질하는 것이 내 눈에는 보였다. "혹시 두 번째 이름으로는 카미유라고 해도 좋지 않을까요?" 뤼실이 물었다. 로베스피에르는 웃으면서 말했다. "그 이름도 명예스럽죠."

그러고 나서 우리는 앉아서 서로를 쳐다보았다. 그 즈음이면 나는 로베스피에르가 처음에 지어냈던 명예로운 이름이 물 건너갔음을 그가 불편한 마음으로 깨닫게 만들었다.

데물랭은 새벽 2시쯤 기어들어와서는 누가 먼저 왔느냐고 우리한테 물었다. 대답을 듣고는 알 만하다는 표정을 지었지만 언짢아 보이지는 않았다. 뤼실은 어디 갔었느냐고 남편에게 묻지 않았다. 저런 아내를 두고 참, 나는 생각했다. 나는 작별 인사를 했고 로베스피에르는 마치 오후 2시라도 되는 것처럼, 거친 말은 한 번도 해본 적이 없는 사람처럼 코뮌 일에 대해서 말하기 시작했다.

로베스피에르: 뤼실 같은 사람도 있었다. 루소가 그렇게 말했다. 로베스피에르는 책을 덮었지만 그 대목에 표시는 해 두었다.

여자의 성격이 상냥하다는 것을 말해주는 한 가지 증거는 그 여자를 사랑하는 모든 사람이 서로를 사랑하며 질투심과 경쟁심은 그 여자가 그 사람들에게 불러일으키는 더 강력한 감정에 복종한다는 것이다. 나는 그런 여자를 에워싼 사람들 중에 서로에게 최소한의 악의라도 품은 것을 한 번도 보지 못했다. 이런 칭찬을 받을 만한 여자가 또 있는지 독자 여러분도 한번 숨을 돌리고 생각해보시라, 그리고 행복을 얻고 싶다면 그 여자에게 다가가시라.

틀림없이 여기에 해당한다. 데물랭의 집에서 삶은 묘하게 차분했다. 물론 그들이 로베스피에르에게 숨기는 일이 있을지도 모른다. 사람들은 그에게 일을 숨기는 경향이 있었다.

가톨릭 의식으로 세례를 하지는 않을 것으로 보였지만 그들은 그에게 아이의 대부, 또는 그 비슷한 무엇이 되어 달라고 부탁했다. 어느 날 밤 (늦게, 거의 자정 무렵) 찾아갔을 때 당통과 함께 있었던 뤼실이 했던 부탁이었다. 그는 소문이 사실이 아니기를 바랐다. 그런 소문이 사실이 아니라고 믿을 수 있기를 바랐다.

로베스피에르가 나타나자마자 하녀는 물러갔다. 그것을 보고 당통이 묘하게 웃었다.

로베스피에르는 당통과 나눌 이야기가 있었다. 뤼실 앞에서 자유롭게 하지 못할 이야기는 아니었다. 뤼실은 상황을 이해했으며, 그녀의 의견은 귀 기울일 만했다. 하지만 당통이 별나게 굴었다. 절반은 공격조였고 절반은 농담조였다. 그는 이런 분위기를 깰 열쇠를 찾아낼 수가 없었고 두 사람은 산만하게 대화를 이어가야 했다. 그러다가 어느 순간에 가서는 거의 물리적인 힘이 로베스피에르를 밀쳐내는 것을 느꼈다. 그것은 당통의 의지였다. 당통은 그가 떠나기를 바랐다. 지나고 보니 우스워 보였지만 로베스피에르는 진정하려고 의자 팔걸이를 한 손으로 꽉 붙들어야 했다. 뤼실이 아기 이야기를 꺼낸 게 바로 그때였다.

로베스피에르는 기뻤다. 물론 지당한 일이었다. 그는 데물랭의 오랜 친구였으니 말이다. 그리고 이제 그는 자신은 자식을 가질 수 없을 것이라고 생각했다.

그들은 아이의 이름을 상의하면서 시간을 좀 보냈다. 아마도 로베스피에르의 감상벽이겠지만 그는 데물랭이 쓰곤 했던 시를 모두 기억했다. "요즘은 뭐라도 쓰나요?" "아니요." 뤼실이 말했다. 그녀는 불안하게 웃었다. "사실은 옛날에 쓴 게 눈에 띌 때마다 그이는 '생쥐스트보다 못해, 생쥐스트보다 못해.' 탄식하면서 불에 태운답니다." 잠시 동안 로베스피에르는 깊이 모욕당하고 상처받은 듯한 느낌이 들었다. 판단력을 의심받은 듯한 느낌이 들었다.

뤼실이 자네트하고 할 말이 있다며 자리를 비웠다.

"오라스 카미유라." 당통이 넘겨짚듯이 말했다. "그 이름이 아이 인생에 행운을 가져올 거라고 생각하나?"

로베스피에르는 희미한 웃음을 흘렸다. 그는 그럴 가능성이 희박함을 의식하고 있었다. 후세에 로베스피에르가 기억된다면, 사람들은 당통의 몸집과 활기와 얼굴 흉터에 대해서 말하듯이 그의 희미하고 차가운 웃음에 대해서 말할 것이다. 그는 늘 달라지고 싶었다. 특히 당통하고는 달라지고 싶었다. 어쩌면 그 웃음은 비꼬는 것처럼, 혹은 내려다보는 것처럼, 혹은 못마땅해하는 것처럼 보였다. 하지만 로베스피에르가 얼굴에 지을 수 있는 웃음은 그것뿐이었다.

"난 호라티우스가 위대한 시인이자 위대한 공화주의자라고 생각해. 아마도 압력을 받아서 그랬을 거라고 생각하지만 만년에 쓴 아우구스투스 황제를 치켜세우는 시는 좀 그렇지만 말이야."

"그래." 당통이 말했다. "카미유는 글을 써서 자네를 치켜세우지. 하기야 치켜세운다는 말을 쓰면 안 되겠지, 내 단어 선택이 잘못되었군."

로베스피에르는 이를 악물어야 했다. 다시 말해서, 이를 악문다고 생각했다. 그리고 그런 생각만으로도 대개는 참을 만했다.

"아까도 말했지만 그건 명예로운 이름이야."

당통은 의자에 깊숙이 몸을 파묻었다. 긴 다리를 쭉 뻗었다. 그리고 말을 길게 뽑았다.(흔히 있는 일이었는데, 문자 그대로 말을 길게 뽑는다는 표현 말고는 적당한 말이 없었다.) "명예로운 이름을 얻은 주인공의 원본은 지금 뭘 하나 궁금하군."

"글쎄."

"모른다."

"왜, 카미유가 뭘 한다고 생각하는데?"

"아마 사창가에서 우리가 상상도 못할 일이라도 하겠지."

"자네가 무슨 권리로 그런 생각을 하는지 모르겠네. 무슨 말을 하는 건지 못 알아듣겠군."

"친애하는 로베스피에르 군, 어차피 자네가 알아들을 거라고 기대하진 않아. 자네가 알아듣는다면 난 굉장히 충격을 받을 거야. 실망할 거라고."

"그렇다면 왜 그런 주제를 입에 담는 거지?"

"자네는 카미유가 하고 다니는 일의 절반도 전혀 못 알아차리고 있다는 생각이 강하게 들어서 말이야. 알아차렸나?" 당통의 말투에서 호기심이 묻어났다.

"그거야 사적인 일이고."

"놀랍군. 그 친구는 공적인 관심사 아닌가? 공인 아닌가?"

"그래, 그건 맞아."

"그러니까 잘해야지. 성실해야지, 자네처럼. 그런데 아니잖아."

"난 알고 싶지 않은—"

"그래도 난 자네한테 기어이 말해야겠어. 공익이란 게 있잖아. 카미유는—"

뤼실이 방으로 돌아왔다. 당통은 웃었다. "자세한 얘기는 요 다음에 해줄게, 막시밀리앙. 자네가 곰곰이 생각할 수 있게."

(자코뱅 클럽 개회 중에 로베스피에르가 발언한다.)

청중: 독재자!

당통(의장): 조용히 합시다. 질서를 지킵시다. 로베스피에르 씨는 여기에서 순수 이성의 독재 말고는 어떤 독재도 휘두른 적이 없습니다.

청중: 선동꾼이 설친다!

당통: 난 선동꾼이 아닙니다. 그리고 오랜 시간 동안 어렵게 침묵을 지켜 왔습니다. 나는 인민을 섬겨 왔다고 내세우는 사람들의 가면을 벗길 것입니다. 혁명 전체가 한 사람의 용기를 똑똑히 지켜보았습니다. 이제 지난 석 달 동안 그 사람의 용기에 이의를 제기해 온 사람들에게 맞서서 발언해야 할 심각한 시기가 왔습니다.

1792년 5월 10일 로베스피에르가 자코뱅들에게:

"여러분이 나를 고립시킬수록, 여러분이 나의 모든 인간 관계를 잘라낼수록, 나는 나 자신의 양심에서, 내가 추구하는 정의에서 더 큰 정당성을 찾아냅니다."

브리소파 공직자들의 일상 한 토막:

뒤무리에 장군이 자코뱅 클럽에 나타났다. 장군도 클럽의 회원이었다. 그는 군인다운 태도를 보여주었으며 지극히 평범한 얼굴이었지만 의심에 찬 불안한 심리가 표정에 드러났다. 새로 분을 마른 머리 위에 산타 할아버지가 쓰는 것 같은 붉은 빛깔로 된 자유의 털모자를 쓰고 있었다. 그는 애국의 전당(이니 뭐니 하며 사람들이 떠들어대는 곳)에 대한 자신의 존경심을 나타내고 우애 어린 조언과 가르침을 구하려고 왔다.

장관들은 지금까지 이렇게 군 적이 없었다.

애국자들은 불안하게 로베스피에르의 얼굴을 살폈다. 경멸이 드러났다.

내무장관 롤랑이 왕을 알현하러 튈르리 궁에 나타났다. 시종들은 말은 안 했지만 그를 보고 기겁을 하면서 뒷걸음질쳤다. 양말도 얼마 전에 기웠는데 뭐가 문제인지 롤랑은 알 수가 없었다. 의전장은 뒤무리에를 따로 불러서 차갑게 뇌까렸다. "어떻게 전하를 알현할 수 있습니까? 구두에 버클도 없는데."

"버클이 없다?" 장군은 익살스럽게 말했다. "아이고, 그럼 다 끝난 거지 뭐."

"당통 부인, 정말 훌륭한 만찬이었습니다. 이제 정치 이야기를 해도 되려나 모르겠습니다?" 에로 드 세셸이 말했다.

"아내는 현실주의자입니다." 당통이 말했다. "만찬을 준비하는 데 드는 돈이 정치에서 나온다는 걸 알거든요."

"익숙해졌어요." 가브리엘이 말했다.

"공적인 문제에 관심이 있으신가요, 부인? 아니면 그런 문제는 피곤하신가요?"

가브리엘은 마땅한 답변이 떠오르지 않았지만 자신이 내놓을 수 있는 유일한 답변이 혹시라도 도발적으로 여겨질까 봐 웃으며 말했다. "힘 닿는 데까지 노력해야죠."

"우리 모두 그래야겠지요." 에로가 당통에게 돌아섰다. "로베스피에르가 계속해서 어깃장을 놓겠다면 얼마든지 그러라고 하세요. 지금은 이 사람들—브리소파, 롤랑파, 지롱드파 뭐라고 불러도 상관없지만—이 꾸려 나가니까. 그 사람들은 뭐랄까 응집력이 거의 없습니다. 전쟁 말고는 정책도 거의 없고, 전쟁은 시작부터 암담하고. 저들도 동의할 겁니다."

"그 사람들이 열의는 있지요." 당통이 말했다. "토론하는 재주도 있고. 독단적 태도가 좀 부족하지만. 그리고 그 재수없는 여자."

"그 인간은 어떻게 유명해진 겁니까?"

당통은 밥맛없다는 듯이 코웃음을 쳤다. "같이 식사를 했지요. 그 지겨운 기억을 다시 떠올려야 합니까?"

전날 저녁 당통과 파브르는 내무장관의 집에서 한심한 음식을 먹으면서 두 시간 동안 고통스럽게 버텼다. 뒤무리에도 그 자리에 와 있었다. 가끔씩 그가 뇌까렸다. "당신하고 둘이서 좀 할 얘기가 있소, 당통. 괜찮겠소?" 하지만 그는 기회를 잡지 못했다. 자리를 주도한 것은 장관의 아내였다. 장관은 식탁 머리의 의자에 앉아 있었다. 장관은 몇 마디 하지 않았다. 당통은 자기들 앞에 있는 사람은 낡아빠진 검은 외투 속으로 바느질된 밀랍 모형이고 진짜 장관은 건물 어딘가에 있는 책상에서 무언가를 써대고 있을 듯한 인상을 받았다. 당통은 장관이 어디 한번 비명을 지르는가 보려고 앞으로 다가가서 포크로 그를 찌르고 싶은 충동을 느꼈지만 충동을 참아내고 눈을 다시 자신의 접시로 시무룩하게 끌고 왔다. 맹탕이면서 밀가루투성이인 이름 모를 수프가 있었고 질긴 오리 고기가 쥐꼬리만큼 있었고 순무는 작았고 싱싱하지도 않았다.

마농 롤랑은 통통하고 예쁜 몸을 베네치아풍의 거울 벽에 비추면서 웅장한 대리석 계단을 걸어 내려왔다. 하지만 그 월요일 밤에 그녀가 입은 드레스는 삼 년 된 것이었고 넓은 숄은 그녀의 어깨를 다 덮었다. 조금도 타협하지 않았다.

마농은 보통 사람이 입는 옷을 입겠다는 뜻을 분명히 밝혔다. 마농에게 귀족들이 걸치는 것은 낯설었다. 그녀는 후견인 노릇을 하지 않았으며 (초청받지 않으면 못 오는) 손님들은 그녀의 규칙을 준수해야 했다. 큰 방들은 계속 커튼을 내려 두었고 불도 켜지 않았다. 마농은 궁정을 차릴 마음은 없었다. 장관 집무실에서 아주 가까운 곳에 깔끔하고 검소한 자신의 작은 서재를 마련했다. 낮에는 그곳 책상에서 장관을 보필하면서 시간을 보냈다. 우르르 몰려 있는 공무원이나 민원인을 피해 장관과 독대하고 싶을 때 마농에게 연락하는 것보다 더 간단한 방법은 없었다. 그러면 장관은 그녀의 작은 성소로 걸어 들어와 방문자와 문제를 협의했고 그동안 그녀는 깍지 낀 두 손을 무릎 위에 얹고 티 내지 않고 열심히 들었다.

마농은 내무부가 수행해야 할 규칙을 직접 만들었다. 저녁 식사 모임은 일 주일에 두 번 연다. 음식은 간단하게 차리며 술은 내놓지 않는다. 손님들은 저녁 9시까지는 떠나야 한다. 우리가 앞장서서 탈출하자고 파브르가 속삭였다. 여자들은 안 받는다. 재잘거리고 걸친 옷을 놓고 신경전을 벌이는 여자들은 롤랑 부인의 모임이 추구하는 드높은 격조와 목표에서 벗어나 있다.

이 특별한 월요일은 힘겨운 월요일이었다. 로베스피에르는 마농

의 초대를 거절했다. 피에르 베르니오는 초대를 받아들였다. 마농
은 개인적으로 그 사람을 좋아하지 않았다. 요즘은 마농의 개인적
호불호가 상당히 중요했다. 정치적 견해에서는 베르니오와 다른 점
을 찾을 수 없었지만 그 남자는 게을렀고 거창한 주제와 거창한 행
사를 위해서만 연설을 했다. 그날 밤 베르니오의 눈은 지루해서 게
슴츠레해졌다. 뒤무리에는 충분히 활기 넘쳤지만 올바른 방향은 아
니었다. 그는 적어도 한번은 볼썽사나운 뒷이야기를 입에 올린 탓에
마농에게 용서를 빌었다. 마농은 머리를 아주 살짝 까딱하는 것으
로 용서를 베풀었고 장군은 내일 일이 왠지 잘 안 풀리리라는 것을
알았다. 빠르고 쉽게 마농은 권력의 습성으로 미끄러져 들어갔다.

파브르 데글랑틴이 극장 쪽으로 대화를 끌고 가려고 애썼지만 마
농은 단호히 본 주제로 대화를 되돌렸다. 주제는 후작이었던 라파
예트의 군사적, 정치적 책략이었다. 마농은 당통의 눈이 파브르를
바라보고 파브르는 천장의 벌거벗은 여신들한테 잠깐 눈길을 던지
는 것을 보았다. 마농은 장바티스트 루베가 자기 옆에 앉아서 기분
이 좋았다. 루베가 전에 썼던 소설 때문에 마농이 한때 그를 의심한
것은 사실이었다. 하지만 마농은 구체제 하에서 애국파의 처지가 어
땠는지를 이해했다. 그런 전도유망한 언론인은 많은 것을 덮어줄 필
요가 있었다. 마농의 말을 들으려고 앞으로 몸을 숙일 때 숱이 점점
줄어드는 루베의 금발이 앞으로 흘러내렸다. 열성파. 롤랑 부인의 벗.

마농은 루베와 이야기했지만 눈길은 자신의 의지와는 달리 당통
쪽으로 쏠렸다. 당통을 초대하라고 고집한 것은 뒤무리에였다. "우
리가 잘 키워야 할 사람입니다. 거리에 추종자들이 많아요."

"폭도들이겠죠." 마농이 멸시조로 말했다.

"폭도들은 앞으로 상대를 안 해도 된다고 생각하시나요?"

그렇게 해서 이 남자가 여기에 앉게 되었다. 유쾌해 보이는 분위기, 솔직하고 친밀한 척하는 행동은 그 남자가 보나마나 품고 있을 무시무시한 야심을 겨우 가리고 있었다. 아, 그는 좋은 친구고 소탈하고 마음은 고향의 농장에 가 있는 사람입니다. 아, 그러세요? 마농은 냅킨 위에 놓인 자신만만한 당통의 손을 내려다보았다. 두툼한 손가락들이 쭉 뻗어 있었다. 그 손으로 살인을 할 수도 있고 여자의 목을 뚝 분지를 수도 있고 남자의 목구멍에서 숨을 짜낼 수도 있을 것이다.

그리고 입을 가로지르는, 그 새하얗게 빛이 바랜 흉터. 어쩌다가 그런 흉터가 생겼을까? 흉터가 당통의 입술을 뒤틀었기에 그의 웃음은 진짜 웃음이 아니라 빈정거림에 가까웠다. 그 흉터를 만지면 어떤 느낌이 들까? 손가락 끝에서 어떤 감촉이 느껴질까? 이 남자는 아내가 있었다. 이 남자는 애인이 한 무리라고 사람들은 말했다. 어떤 여자들의 손가락이 그 흉터를 만졌고 그 자국과 가장자리를 어루만졌다.

당통에게 박힌 마농의 눈길을 당통이 알아차렸다. 마농은 얼른 고개를 돌렸지만 다시 쳐다보지 않을 수 없었고 이후로는 당통이 무슨 생각을 했을지를 헤아리면서 시간을 보냈다. 조심스럽게, 마농의 눈길은 천천히 돌아왔다. '그래, 잘 봐 두시오, 안전하고 편협하게 살아오느라 나 같은 남자를 본 적이 없을 테니까.' 그의 얼굴이 말했다.

화요일 오전, 당통이 피곤해하면서 짜증을 섞어 한 말은 이게 전부였다. "자, 우리 중에서 누가 그 여자하고 잘까요, 분명히 그 여자가 그걸 원하는 거 같아서 말이죠?"

"몰라서 묻나?" 파브르가 말했다. "두 시간 동안 그 여자가 자네한테서 눈을 떼지 못하던데."

"여자들은 참 묘해." 당통이 말했다.

"묘한 여자 얘기가 나왔으니 말인데, 테루아뉴가 돌아왔다네. 오스트리아 사람들이 놓아주었나봐. 혁명에 먹칠을 할 여자라고 생각하지 않고서야 왜 그랬는지 이해가 안 가."

"그런 세세한 데까지 신경을 썼을 리가." 당통이 말했다. "그 여자한테 불알을 잘릴까 봐 겁이 났던 게지요."

"다시 주제로 돌아가서 조르주자크, 롤랑 부인이 자네한테 눈독을 들였으면 자네도 그러는 게 좋을 거야, 암. '우리 모두 부인의 재능을 평가합니다.' 하면서 기름칠을 할 게 아니라 확실한 증거를 내보이라고. 그럼 그 여자는 자기 밑의 신사들을 몽땅 우리한테 끌고 올 테니까. 해봐 조르주자크, 그 여자는 까다롭지 않을 거야. 늙은 남편한테 받는 것도 많지 않을 테고 말이야. 언제 죽을지 모르는 사람처럼 생겼잖아."

"내 생각엔 그 사람은 오래 전에 죽은 사람일 거예요." 데물랭이 말했다. "그 여자가 그 남자를 방부 처리해서 박제했다고 봅니다. 그 여자는 천성이 감상적이라 죽은 남편을 못 잊어서요. 그리고 브리소 쪽 각료는 모두 궁정의 돈을 받고 있다고 봅니다."

"로베스피에르는?" 파브르가 의미심장하게 고개를 끄덕였다.

"로베스피에르는 그런 거 생각 안 합니다." 데물랭이 말했다.

"흥분하지 마."

"그 친구는 그들이 머저리고 밥통이고 무심결에 반역자가 되었다고 생각합니다. 난 그 이상이라고 보고요. 난 우리가 그 사람들하고 얽히면 안 된다고 생각합니다."

"그 사람들도 분명히 자네하고는 얽히면 안 된다고 생각한다네. 뒤무리에가 '오늘 밤은 우리 카미유가 어디 있나요, 우리하고 열기를 나누면 좋을 텐데 왜 집에 두고 왔나요?' 하니까 부인이 가슴을 들썩거리면서 더없이 경멸스럽다는 표정으로 숨을 들이쉬더라."

"난 아니라고 봐요." 당통이 말했다. 두 사람은 당통이 아주 진지하다는 것을 알아차렸다. "뒤무리에를 포함해서 나머지 사람들에 대해서는 말 안 하겠지만 그 여자는 매수할 수 없어요. 그 여자는 자기한테 무슨 심한 해코지나 한 것처럼 루이와 루이의 부인을 증오합니다." 그는 심술궂게 웃었다. "마라는 그 여자가 증오를 전세 냈다고 생각하더군요?"

"그럼 그 사람들을 믿는다는 건가?"

"그렇게는 말 안 했습니다. 나쁜 사람들이라는 생각은 안 들어요. 내가 말하고 싶은 건 그게 전부입니다."

"뒤무리에는 자네한테 뭘 바란다고 생각하나?"

그 질문을 받으니까 당통은 기분이 좋아 보였다. "보나마나 나한테 뭔가를 해 달라는 거지요. 그리고 내 몸값을 알고 싶어서 안달이 난 거죠."

4장

테루아뉴의 고백

(1792)

가브리엘: 난 내가 들은 것, 사람들이 나에게 말한 것만 말할 수 있다. 난 오직 내가 아는 사람들에 대해서 확신할 수 있지만 그 사람들에 대한 확신도 그렇게 강하지는 않다. 지난 여름을 되돌아보면 난 하나같이 철없는 짓만 했다.

사람은 성장할 수 있다. 꼭 강철 같은 신념이 없더라도 말이다. 그것은 자기 자신에게서 변하지 않는 부분이 있다고 생각하고, 자신이 늘 간직할 믿음이 있다고 생각하고, 언제까지고 변함없이 이루어질 일이 있다고 생각할 때 가능하다. 이런 관점에서 보면 세상은 당신이 필요로 하는 한 언제까지나 당신에게 괜찮은 곳일 것이다. 하지만 착각이다. 속지 마시라.

새로 아기가 태어났을 때로 돌아가야겠다. 앞의 두 번보다 해산은 쉬웠다. 아무튼 더 빨랐다. 이번에도 사내아이였다. 건강하고 튼튼하고 폐도 좋고 잃어버린 아이와 앙투안처럼 머리카락이 까맣고 굵었다. 우리는 아이를 프랑수아조르주라고 불렀다. 남편은 꽃이며 도자기며 보석이며 레이스며 향수며 내가 들여다보지도 않는 책들을 꾸역꾸역 사주었다. 그래서 어느 날 난 울음을 터뜨리고야 말았다. 나는 남편에게 소리를 질렀다. 내가 뭐 하나 제대로 못 하는 사람 같잖아요, 아기는 누구나 갖는 거야, 매수 좀 그만해요. 폭풍 같은 통곡이 나를 덮쳤고 울음을 그쳤을 때는 눈이 따가웠고 가슴이 들썩거렸고 목이 아렸다. 내 기억은 깨끗이 씻겨나간 듯했다. 하녀 카트린이 말해주지 않았다면 난 내가 그런 말을 했다고 믿기 어려웠을 것이다.

다음날 수베르비엘 박사가 왔다. "많이 안 좋으시다고 남편 되시는 분이 말하시더군요." "그냥 피곤해서 그래요." 내가 말했다. "아이 키우기란 이만저만 힘들지 않지요. 곧 기분이 훨씬 좋아지실 겁니다." "아니에요, 선생님." 나는 그에게 아주 공손하게 말했다. "두 번 다시 나아질 것 같지 않아요."

아기를 가슴에 품을 때마다, 젖이 흐르는 것을 느낄 때마다, 내 눈에 그렁그렁 맺히는 눈물을 느낀다. 엄마가 오더니 사무적인 표정으로 정색을 하면서 아기도 나도 모두 힘드니까 아기를 유모에게 맡겨야 한다고 말했다. 밤중에 울어서 아이 아버지를 깨우니까 아이들은 파리 바깥에 두는 게 낫다고도 했다.

엄마가 말했다. "결혼을 하면, 처음 한두 해는 다른 세상에서 살지. 내가 좋아하고 함께 있으면 아주 아늑하고 즐거워지는 그런 사람을 만나야겠지만 말이야. 한두 해 동안은 모든 문제를 그럭저럭 붙들어 맬 수가 있거든. 너는 네가 다른 사람들을 지배하는 규칙에 지배되지 않는다고 생각하는구나."

"왜 규칙이 있어야 하는데?" 내가 하는 말이 쏙 뤼실이 하는 말처럼 들렸다. 뤼실이 입버릇처럼 하던 말이었다. "왜 규칙이 있어야 하는데?"

"그리고 여자는 아기를 갖게 되지." 내가 말했다. "그럼 어떻게 되는데?"

엄마는 자세히 설명할 필요를 못 느꼈다. 내 팔을 토닥거리기만 했다. 엄마는 나는 소란을 피울 여자가 아니라고 말했다. 요즘은 그런 소리를 자주 들어야 했다. 또 누가 아는가, 내가 소란을 피우고는 잊어버렸는지도 모르지. 엄마는 나를 한 번 더 토닥거렸다. 이번에는 손이었다. 그리고 요즘 처녀들에 대해서 말했다. 엄마는 요즘 처녀들이 낭만적이라고 본다. 그래서 남자가 결혼 서약을 할 때 그것이 본심에서 하는 말이라는 이상한 환상을 품는다. 엄마 때는 처녀들이 뭐가 뭔지를 알았다. 사람은 현실과 타협해야 한다.

엄마가 나서서 유모를 찾아냈다. 북부의 릴아당에 사는 상냥하고 조심스러운 여자였다. 아무리 상냥해도 아무리 조심스러워도 내 아이를 맡기긴 싫었다. 뤼실이 혹시 그 여자가 자기 아이를 맡아줄 수 있는지 알아보려고 여자를 만나러 왔다. "좋아요. 때가 어쩜 이렇게 잘 맞았을까. 너무 편하다!" 뤼실은 해산까지 이제 겨우 두 주일 남았다. 그들은 뤼실을 놓고 소란을 피웠다. 그런 소란은 본 적이 없었다. 뤼실이 갓난쟁이를 직접 먹인다는 건 안 될 말이었다. 뤼실의 남편도 뤼실의 어머니도 그렇게 못 하게 했다. 뤼실에게는 더 엄중한 책무가 있다. 얼굴을 내밀어야 할 파티가 있지 않은가 말이다. 디용 장군은 그녀의 가슴이 아담하고 앙증맞은 크기로 남아 있기를 바랄 것이다.

그렇게 들릴지는 몰라도 내가 뤼실을 탓하는 건 아니다. 프레롱이 뤼실에게 집착하면서도 질질 끌면서 뜸을 들이는 것이 그 자신도 딱하게 만들고 다른 사람들도 딱하게 만들지만 뤼실이 그의 애인이란 건 사실이 아니다. 에로로 말할 것 같으면 내가 보기로는 뤼실은 그냥 당겼다 밀었다 하면서 통상적인 교제의 수순을 밟아 나갈 따름이었다. 에로는 이런 일은 지겹도록 많이 겪었다는 듯이 가끔은 조금 피곤해 보인다. 겪었다면 아마도 궁정에서 겪었을 것이다. 뤼실이 에로를 선택한 이유는 뤼실이 결혼한 지 얼마 안 되어서 그 모든 수법을 아직 익히지 못했을 때 뤼실을 너무나 헷갈리게 만들었던 카롤린 레미에게 앙갚음을 하기 위해서다. 참, 뤼실이 임신했다는 걸 알고 난 안도했다! 이것 때문에 진도가 늦어지겠거니 생각했다. 하지만 진도가 늦어지는 것 이상을 소망하지는 않았다. 난 조르주를 지켜본다. 조르주의 눈이 뤼실을 좇는 것을 지켜본다. 조르주를 누군가가 거부한다는 건 상상할 수가 없다. 내가 이런 태도를 취하는 게 말이 안 된다고 생각하는 사람은 그만큼 조르주를 잘 모른다고 보면 된다. 그런 생각을 하는 사람은 아마 조르주가 하는 연설을 딱 한 번 들었을 것이다. 아니면 길거리에서 스쳐 지나갔을 것이다.

딱 한 번 나는 뤼실의 어머니에게 말을 하는 실수를 저질렀다. 상황을 개선할 필요가 있다고 생각해서였다. "따님이 ─" 내가 무슨 말을 하려는지 나도 잘 몰랐다. "따님이 남편하고 아주 힘들게 지내나요?"

뒤플레시 부인의 눈이 동그래졌다. 부인은 잘 그러곤 했는데, 그렇게 하면 더 똑똑해 보인다. "그애가 사서 고생을 하는 거지요." 뒤플레시 부인이 말했다.

그런데 내가 이 모든 일에 역겨움을 느끼고 내 앞날이 어떻게 될지 두려움을 느끼면서 돌아서려는데, 뒤플레시 부인이 반지를 낀 작은 손을 뻗어서 내 소매를 잡고는 ─ 내 기억으로는 살이 아니라 천을 살짝 꼬집는 듯했다. ─ 자기를 꾸며내는 이 여자가 지금까지 한 말 중에서 몇 안 되는 현실적인 이야기를 나에게 했다. "나도 이제는 어찌지 못한다는 것을 그쪽이 믿어주었으면 좋겠어요."

나는 '부인은 괴물을 키웠어요.' 하고 말하고 싶었지만 그건 공정하지 못한 것 같았다. 그래서 그저 이렇게만 말했다. "임신을 해서 잘됐어요."

뒤플레시 부인은 중얼거렸다. "이보 전진을 위한 일보 후퇴."

1788년 이후 여름들이 그랬지만 이번 여름도 내내 우리 집은 들락거리는 사람으로 가득 찼다. 낯선 이름들, 낯선 얼굴들, 그중에는 몇 주가 흐르면서 덜 낯설어지는 이름과 얼굴도 있었지만 솔직히 말해서 더 낯설어지는 이름과 얼굴도 있었다. 조르주는 밖에서 보내는 시간이 많았고 일하는 시간이 남들하고 달랐다. 팔레루아얄에서 저녁을 샀고 집에서도 식당에서도 저녁 모임을 열었다. 우리는 브리소파로 불리던 사람들을 대접했지만 정작 브리소 자신은 자주 얼굴을 비치지 않았다. 내무장관의 아내에 대해 야박한 소리를 많이 해댔다. 어떤 사람들은 자코뱅 모임과 코르들리에 모임이 끝나고 나서 밤늦게 왔다. 르네 에베르도 있었다. 사람들은 그 사람을 '뒤셴 영감'이라고 불렀다. 뒤셴 영감은 그 사람이 발행하던 저속한 신문에 등장하는 인물이었다. "우린 이 사람들을 견뎌야 해." 조르주는 그렇게 말했다. 꾀죄죄하고 매서운 인상을 한 쇼메트라는 남자도 있었다. 그 사람은 귀족을 증오했고 매춘부도 증오했다. 그 사람 머릿속에서 귀족과 매춘부는 아주 어지럽게 뒤섞이곤 했다. 사람들은 오스트리아인과 왕당파에 맞서서 온 도시가 무장해야 한다고 말했다. 그러면 조르주는 이렇게 말했다. "때가 되면."

조르주는 상황을 휘어잡은 사람처럼 말하지만 사실은 계산하고 조심스럽게 승산을 저울질한다. 그이가 딱 한 번 실수한 적이 있는

데 작년 여름 우리가 달아나야 했을 때였다. 그게 뭐 별일이라고, 혹자는 그렇게 말할지 모른다. 파리를 벗어나서 몇 주 동안 숨어 다니다가 결국 사면을 받고 다시 원래 자리로 돌아왔으면 됐지 하면서. 하지만 퐁트네에서 그이가 잉글랜드로 떠나려 한다는 걸 알면서 다시는 못 돌아올지도 모른다는 걸 두려워하면서 스스로 마음을 잘 다스리는 것처럼 보이려고 애쓰면서 작별 인사를 하던 그 여름밤의 내 모습을 상상해보라. 바닥이라고 생각할 때에도 상황이 훨씬 고약해질 수 있음을 잘 보여주지 않는가 말이다. 인생은 사람이 표현하거나 상상할 수 있는 것보다 더 복잡한 것을 준비해 둔다. 남편을 잃는 길은 한두 가지가 아니다. 비유적으로 잃을 수도 있고 실제로 잃을 수도 있으며, 잃는 것도 여러 차원에서 일어날 수 있다. 나는 그 모든 차원을 감당해야 하는가 보다.

얼굴들이 오고 간다. 한때 조르주의 임시 직원이었던 비요바렌은 데물랭이 '최악을 능가하는 인간'(데물랭은 요즘은 걸핏하면 사람을 이런 식으로 부른다.)이라고 부르는 콜로 데르부아라는 배우하고 붙어 다닌다. 소화불량에 걸린 듯한 표정도 똑같고 잘 어울리는 한 쌍이다. 로베스피에르는 에베르를 피하고 페티옹에게는 싸늘하며 베르니오한테는 깍듯하다. 브리소는 우리는 사람 됨됨이에 끌려다녀서는 안 된다며 주절거린다. 쇼메트는 에로에게 죽어도 말을 걸지 않고 에로는 아쉬울 것 없다고 큰소리친다. 파브르는 극장 관람용 안경으로 모든 사람을 뜯어본다. 프레롱은 뤼실 이야기를 한다. 정육업자인 우리의 루이 르장드르는 브리소파를 하찮게 본다. "난 못 배웠지만 나만 한 애국자도 찾기 힘들걸." 프랑수아 로베르는 누구한테나 호감을 주며 인맥을 만들려고 생각한다. 감옥에 갇혔던 지난 여름 이후로 그는 투쟁심이 사라졌다.

롤랑 씨는 한 번도 안 온다. 마라도 마찬가지다.

6월 둘째 주, 정부에 위기가 닥쳤다. 왕이 장관들과 협력하지 않고 고집을 피우자 롤랑의 부인은 왕의 책무를 훈시하는 끔찍한 편지를 왕에게 보냈다. 그 행위가 옳고 그르다는 것을 말하려는 건 아니지만—내가 나설 자리는 아니니까—더는 왕 노릇을 하지 않는다면 모를까 왕이 순순히 받아들이기 어려운 모욕이란 건 확실히 있는 법이다. 루이는 그렇게 생각한 모양이었다. 그래서 내각을 해산했다.

조르주의 친구들은 그 애국 내각에 대해서 말했다. 그들은 그것이 국가적 재앙이라고 말했다. 그들은 재앙을 자기들에게 유리하게 활용하는 요령을 안다.

뒤무리에 장군은 해임되지 않았다. 우리는 그가 궁정과 좀 남다른 사이임을 이해했다. 하지만 그는 우리를 찾아왔다. 나는 부끄러웠다. 조르주는 방 안을 휘젓고 다니면서 그에게 고함을 질렀다. 왕실에 하늘 무서운 줄 알게 해줄 것이며 왕은 왕비와 이혼하고 왕비를 오스트리아로 돌려보내야 한다고 말했다. 장군은 입술이 하얗게 질려서 떠났다. 다음 날인 6월 15일 장군은 외무장관직에서 물러나 군대로 돌아갔다. 데물랭은 조르주가 오스트리아인들보다 훨씬 더 공포스러운 사람이라고 말했다.

라파예트는 의회 앞으로 보낸 편지에서 클럽 활동을 금지할 것이며, 자코뱅 클럽과 코르들리에 클럽을 닫지 않으면 가만있지 않겠다고 말했다. 가만있지 않으면? 군대를 몰고 파리로 오겠다는 건가? "어디 한번 본색을 드러내보라고 해." 조르주가 말했다. "그놈을 잘게 찢어서 살점을 왕비의 침실에 던져줄 테니까."

의회가 감히 클럽에 어떤 조치를 내릴 리는 만무했다. 하지만 라파예트의 언질만으로도 애국파에게 어떤 보복이 닥치리란 걸 난 알았다. 이런 위기에는 패턴이 있는가 보다. 루이즈 젤리가 조르주에게 물었다. "좋은 날이 올까요, 당통 씨?"

"음, 네 생각은 어떠니?" 남편은 즐기는 듯했다. "두 번째 혁명을 해야 하려나 보다."

아이는 몸서리를 치는 척하면서 나에게 돌아섰다. "왕이 되려는 거예요?"

우리 집에 사람들이 드나드는 시간은 세심하게 맞춰야 했다. 그래야 쇼메트가 베르니오와 마주치지 않고, 에베르는 르장드르와 한 번도 안 맞닥뜨릴 수 있었다. 나도 고역이었고 하인들도 고역이었다. '내일 아니면 그 다음 날……'이라고 말하는 분위기 속에 담긴 그 긴장감을 나는 알아차리게 되었다. 로베스피에르가 왔다. 그는 앉아서 평범한 대화를 나누었다. 상자에서 막 꺼낸 재단사의 모형처럼 언제나 그런 모습으로 그렇게 격식을 갖추었다. 이발을 단정히 한 머리에 예의 바른 거동이었다. 하지만 그는 줄무늬가 있는 황록색 외투를 입은 것 말고도 어렴풋이 미소를 달고 다녔다. 요즘은 얼굴에서 그런 미소가 가실 때가 없어 보였다. 긴장으로 가득 찬 그 미소는 (데물랭 말로는) 사람들에게 욕을 퍼붓지 않으려는 나름의 고육책이었다. 로베스피에르는 아기의 안부를 묻고는 앙투안에게 이야기를 들려주기 시작했다. 그러고는 하루나 이틀 뒤에 이야기를 마무리 짓겠다고 했다. 아주 나쁘지는 않네, 나는 생각했다, 우린 살아남겠구나……. 그렇게 깔끔하고 꼼꼼한 남자인데 참 희한한 것은 로베스피에르 씨가 아이들하고 고양이하고 개를 좋아한다는 사실이었다. 그의 얼굴에 이 석성스러운 미소가 나타나는 것은 우리 같은 나머지들 탓이다.

꽤 늦은 시간이다. 마지막으로 페티옹이 떠났다. 나는 얼굴 마주
치는 것을 피했다. 서재 문 열리는 소리가 났다. 남편이 그의 어깨를
치고 "타이밍이죠." 하고 말했다.

"싹은 내가 다 잘라낼 테니 걱정 마시게." 파리 시장이 말했다.
"내 얼굴을 드러내겠지만 서두르지는 않을 거요. 일이란 게 다 순서
가 있는 법이니까."

이제 그이 혼자다, 다들 갔다고 생각했다. 그런데 서재 문으로 다
가가는데 ― 다시 닫혀 있었다. ― 데물랭의 목소리가 들렸다. "난 자
네가 황소 전법을 쓸 줄 알았어. 사자 전법. 그렇게 말했잖아 자네
가."

"쓸 거야. 내가 준비만 되면."

"황소는 준비되면 한다는 소리 같은 거 안 하는데."

"나 원, 나는 황소 전문가야. 황소는 아무 말 안 하지, 그래서 실
패를 안 하는 거고."

"그래도 좀 울부짖기는 하지 않나?"

"정말로 실력 있는 황소는 안 그래."

침묵이 흘렀다. 이윽고 데물랭이 입을 열었다. "하지만 우연에 맡
겨서는 안 돼. 누군가를 죽이고 싶다면 우연에 맡겨 둘 수는 없어."

"왕을 죽이고 싶어 하는 게 나하고 무슨 상관이지? 생탕투안 지
구에서 왕을 죽이고 싶으면 그 지구가 하는 거야. 내일이든 아니면
나중이든."

"아니면 물 건너가는 거고. 갑자기 운명론이 기승을 부리네. 사건
들은 제어할 수 있어." 데물랭의 목소리는 평온했고 몹시 피곤해 보
였다.

"서두르고 싶진 않아." 조르주가 말했다. "라파예트와 문제를 풀

어야겠어. 모든 전선에서 동시에 맞붙고 싶은 마음은 없다고."

"이런 기회를 놓칠 수는 없잖아."

조르주는 하품을 했다. "죽이고 싶은 사람들이 죽이는 거야." 그가 말했다.

나는 그곳에서 물러났다. 용기가 부족했다. 듣고 싶지 않았다. 창문을 열었다. 이렇게 더운 여름은 난생 처음이었다. 거리에서 무슨 소리가 들렸다. 매일 밤 듣는 소리가 아니었다. 국민방위대 순찰병 몇몇이 길에 나타났다. 그들은 다가오면서 걸음을 늦추었다. 한 사람이 꽤 분명하게 말했다. "당통이 사는 데야." 굳이 가리키는 것을 보니까 누군가 새로 들어온 모양이었다. 나는 창밖으로 내밀었던 머리를 거두어들였다. 그들이 멀어져 가는 소리가 들렸다.

조르주의 서재로 돌아가서 문을 밀어서 열었다. 조르주와 데물랭은 텅 빈 벽난로 양쪽에 앉아서 말없이 서로의 얼굴만 바라보고 있었다.

"방해한 건가요?"

"아뇨." 데물랭이 말했다. "그냥 멀뚱멀뚱 서로 얼굴만 쳐다보고 있었거든요. 좀 전에 문밖에 있다가 들은 것 때문에 당황하지 않으셨나 모르겠습니다."

조르주가 웃었다. "저 사람이? 난 몰랐어."

"뤼실이 그래. 내 편지도 뜯어보고 기분이 상하지. 요즘은 가엾은 내 사촌 로즈플뢰르 고다르가 문제를 일으켜. 기즈에서 매주 편지를 보내오거든. 결혼 생활이 행복하지 않다는 거야. 지금은 나하고 결혼했으면 얼마나 좋았겠느냐고 말하지."

"웬만하면 체념하고 살라고 충고하고 싶네요." 내가 말했나. 우리는 웃었다. 이런 상황에서 어떻게 웃을 수가 있는지 놀랄 일이다. 긴장이 깨졌다. 나는 조르주를 바라보았다. 나는 사람들을 겁먹게 만든다는 그 얼굴을 본 적이 없다. 나한테 그 얼굴은 정말 자상한 얼굴이다. 데물랭도 육 년 전 카페로 조르주가 데리고 왔던 소년과 조금도 다르지 않아 보였다. 데물랭은 일어나서 날쌔게 몸을 숙이더니 내 볼에 입을 맞추었다. '내가 잘못 들었어.' 나는 생각했다. '내가 오해한 거다.' 정치인과 살인자 사이에는 거리가 있다. 하지만 또, 조르주가 헤어지면서 데물랭에게 말했다. "가엾은 바보들을 생각해야지."

"그래, 앉아서 살해당하기를 기다리는 사람들." 데물랭이 대꾸했다.

지롱드파 내각 해산에 항의하는 폭동이 일어난 날 나는 밖으로 나가지 않았고 조르주도 나가지 않았다. 밤이 이슥하도록 아무도 오지 않았다. 그러고 나서야 그날 있었던 이야기들을 들었다.

생탕투안과 생마르셀에서 온 사람들이 자코뱅과 코르들리에 선동가들을 따라 무장을 하고 수천 명이 튈르리 궁으로 들어갔다. 르장드르는 지도자 중 한 명이었다. 그는 면전에서 왕에게 망신을 주었다고 우리 집 응접실에 앉아서 자랑스럽게 말했다. 왕과 왕비는 어쩌면 그들의 몽둥이와 창 아래 죽을 수도 있었지만 그런 일은 일어나지 않았다. 왕과 왕비는 창문을 등지고서 어린 왕세자와 엘리자베트 공주와 몇 시간 동안 서 있었다고 했다. 군중은 그들이 시골 박람회의 광대라도 되는 듯이 지나가면서 웃어댔다. 그들은 왕에게 붉은 '자유의 모자'를 씌웠다. 밑바닥에서 온 이 사람들은 왕에게 싸구려 포도주를 건네고서 국민의 건강을 위해 병째 마시라고 요구했다. 그런 일이 몇 시간 동안 이어졌다.

그 일이 끝났을 때에도 왕과 왕비는 아직 살아 있었다. 자비로운 하느님이 그들을 지켜주었다. 그들을 지켜주었어야 할 사람—다시 말해서 파리 시장 페티옹—은 저녁 때까지 얼굴을 비치지 않았다. 더 기다렸다가는 곤란해질 것 같으니까 그제서야 의원들과 함께 와서 폭도들을 궁에서 내보냈다. "그러고 나서 어떻게 됐는지 아세요?" 베르니오가 말했다. 나는 그에게 차가운 백포도주 한 잔을 건넸다. 밤 10시였다. "사람들이 다 가버리자 왕은 빨간 모자를 자기 머리에서 잡아채더니 바닥에 내던지고 짓밟았어요." 베르니오는 고맙다고 나한테 세련되게 고개를 숙여 인사했다. "신기한 건 왕의 부인이 보여준 처신은 위엄이라고밖에는 달리 부를 수가 없다는 거예요. 유감스럽지만 사람들은 전처럼 왕비한테 적대적이지 않아요."

조르주는 격노했다. 그가 분노하는 모습은 가만히 지켜볼 만하다. 목에 매었던 손수건을 내던지고 방 안을 휘젓고 다니는데 목과 가슴은 땀으로 번질거렸고 목소리는 창문을 흔들었다. "이 빌어먹을 혁명은 시간 낭비였어. 애국파가 여기서 얻은 게 뭐야? 아무것도 없어." 그는 사방으로 눈을 부라렸다. 반박을 하면 아무라도 한 방 갈길 기세였다. 밖에서는 강이 있는 쪽에서 함성 같은 것이 아련히 들렸다.

"정말 그렇다면—" 데물랭이 말했다. 하지만 그는 문장을 맺지 못했다. 단어를 떠올리지 못했다. "이게 끝이라면—나야 항상 이제 끝이라고 생각했지만—" 그는 스스로 짜증이 나서 얼굴을 두 손에 파묻었다.

"이봐, 카미유. 자넨 꾸물댈 시간이 없어. 파브르, 저 친구 정신 차리게 벽에다 머리 좀 박아줘요." 조르주가 말했다.

"그게 내가 밀하려는 거야, 조르구사그. 우린 니세 넘은 시간이 없어." 위협 때문이었는지 아니면 앞날이 보였기 때문이었는지는 몰라도 데물랭은 자기 목소리를 되찾았다. 하지만 그는 짧은 단문으로 말하기 시작했다. "다시 시작해야 한다. 쿠데타를 일으켜야 한다. 루이를 폐위해야 한다. 우리가 장악해야 한다. 공화정을 선언해야 한다. 여름이 가기 전에 그걸 해내야 한다."

베르니오는 불편해 보였다. 의자 팔걸이를 손가락으로 만지작거렸다. 그는 이 사람 저 사람 얼굴을 살폈다.

데물랭이 말했다. "조르주자크, 준비가 안 되었다더니 지금은 준비가 된 모양이군."

무직의 마농. 당통이 했던 말이 계속 머리에서 맴돌았다. "프랑스의 접경선." 마농은 요즘 네덜란드, 룩셈부르크, 벨기에 같은 저지대 나라들과 라인 강 일대의 지도를 골똘히 들여다보면서 시간을 보냈다. 앞장서서 주전론을 부르짖은 사람에게 어울리는 일이었다. 그렇지만 한 인간의 접경선을 찾아내기는 그리 쉽지 않았다.

물론 멍청한 애국자들은 마농 탓으로 돌렸다. 그들은 루이가 마농의 편지 때문에 내각을 해산했다고 말했다. 말도 안 되는 소리였다. 루이에게는 핑계가 필요했다. 그게 다였다. 마농은 간섭을 했다, 참견을 했다, 롤랑에게 정책을 받아쓰게 했다는 비난들에 맞서야 했다. 부당한 비난이었다. 그녀와 남편은 언제나 같이 일하면서 두 사람의 재능과 열정을 하나로 모았다. 마농은 남편보다 먼저 남편의 생각을 알아차렸다. "나를 통해 해석된다고 해도 롤랑의 생각은 고스란히 전달돼요." 마농이 말했다. 사람들은 힐끔힐끔 쳐다보았다. 항상 힐끔거리며 쳐다보았다. 마농은 그 득의양양한 남자들의 얼굴을 치고 싶었다.

뷔조만이 말귀를 알아듣는 것 같았다. 그는 마농의 손을 잡더니 지그시 눌렀다. "괘념치 마세요." 뷔조가 속삭였다. "진정한 애국자는 부인의 진가를 압니다."

내각 사람들은 공직으로 돌아갈 것이라고 마농은 생각했다. 하지만 그러려면 싸워야 한다. 6월 20일의 이른바 튈르리 '침공'은 대실패였고 웃음거리였다. 처음부터 끝까지 잘못 대처했다. 잘못된 대처는 이제 규칙이 되어버린 듯했다.

요즘은 오후에 승마 연습장의 공개 방청석에 앉아 이를 갈면서 의회 토론을 들었다. 하루는 젊은 여자가 주홍색 승마복 차림으로 벨트에 권총을 차고 안으로 휘젓고 들어왔다. 마농은 기겁해서 안내원이 어디 있나 살폈다. 하지만 다른 이들은 아무도 이런 모습을 불쾌하게 여기지 않았다. 젊은 여자는 웃고 있었다. 지지자들에게 둘러싸인 채 자기 소유물이라도 되는 것처럼 긴 의자를 턱 차지했다. 그리고 남자처럼 짧게 친 갈색의 곱슬머리를 손으로 쓸어 넘겼다. 여자의 박수부대는 베르니오에게 환호했다. 그의 이름을 외쳤고 다른 의원들의 이름도 연호했다. 사과를 앞뒤로 던져 주고받으면서 먹고는 씨가 든 속은 바닥에 내버렸다.

베르니오가 와서 말을 걸자 마농은 연설이 좋았다고 덕담을 했지만 다소 거리를 두는 분위기였다. 그는 칭찬을 너무 많이 받았다. 베르니오는 낯선 주홍색 여자에게는 그저 고개만 살짝 숙였다. "테루아뉴입니다." 그가 말했다. "어떻게 지금까지 저 여자를 한 번도 못 보셨을 수가 있죠? 봄에 자코뱅 모임에서 오스트리아에서 고생한 얘기를 했는데요. 자코뱅 사람들은 찬사를 보냈죠. 그렇게 말할 수 있는 여자는 많지 않아요."

그렇게 말을 해놓고는 자기가 한 말을 스스로 뒤집는 사람 같은 분위기를 풍기며 베르니오는 말을 멈추었다. 쫓기는 사람의 은근히 반항적인 표정이 그의 얼굴을 스치고 지나갔다. "고생할 필요 없어요." 마농이 소곤거렸다. "다리는 안 놓아줘도 돼요. 난 저런 싸움닭이 아니거든요."

"저래 봐야 뭐겠습니까. 밤거리의 여자죠." 베르니오가 말했다.

마농은 물론 남자의 턱을 한 방 갈길 수도 있었다. 그러나 그가 제시하는 것을 보라. 음모극에 다시 휘말리는 길과 복직의 길이 눈앞에 있었다. 마농은 웃었다. "밤거리의 여자죠."

뤼실의 태아가 왼쪽으로 쏠리면서 냅다 발길질을 했다. 손님한테 예의를 갖추기는커녕 몸을 가누는 것조차 이만저만 고역이 아니었다. 뤼실은 테루아뉴의 차림새를 바라보면서 말했다. "그 주홍색 복장은 덥지 않아요? 이젠 좀 벗고 고이 모셔 둘 때도 되지 않았어요?" 보니까 단도 해지고 거리의 먼지가 잔뜩 끼었고 붉은빛조차 예전의 붉은빛이 아니었다.

"카미유가 날 피해요." 테루아뉴가 툴툴거렸다. 그녀는 방을 왔다 갔다 했다. "내가 파리로 돌아오고 나서 나눈 말이 두 마디도 안돼요."

"그 사람 바빠요."

"그야 물론 바쁘시겠지. 팔레루아얄에서 카드 게임에다 귀족들하고 밥을 드시느라 바쁘시겠지. 마실 샴페인이 널렸고 함께 취할 여자들이 수두룩한데 옛날 친구하고 낮에 시간을 같이 보내려는 사람이 누가 있겠어?"

"그쪽도 포함해서." 뤼실이 중얼거렸다.

"천만에, 난 거기 안 들어가요." 테루아뉴는 걸음을 멈추었다. "난 절대로 아니에요. 난 카미유나 제롬 페티옹뿐 아니라 신문에서 거론한 스무 명이 넘는 남자들 누구와도 잠을 자지 않았어요."

"신문은 아무 거나 찍어내죠. 앉아요 좀. 그렇게 빨간 옷을 입고 왔다 갔다 하니까 내가 다 정신이 없네요."

테루아뉴는 앉지 않았다. "루이 쉴로는 아무 거나 찍어내지. 이 추잡한 〈사도행전〉이라는 신문 말이에요. 왜 쉴로가 여전히 활보하지? 난 그게 알고 싶어. 왜 안 죽는 거지?"

뤼실은 진통이 온 척할 수도 있지 않을까, 생각했다. 그래서 약간 신음소리를 내보았다. 테루아뉴는 알아차리지 못했다. "도대체 왜, 카미유는 뭐든지 그렇게 제멋대로인 거야? 쉴로가 나를 비웃을 때 카미유는 그냥 같이 웃더군. 둘이 같이 머리를 맞대고 더 많은 험담을 지어내고, 내가 만난다는 애인을 더 많이 꾸며내고, 나를 비웃고 깔아뭉개려고 작당을 하고 있는 거야. 그런데 아무도 카미유한테 쉴로하고 붙어 다니는 당신이 어떻게 애국자일 수 있느냐고 말하지 않아. 안 그래요, 뤼실? 어떻게 이럴 수가 있는 거죠?"

"나도 몰라요." 뤼실은 고개를 저었다. "수수께끼죠. 집에서도 보면 왜 다른 식구들보다도 멋대로 구는 아이가 하나쯤 있잖아요. 혁명에서도 그런 일이 생기나 보지요."

"그런데, 나 너무 힘들었어요. 감옥에 갇혀 있었어요. 아무도 그걸 이해 못하나?"

'미치겠다. 테루아뉴는 오후 내내 저럴 것 같다.' 그런 생각을 하면서 뤼실은 비틀거리며 일어섰다. 테루아뉴는 당장이라도 울 것 같았다. 뤼실은 혀를 쯧쯧 차면서 한 손을 테루아뉴의 팔뚝에 얹고 지그시 눌러 파란 침대의자로 이끌었다. "자네트, 얼음 좀 있을까? 시원한 거랑, 달콤한 거 좀 가져와요." 테루아뉴는 몸이 뜨겁고 눅눅했다. "아파요?" 뤼실이 물었다. "우리 안한테 그 사람들이 무슨 짓을 한 거죠?" 접힌 손수건을 여자의 관자놀이에 대고 눌러주면서 뤼실은 천사의 높이에서 바라보듯이 자기 자신을 바라보았다. 그러면서 생각했다. '이 거짓말쟁이를 닦아주다니 성녀가 따로 없구나.'

테루아뉴가 말했다. "어제 페티옹한테 말을 걸려고 했더니 날 못본 척했어요. 브리소 사람들한테 지지를 보내고 싶어도 날 없는 사람 취급하는 거예요. 엄연히 여기 있는 사람을 말이죠."

"물론이죠. 당신은 분명히 여기 있죠."

테루아뉴는 고개를 떨구었다. 눈물이 뺨에서 말라붙었다. "아기는 언제 태어나나요?"

"의사들이 다음 주라고 하네요."

"나도 아이가 있었어요."

"네? 그쪽이? 언제?"

"여자아이인데 죽었어요."

"저런."

"죽었을 거야— 잘 모르겠어요. 세월이 너무 빨라서. 휙휙 지나가요. 내 아기는 바스티유가 무너지기 전 봄에, 아니다, 1788년에 죽었어요. 난 그애를 보지 못했어요, 통 못 봤지. 수양모한테 애를 맡기고 매달 송금을 했거든, 이탈리아에서든 잉글랜드에서든 어디에서든 돈을 부쳤어요. 내가 무정해서 그런 건 아냐 뤼실, 내가 그애를 사랑하지 않아서 그런 건 아니야. 난 사랑했어. 그 아이는 내 공주님이었어요."

뤼실은 슬그머니 다시 자기 의자로 돌아왔다. 그리고 몸부림치는 자기 아기의 숨은 형체 위에 손을 두었다. 뤼실의 얼굴에 긴장감이 드러났다. 뭐라고 꼬집어 말하기는 쉽지 않았지만 테루아뉴의 말투에서 지어낸 이야기인지도 모른다는 느낌이 들었다.

"아이 이름이 뭐였죠?"

"프랑수아즈루이즈." 테루아뉴는 자기 손을 물끄러미 내려다보았다. "언젠가는 찾아갔을 텐데."

"그랬겠죠." 뤼실이 말했다. 침묵. "오스트리아 사람들 얘기 나한테 하고 싶어요? 그 얘기 맞죠?"

"그래, 오스트리아 사람들. 이상한 사람들이었어요." 테루아뉴는 고개를 다시 뒤로 젖혔다. 그러고는 웃었는데, 불안한 억지웃음이었다. 이 주제에서 저 주제로, 이런 기분에서 저런 기분으로 순식간에 넘어가는 재주가 놀라웠다.

"그 사람들은 내가 살아온 역정을, 태어난 때부터 내 모든 삶을 알아야겠다는 거야. 몇 년도 몇 월 며칠에 어디에 있었느냐? 난 기억이 안 난다고 말하기 일쑤였고. 그러면 '우리가 기억을 도와드리지요, 아가씨' 하고는 무슨 종이 쪽지를 내놔요. 내가 서명한 무슨 쪽지, 무슨 영수증, 무슨 세탁물 명세서나 전당포 딱지 같은 거 말이에요. 그 종이 쪽지들을 보니까 무서웠어요. 내가 글씨를 배울 때부터 시작해서 내 모든 인생을 이 오스트리아 사람들이 고맙게도 내 뒤를 졸졸 쫓아다니도록 스파이를 심어 둔 거 같아서."

뤼실은 생각했다. 만약 이 이야기의 절반이라도 사실이라면 그들은 카미유에 대해서 뭘 알고 있을까? 당통에 대해서는? 뤼실은 말했다. "그건 말이 안 되잖아요."

"그럼 이건 어떻게 설명할 건데요? 잉글랜드에서 온 서류도 있었어요. 나를 키워주겠다던 그 남자, 그 이탈리아 성악 교사하고 내가 쓴 계약서를 보여주더라니까. 맞아요, 인정 안 할 수가 없죠, 내 필적이었으니까. 서명한 기억이 났어요. 그 사람이 나를 지도해서 내 실력을 키워주면 난 공연료로 갚는다는 발상이었죠. 그런데 그 서류는 말이에요, 뤼실, 어느 안개 낀 오후에 런던 시내 소호 지역의 딘 거리에 있던 그 사람 집에서 내가 서명한 거예요. 그런데 어떻게 그 종이 쪽지가 소호의 딘 거리에서 쿠프슈타인 요새의 책임자 책상 위까지 오게 됐을까요? 누가 내 뒤를 몇 년 동안 쫓아다니지 않은 다음에야 어떻게 그 종이가 거기 올 수 있냐고." 갑자기 테루아뉴가 웃음을 터뜨렸다. 바보처럼 낄낄거리는 거북살스러운 웃음이었다. "그 종이 위에 말이에요, 내 이름을 서명했는데, 그 밑에는 '안 테루아뉴, 스핀스터'라고 적혀 있었거든. 그랬더니 독신녀를 뜻하는 영어 스핀스터(Spinster)가 사람 이름인 줄 알고 오스트리아 사람들이 이 스핀스터라는 영국 남자가 누구냐고, 나더러 이 남자하고 몰래 결혼했냐고 묻더라고요."

"그렇구나. 그 사람들이 다 안다는 소리는 아니네? 그 쿠프슈타인이라는 데는 어떻게 생겼어요?"

"바위를 깎아서 만든 곳이었어요." 테루아뉴가 말했다. 테루아뉴의 기분은 다시 달라졌다. 자기 인생을 되돌아보는 수녀처럼 부드럽고 차분하게 말했다. "내 방 창문으로 산맥이 보였어요. 방에는 하얀 탁자하고 하얀 의자가 있었고." 그녀는 기억을 되살리려는 듯이 얼굴을 찡그렸다. "그 사람들이 나를 처넣었을 때 난 처음에 노래를 불렀어요. 내가 아는 노래를, 모든 아리아를 다 불렀지, 시시껄렁한 노래도 전부 다. 다 부르고 나면 다시 시작했어요."

"그 사람들이 해코지도 했어요?"

"아니. 그런 건 없었어요. 정중하고…… 부드러웠어요. 매일 음식을 갖다 주면서 뭘 먹고 싶은지 물었죠."

"그 사람들이 원한 게 뭐였는데요?" 뤼실은 다음 말을 덧붙이고 싶었다. '당신처럼 별 볼 일 없는 사람한테.'

"3년 전의 베르사유 난입을 내가 주도했다는 거예요. 그러면서 누가 돈을 댔느냐고 묻더라고. 내가 대포 위에 올라타고 베르사유로 가서 여자들을 이끌고 손에 칼을 들고 궁전으로 들어갔다는 거지. 그건 사실이 아니에요. 베르사유에는 그 전부터 가 있었어요. 매일 국민의회에 가서 토론을 들으려고 거기에 방을 하나 얻었죠. 그래요, 내가 나가서 여자들한테 말했고 국민방위대한테도 말했어요. 하지만 그 사람들이 궁전으로 들이닥쳤을 때 난 침대에서 자고 있었어요."

"누군가 증언을 해줄 수 있지 않을까 싶은데요." 뤼실이 말했다. 테루아뉴는 어리둥절해서 뤼실을 쳐다보았다. "아무것도 아니에요." 뤼실이 말했다. "농담이었어요. 있잖아요─지금쯤은 당연히 알아차렸을 거라고 보지만─바스티유가 무너진 뒤로 당신이 실제로 뭘 했는지는 중요하지 않아요. 당신이 뭘 했다고 사람들이 말하는지가 중요해요. 과거를 이런 식으로 뜯어보는 건 소용이 없어요. 일단 당신이 세간의 주목을 받기 시작하면 사람들은 말과 행동을 당신 책임으로 돌리게 되고, 당신은 그러려니 해야 돼요. 당신이 대포 위에 걸터앉아서 갔다고 사람들이 말하면, 유감이지만 그렇게 한 거예요."

테루아뉴는 고개를 들었다. "대포 위에 걸터앉았다고? 그래요, 내가 앉았어요."

"내 말은 그게 아니라─" 어휴 미치겠다, 왜 이렇게 꽉 막혔어? 뤼실은 생각했다. "아니, 안 했지만 한 걸로─ 휴, 내 말이 이해가 안 돼요?"

테루아뉴는 고개를 저었다. "그 사람들은 자코뱅 클럽에 대해서도 물어봤어요. 무슨 말을 해주는 대가로 누가 돈을 주었냐고 캐물었어. 자코뱅에 대해서 난 하나도 몰라요. 그런데 내 대답을 안 좋아하더군요."

"우리 중 몇몇은 당신을 두 번 다시 못 보는 줄로 알았어요."

"사람들이 나한테 그 일에 관해 책을 쓰래요. 그렇지만 난 배운 게 없어요, 뤼실. 나한테 책을 쓰는 건 달에 가는 것보다 어려운 일이에요. 카미유가 나 대신 써줄 수 있을까?"

"오스트리아 사람들이 왜 당신을 풀어준 거예요?"

"날 빈으로 데려갔어요. 거기에서 황제를 보좌하는 재상도 그의 밀실에서 만났어요."

"그랬군요, 그런데 내 질문에는 답을 안 하네요."

"그러고 나서는 날 리에주로 데려갔어요. 내가 태어난 곳이죠. 여행에는 익숙해졌다고 생각했는데 힘들었어요, 그 여행은. 아, 그 사람들은 나한테 친절하게 대하려고는 했어, 그렇지만 난 길가에 드러누워서 그냥 죽고 싶을 정도였죠. 리에주에 도착하니까 그 사람들이 나한테 돈을 좀 주면서 가고 싶은 데로 가라더군요. 파리도 괜찮냐고 내가 물었더니, 당연히 된다고 하더라고요."

"우리도 그건 알았어요." 뤼실이 말했다. "작년 12월에 〈탐조등〉에 나왔거든요. 신문을 잘 두어서 어딘가 있을 텐데. '테루아뉴가 돌아오는구나.' 우린 그렇게 말했어요. 놀랐지요. 오스트리아 사람들이 당신을 교수형에 처했다는 소문도 돌았거든요. 그런데 그게 아니라 풀어주고는 돈까지 줬다는 거잖아. 그러니 카미유가 그쪽을 자꾸 피하는 것도 무리는 아니잖아요?"

실력 있는 변호사 뤼실은 사건을 마무리 지었다. 그렇지만─다들 생각은 하면서도 말은 안 하고 있었는데─이 여자가 첩자 노릇을 하기로 동의했다고는 믿기 어려웠다. 무기를 치우고 주홍색 군복을 벗기면 무해하고, 형편없는 데다 심지어 제정신이 아닌 것처럼 보였다. "저기요, 파리를 떠나 있는 거 한번 심각하게 생각해봐요. 어디 조용한 데로 가요. 다시 건강해질 때까지." 뤼실이 말했다.

테루아뉴가 불쑥 고개를 들었다. "기억 못 하는군요, 뤼실. 전에 언론인들 등쌀에 쫓겨났잖아요, 루이 쉴로가 나를 파리 밖으로 걸어차도 난 한마디로 못했어요. 그래서 어떻게 됐는지 알아요? 한적한 곳에서 여인숙에 방을 잡았지. 새들이 지저귀고 몸을 추스르기에는 딱이었어요. 잘 먹고 밤에는 푹 자고. 그런데 어느 날 밤 눈을 떠보니 방 안에 남자들이 있는 거야, 내가 모르는 남자들이. 그 사람들한테 어둠 속으로 끌려갔어요."

"지금 가는 게 좋을 거 같은데." 뤼실이 말했다. 두려움이 그녀의 목구멍 언저리를 건드리고 그녀의 명치를 건드렸다. 그리고 그 차가운 손가락은 뤼실의 아기 위에 놓였다.

"라파예트가 파리에 있네." 파브르가 말했다.

"그렇다면서요."

"알고 있었나, 당통?"

"나야 모르는 게 없지요."

"그럼 언제 그자를 박살 낼 건가?"

"진정해요."

"말했잖아 자네가 전에 —"

"그럴듯한 말을 해야 할 때도 있는 법이죠. 그래야 기운들이 나니까. 난 퐁트네의 처가에 하루 이틀 다녀올까 합니다."

"그래."

"상군은 계획이 있어요. 사코맹으로도 밀고 들어가서 문을 딛게 하려는 거죠. 6월 20일 궁전 공격에 대한 보복으로. 국민방위대가 자기를 따를 거라고 기대하겠지요. 아무튼 내가 6월 20일 사건과 어떤 식으로든 관련이 있음을 증명할 수 있는 사람은 없지만—"

"음." 데물랭의 목소리였다.

"—말썽은 피하고 싶네요. 그래 봐야 얻을 게 없으니까."

"그렇지만 이건 분명히 심각한 일인데."

당통은 끈질겼다. "우리가 그 사람 계획을 알고 있으니까 심각하지 않아."

"우리가 어떻게 아는데?"

"페티옹이 나한테 말했어."

"페티옹은 누구한테 들었지?"

"앙투아네트."

"맙소사."

"그래, 어리석지. 아직도 자기네를 위해서 뭔가 해주려는 의지가 있는 사람은 라파예트뿐인데 말이야. 저런 바보들과 거래해서 뭐 하나 하는 생각이 들어."

데물랭이 고개를 들었다. "거래한다고?"

"거래하는 거지요, 도련님. 움켜쥘 수 있는 만큼 움켜쥐고."

"진담은 아니지? 그 사람들하고 정말 거래하는 건 아니겠지."

"내 말이 진담인가요, 파브르?"

"진담이지."

"그래서 걱정이 되나요, 파브르?"

"양심이 찔린다는 뜻은 아니고. 무섭다는 생각이 들어서 말이야. 일이 꼬일까 봐 걱정이 되는 거지."

"양심이 찔린다는 뜻에서는 아니고." 당통이 따라했다. "무섭다는 생각이 든다. 양심이라. 참으로 아름다운 개념이네. 이 얘기 로베

스피에르한테 말했다간, 카미유, 나하고 끝장이야. 허 참." 당통은
머리를 세차게 흔들며 나갔다.

"뭘 말해?" 데물랭이 말했다.

라파예트의 계획: 국민방위대의 대규모 열병식을 연다. 그 자리
에서 장군이 군대를 사열하는데, 왕도 참석하여 거수경례를 받는
다. 왕이 자리를 뜨면 라파예트는 장병들 앞에서 열변을 토할 것이
다. 최초의 가장 명예로운 지휘관은 이 사람 아니겠습니까, 상황을
수습할 수 있는 권위를 타고난 사람은 이 사람 아니겠습니까? 그런
후 헌법의 이름으로, 군주정의 이름으로, 공공 질서의 이름으로 라
파예트 장군이 수도를 바로잡을 것이다. 왕이 열성적으로 지원한다
는 소리는 아니다. 루이는 실패를 두려워하며 실패의 여파를 두려워
한다. 그리고 왕비는 라파예트 덕에 살아나느니 차라리 살해당하고
말겠다고 차갑게 말한다.

페티옹은 마음이 동할 때에는 기민하게 움직일 수 있다. 열병식이
거행되기 한 시간 전 그는 그냥 행사를 취소한다. 준비해 둔 일들이
서로 충돌하도록 놔두고 거기서 자연스럽게 빚어지는 혼란이 더 큰
구상에 찬물을 끼얹도록 만들 셈이다. 장군은 한물간 애국자들의
박수를 받으며 보좌관들과 함께 거리를 느릿느릿 걸어 다닐 수밖에
없다. 라파예트는 파리를 등지고 전방의 자기 사령부로 돌아갈지
말지 자신의 처지를 곱씹어보는 수밖에 없다. 자코뱅 클럽에서 쿠
통은 휠체어를 타고 연단으로 나와서 '진짜 악당'이라며 장군을 성
토하고 막시밀리앙 로베스피에르는 장군을 '조국의 적'이라 부른다.
브리소 씨와 데물랭 씨는 영웅에게 퍼붓는 욕을 경쟁적으로 쌓아 올
린다. 코르들리에 사람들은 지혜로운 판단에 따라 그동안 짧은 휴

가를 보냈지만 다시 활동에 나선다. 장군의 허수아비를 만들어 불에 태우면서 불길에 휩싸인 제복 입은 인형 위로 미래를 위한 구호를 지어낸다.

아네트가 말했다. "그애가 이번에 살아나면 잘 할 건가?" 7월 아침, 햇살, 싱그러운 산들바람. 데물랭은 창밖을 바라보았다. 코르들리에 거리가 보였다. 이웃들은 바쁘게 움직였다. 삶은 안타까울 만큼 평소와 다르지 않게 굴러갔다. 상가에서는 인쇄기 돌아가는 소리가 들렸고 여자들은 길모퉁이에 모여서 수다를 떨었다. 데물랭은 다른 유형의 삶, 다른 유형의 죽음을 상상하려고 애썼다. "신하고도 흥정을 안 한 지 오래됐습니다. 저한테서 흥정을 짜내려고 하지 마세요." 데물랭이 말했다.

아네트의 눈에 데물랭은 더없이 비참해 보였다. 그는 창백했고 불안했고 자기 아내가 출산을 해야 하며 그러다 몸을 망치리라는 사실을 받아들일 엄두를 내지 못했다. 아주 평범한 일들인데도 이 남자가 받아들일 능력도 없고 받아들일 생각도 없는 일이 너무나 많다는 사실이 새삼스럽게 놀라웠다. 칼을 살짝만, 손가락 한두 마디만큼만 밀어 넣어야겠다고, 그 정도만 괴롭혀주어야겠다고 아네트는 생각했다. 요즘은 이 남자가 이렇게 궁지에 몰릴 때가 별로 없었다. "두 사람은 결혼으로 장난을 치고 있어요. 둘 다. 이건 장난이아니야." 아네트는 말하고 기다렸다.

"난 죽을 겁니다. 저 사람한테 무슨 일이 생기면요." 데물랭이 말했다.

"그래." 아네트는 의자에서 힘들게 일어섰다. 자정에야 잠자리에 들었는데 2시에 눈을 떠야 했다. "그래, 그럴 거라는 걸 거의 믿어."

아네트는 이제 딸에게 돌아갈 것이다. 뤼실은 아직은 많이 명랑했다. 얼마나 힘들 것인지를 몰라서였다. 그애가 이런 일을 겪지 않도록 내가 할 수 있는 일이 있었을까, 아네트는 생각했다. 물론 할 수 있는 일이 있었다. 7년 전에 그녀가 마음이 흘러가는 대로 했더라면, 물론 데물랭이 기억해주어야겠지만, 아네트는 지금쯤 데물랭에게 예전에 알았던 여자들 중 하나로, 다른 여자들보다 더 공을 들여야 했던 여자로 기억되고 있을 것이다. 데물랭은 더는 그녀의 생활의 일부가 아니었을 것이고 그저 신문에서 읽게 되는 누군가로 머물렀을 것이다. 하지만 아네트는 자신의 알량한 정조에 매달렸고 자신의 딸은 가로등 검사와 결혼해서 지금 진통을 겪고 있다. 그리고 자신은 콩데 거리와 코르들리에 거리 사이를 왔다 갔다 하면서 책에서나 읽을 법한 구역질 나는 파괴적 연애 사건을 매일같이 지켜보고 있다. 물론 다르게 부를 사람들도 있겠지만 아네트는 그것을 연애 사건이라고 불렀다. 괜히 그런 말을 하는 것이 아니었다. 그녀는 한두 살 먹은 어린애가 아니었다.

"어디 좀 나갔다 오지 그래. 산책이라도 다녀와요. 바람도 쐬고. 막시밀리앙이나 보러 가지 그래. 마음 푸근한 상식이 뭔지 소박한 지혜가 뭔지를 너무나 잘 아는 사람이니까."

"음." 데물랭은 마음이 편치 않아 보였다. "총각은 언제나 그래요. 바로 알려주세요. 곧바로요."

"장모가 나가 달라지 뭐야, 불안하게 만든다고. 이런 시간에 찾아와서 실례가 아닌지 모르겠다."

"예상했어." 로베스피에르가 말했다. "자네하고 나는 같이 있어야지. 나가서 일 좀 처리해야 하지만 한두 시간이면 돌아올 거야. 그동안 식구들이 보살펴줄 거야. 내려가서 이 집 아가씨들 중 아무하고 얘기라도 하겠나?"

"관둬. 아가씨들하고는 이제 말 안 해. 뒷감당이 안 되거든."

로베스피에르는 웃음이 나오지 않았다. 그는 손을 뻗어서 데물랭의 손을 꽉 쥐었다. 이상한 일이었다. 로베스피에르는 평소에는 사람들과 몸이 닿는 것을 피했다. 데물랭은 친구의 마음속에 비상사태가 벌어지고 있음을 간파했다.

"막시밀리앙, 자네가 나보다 더 안 좋은 상태인 거 같군. 내가 불안을 퍼뜨린다면 자넨 재앙을 전하고 있어."

"괜찮을 거야." 로베스피에르는 확신 없는 목소리로 말했다. "아무렴, 괜찮고말고. 직감이라는 게 있거든. 산모가 건강하고 강하잖아. 안 좋은 일이 생길 거라고 생각할 이유가 하나도 없어."

"자포자긴가. 기도조차 할 수 없어."

"왜 못 해?"

"난 신이 그런 기도들에 귀를 기울인다고 믿지 않거든. 그런 기도는 이기적이야."

"신은 무슨 기도든지 다 받아들여."

그들은 살짝 놀란 얼굴로 서로를 쳐다보았다. "우리가 여기 있는 건 섭리야." 로베스피에르가 말했다. "그런 확신이 들어."

"난 확신이 든다는 말까지는 못하겠어. 아무튼 그런 생각이 위로는 되네."

"그렇지만 우리가 하늘의 섭리 아래 있지 않다면 이게 다 뭐겠어." 로베스피에르의 얼굴은 이제 이만저만 불안해 보이지 않았다. "혁명이 다 뭐냐고."

조르주자크가 돈 벌 기회가 되는 거지. 데물랭은 생각했다. 로베스피에르는 스스로 답을 내놓았다. "신이 의도하는 그런 사회로 우리가 나아가는 게 아닐까? 정의와 평등과 충만한 인류애로 우리가 나아가려는 게 아니겠냐고."

어이구 머리야. 데물랭이 생각했다. 막시밀리앙은 스스로 하는 말을 고스란히 믿는다. "신이 의도하는 사회가 어떤 건지 내가 아는 척할 마음은 없지만. 자네가 말하는 신은 나한테는 꼭 자네가 재단사한테 주문해서 맞춰 지은 신처럼 들리는데. 뜨개질한 거 같기도 하고."

"뜨개질로 만든 신이라." 로베스피에르는 깜짝 놀랐다. "자넨 독창적 발상이 샘솟는 분수대야." 그리고 데물랭의 어깨에 두 손을 얹었다. 그들은 조심스럽게 껴안았다. "하늘의 섭리 아래 우리는 어리석음을 이어가리라." 로베스피에르가 말했다. "두 시간 뒤에 돌아오겠네. 그때 자네하고 앉아서 신학이든 뭐든 얘기하면서 시간을 보내자고. 뭐든 일이 생기면 꼭 나한테도 알려주고."

데물랭은 혼자 남았다. 대화가 정말 기상천외한 쪽으로 흘러갔다. 데물랭은 로베스피에르의 방을 둘러보았다. 불면증 환자의 딱딱한 침대와 로베스피에르에게 아주 깔끔한 책상이 되어주는 수수한 백색 목재 탁자가 놓여 있는 소박하고 아주 작은 방이었다. 탁자 위에 있는 책은 루소의 《사회계약론》뿐이었다. 척 보니 로베스피에르가 외투 안주머니에 늘 넣고 다니는 책이었다. 오늘은 그냥 두고 갔다. 하루 일과가 망가졌고, 로베스피에르는 뒤죽박죽이 되었겠다.

데물랭은 책을 집어 들고 자세히 살폈다. 로베스피에르와 직접 소통하는 특별한 마력이 있는 책이었다. 똑같은 《사회계약론》이라도 바로 이 책에만 그런 마력이 있었다. 문득 생각이 떠올랐다. 데물랭은 상상 속 청중 앞에서 책을 흔들어 보였다. 그리고 로베스피에르의 아르투아 억양으로 입을 열었다. "자객이 쏜 총탄에 이 《사회계약론》이 맞았고, 이 책이 제 목숨을 살렸습니다. 보십시오, 애국 동지 여러분. 불멸의 장자크가 남긴 불멸의 말들을 묶은 불멸의 값싼 면직물에 치명적 총알이 비껴나갔습니다. 섭리 아래—"

나라를 위협하는 그 음모들, 음모들, 음모들, 음모들, 음모들에 대해서도 말하려다가 갑자기 기운이 빠지고 떨려서 자리에 앉아야 할 것 같았다. 데물랭은 바닥에 밀짚을 댄 의자를 탁자로 바짝 당겼다. 팔레루아얄에서 군중에게 연설을 할 때 딛고 섰던 의자와 똑같았다. 그런 의자하고는 난 같이 살 자신이 없다, 데물랭은 생각했다. 너무 무섭다.

써야 할 연설 원고가 있었다. 엄청난 자제력이 있어야 조금이라도 쓸 엄두를 내겠는데 아무래도 쓰지 못할 거 같다. 데물랭은 일어나서 잠시 창밖을 내다보았다. 모리스 뒤플레의 직공들이 아래 마당에서 무언가를 옮기고 나르고 있었다. 데물랭이 지켜보는 것을 알아차리고 그들이 손을 들어 인사했다. 내려가서 그들에게 말을 걸 수도 있을 것이고 아니면 엘레오노르를 볼 수도 있을 것이다. 아니면 뒤플레 부인을 볼 수도 있을 것이다. 그러면 부인은 그를 자기 응접실에 붙잡아 두고서 그가 대화를 이어나가며 음식을 먹기를 기대할 것이다. 데물랭은 어마어마한 마호가니 가구 덩치들—그렇게 안 부를 수가 없었다.—이 있고 검붉은 위트레흐트산(産) 우단 커튼이 있고 구식 장식 벽걸이가 있고 연기 냄새가 실린 열을 뿜어내는 에나멜 난로가 있는 그 방이 끔찍했다. 희망이 죽어 가는 방이었다. 진홍색 쿠션을 하나 집어 들고 그것을 단호하게 엘레오노르의 얼굴 위에 얹는 장면을 상상했다.

데물랭은 썼다. 한 문단을 시도했다. 그리고 지웠다. 그리고 다시 시작했다. 시간이 흘렀다 싶었다.

"들어가도 돼요?"

"좋을 대로."

내가 왜 이러지? 신경이 곤두서네.

엘리자베트 뒤플레. "바빠요?"

그는 펜을 내려놓았다. "연설문을 써야 하는데 집중이 안 되네.
아내가—"

"알아요." 엘리자베트는 문을 살짝 닫았다. 바베트. 거위 소녀.
"여기 있으면서 같이 말 좀 해도 괜찮아요?"

"그거 아주 좋지." 데물랭이 말했다.

소녀는 웃었다. "시큰둥하시네요. 사실은 괜찮다고 생각하지 않
는 거죠. 귀찮다고 생각하잖아요."

"귀찮다고 생각했으면 그렇다고 말하겠지."

"당신이 그렇게 매력 있다고들 하던데 우린 이 집에서 당신의 그
런 점을 별로 못 보았어요. 엘레오노르 언니한테 살갑게 군 적도 한
번 없고. 하기야 나도 언니한테 함부로 굴고 싶을 때가 많긴 하지
만, 그래도 난 막내고 우리 집에선 윗사람한테 공손해야 한다고 어
렸을 때부터 배우거든요."

"그렇구나." 데물랭이 말했다. 그는 더없이 진지했다. 그런데 소
녀가 왜 계속 웃는지 알 수가 없었다. 그러다가 문득 알아차렸다.
웃을 때 소녀는 아주 예뻤다. 웃지 않아도 꽤 예쁘긴 했다. 언니들보
다 나았다.

소녀는 침대 가장자리에 앉았다. "막시밀리앙이 당신 얘기 많이
해요. 더 알면 좋겠다고. 막시밀리앙이 이 세상에서 제일 많이 신경
쓰는 사람이 그쪽 같던데. 그런데도 당신은 많이 달라요. 왜 다른

거 같아요?"

"그게 내 매력이겠지." 데물랭이 말했다. "뻔한 건데."

"막시밀리앙은 우리한테 아주 잘하거든요. 오빠 같아요. 아버지한테 맞서서 우리 편을 들어요. 우리 아버지는 독재자거든요."

"아이들은 다 그렇게 생각하지." 데물랭은 자기가 한 말에 놀랐다. 자기 자식이 스스로 의지를 키워 나가면 나는 그 아이를 어떻게 대할까? 아이가 십대면 자기는 중년이다. 아무래도 일어날 것 같지 않은 일로 느껴졌다. 어머니가 나를 가졌을 때 우리 아버지는 뭘 했을까, 궁금했다. 보나마나 《법률백과》 작업을 했겠지. 어머니가 아파서 소리를 지르는 동안 보나마나 색인 작업 같은 걸 하고 있었겠지.

"무슨 생각 해요?" 소녀가 물었다.

데물랭은 웃음을 억누를 수가 없었다. 가깝게 지내도 괜찮겠냐는 뜻을 소녀는 참으로 잘 전하고 있었다. 여자들이 그런 질문을 던지는 특별한 순간이 있는데 대개는 몸을 섞고 나서 저런 말을 한다. 그렇지만 심지어는 어린 학생 때부터 저런 말을 연습해야 하는 모양이었다. "그냥, 아무것도." (이런 상투적 응답에도 소녀가 익숙해져야 할 텐데.) 그는 불편했다. "엘리자베트가 여기 있는 거 어머니가 아셔?"

"바베트라고 불러요. 내 애칭이에요."

"어머니께서 아셔?"

"아는지 모르는지 몰라요. 빵 사러 가셨을걸요." 소녀는 한 손으로 치마를 내리훑더니 침대로 더 깊이 들어가 앉았다. "그게 중요해요?"

"어디에 있는지 사람들이 궁금해할지도 모르니까."

"필요하면 큰 소리로 부르겠죠."

침묵이 흘렀다. 소녀는 데물랭을 지그시 바라보았다.

"부인이 아주 미인이에요."

"그래."

"임신하는 거 부인이 좋아했어요?"

"처음에는 좋아했지만 나중에는 힘든가 보더라고."

"당신도 힘들었을 거 같은데요."

데물랭은 눈을 감았다. 역시 예상이 맞았다는 확신이 거의 들었다. 그는 눈을 다시 떴다. 소녀가 다가왔을까 봐 불안해서였다. "이제 가봐야겠다." 그가 말했다.

"하지만." 소녀의 눈이 동그래졌다. "아기 소식이 올지도 모르는데요. 바로 알고 싶은 거잖아요."

"그래. 맞아. 그러니까 여기에서 나가는 게 좋겠어."

"왜요?"

네가 날 유혹하는 거 같아서 하는 말이야. 옷만 벗지 않았다 뿐이지 이보다 더 노골적일 수가 있겠니. 당장이라도 달려들 기세잖아. "너도 잘 알면서 왜 그래." 그가 말했다.

"침실에서 대화를 하면 뭐가 어때서요. 침실에서 파티를 하면 뭐가 어때서요. 학회라도 못 할 거 없죠."

"그래 못 할 거 없지." 난 가봐야겠다.

"나쁜 짓 할까 봐 겁나는 거예요? 나한테 끌리는 건가요?"

그런 말 한 적 없다고 말해선 안 된다. 그랬다간 이 소녀는 울지도 모르고 평생을 소심하게 살고 독신으로 죽을지 모른다. 그래, 그렇게 말하면 안 되겠지. 하지만 더 심한 말을 하는 수도 있다.

"너 자주 이러니 엘리자베트?"

"여기 자수 올라오지 않아요. 막시밀리앙은 너무 바빠요."

맹랑한 것 같으니. 얼굴이 동그란 중간계급 숫처녀 군단의 대표주자라고나 할까, 남자 나이 열여섯에 말려들면 고생깨나 해야 하는 여자애라고나 할까. 다시 말려들 수도 있다.

"난 너를 원하지 않아." 데물랭이 조용히 말했다.

"그건 중요하지 않아요."

"뭐라 그랬어?"

"그건 중요하지 않다고 했어요."

소녀는 침대에서 훌쩍 뛰어내리더니 데물랭에게로 왔다. 슬리퍼를 신은 소녀의 작은 발은 아무 소리도 내지 않았다. 소녀는 그를 내려다보면서 한 손을 그의 어깨 위에 살짝 얹었다. "당신도 여기 있고 나도 여기 있어요." 소녀는 한 손을 들더니 머리핀을 끌러 머리채를 풀고 흔들었다. 쥐색 머리가 이제는 헝클어졌다. 소녀의 볼 빛깔은……. "지금 가고 싶어요?" 소녀가 물었다. 왜냐하면 그럼 소녀는 그를 따라 계단을 우당탕 좇아 내려올 것이고 거기에는 (생각만 해도 끔찍한 사람들인) 엘레오노르와 조카와 모리스 뒤플레가 있을 테니까. 데물랭은 그렇게 서서 거울에 비친 자기 얼굴을 흘끔 보았다. 그것은 격분한 얼굴, 죄스러운 얼굴, 혼란스러운 얼굴이었다. 소녀는 뒷걸음질쳐서 문에 기대면서 그의 얼굴로 웃음을 날렸다. 더는 집안에서 가장 존재감 없는 사람이 아니었다.

"정말 대단하구나." 데물랭이 말했다. "대단해."

소녀는 그를 주의 깊게 지켜보았다. 이른 아침에 덫을 살피는 사냥꾼의 얼굴이었다.

"낭만적인 숨 고르기 같은 건 아예 관심 밖이구나." 데물랭이 말했다. "그냥 피를 보고 싶은 거구나."

"그럼 우린 하나도 공통점이 없는 건가요?" 소녀가 물었다.

어린 소녀였지만 체격이 좋았다. 소녀는 돌덩이가 되어 저항했다.

소녀를 문에서 떼어내려다가 어깨를 덮었던 삼각형 숄의 매듭이 풀려 흘러내리면서 스르르 바닥으로 떨어졌다. 뒤플레 부인의 양재사는 도대체 옷을 어떻게 만들었길래. 사춘기의 부풀어오른 하얀 가슴이 가득했다. "보세요, 내 처지를." 소녀가 말했다. 소녀는 그의 손을 잡더니 자기의 드러난 목덜미 아래에 댔다. 소녀의 피부 밑에서 떨리는 맥박이 느껴졌다. "당신은 이제 날 건드린 거예요." 소녀의 얼굴은 폭력을 권했다. 데물랭은 소녀를 치고 싶었다. 그러면 소녀는 비명을 지르겠지. 미치겠네, 사람들한테 조심하라고 해야겠다고 그는 생각했다. 그리고 주의를 줘야 할 사람들의 명단을 마음속으로 작성했다.

"이제 해보시죠." 소녀가 말했다. "우린 상당히 안전해요. 문에 자물쇠도 있어요. 좀 더 나아가보시죠."

데물랭은 바닥에서 숄을 휙 집어 올려서 소녀의 어깨에 둘러주었다. 그러는 동안 소녀를 꽉 붙들었다. 그의 손가락이 소녀의 팔꿈치 위를 파고들었다. "언니들을 불러야겠다." 그가 말했다. "아무래도 넌 어디가 안 좋은 모양이야."

소녀는 입을 벌리고 그를 쳐다보았다. "당신은 내게 상처를 줬어요." 소녀가 나직이 말했다.

"무슨 소리. 핀으로 머리 묶어."

이상하게도 그의 눈에 잠깐 들어온 소녀의 낯빛에 담긴 감정은 머뭇거림이나 노여움이 아니라 못마땅함이었다. 소녀는 그의 손을 뿌리치더니 창 쪽으로 돌진했다. 소녀의 얼굴이 상기되어 있었다. 소녀는 심호흡을 하면서 숨을 크게 들이켰다. 그는 소녀의 뒤로 가서 소녀를 약간 흔들었다. "그만해. 이러다 병늘라, 쓰러질라."

"그러면 당신이 설명하면 되겠네요. 아님 내가 지금 소리지를 수도 있고. 당신 말은 아무도 안 믿을걸."

저 아래 마당에서는 톱질하던 소리가 어느새 멈추었고 남자들은 집을 올려다보고 있었다. 그 얼굴들은 흐릿했지만 데물랭은 그들의 이마에 팬 깊은 주름 하나하나를 상상할 수 있었다. 모리스 뒤플레가 천천히 집으로 걸어오고 있었고 잠시 후 뭔가를 캐묻는 날이 선 여자의 목소리가 들렸다. 둔중하지만 다급한 뒤플레의 목소리. 작고 날카로운 여자의 외침. 몰려오는 발소리들, 계단을 올라오는 발소리들.

데물랭은 맥을 못 추었다. 그는 생각했다. 저 아이 마음대로 말할 테고, 사람들은 그 말을 믿겠구나. 이제 창 아래에서는 사람들이 웅성거리는 것 같았다. 모두가 뒤플레의 사람들이고 모두가 올려다보고 있다. 기대에 차 있구나. 그는 생각했다.

문이 확 열렸다. 모리스 뒤플레가 문을 가득 채웠다. 소매를 걷어붙인 기운 센 장인. 사람 좋은 자코뱅 뒤플레가 팔을 뻗으면서 지금까지 이 세상에서 한 번도 말해진 적 없는 너무나도 독창적인 문장을 만들었다. "아들이 생겼네, 카미유. 산모도 아주 건강하고, 당장 집으로 와 달라는군."

문간은 웃음바다였다. 데물랭은 공포를 짓누르며 서 있었다. 그의 안에서 한 목소리가 말했다. 말하지 않아도 돼, 너무 놀라고 좋아서 말을 잇지 못하는 거라고들 생각할 거야. 엘리자베트는 어느새 그들 쪽으로 돌아서 있었다. 눈길을 끌지 않는 능숙한 동작으로 소녀는 옷매무새를 바로잡았다. "축하드려요." 소녀는 가볍게 말했다. "큰일 하셨네요."

"막시밀리앙한테 대자가 생겼네." 뒤플레 부인이 활짝 웃으며 말했다. "언젠가 막시밀리앙도 듬직한 아들을 두면 얼마나 좋을까."

모리스 뒤플레는 두 팔로 데물랭을 휘감았다. 자코뱅이 자코뱅에게 하는 끔찍하고 활기차고 애국적인 포옹 속에서 데물랭의 얼굴은 뒤플레의 살집 좋은 어깨에 눌렸다. 데물랭은 거친 리넨 속옷에 살짝 가려진 축축하고 하얀 살갗에 대고 자기의 마음을 뇌까리는 연습을 해보았다. 당신 막내딸은 상습 강간범입니다. 아니지, 먹혀들리가 없지. 아무한테도 말하지 않는 게 상책이다, 코웃음만 칠 테지. 뤼실이 기다리는 집으로 가서 앞으로는 조심 또 조심하고 착하고 또 착하게 사는 게 상책이다.

첫 번째로 좋았던 것은 사람들이 걱정했던 것보다 시간이 덜 걸렸다는 사실이었다. 진통을 시작한 지 열두 시간 만이었다. 두 번째로 좋았던 것은 머리가 까만 이 앙증맞은 아이가 자기 품 안에 안겨 있다는 사실이었다. 뤼실은 너무나 북받쳐서, 순수한 사랑의 느낌에 너무나 압도당해서 통 말을 할 수가 없었다. 사람들은 별별 당부를 다 했지만 이런 감정을 느끼리라는 귀띔은 해주지 않았다. 하기야 힘들어서 말은 할 수가 없었다. 기운이 없어서, 너무도 기운이 없어서 고개조차 가누기 힘들었다.

사람들 생각은 또 어떻게나 다른지! 진통이 올 때마다 어머니는 그녀의 손을 꼭 잡고서 있는 힘껏 손아귀를 쥐어짜면서 참아야지 뤼실, 참아야지 했다. 산파는 소리 한번 잘 지른다, 어디 한번 천장이 무너지도록 소리 질러봐요, 바깥양반이 수리비야 대주겠지 했다. 모두를 만족시키긴 어렵다. 소리를 지른다고 생각할 때마다 무지막지한 통증에 숨조차 내쉴 수가 없었다. 가브리엘 당통이 나를 내려다보면서 뭐라고 말했다. 이상한 소리는 분명 아니었을 테고. 그리고 한 번은 가브리엘의 어머니도 분명히 왔는데 이탈리아어로 웅얼웅

얼 주문을 읊었던가? 어쩌다가 몇 분씩―사실은 초들의 연쇄처럼 느리게 흘렀지만―은 누가 그곳에 있는지 알지 못했다. 뤼실은 다른 세상에서 살아가고 있었다. 그것은 진홍색 벽으로 둘러싸인 만만찮은 세상이었다.

일부러, 의식적으로, 데물랭은 그날 오전에 있었던 다른 일들을 마음 저편으로 몰아넣었다. 가녀린 존재를 가슴에 안고서 그는 뤼실한테 아주 잘 하겠다고, 당신이 아무리 이상한 일, 어리석은 일을 하겠다고 해도 다 받아들이겠다고 약속했다. 클로드는 아기를 유심히 보았다. 데물랭이 좀 안아보라며 아기를 건네지 않기를 속으로 바라면서. "누구를 닮을지 모르겠군."

데물랭이 말했다. "누구를 닮았느냐에 따라 거액이 왔다 갔다 하는 거죠."

클로드는 사위에게 막 건네려고 했던 진심 어린 축하의 말을 안으로 꿀꺽 삼켰다.

"왜 7월 14일에 루이를 무너뜨리지 않는 걸까?" 왕년의 오를레앙 공이 캐물었다.

"어허." 왕년의 드 장리스 백작이 말했다. "감상적 제스처를 퍽이나 좋아하시는군요. 데물랭한테 이야기해서 그걸 좀 다시 바로잡을 수 있는지 알아보겠습니다."

공작은 빈정거림을 얼른 알아차리지 못했다. 공작은 앓는 소리를 했다. "요즘은 자네가 데물랭한테 말을 넣을 때마다 내 돈이 제법 드는구먼."

"탐욕이 시작되는 곳을 모르시는군요. 지난 3년 동안 당통한테 얼마나 주셨는지요?"

"정확히는 몰라. 하지만 이번에 실패하면 앞으로는 아무리 작은 폭동이라도 내가 감당할 수준을 넘어서는 거야. 자넨 루이가 무너지면 그자들이 이번에는 나한테서 왕위를 가로챌 거라고 생각하는 건 아니지?"

드 실레리는 마음 같아서는 공작이 이미 한 번 기회를 던져버렸다는 사실을 지적하고 싶었다.(내 아내 뚜쟁이 펠리시테의 말에 솔깃해서 그렇게 하지 않았느냐고 말하고 싶었다.) 그렇지만 펠리시테와 딸 파멜라는 지난 가을 잉글랜드로 떠났다. 언제나 유용하고 언제나 고분고분한 제롬 페티옹의 배려로 무사히 해협을 건넜다. "가만. 브리소파, 롤랑파, 지롱드파도 매수했던가요?" 드 실레리가 물었다.

"다 같은 거 아닌가?" 오를레앙은 놀란 표정이었다. "같다고 생각했는데."

"왕실에서 조르주 당통한테 내놓는 것보다 더 많이 내놓을 수 있다고 정말 자신하십니까? 그자가 공화국에서 벌어들일 수 있는 것보다 더 줄 수 있습니까?"

"일이 거기까지 간 건가?" 공작은 넌더리가 난다는 듯한 목소리였지만 일을 거기까지 끌고 간 데에는 자신의 책임도 있다는 것을 잠시 잊고 있었다.

"실망을 주려는 건 아니지만 제가 알기로는 마르세유에서 오는 자원병들을 우리가 기다려야 한다는 것이 당통의 생각입니다."

마르세유 사람들은 엄선된 굳건한 애국자들로서 바스티유에서 열릴 연맹제에 참가하기 위해 새로운 국가를 부르며 수도를 향해 행진하는 중이었다. 그들은 몸과 마음이 모두 결의에 차 있었다. 그날이 오면 두말없이 구들의 선봉에 설 사람들이었다.

"마르세유 사람들⋯⋯. 그들의 경우엔 내가 누구한테 지불해야 하지?"

"그곳 출신인 샤를 바르바루라는 젊은 정치인이 있습니다."

"얼마를 원할까? 그를 잡을 수 있을까?"

"어이구 머리야." 드 실레리는 눈을 감았다. 피곤이 몰려왔다. "그 친구는 2월 11일부터 파리에 와 있습니다. 3월 24일에 롤랑파와 만났습니다." 라클로 같으면 급성장하는 바르바루의 자기 과시에 관한 작은 파일을 만들었을 것이고 '바람둥이' 항목에 그를 집어넣고 강조하는 의미로 작은 별표를 쳤을 것이다. "굳이 그럴 만한 가치가 있을까요?" 드 실레리가 말했다.

오를레앙은 그렇게 한가한 질문을 던질 마음의 여유가 없었다. 어떻게든 프랑스 왕만 될 수 있다면 어떤 방조도 어떤 수치도 어떤 도살도 가치가 있었다. 지난번에는 펠리시테가 따라붙어서 혼란스러웠다. 물론 그녀의 판단은 옳았다. 그때는 왕이 되어도 금방 죽었을 테니 왕이 되어도 의미 없는 일이었다. 하지만 그 뒤 여러 해 동안 그는 사람들에게 닦달을 당하면서 이리저리 끌려다녔다. 자신이 원해서였을 때도 있었지만 안 그랬을 때도 있었다. 이제 다시는 그럴 시간이 없다. 그는 파산 직전이었다.

"그 빌어먹을 당통한테 아네스까지 넘겼다니까 내가."

"아무도 그 친구한테 뭔가를 넘길 수는 없습니다." 드 실레리가 말했다. "그냥 당통이 취하는 거죠."

"자기도 내놓는 게 있어야 하잖아." 오를레앙이 말했다. "사람들이 그 친구한테 뭔가를 원할걸. 뭘 내놓을까?"

"1인 1표 제도를 내놓을 겁니다. 지금까지 사람들이 한 번도 얻지 못했던 거니까."

"좋아하겠는데. 그거 때문에라도 거리로 나오겠는데." 공작은 한숨을 쉬었다. "어쨌거나 14일이었으면 더 좋았을 텐데." '1789년을 되돌아보면 그때가 내 전성기였지.' 그는 생각했다. 공작은 그 생각을 입 밖으로 냈다.

"풋내기 시절이었죠." 드 실레리가 말했다.

7월 10일 비상사태가 선포되었다. 도시 전역에 무장단이 깔리고 삼색기로 장식된 모병소가 들어섰다. 뤼실은 침실 창으로 모병 활동에 나선 당통의 모습을 보았다. 근처에서 가장 시끄러운 목소리였다. 뤼실이 아기의 얼굴에서 처음으로 본 분명한 표정은 짜증과 아주 비슷했다. 이제 좀 돌아다녀도 좋을 만큼 괜찮아지자 뤼실은 부르라렌의 농장으로 나섰다. 데물랭은 주말에 와서 아주 긴 연설문을 썼다.

코뮌 총회는 7월 24일 데물랭이 쓴 긴 연설문, 그러니까 당통의 공약 연설을 들으려고 모였다. 당통은 보통 선거와 보편적 책임, 모든 구의 시민들에게 어느 때고 집회를 하고 스스로 무장을 하고 체제 전복과 임박한 공격에 맞서 스스로 움직일 수 있는 권리를 부여하겠노라고 약속했다. 앞으로 며칠 안에 군주정이 무너지리라고 데물랭이 점쳤을 때 팔짱을 끼고 있던 당통은 가까이 있던 동료들과 눈빛을 주고받으면서 놀란 척했다.

"감사합니다." 피에르 쇼메트가 말했다. "바로 우리가 듣고 싶었던 말입니다."

르네 에베르도 고개를 끄덕였다. 그는 살찐 두 손을 맞비비면서 돌아가는 사태에 만족감을 나타냈다.

시청 바깥에는 군중이 모여 있었다. 데물랭이 앞으로 나오자 사람들은 귀가 멍멍해지도록 환호했다. 당통은 그런 인기는 나누어야 마땅하다는 믿음에서 그의 어깨에 묵직한 손을 얹었다. "일 년 전하고는 다르지." 데물랭이 말했다. "그때는 우리가 도망 다니는 처지였지." 그는 응원을 보내는 사람들에게 손을 흔들고 입맞춤을 보냈다. 군중은 웃어댔고 마치 데물랭이 행운아 내지는 행운의 부적이라도 되는 양 데물랭을 만지려고 몸싸움을 벌였다. 사람들은 빨간 모자를 높이 던지고 아주 살벌한 〈가자, 가자〉를 부르기 시작했다. 그리고 신곡 〈라 마르세예즈〉를 불렀다.

"희한한 짐승들." 당통이 차분히 말했다. "한두 주일 안에 저 사람들이 해내기를 기대합시다."

대(對)프랑스 동맹군 총사령관 브라운슈바이크 공작은 문서와 공약과 의향서를 공표했다. 그는 프랑스 국민에게 올바른 정부를 다시 세우러 오는 침입군에 저항하지 말고 무기를 내려놓으라고 요구했다. 저항하는 도시는 초토화될 것이다. 파리의 모든 대의원, 모든 국민방위대 병사들, 모든 공무원은 왕과 왕비의 안전에 스스로 책임을 져야 할 것이다. 왕족에게 폭력을 행사할 경우 동맹군이 파리로 입성하자마자 그 사람들을 모조리 군법회의에 회부할 것이며 용서를 기대해봐야 소용없을 것이다. 6월 20일의 튈르리 궁전 공격이 재연될 경우 파리를 쑥밭으로 만들 것이고 총살로 주민들을 몰살할 것이다.

당통은 카롤린 레미와 함께 팔레루아얄 이층 창가에 서 있었다. 밑에서는 데물랭이 군중 앞에서 동맹군의 선언문을 읽고 있었다. "멋지죠?" 카롤린이 말했다. "제 얘기는 파브르가 거기서 대단한 일을 했다는 거예요."

"브라운슈바이크가 우리의 가려운 데를 긁어줬어." 당통이 말했다. "사람들한테 너희를 집단 처형하겠다고 말하고 독일인들이 너희를 공동 묘지로 처넣겠다고 말하다니, 이제 사람들은 믿져야 본전이지."

당통은 한 손을 카롤린의 허리에 슬쩍 댔고 카롤린은 그 손등을 자기 손가락으로 어루만졌다. 밑에서는 사람들이 소리를 지르면서 유럽을 상대로 결의를 다지는 구호를 외치기 시작했다. 폭소와 반항과 분노가 넘실넘실 물결쳤다.

(포세생제르맹 거리에 있는 카페 조피. 커피하우스에서 이루어진 음모의 긴 역사 중 하루.)

당통: 서로 다 아시겠지요.

르장드르: 그냥 갑시다. 파티장도 아니고.

당통: 혹시 모르는 분을 위해서 말씀드리면 여긴 르장드르입니다. 이 거구의 신사분 이름은 베스테르만이고요. 원래 알자스 출신인데 얼마 전부터 알게 된 사이입니다. 장교로 복무하셨지요.

파브르: (카미유에게) 군대는 옛날 옛적 이야기고 지금은 팔레루아얄의 좀도둑이라네.

데물랭: 딱 우리 스타일이군.

당통: 이쪽은 앙투안 푸키에탱빌입니다.

르장드르: 누가 떠오르는데.

당통: 푸키에탱빌은 카미유 사촌입니다.

르장드르: 아주 약간 닮은 거 같기도 하고.

파브르: 난 통 모르겠는데.

에로: 혹시 먼 사촌 아닐까요.

파브르: 친척이라고 해서 꼭 닮아야 한다는 법은 없지요.

에로: 혹시 말은 할까.

파브르: 카미유 사촌은 혹시 뭐 할 말 없소이까?

푸키에탱빌: 푸키에탱빌이오.

에로: 세상에, 우리가 댁 이름을 못 배울까 봐서? 앞으론 꼬박꼬박 '카미유 사촌'이라고 불러드리지요. 댁은 창피하겠지만 우린 그게 더 편하니까.

프레롱: (푸키에탱빌에게) 당신 사촌이 괴물이거든요.

파브르: 대량 살인자.

프레롱: 사탄 숭배자.

파브르: 지금은 선동을 배우지.

에로: 히브리어도 배우고.

프레롱: 연애 사건도 저지르고.

에로: 망신살이 뻗쳤지.

(침묵.)

파브르: 어? 사촌 같은 느낌이 안 드는데.

프레롱: 집안의 자랑거리가 뭐요?

푸키에탱빌: (무심하게) 다 사실인가보지요. 카미유를 안 본 지 꽤 오래 됐습니다.

프레롱: 일부가 사실이지요. 연애 사건하고 히브리어하고.

파브르: 사탄에 빠졌을 수도 있다니까. 전에 드 사드하고 얘기하는 거 봤거든.

에로: 드 사드는 사탄 숭배자가 아니에요.

파브르: 아, 난 그런 줄 알았지.

에로: 카미유, 왜 히브리어를 배우나?

데물랭: 교부들을 연구하다 보니까 필요하더군요.

당통: 아이고.

데물랭: (에로에게 속삭이면서) 양미간이 나처럼 좁잖아요. 첫 부인이 의문사했어요.

에로: (속삭이면서) 정말?

데물랭: 난 없는 얘기는 안 지어내는 사람입니다.

당통: 푸키에탱빌 씨는 뭐든 할 준비가 되어 있다고 말합니다.

에로: 카미유하고 친척 맞군.

르장드르: 계획만으로 뭐가 되나? (푸키에탱빌에게) 이 사람들이 날 바보 취급을 해요. 내가 제대로 교육을 못 받았다고. 당신 사촌은 외국어로 나한테 빈정거립니다.

푸키에탱빌: 당신이 모르는 외국어로요?

르장드르: 그래요.

푸키에탱빌: 그런데 어떻게 아시나요?

르장드르: 당신, 변호사요?

푸키에탱빌: 네.

당통: 안 지 이제 일 주일쯤 됐지.

오를레앙 공의 거처인 무소. 공작의 저녁 식탁은 을씨년스럽지는 않아도 유쾌함은 부족했다. 드 실레리는 어쩔 줄 몰라 했다. 요리 탓인지 왕당파의 위협 탓인지 공작은 말할 수 없었다. 그의 불행한 눈은 뼈를 발라내고 아스파라거스와 곰보버섯으로 속을 채운 비둘기 가슴 요리와 손님들을 가로질러 로베스피에르한테 내려앉았다. 공작은 그가 1789년에 본 모습과 크게 달라진 것이 없다고 생각했다. 흠 잡을 데 없이 재단된 외투(사실은 똑같은 외투), 똑같이 나무랄 데 없이 분을 바른 머리. '목수의 저녁 식탁하고야 좀 다르겠지.' 오를레앙은 생각했다. '거기에서도 이렇게 꼿꼿하게 앉아 있나, 이렇게 적게 먹나, 머리에다 메모라도 하나?' 로베스피에르의 포도주 잔 옆에는 물이 든 잔이 있었다. 공작은 약간 머뭇거리면서 몸을 앞으로 숙여서 그의 팔을 만졌다.

오를레앙: 내 느낌으론…… 일이 틀어진 것 같은데…… 왕당파들이 아주 강해서……. 위험이 코앞에 닥쳤어. 난 잉글랜드로 떠날 생각인데 나하고 같이 가지 않겠나.

당통: 지금 뒤로 물러나는 자식은 누구든지 내가 목을 따버릴 겁니다. 죽을 고생해서 조직해놨습니다. 우린 그대로 갑니다.

페티옹: 당통 이 사람아, 문제가 좀 있어.

당통: 당신이 문제야. 당신 쪽 사람들은 왕이 장관 자리를 되돌려주기만 바라고, 그렇게만 해주면 행복해해. 그 사람들이 밀어붙이는 선은 딱 거기까지야.

페티옹: 당신 쪽 사람들이라니 무슨 소린지. 난 한 분파에 소속된 사람이 아닐세. 분파와 당파는 민주주의에 해롭지.

당통: 브리소한테 말하시오. 나한테 말하지 말고.

페티옹: 지금 왕궁 수비대를 조직하고 있네. 신사 삼백 명이 왕궁을 지키려고 나섰어.

당통: 신사? 참 되게 무섭군.

페티옹: 그냥 그렇다는 거야.

당통: 사람이 많을수록 신나지. 서로 뒤엉켜서 자빠지고 넘어질거야.

페티옹: 우린 탄약이 부족해.

당통: 경찰서에서 좀 가져다 주지.

페티옹: 뭐, 공식적으로?

당통: 난 제1부검찰관이오. 그깟 탄약쯤 문제도 아니지.

페티옹: 왕궁에는 스위스 근위대가 900명 있는데 듣기로는 싸움에 아주 능하고 카페 왕가에 대한 충성심이 강해서 물러서지 않을 거라는데.

당통: 그자들이 탄약을 비축해놓을 수만 없도록 해주게나. 나 원 참, 이런 건 그저 기술적인 문제잖아.

페티옹: 국민방위대도 문제고. 많은 국민방위대 병사가 개별적으로 우릴 지지한다는 건 우리도 알지만 그 사람들이 대오에서 이탈하기는 쉽지 않아. 명령에 따라야 하니까. 그렇게 되면 우린 전혀 예측할 수 없는 상황에 빠지는 건데. 드 망다 후작이 사령관을 맡도록 허용한 건 우리의 불찰이야. 그자는 철두철미한 왕당파니까.

(내가 왕이 되면 저 왕당파라는 단어를 비난의 뜻으로 쓰는 것부터 막아야겠다고 오를레앙은 생각한다.)

페티옹: 망다를 제거해야 할 거요.

당통: 제거하다니? 그냥 죽여. 죽은 사람은 못 돌아오거든.

(침묵.)

당통: 기술적인 문제야.

카미유 데물랭: 자유를 확립하고 국민의 안전을 지키기 위해서는 의회에서 보내는 십 년보다 하루의 무정부 상태가 더 많은 일을 할 것이다.

엘리자베트 부인(루이 16세의 여동생): 걱정할 거 하나도 없어요. 당통 씨가 우릴 보살펴줄 테니까.

5장

공화국 만세

(1792)

8월 7일: "떠났다고? 당통이 떠났어?" 파브르가 물었다.

카트린 모탱이 눈을 치켜떴다. "다시 한 번 말씀드릴게요, 선생님. 당통 씨는 부모님이 계시는 퐁트네로 갔고요, 당통 부인은 아르시로 갔어요. 절 못 믿겠으면 길 모퉁이를 돌아가서 데물랭 씨한테 물어보세요. 안 그래도 그분하고 똑같은 이야기를 벌써 했거든요."

파브르는 대문을 박차고 나가서 상가를 가로질러 코르들리에 거리로 접어든 다음 똑같은 건물의 다른 문으로 들어가서 계단을 올라가면서 생각했다. 조르주자크와 카미유는 왜 벽에다 구멍을 뚫지 않는 걸까. 우리가 한 지붕 아래 살면 더 쉬워지잖아.

뤼실은 다리를 모으고 앉아서 소설을 읽으면서 오렌지를 먹고 있었다. "하나 드세요." 뤼실은 오렌지 한 조각을 내밀면서 말했다.

"어디 있습니까?" 파브르가 다그쳤다.

"조르주자크요? 아르시로 떠났어요."

"아니 왜, 왜, 왜? 미치겠네. 카미유는 어디 있죠?"

"침대에 누워 있어요. 울고 있을걸요."

파브르는 오렌지 조각을 입에 욱여넣으면서 침실로 뛰어들어 갔다. 그리고 침대와 데물랭한테 몸을 던졌다. "제발 이러지 말아요, 제발." 데물랭이 말했다. 그는 두 손으로 머리를 감쌌다. "치지 마요, 파브르. 몸이 안 좋아요. 이러지 말라니까."

"당통은 뭐 하자는 거야? 왜 이래, 자넨 알잖아."

"어머니를 보러 떠났어요. 자기 어머니. 나도 오늘 아침에야 알았어요. 기별도 편지도 없이. 나도 힘들어."

"돼지 새끼. 보나마나 손을 떼려는 수작이겠지." 파브르가 말했다.

"나도 죽고 싶어요." 데물랭이 말했다.

파브르는 침대에서 굴러 나왔다. 그리고 응접실로 다시 쳐들어갔다. "뭔 소리를 하는지 못 알아듣겠네. 죽고 싶다고 하네요. 어쩐다지?"

뤼실은 책갈피를 끼우고 소설을 치웠다. 이대로는 더 읽어 나갈수가 없었다. "조르주는 나한테 돌아올 거라고 말했고 난 그 사람 말을 안 믿을 이유가 없어요. 아무튼 여기 앉아서 편지라도 써서 보내지 그러세요. 당신 없으면 일을 꾸려 나갈 수가 없다고 하세요. 사실이 그러니까. 로베스피에르도 당신이 없으면 같이 못한다고 말한다고 하세요. 그리고 다 쓰시면 가서 로베스피에를 찾아서 좀 와달라고 하세요. 카미유가 죽고 싶어 할 때는 그 사람처럼 말발이 먹히는 사람이 필요해요."

아니나 다를까. 8월 9일 오전 8시, 당통이 돌아왔다. "나한테 화내봐야 소용없어요. 남자라면 자기 일은 처리해야 하잖아요. 이건 위험한 사업이라고요."

"처리해야 할 일이 뭐가 그렇게 많아 늘." 파브르가 말했다.

"그야 자꾸자꾸 부자가 되니까."

당통은 아내의 머리 위에 입을 맞추었다. "짐 좀 풀어주겠소, 가브리엘."

"그 말 똑바로 한 거야? 싸는 게 아니라 풀라고?" 파브르가 말했다.

데물랭이 나섰다. "우린 자네가 다시 한 번 우리에게 등을 돌린 줄 알았지."

"다시 한 번이라니?" 당통은 데물랭의 팔목을 움켜잡고서 방 저쪽으로 끌고 가더니 어린 아들 앙투안을 한 팔로 들어올렸다. "요 녀석이 어찌나 보고 싶던지. 꼬박 이틀이나 됐네. 왜 여기 있니 응?" 당통이 아이한테 물었다. "시골에 있어야 하는데."

"집에 오겠다고 울잖아요." 가브리엘이 말했다. "오늘 아빠를 보게 해준다고 간밤에 약속을 하니까 그제서야 그쳤어. 오늘 오후에 어머니가 다시 데리러 올 거예요."

"대단한 여자야, 대단해요. 대포가 주둥이를 들이미는 판에 아이를 보살피다니."

"지겨우니까 호탕한 척은 그만하지." 데물랭이 말했다. "자네 때문에 속이 뒤틀려."

"시골 공기를 쐬었더니 이제 에너지가 넘쳐. 파리 밖으로 좀 자주 나가야 돼. 불쌍한 카미유." 당통이 말했다. 당통은 데물랭의 머리를 자기 어깨로 끌어당기고 머리를 쓰다듬었다. "무서웠구나, 무서웠구나, 무서웠어."

낮 12시. "이제 두 시간밖에 안 남았다." 당통이 말했다. "빈말이 아니야."

오후 2시. 마라가 왔다. 다른 때보다도 더 추레해 보였다. 그의 일과 호흡이라도 맞추듯이 그의 피부는 질 낮은 신문지 색깔을 띠고 있었다.

"우리 집 말고 다른 데에서 만날 수도 있었을 텐데요." 당통이 말했다. "오시라고 부탁드린 적도 없고요. 아내하고 아이한테 악몽을 선물하고 싶지 않아요."

"나중에는 날 초대하면 뿌듯해질 거야. 그것도 그렇지만 또 누가 아나, 공화국에서는 내가 말쑥하게 하고 다닐지, 이제." 마라는 활기차게 말했다. (마라는 언제나 약간씩 자기 비하를 하는 버릇이 있었다.) "이제. 브리소 일파가 왕실하고 거래를 하려고 시도하는 모양일세. 앙투아네트하고 이야기가 되는 모양인데 그건 내가 증명할 수 있지. 이 단계에서 그 사람들이 벌이는 일은 우리한테 타격을 못 주지만 나중에 그 사람들을 어떻게 할 것이냐 하는 문제가 남아 있지."

이 단어가 대화 속으로 계속 밀고 들어온다. '나중에.'

당통은 머리를 흔들었다. "믿기 어려운데요. 롤랑의 부인이 그런 거래에 가담할 리가 없습니다. 그 사람들을 공직에서 걷어찬 거 기억하세요? 그 여자가 앙투아네트하고 말을 한다는 건 상상이 안 갑니다."

"거짓말한다고, 내가?" 마라가 말했다.

"타협을 하려는 사람이 있긴 있겠지요. 자리를 되찾고 싶어 하니까요. 브리소파라는 것이 아무것도 아니라는 것을 보여줄 뿐이쇼."

"우리 편의에 따라서 그런 이름을 붙이는 것일 뿐이지." 마라가 말했다.

4시, 코르들리에 거리. "그렇게 '간다'고만 하면 되는 거야?" 데물랭은 기가 막혔다. "벌건 대낮에 불쑥 나타나서 이십 년 동안 알고 지내서 좋았다고 하고는 나 이제 맞아 죽으러 간다고 하면 되는 거야?"

"되지." 루이 쉴로가 불안하게 말했다. "자네도 잘할 거 같은데."

〈사도행전〉의 기록자는 행운아인 셈이었다. 1789년과 1790년에 폭도들은 그를 죽일 수도 있었다. 가로등 검사가 바람을 넣었던 폭도들이었다. 루이 쉴로는 당시 이렇게 썼다. "가로등을 지나갈 때마다 가로등이 탐욕스럽게 나한테로 뻗어 오는 것만 같다."

데물랭은 망연자실 그를 바라보았지만 진작에 알았어야 했고 진작에 예상했어야 했다. 그는 국경선을 넘어 망명자 진영에 있었는데 자살 행위가 아니고서야 왜 지금 파리로 돌아온단 말인가.

"자네도 위험에 자신을 맡긴 사람이니 왜 사람이 위험한 일을 감행하는지는 말하지 않아도 알 테고. 자넬 왕당파로 만드는 건 포기했어. 그래도 자신의 원칙을 고수한다는 점에서 우린 통하지. 난 왕실을 지키다가 죽을 각오가 되어 있지만 혹시 알아 왕이 이길지. 우리도 아직 승산은 있거든." 쉴로가 말했다.

"자네의 승리는 내 죽음일 테지."

"그건 내가 원하는 게 아니야." 쉴로가 말했다.

"위선자 같으니. 자넨 그걸 원해야 돼. 자기가 추구하는 노선의 자연스러운 귀결을 부정해서는 안 되지."

"노선을 추구하다니. 믿음을 지키는 거지."

"그 가련하고 아둔한 뚱뚱이에 대한 믿음? 루이 카페를 위해서 목숨을 바치겠다고 하는 사람을 누가 제정신이라고 생각할까. 말이 되는 소릴 해야지."

쉴로는 고개를 돌렸다. "몰라. 어쩌면 자네 말에 동의하는지도 몰라. 그렇지만 더는 외면할 수가 없어."

데물랭은 몸짓으로 짜증을 드러냈다. "얼마든지 피할 수 있지. 집으로 돌아가서 불리하다 싶은 건 모조리 태워버려. 혁명이 진행되면 새로운 범죄들이 생겨나니까 아주 조심해야 돼. 필요한 것만 짐을 꾸리고, 어디 가는 것처럼 보여서는 안 돼. 나중에 나한테 열쇠를 맡기면 뒷일은 내가 다 알아서 처리할 테니까, 다음 주쯤에 말이야. 다시는 여기에 오지 마. 마르세유 사람들 여럿을 이른 저녁 식사에 초대했으니까. 아네트 뒤플레시한테 가서 내가 갈 때까지 거기 있어. 거기 도착하면 앉아서 재정 문제를 어떻게 처리해 달라고 나한테 아주 명확하게 글로 써놓으라고. 그렇지만 받아 적게 해야지 자네 손으로 쓰면 안 돼. 장인이 받아 적어주고 조언도 해줄 거야. 서명은 하지 말고 아무 데나 두지도 말고. 그동안 내가 여권하고 서류를 좀 준비해 갈 테니까. 영어는 하지?"

"명령하는 버릇이 단단히 들었구나. 사람 한두 번 몰아낸 솜씨가 아닌데."

"말 좀 들어, 루이."

"고맙지만 싫어."

"그럼─그는 애원조였다.─그게 싫으면 오늘 밤 9시에 여기로 다시 와, 내일은 내가 사람들 따돌릴 테니까. 아무도 못 볼 거야. 적어도 기회 한 번은 있는 거잖아."

"카미유 자네가 위험할 텐데─ 골치 아파질지도, 아주 골치 아파질지도 몰라."

"안 오겠다는 거야?"

"응."

"그럼 왜 그 얘기를 계속하는 건데?

"자네한테 무슨 일이 생길까 봐서. 자넨 나한테 아무런 의무가 없어. 우린 반대편에 섰지. 어쩌다 보니까, 아니 스스로 선택한 건가. 이런 상황에서도 우리의 우정이 이렇게 오래 가리라곤 꿈에도 예상하지 못했어."

"전에는 그렇게 생각하지 않았잖아— 웃었잖아, 정치보다 사람이 우선이라고 말했잖아."

"그래. '자유, 명랑, 제왕 민주주의.' 내 구호를 믿었지만 이젠 아니야. 제왕은 없을 거고 개인적으로 난 자유를 별로라고 생각해, 전쟁과 내전은 언제나 있을 테니 명랑도 싹수가 노랗고. 이제부터는—내일부터 말이야—사람들 삶에서 개인적 충성심은 거의 먹혀들지 않을 것야."

"자네가 나더러 그걸 받아들이라고 요구하는 건 내가 아끼는 사람이 자신의 어리석음 때문에 망가지는 걸 보면서도 내가 지지해야만 하는 혁명, 자네가 자네 나름대로 재단하는 혁명 때문인 게지."

"그런 생각은 하지 않았으면 좋겠다, 나중에는."

"내가 막을 거야. 오늘 밤 자네는 체포될 거야. 개죽음당하게 놔두지 않겠어."

"그건 날 위하는 일이 아니야. 지금까지 가로등을 용케 피해 다녔지만 감옥에서 끌려 나와 얻어맞고 싶지는 않아. 그렇게 죽으면 곤란하지. 자네가 마음만 먹으면 날 체포할 수도 있겠지. 하지만 그건 아니야."

"뭐가?"

"원칙이 아니야."

"자네한테 내가 원칙이고 나한테 자네가 원칙이야?"

"로베스피에르한테 물어봐." 쉴로는 지친 목소리로 말했다. "양심이 있는 남자한테 물어보라고. 친구하고 조국하고 뭐가 더 중요한지. 어느 게 우선인지. 오래된 친구인지 새로운 원칙인지 물어보라고. 자네 입으로 물어봐, 카미유." 그는 일어섰다. "오기 전에 망설였어. 여기까지 와야 하는지 — 자네 입장 곤란하게 만드는 건 아닐지."

"내 입장 곤란하게 할 사람은 아무도 없어. 그런 일을 할 수 있는 권위를 지닌 사람은 없어."

"글쎄, 아닌 거 같은데. 자네 아들 녀석을 한 번도 못 봐서 미안하네."

쉴로가 손을 내밀었다. 데물랭은 응하지 않고 돌아섰다. 쉴로가 말했다. "베라디에 신부님이 감옥에 계셔, 친구. 빼낼 수 있는지 알아봐주겠나?"

쉴로의 얼굴을 외면하면서 데물랭이 말했다. "마르세유 사람들하고 저녁 먹는 건 8시 반이면 끝날 거야. 그 사람들이 노래를 안 부른다고 가정한다면 말이지. 그 다음에는 당통하고 같이 있을 거야, 그 친구가 어디 있든지 간에. 아무 때나 당통 집에 가면 돼. 그 친구도 그 친구 부인도 자네를 찌르지는 않을 거야."

"당통을 모르는데. 본 적이야 물론 있지만 말을 나눈 적은 없지."

"말해본 적 없어도 괜찮아. 내가 자네 안전을 지켜 달라고만 하더라고 말해. 어쩌다 알게 된 사이라고 해."

"나 좀 볼래?"

"싫어."

"돌아보면 소금 기둥이 될까 봐?"

데물랭이 웃으면서 돌아섰다. 문이 닫혔다.

"난 퐁트네로 돌아가면 안 될 거 같아." 앙젤리크가 말했다. "빅 토르가 재워주겠지. 삼촌 보러 갈래?"

"싫어." 앙투안이 말했다.

당통이 웃었다. "요녀석은 투사야, 가기 싫다네."

"오빠네가 안전할까요?" 가브리엘은 병색이 돌았다. 신경을 많이 써서 얼굴이 누렇게 떴다.

"그렇다니까 그러네. 안 그러면 내가 가라고 두겠나? 아, 뤼리가 왔네."

뤼실은 방을 사뿐사뿐 가로질러와서 당통의 어깨에 두 손을 얹었다. "걱정스러운 표정 짓지 말아요. 우리가 이겨요. 정말이라니까." 뤼실이 말했다.

"샴페인이 과하셨나."

"기분 좀 냈죠."

당통이 머리를 낮추어 뤼실의 머리에 대고 속삭였다. "나도 당신 하고 기분 좀 내고 싶어." 뤼실은 웃으면서 자리를 떴다.

"세상에, 어떻게 웃을 수가 있어?" 가브리엘이 따졌다.

"웃으면 안 되는 거야? 어차피 조금 있으면 우리 모두 울 텐데. 어쩌면 오늘 밤."

"뭘 가지고 갈래?" 앙젤리크가 사내아이한테 큰 소리로 물었다. "팽이 가져갈까? 그래, 가져가는 게 좋겠지."

"따뜻하게 입혀주세요." 가브리엘이 습관적으로 말했다.

"애야, 찜통더위란다. 감기가 걱정되는 게 아니라 숨이 막힐까 봐 걱정이다."

"알았어요, 엄마. 그냥 해본 소리야."

"어머님하고 산책 좀 하고 오지. 아직 날이 환하네." 당통이 말했다.

"걷고 싶지 않아요."

"자, 자." 뤼실은 가브리엘을 의자에서 일으켜 세웠다. 앙젤리크는 약간 언짢았다. 그렇게 살 만큼 살았는데도 딸은 남자들이 언제 여자들을 내보내고 싶어 하는지를 못 알아차렸다. 둔한 건가 아니면 그런 상황이 싫어서 언제나 저러는 건가? 앙젤리크는 문가에서 돌아섰다. "몸조심하라고 해봤자 하나 마나 한 소리겠지, 조르주?" 앙젤리크는 데물랭에게 고갯짓을 하고 나서 젊은 여자들을 몰고 나갔다.

"몸조심하라는 건지 말라는 건지." 당통이 말했다. 창문으로 간 두 사람은 어머니와 할머니 팔에 매달려 폴짝폴짝 뛰면서 상가를 가로지르는 아이를 지켜보았다. "녀석이 발을 땅에 대지 않고 모퉁이를 돌려는 모양이군."

"좋은 생각이야." 데물랭이 말했다.

"기분이 안 좋아 보여."

"루이 쉴로가 왔어."

"아."

"궁전 저항군에 가담하겠다고."

"자기만 손해지."

"마음이 바뀌면 이리 오라고 했어. 잘한 일인지 모르겠네."

"위험하기는 하지만 도덕적으로는 나무랄 데 없지."

"문제가 될까?"

"아직까지는 아니야. 로베스피에르 봤나?"

"아니."

"보거든 내 앞에는 보이지 않게 해줘. 오늘은 붙어 있고 싶지 않거든. 그 친구의 섬세한 도덕심을 불쾌하게 만들 일을 내가 해야 할지도 모르거든." 당통이 말을 멈추었다. "이제 슬슬 움직여도 되겠네."

뙬르리 궁전에서는 시종들이 왕의 취침식을 준비했다. 그들은 예부터 전해 내려오는 방식에 따라 격식을 갖추어 맞절을 했다. 아직도 왕의 종아리 온기로 따뜻해진 왕의 양말을 받는 왕족이 있었다. 왕의 침대보를 접어 개는 임무를 맡은 고위 귀족이 있었다. 아버지가 그랬고 아버지의 아버지가 그랬던 것처럼 왕에게 잠옷을 건네고 루이 카페가 파르스름하고 비대한 상체를 그 안에 넣을 수 있도록 거드는 순혈 귀족이 있었다.

그들은 루이의 축 처진 어깨를 뒤따르면서 차례로 침실로 들어가려고 했다. 그러나 왕은 창백하고 통통하고 수심에 찬 얼굴을 그들에게 돌리면서 문을 쾅 닫았다.

귀족들은 서서 서로를 쳐다보았다. 그제서야 사태의 엄중함이 분명해졌다. "이런 적은 없었는데." 그들은 수군거렸다.

뤼실이 위로하듯 가브리엘의 손을 만졌다. 집에는 사람이 열두어 명 있었고 바닥에는 총기가 쌓여 있었다. "촛불을 좀 더 가져오지." 당통이 말하자 카트린이 눈길을 피하면서 눈치를 살피는 얼굴로 촛불을 더 가져왔다. 천장과 벽에 그림자들이 새로 생겨났다.

루이즈 로베르가 말했다. "가브리엘 나 여기 있어도 돼요?" 그녀는 추운 듯이 숄을 두르고 있었다.

가브리엘은 고개를 끄덕였다. "이 총들 꼭 여기 둬야 해요?"

"응. 여기 두어야 해. 정리하지 않아도 돼."

뤼실이 사람들 사이를 비집고 남편에게로 갔다. 두 사람은 작고 낮은 목소리로 말했다. 잠시 후 몸을 돌린 뤼실이 "조르주, 조르주" 하고 불렀다. 이제는 머리가 욱신거렸다. 샴페인을 먹었을 때 느껴지는, 쓸어내리려면 쓸어내릴 수도 있을 것 같은 그런 두통이었다. 뤼실의 목구멍에는 긴장의 매듭이 있었다. 당통은 프레롱과 나누던 대화를 중단하고 뤼실을 쳐다보지 않은 채 그녀를 팔로 감고 가까이 끌어당겼다. "알아요, 알아." 당통이 말했다. "강해져야 됩니다, 아가씨. 이제는 철부지 소녀가 아니거든. 다른 사람들을 보살펴야 해요." 당통의 눈빛은 먼 곳에 가 있었다. 뤼실은 그의 관심을 독차지해서 자기 자신을, 자기의 긴급한 사항을, 자기의 요구를 그의 마음속에 박아놓고 싶었다. 하지만 당통은 길거리 저 어딘가에 있을 것이다. 그의 마음은 튈르리 궁전에, 시청에 있었고 그의 입은 습관적으로 위로의 말들을 내뱉었다.

"카미유를 잘 보살펴주세요. 그이한테 아무 일도 일어나지 않게 해주세요." 뤼실이 말했다.

당통은 이제 침통하게 뤼실을 내려다보면서 그녀의 청을 고려했다. 그는 정직하게 답하고 싶었다.

프레롱이 뤼실의 팔꿈치에 망설이듯 손을 댔다. 뤼실의 팔이 움츠러들었다. "우리 모두 서로를 보살필 겁니다. 그거 말고 우리가 뭘 할 수 있겠어요." 프레롱이 말했다.

"토끼 씨한테는 아무것도 바라지 않아요. 그쪽은 자신이나 잘 챙기세요."

"잘 들어요." 당통의 파란 눈이 뤼실에게 박혔다. 그녀는 이제 다

컸다고 생각하고 말을 하겠다던, 그 낯익은 말들을 듣는다고 생각했다. 그러나 당통은 그렇게 말하지 않았다. "잘 들어요, 카미유하고 결혼했을 때 그게 뭘 뜻하는지 당신은 알고 있었어요. 안전한 삶인지 혁명 속의 삶인지 당신은 선택해야 해요. 그런데 내가 그 친구를 쓸데없이 위험으로 내몰까 봐 그래요?" 당통의 눈은 시계를 바라보았고 뤼실도 그 눈을 좇았다. '우리의 생존은 저 시계가 재겠구나.' 뤼실은 생각했다. 가브리엘이 결혼 선물로 받은 시계였다. 시계 바늘은 뾰족하고 정교한 왕실 문양으로 치장되어 있었다. 1786년 아니면 1787년. 당통은 국왕참사회 위원을 지냈다. 그때 데물랭은 뤼실의 어머니와 사랑에 빠졌다. 뤼실은 열여섯 살이었다. 당통은 흉터가 난 입술을 뤼실의 이마에 갖다 댔다. "이겨도 잿더미일 겁니다." 당통이 말했다. 데물랭을 지켜주는 대신 뤼실한테 대가를 요구할 수도 있었겠지만 당통은 그런 사내는 아니었다.

프레롱이 총을 집었다. "나는 오늘 밤이 끝이라 해도 여한이 없어요." 그러면서 뤼실을 흘긋 보았다. "지금 이대로는 살아도 사는 게 아니라서."

데물랭의 가시 돋친 염려의 목소리가 방 건너편에서 날아들었다. "토끼가 그렇게 느끼는 줄 몰랐네, 내가 뭐 좀 해줄 일이 없을까?"

누군가가 키득거렸다. 뤼실은 생각했다. 당신이 날 사랑해도 난 어쩔 수가 없어. 당신은 둔해. 에로는 내 인생이 끝났다는 말 같은 거 안 해. 아르튀르 디용도 그런 말은 안 해. 그 사람들은 언제 놀이를 해야 하는지 알아. 지금은 놀이 할 때가 아니거든. 사랑 놀음 할 때가 아니야. 뤼실은 데물랭한테 손을 들었다. 거수경례를 해야 할 것 같았다. 그러고는 돌아서서 침실로 걸어 들어갔다. 문은 살짝 열어 두었다. 다른 방들에서 약간의 불빛과 기이하고 둔탁한 대화의 음절들이 스며들어 왔다. 뤼실은 소파에 앉아서 기댔다. 그리고 졸기 시작했다. 파티가 끝난 다음의 조각조각 난 꿈들로 가득 찬 졸음이었다.

"대회의실로 갑니다." 페티옹은 두툼한 앞가슴에 직위를 표시하는 어깨띠를 두르고 왕의 처소로 가고 있었다. 페티옹이 걸어가자 귀족들이 길을 터주었다.

페티옹은 외곽 회랑에 도착했다. "신사분들이 왜 모두 여기 서 계신지 여쭤봐도 될까요?" 페티옹의 말투는 그가 공연장의 원숭이들에게 말을 건 것이고 대답을 기대하지 않음을 암시했다.

앞으로 걸어 나온 첫 번째 원숭이는 적어도 여든은 되어 보였다. 바람에 날리는 휴지처럼 후들거리며 겨우 서 있는 그 원숭이의 가슴에서 반짝거리는 기사 훈장들을 페티옹은 알아보지 못했다. 그는 정중하게 살짝 몸을 숙였다. "시장 나리, 궁전 안이나 근처에서는 앉지 않는 법이지요. 앉으라는 분부를 특별히 받는다면 모를까. 모르셨습니까?"

노인은 고통스러운 눈빛을 동료들에게 던졌다. 작은 의식용 칼이 그의 말라붙은 정강이에 매달려 있었다. 훈련받은 원숭이들은 하나같이 그 칼을 차고 있었다. 페티옹은 코웃음 치면서 뚜벅뚜벅 걸어 나갔다.

왕은 넋이 나간 듯했다. 그는 공무를 앞두고 오래 잠을 자는 데 익숙해 있었다. 앙투아네트는 합스부르크 특유의 주걱턱을 꽉 다물고 꼿꼿이 앉아 있었다. 왕비는 페티옹이 예상했던 모습과 똑같았다. 센(Seine) 도(道)의 감찰감인 피에르루이 뢰드레르가 왕비의 의자 옆에 서 있었는데, 그는 거대한 합본 세 권을 들고서 국민방위대의 총사령관 드 망다 후작과 이야기하고 있었다.

　페티옹: 거기 들고 있는 게 뭔가요? 밤중에 법률서가 필요할 리는 없을 테고.

　뢰드레르: 시 경계선 안에서 계엄법을 선언할 필요성이 생기면 도에 그런 권한이 있을까 싶어서요.

　엘리자베트 부인: 있는가?

　뢰드레르: 없사옵니다.

　페티옹: 그 권한은 나에게 있습니다.

　뢰드레르: 그렇습니다만, 만에 하나 어떤 식으로든 구금되셨을 가능성에 대비하려고요.

　왕: (무거운 말투로) 6월 20일처럼.

　페티옹: 법률서는 잊어버리시지요. 내버리세요. 태워버리든가. 먹어버리세요. 아니면 국민의 머리를 후려치는 데에 쓰셔도 좋고. 저분들이 차고 있는 그 이쑤시개보다는 나을 겁니다.

　망다: 당신이 왕궁 방어의 법적 책임을 맡고 있다는 사실을 아시오?

　페티옹: 무엇으로부터 방어하는 겁니까?

　왕비: 그대의 바로 눈앞에서 반란이 조직되고 있소.

　망다: 우린 탄약이 없소.

　페티옹: 뭐요, 하나도?

　망다: 턱없이 부족하오.

　페티옹: 준비성하고는.

가브리엘이 치마를 바스락거리며 앉자 뤼실이 깜짝 놀라 깨어났다. "나밖에 없어." 가브리엘이 말했다. "떠났어요."

루이즈 로베르는 앞에 털썩 주저앉아서 두 손을 마주 잡더니 꽉 움켜쥐었다. "사람들이 경보를 울릴까요?" 뤼실이 물었다.

"네. 곧."

긴장이 가브리엘의 뒷목을 조였다. 그녀가 한 손을 얼굴에 대자 손가락 사이로 눈물이 흘러내렸다.

자정에 당통이 돌아왔다. 당통의 발자국 소리를 듣자마자 가브리엘은 소스라쳐서 벌떡 일어섰고 그들은 응접실로 그녀를 졸졸 따라 들어갔다.

"왜 이렇게 일찍 돌아왔어요?"

"일찍 돌아올 거라고 했잖소. 만사가 순조로우면 자정 무렵에 돌아온다고 말했는데. 내가 하는 말은 왜 하나도 안 믿지?"

"그럼 만사가 순조로운 거예요?" 루이즈가 캐물었다. 당통은 짜증스러운 듯이 그들을 쳐다보았다. 당통에게는 그들이 문제였다.

"물론이지. 안 그러면 내가 여기 있을까?"

"프랑수아는 어디 있어요? 그 사람은 어디로 보냈어요?"

"그 사람이 어디 있는지 도대체 내가 어떻게 알지요? 마지막으로 본 건 시청에서입니다. 그곳은 불타지도 않았고 총격도 없어요."

"그런데 여기서 뭐 하시는 거예요?"

당통은 체념했다. "시청에 애국파가 잔뜩 모여 있어요. 좀 있으면 그 사람들이 기존의 코뮌을 접수하고 봉기 코뮌을 선언할 겁니다. 그럼 애국자들이 도시를 사실상 장악하는 거구요."

가브리엘이 물었다. "사실상이라는 말은?"

"이제 그 사람들이 일을 벌이고 나중에 그걸 합법적으로 만든다는 뜻이죠." 뤼실이 말했다.

당통이 웃었다. "요즘 표현력이 대단하십니다, 부인! 결혼은 잘 하고 볼 일이야."

루이즈 로베르가 말했다. "우릴 우습게 보지 마세요. 우리도 계획이 뭔지는 알지만 그게 제대로 되는지 안 되는지 알고 싶을 뿐이라고요."

"나는 가서 한숨 자야겠네." 당통이 말했다. 그는 여자들이 방금까지 있던 침실로 걸어 들어가서 문을 쾅 닫았다. 옷을 하나도 벗지 않고 드러누워서 천장을 뚫어져라 보면서 경보가 울리기를, 사람들을 거리로 이끌어낼 소리가 들리기를 기다렸다. 시계가 쳤다. 8월 10일이었다.

두 시간쯤 지났을까, 그들은 문에서 인기척을 들었다. 뤼실은 응대하는 가브리엘을 그림자처럼 좇았다.

계단에 사내 몇 명이 조용히 서 있었다. 한 사람이 앞으로 나섰다. "앙투안 푸키에탱빌입니다. 당통을 만나러 왔습니다만." 그의 공손함은 기계적이었고 자신감에 차 있었다. 법정에서 보는 예의범절.

가브리엘은 비켜섰다. "깨워야 하나요?"

"네, 우린 당통이 필요합니다. 때가 되었습니다."

가브리엘이 침실을 가리켰다. 푸키에탱빌은 뤼실에게 머리를 살짝 기울였다. "안녕하세요, 사촌."

뤼실은 불안하게 고개를 끄덕였다. 푸키에탱빌은 데물랭처럼 올이 굵고 검은 머리와 가무잡잡한 피부를 지녔지만 머리카락은 직모였고 얼굴은 딱딱했으며 얇은 입술은 설상가상으로 악화되는 위기

상황에 맞춰져 있었다. 잘 보면 혈육임을 알아볼 수도 있었다. 하지만 데물랭을 보았을 때는 만지고 싶은 마음이 들지만 데물랭의 사촌을 보았을 때는 그런 반응이 나오지 않았다.

가브리엘은 사내들을 따라 침실로 들어갔다. 뤼실은 루이즈 로베르 쪽으로 돌아서서 늘상 하는 이야기를 하려고 입을 열려다가 루이즈의 얼굴에 나타난 살기를 보고 기겁을 했다. "프랑수아한테 무슨 일이 생기면 내가 저 돼지를 칼로 쑤셔버릴 거야."

뤼실의 눈이 동그래졌다. 왕? 아니었다. 루이즈가 말하는 돼지는 당통이었다. 뤼실은 대꾸할 말이 떠오르지 않았다.

"저 남자 봤어요? 푸키에탱빌? 카미유 말로는 친척들이 다 저렇대."

그들은 다른 사람들 사이에서 끊겼다 이어지는 당통의 목소리를 들었다. "푸키에탱빌, 내일 아침 일찍…… 가만있자, 튈르리에 제시간에 가는 걸…… 페티옹이 알아야…… 대포는 다리에…… 서두르라고 해."

당통은 나오면서 느슨히 풀었던 크라바트를 다시 바짝 조이고 손가락으로 푸르스름한 턱을 쓱 쓰다듬었다. "조르주자크, 거칠면서 도도한 그 풍채는 가히 인민의 지도자로서 적역임을 선언하노라." 뤼실이 말했다.

당통이 싱긋 웃었다. 그는 한 손을 뤼실의 어깨에 얹고는 어깨를 꽉 쥐었다. 무척 유쾌하면서도 너무 아파서 뤼실은 하마터면 울 뻔했다. "이 몸은 이제 떠납니다. 시청으로. 안 그러면 저 사람들이 뻔질나게 이리로 달려올 거 같아서—" 그는 문에서 잠깐 멈춰 섰다. 아내에게 입맞춤을 했다가는 아내의 울음보가 터질 것 같았다. "뤼실, 여기를 잘 부탁해요. 걱정 너무 많이 하지 말고." 그들은 당통이 계단을 뚜벅뚜벅 내려가는 소리를 들었다.

"저기요, 괜찮아요?"

"난 철벽이야, 총알에도 자네의 농담에도." 장폴 마라가 말했다.

"지금은 더 형편없어 보이시네요."

"혁명은 나를 장식하는 능력으로 나를 평가하지 않네. 당통 자네
도 그러리라 믿지. 우린 행동하는 사람 아닌가 말이야." 여느 때처
럼 마라는 시시껄렁한 농담을 몹시 즐기는 것처럼 보였다. "망다를
이리로 데려와."

"아직도 궁전에 있나요? 망다에게 이렇게 전하게." 당통은 어깨
너머로 말했다. "그대의 노고를 치하한다. 코뮌은 그대가 시청에 시
급히 나타나기를 요청한다."

그레브 광장에서는 점점 불어나는 군중의 환호성이 드높았다. 당
통은 브랜디를 잔에 콸콸 따라서는 선 채로 잔을 손바닥에 놓고 살
살 흔들었다. 집에서 바짝 조이느라 시간을 허비했던 크라바트는
느슨히 풀었다. 목 언저리로 맥박이 콩닥콩닥 뛰었다. 당통은 입 안
이 말랐다. 메스꺼움이 안에서 한바탕 차 올랐다. 그는 잔에서 또
한 모금을 마셨다. 메스꺼움이 잦아들었다.

왕비가 한 손을 뻗자 망다는 거기에 입을 맞추었다. "다시 돌아오
지 않겠습니다."으레 하는 말이었다. "그레브 광장 경비 부대의 사
령관에게 지시한다. 궁전으로 행진하는 폭도의 후방을 공격하여 해
산시켜라." 망다는 쓱 서명을 했다. 타고 갈 말이 기다리고 있었다.
경비 사령관은 몇 분 뒤에 명령을 하달받았다. 시청에서 망다는 자
기 집무실로 직행했다. 보고하라는 지시를 받기는 했지만 아직까지

는 보고를 받을 만한 권한을 지닌 사람을 제대로 가려내지 못했다. 문을 자물쇠로 잠글까 하는 생각도 해보았다. 하지만 군인답지 못한 짓 같았다.

"로시뇰, 수고했네." 당통이 말했다. 그는 지구 경찰국장이 건네준 망다의 명령문을 훑어보았다. "우리 복도를 걸어가서 망다에게 새 코뮌 앞에서 왜 국민을 상대로 군대를 투입했는지 설명을 요구합시다."

"거부한다." 망다가 말했다.

"거부하신다."

"저들은 자치 정부가 아니다. 저들은 코뮌이 아니다. 저들은 반역자들이다. 저들은 범죄자들이다."

"저들의 범죄를 덧붙여드리리다." 당통은 앞으로 팔을 뻗어서 망다의 상의 앞자락을 부여잡고 완력으로 방 밖으로 와락 끌어냈다. 로시뇰이 재빨리 나서서 후작의 양날칼을 낚아챘다. 그리고 칼자루를 손가락으로 만지작거리면서 찡그렸다.

방 밖에서 망다는 자신을 둥그렇게 에워싼 적대적인 얼굴들을 올려다보았다. 그는 무서워서 몸을 못 가누었다. "아니야 지금은. 아직은 아닙니다, 여러분. 이건 나한테 맡겨 두세요, 도움은 필요 없습니다." 당통이 말했다. 그는 손아귀에 힘을 더 주었다. "계속 거부해 보시게나, 망다." 당통은 새로운 코뮌이 모여 있던 알현실로 망다를 질질 끌고 갔다. 당통은 웃었다. 다시 아이가 된 기분이었다. 사안이 단순할 때는 잔인하게 굴어도 좋았다.

새벽 5시. 앙투아네트. "희망이 없다."

새벽 5시. 가브리엘이 부르르 덜덜 떨기 시작했다. "토할 거 같아." 루이즈 로베르가 대야를 가지러 총알처럼 튀어 나갔다. 루이즈가 대야를 들고 있는 동안 뤼실은 가브리엘의 머리채를 어깨에서 들어올려서 뒤로 넘겼다. 가브리엘이 제대로 게우지도 못하고 헛구역질을 끝내자 그들은 가브리엘을 다시 소파에 눕혔다. 그리고 대야를 걸리적거리지 않게 가까이 두고 등을 쿠션으로 받쳐주고 라벤더 물에 적신 손수건으로 관자놀이를 톡톡 두드려주었다. "아마 짐작들 했겠지만 나 또 임신했어요." 가브리엘이 말했다.

"어머!"

"보통은 이럴 때 축하를 하는데." 가브리엘이 조용히 말했다.

"하지만 너무 이르잖아." 뤼실이 안타까워했다.

"자, 어떻게 할 것이냐." 루이즈가 어깨를 으쓱했다. "임신을 하느냐 잉글랜드 외투를 쓰느냐, 결단을 하시라."

"잉글랜드 외투가 뭔데?" 가브리엘이 멍하니 두 사람을 번갈아 쳐다보면서 말했다.

"미치겠네!" 루이즈가 빈정거렸다. "'피임'이 무슨 뜻이냐고요? 잉글랜드 외투가 뭐냐고요? 이역만리에 있다는 고결한 원시인이 여기에 납셨구먼."

"미안." 가브리엘이 말했다. "난 두 사람 대화를 못 쫓아가겠다."

"애쓰지 마요." 뤼실이 말했다. "레미는 콘돔에 대해서 모르는 게 없지만 유부남들이 좋아하는 물건은 아니야. 조르주자크는 특히 더 그러리라고 짐작이 가는데."

"데물랭 여사의 짐작까지 알고 싶다는 생각은 안 드네요." 루이즈가 말했다. "지금 상황에서는."

눈물 한 방울이 가브리엘의 눈썹 끝에서 바르르 떨었다. "난 임신

해도 괜찮아요 정말. 그 사람은 항상 기뻐했어요. 그리고 사람은 거기에 익숙해지고."

"이대로 가면 여덟 아홉 열은 낳을걸. 예정이 언제야?" 루이즈가 물었다.

"2월, 내 생각에. 멀게 느껴져요."

"집에 가. 자라고. 두 시간쯤."

새벽 3시의 흉측한 횃불 불길. 삐걱거리며 덜거덕거리며 이동하는 대포 위로 들려오는 전투원들의 맹세.

"자라고?" 데물랭이 말했다. "그런 사치를 누릴 땐가 지금이. 궁전으로 자네를 찾아갈까 나중에?"

당통은 데물랭의 얼굴에다 독주가 밴 숨을 훅 내쉬었다. "아니, 궁전에는 왜? 국민방위대는 상테르가 잡고 있고 우린 베스테르만이 있어. 그 사람은 전문가니까 그냥 맡기면 돼. 개인적으로 위험을 감수할 필요가 없다는 말이 그렇게도 이해가 안 되나?"

데물랭은 벽에 딱 기대어 두 손으로 얼굴을 덮었다. "방에 앉아 있는 뚱뚱한 법률가들." 그가 말했다. "아주 짜릿한데."

"보통 사람한테도 이만저만 짜릿한 게 아니지." 당통이 말했다. 그는 매달리고 싶었다, 괜찮을까, 우리가 해낼 수 있을까, 우리가 아침 해를 볼 수 있을까? "제발 카미유, 집에 가." 당통이 말했다. "네 머리카락이 끈에 칭칭 묶이는 모습은 정말 보고 싶지 않아."

망다 후작은 새 코뮌에게 심문을 받은 다음 시청의 한 방에 감금되었다. 동이 트자 당통은 그를 수도원 감옥으로 데려가라는 뜻을 비쳤다. 건장한 감시병에게 이끌려 망다가 계단을 내려가는 모습을 당통은 창가에 서서 지켜보았다.

당통이 로시뇰에게 고개를 끄덕였다. 로시뇰은 창밖으로 몸을 내밀고 망다를 쏘아 죽였다.

"자, 분위기 좀 바꾸자." 뤼실이 말했다. 세 여자는 소지품을 챙겨서 방문들을 닫아걸고 아래층으로 내려가 상가로 나섰다. 그들은 모퉁이를 돌아 뤼실의 아파트로 걸어갈 것이다. 기다림의 감옥을 다른 장소로 옮기는 것이다. 주변에는 아무도 없었고 공기는 쌀쌀할 정도로 맑았다. 앞으로 한 시간 있으면 더위가 닥칠 것이다. 뤼실은 생각했다. 내가 지금처럼 살아 있다는 느낌을 강하게 받은 적이 있었던가. 배신당한 이 가엾은 암소는 내 오른쪽 어깨에 기댔고 이 뼈대가 가느다란 싸움꾼은 내 왼쪽 어깨에 기댔다. 바위덩어리와 연. 뤼실은 계단을 오르면서 두 사람과 보조를 잘 맞춰야 했다.

하녀 자네트는 그들이 나타나자 애써 놀란 표정을 지었다. "당통 부인을 위해서 잠자리를 좀 마련해줘요." 뤼실이 말했다. 자네트는 응접실의 소파 위에다 가브리엘을 눕히고 이불을 잘 덮어주었다. 가브리엘은 이번만큼은 갓난아기 취급을 당하기로 마음먹고서 머리를 쿠션 위에다 놓았고 루이즈 로베르는 가브리엘의 머리핀들을 빼서 소파 팔걸이에 펼쳐진 검고 따스한 머리타래를 양탄자로 치렁치렁 늘어뜨렸다. 뤼실은 머리빗을 가져와서 참회하는 사람처럼 무릎을 꿇고서 전기가 흐르는 숱 많은 머리칼을 가만히 오래오래 빗어주었다. 가브리엘은 전투력을 상실한 채 눈을 감고 누워 있었다. 루이즈 로베르는 파란 침대의자에 걸터앉더니 엉덩이를 더 안쪽으로 파묻고 두 발을 끌어올렸다. 자네트는 루이즈에게 담요를 갖다 주었다. "어머니는 이 가구를 통 마음에 들어 하지 않으셔요." 루이즈가 뤼실에게 말했다. "이런 게 왜 좋은지 도무지 알 수가 없다고 입버릇처럼 말씀하셨거든."

"뭐든 원하는 게 있으면 날 불러요." 뤼실은 침실로 향하면서 말했다. 가다가 김빠진 샴페인이 반 뼘쯤 담긴 병을 집어 들었다. 그것을 마실까 하다가 그보다 더 고약한 것은 없다는 생각이 들었다. 뚜껑을 연 지 일 주일이 넘었다.

그 생각을 하니까 메스꺼워졌다. 자네트가 뒤에 나타나자 뤼실이 기겁을 했다. "이제 좀 누워요, 아가씨." 여자가 말했다. "그렇게 꼿꼿하게 버틴다고 해서 달라지는 건 하나도 없다우." 자네트의 어두운 입매가 말했다. 당신도 알다시피 나도 그 사람을 사랑하잖아.

오전 6시에 왕은 국민방위대를 사열하기로 결정했다. 그리고 궁전 안뜰로 내려왔다. 왕은 후줄근한 자주색 외투를 입었고 팔 밑에는 모자를 끼고 있었다. 불행한 일이었다. 방 바깥에 있던 귀족들이 왕이 가까이 오자 털썩 무릎을 꿇고 앉아서 충성의 말을 뇌까렸다. 그러나 국민방위대는 왕을 모욕했다. 한 포수는 왕의 얼굴에 대고 주먹을 흔들었다.

생토노레 거리: "아침 좀 드실래요?" 엘레오노르 뒤플레가 물었다.

"생각 없어요."

"왜 안 먹어요?"

"이 시각에는 안 먹거든. 이 시각에는 답장을 써요." 로베르피에르가 말했다.

문가에는 바베트. 동글동글한 아침 얼굴. "아버지가 이걸 전하래요. 당통이 시청에서 성명서에 서명하고 있대요."

로베스피에르는 문서가 책상 위에 놓이도록 두었다. 문서를 만지지는 않았지만 눈은 서명란으로 향했다. "국민의 이름으로— 당통."

"그러니까 당통이 국민의 이름으로 말한다고 주장하는 건가요?" 엘레오노르가 물으면서 로베스피에르의 얼굴을 살폈다.

"당통은 탁월한 애국자야. 다만, 지금쯤이면 나를 부르러 사람을 보내려니 생각했지."

"당신을 위험에 끌어들이고 싶지 않은 거겠죠."

로베스피에르는 고개를 들었다. "아니, 그건 아니고. 당통은 내가—뭐라고 해야 하나?—자기 방식을 따져보는 게 싫은 거야."

"그럴 수도 있겠네요." 엘레오노르는 동의했다. 아무려면 어떤가? 그녀는 무슨 말이든 할 용의가 있었다. 뒤플레의 담 안에서 그를 안전하게 지킬 수만 있다면, 그의 심장이 내일도 또 내일도 또 그 다음날도 뛰게 할 수만 있다면.

애국자들이 거대한 대포들을 궁전으로 조준한 것은 아침 7시 30분 무렵이었다. 대포들 뒤로는 장총, 군도, 단검, 즐비하게 늘어선 성스러운 창 등 봉기 코뮌이 찾아낼 수 있었던 모든 무기가 있었다. 구름 떼처럼 모인 사람들은 〈라 마르세예즈〉를 불렀다.

루이: 저들이 원하는 게 뭔가?

데물랭은 아내의 어깨에 머리를 얹고 한 시간 동안 잤다.

"당통." 뢰드레르는 문 입구를 가로막은 유령을 올려다보았다. "당통, 당신 취했군."

"깨어 있으려고 마시고 있는데."

"원하는 게 뭐요?" 나한테, 뢰드레르는 그렇게 덧붙이고 싶었다. 공포가 그의 얼굴에 분명하게 드러났다. "당통, 당신이 어떻게 생각하는지는 몰라도 난 왕정주의자가 아니오. 내가 튈르리 궁전에 있었던 건 거기에 배치되었기 때문이오. 그렇지만 당신과 당신의 지휘관들이 지금 무슨 일을 하는지 분명히 알기를 바라오. 대학살은 끔찍하리란 걸 당신들은 이해해야 하오. 스위스 근위대는 마지막 한 사람까지 싸울 것이오."

"그래서 말하는데 거기로 다시 돌아갔으면 하네." 당통이 말했다.

"다시?" 뢰드레르는 입을 벌리고 당통을 쳐다보았다.

"왕을 밖으로 끌어내줘야겠어."

"밖으로?"

"내가 하는 말 따라하지 마 이 저능아야. 왕을 밖으로 데리고 나오면서 방어를 포기하게 만들라고. 지금 돌아가서 루이한테 말하고 앙투아네트한테 말해. 궁전을 떠나고 저항을 취소하고 의회의 보호 아래 들어오지 않으면 몇 시간 안에 당신들은 죽는다고."

"그분들을 구하려는 거요? 그렇게 이해하면 되는 거요?"

"알아듣게 말하고 있다고 생각하는데."

"하지만 내가 어떻게 그런 일을? 내 말에는 귀 기울이지 않을 텐데."

"일단 폭도들이 궁전 안으로 들어가면 나도 할 수 있는 일이 없다고 일러. 그때는 악마가 와도 당신들을 구하지 못한다고."

"그런데 그분들을 구하고 싶은 거요?"

"슬슬 지겨워지는군. 우린 어떤 대가를 치르고서라도 왕과 왕세자를 손에 넣어야 해. 다른 것들은 부차적인 문제야, 물론 여자들이

다치는 걸 보기는 나도 괴롭지만."

"대가라." 변호사가 되뇌었다. 무언가가 그의 지친 뇌 안에서 자리를 잡는 듯했다. "대가라, 당통. 이제 알겠구려."

당통은 방 맞은편으로 돌진했다. 뢰드레르의 외투 앞깃을 부여잡고 또 한 손으로 그의 목을 휘감았다. "그 사람들을 데리고 오지 않으면 내가 책임을 묻겠다. 내가 지켜볼 거야."

켁켁, 뢰드레르는 한 손을 뻗어 당통의 팔을 움켜잡았다. 방이 핑핑 돌았다. 이러다 죽는구나, 생각했다. 뢰드레르는 숨을 쉬려고 발버둥쳤다. 귀가 콩콩 울렸다. 당통은 그를 바닥으로 내팽개쳤다. "저게 첫 번째 포성이다. 이제 궁전을 공격하는 거야."

한 팔로 힘없이 몸을 지탱하고 앉은 뢰드레르는 기둥처럼 우뚝 선 당통의 육중한 몸과 그의 사나운 얼굴을 올려다보았다. "이제 가서 데리고 나오시지, 나를 위해서."

"옷솔이면 되겠는데." 데물랭이 말했다. "어중이떠중이하고는 달라 보여야 하니까. 당통 말이 그래." 그는 삼색 띠를 어깨에 둘렀다. "이만하면 괜찮아?"

"공작 부인하고 아침 나절에 초콜릿을 같이 나눠도 손색이 없겠어요. 같이 초콜릿을 나눌 공작 부인이 있다면 말이지만. 이제 어떻게 되는 거예요?" 뤼실은 얼굴에서 두려움을 오래 지울 수가 없었다.

루이즈와 가브리엘은 소식을 기다리고 있었다. 속을 잘 드러내지 않던 데물랭이 들어왔다.

"조르주자크는 시청에 있으면서 진두 지휘할 작정입니다. 프랑수아도 거기 있고요, 옆 사무실에서 떨어져서 일합니다."

루이즈가 물었다. "안전할까요?"

"글쎄요, 대지진이 일어나고 해가 까맣게 변하고 달이 피가 되고 천체가 돌돌 말려서 두루마리가 되어 떠나가고 세상의 종말에 온다는 요한묵시록의 마지막 일곱 천사가 일곱 가지 마지막 역병과 함께 온다면 모를까, 물론 이 모두가 상존하는 위험이라는 데에는 나도 동의합니다만, 프랑수아가 지금 크게 화를 당하고 있다는 생각은 안 드는군요. 우리 모두 안전할 겁니다, 우리가 이기는 한."

"그리고 궁전에서는요?" 가브리엘이 물었다.

"아, 궁전에서는 지금쯤 사람이 죽어 나가고 있을 겁니다."

앙투아네트: 아직 방어 병력이 있소.

뢰드레르: 왕비 마마, 온 파리가 마마께 행진해 오고 있습니다. 국왕 전하와 마마와 아기씨들께옵서 학살당해도 괜찮다는 말씀이십니까?

앙투아네트: 하느님이 굽어살피시겠지.

뢰드레르: 시간이 없습니다, 전하.

루이: 무익한 방어를 포기하고 철수하기를 그대에게 명하노라. 그대도 그렇고 나도 그렇고 이곳에서는 아무것도 할 일이 없구나. 가자.

프랑스 왕실에 고용된 스코틀랜드 출신 정원사 토머스 블래키의 설명:

그러나 모두가 8월 10일의 대참극에 대비하는 것처럼 보였다. 많은 사람이 변화를 원했으며 튈르리를 공격하기 위해서 마르세유에서 사람들이 온다고 말했다. 이것은 예측된 사건으로 보였나. 튈르리는 스위스 근위병들이 지켰으며 더 많은 사람들이 스위스 근위대 제복을 입고서 왕의 편에 서려고 준비하고 있었다. 전날 밤 우리는 앞으로 벌어질 일에 대해서 웬만큼 통보는 받았지만 일이 어떻게 펼쳐질지는 아무도 상상하지 못했다. 9일 저녁에 벽에 있던 병이 떨어져서 다리를 베이는 바람에 절뚝거리게 되어 나는 샹젤리제와 튈르리가 마주 보이는 우리 집 테라스에 앉아 있을 수밖에 없었는데 거기에서 9시경에 포성을 처음 들었고 이어서 또 다른 포성과 소란이 이어졌다. 나는 샹젤리제 안에서 사람들이 이리저리 달리는 것을 볼 수 있었다. 학살의 공포는 커져만 갔는데 왕이 근위대를 두고 의회로 피신해 들어가면서 왕을 지키려고 왔던 가엾은 사람들은 왕에게 버림을 받고 폭도들에게 학살당하는 신세가 되었다. 왕이 자리를 지켰더라면 대부분의 구들은 왕을 보호할 준비가 되어 있었다. 그러나 왕이 의회로 떠난 사실을 알고는 그들은 가엾은 스위스 근위대를 일제히 학살하는 데 나섰다. …… 이 수많은 식인종들은 거리를 지나가다가 서서 자기들이 학살한 스위스 근위병들의 신체 일부를 우리에게 보여주었는데 그중에는 내가 아는 병사도 있었다. …… 모두가 자기가 한 일을 자랑스러워하는 것처럼 보였다. 시신을 잘라내고 심지어 옷을 승리의 전리품으로 벗겨내면서 시신에게까지 자신의 분노를 나타내려는 것처럼 보였다. 그러다 보니 사람들이 일종의 광기에 휩싸인 것처럼 보였다. …… 하지만 이날 벌어진 끔찍한 잔혹 행위를 다 묘사하기란 불가능하다.

"카미유." 한 번도 본 적이 없는 어린 국민방위대 대원이 눈을 동그랗게 뜨고 불안해하면서 무시당할 각오를 하고 다가섰다. "왕정주의자 순찰대를 잡았는데 우리 제복을 입고 있었어요. 푀양 수도원 안뜰에 있는 경호실에 가두었습니다. 어떤 사람들이 와서 그 사람들

을 데려가려고 합니다. 우리 사령관이 안뜰을 정리하려고 증원군을
요청했지만 아직 안 왔습니다. 우리가 오래 버티지는 못할 거 같은
데요, 와서 이 폭도들이 정신 차리도록 한마디 해주시겠습니까?"

"그래서 어쩌자고?" 프레롱이 말했다.

"사람들을 개처럼 죽여서는 안 된다는 거지요." 소년이 프레롱에
게 말했다. 소년의 입이 떨렸다.

"가자." 데물랭이 말했다.

안뜰에 당도했을 때 프레롱이 가리켰다. "테루아뉴야."

"그래." 데물랭이 가만히 말했다. "저러다 죽겠는데."

테루아뉴는 지휘봉을 잡았다. 여기는 그녀만의 작은 바스티유였
다. 적개심에 불탔지만 우왕좌왕하던 폭도들이 이제 지도자를 얻었
다. 경호실에 있던 죄수들은 이미 너무 늦었다. 고함 너머로 그 여자
의 목소리 너머로 쨍그랑 유리창 깨지는 소리와 와지끈 나무 부러지
는 소리가 들렸다. 테루아뉴가 몰아가는 대로 폭도들은 문을 부수
며 몰려들어 가서 우리에 갇힌 짐승들처럼 온 힘을 다해 창문의 쇠
창살을 밀고 있었다. 그러나 그들은 부수고 나오는 것이 아니라 부
수고 들어가는 처지였다. 그래서 좁은 통로에서 총검들과 맞닥뜨리
자 잠시 뒷걸음질쳤다. 그랬는데 이제는 아예 건물을 허물고 있었
다. 그들은 돌이라도 집어삼킬 듯한 짐승들이었다. 그들의 의도는
포위가 아니었다. 그들에게는 곡괭이가 있었고 그것을 쓰고 있었다.
선봉에 선 공격자들 뒤에서 안뜰은 격려의 말과 고함과 흔드는 주
먹과 휘두르는 무기로 끓어올랐다.

국민방위대 제복과 삼색 어깨띠를 보고서 일부 군중이 그들이 지
나가도록 길을 터주었다. 하지만 군중의 맨 앞으로 가기도 전에 소

년이 데물랭의 팔을 붙잡고 끌어당겼다. "이제는 할 수 있는 일이 없어요."

검은 옷을 입은 테루아뉴는 허리띠에는 권총을 차고 손에는 칼을 쥐었는데, 얼굴이 이글이글 타올랐다. 고함이 터졌다. "죄수들이 나온다." 그녀는 입구를 지키고 서 있었다. 첫 번째 죄수가 끌려 나오자 그녀는 옆에 있던 남자들에게 신호를 보냈고 그들이 칼과 도끼를 쳐들었다. "누가 좀 못 막나?" 데물랭이 말했다. 데물랭이 제지하던 국민방위대 병사의 손을 뿌리치고 비키라고 소리를 지르면서 앞으로 밀고 나가기 시작했다. 프레롱이 뒤로 따라붙으면서 데물랭의 어깨를 잡았다. 데물랭이 그를 세차게 밀어냈다. 두 애국파가 바야흐로 따로 갈라서려는 조짐에 눈길을 돌리면서 군중은 뒤로 물러섰다.

그러나 몇 초의 유예는 어느새 지나가버렸고 앞줄에서 짐승의 절규가 들렸다. 테루아뉴가 공개 사형 집행인처럼 팔을 내린 것이다. 도끼와 칼들이 움직였고 죄수들은 하나씩 차이고 끌려가면서 예정된 죽음으로 내몰렸다.

데물랭은 겨우겨우 앞으로 나아갔고 국민방위대 병사는 그의 등 뒤에 있었다. 네 번째 죄수로 루이 쉴로가 나타났다. 테루아뉴가 소리를 지르자 군중은 행동을 멈추었고 심지어 뒤로 물러서기까지 했다. 군중이 뒤로 물러나자 그 뒤에 있던 사람들이 짓뭉개졌고 데물랭은 두 팔이 양 옆으로 끼어서 옴짝달싹할 수가 없었다. 바로 그때 테루아뉴가 루이 쉴로에게 다가가서 쉴로만이 알아들을 정도로 무언가를 말했다. 루이는 뭐 하자고 지금 이런 난리를 피우느냐고 말하듯이 한 손을 들었다. 그 몸짓이 데물랭의 마음에 새겨졌다. 그것이 마지막 몸짓이었다. 그는 테루아뉴가 권총을 들어 올리는 것을 보았다. 총성은 듣지 못했다. 순식간에 그들은 죽어 가는 사람들에게 둘러싸였다. 아무도 몰랐지만 어쩌면 아직도 숨이 붙어 있었을 루이 쉴로의 몸은 군중 속으로, 마구 흔들어대는 팔과 칼날의 소용돌이 속으로 끌려 들어갔다. 프레롱은 국민방위대 병사의 얼굴에 대고 악을 썼고 고통과 당혹감으로 얼굴이 벌게진 그 소년은 칼을 빼들고 소리를 지르며 나가는 길을 뚫었다. 그들은 질퍽질퍽 피 웅덩이를 밟으며 나아갔다.

"당신이 할 수 있는 건 아무것도 없었습니다." 소년은 계속 말했다. "제가 먼저 왔어야 했는데. 그리고 어차피 저들은 왕정주의자였잖아요. 당신이 할 수 있는 건 정말 하나도 없었어요."

뤼실은 아침에 먹을 빵을 사러 나갔다 왔다. 자네트한테 부탁을 해봐야 소용없었다. 날이 밝자 그 여자는 공포 앞에서 와르르 무너졌고 머리 없는 암탉처럼 집 안을 돌아다녔다.

뤼실은 바구니를 팔에 걸쳤다. 날이 포근했지만 재킷을 몸에 두른 것은 작은 칼을 주머니에 넣고 싶어서였다. 뤼실에게 이 칼이 있다는 사실은 아무도 몰랐다. 칼을 들고 다닐 생각은 될수록 안 하려 했지만 그래도 혹시나 싶어서 갖고 다녔다. 난 부촌에서 살 수도 있었지. 재무성의 고위 관리와 결혼했을 수도 있지. 발을 모으고 앉아서 고운 손수건에다 덩굴장미 무늬를 수놓고 있었을 수도 있지. 그런데 현실에서 난 코르들리에 거리에 살면서 혹시 몰라서 반 뼘짜리 칼을 들고 바게트 한 덩어리를 사러 간다.

뤼실은 낯익은 이웃들의 눈을 들여다보았다. 우리 구에 이렇게 많은 왕정주의자들이 있으리라고 누가 생각했겠는가? "이 살인자의 갈보야." 한 사내가 뤼실에게 욕을 했다. 뤼실은 얼굴에 내내 미소를 지었다. 괜찮으니까 한번 해보시지 하며 조롱하는 듯한, 사람 속을 뒤집어놓는 그 미소는 데물랭한테서 배운 미소였다. 상상 속에서 뤼실은 칼의 부드러운 손잡이를 손바닥 안으로 살살 움직여서 누르면 폭 들어가는 살에 대고 눌렀다. 돌아오는 길에 집 문 앞에서 또 한 사내가 그녀를 알아보고 얼굴에다 침을 뱉었다.

뤼실은 대문 안으로 들어가서 걸음을 멈추고 침을 닦아내고 바람처럼 계단을 올라가서는 무릎에 빵을 놓고 앉았다. "그거 드실 거예요?" 자네트는 앞치마를 쥐어짜면서 과장스럽게 걱정스러운 몸짓을 했다.

"물론이지, 이걸 얻느라 얼마나 고생했는데. 이제 마음 좀 가라앉히고 커피 좀 올려봐요."

루이즈가 응접실에서 불렀다. "가브리엘이 기절하려나 봐."

그래서 아마도 뤼실은 아침을 못 먹었다. 나중에 그녀는 기억하지 못했다. 그들은 가브리엘을 침대 위에 눕히고 옷을 느슨하게 끌러주고 부채질을 해주었다. 뤼실은 창문을 열었지만 거리에서 들리는 소음이 가브리엘을 더 불안하게 만들어서 다시 닫았다. 그들은 열기를 견뎠다. 가브리엘은 졸았고 뤼실과 루이즈는 번갈아 가며 서로에게 책을 읽어주었고 험담을 했고 점잖게 다투었고 서로 살아온 이야기를 들려주었다. 시간이 꾸물꾸물 흐르더니 데물랭과 프레롱이 집에 돌아왔다.

프레롱이 의자에 털썩 앉았다. "쌓인 시체들이 —" 그는 바닥부터 사람 키만큼을 가리켰다. "이런 소식을 들려줘야 해서 미안하지만 뤼실, 루이 쉴로가 죽었어요. 우리가 봤거든요, 현장을 봤어요, 우리 눈앞에서 살해당하는 걸 봤습니다."

그는 프레롱이 내 목숨을 구했다고 데물랭이 말해주었으면 했다.

아니면 내가 정말로 정말로 어리석은 짓을 못 하도록 프레롱이 막았다는 말이라도 해주었으면 했다. "그리스도의 사랑으로, 토끼, 그건 자네 회상록을 위해 남겨 둬. 오늘 아침에 다시 그 소리를 들으면 나한테 다친다. 살짝 건드리는 수준이 아니야."

데물랭을 보고 자네트는 마음을 가라앉혔다. 드디어 커피가 만들어졌다. 가브리엘이 드레스 앞자락을 여미면서 침실 입구에서 비틀거리며 다가왔다. "프랑수아는 아침 일찍 보고 못 봤습니다." 데물랭이 루이즈에게 말했다. 그의 목소리는 부자연스럽게 단조로웠고 더듬거리지도 않았다. "조르주자크는 못 봤지만 시청에서 포고령에 서명하고 있으니까 분명히 쌩쌩하게 잘 있습니다. 루이 카페와 일가족은 왕궁을 버리고 지금은 승마 연습장에 있어요. 의회는 상시 개정 상태입니다. 스위스 근위대도 왕이 떠난 사실을 모를 것이고 궁전을 공격하는 사람들도 모른다고 확신합니다. 그 사람들한테 말해야 하는지 잘 모르겠어요." 데물랭은 일어나서 뤼실을 잠시 팔로 안았다. "한 번 더 옷을 갈아입으러 가야겠습니다. 옷에 피가 말라붙어서요. 그리고 나서 다시 밖으로 나가렵니다."

프레롱이 데물랭의 뒷모습을 음울하게 바라보았다. "나중에 탈이 날까 봐 걱정이네요." 그가 말했다. "난 카미유를 알아요. 저 친구는 이런 일에 전혀 안 맞거든요."

"그렇게 생각해요?" 뤼실이 말했다. "내가 보기엔 즐기는 것 같은데." 뤼실은 루이 쉴로가 어떻게 죽었는지 묻고 싶었다. 어떻게 왜? 하지만 지금은 때가 아니었다. 당통 말마따나 뤼실은 아둔한 소녀가 아니다. 아무렴, 그녀는 상식을 대변하는 목소리다. 벽에 걸린 그림에서 메리 스튜어트가 참수인에게 다가간다. 맵시 있는 묘팅의 네리는 창백한 기독교인의 미소를 머금고 있다. 분홍색 비단 쿠션들은 더는 쓸 수 없을 정도로 낡아 보인다. 데물랭은 미리 내다볼 수도 있었건만 내다보지 못했다. 파란 침대의자는 무언가를 아는 분위기다. 지금까지 많은 것을 지켜본 가구 같다. 뤼실 데물랭은 스물두 살이고 아내요 어머니요 집에서는 주인 마님이다. 8월의 더위 속에서—유리창에서 앵앵거리는 파리 한 마리, 거리에서 휘파람을 부는 사내, 다른 층에서 울어대는 아기—뤼실은 자신의 작고 얼룩진 어린 생명이 형체를 잡아 가는 것을 느낀다. 한때는 죽은 자를 위해 기도했을지 모른다. 이제 그녀는 생각했다, 그래 봐야 무슨 소용인데, 내가 걱정해야 하는 건 살아 있는 사람이야.

어느 정도 기운을 되찾자 가브리엘은 집으로 돌아가고 싶다고 했다. 거리들은 북적거렸고 시끄러웠다. 수위는 겁이 났는지 어느새 상가로 통하는 큰 문을 닫아놓았다. 가브리엘은 쿵쿵 문을 두드리고 종을 울리면서 자기 집에 들여보내 달라고 소리쳤다. "주인이 들여보내준다면 빵집으로 들어갈 수도 있어." 가브리엘이 말했다. "그 사람 집 정문으로 들어가서 뒤편 주방 후문으로 나오는 거야."

그러나 빵집 주인은 그들이 가게로 들어오는 것조차 허용하지 않았다. 빵집 주인은 그들의 얼굴에 대고 고함을 질렀고 가브리엘의 가슴을 밀쳐서 멍을 남겼고 그녀를 거리로 내몰았다. 그들은 가브리엘을 끌고서 문으로 물러나서 문 앞에 웅크리고 있었다. 한 무리의 남자들이 주위로 몰려오자 뤼실은 주머니로 손을 넣어서 칼이 아직 있음을 확인하고는 손가락 끝으로 그것을 어루만졌다. 뤼실이 입을 열었다. "난 당신들을 알아, 당신들 이름을 알아, 한 발짝만 더 가까이 오면 날이 어두워지기 전에 당신들 머리는 창에 걸려 있을 거고 나는 그걸 올리는 걸 거들면서 쾌재를 부를 거야."

바로 그때 문이 열렸고 손들이 그들을 안으로 잡아당겼다. 문에는 다시 빗장이 채워졌다. 그들은 문 안에 있었고 계단 위에 있었고 당통의 집 안에 있었다. 뤼실이 짜증스럽게 말했다. "이번에는 그대로 안에 붙어 있자."

가브리엘은 머리를 흔들고 있었다. 완전히 기가 빠져 탈진한 모습이었다. 강 건너편에서는 무거운 총성이 계속 들렸다. "세상에, 한 사흘은 무덤 안에 있다가 나온 사람 몰골이네, 내가." 루이즈 로베르가 다시 한 번 베개를 받치고 가브리엘을 똑바로 눕히다가 자기 모습을 보고 말했다.

"당통네는 왜 침대를 각각 쓰는 걸까요?" 안 들리겠다 싶은 거리에서 루이즈가 뤼실에게 물었다.

뤼실은 난들 아느냐는 듯이 어깨를 으쓱했다. 가브리엘은 약 먹은 목소리로 말했다. "그이가 팔을 사방으로 휘저어서 그래요. 꿈속에서 싸움을 하는지, 누군지는 몰라도."

"적들하고? 채권자들하고? 자기 성질하고?" 뤼실이 물었다.

루이즈 로베르는 가브리엘의 화장대를 습격했다. 그리고 연지통을 찾아내 궁정에서 하듯이 동그스름하게 주홍색으로 찍어 나갔다. 뤼실에게도 내밀었지만 뤼실은 마다하면서 말했다. "이런, 꾸며봐야 소용없다는 거 잘 알면서. 난 여기서 더 예뻐질 수 없는 거 알잖아요."

한낮이 지나갔다. 거리는 침묵에 빠졌다. 마지막 시간이 아마 이럴 테지, 뤼실은 생각했다. 세상이 끝나면 아마 이럴 테지, 그리고 우린 태양의 죽음을 기다리는 거고. 그러나 태양은 넘어가시 잃고 쩽쩽 내리쬐었다. 마침내 이글거리는 삼색기에, 마르세유 남자들의 머리에, 승리의 노래를 부르는 행렬에, 하루 종일 집안에서 숨어 있는 지혜를 발휘했다가 이제 거리로 쏟아져 나와 공화국을 외치고 폭군의 죽음을 외치고 자기들의 당통을 외치는 충성스러운 코르들리에 사람들에게 쟁쟁 내리쬐었다.

문을 쾅쾅 두드리는 소리가 났다. 뤼실이 문을 열었다. 이제는 아무 걱정이 없었다. 덩치 큰 사내가 문가에 기대고 서서 약간 휘청거렸다. 거리에서 온 사내였다. "죄송한데요, 우린 초면인 것 같은데요." 루이즈 로베르가 웃으며 말했다.

"그들이 궁전에서 거울들을 박살내고 있소. 이제는 코르들리에 사람들이 왕이오." 사내가 말을 마친 후 가브리엘에게 무언가를 건넸다. 가브리엘은 어색하게 그것을 받았다. 등이 은으로 된 묵직한 머리빗이었다. "왕비의 화장대에서 가져왔소." 남자가 말했다.

가브리엘의 집게손가락이 볼록 솟은 글자를 짚었다. 앙투아네트의 머리글자 'A'였다. 사내는 앞으로 달려 나와서 뤼실의 허리를 부여잡고 번쩍 들어 올리면서 빙그르르 돌렸다. 사내는 포도주, 담배, 피의 냄새를 풍겼다. 그러고는 뤼실의 목에 입을 맞추었다. 탐욕스럽게 빨아대는 노동자의 입맞춤이었다. 그는 뤼실을 내려놓고 퉁탕거리며 다시 거리로 나갔다.

"어머, 팬들이 이렇게 많을 줄이야. 이런 기회가 오기를 2년은 기다린 모양이네요." 루이즈가 말했다.

뤼실은 손수건을 꺼내서 목을 훔쳤다. 오늘 아침에 만난 건 팬들이 아니었어. 그녀는 생각했다. 뤼실은 손가락을 좌우로 흔들면서 숙달된 레미의 흉내를 내기 위해 목소리를 좀 깔았다. "내가 하고 싶은 말은 이거예요. 자 오빠들, 나 때문에 싸우는 거 중단하세요— 자유, 평등, 우애, 기억하시죠?"

왕비의 머리빗은 가브리엘이 떨어뜨린 곳에, 응접실 카펫에 놓여 있었다.

당통이 집에 왔다. 늦은 오후였다. 그들은 거리에서 들려오는 당통의 목소리를 들을 수 있었다. 그는 시대가 낳은 천재 파브르, 정육업자 르장드르, 이 세상 최악의 인간 콜로 데르부아, 프랑수아 로베르, 베스테르만과 함께 왔다. 수염도 안 깎고 르장드르와 베스테르만의 어깨에 팔을 두르고 탈진해서 비틀거리며 브랜디 냄새를 풀풀 풍기면서 왔다. "이겼다!" 그들은 소리를 질렀다. 그것은 단순한 외침이었지만 구호처럼 정곡을 찔렀다. 당통은 가브리엘을 두 팔로 안고 보호하듯이 세게 끌어안았다. 가브리엘은 다시 한 번 무릎이 풀리는 것을 느꼈다.

당통은 가브리엘을 의자에 앉혔다. "그냥 서 있기도 얼마나 힘들어했는데요." 루이즈 로베르가 말했다. 옆에는 프랑수아가 돌아와 있었다.

"꺼져 자식들아!" 당통이 말했다. "너흰 갈 침대도 없냐?" 그리고 자기 침실로 밀고 들어가더니 침대에 엎어졌다. 뤼실이 따라갔다. 그녀는 당통의 뒷목을 만지고 어깨를 잡았다. 그는 끙 소리를 냈다. "다음 기회에 합시다." 그가 뇌까렸다. 그러고는 휙 돌아누우면서 씩 웃었다. "아 조르주자크, 조르주자크." 그리고 혼잣말을 했다. '인생은 그저 놀라운 기회의 연속이라니까. 비노 변호사는 이제 나를 어떻게 생각할까?'

"우리 남편은 어디 있는지 말해줘요."

"카미유?" 웃는 입이 더 벌어졌다. "카미유는 승마 연습장에서 다음 인생 계획을 짜고 있지. 하여간 카미유는 인간이 아니야, 잠을 안

자도 끄떡없어."

"그이를 마지막으로 봤을 때는 충격받은 상태였어요." 뤼실이 말했다.

"그래요." 웃음이 가셨다. 감겼던 눈꺼풀이 팔랑거리다가 다시 열렸다. "그 망할 테루아뉴가 카미유 눈앞에서 쉴로를 도살했지. 로베스피에르는 하루 종일 못 봤고. 뒤플레네 지하실에서 숨어 있었나." 당통의 목소리가 사그라지기 시작했다. "쉴로는 카미유하고 동창이지. 세상이 좁아, 막시밀리앙도 그렇고. 카미유는 부지런한 녀석이니까 더 크게 될 거야. 내일이면 알게 되겠지." 당통의 눈이 감겼다. "이상." 그가 말했다.

의회는 지금 하고 있는 회의를 새벽 2시에 시작했다. 토론은 몇 가지 성가신 일로 끊겼다. 간헐적으로 들리는 총성에 토론이 파묻혔고 아침 8시 30분쯤 왕의 가족이 도착했을 때에는 혼란에 빠졌다. 어제만 하더라도 군주제의 미래에 대한 추가 논의는 유보하기로 결의했는데 이제 군주제의 흔적은 짓뭉개지고 박살이 난 궁전에 남겨진 것처럼 보였다. 우파는 논의를 유보한 것은 봉기의 전조였다고 말했고 좌파는 대의원들이 이 주제를 내버렸을 때 그들은 여론을 이끌겠다는 의지를 아예 내버린 셈이었다고 말했다.

왕의 가족과 몇몇 친구들은 의장 자리 뒤쪽에서 대의원들을 내려다보도록 마련된 언론인석 안으로 욱여넣어졌다. 오후 중반께부터 청원자들과 대표단들이 끝없이 몰려와서 복도에서 북적거렸고 회의실을 가득 채웠다. 밖에서 들어오는 소문은 무시무시하고 엽기적이었다. 궁전에 있는 베개란 베개, 매트리스란 매트리스는 모조리 난자당했고 공기는 날아다니는 깃털들로 혼탁했다. 매춘부들은 왕비의 침대에서 호객 행위를 했다. 그렇지만 뒷 이야기와 앞 이야기가 어떻게 맞아들어 가는지는 아무도 말하지 못했다. 자기가 목을 따서 죽인 시체 위에서 바이올린을 켜던 남자도 목격되었다. 레셸 거리에서는 백 명이 찔려 죽고 맞아 죽었다. 요리된 요리사도 있었다. 하인들은 침대 밑에서 끌려 나와 굴뚝으로 끌어올려졌다가 창밖으로 던져져 창에 꿰뚫렸다. 여기저기서 불이 났고 인육을 먹었다는, 대개는 의심스러운 보고도 있었다.

지금 의장을 맡고 있는 베르니오는 진실과 공상을 가려내려는 노력을 오래 전에 포기했다. 저 아래로 의석을 헤아려보니 대의원들보다 침입자들이 더 많았다. 이삼 분이 멀다 하고 문이 벌컥벌컥 열리면서, 승마 연습장으로 바로 가져오지 않았다면 약탈물이었을 짐의 무게에 짓눌려 비틀거리는, 검댕을 뒤집어쓴 사람들을 맞아들였다. 베르니오는 생각했다. 솔직히 상감 세공 요강과 몰리에르 전집을 국민의 발치에 두는 것은 좀 너무하군. 그곳은 경매소를 닮아 가기 시작했다. 베르니오는 눈에 띄지 않게 크라바트를 느슨하게 풀었다.

통풍이 안 되는 비좁은 언론인석에서 왕의 아이들은 잠이 들었다. 기운이 떨어지면 안 된다는 지론이 있는 왕은 거세한 수탉의 다리를 뜯었다. 가끔씩 왕은 서글픈 자주색 외투를 손가락으로 쓸었다. 저 아래 의원석에서 대의원 하나가 머리를 두 손에 묻었다.

"소변을 보러 갔어요." 그가 말했다. "카미유 데물랭이 나를 덮칩디다. 나를 벽으로 밀어붙이더니 당통을 교황으로 밀라느니 어쩌느니 하지 않겠소. 당통이 신을 대변하기라도 하는지 아직 결정되지는 않았지만 당통을 찍는 게 좋지, 안 그랬다간 잠에서 깼을 때 목이 베어져 있을지도 모른답디다."

몇 자리 떨어진 곳에서는 브리소가 장관을 지낸 롤랑과 협의 중이었다. 롤랑은 예전보다 얼굴이 더 노래졌다. 그는 먼지 쌓인 모자를 가슴에 꼭 끌어안았다, 마치 그것이 자신의 마지막 방어선이라도 되는 것처럼.

"의회를 해산해야 합니다." 브리소가 말했다. "새로 선거를 해야겠지요. 이 회기가 끝나기 전에 우리가 새로운 내각을, 새로운 각료회의를 지명해야 합니다. 지금 바로 해야 한다고요, 나라를 통치할 사람이 있어야 하니까요. 당신은 내무장관으로 복귀하시고요."

"정말? 그리고 세르방도, 클라비에르도?"

"그래야죠." 브리소가 말했다. 난 정부 편성을 하려고 태어난 사람이거든. 그는 생각했다. "6월의 상황으로 돌아가는 건데, 다른 점은 왕의 거부권에 구애받지 않아도 된다는 거지요. 당통도 동료가 될 겁니다."

롤랑은 한숨을 쉬었다. "마농이 안 좋아할걸."

"마음을 고쳐먹어야지요."

"당통한테 어떤 부서를 맡기려고?"

"그건 별로 중요하지 않습니다." 브리소가 침울하게 말했다. "당통이 우위에 있는 한."

"그 정도인가?"

"오늘 거리에 계셨으면 의심할 수가 없으실 겁니다."

"허, 거리에 있었나?" 롤랑은 좀 의심스러운 모양이었다.

"그런 정보가 들어왔습니다." 브리소가 말했다. "아주 믿을 만한 정보지요. 당통이 자기네 사람이라더군요. 목이 터져라 당통을 외치고 있습니다. 어떻게 생각하세요?"

"모르겠네. 공화국이 이렇게 시작되어도 되는지. 무뢰배들한테 우리가 시달리게 될까?" 롤랑이 말했다.

"베르니오가 어디로 가는 거죠?" 브리소가 물었다.

의장은 아까 의사 진행자를 교체한다는 신호를 보냈었다. "길 좀 열어주세요." 베르니오는 공손하게 말했다.

브리소는 베르니오를 눈으로 좇았다. 제휴, 파당, 협약이 제안되고 구성되고 파탄 나는 것은 얼마든지 가능했고 만약 그가 동분서주하면서 모든 대화에 참여하지 않으면 프랑스에서 가장 정보에 밝은 지위를 내주어야 할지도 모른다는 끔찍한 가능성이 대두한다.

"당통은 날강도지." 롤랑이 말했다. "법무장관을 맡아 달라고 요청하면 어떨까?"

문가에서 베르니오는 데물랭과 맞닥뜨리는 바람에 평소처럼 웅변가마냥 팔을 휘휘 저으며 성큼성큼 걸어갈 수가 없었다. 그냥 보기만 하는 사람이 있고 평가하는 사람이 있고 완전히 이해하는 사람이 있다고 베르니오가 말했다. 3분 동안 일장 훈시를 하자 데물랭이 처음으로 흔들렸다. "말해주세요 베르니오, 내가 중언부언하기 시작하는 건가요?" 데물랭이 물었다.

베르니오는 참았던 숨을 내쉬었다. "조금. 그렇지만 사실은 당신이 해야 하는 말은 하나같이 참신하고 흥미롭소. 시작했으면 끝을 봐야 한다고 했는데, 무슨 수로?" 데물랭은 승마 연습장과 울부짖는 바깥 거리를 모두 아우르듯이 팔을 크게 휘저었다. "왜 왕이 죽지 않았는지 이해가 안 돼서요. 그보다 나은 사람들이 얼마나 많이 죽었는데요. 그리고 있으나 마나 한 이 대의원들은 어떻고? 저들이 감옥에 쑤셔 넣은 왕정주의자들은 어떻고?"

"사람을 다 죽일 수야 없잖소." 웅변가의 목소리가 흔들렸다.

"우린 능력이 됩니다."

"죽일 수야 없다는 뜻은 죽여서는 안 된다는 뜻이오. 당통이 있는 한 과도한 죽음은 불필요하거든."

"당통이 있는 한? 글쎄요. 벌써 몇 시간째 당통을 못 봤어요. 카페 일가를 왕궁에서 빼오도록 당통이 손을 쓴 모양인데."

"그래. 합리적인 추론이오. 자, 당통이 왜 그랬다고 생각하시오?" 베르니오가 물었다.

"글쎄요. 인도주의자라서 그런가."

"확실하게 말해봐요."

"내가 지금 깨어 있는지도 확실하지 않은데요."

"아무래도 집으로 가야겠소, 카미유. 하나같이 말 같지 않은 소리만 하니."

"내가요? 친절하시군. 당신이 계속 헛소리를 하면 내 머릿속에 저장을 해 두겠어요."

"아니야." 베르니오는 스스로 안심시키려는 듯이 말했다. "당신은 그러지 않을 거야."

"아니요." 데물랭은 물러서지 않았다. "우린 당신을 신뢰하지 않아."

"알겠소. 하지만 사람들한테 겁을 주는 일에 더는 정력을 낭비할 필요가 없다고 보오. 어차피 우리한테는 당통이 필요하다는 생각 안 해봤소? 권력을 주지 않으면 그가 저지를 가능성이 있는 일 때문에도 그렇지만—당신도 슬쩍 비쳤지만 그거 장난이 아닐 거라고 확신하오.—나라를 구할 수 있는 사람이 그 사람뿐이라는 믿음도 있지 않소?"

"아니요." 데물랭이 말했다. "그런 생각은 한 번도 안 들던데요."

"그런 믿음이 없단 말이오?"

"믿지만 나 혼자서만 믿는 데에 익숙해서요. 참 오래된 일이죠. 그런데 가장 큰 걸림돌은 당통 본인입니다."

"그 사람이 기대하는 건 뭐요?"

"아무것도 기대하지 않습니다. 자고 있어요."

"들어보시오. 난 의회에서 연설을 할 생각이오. 무뢰배들을 제거해야 유리할 것이라고."

"오늘 오후에 당신을 권력의 자리에 앉히기 전까지 그 사람들은 주권자였지요. 그런데 지금은 무뢰배라."

"군주제의 정지를 요구하는 청원자들이 있소이다. 의회는 그걸 공포할 것이고. 그리고 공화국 헌법을 제정하려는 국민공회 소집 요청도 있소. 당신은 이제 가서 한숨 자는 게 좋겠소."

"아니, 내 귀로 직접 듣기 전에는 안 돼. 내가 지금 가버리면 모든 게 도로아미타불이 될 거야."

"피해망상이란 게 이런 거구나." 베르니오는 중얼거렸다. "우리 이성을 잃지 맙시다."

"이건 이성적이지 않은데요."

"그렇게 될 거요." 베르니오는 부드럽게 말했다. "내 동료들은 우연과 고정관념의 영역으로부터 통치 체제를 들어올려서 그것을 합리적 과정으로 만들 것이오."

데물랭은 머리를 흔들었다.

"내가 보증하오." 베르니오가 말했다. 그는 말을 끊었다. "악취가 나는군. 이게 뭐지?"

"내 생각엔—카미유는 머뭇거렸다.—시체를 태우는가 봅니다."

"공화국 만세." 베르니오가 말했다. 그는 의장 단상으로 걸어가기 시작했다.

1758년 5월 6일 막시밀리앙 드 로베스피에르, 아르투아 지방의 아라스에서 출생.

1759년 10월 26일 조르주자크 당통, 상파뉴아르덴의 아르시쉬르오브에서 출생.

1760년 3월 2일 카미유 데물랭, 피카르디 지방의 기즈에서 출생.

1769년 로베스피에르, 파리의 루이르그랑 콜레주에 입학하다.

1773년 당통, 트루아의 오라토리오 수도회가 운영하는 학교에 입학하다.

1774년 5월 국왕 루이 15세 사망. 손자인 루이 16세가 왕위에 오르다.

8월 루이 16세, 재무총감 테레를 해임하고 튀르고를 임명하다.

1775년 심각한 기근 때문에 농민과 도시 소비자들이 폭동을 일으킴(일명 '밀가루 전쟁').

1776년 재무총감 튀르고, 개혁에 실패하고 해임되다.

1777년 스위스 출신의 신교도 자크 네케르가 재무총감에 임명되다.

1778년~1783년 프랑스, 미국 독립전쟁에 참전. 프랑스는 영국을 견제하기 위해 식민지 반란군을 지원했고, 이로 인해 재정 적자가 더욱 악화되었다.

1780년 당통, 고향을 떠나 파리에 입성. 비노 변호사 사무실에서 일하다.

1781년 5월 재무총감 네케르 해임, 후임에 졸리 드 플뢰리 임명.

11월 로베스피에르, 루이르그랑 콜레주를 졸업하고 아라스로 돌아와 변호사로 일하다.

1783년 11월 칼론을 재무총감에 임명하다.

1784년 당통, 랭스 대학에서 법학 학위를 받고 파리에서 수습변호사로 일함.

1785년 데물랭, 파리에서 변호사로 일하기 시작하다.

1786년 8월 재무총감 칼론, 토지세의 창설을 포함한 재정 개혁안을 제출하다.

1787년 당통, 국왕참사회 위원이 되다.

2월 루이 16세가 명사회를 소집하다. 칼론에 대한 귀족들의 원성이 높아지다.

4월 8일 칼론 해임(개혁 실패), 후임에 브리엔 임명.

5월 브리엔, 명사회를 해체.

6월 14일 당통, 가브리엘 샤르팡티에와 결혼하다.

1788년 각지에서 식량 폭동이 일어나고 파리 고등법원과 정부의 대립이 격화되다.

8월 재무총감 브리엔 사임. 후임으로 다시 네케르 임명. 제1신분(성직자)·제2신분(귀족)·제3신분(평민) 대표들이 모이는 '삼부회' 소집이 포고되다.

1789년 1월 시에예스가 〈제3신분이란 무엇인가?〉 간행.

1월 24일 삼부회 소집과 선거 규칙이 포고됨.

4월 26일 로베스피에르, 삼부회의 아르투아 제3신분 대표로 선출되다.

5월 5일 베르사유 궁전에서 삼부회 개회. 이튿날부터 자격 심사 방법을 둘러싸고 분규가 일어남. 머릿수에 따른 표결 방법을 쓸지, 아니면 신분별 표결 방법을 쓸지를 결정해야 했다. 머릿수 표결은 제3신분이 유리했고, 신분별 표결은 특권층이 제3신분을 압도할 수 있는 방법이었다.

5월 데물랭이 신분 세습과 특권이 없는 새로운 프랑스를 제안하는 내용의 시론 〈자유 프랑스〉를 쓰다. 이 시론은 7월에 인쇄되어 배포된다.

6월 17일 귀족과 성직자 등 특권층이 개혁을 좌절시킬 것을 우려한 제3신분 대표들이 삼부회의 제3신분회(평민회)가 곧 '국민의회'임을 선언하다.

6월 20일 '테니스코트의 선서'. 제3신분 대표들은 자신들이 모이던 회의장의 문이 닫혀 못 들어가게 되자 근처에 있는 테니스장으로 옮겨 헌법이 제정될 때까지 결코 해산하지 않을 것임을 선언하였다.

6월 27일 루이 16세가 제3신분 대표들의 단호한 행동에 굴복하여 성직자와 귀족들에게 국민의회에 합류할 것을 권고하다.

7월 9일 국민의회가 스스로 '제헌의회'임을 선언하다.

7월 11일 재무총감 네케르 해임.

7월 12일 데물랭, 팔레루아얄에 모인 군중에게 무기를 들고 행동에 나서라고 촉구. 국왕이 개혁 지향의 네케르를 해임한 사실이 파리에 전해지자 시민들은 이 일을 반동적 조치라고 여겨 크게 반발했다. 데물랭의 연설을 들은 사람들이 시위를 시작했고 곧 근위대와 충돌하면서 무장 봉기로 발전했다.

7월 14일 성난 군중이 바스티유 요새를 습격하여 점령하다. 프랑스 혁명의 시작.

7월 15일 파리 시민들이 국민의회 의원인 장실뱅 바이를 파리 시장으로 선출하다. '국민방위대'라 불리게 될 파리의 부르주아 민병대 사령관으로는 미국 독립전쟁의 영웅인 라파예트가 선출되었다.

8월 4일 국민의회, 봉건제 폐지를 선언하다.

8월 26일 국민의회, '인간과 시민의 권리 선언'(인권선언) 채택.

9월 애국파 장폴 마라가 신문 〈인민의 벗〉 창간. 데물랭은 〈파리 시민에게 드리는 가로등 연설〉 발간. 이 소책자가 나온 뒤로 데물랭은 '가로등 검사'라는 별명으로 불린다.

10월 자코뱅 클럽(정식 명칭은 '헌법의 벗 협회') 창설. 브르타뉴 출신 애국파 의원들의 모임에서 비롯되었다. 로베스피에르는 자코뱅 클럽에서 곧 두각을 나타낸다.

10월 4일~5일 '10월 봉기'. 루이 16세가 '인권선언'과 개혁 법령들을 승인하지 않는 데 분노한 상퀼로트들이 파리의 팔레루아얄에 모여 시위를 시작했고, 5일에 베르사유로 행진해 궁전을 습격했다.

10월 6일 시위 군중의 위협 속에 국왕 일가가 베르사유를 떠나 파리의 튈르리 궁전으로 끌려옴. 이후 국민의회도 국왕을 따라 파리로 들어와 승마 연습장에 자리를 잡았다.

11월 데물랭, 신문 〈프랑스 혁명과 브라방 혁명〉 발간.

1790년 4월 마라와 당통이 주축이 되어 '코르들리에 클럽' 창설. 코르들리에 클럽은 자코뱅 클럽보다 더 급진적이었다.

7월 12일 의회, 교회와 성직자들을 국가의 지배 아래 두는 '성직자 민사 기본법' 채택.

7월 14일 파리에서 바스티유 점령 1주년을 기념하는 '연맹제' 개최.

9월 자크 르네 에베르, 〈뒤셴 영감〉 발간. 비어와 속어를 써서 부유층과 특권계급을 야유하고 통렬히 비난한 이 신문은 상퀼로트들에게 큰 영향을 끼쳤다.

11월 27일 의회, 모든 성직자들에게 성직자 민사 기본법에 내해 충성 서약을 의무화하다. 성직자들 사이에 선서파와 선서 거부파의 분열이 일어났다.

12월 29일 데물랭, 뤼실 뒤플레시와 결혼하다.

1791년 4월 2일 국민의회의 거물 정치인 미라보 백작 사망.

4월 13일 교황 비오 6세, 성직자 민사 기본법을 비난하다.

6월 10일 로베스피에르, 파리 형사재판소 검찰관으로 선출되다.

6월 20일 국왕 일가의 바렌 탈주 사건. 프랑스를 탈출하려던 국왕 일가는 21일 바렌에서 저지당해 파리로 송환되었다.

7월 16일 푀양파 성립. 국왕 탈주 사건 후 자코뱅 클럽에서 국왕 퇴위를 요구하는 목소리가 높아지자 여기에 반발하는 온건파 부르주아와 귀족들이 따로 분파를 결성했다. 라파예트, 앙투안 바르나브, 아드리앵 뒤포르, 알렉상드르 드 라메트가 중심이었고, 튈르리 궁전 근처의 옛 푀양 (Feuillants) 수도원에서 모임을 가져 푀양파라는 이름이 붙었다.

7월 17일 샹드마르스 학살. 국왕 퇴위를 요구하는 시민들이 샹드마르스 광장에 모여 시위를 벌였는데, 이때 라파예트가 국민방위대에 발포를 명령해 수많은 사상자를 냈다. 시위를 주도했다는 혐의를 받아 코르들리에 클럽이 일시적으로 폐쇄되었고 당통은 몇 주간 잉글랜드로 피신했다가 다시 돌아온다.

8월 27일 필니츠 선언. 오스트리아의 레오폴트 2세와 프로이센의 빌헬름이 프랑스 혁명을 저지하고 왕권 수호를 위해 유럽 군주들에게 무력 사용을 촉구하는 내용이었다.

9월 3일 의회, '1791년 헌법'을 가결. '1791년 헌법'은 프랑스 최초의 헌법으로서 입헌군주제와 국민 주권의 원리를 담고 있었다.

9월 14일 루이 16세, 헌법을 성실히 준수할 것을 서약하다.

9월 30일 국민의회(제헌의회) 해산.

10월 1일 입법의회 개회.

1792년 1월 외국과 전쟁을 주장하는 브리소와 반대하는 로베스피에르가 의회에서 맞서다.

3월 10일 지롱드파가 푀양파 내각의 총사퇴를 요구하다.

3월 23일 지롱드파 내각 성립.

4월 20일 입법의회가 오스트리아에 선전포고. 혁명 전쟁이 시작되다.

6월 13일 지롱드파 내각 파면, 푀양파 내각 성립.

6월 20일 파리 군중이 튈르리 궁으로 몰려가 지롱드파 내각 파면에 항의

하는 시위를 벌이다. 루이 16세가 혁명을 상징하는 붉은 모자를 쓰고 궁전 발코니에 나와 시위대를 향해 화해의 제스처를 보냈지만 내각 문제를 양보하지는 않았다. 시위는 실패로 끝났다.

7월 10일 푀양파 내각 사퇴.

7월 25일 대프랑스 동맹군을 이끄는 브라운슈바이크 장군(프로이센)이 루이 16세가 사소한 모욕이라도 당하면 파리를 응징하고 완전히 파괴하겠다고 위협하는 선언을 발표. 파리에는 이 소식이 8월 1일에 전해졌다.

8월 10일 '8월 봉기'. 왕과 특권층이 자신들을 배신하고 외국과 내통했다고 생각한 군중이 튈르리 궁전을 습격하다. 전날 밤 파리 각 구의 대표가 시청에 모여 '봉기 코뮌'을 결성했고 10일 아침에 튈르리 궁을 공격하였다. 국왕 일가는 급히 승마 연습장의 의회로 피신하였다. 10일 밤에 의회가 국왕의 권한 정지를 선언하였다.

옮긴이 _ 이희재

1961년 서울에서 태어났다. 서울대 심리학과를 졸업하고 성균관대 독문학과 대학원에서 공부했다. 현재 영국 런던대 SOAS(아시아아프리카대학)에서 번역을 가르치고 있다. 지은 책으로 《번역의 탄생》이 있으며 옮긴 책으로는 《히틀러》《마음의 진보》《위험한 정치인》《세상에서 가장 재미있는 세계사》《산티아고 가는 길》《새벽에서 황혼까지》《진보의 착각》《리오리엔트》《예고된 붕괴》《번역사 산책》《反자본 발전사전》《몰입의 즐거움》《소유의 종말》 등이 있다.

혁명 극장1 - 로베스피에르와 친구들

2015년 10월 30일 초판 1쇄 발행

- ■ 지은이 ──────── 힐러리 맨틀
- ■ 옮긴이 ──────── 이희재
- ■ 펴낸이 ──────── 한예원
- ■ 편집 ────────── 이승희, 조은영, 윤슬기
- ■ 펴낸곳 **교양인**
    우 121-888 서울 마포구 포은로 29 신성빌딩 202호
    전화 : 02)2266-2776 팩스 : 02)2266-2771
    e-mail : gyoyangin@naver.com
    출판등록 : 2003년 10월 13일 제2003-0060

ⓒ 교양인, 2015
ISBN 978-89-91799-08-0 04840
ISBN 978-89-91799-16-5 (세트)

* 잘못 만들어진 책은 바꾸어드립니다.
* 값은 뒤표지에 있습니다.

이 도서의 국립중앙도서관 출판예정도서목록(CIP)은 서지정보유통지원시스템 홈페이지(http://seoji.nl.go.kr)와 국가자료공동목록시스템(http://www.nl.go.kr/kolisnet)에서 이용하실 수 있습니다.(CIP제어번호: CIP2015027667)